Mascha Ferete

ZONE 9

CAPUT LEONIS

ZÖGERE NICHT.
SIE WERDEN ES AUCH NICHT TUN.

Dystopie

Für meine Mutter, die mich lehrte, dass ich alles schaffen kann, wenn ich daran glaube.

Wir rennen durch den kahlen Korridor. Kugeln rasen um mich wie ein Tornado, fetzen an meinem Gesicht vorbei, wie Bruchstücke einer untergehenden Siedlung. Jeden Moment kann mich eine davon treffen. Er dreht sich im Lauf um und schießt nach hinten. Gibt uns Rückendeckung. Ich inmitten dieses Schusswechsels. Ich weiß nicht, wie viele hinter mir fallen. Wie viele Seelen dieser Sturm in den Himmel trägt. Kann mich nicht nach ihnen umdrehen. Fliehe vor dem Tod. Ich sollte schießen. Das ist alles, was ich weiß.

Bereit zum Abschuss hebe ich die Waffe. Meine Hände frieren ein. Der Abzug liegt wie aus Blei gegossen unter meinem Zeigefinger. Keine Kraft der Welt könnte ihn hinunterdrücken. Mein Leben zieht an mir vorbei. Mein Leben, wie es einmal war. Ich erinnere mich, wie ich vor dem kleinen Fenster meines Zimmers saß und in die beige Welt blickte. Ich erinnere mich an jede Sekunde. Jede Handbewegung. Jeden Gedanken. Damals … Als wäre es heute.

Kapitel Eins

Die Welt ist eine einzige Wüste. Jedes Mal, wenn ich aus dem Fenster meines Zimmers blicke, frage ich mich, wie es vor zwanzig Jahren gewesen war. Ich habe mein ganzes Leben in der Zone 9 verbracht – ich kenne es nicht anders. Ein dicker Stempel ziert meine Stirn. Das erste Kind, das in dieser Zone geboren wurde. Zu Großem bestimmt. Nein, das bin ich ganz sicher nicht. Ich bin ein Niemand und werde auch nichts Großartiges bewirken. Das Einzige, um das ich mich sorge, ist zu überleben. Überleben im Chaos.

Nur wenn ich zu den Dünen hinausblicke, habe ich das Gefühl, wirklich atmen zu können, was seltsam ist, da die Luft da draußen mich umbringen würde. Ein Windzug streicht über den Sand und wirbelt die Körner auf. Wie es sich wohl anfühlen würde, wenn der Wind durch mein Haar gleitet? An seltenen Tagen, wenn die Wärme der Sonne durch mein Fenster blitzt, schließe ich meine Augen und stelle mir vor, draußen zu stehen. Tief atme ich ein und lasse weite Landschaften vor meinem inneren Auge entstehen. Grüne Wälder, wie ich sie aus Büchern kenne. Ich stelle mir vor, wie sie riechen könnten, wie sich die Rinde eines Baumes oder gar der Regen auf meiner Haut anfühlt. Doch sobald sich meine Lider wieder öffnen, kehrt der beklemmende Gedanke zurück, dass ich hinter den Mauern der neunten Zone verrotten soll. Täglich kommen mir die Gänge enger vor, die Zimmer kleiner und die Decke tiefer. Und wenn mir das Gefühl die Kehle zuschnürt, kämpfe ich mit mir selbst, keines der Fenster einzuschlagen – denn das wäre mein Tod. Die Luft des gesamten Planeten ist verseucht. Die Residenz hat zehn Zonen geschaffen, um die Menschen am Leben zu erhalten. Sie haben einen riesigen Filter erbaut, um das Atmen in diesem siebenstöckigen Gebäude zu ermöglichen. Wenn ich dicht an mein Fenster herantrete, kann ich noch einen Teil des weißen Schachts erkennen, der sich die Hauswand hochschlängelt.

Grausame Gerüchte schwirren durch die Zone, was mit denjenigen passiert, die sich hinauswagen. Verätzung der Luftröhre. Lähmung bis zum Tod. Herzstillstand. Fakt ist, dass es niemand wirklich weiß und jene, die es wissen, nehmen die Kenntnis mit in den Tod.

Meine Gedanken drehen sich eher darum, ob die Wälder wirklich existieren oder es nur diesen Sand gibt. Die Aussicht, es nie herausfinden zu können, ist mehr als deprimierend. Meine Mutter ist der Meinung, wir sollten alle Gedanken an die Außenwelt verdrängen und uns glücklich schätzen, hier leben zu können. Die meisten haben es damals nicht in eine der Zonen geschafft. Mit mir schwanger, sind meine Eltern vor achtzehn Jahren in die neunte Zone gesteckt worden und konnten sich ein neues Leben aufbauen.

Manchmal erzählt mir meine Mutter, wie es vor der Seuche war. Die alte Welt. Sie wuchs auf einer Farm mit Hunderten von Apfelbäumen auf. Wir haben hier in Zone 9 auch Äpfel, aber Mutter meint, die schmecken nach nichts. Nicht wie Vater, der behauptete, sie wären das Beste, was die Zone zu bieten hat. Leise seufzend lasse ich den Kopf gegen die Fensterscheibe sinken. Ich vermisse ihn, auch wenn er früher nicht oft zu Hause war. Vater starb, kurz nachdem meine achtjährige Schwester auf die Welt kam. Mit seinem Tod hat unsere Familie ihren Wert verloren, denn in der Zone zählt nur der des Familienoberhauptes. Hat man keines, ist man stellenlos und hat wenig Chancen auf jeglichen Erfolg. Ich hatte das Glück, dass Vater damals einen sehr guten Freund im Botenbüro hatte. Er half mir schon in jungen Jahren, dort einen Job zu ergattern, auch wenn meine Mutter nicht glücklich über diesen ist. Sie meint, es sei zu gefährlich für ein so junges Mädchen wie mich. Ich sehe das ein wenig anders. Das Geld konnten wir schon immer gebrauchen und durch den Job habe ich die Möglichkeit herumzukommen.

»Kyra!«, ruft mich meine Mutter. »Ava ist da.«

Mein Blick zuckt zu meiner kleinen Standuhr. »Ich komme!«

Ava ist meine beste Freundin, oder besser gesagt meine einzige richtige Freundin in der Zone. Wir kennen uns seit der Kindheit und machen so ziemlich alles zusammen. Ich springe auf und stolpere fast zu dem Klamottenstapel neben meiner Matratze. Ein letztes Mal gleitet mein Blick aus dem Fenster, bevor ich mir das erstbeste Shirt überstreife. Vor dem Spiegelsplitter, den Ava vor ein paar Jahren an meine Wand geklebt hat, binde ich mir eilig die braunen Haare zusammen und werfe meine Umhängetasche um.

»Was machst du denn so lange?« Meine Mutter bleibt im Türrahmen stehen und zieht beide Augenbrauen nach oben.

Doch das erste, was meinen Blick fängt, sind ihre dunkelblonden Haare, die zu einem hohen Dutt zusammengebunden sind. Dazu das elegante hellblaue Shirt? Oder zumindest eines der wenigen ohne Löcher. Garantiert hat sie ein Bewerbungsgespräch. Wieder einmal. Seit Vater tot ist, bekommt sie keinen Job mehr in der Zone, aber darüber will sie nicht sprechen. Also schneide ich das Thema von mir aus ebenfalls nicht an. Sollte sie abends immer noch kein Wort darüber verlieren, werde ich die Antwort sowieso kennen.

Ich dränge mich an ihr vorbei. »Ich bin doch schon fertig.«

»Du weißt, dass Fitsch nur darauf wartet, dich aus dem Botenbüro zu schmeißen. Obwohl mir das eigentlich auch nicht so unrecht wäre.«

Es quält meine Mutter, dass ich diejenige sein muss, die diese Familie am Leben erhält, weil sie es nicht kann. Deswegen tut sie immer so, als müsste ich diesen Job nicht machen.

Sie dreht sich um, greift in die Obstschale und wirft mir einen Apfel zu. »Für Aldor.«

Ich fange das Stück Obst mit beiden Händen und sende ihr einen Luftkuss. Ein breites Lächeln schießt auf ihre Lippen.

Auch wenn ich es eilig habe, nehme ich mir den Moment und versuche, mir diesen Ausdruck einzuprägen. Vermutlich werde ich ihn länger nicht zu Gesicht bekommen. Der Optimismus vor einem Vorstellungsgespräch bringt sie zum Strahlen, nur um dann mit jeder Absage in ein tiefes Loch zu fallen.

»Na geh schon«, sagt sie immer noch lächelnd und scheucht mich mit beiden Händen hinaus.

Ich zwinge meine Mundwinkel zu einem Grinsen in die Höhe. Es soll ihr Glück wünschen. Auch wenn ich nicht dran glaube, hoffe ich für sie, dass es diesmal klappt. Schweren Herzens wende ich mich von ihr ab und eile aus der Wohnung. Ich bin wirklich spät dran.

***

»Willst du, dass ich gekündigt werde?«, begrüßt mich Ava. Sie lehnt am Geländer direkt vor meiner Wohnung, beide Ellenbogen an den Eisenstangen und reckt die von Sommersprossen umgebene Nase. Als sie sich davon wegdrückt, rutscht das smaragdgrüne Shirt ihren Unterarm hoch. Das hatte ich ihr vor einem Jahr mal geliehen. Inzwischen habe ich mich mit dem Gedanken angefreundet, es nie wieder selbst zu tragen. Es hat sowieso einen Riss am Ärmelende.

»Tschuldige, ich hab mich in den Dünen verloren«, murmle ich und bemühe mich, keine Enge in meiner Brust aufkommen zu lassen. Was schwer ist, denn sofort stechen mir die grauen Wände in die Augen, die die neunte Zone zu einem Block formen. Sie stehlen mir jegliche Sicht auf den Himmel, die Wüste, die Sonne. Ich kann mich noch dumpf an eine Zeit erinnern, als die Mauern heller waren. Inzwischen hat sie der Dreck stark verdunkelt – zumindest in Ebene 2.

Die gesamte Zone 9 ist eigentlich ein altes Bürogebäude. Das Zentrum ist mittig offen und jede Ebene wird von einem schmalen Gang mit Geländer gerahmt. So kann man von jedem Stockwerk aus in die Halle der Ebene 1 hinuntersehen. Das ist ganz gut, denn dort finden unsere Versammlungen statt. Wäre da nicht die Tatsache, dass es dann fast unmöglich ist, einen Platz an den Eisenstangen zu bekommen. In den Gängen tummeln sich Menschenmassen. Jede dritte Tür im Zentrum wurde zu einem Geschäft oder einer Bar umfunktioniert.

Ava hebt eine Augenbraue und ihr leuchtend blauer Blick reißt meinen von den farblosen Mauern. »Du und deine Wüste. Irgendwann schmeiß ich dich dorthin hinaus.«

Wir lachen über Avas eigentlich gar nicht so lustigen Witz und gehen den Flur zwischen Geländer und Hauswand entlang. Kaum fünf Meter entfernt sitzt Aldor auf einem dunkelblauen Handtuch an die Wand gelehnt und winkt uns freundlich zu. Ein älterer Mann, der sich keine Wohnung in der Zone leisten kann. Jeden Tag bekommt er ein Stück Obst von uns. Wir haben zwar selbst nicht viel, aber meine Mutter findet es wichtiger zu teilen und wir kennen Aldor schon, seit wir hier leben.

»Hey Aldor, na, wie gehts dir heute?«

»Alles gut, Kyra. Danke«, antwortet er, während er den Apfel fängt. Die losen Fäden an seinen Ärmelenden schwingen dabei durch die Gegend. »Ihr zwei seht heute wieder so aus, als könntet ihr die ganze Zone für euch gewinnen. Heute wird ein guter Tag, das spüre ich.«

Aldor beißt in den Apfel und grinst über beide Ohren.

»Kyra will heute lieber in die Wüste«, neckt mich Ava, was mich mit den Augen rollen lässt.

»Die Wüste?«, fragt Aldor. »Die Wüste kenne ich nur zu gut. Sie ist trocken und heiß, doch auch wunderschön und unendlich. Wenn die Nacht die Hitze verdrängt und die Sterne den Sand erhellen, ist dein Geist frei.«

Aldors Worte dringen direkt in meine Seele. Nicht die Formulierung fasziniert mich, sondern die Echtheit darin. Er kennt die Wüste, hat sie selbst erlebt. Bevor wir in dieses Gefängnis gesperrt wurden, ist Aldor hunderte Male durch den Sand gewandert und ich fühle seine Worte, als würde ich sie selbst erleben. Sie schüren meine Sehnsucht.

Ava stößt mir den Ellenbogen in die Rippen. »Komm jetzt, sonst sind wir wirklich unseren Job los.«

Ava und ich arbeiten auf Ebene 3 — eine höher als unsere. Wir schlängeln uns an den murmelnden Menschenmassen vorbei. Aus einem der vielen Flure, die vom schmalen Gang am Geländer abzweigen, weht der Duft von frischem Brot. Die Tür des Bäckers muss offenstehen. Für einen Moment überdeckt er den Geruch des Schweißes der Menschen und ich sauge die Luft in meine Nase. Abgelenkt von der Geschmacksexplosion ducke ich mich erst im letzten Augenblick, um nicht in den bunten Tüchern hängen zu bleiben, die vor einem Geschäft baumeln. Am nächsten ziehe ich den Kopf knapp an etwas Glänzendem vorbei. Eine Pfanne, die an einem Haken von der Decke hängt, um die Kundschaft anzulocken. Die hing hier gestern noch nicht. Ich halte mich den Rest des Gangs links an dem Geländer, um nicht von dem restlichen Zeug erschlagen zu werden. Am Ende des Flurs gehen wir die Treppen hinauf zur Ebene 3.

»Meine Fingerknöchel brennen immer noch«, höre ich jemanden sagen.

Mein Blick schnellt zu dem Mann mit der rauen Stimme. Ein Sinister. Das Mitglied einer Gruppe von Idioten, die mit ihrem kampflustigen Gehabe die Zone für sich gewinnen wollen. Erpressung, Gewalt und ab und zu verschwindet ein Bewohner. Sie schrecken vor nichts zurück, um die Kontrolle zu erlangen.

Ihr Quartier liegt direkt hinter der Treppe in der dritten Ebene. Eine dunkle Flügeltür mit Kratzern, die im Deckenlicht schimmern. Ich stelle mir die Innenräume des Quartiers immer genau so düster vor, doch ich konnte noch nie einen Blick hinein erhaschen. Alles, was ich weiß, ist, dass es recht groß sein muss, denn bis zur nächsten Tür sind es einige Meter.

Der Mann lehnt neben einem weiteren Sinister an der Wand und hält ihm die Faust vors Gesicht. »Aber du willst nicht wissen, wie derjenige aussieht, dem ich diese roten

Knöchel zu verdanken habe.« Ein fieses Schmunzeln wandert auf seine Lippen.

Mein Herz beginnt jedes Mal zu rasen, wenn ich einen von ihnen sehe, aber ich lass die Emotionen nicht in meine Augen steigen. Jetzt bloß keine Angst zeigen, sonst könnten sie mich als leichte Beute betrachten.

»Schade, dass es keiner von den Guides war«, erwidert der andere.

Meine Schritte werden schneller, länger. Ihre Blicke gleiten über die Bewohner, als würden sie uns überwachen. Ich zwinge mich dazu, wegzusehen. Vielleicht bemerken sie mich nicht, wenn ich ihnen nicht in die Augen blicke.

»Kyra!«

Ein Schauer rast bei der tiefen Stimme meinen Nacken hinunter und zieht sich wie eine Schlinge um meinen Hals.

Ich bleibe stehen.

»Sinpa!« Diesmal lässt mich die Beleidigung meine Zähne aufeinanderbeißen.

Sinpa bedeutet in der Zone so viel wie vaterlos. Ich dreh mich zu der Stimme um und erkenne Keno Fortis. Ein ehemaliger Klassenkamerad. Die dunkle Flügeltür fällt hinter ihm ins Schloss und er kommt geradewegs auf mich zu. Seit kurzer Zeit gehört er zu den Sinistern und bildet sich jetzt wohl etwas darauf ein. Da passt der Idiot auch gut rein! Er sieht aus wie der typische Surferboy, wie ich ihn aus alten Zeitschriften kenne. Seine blonden, schulterlangen Haare trägt er meist nach oben geknotet. Dazu strahlend blaue Augen. Außerdem ist er ziemlich groß und durchtrainiert. Wenn sein Charakter nicht so nervig wäre, würde er eigentlich ganz gut aussehen.

Augenrollend greife ich nach dem Gurt meiner Umhängetasche. »Was willst du, Keno?«

»Von einer wie dir? Nichts. Heul nicht gleich.« Er stützt seinen Unterarm auf das Geländer und reckt das Kinn überheblich.

»Du könntest dich glücklich schätzen, eine wie Kyra zu haben!«, verteidigt mich Ava.

»Ach so?« Keno nickt mir zu. »Was kannst du denn?«

Das dunkelrote Shirt spannt um seine Oberarme, als er sie vor der Brust verschränkt. Er verzieht sein Gesicht zu einem spöttischen Grinsen. Zwei weitere Sinister schlendern zu ihm und betrachten mich mit einem ähnlich abfälligen Blick. Ich verlagere mein Gewicht von einem Fuß auf den anderen und knete das Leder meines Gurtes, bis meine Finger darauf abrutschen. Meine Hände schwitzen. Verdammter Mist, was soll ich auch antworten? Ich mache Botengänge und den Job verdanke ich meinem toten Vater. Wütend presse ich die Lippen aufeinander und starre Keno an.

Ava schüttelt ihre rote Mähne. »Sie ist schlau, witzig und wunderschön.«

Ich bin dankbar, dass sie mein peinliches Schweigen unterbrochen hat. Aber anstatt nun endlich zu erkennen, wie toll ich eigentlich bin, lacht Keno so laut, dass es durch den ganzen Flur schallt. Unwillkürlich stelle ich mir vor, wie befriedigend es sein würde, ihm jetzt eins auf die Nase zu geben und das Knacken zu spüren, wenn sie bricht.

Ava legt ihre Hand an meine Schulter und dreht mich von ihm weg. »Komm, gehen wir weiter – Keno ist ein Idiot.«

Das Lachen und weitere blöde Sprüche der Sinister begleiten uns noch, bis wir vor dem Tortuga stehen, die Bar, in der Ava kellnert. Sie winkt mir zum Abschied und verschwindet hinter der groben Holztür. Seufzend gehe ich weiter, mache wie jeden Tag einen Bogen um das tropfende Rohr, das an der Decke montiert den Gang am Geländer kreuzt, und einen Sprung über die zerbrochene Bodenfliese. Zumindest splittert in der dritten Ebene nicht der Putz von den Wänden ab, so wie in der Zweiten. Ich frage mich, wann der Tag kommt, an dem mir die Decke auf den Kopf kracht.

Kapitel Zwei

Das Büro der Boten liegt am anderen Ende der dritten Ebene. Ziemlich genau über meiner Wohnung. Als ich mich der Tür nähere, blitzt mein Spiegelbild in der Scheibe darin auf. Ich greife nach dem Türknauf und starre in meine dunklen Augen, bis ich dem Blick eines Mannes durch das Glas begegne. Er steht hinter dem weißen Tresen, keine drei Schritte gegenüber der Tür. Die Mundwinkel wie immer leicht nach unten geschoben, die Fingerspitzen gegen die glänzende Fläche gestemmt. Ein letztes Mal atme ich durch, bevor ich die Tür öffne.

»Hey Fitsch«, begrüße ich meinen Vorgesetzten. Ein kleiner, kräftiger Mann mit Brille und Dreitagebart.

»Na, auch schon hier?«, fragt er mit piepsiger Stimme und tippt zweimal auf seine rostige Armbanduhr, die wie durch ein Wunder dabei nicht auseinanderfällt.

Wie auf ein Stichwort schlägt der große Zeiger auf die Zwölf an der Wand über ihm.

»Ich bin doch pünktlich.«

»Pünktlich heißt fünf Minuten früher, Kyra!« Fitsch stemmt die Hände in die Hüfte.

Ich presse meine Lippen aneinander, um mir ein Schnaufen zu verkneifen. »Was hast du heute für mich?«

Grummelnd bückt er sich nach einem Paket. »Ich habe heute eine Lieferung in die Ebene 6.«

Ebene 6? Ist das sein Ernst? Meine Magendecke spannt sich an. Dort oben war ich noch nie.

Für ein paar Sekunden sieht er mich an, als würde er auf eine Reaktion warten, aber ich verziehe keine Miene. »Ich weiß, normalerweise macht Jona diese Ebene, aber er ist heute nicht zur Arbeit erschienen. Weißt du, wie wichtig die Lieferungen in die Ebene 6 sind?«

Die Ebene 6 ist der vorletzte Stock der Zone. Dort leben die Guides. Sie regieren die Zone – verwalten unsere Währung, den Zon, und bestimmen die Gesetze. Wenn du etwas falsch machst, kommst du vor den Rat der Guides und da wir hier keinen Platz für Gefängnisse haben, entscheiden sie, ob du aus der Zone verbannt wirst, was durch die Seuche deinen Tod bedeutet.

Fitschs prüfender Blick mustert immer noch mein Gesicht. Bloß nichts anmerken lassen, sonst überlegt er es sich womöglich anders. Ich wollte schon immer wissen, wie es dort oben aussieht. Ab Ebene 5 benötigt man eine Genehmigung.

Mein Herz pocht in meiner Brust, doch ich zucke gelassen mit den Schultern. »Ja, klar!«

Er hebt den Karton vor meine Nase und verengt die Augen. »Kyra, das ist kein Scherz. Du bist verantwortlich für diese Lieferung, wenn etwas schief geht, bist du dran. Kannst du die übernehmen?«

Als hätte ich eine Wahl. Würde ich nein sagen, wäre ich meinen Job direkt los.

»Ja, natürlich. Ich mach's.«

Zögerlich reicht er mir das Paket. Im Laufe der Jahre habe ich gelernt zu erahnen, was sich in den meisten davon befindet und bei denen ich es nicht wusste, habe ich aufgehört, mich zu fragen. Dieses hingegen weckt meine Neugierde wieder. Was könnte wohl einem Guide zugesendet werden? Der Karton ist leicht, so groß wie mein Unterarm, zwei Finger dick. Ich beiße mir auf die Unterlippe, als ich die Aufschrift darauf lese. *6110*. Ebene 6, 1 dafür, dass es sich um eine Wohnung handelt, Türnummer 10. Für einen Moment hätte ich fast vergessen, dass Fitsch mich beobachtet und bevor er auf die Idee kommt, mir das Paket wieder aus der Hand zu reißen, stecke ich es in meine Umhängetasche.

Er schiebt die Genehmigung über den Tresen, doch als ich danach greife, drückt er seinen Zeigefinger dagegen. »Du bringst die gleich wieder zurück, ja?«

Nickend verharre ich mit der Hand auf dem Stück Papier, bis er den Finger hebt. Fitsch hat noch nie jemandem richtig getraut und vermutlich wird sich das auch nie ändern.

Mit wackeligen Beinen steuere ich aus dem Büro und den Treppenaufgang entgegen. Das einzige Problem ist: Um zu den Stiegen zu gelangen, muss ich wieder an den Sinistern vorbei. Hoffentlich lungert Keno nicht noch immer vor dem Quartier herum. Meine weit geöffneten Augen wandern zwischen den Schultern und Köpfen der Leute hin und her. An dem Geländer, an dem Keno vorher gelehnt hat, steht jetzt niemand mehr. Vielleicht habe ich Glück. Bis kurz vor der Treppe kann ich mich zwischen den Menschenmassen hindurch ducken, die meisten von ihnen sind ohnehin größer als ich, aber vor dem Quartier der Sinister lichtet sich die Menge. Niemand möchte dort länger als notwendig sein. Ich kann die ersten Stiegen schon sehen, was meinen Puls eigenartigerweise noch mehr zum Rasen bringt. Meine Finger krallen sich an den Gurt der Umhängetasche und meine Schritte werden länger – bis sich eine Hand auf meine Schulter legt. Nicht grob, aber fest und bestimmend genug, dass ich stehenbleibe. Ich drehe mich um und starre in leuchtend blaue Augen. Keno. Sein Anblick verpasst mir einen eiskalten Schauer.

»Na? Wohin führt es dich heute?« Er zieht das Paket aus meiner Tasche und liest die Aufschrift. »Ebene 6? Wie kommt eine Sinpa zu so einem Paket?« Eine seiner Augenbrauen wandert skeptisch nach oben.

Mir weicht das Blut aus dem Gesicht. Fitsch wird mich auf der Stelle entlassen, wenn ich das Paket nicht ausliefere. Vielleicht könnte ich allein zurechtkommen, aber sofort schießen mir Mutter und meine kleine Schwester Soela in den Sinn. Hunger und Obdachlosigkeit wären nicht einmal unser größtes Problem. Es wäre der Durst, mit dem wir jeden Tag zu kämpfen hätten. Nein, ich reiße mich aus der Starre und schnappe nach der Box in Kenos Händen.

»Das hast du doch bestimmt geklaut.« Er streckt seinen Arm in die Höhe und ich greife ins Leere.

Ich kneife die Augen zusammen und versuche, eine warnende Miene aufzusetzen, aber mein Puls pocht durch meinen gesamten Körper.

Er hält das Paket neben sein Ohr und schüttelt es. »Vielleicht hat sich da einer der Guides das neueste Audioholo in die Sechste bestellt. Wäre doch zu schade, wenn er es niemals bekommen würde, oder?«

Audioholo. Ich stöhne. Sollte sich tatsächlich so ein Ding in dem Paket befinden, bin ich meinen Job los. Ein Holo würde mir Keno nie zurückgeben. Mein Vater hatte mal eines. Es dient nicht nur der Kommunikation mit einem zweiten Holo, sondern kann auch ein Lied speichern. Ab und zu taucht eines aus der alten Welt auf, das sie in der Werkstatt von den zerkratzten Scheiben wiederherstellen konnten.

»Gib es mir, Keno!« Ich bemühe mich um einen festen Tonfall, aber das Zittern in meiner Stimme lässt sich nicht unterdrücken.

»Oder wir sehen einfach nach, was drin ist.« Ein Ruf hinter mir. Rau, tief und genau derselbe abschätzige Unterton wie der eines Sinisters.

Ein kurzer Blick über meine Schulter bestätigt meine Vermutung. Einer von Kenos idiotischen Freunden, der aussieht, als hätte er sich die schwarzen Haare heute schon zehn Mal abgeleckt, kommt auf uns zu.

Kenos Mundwinkel zucken befürwortend nach oben. Er wendet das Paket auf die Rückseite und fasst zu dem Klebestreifen. Mit aufgerissenen Augen schnappe ich nach der Box. Meine Nägel kratzen am Karton, aber Keno ist schneller als ich. Seine Hand zuckt zur Seite und ich ernte ein höhnisches Lachen. Zumindest liegt sein Finger nicht mehr auf dem Streifen.

»Was meinst du, ist da drin? Holo?« Er nickt seinem Freund zu und wirft ihm die Box in die Hände.

Ich beiße die Zähne aufeinander, um nicht loszuheulen, wodurch sich ein Kloß in meinem Hals breit macht. Gegen Keno bin ich machtlos. Er ist größer, stärker und schneller als ich, und nun sind sie auch noch zu zweit. Mehr als ihn anzuflehen, es mir zurückzugeben, kann ich nicht tun. Doch dazu würde ich mich nie durchringen können.

Die Schmalzlocke hebt das Pakct auf Augenhöhe. »Nah ... zu schmal für ein Holo.« Für einen Moment schnuppert er an der Box und zuckt dann mit den Schultern. »Vielleicht Essensmarken.«

Das Paket fliegt im hohen Bogen wieder zurück in Kenos Hände. Mein verbissener Blick weicht einem stumpfen Starren. Erneut ins Leere zu fassen, würde ich nicht tränenlos überstehen. Und diesen emotionalen Zusammenbruch kann ich Keno nicht gönnen. Er hält das Paket hinter seinem Rücken und lehnt sich zu mir hinunter. Seine blauen Augen formen sich nach seinem fiesen Lächeln. Meine Zukunft liegt in seinen Händen und er weiß es.

Offenbar reicht ihm diese Genugtuung fürs Erste, denn er wirft mir das Paket vor die Füße. »Keine Angst. Wir machen doch nur Spaß.«

»Sehr witzig, Keno«, murmle ich ironisch und knie mich vor das Paket.

Mit zittrigen Fingern hebe ich es auf und schüttle es vorsichtig. Kein Klirren oder Rascheln, das auf zerbrochenes Glas schließen ließe. Erleichtert atme ich aus. Kenos Lachen sticht in meinen Ohren. Er fasst mir auf den Kopf und fährt mir so wild durch die Haare, dass ich auf meinen Hintern fliege. Die Zonenbewohner starren mich an. Kein Wunder. Mein Anblick ist jämmerlich. Ich sitze in der Mitte des Gangs auf dem Boden. Haarsträhnen fallen aus meinem Zopf und legen sich zerzaust um mein Gesicht. Von Keno sehe ich nur noch den Hinterkopf im Quartier der Sinister verschwinden. Ich presse meine Zähne aufeinander und versuche, die Tränen nicht in meinen Augen aufsteigen zu lassen. Jeder Bewohner, der auf meinen Blick trifft, wendet ihn ab. Vermutlich schämen sie sich oder haben Mitleid mit mir. Dennoch würde sich niemand jemals einmischen, solange ein Sinister involviert ist. Sofern kein Springer in der Nähe ist, kann Keno machen, was er will. Denn die haben es sich zur Aufgabe gemacht, in der Zone für Ordnung zu sorgen. Was so viel bedeutet wie die Sinister in Schach zu halten. Ich schlucke den Kloß in meinem Hals hinunter und stehe auf.

***

Der Aufgang in die Fünfte ist etwas versteckter und nicht mehr im Zentrum. Ich passiere Babos Schmuckladen. Seine Tür ist wie üblich geöffnet und Babo steht hinter dem Tresen. Winkend gehe ich vorbei und ernte ein grinsendes Nicken. Mein Versuch, zurückzulächeln, scheitert. Die Unruhe, die Keno durch meinen Körper gejagt hat, drückt immer noch gegen meinen Brustkorb und alles, was ich denke, ist, dieses Paket unbeschädigt abzuliefern. Direkt hinter seinem Laden biege ich in einen Flur ein. Hier wird es ruhiger. Auch wenn ich das Gedränge gewohnt bin, habe ich erst jetzt das Gefühl, wieder richtig durchatmen zu können. Nur noch vereinzelte Bewohner kommen mir entgegen, meist Springer, denn die haben hier ihr Quartier. Wenn man möchte, kann man sich bei einer der Gruppen bewerben, aber man sollte sich sicher sein, dass sie einen auch aufnehmen. Wenn sie dich ablehnen, bist du gesellschaftlich ziemlich am Ende. Ich bin zufrieden mit meinem Job als Botin und werde das Risiko nicht eingehen, obwohl ich die Springer schon immer bewundert habe. Sie sind nicht nur mutig und stark, sie setzen sich auch für das Gute in der Zone ein. In ihrer schwarzen Kleidung wirken sie wie die Helden aus meinen Büchern. Vor den Quartierstüren bemerke ich einen Springer, den ich noch nie gesehen habe. Er hat kurzes braunes Haar, ist wie die meisten groß und unglaublich gut gebaut. Er unterhält sich mit einem Kollegen mit kurzem Irokesen-Haarschnitt. Seine Arme liegen vor der Brust verschränkt. Die Hand unter seinem Oberarm ballt sich zu einer Faust und zerknittert den Stoff seines Shirts. Je länger ich hinsehe, desto mehr fällt mir auf, wie angespannt er ist – seine Kieferlinie sticht scharf hervor. Worüber sie wohl reden? Von hier aus kann ich kein Wort verstehen. Als hätte er meinen Blick gespürt, dreht er den Kopf und schaut mir direkt in die Augen. Sein harter Blick trifft mich wie ein Blitz. Ich weiß nicht, was es ist, aber es löst irgendetwas in mir aus. Schlagartig fühle ich mich klein und machtlos, kann jedoch nicht wegsehen. Im nächsten Moment wendet er sich wieder von mir ab und ich entdecke ein Tattoo aus seiner Jacke bis hinter sein Ohr blitzen. Das Motiv erkenne ich nicht. Alles, was ich sehe, ist eine schwarze, dünner werdende Linie. Unwillkürlich stelle ich mir vor, wie es wohl aussehen würde. Die Tätowierungen der Springer tragen immer eine tiefere Bedeutung und liegen daher meist im Verborgenen. Bis jetzt hat mich das nicht sonderlich interessiert. Doch diesmal drängt alles in mir darauf, stehen zu bleiben und mehr herauszufinden. Dennoch reiße ich meinen Blick von dem Typen los und eile weiter. Keine Ahnung, woran es liegt, aber dieser unnahbare Kerl brennt sich in meine Gedanken.

Ich knete meine Finger, während ein kräftig gebauter Springer vor den Stiegen meine Genehmigung kontrolliert. Jetzt endlich werde ich die Ebene 5 mit eigenen Augen zu Gesicht bekommen. Als sie mich durchwinken, hämmert es in meinem Brustkorb. Wände rahmen die Treppe zu einem Tunnel. Die Muskeln in meinen Oberschenkeln machen sich bemerkbar, denn in meiner Eile nehme ich zwei Stufen gleichzeitig hinauf. In der Mitte der Treppe befindet sich eine kleine Plattform, die um eine Ecke führt. Licht scheint auf die obersten Stufen. So ein warmes und hartes Glühen kenne ich sonst nur von der Sonne. Kann das sein? Für mich ist es undenkbar, diese inmitten der Zone zu sehen. Meine

Füße werden schneller, bis ich tatsächlich spüre, wie der Lichtstrahl meinen Körper wärmt. Geschichten über die höheren Ebenen schießen mir in den Sinn. Als ich jung war, erzählte mir einmal eine Frau, dass dort alles aus Gold bestünde, und eine andere sagte, dass es überall nach Rosen riechen würde. Beides ist nicht der Fall. Dennoch sind die Gänge so breit, dass sich die Menschen nicht aneinander vorbeidrängeln müssen. Fasziniert starre ich sie an. Weite Hosenbeine, gestreifte Blusen, Poloshirts – ihre Kleidung wirkt elegant und auffallend hell. Sie stehen vor ein paar Geschäften und sitzen in Bars, die ihre Tische in den Fluren aufgestellt haben. In den unteren Ebenen wäre das aufgrund des Platzmangels undenkbar.

Ich trete auf dunkles Holz. Obwohl sich an einigen Stellen Kratzer darin befinden, wirkt es edler als die gewohnten weißen Fliesen. Zwei glühende Rechtecke legen sich über die Dielen und ziehen meinen Blick zu der Quelle. Die Sonne scheint durch große Glasfenster herein und verströmt eine gewisse Wärme, die die ganze Halle füllt.

»Hast du dich verlaufen?« Eine tiefe Stimme lässt mich zusammenfahren.

Mein Blick schweift nach rechts, direkt in die Augen eines Springers. »Nein, ich ...« Mir stockt der Atem, als sich ein zweiter Springer neben ihm aufbaut.

Sie versperren mir den Weg zu der Treppe, die zur Ebene 6 führen muss. Was auch immer ich sage, ohne das Stück Papier komme ich hier nicht weiter. Ich krame die Genehmigung aus meiner Umhängetasche und streiche sie glatt, bevor ich sie ihnen reiche. Mit zusammengekniffenen Augen liest der eine, während der andere noch einen Schritt auf mich zu macht.

»Irgendwelche Waffen?«

Obwohl ich mit dem Kopf schüttle, beugt er sich zu mir hinunter. Als er meinen Körper abklopft, verkrampfe ich. Selbst wenn in seinem Blick nicht das geringste Interesse an mir zu erkennen ist, bin ich diese Berührung nicht gewohnt und lasse sie starr über mich ergehen. Meine Handflächen sind schweißnass. Ich muss mich selbst daran erinnern, dass ich hier sein darf und verdammt nochmal keine Waffen bei mir habe. Als er seine Finger endlich von mir nimmt, wirft der andere einen Blick in meine Tasche und gibt mir die Genehmigung zurück. Sie machen einen Schritt zur Seite und legen mir die Sicht auf die Stiegen frei. Weiße Wände rahmen den Aufgang. Keine schwarzen Dreckschlieren, keine abgebrochenen Kanten an den Stufen. Nickend gehe ich an den Springern vorbei und die Treppe hoch. Diesmal langsamer. In der Mitte des Tunnels klingt das Gemurmel der Menschenmassen ab und ich kann mein Herz schlagen hören. Für die letzten Stufen lege ich die Hände um den Gurt meiner Tasche. Oben angekommen betrachte ich mit offenem Mund die Halle, die sich vor mir erstreckt. In einem Topf, in dem ich ohne Probleme selbst verschwinden könnte, stehen echte Pflanzen. Dunkelgrüne, dicke Blätter ragen bis auf Augenhöhe. So etwas habe ich noch nie gesehen! Vorsichtig lasse ich meine Fingerspitzen darüber gleiten. Sie fühlen sich glatt und weich an und geben meinen Fingern etwas nach. Ein Grinsen schleicht sich auf meine Lippen, als ich daran rieche. Den Duft habe ich mir immer ganz anders vorgestellt. Eher wie den eines Apfels, da Mutter immer sagte, die wachsen auf Bäumen. Doch er ist frisch und vollkommen neu.

Die Decke ist in Blau und Gold verziert und in der Mitte der Halle befinden sich breite Steinsäulen. Durch die großen Fenster glitzert die Sonne und zeichnet Lichtspiele an die

Wände, tunkt den Raum in ein warmes Licht. Das Paket! Bei all der Faszination habe ich beinahe vergessen, warum ich hier bin. Ich ziehe es aus meiner Tasche und blicke auf die darauf geschriebene Nummer. Die Gänge sind übersichtlich gekennzeichnet, sodass ich mich schnell zurechtfinde. Außerdem sind sie doppelt so breit wie auf meiner Ebene und doch gespenstisch leer. Kein einziger Mensch ist hier unterwegs. Wahrscheinlich liegt das daran, dass ich auch kein Geschäft sehe. Stille, die ich bisher nur erfühlen konnte, wenn ich aus meinem Fenster in die Ferne blickte, und selbst dann musste ich eine Menge Fantasie einsetzen, um meine kleine Schwester auszublenden.

Bei der Tür mit der Aufschrift 6110 bleibe ich stehen. Mit der Hoffnung, dass in diesem Paket nichts ist, was Keno kaputtgemacht haben könnte, atme ich noch einmal durch. Nach meinem Klopfen öffnet eine Frau die Tür. Sie trägt einen überdimensionalen Hut und ich kann gar nicht anders, als ihn anzustarren. Als wäre in so einem Bau die Sonne zu stark.

»Was willst du?«, fragt sie misstrauisch und kneift ihre Augen etwas zusammen.

»Ich habe ein Paket für Sie.« Ich versuche, meine Stimme ruhig zu halten. Vergeblich, sie bricht.

»So? Wo ist Juno?«

Mein Blick fällt auf ihre Lippen, die bis über die Lippenlinie hinaus knallrot gezeichnet sind.

»Krank.« Ich weiß nicht, warum er heute nicht zur Arbeit erschienen ist, doch es ist die naheliegendste Erklärung, die mir einfällt.

»Verstehe. Na, komm schon rein.« Die Frau öffnet die Tür vollständig.

Ich gehe ein paar Schritte hinein und stehe direkt im Wohnzimmer. Die Wohnung scheint riesig zu sein. Sie ist hell, mit großen Fenstern und weißen Möbeln ausgestattet, die unheimlich teuer aussehen.

»Ich komme gleich«, sagt sie und verschwindet in einem Flur.

Als ich ihr nachsehe, fällt mir ein, dass Jona immer davon gesprochen hat, auf Ebene 6 Trinkgeld zu bekommen. Er hat nie verraten, wie viel. Gespannt beiße ich mir auf die Unterlippe und stelle mir vor, es könnten fünf Zon sein. Doch der Gedanke, dass der Inhalt des Pakets beschädigt sein könnte, reißt mir schnell die Zähne von den Lippen. Ein Schmatzen übertönt meine Gedanken und zieht meinen Blick nach links. Auf dem Sofa sitzt ein Mädchen. Vielleicht in meinem Alter. Sie sieht mich an, als käme ich gerade aus der Wüste und kaut so laut auf ihrem Kaugummi herum, dass ich mich nicht einmal mehr selbst atmen hören kann. Sie bietet mir nicht an, mich zu setzen, also bleibe ich wie angewurzelt mit dem Paket in den Händen stehen und warte. Um ihrem Blick nicht zu begegnen, lasse ich meine Augen quer durch den Raum wandern. Ich bin erleichtert, als die Frau zurückkommt und sehe ihre locker zur Faust geballte Hand. Tatsächlich könnten dort ein paar Zon Platz finden. Doch das interessiert mich ganz und gar nicht mehr. Meine Finger presse ich in das Paket und bete, dass es nicht beschädigt ist. Mit jedem Schritt, den die Frau auf mich zugeht, tritt mir ein neuer Schweißtropfen aus den Poren. Sie streckt mir die Hand entgegen, doch ich starre sie nur an.

»Na, was ist jetzt?«

Irgendetwas in mir scheint ihr das Paket nicht geben zu wollen, dennoch bewegt sich meine Hand mitsamt der Box in ihre Richtung. Die Frau nimmt es, noch bevor ich den Arm vollständig durchstrecke. Als sie es auf die Rückseite dreht, sehe ich die Münzen hervorblitzen, die sie dabei mit zwei Fingern gegen ihre Handfläche drückt. Mein Blick zuckt zurück zu dem Karton. Es ist, als würde sie meinen neuen Lebensabschnitt aufschlagen. Ich höre nicht einmal mehr das laute Kauen des Mädchens. Sie kratzt am Ende des Klebebands und verzieht die Mundwinkel, bis sie den Streifen zwischen Zeigefinger und Daumen zu fassen bekommt. Der Ruck, mit dem sie ihn von der Lasche löst, lässt mich krampfen und ich halte den Atem an, während sie in das Paket hineingreift. Ein länglicher Umschlag kommt zum Vorschein. Ich brauche einen kurzen Moment, bis ich realisiere, was das ist. Es ist ein *Brief.* Tief atme ich durch. Die Frau liest und will mir gleichzeitig die Hand mit den Zon entgegenstrecken, doch ihre Bewegung friert auf halber Strecke ein. Ihre Augen werden immer größer, bis sie sie vollkommen aufreißt und zu dem Mädchen schaut – vermutlich ihre Tochter. Zumindest ist sie ihr wie aus dem Gesicht geschnitten. Was wohl in dem Brief steht? Ihrem schockierten Ausdruck nach könnte jemand gestorben sein.

»Was willst du noch hier?«, fragt mich die Frau mit zittriger Stimme.

Mein Blick wandert auf die Münzen. Sollte ich sie nach dem Trinkgeld fragen? Wir hätten das Geld bitter nötig und sie muss es doch für mich geholt haben. Ich atme ein und hauche die Luft wieder wortlos aus, als sie selbst realisiert, wie fest sich ihre Finger in die paar Zon pressen. Ihre Fingerkuppen sind rot gefärbt. Schnaubend rollt sie die Lippen zu einem schmalen Strich, als wäre mein Blick ein gieriges Verlangen, das angesichts der schrecklichen Nachricht jetzt völlig unangebracht erscheint. Doch dann streckt sie ihren Arm und lässt die Münzen klirrend in meine Hand fallen. Ich schließe die Finger, ohne nachzusehen, wie viel sie mir gegeben hat.

»Ich wünsche noch einen angenehmen Tag«, sage ich, und zwinge mir ein dankendes Grinsen ins Gesicht.

Kaum habe ich die Wohnungstür passiert, schlägt die Frau sie hinter meinem Rücken zu. Eine Sekunde früher und diese Wucht hätte mir wahrscheinlich den rechten Fuß gebrochen.

»Wiedersehen«, murmle ich vor mich hin und öffne meine Finger.

Vier Zon. Diesmal könnten meine Mundwinkel nicht ehrlicher nach oben wandern. Das sind immerhin vier große Flaschen Wasser.

Kapitel Drei

Wie würde es sich wohl anfühlen, hier zu leben? Auf Ebene 6. Es ist zwar wunderschön und ich habe die Sonne noch nie so stark auf meiner Haut gespürt, aber die Frau sah trotzdem unglücklich aus. Wie misstrauisch sie mir die Tür öffnete, wie tief ihre Mundwinkel dabei lagen und die Sorgenfalte zwischen ihren Augenbrauen, die wahrscheinlich auch bei einem entspannten Gesichtsausdruck bestehen bleiben würde. Selbst das Mädchen grinste kein einziges Mal. Obwohl ich mir diese Ruhe immer gewünscht habe, kommt sie mir jetzt erdrückend vor. Keine Eckkneipen, in denen laut gelacht oder auf den Tischen getanzt wird, keine Verkäufer, die mir ihre Waren unter die Nase halten. Es scheint, als wäre diese Ebene tot und ohne jedes Gefühl. Keine Liebe oder Freude surrt durch die Flure. Vermisse ich etwa meine Ebene? Kenos Gesicht schießt mir durch den Kopf. Wo Liebe ist, ist auch Hass und den hege ich gerade so richtig für diesen Idioten. Wie konnte er meine Zukunft so leichtfertig aufs Spiel setzen? Ich stoße einen Schluchzer aus und starre in den endlosen Gang direkt vor mir. Am Ende des Korridors glitzert Sonnenlicht über das dunkle

Fischgrätenparkett und meine Füße bewegen sich selbstständig darauf zu. Trotz dieser Leere möchte ich mehr von der Ebene entdecken. Ich werde vielleicht nie wieder so hoch kommen. Wenn ich mich noch ein wenig umsehe, fällt das bestimmt niemandem auf und Fitsch sage ich einfach, dass diese Frau eine ziemliche Quasselstrippe war.

Am Ende dieses ewig langen Ganges befindet sich eine kleine Versammlungshalle mit einer Theke in der Mitte. Alles ist in Weiß und Gold gehalten und mehrere Lampen hängen von der Decke, um den Raum zu beleuchten.

»Was soll das bitte bedeuten? Die Überfahrt kann dich das Leben kosten, weißt du nicht, wie gefährlich das ist?«

Die laute Stimme zieht meinen Blick in Richtung Bar, wo sich zwei Männer auf weißen Sofas gegenübersitzen.

»Brüll doch nicht so rum! Denkst du etwa, dass das meine Idee war?«, zischt der eine, von dem ich nur das lockige dunkle Haar erkennen kann.

»Es ist mir egal, wessen Idee das war. Du tust so, als hättest du keine Wahl!«

Der Lockenkopf blickt sich über beide Schultern und ich mache einen Schritt zurück in den Flur. Es wäre wahrscheinlich nicht vorteilhaft, wenn sie mich sehen würden, aber ich muss wissen, von welcher Überfahrt sie reden. Es ist nicht so, dass wir die Zone verlassen könnten. Wo wollen sie denn hin?

»Hör zu, Gerald. Du musst auch einmal etwas riskieren.«

»Riskieren?«, bricht es aus seinem Gegenüber heraus, sodass ich selbst dabei zusammenschrecke.

Plötzlich wird ihr Streit durch Musik unterbrochen. Mir sehr gut bekannte Klänge, die mich schnaufen lassen. In der Halle kann ich nichts erkennen, also wende ich mich herum. Eines der vielen Videos leuchtet an der Wand im Flur auf.

Zuerst erscheint das Wappen der Residenz. Ein goldener Adler, der seine Flügel zur Seite streckt. So ein Video sehen wir jede Woche auch in den unteren Ebenen. Das Logo wird wie immer abgelöst von Elvira Pure, die Präsidentin der Residenz. Und wie gewohnt trägt sie komplett weiße Sachen und die Brosche mit dem Wappen. Ich verdrehe die Augen. Ein weiteres Video voller Schwachsinn kann ich grad echt nicht gebrauchen, ich will wissen, worüber die beiden Männer gesprochen haben.

»Bewohner der Zone 9. Ich bin dankbar für den Zusammenhalt, den wir leisten. Es ist wichtig, dass alle Zonen eine Einheit bilden und gemeinsam mit der Residenz an unserer Situation arbeiten. Bisher konnten wir die Seuche nicht unter Kontrolle bringen, aber wir sind voller Hoffnung und Zuversicht, dass wir bald wieder unser altes Leben führen können. Die Residenz wacht über euch …«

»… wie der Adler über seine Küken!«, äffe ich nach.

Bla bla … Es sind die typischen Phrasen, die jede Woche abgespielt werden. Ich wundere mich, dass sie den Text nicht einfach einmal aufnehmen und dasselbe Video dann jede Woche abspielen. Ihr dunkelbraunes Haar reicht ihr in perfekten Wellen bis zu den Schultern. Es ist bestimmt gefärbt, denn für ihr Alter hat sie verdächtiger Weise noch kein einziges graues Haar.

»Zusammenhalten, das bedeutet auch, miteinander zu teilen. Wir teilen alle zwei Wochen unser Essen mit euch und sind dankbar, dass wir das tun können. Nun erleiden wir eine Durststrecke und hoffen, einen Teil unserer Güte von euch zurückzubekommen. Die Ressourcen werden für die nächsten Lieferungen etwas geringer ausfallen, aber wir können euch versichern, dass wir bald wieder in der Lage sein werden, die volle Versorgung zu gewährleisten. Wir bitten um euer Verständnis und hören uns bestimmt bald wieder.«

Eine Durststrecke? Ihrer Güte? Unsere Läden sind nicht einmal halb bestückt mit den aktuellen Lieferungen aus der Residenz. Alle zwei Wochen fahren die LKWs bei uns ein. Die Lebensmittel sind sonst immer gleich. Wir haben hier nicht viel Auswahl, bis jetzt war das für mich in Ordnung. So eine Situation gab es bei uns noch nie. In den unteren Ebenen muss Panik ausbrechen. Mir schießt die Hitze in den Körper. Die Videos verschwinden zeitgleich von der Wand und das kalte Licht, das den Flur gerade noch so erhellt hat, erlischt. Dennoch starre ich weiterhin auf den nun blanken Fleck und spüre, wie meine Augen brennen, weil ich nicht einmal blinzle. Elvira Pures Stimme hallt in Endlosschleife durch meinen Kopf. *Die Ressourcen werden für die nächsten Lieferungen etwas geringer ausfallen* ... Hunger. Seit Vaters Tod kommen wir gerade so über die Runden. Ich weiß, dass diese halbe Ration für viele in der Zone ein Todesurteil ist, und die Vorstellung, dass es unseres sein könnte, lässt mir das Blut aus den Wangen weichen.

Eine Hand packt mich an der Schulter. »Ich glaube nicht, dass du hier etwas zu suchen hast.«

Mein Atem stockt und jeder meiner Muskeln krampft. Erschrocken drehe ich mich um und sehe in die finstere Miene des großen, schwarz gekleideten Mannes mit den lockigen Haaren, der eben noch auf einem der weißen Sofas saß. Adrenalin pumpt durch meinen Körper.

»Ich habe mich verirrt«, erwiderte ich mit aufgerissenen Augen. »Ich liefere heute zum ersten Mal in dieser Ebene aus.«

Skeptisch hebt der Mann seine linke Augenbraue.

»Ich habe eine Genehmigung.« Hektisch krame ich sie aus meiner Tasche und halte sie ihm vor die Nase.

Er schenkt dem Zettel keine Beachtung und starrt mir nur weiterhin scharf in die Augen. »Ich weiß, wer die Botengänge in die Sechste macht und dein Gesicht habe ich noch nie gesehen.«

Das Papier vibriert durch das Zittern meiner Finger, also senke ich es und presse meine Hand gegen den Oberschenkel. Ich muss mich beruhigen!

»Juno ist krank.« Mein Puls pocht immer noch bis in meine Kehle, doch ich klinge schon etwas cooler. »Ich bin für ihn eingesprungen.«

Seine Augen verengen sich zu Schlitzen. »Wir können ja zusammen zu Fitsch gehen und ihn danach fragen.«

Er kennt Fitsch? Ich verkneife mir ein überraschtes Schnappen nach Luft. Gleichzeitig verziehe ich die Mundwinkel, als wäre ich im Recht. Er soll denken, dass er einen Fehler macht, mich jetzt nach unten zu bringen und Fitsch unnötig bei der Arbeit zu stören. Aber meine mageren Versuche haben keinen Erfolg. Er legt seine Hand zwischen meine Schulterblätter und drückt mich vorwärts. Wir gehen den Gang entlang, vorbei an den Wohnungstüren, vorbei an 6110. Es ist so still, dass ich die Anzugschuhe des Mannes mit jedem Schritt auf dem Fischgrätenparkett knallen höre. Es scheint fast so, als wolle er damit seine Dominanz zum Ausdruck bringen. Meine Sneakers hingehen erzeugen kaum ein Geräusch. Als wir die Treppe hinuntergehen, wandern seine Finger von meinem Schulterblatt zu meinem Arm. Ein eiserner Griff, der mir jeden Fluchtgedanken zwischen den Menschenmassen rauben soll. Schweiß rinnt mir die Schläfe hinunter, als das Gemurmel der Bewohner lauter wird. Kribbelnd rinnt der Tropfen meine Haut entlang, bis er sich in einer Haarsträhne neben meinem Ohr verfängt. Der Lockenkopf blinzelt immer wieder zu mir, also ignoriere ich das Kitzeln, um weiterhin möglichst ruhig zu wirken. Warum konnte ich meine Neugier nicht einfach unter Kontrolle halten und mich mit den Pflanzen zufriedengeben? Mutter wäre nicht böse, wenn ich meinen Job verlieren würde, aber ich weiß auch, dass unsere Überlebenschancen dann in einen gefährlichen Bereich sinken würden. Vor allem jetzt, wo die Essensrationen noch geringer ausfallen werden. Ich kann mir gut vorstellen, dass die Läden die Preise erhöhen werden. Doch das ist nicht einmal mein größtes Problem. Das unerlaubte Betreten der höheren Ebenen wird nicht selten mit Verbannung gestraft. Auch wenn die meisten dieser Fälle einen schwerwiegenderen Grund haben, keimt die Furcht davor in mir auf.

***

Mein Herz pocht bis in meine Fingerspitzen, als wir im Botenbüro ankommen. Fitsch sitzt hinter seinem Schreibtisch neben dem Tresen. Sobald die Scharniere der Tür quietschen, hebt er seinen Blick.

»Gehört die zu dir?«, fragt der Lockenkopf, noch bevor wir vollständig über die Schwelle getreten sind.

Mit großen Augen springt Fitsch auf. »Das ist Kyra. Was hat sie denn jetzt schon wieder angestellt?« Seine Finger pressen so fest gegen das Holz des Schreibtisches, dass sich seine Fingerspitzen rot färben.

»Ich habe sie in Ebene 6 aufgegabelt, wie sie das Gespräch zwischen mir und einem Freund belauscht hat!«

Belauscht? Mein Gesicht muss aschfahl werden, denn ich fühle die Kälte darin aufsteigen. Es ging ihm nie um meine Genehmigung. Das Gespräch muss wichtig gewesen sein, vielleicht sogar gefährlich. Und ich habe es gehört.

»Ich habe mich verlaufen!«, rufe ich dazwischen. »Ich habe niemanden belauscht!«

Der Mann wirft mir einen strengen Schulterblick zu. »Du solltest aufpassen, wo du dich rumtreibst … oder was du meinst, gehört zu haben.«

Droht er mir? Wenn er auf Ebene 6 war, ist es nicht unwahrscheinlich, dass er ein Guide ist. Das ist nicht weniger schlimm, als sich mit einem Sinister anzulegen. Sie haben die Macht in der Zone. Wenn er meine Verbannung will, bin ich tot.

Ich schüttle den Kopf mit kleinen schnellen Bewegungen. »Ich habe nichts gehört.«

Für ein paar Sekunden fixiere ich seine vorgewölbten Augen, die scheinbar gerade versuchen, meiner Mimik abzulesen, ob ich lüge. Diesmal zucke ich nicht mit dem kleinsten Gesichtsmuskel. Das Einzige, worauf ich mich verbissen konzentriere, ist, zu verhindern, dass mir die Tränen in die Augen steigen.

»Danke Erol«, unterbricht Fitsch unser Starren. »Ich kümmere mich um sie.«

Erol wirft Fitsch noch einen kurzen Blick zu und nickt einmal, ehe er sich abwendet.

Ich schließe die Augen und lasse die Luft leise durch meine Nasenlöcher weichen. Er muss mir glauben, denn ich höre die Tür ins Schloss fallen. Doch da ist immer noch Fitsch, der mich bestimmt gerade anglotzt. Als ich meine Augen öffne, bestätigt sich meine Vermutung. Seine großen Zähne kauen wild auf seinen Lippen herum. Kein gutes Zeichen.

»Ich habe dir gesagt, wie wichtig die Lieferungen in die Ebene 6 sind! Ich habe dich gefragt, ob du das schaffen würdest und du hast *ja* gesagt. *Kein Problem*, hast du gesagt.« Seine ohnehin schon piepsige Stimme überschlägt sich. Er fasst sich mit beiden Händen an den Kopf und entblößt die kreisförmigen Schweißflecken unter seinen Achseln. »Weißt du überhaupt, wer das gerade eben war?«

Kopfschüttelnd steigen mir die Tränen nun endgültig in die Augen.

»Erol ist zuständig für den Import der Waren in die höheren Ebenen!« Seine Finger gleiten von seiner Halbglatze und fahren einmal quer über sein Gesicht. »Er stellt uns die Genehmigungen aus! Vielleicht ist es dir lieber, wir haben überhaupt keinen Zugang mehr dort hinauf?«

Das erklärt, wieso er Fitsch kennt, aber zeigt mir auch, dass er kein Guide ist. Eine Erkenntnis, die mir das Blut zurück in die Wangen treibt, jedoch nicht das Brennen meiner Augen lindert.

»Es tut mir leid, Fitsch«, sage ich und räuspere mich, um weitere Worte aus meinem Mund bringen zu können. Es fällt mir nicht leicht, Fitsch anzubetteln, das tat es noch nie, aber ich schlucke meinen Stolz hinunter und lasse ihn wie Blei in meinem Magen liegen. »Ich habe mich wirklich verlaufen. Ich habe die Lieferung einwandfrei abgegeben. Bitte gib mir noch eine Chance.« Ich lege die Hände zusammen, um meine Bitte zu unterstreichen. »Du weißt, ohne diesen Job können wir hier nicht lange überleben.«

Fitsch seufzt und verschränkt seine Arme. »Ich habe deinem Vater ein Versprechen gegeben. Aber irgendwann sind auch meine Grenzen erreicht.«

Ein paar Sekunden sehen wir uns einfach an und ich versuche, mein traurigstes Gesicht aufzusetzen. In diesem Moment rinnt mir sogar die erste Träne aus dem Augenwinkel und ich widerstehe dem Drang, sie wegzuwischen. Ich kann fühlen, wie sie an meiner Wange kitzelt und eine feuchte Spur hinterlässt, die der kleine Tischventilator kühlt, der seine Runden am Tresen dreht.

Fitsch haucht ein Stöhnen. »Kyra, das ist deine allerletzte Chance und das auch nur Balbor zu liebe. Du kannst froh sein, dass er dein Vater war.«

Zittrig atme ich ein und wische mir mit dem Handrücken über die Wange. Auch wenn ich Fitsch nicht sonderlich mag, könnte ich ihn gerade umarmen.

Er streckt mir die Hand fordernd entgegen und ich zücke die Genehmigung. »Aber glaub nicht, dass ich dich nochmal in die sechste Ebene hinaufschicke und für heute gibt es auch keine Bezahlung! Wir sehen uns morgen! Geh jetzt, bevor ich es mir anders überlege.«

Ein unendlicher Stein fällt mir vom Herzen, als ich mich rückwärts aus dem Botenbüro entferne.

Kapitel Vier

Die Menschen rennen durch die Ebene und rufen so wild durcheinander, dass ich kein einziges Wort verstehen kann. Plötzlich schreit jemand unmittelbar hinter mir und ich schnelle herum. Eine Frau streckt ihre Faust in die Höhe und stößt mich im Vorbeilaufen gegen die Wand. Ich strauchle, kann es aber gerade noch so vermeiden, mit meinem Gesicht den Boden zu stempeln. Was ist hier los? Gegen die Wand gelehnt, fällt mein Blick zu den Treppen. Die meisten rennen nach unten in die Halle der Ebene 1. Satzfragmente der Vorbeilaufenden schwappen zu mir herüber.

»Sollen wir den Hungertod erleiden?«

»Wir haben zwei Kinder! Wie sollen wir das schaffen?«

»Meine Schränke sind jetzt schon leer!«

Die Reduzierung der nächsten Lebensmittellieferung. Ich schlucke und drücke mich mit einer Hand von der Wand. Im Augenwinkel sehe ich Fitsch. Er lehnt mit verschränkten Armen im Türrahmen des Botenbüros und beobachtet die vorbeilaufenden Leute kopfschüttelnd. Für heute habe ich genug von seiner Stimme und bevor er mich zurück in das Büro winkt, verschwinde ich lieber aus seinem Blickfeld.

Ich kämpfe mich den Gang an der Wand entlang vorwärts. Die Bewohner lehnen sich über das Geländer und brüllen hinunter. Schulter an Schulter drängen sie sich an die Eisenstange. In zweiter Reihe stelle ich mich auf die Zehenspitzen. Als ich einen Spalt zum Durchsehen finde, bekomme ich eine Portion Haare und beinahe einen Ellbogen ins Gesicht. Ich schlängle mich den Gang weiter durch, bis sich kurz vor den Stiegen das Gedränge der Menschen etwas auflöst und ich einen Platz am Geländer finde. Mein Blick fällt auf das Quartier der Sinister und noch bevor ich realisiere, wonach ich Ausschau halte, habe ich den ganzen Flur schon nach Keno abgesucht. Keine Spur von diesem Mistkerl. Ich kralle meine Hände an die Eisenstange und beuge mich etwas darüber. Drei Guides steigen auf das kleine Podest, welches mittig in der Halle der Ebene 1 steht. Schlagartig wird es still. So still, dass ich das Knarren der Holzblöcke des Podests hören kann. Alle blicken auf Rufus Prence. Er ist der gewählte Anführer der Guides und damit der ganzen Zone. Allerdings fand die Wahl vor zwanzig Jahren statt und seitdem hat es keine neue gegeben. Seine Haare mischen sich in braunen und grauen Strähnen und er trägt, wie alle Guides, einen blauen knöchellangen Mantel, nur mit dem Unterschied, dass seinen ein Abzeichen ziert. Es steht dafür, dass er hier das Sagen hat. Ich glaube, einmal gehört zu haben, dass es ein Militärabzeichen aus der alten Welt ist. Die zuvor in die Luft ragenden Fäuste senken sich nach und nach und die tobenden Beine bleiben im Boden verwurzelt stehen. Neben mir kann ich den schnellen Atem der Bewohner hören. Ich weiß nicht, ob es ein Gefühl der Angst oder der Bewunderung ist, aber Rufus Prence hat immer diese ganz besondere Wirkung auf die Masse.

»Bewohner«, ruft er und streckt dabei beide Arme zur Seite. Der Blick aus seinen kleinen Augen wandert durch die

Menschenreihen vor ihm, weiter durch die hinteren. Auch mich trifft er für den Bruchteil einer Sekunde und durchfährt mich respekteinflößend. Seine Bewegungen sind langsam und er wirkt wie immer ruhig. Dennoch kann ich das kleine Zittern seiner Finger erkennen, bevor er sie wieder gegen die Oberschenkel klatschen lässt.

»Bewohner der Zone 9«, wiederholt er diesmal so laut, dass seine Stimme durch alle Ebenen dröhnt.

Dem Echo folgend, blicke ich nach oben und entdecke das Gesicht des Kaugummi kauenden Mädchens in der Sechsten. Mit ausreichend Platz lehnt sie neben ihrer Mutter über dem Geländer und schmatzt, beide Unterarme gelassen gegen die Eisenstange gestützt. Sie bläst eine Blase, so groß, dass ihre Nase dahinter verschwindet und lässt sie platzen.

»Die reduzierten Lieferungen sind kein Grund für einen Aufstand. Wir müssen in dieser schweren Zeit zusammenhalten und uns nicht gegeneinanderstellen«, sagt Rufus Prence und im selben Moment sieht mir das Mädchen direkt in die Augen.

Eben noch stand ich vor ihr, in einem Wohnzimmer, größer als unsere gesamte Wohnung. Nun schaut sie auf mich herab, wie ich mich zwischen den Menschenmassen an das Eisen dränge. Auch wenn sie längst wusste, wie es in den unteren Ebenen aussieht, habe ich erst jetzt das Gefühl, sie würde mein wahres Ich erkennen. Atem zischt auf meinen Nacken, meine Schultern drücken gegen fremde Haut und meine Finger krallen sich in das Geländer, damit ich den Platz nicht verliere. In ihren Augen hingegen kann ich den Luxus immer noch spiegeln sehen. Das weiße Sofa, auf dem sie saß. Die stillen Räume. Die Wärme der Sonne, die ich nie mehr vergessen werde. Schlagartig fühle ich mich ärmer, als ich je war.

»Wir haben keine andere Wahl, als uns aufs Überleben zu fokussieren. Jede Ebene bekommt wie immer gleich aufgeteilte Rationen zugeteilt, nur dass diese etwas kleiner ausfallen.«

Meine Bauchdecke drückt gegen das Geländer und ich kann jetzt schon die Magensäure fühlen, die mir die Übelkeit in die Kehle befördert. Geflüster surrt um mich, schwillt an zu leisem Gemurmel, das droht lauter zu werden. Gleich aufgeteilte Ration bedeutet, dass die unteren Ebenen aufgrund ihrer höheren Einwohnerzahl hungern müssen und die höheren sich weiterhin die Mägen vollschlagen können. In jedem Stock gibt es einen eigenen Lebensmittelladen, bei dem man seine Trackt-Nummer vorzeigen muss, um dort einkaufen zu können.

Hinter mir schluchzt eine Frau und ein Mann spricht ihr gut zu. Seiner zittrigen Stimme zufolge glaubt er allerdings selbst nicht an seine aufbauenden Worte. Ich verbiete mir, mich nach ihnen umzudrehen, aus Angst, ich könnte sie kennen. Selbst wenn ich es wollte, ich kann ihnen nicht helfen.

»Ich bitte euch, Ruhe zu bewahren!« Rufus Prence weist uns mit beiden Händen darauf hin, still zu sein. »Wartet die nächste Lieferung erst mal ab. Wir haben schon viele Hürden gemeinsam überstanden und wir werden auch diese überleben. Ich gebe euch mein Wort. Begebt euch jetzt in eure Ebenen oder zurück an eure Arbeitsplätze. Richtet euren Hass nicht gegeneinander. Richtet eure Wut nicht an diejenigen, die euch die Hand reichen. Zeigt uns eure Stärke und füllt eure Mägen mit Vernunft. Wir können die Situation nicht kontrollieren, wir können nur mit Stärke reagieren und zeigen, wer wir sind! *Gemeinsam*!«

»Gemeinsam!«, erwidert die Menge.

Doch ich schüttle meinen Kopf. Leere Worte. Als würde Elvira Pure durch ihn sprechen. In Ebene 2 wird der Hunger ausbrechen.

Auch wenn ich versuche, es mir zu verkneifen, fällt mein Blick nach oben zu dem Mädchen. Immer noch starrt sie auf mich herab, doch diesmal sehe ich nicht weg. Sie senkt ihr Kinn, und ihre Augen verdunkeln sich durch die Schatten, die ihre kapuzenförmigen Augenbrauenknochen werfen. Ihre weiße Bluse glänzt wie Seide in dem kühlen Licht und eine hellbeige Zigarettenhose blitzt zwischen den Stäben des Geländers hervor. Mit einer Hand drehe ich den Ärmel meines Shirts und vergrabe den Stoff in meiner Faust, um das Loch darin zu verstecken. Ich habe mich noch nie für meine Kleidung geschämt. Bis jetzt. Schlagartig kommen mir die vier Zon in meiner Hosentasche in den Sinn, die ich schon für Wasser eingeplant hatte. Fest pressen sie sich gegen meinen Oberschenkel. Ich unterdrücke den Drang, sie neu zu sortieren. Vermutlich hat sie die Münzen schon längst vergessen. Sie braucht sich nicht sorgen. Sie weiß es. Ich weiß es. Ein leichtes Schmunzeln bildet sich auf ihren Lippen. Arrogant und abschätzig. Ihre Mutter greift ihren Arm und wendet sich vom Geländer ab. Ich bleibe zurück mit dem Gefühl, einen Kampf verloren zu haben, ohne jemals um etwas gekämpft zu haben.

***

Das Gedränge am Geländer löst sich auf. Ich hingegen bleibe und blicke hinunter in die Ebene 2. Pure Angst weht mir entgegen. Dort schluchzen und fluchen die Menschen, ehe sie sich vom Geländer drücken. Auch meine Finger sind fest in den Stoff meines Ärmels gekrallt. Schmerz rast über meine Gelenke, als ich die Faust öffne, sodass ich die Hände ausschütteln muss. Ich wende mich herum und beschließe, zu Ava ins Tortuga zu gehen. Die Bar liegt nur ein paar Schritte entfernt, direkt neben dem Quartier der Sinister und nach diesem Tag könnte ich ein wenig Ablenkung gebrauchen. Durch die Barfenster blitzen bunte Lichterketten zwischen den Köpfen der Gäste hervor und Avas rostrote Mähne glänzt in der schummrigen Beleuchtung hinter dem Tresen. Der vertraute Anblick lässt mich jetzt schon durchatmen. Als ich die schwere Holztür aufstoße, strömt mir der Geruch von Bier entgegen. Auch wenn ich dieses goldene Getränk nicht herunterbekomme, zaubert mir der Gestank ein Schmunzeln auf die Lippen. Die Bar ist größtenteils aus dunklem Holz und die Wände sind vollgehängt mit irgendwelchem Zeug aus der alten Welt. Cruz der Barbesitzer nennt eines davon Fahrrad, ein anderes Schiffssteuerrad, aber von den meisten Gegenständen habe ich bis heute keine Ahnung, was es sein könnte. Die Tür fällt hinter mir ins Schloss. Gelächter der Gäste und der Klang von zupfenden Gitarrenseiten ersetzen das Gefluche des Gangs. Dieselben Lieder wie immer strömen aus den Boxen an den Wänden, aber sie erhellen meine Stimmung. Ava trocknet einen Bierkrug mit einem Fetzen und redet mit jemandem, der vor ihr am Barhocker sitzt. Nach ein paar Schritten lichtet sich die Gästeschar und gibt den Blick auf ihren Gesprächspartner frei. Blonde hochgebundene Haare, breite Schultern, dunkelrotes Shirt. Keno Fortis. Mir steigt die Hitze in den Kopf. Zähneknirschend schlängle ich mich zwischen den Tischen durch zum Tresen und suche die Gesichter nach weiteren Sinistern ab. Zwei sitzen am anderen Ende der Bar und spielen Karten. Ältere Mitglieder, die nicht danach aussehen, als wären sie auf Streit aus. Von Kenos idiotischen Freunden ist keine Spur zu sehen. Was will er hier?

»Als Kellnerin hat man viel zu sagen in der Zone. Ja, ja«, höre ich ihn über Ava spotten, als ich nur noch zwei Tische von ihnen entfernt bin.

Ava macht einen Schritt, um ein neues Glas zu greifen und Keno dreht sich am Barhocker zur Seite, um ihr nachzusehen. Seinen Unterarm auf den Tresen stützend, nimmt er einen Schluck Bier, von dem der Schaum über seiner Oberlippe kleben bleibt.

»In der Zone vielleicht nicht, aber im Tortuga *habe ich* das Sagen und wenn du mir so kommst, kannst du auch gleich gehen«, kontert Ava und reckt das Kinn, während Keno sich den Schaum von der Oberlippe leckt.

Ein abschätziges Lachen zwingt ihm die Zunge zurück in den Mund und er wischt sich den Rest in den Handrücken.

»Versuch mich doch rauszuschmeißen.« Er greift über den Tresen an Avas Oberarm. »Denkst du, deine dürren Ärmchen können mich auch nur einen Zentimeter bewegen?«

»Was machst du hier Keno?«, mische ich mich in das Gespräch ein.

Avas Blick wandert zuerst zu mir, dann Kenos. Sie zieht ihren Arm aus seinen Krallen und schenkt mir ein begrüßendes Lächeln.

Keno fährt mit dem Zeigefinger einmal über den Rand des Bierkrugs, was einen dumpfen Ton erzeugt und nickt mir zu. »Na, Lieferung abgegeben?«

Ich setze mich an die Bar, sodass ein Hocker zwischen Keno und mir frei bleibt. Auf keinen Fall möchte ich näher als nötig neben ihm sitzen.

»Es ist alles gut verlaufen, falls du das wissen wolltest!« Diesmal kann ich mir nicht verkneifen, ihm frech ins

Gesicht zu grinsen, wodurch ihm das Lachen schlagartig vergeht.

Er zieht die Brauen tief und sein Blick wird steinhart. »Es ist eine Schande, dass eine wie du in die sechste Ebene gehen darf.«

Ava reißt die Augen auf, als sie mir von ihrer privaten Wasserflasche ein Glas halb füllt. »Du warst in der Sechsten?«

Noch bevor ich ihr antworten kann, ergreift Keno das Wort.

»Du bist eine Schande für die ganze Zone. Dein Vater war schon so …« Mit aufeinander gepressten Zähnen schüttelt er den Kopf. »Es wird gemunkelt, dass er die Guides bestochen hat, damit du überhaupt in der zweiten Ebene bleiben darfst!« Er greift sein Bier und hebt es zu den Lippen. »Kein Wunder, dass er tot ist!«

Der Hocker knirscht über den Holzboden, als ich aufspringe. »Nimm das zurück, Keno!«

Alles um mich herum verschwimmt, als würde ich durch einen Tunnel schauen. Und alles, was ich sehe, ist Keno Fortis. Meine Hände zittern bis hoch zu meinen Schultern und mein Herz attackiert meinen Brustkorb, als würde jeder Teil meines Körpers ausbrechen und auf ihn springen wollen.

»Einen Scheiß tu ich!« Keno steht ebenfalls auf. »Jeder weiß, dass dein Vater sich selbst umgebracht hat!« Sein Tonfall wird leiser, abfälliger. »Wahrscheinlich hat er dich einfach nicht mehr ertragen.«

Die Wut drückt mir die Tränen in die Augen. Meine Gedanken vernebeln. Sinister hin oder her – es reicht! Mit bebenden Fingern greife ich über den Tresen und ziehe ein Messer aus dem Holzblock neben Ava. Die Klinge schleift an der Kante des Schlitzes. Einen Wimpernschlag später liegt sie an Kenos Kehle.

Seine Mundwinkel zucken herausfordernd hoch.

»Provozier mich nicht!«, zische ich die Worte an meinen zusammengebissenen Zähnen vorbei.

Sein Atem ist ruhig, vielleicht etwas flacher als sonst, und weht mir den Biergestank entgegen. Seine Arme hängen an den Seiten herab und seine Finger liegen locker an den Oberschenkeln. Ich beobachte sie in meiner peripheren Sicht, denn ich will nicht, dass er mich überrascht.

»Komm ... stich zu, *Sinpa*!«

Ich bewege mich nicht. Antworte nicht. Die Klinge liegt an seiner Kehle und egal, wie das hier endet, das fühlt sich verdammt gut an. Mein Griff umklammert das Messer so fest, dass meine Fingergelenke weiß hervortreten und das Zittern meiner Hände unterdrückt.

Er starrt mich an und ich starre zurück. In seine dämlich blauen Augen, die sich nach seinem fiesen, schiefen Grinsen formen. Es ist still um mich herum. Ich höre nur mein Atmen. Noch nie habe ich eine solche Wut verspürt und zugleich eine solche Macht.

Eine Hand legt sich auf meine Schulter. »Er ist es nicht wert, Kyra.«

Innerlich zucke ich zusammen. Ava. Ihre ruhige Stimme hallt durch meinen gesamten Körper. Mein Herz pocht in meine Fingerspitzen, die wie in Stein gemeißelt an Kenos Kehle liegen. Ein Schnitt. Eine Bewegung entfernt, das Leben eines anderen zu beenden. Ich erkenne mich selbst kaum wieder.

»Kyra«, wiederholt Ava dicht neben meinem Ohr. »Sie würden dich verbannen ...«

Verbannen. Die Ketten, die meinen Blick an Kenos fesselten, brechen. Ava hat recht. Befreiung für eine Sekunde für die Bindung an den eigenen Tod. Schlagartig verwandelt sich meine Wut in Trauer, meine Macht in Unsicherheit und mein Adrenalin in Ermüdung. Blut schießt zurück in meine Fingergelenke und errötet sie. Die Klinge, die eben noch in Kenos Haut drückte, berührt ihn fast nicht mehr. Die Geräusche um mich herum dringen zurück in mein Bewusstsein. Ich bekomme gar nicht mit, wie Keno seine Hand hebt und meine mit einem Schlag zum Öffnen bringt. Das Messer gleitet mir aus den Fingern und Keno fängt es auf. Er drückt die Klinge unter mein Kinn. Die Kälte des Stahls überzieht meinen Nacken mit Gänsehaut und ich hebe meinen Kopf, um den Druck zu lösen.

»Ich wusste, dass du nicht den Mut dazu hast«, sagt er.

Mit großen Augen starre ich ihn an. Meine gerade noch so mächtigen Hände sind leer und kraftlos.

Er senkt das Messer. »Du weißt, dass du das bereuen wirst, Kyra.«

Avas Finger drücken in meine Schulter. Ich nehme sie wahr und doch kann ich den Blick nicht von Keno abwenden. Seine Mundwinkel formen einen Strich. Denkt er nach? Für den Bruchteil einer Sekunde zuckt sein Blick hinter mich. Die zwei älteren Mitglieder der Sinister schießen mir wie ein Krampf in die Gedanken. Ich kann förmlich sehen, wie sie ihre Karten auf den Tisch gelegt haben und uns anstarren. Vielleicht stehen sie sogar schon längst direkt hinter mir. »Buh!« Keno zuckt in meine Richtung und deutet einen Schlag mit dem Ellbogen an.

Ich fahre zusammen und mache einen Schritt zurück. Ein Schreck, der mir in der Mitte der Brust so sehr den Atem abschneidet, dass ich nach Luft schnappen muss.

Er stößt ein Lachen aus, wirft das Messer um seine eigene Achse und fängt es gekonnt wieder am Griff. Dann dreht er sich um und verlässt das Tortuga.

Eingefroren, mit trommelnden Herzen stehe ich da und starre auf die Stelle, an der er stand. Bis Ava mich in den Arm nimmt und zur Theke führt. Mein Blick schwenkt zu den älteren Sinistern. Ihre Köpfe stecken in den Karten und einer von ihnen legt gerade eine ab. Sie spielen immer noch und ich würde fast meinen, dass sie das Geschehen nicht bemerkt haben, wäre da nicht das Knie des anderen, das zusammen mit der Spitze seines Schuhs in meine Richtung zeigt.

»Ein bisschen Sorgen mache ich mir schon«, sagt Ava und kehrt zurück hinter die Bar.

Mitleid zeichnet ihre Gesichtszüge. Ein Anblick, der mich schnaufen lässt. Ich lasse mich auf den Barhocker fallen. Jeder einzelne Muskel meines Körpers entkrampft langsam wieder.

»Was meinst du?« Kein klarer Gedanke will durch meinen Kopf fließen. Ich höre die Buchstaben aus ihrem Mund strömen, aber kann keine Worte daraus bilden.

Erschöpft stütze ich die Ellenbogen auf den Tresen und meine Wangen in die Hände. Ava schiebt mir das Glas Wasser vor die Nase und ich beobachte, wie sich das Bunte der Lichterketten in den Wellen spiegelt.

»Kenos Drohung ...«, sagt sie und verzieht den Mund.

»Was soll er schon machen?« Entgegen meiner Worte stellen sich die Härchen auf meinen Armen auf.

Ava hat recht. Aber ich will einfach nur vergessen, was gerade eben passiert ist.

»Du weißt, wie er sein kann. Du weißt, wie die Sinister sein können. Kyra, bitte versprich mir einfach, dass du vorsichtig bist.«

»Ja, ja. Versprochen«, murmle ich. Aber wir wissen beide, dass leere Worte meinen Mund verlassen. Ich würde alles sagen, um jetzt keine Diskussion darüber anzufangen.

Sie legt den Kopf schief und mustert skeptisch mein Gesicht. Dann hebt sie ihre gerade noch so ernsten Mundwinkel nach oben und lehnt sich zu mir vor. »Also jetzt erzähl mal. Wie war die Ebene 6?«

Nach dem ganzen Frust hatte ich völlig vergessen, dass ich heute zum ersten Mal eine echte Pflanze gesehen habe. Der Gedanke, es Ava gleich zu erzählen, treibt neue Energie in meinen Körper. Als sie die Zähne bei einem Lächeln entblößt, muss auch ich schmunzeln. Ich kann ihre Neugierde natürlich verstehen, doch mir fällt etwas ein. Die Wüsten-Hänselei heute Morgen.

»Hm ... Ich weiß nicht, ob ich dir davon erzählen soll.«

Warnend kneift sie die Augen zusammen und ihr leuchtend blauer Blick mustert mein Gesicht. Für einen Moment könnte ich meinen, sie sei sich nicht sicher, ob ich es ernst meine und das lässt ein Lachen in mir zusammenbrauen. Es kribbelt in meiner Magengegend und kämpft sich den Weg hoch zu meiner Kehle, bis es aus mir herausbricht. Ein echtes, richtig lautes Lachen. Eines, das sich anfühlt, als würde eine schwarze Wolkendecke nach und nach zerplatzen und die Sonne durchscheinen lassen. Vielleicht ist es auch ein Lachen der tiefen Verzweiflung. Vielleicht werde ich jetzt auch ganz einfach verrückt.

»Kyraaaaa!« Sie packt mich an den Schultern und schüttelt mich, damit ich endlich mit dem Lachen aufhöre.

»Ist ja gut! Ist ja gut! Ich erzähle es dir!«

***

Ich bleibe bei Ava bis zu ihrem Dienstschluss und gehe mit ihr die Treppe hinunter in unsere Wohnebene. Da Ava noch weiter hinten in der Ebene als ich wohnt, bringt sie mich normalerweise bis vor meine Haustüre und geht dann weiter, doch heute verabschiedet sie sich auf halber Strecke. Sie meint, sie müsse noch wohin. Als ich durch die Gänge schlendere und wieder allein mit meinen Gedanken bin, verpufft meine gute Laune ziemlich schnell. Beinahe hätte ich heute meinen Job verloren. Ich hätte Keno fast umgebracht und was noch schlimmer ist, ich habe es nicht getan und erwarte noch eine Retourkutsche. Wenige Meter vor meiner Haustür sehe ich Aldor an seinem üblichen Platz sitzen. Er lehnt gegen die Wand und sieht nachdenklich auf die andere Seite der Zone.

Den Gurt meiner Umhängetasche umklammernd, bleibe ich vor ihm stehen. »Du hattest heute unrecht.«

»Recht oder Unrecht liegt oft sehr nah beieinander«, sagt er mit immer noch starrem Blick, als würde er noch ein Geschehen zu Ende beobachten und sieht erst dann zu mir hoch. »Erzähl. Worin irrte ich mich?«

Ich zucke mit den Schultern. »Du meintest, dass heute ein guter Tag wird ... Das war er ganz und gar nicht.«

Ein Schmunzeln schleicht sich auf seine Lippen. »Jeder Tag, den du lebst, ist ein guter Tag. Jeder Tag, der dir schlecht scheint, formt dich und macht dich zu der, die du heute bist. Und mir gefällt, wer du bist. Also sage ich immer noch: Heute war ein guter Tag.«

Ja, ich bin noch am Leben. Deprimierend genug, dass dieser Umstand die Grundlage für einen guten Tag sein soll.

Ironisch reiße ich die Augen auf. »Du siehst immer nur das Gute im Leben, hm?«

»Wenn nichts schlecht ist, kann auch nichts gut sein.« Nachdenklich streicht er die Finger um sein Kinn. »Ich sehe dir an, dass du heute viel über dich gelernt hast. Du bist stark, Kyra ... Weißt du, was dein Name bedeutet?«

»Ja«, murmle ich und kann mir ein Augenverdrehen nicht verkneifen. »*Die Herrscherin.*«

Aldor erinnert mich ständig daran. Ich fühle mich nicht als Herrscherin. Wie könnte ich jemanden anführen, wenn ich nicht einmal mein eigenes Leben in den Griff bekomme? Es ist nur ein Name.

»Nur eine starke Frau kann das Gewicht dieses Namens tragen. Halte deinen Kopf stets nach oben, kleine Kyra.«

Die Lippen spitzend recke ich das Kinn. Es war nicht meine Intention, dieses Gespräch aufzulockern, doch meine Geste lässt ihn loslachen. Ein Lachen, das ich eher als quietschendes Luftholen beschreiben würde. Eines, bei dem ich selbst kein Grinsen unterdrücken kann. Ich bin dankbar für Aldors Worte. Aber noch dankbarer bin ich dafür, dass er mich nicht mit Fragen löchert und ich mich rechtfertigen müsste, wie es bei Mutter der Fall wäre. Aldor rutscht ein Stück zur Seite und klopft neben sich auf das dunkelblaue Handtuch. Nachdem ich mich setze, lasse ich den Kopf gegen die Wand sinken. Der Geruch von ungewaschenen Haaren und dreckigen Klamotten strömt in meine Nase, aber es ist mir egal. Das war es immer schon. Aldor lebt in dieser Ecke der Zone, solange ich denken kann. Ich schaue zu ihm auf, als wäre er mein Vater, auch wenn ich meinen leiblichen Vater ziemlich vermisse. Ein Gefühl, dass mir selbst nach acht Jahren noch einen Kloß in die Kehle treibt. Bevor meine Augen feucht werden können, fische ich eine Münze aus meiner rechten Hosentasche. Sie ist das Einzige, was ich noch von ihm habe. Es ist eine Bronzemünze mit einem eingravierten Gesicht, das von einer Kapuze verhüllt ist. Das Bild ist auf beiden Seiten das gleiche. Die Münze ist nicht perfekt rund, sie sieht eher wie selbstgemacht aus, aber sie hat ein gutes Gewicht. Vater gab sie mir am letzten Tag, an dem ich ihn sah, mit den Worten, ich solle gut darauf aufpassen und dass sie mir eines Tages nützlich sein würde. Ich nehme an, er meinte den sentimentalen Wert, denn ansonsten ist sie nicht besonders wertvoll. Mit den Fingern drehe ich sie um die eigene Achse und beobachte, wie sich die Lichter darin spiegeln.

»Balbor war ein guter Mann«, sagt Aldor. »Er wäre stolz auf dich.«

Ich presse die Lippen zusammen aber antworte nicht. Dieses Mal kann auch die Münze das Brennen meiner Augen nicht verhindern und ich höre auf, sie zu drehen. Stattdessen spanne ich meinen gesamten Körper an, um nicht loszuheulen. Wenn Aldor wüsste, was ich vor wenigen Stunden getan habe, würde er bestimmt andere Worte wählen.

KAPITEL FÜNF

HEUTE BIN ICH NICHT ZU SPÄT DRAN. Tatsächlich bin ich sogar recht früh fertig und warte auf Ava, was so gut wie nie vorkommt, aber ich konnte einfach nicht mehr schlafen. An die Wand gelehnt, sitze ich auf meiner Matratze, beide Knie aufgestellt und beobachte meine kleine Schwester. Erfolglos versucht sie, sich bei unserem Spiegelsplitter die dunkelblonden Haare zu einem Dutt zu rollen, der so aussehen soll, als käme sie von einer höheren Ebene. Also sehr streng und eben einfach perfekt. Doch immer wieder fallen ihr Haarsträhnen ins Gesicht oder stehen zu Berge. Als sie ihren zerzausten Kopf zurückwirft und schnaubt, halte ich mir die Hand vor den Mund und versuche, mir ein Kichern zu verkneifen.

Sie wirft mir einen finsteren Seitenblick zu, aber das bringt mich nur noch mehr zum Lachen. Ringsum beult sich ihr Haar um die Kopfform.

Schmunzelnd gehe ich zu ihr und nehme ihr die Bürste aus der Hand. »Wenn du die Haare zuerst mit einem zweiten Band zusammenbindest, fliegen sie dir nicht so schnell wieder hinaus.«

Ich lege ihr Haar in meine linke Hand und kämme es glatt. Um mehr im Spiegel erkennen zu können, stellt sich Soela auf beide Zehenspitzen und reckt das Kinn in die Höhe.

Mit ihren dunklen Kulleraugen sieht sie auf meine Reflexion. »Warum warst du gestern so spät zuhause?«

»Ich musste länger arbeiten. Eine wichtige Lieferung ist reingekommen.«

Ich will Soela nicht mit meinen Problemen belasten. Sie weiß, dass Keno und ich nicht die besten Freunde sind, aber sie weiß nicht, wie schlimm es ist. Wie schlimm *er* ist. Ihr volles Haar sträubt sich dagegen, an Ort und Stelle zu bleiben und Soelas Schwanken macht es mir nicht gerade einfacher, das erste Band um ihre Haare zu bekommen, aber es gelingt mir. Ein Schauer zieht von meinem Nacken zu den Fingerspitzen. Tausende Male habe ich mir diese Frisur schon selbst nach oben gebunden, bis ich realisierte, dass auch dieser schmerzhaft strenge Dutt mich nicht wichtiger erscheinen lässt, als ich bin. Alles, was er einem bereitet, sind abendliche Kopfschmerzen.

»Wohin musstest du gehen?«, fragt sie und verzieht das Gesicht, während ich den Zopf festziehe.

»Ebene 6.«

Soela dreht sich zu mir um und reißt ihre braunen Augen auf. »Ich möchte auch mal eine Botin werden und in die sechste Ebene kommen.«

»Ich versuche, ein gutes Wort bei Fitsch für dich einzulegen, aber dafür musst du gute Noten in der Schule haben.« Mich zu ihr hinunter beugend kitzle ich sie am Bauch und fühle ihren Rippenbogen herausstechen. »Also los, ab in den Unterricht!«

Sie krümmt sich kichernd und wehrt meinen Angriff mit beiden Händen ab.

Mit einem Schwung wirft sie sich ihren Rucksack über die Schultern und eilt aus der Wohnung. Bis in die Küche folge ich ihr. Mutter sitzt am Tisch, trinkt ein Glas Wasser und starrt vor sich hin. Mir reicht der Blick auf die unordentlich gebundenen Haare und das graue Shirt, dass sie schon dreimal nähen musste, um zu wissen, dass sie gestern keinen Erfolg hatte. Wortlos gehe ich zur Obstschale und greife eine Orange für Aldor. Ich werfe Mutter einen fragenden Blick zu.

Keine Regung. Aber auch kein Einspruch. Also stecke ich die Orange in meine Umhängetasche.

»Bis später«, sage ich und zwinge mir ein Lächeln auf die Lippen.

Müde hebt sie ihren Blick und auch ihre Mundwinkel könnten nicht künstlicher nach oben gehen.

***

In der Halle der ersten Ebene warten bereits die anderen vier Boten, die mit mir für die Annahme der Essensration aufgeteilt wurden, auf mich. Troy entdeckt mich als erstes und nickt mir zu. Er sieht aus, als würde er den ganzen Tag nur Gewichte stemmen. Seine Muskeln drücken sich durch sein dunkelblaues Shirt, das perfekt zu seinen Augen passt. Miras Blick klebt an ihm. Mir schenkt sie – wie immer – nur einen flüchtigen Blick. Siran ist der Einzige, der mich jedes Mal anlächelt. Selbst wenn wir nie wirklich miteinander sprechen. Seine buschigen, schwarzen Augenbrauen ziehen sich so weit in die Augen, dass seine Wimpern diese fast berühren. Zum Schluss wendet sich Jona mir zu, der schon am längsten im Botenbüro arbeitet und deshalb die Lieferungen in die sechste Etage zugewiesen bekommen hat. Er ist dünn und einen ganzen Kopf größer als die anderen.

»Wo warst du gestern?«, frage ich ihn, als ich zur Gruppe dazustoße.

Er senkt den Kopf zu mir herab. »Ich habe mich um meine Mutter kümmern müssen. Ihr geht es in letzter Zeit nicht so gut … Ich denke, sie wird langsam alt.«

»Das tut mir leid … Ich habe dafür die Lieferung in die sechste Ebene machen dürfen.«

Ich weiß nicht, ob ich ein bestürztes Gesicht für die kranke Mutter oder ein fröhliches für die sechste Ebene machen soll, weswegen ich irgendwas dazwischen wähle. Glücklicherweise unterbricht das Zischen der Lieferantenschleuse die eigenartige Stimmung. Grelles Scheinwerferlicht blitzt durch den immer größer werdenden Torspalt und sticht in meinen Augen. Als die ersten LKWs hereinfahren, pocht mein Herz. Spannung surrt durch die gesamte Zone und erfüllt sie mit Stille. Nicht nur wir – die Boten – warten wie gebannt. Aus allen Ebenen beugen sich Menschen über das Geländer, um die Lieferung zu verfolgen. Nur das leise Rollen und Quietschen der Reifen auf dem glatten Boden ist zu hören. Hinter dem letzten Lastwagen schließt sich die Schleuse. Mir weicht das Blut aus den Wangen. Es sind halb so viele wie sonst. Vier Soldaten steigen aus dem ersten Wagen. Ohne auch nur mit dem kleinsten Muskel zu zucken, warte ich, bis sie uns den Befehl geben, loszugehen. Sie sind in weiße Anzüge gehüllt. Nur ihre Augen schimmern durch die Glasfront eines Helms, der sie davor schützt, die verseuchte Luft einzuatmen. Normalerweise übertönt das Geschwätz der Bewohner das Geräusch ihres Atems, doch heute kann ich die Luft durch ihre Schutzmasken zischen hören. Jetzt sehen sie nicht nur unheimlich aus, sie hören sich auch so an. Die größten Eisklumpen legen mir allerdings die schwarzen Sturmgewehre in den Magen. Deutlich stechen sie vor den weißen Anzügen hervor. Sie zögern nicht, diese auch zu benutzen. Ich sah es – mehrmals.

Einer von ihnen winkt uns zu sich und wir folgen ihm zur hinteren Lastwagentür. Unsere Schritte hallen durch die Ebenen und ich weiß, dass die Zonenbewohner jeden davon mit ihren Blicken verfolgen. Ich fühle sie an meinen Schuhspitzen, an meinem Nacken, an meinen blassen Wangen. Vielleicht sind die Wägen voller als sonst. Ein Moment der Ewigkeit vergeht, als er nach der Türschnalle greift. Ich streiche meine schwitzigen Finger an meiner Hose ab und starre mit großen Augen auf die Hand des Soldaten. Mit einem Zischen öffnen sich die Türen. Schlagartig schnürt sich meine Brust zu und ich habe das Gefühl, an dieser Leere zu ersticken. Das Innere ist nicht einmal annähernd so beladen wie sonst.

»Wollt ihr uns verarschen?«, platzt es aus Siran heraus. Er hebt seine Hand und zeigt mit ausgestrecktem Arm auf das Nichts. »Das reicht doch nicht einmal für die erste Woche! Die Wägen sind zur Hälfte leer!«

Seine Worte hallen von den Wänden. Unheilvoll. Wie ein Hammerschlag. Die Stille verpufft. Die Menschen brüllen und beschimpfen die Soldaten. Ängstliche und wütende Gesichter tauchen über dem Geländer auf. Ich zucke zusammen, als etwas an einem der Lastwägen in Scherben zerspringt. Zwei Schüsse folgen. Hektisch schnellt mein Blick umher. Ist jemand tot? Zwei Einkerbungen in den Fliesen verraten mir, dass kein Blut fließt. Noch nicht. Eine Warnung, die ihre Wirkung zeigt. Nun wird es ruhig.

Wie aus dem Nichts packt eine Hand den Soldaten an der Schulter. Weiße Finger schieben ihn grob zur Seite. Sie gehören zu einem weitaus größeren und breiteren Soldaten, der einen Schritt auf Siran zu macht und sich vor ihm aufbaut. Sein Blick ist starr. Beunruhigend starr. Vielleicht sogar ein wenig verrückt. Eine lange Narbe schimmert durch die Glasfront, trennt seine Braue über dem linken Auge bis beinahe zum Haaransatz. Siran ballt die Hände zu Fäusten und als wäre das nicht schon Provokation genug, reckt er das Kinn.

Was tust du denn da? Am liebsten würde ich Siran die Worte zubrüllen. Ihn wegstoßen, ausschimpfen, ihm sagen, dass er aufhören soll. Ich mache gar nichts davon. Stehe nur da. Jeder Muskel angespannt. Der Soldat holt aus. Trifft Siran mit dem Rücken seines Gewehrs in den Bauch. Sirans Schrei lässt mich zusammenzucken. Er sinkt zu Boden.

Troy setzt einen Schritt auf den Soldaten zu. Ein anderer tritt ihm in die Kniekehle. Stöhnend fällt auch Troy. Ein Klicken, als der Soldat das Gewehr entsichert und an seinen Kopf hält. Sofort folgt weiteres Klicken. Das Geräusch prasselt auf mich ein, wie Kugeln. Unwillkürlich halte ich die Luft an, als ich in das schwarze Loch eines Laufs blicke. Mein Puls hämmert gegen mein schweißgekühltes Handgelenk. Ein Schrei durchfährt meine Ohren. Schmerzverzerrt rollt Siran über den Boden. Immer wieder tritt das Narbengesicht Siran in den Rücken.

Meine Fingernägel graben sich in meine Handinnenflächen. Wie gern würde ich auf ihn springen, mit dem Versuch, dem Ganzen ein Ende zu setzen. Aber meine Füße verwurzeln sich im Boden und jeder Muskel meines Körpers friert ein. Eine falsche Bewegung, womöglich nur ein Blinzeln und ich wäre tot.

Der Soldat prügelt weiter auf Siran ein. Ich stehe da. Tatenlos. Zum Zuschauen verdammt. Tränen steigen mir in die Augen. Will er ihn umbringen? Fest beiße ich mir auf die Unterlippe. Die schützenden Arme vor Sirans Gesicht fallen zu Boden. Blut rinnt aus seiner Nase. Er stöhnt. Wimmert.

Seine Augen fallen zu. Der Vernarbte holt erneut aus. Dieser Schlag wird Sirans Todesurteil sein.

»Das reicht«, rufe ich, bevor ich die Worte aufhalten kann.

Der Soldat stoppt und sieht mich an. Eiseskälte wandert meine Wirbelsäule entlang. Habe ich das gerade wirklich gesagt?

»Bitte«, wimmere ich.

Hitze steigt in meine Wangen. Mein Herz schlägt so fest, dass es schmerzt.

Ich bin tot. Nur dieser Gedanke kreist durch mein Bewusstsein, während ich in die kalten Augen des Mannes sehe, in dessen Händen nun mein Schicksal liegt. Ich grabe meine Finger fester in meine Handflächen, um nicht loszuheulen. Nicht jetzt.

Der Soldat richtet sich auf und nimmt seinen Helm ab. Zischend weicht die Luft aus seinem Anzug. Erst dachte ich, die Helme würden sie angsteinflößender wirken lassen, als sie sind. Ich irrte mich. Dunkle schweißüberlaufene Haare, kantige Gesichtszüge und fast schon schwarze, scharfe Augen kommen zum Vorschein. Er macht zwei große Schritte auf mich zu und drückt einem anderen seinen Helm in die Hände. Sein Zigarettenatem weht mir entgegen, doch ich wage es nicht, die Nase zu rümpfen. Deutlich sticht die Narbe über seinem linken Auge hervor. Beinahe schon zu deutlich für jemanden aus der Residenz. Er schaut auf mich herab, als könnte er mich mit einem Hieb zerquetschen.

»Hast du was zu sagen, Mädchen?« Seine Stimme ist rau und kratzig. Herausfordernd hebt er die Augenbrauen, als würde er darauf warten, einen Grund geliefert zu bekommen, auch auf mich loszugehen.

So einen darf ich ihm jetzt auf gar keinen Fall liefern. Sirans Ächzen durchschneidet die angespannte Stille.

»Er stirbt«, flüstere ich zittrig.

Das Narbengesicht starrt mich an. Ich halte seinem Blick stand, auch wenn es alles von mir abverlangt. Seine Mundwinkel zucken. Dann bricht ein Lachen aus ihm heraus. Irritiert runzle ich die Stirn. Immer noch lachend wendet er sich von mir ab. Seine Kollegen stimmen ein, erst verunsichert, dann lautstark. Ein paar brüllen aus vollem Halse und ein paar andere künsteln Lacher, die selbst nicht zittriger klingen könnten. Nur mit den Augen schiele ich hinunter zu Siran und treffe zwischen blutroter Schläfe und vermutlich gebrochener Nase auf seinen müden Blick. Gut. Zumindest lebt er noch. Schlagartig verstummt das dröhnende Lachen des Soldaten. Die abrupte Stille zieht mir die Halsmuskeln zusammen.

Das Narbengesicht blickt zu mir, wieder völlig ernst. Nein, nicht nur ernst, etwas funkelt in seinen Augen. Hass. Ein Ruck durchfährt seinen Körper. Zu schnell für meine Reflexe. Bevor ich die Bauchdecke anspannen kann, rammt er seine Waffe in meine butterweiche Mitte. Meine Hände zucken zu dem Schmerz, der beißend bis in mein Rückenmark rast und mir Tränen in die Augen drückt. Nach Luft ringend krümme ich mich, bemüht, nicht auf die Knie zu fallen. Bestimmt war es das noch nicht. Ich zwinge mich, den Blick zu heben. Ein schwarzer Schaft schnellt auf mein Gesicht zu. Automatisch kneife ich die Augen zusammen, ziehe die Schultern bis zu den Ohren, erwarte den Aufprall.

Doch da ist ... nichts. Absolut nichts. Flattrig öffne ich die Augen und blicke auf den Rücken des Gewehres. So nah an meinem Gesicht, dass ich ihn nicht richtig fokussieren kann. Dafür erkenne ich eine Hand auf dem Arm des Soldaten in voller Schärfe.

»Das würde ich nicht tun!«

Was? Wer? Irritiert folgt mein Blick dem Arm zu der Person, der die fremde Stimme gehört. Ich schnappe nach Luft, als ich den mysteriösen Springer erkenne, den ich gestern vor deren Quartier gesehen habe.

»Oder wollt ihr den Lastwagen selbst ausräumen?«

Das Narbengesicht grummelt und fletscht die Zähne. Zumindest sieht er mich nicht mehr an. Der Springer hat nun seine volle Aufmerksamkeit. Für einen Moment stehen wir so da. Das Gewehr vor meiner Nase, die Hand des Springers am Arm des Soldaten. Ich warte auf seine Entscheidung. Wird er mein Todesurteil unterschreiben oder kann ich den morgigen Tag noch erleben? Langsam, als würde ich die Welt in Zeitlupe wahrnehmen, senkt der Soldat die Hand. Das Argument des Springers scheint zu wirken. Niemals würden die Soldaten auf die Idee kommen, selbst anzupacken.

»Na los, macht schon«, fordert der Soldat uns auf. »Bewegung! Wir haben nicht den ganzen Tag Zeit.«

Ich will dem unbekannten Springer dankend zunicken. Immerhin hat er gerade vermutlich mein Leben gerettet. Doch die Härte in seinen Augen lässt mich innehalten. Oder ist es Wut? Hasst er mich dafür, dass er sich hat einmischen müssen? Ich will etwas sagen, aber kein Laut kommt über meine Lippen. Mit einem Ruck wendet er sich ab. Langsam löse ich die Nägel von meinen Handflächen. Es brennt und ich verziehe das Gesicht, aber verbiete mir, die Kerben anzusehen. Die anderen Boten eilen zu dem Lastwagen und ich knie mich zu Siran auf den Boden.

»Danke«, stöhnt er mit schmerzverzerrtem Gesicht.

»Kannst du aufstehen?«

»Ich denke schon.«

Mein Blick schwenkt zum Narbengesicht. Er sieht uns nicht an. Gut so. Ein leises Stöhnen bricht über Sirans Lippen, als ich ihn packe und auf die Beine ziehe. Seine zusammengepressten Lippen und sein verzogenes Gesicht verraten mir, dass er sich zusammenreißen muss, um seine Schmerzen nicht nach außen brechen zu lassen. Schnelle Schritte lassen meinen Blick zur Seite zucken, doch es handelt sich nur um einen Jungen, der angerannt kommt. Sirans Bruder. Ich erinnere mich flüchtig daran, ihn schon mal gesehen zu haben, auch wenn ich nicht sagen kann, wo. Er ist kaum älter als zwölf Jahre. Gänsehaut schießt mir auf die Arme, wenn ich daran denke, dass er mitansehen musste, was der Soldat seinem Bruder angetan hat. Er greift Siran unter die Arme und ich übergebe ihn seiner Obhut.

»Bring ihn in den Krankentrakt.« Jegliches Mitgefühl verbanne ich aus meiner Stimme. Es würde die Situation nur schlimmer machen.

***

Gemeinsam mit Jona hebe ich die letzte metallene Kiste aus dem Lastwagen. Jeder von uns greift einen an der Seite befestigten Griff. Da Jona einen Kopf größer ist als ich, hängt das meiste Gewicht an seinen Armen. Dafür übernehme ich den organisatorischen Part. Erst als wir das düstere Lager betreten, schiele ich auf das weiße Etikett, damit wir wissen, wo wir die Box abstellen müssen. Die meisten Glühbirnen sind schon vor Jahren ausgefallen. Also muss ich den letzten Lichtstreifen erwischen, der aus der Halle scheint, um die Buchstaben entziffern zu können. *Ebene 5 – 7.* Was da wohl drinnen ist? Bis jetzt habe ich noch nie einen Blick in eine der Kisten für die höheren Ebenen werfen können, aber ich wette, sie haben mehr Auswahl als wir. Jedenfalls fühlen sie sich schwerer an.

»Die muss ganz nach hinten«, sage ich.

»Mhm.« Jona nickt Mira und Troy verabschiedend zu als sie an uns vorbeigehen. Er sieht ihnen nach oder kontrolliert, ob uns jemand hören kann. »Du hättest dich nicht einmischen sollen.«

Verblüfft zucken meine Brauen zusammen. Wirft er mir gerade vor, dass ich Siran nicht habe sterben lassen? »Vielleicht hättest *du* es dann tun sollen ...«

»Wozu? Zwei Tote statt einem? Ich weiß nicht, wie du zu deinem Leben stehst, aber ich hänge an meinem.«

Mein Griff um das Metall wird fester. Von Jona hatte ich nichts anderes erwartet. Er ist ein Feigling. Das war er schon immer. »Wir leben noch, oder?«

Am Ende des Lagers nimmt er mir den zweiten Griff ab. Ich stemme beide Hände von unten gegen die Kiste und wir heben sie auf drei weitere.

»Verstehst du es nicht?« Er rückt die Box zurecht, bis sie klickend mit der darunterliegenden einrastet. »Wenn der Springer nicht gewesen wäre ...« Seine Schultern sacken schnaufend zusammen. »Was mach ich mir vor ... Das ist noch schlimmer. Wer weiß, ob es bei ein paar Schlägen geblieben wäre. Aber jetzt? Der Springer hat Hand an einen Soldaten gelegt. Das passiert nicht oft und wenn es passiert ... dann endet es tödlich.«

Bestimmt wollte ich keine Anerkennung oder sonst etwas, aber eine Standpauke? »Ich konnte Siran nicht sterben lassen ... und ich werfe dir auch nicht vor, dass du dabei zugesehen hättest.«

Er öffnet die Lippen, mustert aber nur mein Gesicht, bis er die inne gehaltene Luft weichen lässt. »Wie auch immer.«

Jona wendet sich ab und ich beobachte seine Silhouette, die auf das leuchtende Rechteck am anderen Ende zusteuert.

Ein flaues Gefühl in meiner Magengegend wächst. Verdammt, es war die einzig richtige Entscheidung! Ich will mich gerade selbst auf den Weg machen, als zwei weitere Schatten auf dem Lichtstreifen neben seinem wachsen. Die Dunkelheit des Lagers hat mich noch nie erschreckt, doch plötzlich wirkt sie bedrückend.

Schwarze männliche Umrisse stehen in der offenen Tür. Breit, hochgewachsen und an den Schultern gewölbt, wie ich es nur von den Anzügen der Soldaten kenne. Sie bewegen sich nicht. Sollte ich losgehen?

Jona blickt zu mir zurück, bleibt jedoch nicht stehen. Will er mir etwas sagen? Mich warnen? Ich kann seinen Gesichtsausdruck nicht entziffern. Alles, was ich sehe, ist seine schwarze Silhouette, die langsam drei Finger ausstreckt. Drei? Wenn in der Tür zur Halle nur zwei Soldaten stehen, muss der Dritte bereits im Lager sein. Ich schlucke und trete einen Schritt zurück.

Die Männer weichen zur Seite und lassen Jona passieren. Das werden sie für mich nicht tun, da bin ich mir sicher. *Der Springer hat Hand an einen Soldaten gelegt. Das passiert nicht oft und wenn es passiert, dann endet es tödlich.* Jonas Worte, die gerade erst ihre Ernsthaftigkeit in meinem Kopf annehmen.

Mit leichtem Fuß schleiche ich um die Kisten, die mir gestapelt bis knapp über den Kopf reichen. Ich warte ab. Vielleicht verschwinden die Männer. Vielleicht werde ich nun auch einfach nur paranoid.

»Ich würde dir raten, rauszukommen.« Eine raue, tiefe Stimme? Das Narbengesicht.

Verdammt, soviel dazu. Der ist ganz bestimmt wegen mir hier. Nur auf Zehenspitzen tapse ich in die hinterste Ecke. Abgesehen von der Tür, die zur Halle führt, existiert nur ein einziger Weg hier raus. Der schmale Lüftungsschacht. Ich weiß, dass in diesem Teil des Lagers nur alle paar Minuten eine einsame Glühbirne aufflackert. Wenn ich Glück habe, kann ich in vollkommener Dunkelheit verschwinden.

»Letzte Warnung!«

Warnung? Für was? Mit einer Hand taste ich mich blind an den Kisten entlang. Mein Blick fixiert die dunkle Stelle, an der ich den Lüftungsschacht vermute. Kniehoch in der Wand. Meine Finger zittern, als sie über die glatten Fliesen streifen. Wo ist die verdammte Öffnung? Keine Ahnung, ob das Narbengesicht mich sehen wird, wenn die kaputte Glühbirne anspringt. Vorsichtshalber gehe ich in die Hocke.

Ein Knall lässt mich zucken. Meine Zähne beißen aufeinander, um den Impuls zu unterdrücken, nach Luft zu schnappen. Was war das? Ein Rumpeln und Krachen folgt. Mit beiden Händen suche ich die Wand ab, bis ich Rillen ertaste. Höher als ich sie in Erinnerung hatte. Vorsichtig nehme ich die Verkleidung ab, versuche das Beben meiner Arme zu minimieren. Jetzt bloß keinen Laut erzeugen.

Drei Schüsse fallen. Meine Schultern zucken zu den Ohren, meine Hände frieren ein. Ist jemand tot? Ich lausche nach einem Schrei, Stöhnen, Ächzen, irgendetwas, das mich auf das Ableben eines Menschen schließen ließe. Doch da ist nichts. Nichts, bis auf das lauter werdende Plätschern von Flüssigkeit.

»Wie viel Wasser braucht ihr, um zwei Wochen zu überleben?«

Er wird doch nicht ... oder doch? Mir weicht das Blut aus den Wangen. Meine Finger pressen in die Abdeckung des Schachts. Ich könnte verschwinden. Genau jetzt.

Ein weiterer Schuss lässt mich zurückschrecken. Verdammter Mist! Übelkeit entflammt in meiner Magengrube, wandert hinauf zu meiner Kehle. Obwohl sich jede Faser meines Körpers dagegen sträubt, werfe ich das Metall zu Boden und stehe auf. Mit wackligen Beinen trete ich aus meinem Versteck, achte nicht mehr darauf, leise zu gehen. In meiner Brust hämmert es, als ich die Silhouette des Narbengesichts erkenne. Ein Arm ausgestreckt, verlängert durch eine Waffe. In diesem Moment flackert die Glühbirne hinter mir auf und erhellt die umgeworfene Kiste, das Essen auf dem Boden, Plastikfetzen von Flaschen in einer Wasserlache.

»Okay. Ich bin hier.« Kapitulierend hebe ich die Hände.

Mit schnellem Schritt kommt er auf mich zu, packt mich am Nacken und drückt meinen Kopf hinunter. Wird er mich jetzt erschießen?

»Die anderen sollten zusehen, findest du nicht?« Seine Stimme rast eisig über meine Wirbelsäule, die sich nachgiebig krümmt.

Schmerzhaft zieht er mich vorwärts. Ich stolpere aus dem dunklen Lager in die Halle. Grelles Licht sticht in meinen Pupillen. Das Gemurmel dämpft ab. Stille. Bestimmt starren mich gerade alle an. Im Augenwinkel kann ich Jonas Schuhe ausmachen. Die Tatsache, dass er auf mich gewartet hat, bedeutet jedoch nicht, dass er eingreifen wird. Er hat seinen Standpunkt klar gemacht.

Ein Ruck an meinem Hals und ich knalle stöhnend auf die Bodenfliesen. Das Klicken der aufsteigenden Waffen zwingt mich, aufzuschauen. Inmitten der schwarzen Löcher der Läufe steht das Narbengesicht.

Sein Blick schweift durch die Halle. »Jeder, der sich einem Soldaten widersetzt oder seine Arbeit stört, muss mit Konsequenzen rechnen.«

Okay, das wars. Ich bin tot. Meine eigenen Halsmuskeln schnüren mir den Atem ab. Kalter Schweiß benetzt meine

Handflächen. Instinktiv gleitet mein Blick hoch zu Ebene 2, noch bevor ich realisiere, warum. Mutter. Ich hoffte, sie müsste es nicht mit ansehen, doch ich blicke direkt in ihre geweiteten Augen. Angespannt lehnt sie über das Geländer, blass um die Wangen. *Wage es nicht zu weinen, sonst muss ich es auch tun!*

»Betrachtet es als eine Lektion.« Ein Zucken rast durch den Soldaten.

Sein Stiefel trifft meinen Magen. Etwas zwischen einem Schrei und einem Stöhnen entweicht mir. Das Brennen zwingt mich, die Beine anzuziehen und mich röchelnd zusammenzukauern. Erneut trifft mich etwas, diesmal an meinem Arm. Schmerz rast bis zu meinem Knochen, überzieht meinen Nacken mit Kälte. Ich winde mich, kann nicht verhindern, die Augen aufzureißen. Mutter ist weg. Das ist gut. Dennoch fühle ich mich plötzlich allein. Hilflos. Ausgeliefert.

Etwas packt mich am Schopf, zieht mich auf die Knie. Ich schreie. Beißende Stiche rasen über meine Kopfhaut. Jetzt wird der Schuss kommen, der mein Leben beendet. Immer noch kämpfe ich gegen die Tränen an. Wenn ich sterbe, dann nicht heulend!

»Also … Einwände?« Das Narbengesicht blickt prüfend durch die Runde.

Mir ist klar, dass niemand vortreten wird. Erst höre ich nur meinen flachen Atem und das Blut in meinen Ohren rauschen, doch dann vernehme ich schnelle Schritte. Mutter rast die Stiegen hinunter. Nein, sie darf sich nicht einmischen! Er wird auch sie umbringen. Meine Finger krallen sich fest in die Enden meines Shirts. Meine Zähne beißen auf meine bebende Unterlippe. Es ist nicht der Schmerz, der die Angst giftig durch meinen Körper treibt, es ist mein Tod.

Und der muss eintreten, bevor Mutter in der Halle ist. Ich starre ins Leere, meine Sicht ist zu verschwommen, um noch etwas zu erkennen. Soviel dazu, dass ich nicht heulen wollte. Ein letztes Mal versuche ich, Luft in meine Lungen zu bekommen, dann spucke ich dem Soldaten vor die Füße. Mein Herz rast.

Sein Blick schweift über meinen Speichel, hoch zu meinem Gesicht. Leere überkommt mich. Kälte. Wird Vater mich abholen kommen? Das Narbengesicht zieht einen Mundwinkel schnaubend hoch. Dann rast sein Gewehr auf mein Gesicht zu. Mein Bild wird schwarz.

Kapitel Sechs

Seit ein paar Tagen frage ich mich, wieso ich noch lebe. Nachdem das Narbengesicht mich ausgeknockt hatte, ließ er mich einfach liegen. Die Krankenschwester meinte, ich hatte Glück und keinerlei Knochenbrüche. Nur ein paar blaue Flecken und eine leichte Gehirnerschütterung. Nach einer Nacht hat sie mich entlassen. Dabei habe ich dem Soldaten vor die Füße gespuckt. Damit hätte ich definitiv mein Todesurteil unterschreiben müssen. An meinem Krankenbett äußerte Ava die Vermutung, dass es nicht seine Entscheidung war. Irgendetwas hat ihn davon abgehalten, mich zu töten. Sicherlich keine innere Erwärmung meinerseits. Nein, eher ein Befehl. Vielleicht sogar einer von Elvira Pure. Keine Ahnung, ich weiß nur, dass ich mich vor dem Tag fürchte, an dem sie wiederkommen. Mutter drängt mich dazu, mich krankschreiben zu lassen, sobald die nächste Essenslieferung ansteht. Aber Krankenstände werden nun mal nicht bezahlt.

Magensäure wandert meine Speiseröhre hinauf, als ich die Augen öffne. Meine ohnehin schon dünne Bauchdecke wird mit jedem Tag flacher und mein Atem kürzer. Als ich mich aus meinem Bett quäle, spüre ich, wie schwach meine Beine sind. Mein Kreislauf lässt den Boden schwanken.

»Kyra! Du musst los!«, ruft meine Mutter.

Ich stolpere zu dem Spiegelsplitter, schiebe mir meinen Haargummi zwischen die Zähne und rücke mir die Haare mit den Fingern zurecht.

»Ist Ava schon da?«, rufe ich ihr mit noch zusammengepressten Zähnen zu.

»Ja, sie wartet draußen.«

Im Vorbeilaufen greife ich mir das oberste schwarze Shirt vom Klamottenstapel neben meiner Matratze. Ich schlüpfe hinein, werfe mir meine Umhängetasche um und haste aus dem Zimmer. Beinahe knalle ich in Mutters ausgestreckten Arm und stoppe abrupt.

»Mach bloß keine Dummheiten, hörst du?« Seit der Lieferung sagt sie diesen Satz jeden Tag, als würde sie ihn mir in den Schädel brennen wollen.

Wie immer nicke ich.

Eine Apfelhälfte klemmt zwischen ihren Fingern. »Hier, bring das zu Aldor.«

Egal, wie wenig in unseren Schränken zu finden ist, Mutter würde nie vergessen, mit denjenigen zu teilen, die noch weniger haben. Augenringe unterstreichen ihren erschöpften Gesichtsausdruck. Ihre Brauen ziehen sich zusammen, sodass eine Falte zwischen ihnen entsteht. Unpassend zu ihrem sorgenden Blick grinst sie mich an. Ich drehe die Apfelhälfte in meinen Händen, doch bevor ich meine Lippen öffnen kann, nickt sie, als wüsste sie, was ich denke. Als würde sie mir sagen wollen, dass ich mir um sie keine Sorgen machen bräuchte. Also ziehe auch ich meine Mundwinkel in die Höhe. Wahrscheinlich trage ich nun denselben Gesichtsausdruck wie meine Mutter.

»Pass auf dich auf«, sagt sie und ich drehe mich zur Tür.

Vor unserer Wohnung lehnt Ava am Gelände, mit dem Rücken zu mir. Beide Unterarme auf die Eisenstange gestützt, sieht sie hinunter. Erst als ich mich neben sie stelle, wendet sie den Kopf herum.

»Na, wie geht's euch mit dem Hunger?«

»Es geht schon.« Mein Magen knurrt. »Und euch?«

»Ja, geht auch«, sagt sie, wirkt aber genauso wenig ehrlich wie ich es bin.

Träge hängt sie am Geländer. Wirke ich auch so schlapp? Ihre Wangen fallen leicht ein. Das taten sie immer schon, nur gerade fällt es mir besonders auf.

Ava verengt den blauen Blick. »So miserabel sehe ich auch nicht aus.«

Erst jetzt merke ich, dass ich sie anstarre und muss grinsen. Ich ziehe beide Augenbrauen hoch und presse die Lippen zusammen, woraufhin sie mir die Rückhand schmunzelnd gegen den Arm klappst. Ava weiß, wie gutaussehend sie ist. Sie braucht meine Bestätigung nicht, also kann ich mir diesen Spaß ruhig erlauben.

Ihr Blick fällt auf die große Uhr in der Halle und sie stößt sich vom Geländer ab. »Komm, du Miesepeter. Wegen dir werde ich noch gefeuert.«

Nach ein paar Schritten treffen wir auf Aldor, der wie üblich in seiner Ecke sitzt. Ich halte ihm den halben Apfel hin, doch Aldor schüttelt den Kopf.

Mit beiden Händen greift er meine und schließt meine Finger um das Obst. »Iss du ihn, Kyra. Du brauchst die Vitamine. Ich bin schon alt und sitze sowieso nur hier herum.«

Seine Finger sind so kalt, dass mir Gänsehaut auf die Arme schießt. Einen Augenblick überlege ich, ob ich sein Angebot annehme. In Gedanken habe ich diese Apfelhälfte schon längst verspeist. Und als das Knurren meines Magens durch meinen Körper hallt, grinse ich dankend. Er zieht seine Hände von meinen. Immer noch kann ich die Kälte auf ihnen spüren und bekomme ein schlechtes Gewissen. Doch Aldors zufriedenes Lächeln zeigt mir, dass er das Obst auch nicht angenommen hätte, würde ich darum betteln. Also breche ich die Hälfte wieder in zwei und gebe Ava ein Viertel. Dafür umarmt sie mich und küsst mich zweimal auf die Wange. Während wir uns durch die Menschenmassen schlängeln, breitet sich die süßliche Säure explosionsartig in meinem Mund aus und zieht mir die Wangen zusammen. Beinahe hatte ich vergessen, wie köstlich ein Apfel sein kann. Sogar das Knacken, wenn ich ein Stück abbeiße, klingt für mich genüsslich. Ava lässt ihr Stück in ihre Jackentasche fallen. Mir ist sofort klar, dass sie es für ihren Vater Pako aufhebt. Ich schnaufe, um es nicht anzusprechen. Sie würde es ohnehin bestreiten. In der dritten Ebene trennen sich unsere Wege wie immer und Ava verabschiedet sich winkend.

Ich erreiche das Botenbüro und nehme meine Lieferungen für heute entgegen. Mehrere Briefe und ein dickeres Paket, alle für die Ebenen 4 und 3. Fitsch trichtert mir jedes Mal ein, dass ich mit der höheren Ebene beginnen muss, da diese als wichtiger empfunden wird. Dazu muss ich erst einmal durch die ganze dritte Ebene und an den Geschäften vorbei, für die ich auch Pakete habe, was immer ein wenig deprimierend ist.

Mein letztes Paket gebe ich in der Nähe des Tortuga ab, eine gute Gelegenheit, um auf dem Rückweg einen Zwischenstopp bei Ava einzulegen. Ich schlendere an den Barfenstern vorbei und halte Ausschau nach Keno. Zum Glück ist von ihm keine Spur zu sehen. Als ich meine Hand gegen die Holztür stemme, bereite ich mich mental auf den Biergestank vor. Doch die Tür scheint zu klemmen, denn sie bewegt sich kein Stück. Erneut drücke ich dagegen und bekomme sie wieder nicht geöffnet. Ist sie verschlossen? Das war noch nie der Fall. Ich hetze zu den Fenstern und presse die Nase dagegen. Dunkelheit. Mit beiden Händen schirme ich die sich im Glas spiegelnden Lichter ab. Es ist niemand hier.

Ist mit Ava alles in Ordnung? Hat sich Keno gerächt? Aber warum an Ava und nicht an mir? Mein Herzschlag beschleunigt sich. Ich drehe mich in alle Richtungen und treffe auf den scharfen Blick eines Sinisters. Doch nicht nur irgendeines. Es ist Kenos Vater. Er ist schon ewig bei den Sinistern, hat einen hohen Rang, und ist doppelt so gefährlich wie die meisten von ihnen. Schnell wende ich mich ab. Wieso sieht er mich an? Weiß er etwas? Hat Keno etwas mit dem Ganzen zu tun? Halb joggend, halb gehend, eile ich die Treppe hinunter, seinen brennenden Blick in meinem Nacken. Ich kann mir nicht verkneifen, kontrollierend hinter mich zu sehen. Er folgt mir nicht. Zum Glück.

Mir auf meine Lippe beißend mache ich mich auf den Weg zu Avas Wohnung. Vielleicht ist sie auch nur krank geworden. Bevor ich an Avas Wohnungstür klopfe, atme ich einmal durch. Sicherlich wird Pako sie öffnen. Dreimal schlage ich gegen das Holz. Knarrend öffnet sich die Tür und wie erwartet blicke ich in Pakos vorgewölbte Augen. Er ist dünn und groß und sieht Ava nicht im Geringsten ähnlich. Ihre roten Haare und blauen Augen ähneln eher denen ihrer Mutter, die vor fünf Jahren an einer Lungenkrankheit gestorben ist.

Er stützt sich mit dem linken Unterarm gegen den Türrahmen und sieht mich verwirrt an. »Was willst du?«

»Ich wollte nur sehen, ob Ava hier ist?« Ich versuche an Pako vorbei zu spähen. Vielleicht möchte ich ihm auch einfach nicht in die Augen sehen. Der Mann hat mir schon immer Angst gemacht mit seinem kalten Blick.

»Sie ist doch im Tortuga arbeiten. Oder etwa nicht?« Er zieht seine Augenbrauen tief.

Wo zum Teufel ist sie? Wir sind doch heute Morgen zusammen zur Arbeit gegangen. Die Fragen kreisen in meinem Kopf, doch Pako stelle ich besser keine einzige davon.

»Oh, doch … Sicher! Ich dachte, sie macht heute ihre Pause zu Hause.« Glücklicherweise fällt es mir nicht schwer, ihn anzulügen. Es ist nicht das erste Mal.

Ava reißt mir den Kopf ab, wenn ich ihren Vater verärgere. Einmal kam sie mit einem blauen Auge zu mir, als er sie dabei erwischte, einen Apfel gestohlen zu haben. Das war kurz nach dem Tod ihrer Mutter. Ich denke, es war das erste und einzige Mal, dass er die Hand gegen Ava erhoben hat. Drei Tage lang hat er deshalb geweint. Auch wenn Ava ihm diesen Ausrutscher verziehen hat, hasse ich ihn immer noch dafür.

»Warum sollte sie ihre Pause zu Hause machen?«, fragt Pako skeptisch.

Ich zucke mit den Schultern. »Weiß nicht. Hatte so ein Bauchgefühl.«

Schnaubend schüttelt Pako den Kopf und schließt die Tür. Für einen Moment starre ich auf das dunkle Holz vor meiner Nase. Wohin jetzt? Klar ist nur eins: Ich muss Ava finden. Und da ich keine Ahnung habe, wo sie sich sonst aufhalten könnte, tragen mich meine Beine automatisch zurück zur Bar. Vielleicht habe ich dort etwas übersehen, oder sie ist mittlerweile wieder zurück.

Als ich die ersten Stiegen hochgehe, werde ich langsamer, mein Atem dafür schneller. Mit einer Hand am Geländer unterstütze ich meine wackligen Beine, die Stufen hochzukommen und noch bevor ich ganz oben stehe, suche ich das Quartier der Sinister mit großen Augen ab. Kenos Vater ist nirgends zu sehen. Dafür sitzt Keno selbst an einem weißen Plastiktisch vor dem Quartier und spielt mit dieser Schmalzlocke Karten. Ohne ihn anzusehen, eile ich vorbei zum Tortuga. Die Ernüchterung kommt schnell. Immer noch dringt keinerlei Licht durch die Barfenster und auch keine Menschenseele ist zu sehen. Nicht einmal Cruz, der Barbesitzer, ist hier. Normalerweise übernimmt er die Bar, wenn Ava eine Pause macht. Das ist schon etwas seltsam. Ich blicke hinüber zu Keno. Er hat doch bestimmt etwas damit zu tun. Als Ava verschwand, war auch er weg.

»Gewonnen!« Sein Gebrüll übertönt das Gemurmel der Menschen, genau wie das Knallen der Karte auf den Tisch.

Grummelnd zückt die Schmalzlocke etwas Silbernes und wirft es Keno vor die Nase. Ein Klappmesser. Mein Magen zieht sich zusammen. Das macht mein Vorhaben um einiges beängstigender. Dennoch nehme ich meinen Mut zusammen und trete vor ihn.

»Wo ist Ava?« Mit verschränkten Armen recke ich das Kinn selbstbewusster, als ich es eigentlich bin.

Keno dreht den Kopf zu mir und hebt eine Augenbraue. »Woher soll ich das wissen? Sehe ich aus wie ihr Babysitter?«

»Hast du sie nicht gesehen?«

»Und wenn, würde ich es dir nicht sagen.«

Dieses Gespräch ist sinnlos. Ich verdrehe die Augen und gehe. Wenn die Sinister nicht die besten Lügner der Zone wären, würde ich Keno fast glauben, dass er keine Ahnung hat, wo Ava ist. Doch der Fakt, dass er dazu ausgebildet ist, lässt mich zweifeln.

»Ich hab dich nicht vergessen, Kyra!« Seine Stimme sticht kalt in meinen Nacken, aber ich drehe mich nicht nach ihm um. Ein Problem nach dem anderen.

***

Getuschel begleitet mich auf meinem Weg durch die zweite Ebene. Ich runzle die Stirn. Immer mehr Menschen lehnen sich über das Geländer und schauen in die Halle hinunter. Sind die Guides unten? Ich mache es ihnen nach und beuge mich über das kalte Eisen. Als Erstes springen mir weiß gekleidete Männer in die Augen. Wieso sind sie hier? Der Trupp bewaffneter Soldaten führt eine Handvoll Menschen zu einem weißen Bus. Sie werden doch nicht …? Ava? Hektisch scanne ich die Gruppe und amte erleichtert aus. Es sind Bewohner aus den höheren Ebenen, das kann ich an ihrer edlen Kleidung erkennen. Die Frau, der ich den Brief gebracht habe, wird ebenso, zusammen mit ihrer Kaugummi-Tochter, abgeführt. Sie trägt immer noch diesen riesigen Hut und drückt ihre Tochter mit einem Arm an sich. Ich sehe das Mädchen noch vor mir, wie sie sich damals über das Geländer lehnte und mich anstarrte, und fühle mich eigenartig, nun auf sie herab zu sehen. Die Soldaten bringen sie zu einem kleinen Bus. Ehe sie einsteigen, sieht das Mädchen hoch. Sie sucht das Geländer ab, bis ihre Augen an mir hängenbleiben. Ein Soldat wirft die Tür zu, doch das Mädchen schaut weiter durch die Fensterscheibe auf mich. Ich schüttle den Kopf, als würde ich ihr sagen, dass sie aussteigen soll, aber ich weiß selbst, dass das keine Option mehr für sie ist. Während ich sie anstarre, schießen mir Bilder von Ava in den Kopf. Vielleicht saß sie ein paar Stunden zuvor in solch einem Wagen und suchte, genau wie dieses Mädchen, das Geländer nach meinem Blick ab. Ich war nicht da. Meine Finger pressen gegen die Eisenstangen. Vielleicht habe ich einen Bus verpasst. Wo bringen sie die Menschen hin? Auf meine Unterlippe beißend beobachte ich, wie der letzte Soldat einsteigt und die Räder losrollen. Bringen sie die Menschen in eine andere Zone? Oder vielleicht sogar in die Residenz? Ich traue mich fast nicht, meinen nächsten Gedanken zu Ende zu denken, aber ist das eine Exekution? Ein kalter Schauer rinnt meine Wirbelsäule hinunter. Wo bist du nur, Ava? Die Lieferantenschleuse schließt sich und das Getuschel der Leute wird lauter.

Die Stimme eines Mannes neben mir dringt direkt in meine Ohren. »Vielleicht besser so, jetzt, wo wir keine Lebensmittel mehr haben.«

»Horwa! Sag so etwas nicht!«, antwortet ihm eine Frau und schlägt ihm mit der Rückseite ihrer Hand auf den Bauch. »Du weißt doch nicht, wo sie die Menschen hinbringen. Da draußen gibt es nichts für uns.«

»Es sind Bewohner aus den höheren Ebenen. Die werden denen schon nichts tun.«

Die Frau schüttelt den Kopf und lässt den Mann stehen.

Da ich keine Ahnung habe, wo ich Ava noch suchen soll, mache ich mich auf den Weg nach Hause.

»Kyra, mein Schatz. Gut, dass du hier bist.« Mutter empfängt mich bereits vor unserer Wohnung. Offensichtlich war sie in ein Gespräch mit Aldor vertieft gewesen. Sie trägt denselben sorgenvollen Gesichtsausdruck wie heute Morgen. »Hast du gesehen, dass sie Bewohner wegbringen? Wir müssen jetzt noch vorsichtiger sein als sonst.«

Ich nicke und lege meine Hände um den Ledergurt meiner Umhängetasche. »Weißt du, wohin die Soldaten sie bringen?«

»Nein, aber das kann nichts Gutes heißen.«

»Ich sehe viel und das jeden Tag. Aber das ist mir noch nicht unter die Augen gekommen«, sagt Aldor. »Seit wir hier leben, leben wir zusammen. Noch nie hat ein Bewohner, der nicht verurteilt wurde, die Zone verlassen. Zumindest wurde dabei noch keiner gesehen.«

»Was meinst du damit? Es wurde dabei noch keiner gesehen?«, hake ich nach.

Mutter wirft Aldor einen seltsamen Blick zu. Irgendwie ängstlich, oder vielleicht mahnend?

»Manchmal tun Menschen Dinge, die andere nicht verstehen. Manchmal müssen Menschen Wege gehen, die unergründlich scheinen. Wenn wir etwas nicht sehen, heißt es nicht, dass es nicht existiert. Unsere Augen scheinen flink, doch sind manche flinker.«

Wie so oft redet Aldor in Rätseln. Will er mit seinen Worten etwa andeuten, dass jemand freiwillig die Zone verlassen hat? Wieso sollte das jemand tun? Das wäre Selbstmord.

Mutter legt ihre Hand auf meinen Rücken und schiebt mich in die Richtung unserer Wohnung. »Komm, gehen wir rein.«

Über die Schulter schauend, nicke ich Aldor zur Verabschiedung zu.

***

Nach einer gefühlten Ewigkeit ertönen Mutters erlösende Worte. Das Essen ist fertig. Fast zeitgleich springen Soela und ich auf und eilen in die Küche. Wir haben nur einen kleinen Tisch mit zwei Sesseln, weshalb Mutter immer in ihrem Bett isst. Unsere Schüsseln stehen schon bereit, also brauchen wir uns nur zu setzen. Ohne Zeit zu verlieren, schiebe ich mir den ersten Löffel über die Lippen und schließe stöhnend die Augen. Etwas Warmes zwischen die Zähne zu bekommen, fühlt sich an, als würden mich alle meine Sinne umarmen. Noch nie schmeckte etwas so intensiv. Ich esse langsam, um die Leere des Tellers ein wenig hinauszuzögern. Soela hingegen schlingt den Eintopf Löffel für Löffel in sich hinein. Mutter starrt immer noch sorgenvoll ins Leere. Was lenkt sie so dermaßen ab?

»Was meinte Aldor damit?«, frage ich, ehe ich die Reste vom Schüsselrand kratze.

»Was meinst du?«, erwidert Mutter scheinheilig.

Sie weiß doch was. Sie muss etwas wissen. Warum sagt sie mir nichts? »Als er meinte, es wurde noch kein Bewohner dabei gesehen, die Zone verlassen zu haben.«

Mutter schluckt ihren letzten Löffel Bohnen hinunter und steht auf.

»Wurde auch keiner.« Mit einem Achselzucken legt sie ihre Schüssel in die Spüle.

Ein Kloß drängt sich in meine Kehle. »Waren diese Menschen heute die ersten?«

Ich vermeide es vorerst, Avas Verschwinden direkt anzusprechen. Falls Mutter doch nichts davon weiß und ich es ihr erzähle, würde sie sich nur noch mehr um mich sorgen. Vermutlich ständig mit ängstlicher Miene vor der Wohnung auf mich warten. Mich abends wie ein Springer verhören. Nein, ich erspare uns das. Doch irgendetwas beunruhigt sie. Wortlos spült sie ihre Schüssel ab.

»Hast du noch jemanden gehen sehen?«, hake ich vorsichtig nach.

Diesmal knallt sie die Schüssel neben die Spüle und wendet sich mir zu. »Was soll die ganze Fragerei?«

Ich zucke zusammen und Soelas Blick schnellt zu mir. Mutter wird sonst nie laut. Sie stemmt die Hände hinter sich auf die Küchenplatte und zieht ihre Augenbrauen zusammen. Aber ich kann jetzt nicht nachlassen.

»Ich frage mich einfach, ob heute noch einer dieser Busse hier war.«

Sie kommt auf uns zu. Ich verfolge jede ihrer Bewegungen.

»Reicht dir einer etwa nicht?« Sie nimmt unsere leeren Schüsseln und bringt sie in die Küche.

Erst jetzt realisiere ich, wie verkrampft meine Schultern sind und lasse locker. Wenn kein weiterer Bus in der Halle war, muss Ava noch in der Zone sein. Aber wieso verhält sich Mutter dann so merkwürdig?

Ich springe auf und stelle mich neben sie an die Spüle. »Ich bin heute dran.«

Als ich ihr die Schüssel aus der Hand nehme, zwinge ich mir ein leichtes Grinsen auf die Lippen in dem Versuch, die seltsame Stimmung etwas aufzulockern. Für einen Moment starrt sie mich an, doch dann nickt sie und lässt mich abwaschen.

Kapitel Sieben

Am nächsten Morgen stehe ich früh vor der Wohnung und warte auf Ava. Mit den Fingern klopfte ich einen Beat auf das Geländer und starre den Gang hinunter. Menschengruppen flitzen in Schwärmen an mir vorbei. Avas rotes Haar – das wird das Erste sein, was mir in die Augen springt, also konzentriere ich mich darauf. Doch mittlerweile habe ich das Lied schon dreimal mit dem Finger durchgeklopft. Ava sollte längst hier sein.

»Kyra, du musst gehen.«

Ich zucke. Das ist nicht Avas Stimme, es ist Mutters. Sie lehnt im Türrahmen, eine Schüssel in ihrer rechten Hand.

»Vielleicht ist Ava schon im Tortuga«, sagt sie mit bemitleidendem Gesichtsausdruck.

Bestimmt denkt sie, wir hätten gestritten. Was merkwürdig ist. Ava würde nie einem Streit aus dem Weg gehen – Mutter sollte das wissen. Zumindest ahnt sie nichts von meiner Sorge, also lasse ich sie in dem Glauben.

Schnaubend nehme ich ihr die Schüssel mit den restlichen Bohnen ab. »Für Aldor?«

Sie nickt und lächelt. Zum ersten Mal seit Tagen. Vielleicht tut es ihr auch einfach nur leid, dass sie mich gestern so angefahren hat, doch ich genieße ihren Gesichtsausdruck.

Dann presst sie die Lippen zusammen und verzieht warnend das Gesicht. Trotzdem wirkt sie längst nicht so streng wie sonst. »Pass auf dich auf, ja? Du weißt ...«

»Keine Dummheiten«, vollende ich ihren Satz nickend. »Bis später.«

***

Ich starre auf die Schüssel, bis ich vor Aldor stehe. Es sind nicht viele Bohnen übrig, aber ein paar Löffel sind noch da.

»Hey Aldor, heute erlaube ich kein nein von dir«, sage ich und drücke ihm die Schüssel in die Hände. »Hast du Ava gesehen?«

»Tut mir leid, ich habe sie seit gestern früh nicht gesehen.« Er wirft einen prüfenden Blick hinein. »Machst du dir Sorgen um sie?«

»Ja, sie ist noch nie einfach ohne etwas zu sagen verschwunden.« Ihm gegenüber kann ich ehrlich sein. Er beobachtet und lässt geschehen, was geschieht. Schicksal nennt er das. Für mich ein niemals verurteilendes Ventil und gerade ziemlich hilfreich.

»Du bist eine gute Freundin, Kyra. Such nach ihr und du wirst sie bestimmt bald finden.«

Nickend atme ich tief durch und mache mich auf den Weg. Vielleicht ist sie wirklich schon im Tortuga. Meine Schritte werden immer schneller, ich renne fast, nehme zwei Stufen gleichzeitig hinauf in die Dritte. Dort angekommen lechze ich nach Luft. Ich eile weiter. Die Spannung treibt mich unaufhaltsam voran. Erst vor dem Fenster der Bar bleibe ich stehen. Und erstarre. Völlig regnungslos glotze ich in die leblose Dunkelheit. Erneut. Mein Verstand malt sich schreckliche Bilder aus. Ava an einen Stuhl gefesselt. Ava in einer Ecke kauernd, um Hilfe schreiend. Ava in Kenos Gewalt.

Das ist nicht die Realität. Immer wieder versuche ich mir das einzureden. Das ist nicht die Realität. Dennoch dreht sich mein Magen um. Meine Gedanken werden immer wilder, mein Herz schneller. Was kann ich tun? Meinen Job hinschmeißen und nach ihr suchen? Das kann ich nicht riskieren. Bin ich deswegen feige? Oder schreit ein Teil von mir danach, dass alles in Ordnung ist? Dass ich ruhig zur Arbeit gehen kann? Ich wünschte, dieser Teil könnte lauter schreien, ich wünschte, er würde meine dunklen Gedanken übertrumpfen.

Während sich die Sorgen immer weiter in den Vordergrund drängen, bemerke ich, dass ich schon längst vor dem Botenbüro stehe. Fitsch sieht mich durch die Glasscheibe an und hebt eine Augenbraue nach oben. Regungslos stehe ich da und starre in das Büro. Wie soll das auch aussehen? Ich schüttle meinen Kopf und versuche, meine Gedanken hinauszuwerfen.

Fitsch öffnet die Türe und lehnt sich in den Türrahmen zum Büro. »Sag mal, Kyra. Was machst du denn da?« Seine piepsende Stimme sticht in meinen Ohren.

»Nichts ... ich wollte gerade reinkommen.«

»Na, das will ich auch hoffen. Ich werde diese Jugend nie verstehen. Immer habt ihr eure komischen Trends und euer fragwürdiges Benehmen. Nie war ich so. Nie.« Fitsch schüttelt den Kopf und redet sich immer mehr in Rage.

»Ich komm ja schon. Gib mir einfach die heutigen Lieferungen.«

Ich verkneife mir das Rollen mit den Augen und dränge mich an ihm vorbei ins Büro. Immer noch in sich hineinfluchend stampft Fitsch hinter den Tresen. Fünf nach Neun zeigt die Uhr über ihm. Innerlich stelle ich mich auf eine Standpauke ein. Doch zu meiner Überraschung drückt er mir nur die Pakete in die Hand und wedelt Richtung Ausgang. Gleich zwei Pakete tragen die Nummer 4209. Babos Laden. Dahin habe ich fast wöchentlich Lieferungen. Es ist ein sehr kleiner Laden, in dem selbstgemachter Schmuck aus Müll verkauft wird, den Babo in der Zone findet. Ich nehme an, dass es sich auch in den Paketen um besagten Müll handelt. Mit schnellem Schritt passiere ich nochmal das Tortuga. Unverändert. Niemand ist hier. Diesmal hatte ich nichts anderes erwartet. Trotzdem durchfährt mich bei dem Anblick ein bedrückendes Gefühl. Ich biege um die Ecke. Viel zu träge für diese frühe Stunde nehme ich die Stiegen in die vierte Ebene und schlendere den Gang entlang. Wie immer steht Babos Tür offen. Seinen Laden erkenne ich aus der Ferne und ziehe die Pakete aus meiner Tasche. Plötzlich – kann es sein? Rotes Haar blitzt in meinem Augenwinkel am Ende eines Seitenflurs auf.

»Ava!«

Keine Antwort. Sie geht einfach weiter, sieht nicht einmal über die Schulter.

»Ava, warte!« Die Worte kommen mir schon fast zornig über die Lippen.

Wieder keine Reaktion.

Was soll das? Sie erreicht schon fast das Ende des Gangs. Bald ist sie wieder verschwunden. Ich renne los. Zu hastig. Nach dem ersten Schritt krache ich in einen Bewohner. Mit einer Drehung vermeide ich das Gröbste und rufe ihm eine Entschuldigung entgegen, während ich lossprinte.

Avas Schritte sind schnell und lang. Auch wenn sie nicht rennt, erlaubt die Entfernung es mir nicht, sie einzuholen, bevor sie im nächsten Korridor untertauchen wird. Die Pakete unter meinen Arm machen mir das Laufen nicht gerade leicht. Das bedeutet nicht, dass ich aufgeben würde. Ich renne so schnell ich kann, rufe erneut nach ihr. Ein letztes Mal bevor sie um die Ecke biegt. Eins der Pakete rutscht mir immer weiter herunter. Ich versuche es mit dem Ellbogen gegen meine Rippen zu drücken, doch es ist nicht aufzuhalten. Es fällt auf den Boden und ich stolpere fast darüber. Kurz erwäge ich, es liegen zu lassen, entscheide mich jedoch dagegen. Das kostet Zeit. Zeit, die ich nicht habe. Als ich am Ende des Flurs ankomme, ist Ava nirgends mehr zu sehen.

Keuchend blicke ich in leere Gänge. Ich war zu langsam. Habe ich mir das eingebildet? Möchte ein Teil von mir Ava so sehr sehen, dass mein Gehirn sie in diesen Flur projiziert hat? War das vielleicht ein anderes Mädchen mit ähnlicher Haarfarbe und Statur und hat deswegen nicht auf mein Rufen reagiert? Nein, es war Ava. Ihre roten Haare, ihre Körperform. Ich würde sie immer erkennen. Mehr und mehr Fragezeichen bilden sich in meinem Kopf. Ja, ich freue mich über ihre Lebendigkeit, doch ebenso große Enttäuschung macht sich in mir breit. Warum diese Geheimnistuerei? Sie erzählt mir doch sonst alles. Vor mich hin schnaufend, mache ich mich wieder auf den Weg zum Schmuckladen, um meinen Job zu erledigen.

***

Nach meiner letzten Lieferung steuere ich beinahe automatisch das Tortuga an. Ava lebt, ist immer noch in der Zone und auf freiem Fuße unterwegs. Das steigert die Wahrscheinlichkeit unheimlich, dass ich sie wieder hinter dem Tresen sehen werde. Was ich zu ihr sagen würde, weiß ich allerdings nicht. Genauso wenig, welche Emotionen ihr Verhalten in mir auslösen. Bin ich wütend, weil sie mir nichts gesagt hat? Einsam, weil ich niemanden habe, mit dem ich reden kann, oder ängstlich, weil ich das Gefühl habe, sie zu verlieren? Vielleicht ist es eine Mischung aus all dem. Meine Augen weiten sich, als ich das Tortuga erblicke. Licht strömt mir durch die Fenster entgegen. Unwillkürlich beschleunigen sich meine Schritte. Gäste durchbrechen die bunten Glühbirnen, die Bar sieht wieder lebendig aus. Mit beiden Händen reiße ich die Tür auf. Mein Blick schnellt zum Tresen, freudige Erwartung durchströmt mich. Nur um direkt wieder erschlagen zu werden. Cruz steht hinter der Theke. Nicht Ava. Mein Körper erschlafft, als die Energie verpufft. Er winkt mir zu. Vielleicht weiß er etwas. Schnurstracks gehe ich zu ihm.

Er schenkt zwei Flaschen gleichzeitig in ein Glas ein. »Willst du was trinken?« Sein Akzent klingt spanisch. Zumindest sagt er das von sich selbst. Ich frage mich nur, was dieses Spanien überhaupt ist.

Kopfschüttelnd beuge ich mich über den Tresen. »Weißt du, wo Ava ist?«

»Habt ihr gestritten?«, fragt er, laut genug, um die Gitarrenklänge zu übertönen, während er eine Zitrone in zwei Hälften schneidet.

Er trägt ein dunkelrotes Hemd mit bunten Vögeln darauf, das halb aufgeknöpft ist. Woher er diese Hemden wohl immer hat? Manchmal weiß ich nicht einmal, was sie abbilden, aber sie sind sein Markenzeichen. Ähnlich wie sein Dreitagebart, der sein Gesicht irgendwie viereckig erscheinen lässt.

»Nein. Hast du sie gesehen?«

Sein Blick wandert zwischen mir und der Zitrone hin und her. Er quetscht den Saft einer Hälfte in zwei Gläser. »Heute noch nicht. Wir schließen jetzt nachmittags für ein paar Stunden und öffnen erst am Abend wieder.« Stöhnend deutet er um sich. »Nicht einmal um *diese* Uhrzeit habe ich einen vollen Laden. Ich hoffe, die nächste Lebensmittellieferung wird besser sein.«

Ermüdung überkommt mich. Ich lasse mich von der Theke herunter und versuche, das Schnaufen zu unterdrücken, das aus meiner Kehle dringen will.

Cruz' eben noch so hastiger Blick erstarrt auf meinem Gesicht. Er legt die Zitrone zur Seite und stemmt beide Hände neben das Schneidebrett. »Alles okay?«

Ich ziehe die Mundwinkel hoch, obwohl ich sicher bin, dass mein Lächeln nicht bis zu meinen Augen reicht, und nicke. Er weiß nichts von Avas Verschwinden und erst recht nichts davon, dass sie die Bar heute auch morgens geschlossen ließ. Niedergeschlagen verlasse ich das Tortuga. Mein Körper fühlt sich taub an. Meine Schritte sind schwer und langsam. Ich stapfe die Stiegen hinunter in die zweite Ebene und schlage den Weg nach Hause ein. Tagsüber verliere ich jegliches Zeitgefühl, doch wenn die Lichter der Zone gedimmt werden, weiß ich, dass es Abend ist. Die Geschäfte schließen und die Menschenmassen lösen sich langsam auf, verschwinden in Kneipen oder ihren Wohnungen.

Ich lehne mich mit dem Rücken gegen das Geländer und beobachte die Verkäufer, wie sie die Waren in die Läden räumen. Doch selbst als die letzte Pfanne den Flur verlassen hat und das Klicken des Schlosses den letzten Laden versperrt, ist von Ava keine Spur zu sehen.

Schnaubend drücke ich mich vom Geländer und setze meinen Weg nach Hause fort. Der Gang wirkt abends wie ausgestorben. Als ich wie immer einen Bogen um die zerbrochene Bodenfliese machen, verdunkelt ein Schatten die Risse darin. Stirnrunzelnd blicke ich mir über die Schulter, doch abgesehen von ein paar Obdachlosen ist niemand zu sehen. Wahrscheinlich lässt der Hunger mich nun schon halluzinieren. Ich eile weiter. Gänsehaut legt sich auf meine Haut. Meine Schritte werden länger. Schneller. Es knirscht. Jemand ist hinter mir. Hektisch schaue ich mich um, stolpere fast über meine eigenen Füße. Mit den Augen suche ich den Flur hinter mir ab. Niemand. Verdammt, ich bilde mir das nicht ein. Ich jogge fast. Als ich nur noch wenige Meter von meiner Wohnung entfernt bin, trifft mich ein harter Schlag. Der Schmerz betäubt meinen Hinterkopf und die Ränder meines Sichtfelds verdunkeln sich. Ein Brennen zieht sich bis hinter meine Augen. Der Boden schießt mir entgegen. Mein Bild wird schwarz.

Kapitel Acht

Schmerz weckt mich. Ich öffne die Augen, um sie direkt wieder zusammenzukneifen. Das grelle Licht verschlimmert meine Kopfschmerzen brutal. Ein Stechen, das mir beinahe den Verstand raubt, zieht sich von meinem Nacken über mein gesamtes Gesicht. Stöhnend wende ich mich herum. Der kalte Boden beißt an meiner Wange. Wo bin ich? Langsam kehrt die Erinnerung an den Schlag zurück in mein Bewusstsein. Nur einen Spalt bringe ich meine Lider auseinander und blicke in einen kahlen Flur. Hier bin ich noch nie gewesen. Als ich meine Hand auf den Boden stütze und mich aufrichte, überkommt mich der Geruch von Brot gleichermaßen wie Übelkeit. Was zum Teufel ist mit mir passiert? Ich lehne mich gegen die Wand, um nicht erneut in Ohnmacht zu fallen. Ein schwankender Flur umgibt mich, aber ich bin allein. Mit einer Hand greife ich mir an den Hinterkopf. Autsch. Eine Beule. Zumindest klebt an meinen Fingern kein Blut. Doch etwas Rotes glänzt vor mir auf den grauen Bodenfliesen. Ein blutverschmiertes Messer. Nun reiße ich die Augen vollkommen auf und ignoriere den Schmerz, der gegen meine Schläfe hämmert. Mein Atem stockt und mein Puls schlägt doppelt so schnell. Hektisch untersuche ich mich auf Verletzungen, doch abgesehen von meinem Hinterkopf verspüre ich keine großen Schmerzen. Aber wenn es nicht mein Blut ist, wessen ist es dann? Ich greife nach dem Messer und erstarre. Es ist das Messer aus dem Tortuga, das ich gegen Kenos Kehle drückte. Derselbe Holzgriff, dieselbe Gravur. Keno. War er das? Ist das seine Rache? Schlagartig wird mir heiß. Vorsichtig drücke ich mich auf die Knie und stehe schwankend auf. Eine Tür am Ende des Gangs springt mir ins Auge. Wenn Keno etwas damit zu tun hat, waren meine Fingerabdrücke schon längst an dem Griff. Würde meine schweißgetränkte Kleidung noch mehr Spuren darauf hinterlassen, wenn ich versuche, sie abzuwischen? Scheiße, was weiß ich schon davon? Wahrscheinlich ist es auch genau das, was Keno will. Dass ich übereilt von hier verschwinde und das Messer liegen lasse. Nein, ich muss es irgendwo anders verstecken. Und zwar schnell. Mit wackligen Beinen gehe ich den Flur entlang. Gerade als ich nach der Klinke greife, höre ich Stimmen. Sie rufen durcheinander. Hinter dieser Tür stehen Menschen. Viele Menschen. Mein Blick fällt auf das blutige Messer in meinen Fingern. Vielleicht sollte ich es nicht in der Hand halten, wenn ich diesen Flur verlasse. Ich öffne den Reißverschluss meiner Weste, schiebe den Griff in meine Hose und ziehe meine Weste wieder zu. Das kalte, blutverschmierte Metall klebt an meiner Haut und ich versuche mir vorzustellen, dass es nur Tomatensaft ist, welcher langsam wie Schweißperlen meinen Bauch hinunter rinnt, bis er dort vertrocknet. Erneut greife ich nach dem Griff und verharre. Was, wenn ich den Körper, von dem das Blut auf dem Messer stammt, hinter dieser Tür finde? Mit starrem Blick auf die Klinke versuche ich, mich emotional abzutöten und einfach auf mich zukommen zu lassen, was mich erwartet. Doch ich versage. Was, wenn ich die Person kenne?

Ava. Keno hat sie benutzt, um sich an mir zu rächen und sie hat sich ihm widersetzt. Nun hat er sie umgebracht. Mein Atem wird schneller.

Reiß dich zusammen, Kyra.

Das muss nicht wahr sein. Es könnte alles hinter dieser Tür auf mich warten. Ein Mord gleichermaßen wie ein überaus reizvolles Angebot eines Ladens, das die Menschen versammelte.

Zittrig atme ich durch. Mit zusammengekniffenen Augen drücke ich die Klinke herunter. Langsam ziehe ich das knarrende Holz in meine Richtung und halte unwillkürlich den Atem an. Die Tür führt zu den inneren Gängen im Zentrum der Zone. Anhand des Ladenschildes erkenne ich, dass ich nicht weit von meiner Wohnung entfernt bin. Doch wie vermutet, versammeln sich hier Menschen. Auch mehrere Springer sind hier, darunter der Mysteriöse, der mir bei der Übergabe das Leben gerettet hat. Mein Gesicht wird bleich. Das macht meine Mordtheorie wesentlich wahrscheinlicher als ein Ladenevent.

Mein Blick gleitet langsam in Richtung Boden. Dort, wo niemand steht. Dort, wohin alle starren. Dort, wo kaputte Schuhe liegen, in denen noch Füße stecken. Waagerecht. Da liegt jemand am Boden. Jemand ist tot. Und ich kenne diese Schuhe. Mein Herz schlägt so heftig, dass ich das Gefühl habe, es durchbohrt meinen Brustkorb mit jedem Schlag mehr, bis es auf dem Boden aufschlägt und das Messer unter meiner Weste wie ein falsches Geständnis mitreißt. Wenn es auch nur einen Funken Gutes auf der ganzen Welt gibt, dann lass mich diese Schuhe verwechselt haben. Alles in mir sträubt sich dagegen, aber ich mache einen Schritt zur Seite, um das Gesicht des toten Menschen erkennen zu können. Eine Lawine von Schmerz durchstößt meinen Körper. Es ist Aldors Gesicht. Mein guter Aldor. Mein weiser Aldor. Tränen schießen mir in die Augen. Ich möchte weinen. Mich auf den Boden werfen, die Beine zur Brust ziehen und schreien, so laut ich kann. Doch ich stehe nur da. Still. Lasse keine Träne rollen. Und starre Aldor an. Seine Augen sind geöffnet, sein Kopf leicht zur Seite geneigt, seine Wangen noch rosa, umgeben von der Kreideblässe seines restlichen Gesichts. Beide Hände liegen an seinem Bauch, durch die das Rot über die losen Fäden seiner Ärmel auf die dunklen Fliesen rinnt. Der Schmerz durchfährt mich so heftig, dass ich davon benommen einen Schritt zurückwanke und hochsehe.

Dann trifft mich ein Blick, kalt und scharf, und erinnert mich daran, die Mordwaffe unter meiner Jacke zu tragen. Ich schaue direkt in die Augen des mysteriösen Springers. Er sieht mich an, als könnte er das Messer in meinen Augen funkeln sehen. Mit einem Schritt zurück trete ich in den Gang, aus dem ich gekommen bin. Der Mysteriöse schiebt einen Bewohner beiseite und bewegt sich in meine Richtung. Kommt er auf *mich* zu? Kann er die Kontur der Klinge durch meine Weste drücken sehen? Sein Blick fixiert mich. Wenn er mich jetzt packt. Wenn er jetzt zu mir kommt und das Messer mit Aldors Blut bei mir findet, ist es vorbei. Verbannung.

Ich kann noch sehen, wie er sich durch die Menge kämpft, bevor ich die Tür zuschlage und mich in den Korridor drehe. Rennen – das ist das Einzige, was mir in den Sinn kommt. Meine Schritte hallen von den Wänden wider, dröhnen durch den gesamten Flur. Hoffentlich verschafft mir die Menschenmenge noch ein paar Sekunden, um zu entkommen. Ich greife nach der ersten Klinke, die ich in diesem

Gang finde und reiße die Tür fast im selben Moment auf wie der Springer die andere öffnet.

Der vertraute Geruch von Brot schlägt mir ins Gesicht. Mir dämmert, wo ich bin. Das Adrenalin fließt durch meine Adern wie eine Droge. Unaufhaltsam sprinte ich durch die Küche einer kleinen Bäckerei. Gerade ist keiner hier, oder ich kann niemanden sehen. Es ist düster, nur ein Backofen verströmt rot-oranges Licht. Als ich mir über die Schulter blicke, stoße ich meine Hüfte an etwas Spitzem und ramme mir dabei fast das Messer in den Bauch. Erschrocken stoppe ich, krümme den Rücken und ziehe die Magendecke nach innen. Das tat weh. Und wie das wehtat. Ich reiße den Mund auf, als würde ich schreien, lasse aber keinen Ton raus. Der Schmerz rast durch meine Hüfte, hinunter durch mein rechtes Bein und das Messer piekst mich in die Magenmitte. Die Ecke einer verdammten Kücheninsel. Eine breiter werdende Lichtlinie legt sich über den Boden und entblößt die dunkelgrüne Farbe der Fliesen. Mein Blick folgt dem Schein zum Ursprung. Eine geöffnete Tür, in der ein Schuh die Funktion eines Türstoppers übernimmt. Darüber die Rückseite eines Mannes, hinuntergebeugt, um etwas anzuheben. Mit zusammengebissenen Zähnen sprinte ich darauf zu, durch einen kleinen Lagerraum mit kniehohen Boxen, die mir beinahe den Weg versperren. Ehe sich der bückende Mann erhebt, renne ich an ihm vorbei.

Hinter mir wird die Tür zur Küche aufgestoßen. Ich zucke zusammen, auch wenn ich bereits wieder im Zentrum der Zone stehe. Ein paar Meter neben Aldors Leiche. Ein kalter Schauer rinnt mir den Rücken hinunter und stellt meine Nackenhaare auf. Wie konnte das nur passieren? Ich würde so gern zu ihm laufen und seinen Körper in die Arme nehmen. Abschied nehmen. Doch ich drehe mich um und hetze weiter zu meiner Wohnung. Bestimmt weiß der Springer nicht, wo ich wohne. Ich knalle die Tür hinter mir zu und schaue direkt in Mutters Augen. Erschöpft lasse ich meinen Körper nach hinten gegen das Holz fallen und ringe nach Luft.

»Was ist denn mit dir passiert?«

Im ersten Moment starre ich meine Mutter nur an und schnappe nach Luft. Dann bricht es aus mir heraus. Die Tränen überkommen mich einfach. Befeuchten mein Gesicht in Sekundenschnelle. Wodurch es mir noch schwerer fällt, wieder Luft zu bekommen. Meine Lunge brennt. Mutter kommt auf mich zu. Zwei tiefe Falten graben sich zwischen ihre Augenbrauen. Noch bevor sie bei mir ankommt, fange ich mich wieder. Nicht weil ich es kann, sondern weil ich es muss.

»Aldor ist tot.« Meine Stimme zittert und noch immer rinnen Tränen aus meinen Augenwinkeln, aber immerhin bin ich in der Lage, Worte zu formulieren.

»Was?«, flüstert Mutter und kippt gegen die Wand. »Weißt du, was passiert ist?«

Ich schüttle den Kopf. Mutter streckt die Arme nach mir aus, aber ich weiche einen Schritt zur Seite.

»Ich brauche etwas Zeit für mich«, sage ich etwas zu kalt.

Wie gern würde ich meine Mutter jetzt umarmen. Ich brauche ihre Nähe und sie meine. Aber ich trage immer noch das Messer unter meiner Weste. Ich weiche ihrem flehenden Blick aus. Täte ich es nicht, würde es mich innerlich zerreißen, jetzt zu gehen. Dann haste ich in das kleine Bad.

Die Tür drücke ich so eilig und unachtsam hinter mir ins Schloss, dass ich die lose Glühbirne, die von der Decke hängt, streife. Ihr dumpfes Licht schwankt über die Wandfliesen. In dem engen Raum höre ich meinen eigenen beschleunigten Atem noch deutlicher. Ich schiebe den Wassereimer vor die

Tür, um sie damit zu blockieren. Dann ziehe ich das Messer aus meinem Hosenbund und lege es in das Waschbecken. Hektisch wische ich mir das klebende Blut von meinem Bauch und kontrolliere, ob ich mich in der Bäckerei verletzt habe. Zum Glück ist da nur ein kleiner Piekser. Nichts Dramatisches. Rote Schlieren verteilen sich über das gesamte weiße Porzellan und münden in den Abfluss. Mit Wasser verdünnt kommt mir die Menge an Blut wesentlich mehr vor. Meine Hände zittern so stark, dass ich das Messer kaum noch greifen kann. Bei meinem ersten Versuch schneide ich mir in den Zeigefinger. Nicht tief oder lang. Trotzdem zische ich durch die Zähne, um nicht aufzuschreien. Nicht nur der Schmerz bringt mich dazu, sondern die Verzweiflung und die Tatsache, dass ich das Blut von der Klinge abwaschen muss, die Aldor getötet hat. Den Mann, den ich meinen Vater hätte nennen können.

Zurücktaumelnd knalle ich mit dem Rücken gegen die Wand, gleite zu Boden, reiße das Handtuch vom Haken, zerknülle es und beiße darauf. Etwas zwischen einem Stöhnen und einem Schrei dringt unaufhaltsam über meine Lippen. Leise genug, dass dieser durch das Handtuch gedämpft das Badezimmer nicht verlässt. Jegliches Zeitgefühl verlässt mich, als ich in diesem Zustand verharre.

Als ich das Handtuch aus meinem Mund nehme, schwankt die Glühbirne nicht mehr und meine versteiften Finger schmerzen. Auch wenn ich weiß, dass das Messer immer noch in der Spüle liegt und ich es so schnell wie möglich loswerden sollte, erlaube ich mir, die Augen zu schließen und durchzuatmen, um mich zu beruhigen.

Kyra, du schaffst das. Du schaffst das. Du schaffst das. Langsam öffne ich die Augen und stehe auf. Mein Blick haftet auf dem Messer im roten Waschbecken.

Bitte lass mich aufwachen. Lass das hier nur ein verfluchter Albtraum sein.

Nein, es ist die eiskalte Realität. Vorsichtig spüle ich das Blut vom Messer und versuche, nur daran zu denken, wo ich es am besten verstecke. Anschließend trockne ich es mit einem Stück Toilettenpapier und wische die Spüle sauber. Den Schwamm rot zu färben wäre dumm, also benutze ich meine Finger dafür. Auch die Blutflecken auf der Innenseite meiner Weste schrubbe ich so gut es geht weg. Ein Klopfen an der Badezimmertür lässt mich erstarren.

»Kyra? Ist alles in Ordnung?«

Erleichtert atme ich die unbewusst angehaltene Luft aus, als die Stimme meiner Mutter durch die geschlossene Tür zu mir dringt.

»Ja, ich komme gleich«, antworte ich und bemühe mich, halbwegs normal zu klingen.

Die Geräusche der sich öffnenden Wohnungstür, Schluchzer in einer hohen Tonlage, die ich eindeutig meiner Schwester zuordnen kann und die Schritte meiner Mutter dringen in mein Ohr. Es kostet mich recht viel Überwindung, aber ich schiebe das Messer wieder in meinen Hosenbund und ziehe den Zip der Weste zu.

Wortlos laufe ich durch die Küche, vorbei an Mutter und Soela, die sich in den Armen liegen, in mein Zimmer und verstecke das Messer unter meiner Matratze. Ich schiebe es so weit wie möglich darunter und lasse mich darauf fallen. Langsam lässt das Adrenalin nach und die Tränen vermehren sich wieder.

Soela stürmt in das Zimmer, sprintet auf mich zu und schlingt die Arme um mich. Auch Mutter setzt sich zu uns. Nun sitzen wir da. Fassungslos und in Tränen aufgelöst auf der Matratze, unter der die Mordwaffe liegt. Soela schluchzt in mein Shirt und Mutter legt ihren Arm um sie. Ich starre nur auf meine Füße. Erst verschwindet Ava und nun ist Aldor tot. Wo ist sie nur? Sie kann nichts damit zu tun haben. Sie *darf* nichts damit zu tun haben. Nein, das ist alles Kenos Schuld. Aber könnte er wirklich jemanden umbringen? Ich presse meine Zähne aufeinander. Er ist jetzt ein verfluchter Sinister. Es *muss* seine Schuld sein. Schließlich schwor er mir Rache. Wozu der Umweg über Aldor? Wieso nicht direkt an *mir*? An derjenigen, die die Klinge an seine Kehle drückte. Keine Ahnung, ich weiß nur, dass ich die Bestätigung brauche. Er muss es zugeben!

Meine Hände ballen sich zu Fäusten, ehe ich mir den Handrücken über die Wangen wische und aufspringe. »Ich muss gehen!«

»Du solltest nicht gehen. Es ist zu gefährlich«, erwidert meine Mutter und drückt Soela in ihrem Arm.

»Es wimmelt in unserer Ebene nur so von Springern. Mir wird nichts passieren.« Ich ziehe mir einen Kapuzenpulli an, um mich darunter vor dem Springer verstecken zu können, und verstaue die Weste mit den eingetrockneten Blutresten ganz hinten im Stapel meiner Klamotten. Dann drehe ich mich noch einmal zu Mutter um. »Versprochen.«

Bis zur Wohnungstür jogge ich, aber als ich hinausgehe, wird mein Schritt langsamer. Vorsichtiger. Bereits nach ein paar Schritten bleibe ich abrupt stehen. Die Ecke, in der Aldor immer saß. Es sieht so leer aus. So ungewohnt. Wieder kämpfe ich mit den Tränen, aber diesmal kann ich mich zusammenreißen. Ich gehe weiter und gerate in die Menge. Vorsichtig halte ich Ausschau nach dem mysteriösen Springer mit dem Nacken-Tattoo. Zum Glück kann ich ihn nicht mehr finden. Inzwischen haben sich die Guides hier versammelt und unterhalten sich mit den restlichen Springern.

Aldor liegt noch immer hier. Ich schaue auf ihn hinunter und verabschiede mich innerlich von ihm. *Du warst immer wie ein Vater für mich. Immer hast du mir Halt gegeben, wenn es mir schlecht ging. Mich zum Lachen gebracht. Die Zone hat einen so herzensguten und hilfsbereiten Menschen verloren. Wir werden dich vermissen. Ich werde dich vermissen.*

Kapitel Neun

Ich stehe vor dem Quartier der Sinister, doch von Keno fehlt jede Spur. Dieser feige Scheißkerl. Rote Haare blitzen durch das Fenster des Tortuga. Ist das Avas Mähne? Ich stürme auf die Tür zu und reiße sie so heftig auf, dass meine aus dem Zopf gefallenen Haarsträhnen um mein Gesicht wirbeln. Mir fällt die Kinnlade hinunter, als Ava hinter dem Tresen steht.

»Hey Kyra!«, ruft sie mir mit einem Grinsen zu, als wäre nichts gewesen.

Ich muss mich daran erinnern, den Mund zu schließen. Mein Herz rast, als ich mich zu ihr an die Bar stelle.

»Wo warst du?«, frage ich mit einem Zorn in der Stimme, den ich selbst nicht erwartet habe.

Ava atmet einmal tief durch und trocknet Biergläser ab. »Was meinst du? Ich war heute einfach spät dran …«

Spät dran? Sie war den ganzen Vormittag nicht hier, genauso wenig wie gestern nach meiner Schicht. »Du bist einfach verschwunden, Ava! Nicht nur für ein paar Minuten. Niemand wusste, wo du bist. Nicht einmal Pako …«

»Du warst bei mir zuhause?« Die Bewegung ihrer Hände friert ein.

»Ich habe dich *überall* gesucht! Ich dachte, einer dieser merkwürdigen Busse hätte dich mitgenommen, oder Keno …« Mir bleibt der Rest des Satzes im Hals stecken.

Keine Ahnung, ob Keno sie für seine Rache benutzt hat. Jedenfalls würde das einem Sinister verdammt ähnlich sehen.

Statt einer Antwort starrt sie mich an. Die Lippen zusammengepresst, die Brauen fragend hochgezogen.

Echt jetzt? Ist das alles, was sie interessiert? Meine Zähne beißen aufeinander. »Ich habe nichts zu Pako gesagt!«

»Es tut mir leid, okay?« Der Fetzen in ihrer Hand kommt wieder in Bewegung, obwohl das Glas längst trocken ist. »Ich wollte dir erst davon erzählen, wenn es geklappt hat.«

»Wenn *was* geklappt hat? Jetzt spuck's schon aus!« Ava darf nicht in den Mord von Aldor verwickelt sein. Wenn Keno es wollte, würde sie vermutlich nicht einmal wissen, was sie tat.

»Ist ja gut!« Sie beugt sich zu mir vor, blickt in beide Richtungen, ehe sie mir wieder in die Augen sieht. »Ich habe mich für einen Job in einer Bar in der Ebene 4 beworben. Ich wollte eben kein Mitleid, falls es nicht klappt.«

Irritiert ziehe ich die Brauen zusammen. So ein Schwachsinn! Sie liebt das Tortuga. »Verdammt Ava, Aldor ist tot, also erzähl mir keine Scheiße!«

Ava reißt die blauen Augen auf. Das Glas gleitet ihr aus den Fingern. Tausend Scherben verstreuen sich auf dem Fußboden. »Was?«

»Jemand hat ihn ermordet.«

»Wer macht so etwas?«

Wie aufs Stichwort ertönt eine tiefe Stimme hinter mir, die mir die Nackenhaare aufstellt. Ruckartig schnelle ich herum.

Keno. Mit der Föhnwelle und zwei weiteren Sinistern im Schlepptau. Er lacht auch noch. Der Anblick seiner Visage lässt mich meine Finger zu Fäusten ballen. Am liebsten würde ich mich auf ihn stürzen. Ihm den Kopf einschlagen. Aber was dann? Schwört er mir dann erneut Rache? Stirbt dann wieder jemand? Niemals hätte ich mir vorstellen können, dass er jemanden einfach so umbringen würde. Auch wenn ich Keno beinahe mein gesamtes Leben kenne, sehe ich nun einen anderen Menschen vor mir. Er ist nicht mehr der Junge aus der Schulgruppe – er ist jetzt ein Sinister. Jemand, vor dem man erschauert. Jemand, der mir schaden kann, wenn er es möchte.

»Wie kannst du jetzt hier auftauchen?«, fauche ich etwas zu laut. Einige Gäste drehen sich nach mir um, doch es ist mir egal. »Wie kannst du mir noch unter die Augen –«

»Was willst du, Sinpa?«, unterbricht er mich, als würde es ihn langweilen, mit mir zu sprechen.

Was ich will? Das Knacksen seiner Nase an meinen Fingerknöcheln fühlen. Dass er es wagt, mich gerade jetzt Sinpa zu nennen. Vaterlose. Wo er doch wusste, wie ich zu Aldor stand. Ich beiße die Zähne zusammen und atme kräftig durch die Nase. Mein Herz schlägt so fest, dass es schmerzt.

»Du weißt genau, wovon ich rede. Gib es zu, Keno!«

Keno reißt nur spöttisch die blauen Augen auf und zieht damit alles was ich sage ins Lächerliche. Er grinst seinen Sinister-Freund überheblich an und macht eine Handbewegung, die andeutet, dass ich zu viel getrunken hätte. Dann wendet er sich einfach ab und geht zu einem der Tische.

Ist das sein verdammter Ernst? Ich will ihm nach, aber Ava greift über den Tresen und krallt ihre Finger in meine Schulter.

»Kyra, nicht!« Warnend schüttelt sie den Kopf.

Meine Augen brennen vor Wut, die kein Ventil findet und meine Unterlippe bebt. Doch vermutlich hat sie recht. Was kann ich schon tun? Ihn zu Tode quasseln? Vorsichtig genug, um keine weitere Retourkutsche zu erhalten? Am liebsten würde ich irgendwo dagegen hämmern, um die gesamte Energie, die sich in meinen Muskeln staut, loszuwerden. Stattdessen mache ich rein gar nichts. Starre lediglich in Avas strenges Gesicht. Ihre Füße müssen im ersten Fach der Theke stehen, denn sie beugt den gesamten Oberkörper über den Tresen, um ihre Finger in meine Schulter zu pressen. Ein Funkeln zwischen den Knöpfen ihrer Bluse fängt meinen Blick. Ein Medaillon. Ist das ein Löwenkopf? Bevor ich es genau erkennen kann, springt sie zurück auf den Boden und schiebt es wieder unter den Stoff.

»Setz dich«, befiehlt sie mir.

Schnaubend tue ich, was sie sagt. »Was ist das für eine Kette?«

Sie schiebt mir ein Glas Wasser vor die Nase. »Beruhig dich erst mal, verstanden? Was ist los mit dir?«

Ich wische mir mit beiden Händen übers Gesicht. Wenn sie wüsste, dass Keno vermutlich etwas mit Aldors Tod zu tun hat, würde sie garantiert nicht so ruhig hinter dem Tresen stehen.

»Du kannst Keno nicht öffentlich so anbrüllen«, sagt sie, diesmal leiser. »Wieso bist du überhaupt so sauer auf ihn?«

Ich ziehe die Finger vom Gesicht. Ihr harter Blick ist einem mitleidenden gewichen. Gott, wie ich diesen Gesichtsausdruck hasse.

»Antworte mir, Ava …«

»Ich habe keine Ahnung, was du meinst.« Auf einer Ferse dreht sie sich herum, um nach einem Besen zu greifen.

Was hat es mit der ganzen Geheimniskrämerei auf sich? Kann ich ihr noch vertrauen? Sie verschwindet einfach und jetzt trägt sie eine Halskette, die sie vor mir versteckt? Ich weiß im Augenblick nicht, wer sie wirklich ist. Sie kommt mir so fremd vor.

»Die Kette mit dem Löwen.«

Statt einer Antwort zuckt ihr Blick hinter mich und meiner folgt ihrem. Der mysteriöse Springer kommt in die Bar. Jeder wird still. Toll, der hat mir gerade noch gefehlt. Nur noch die Gitarrenklänge aus den Musikboxen strömen über meine Ohren. Er und sein Kollege mit dem Irokesenhaarschnitt bleiben am Eingang stehen. Hastig ziehe ich mir die Kapuze über und wende mich ab, doch ich bin mir sicher, dass er mich längst gesehen hat. Es war ein Fehler, hierher zu kommen. So unauffällig wie möglich schiebe ich mich von dem Hocker und bewege mich auf die Tür zu.

»Bleib sitzen«, zischt Ava mir warnend nach, aber ich ignoriere sie.

Gerade als ich versuche, an dem mysteriösen Springer vorbei zu schleichen, packt er mich am Arm. Seine Finger krallen sich in meine Haut.

»Wir haben die Tatwaffe gefunden, es ist ein Messer aus dieser Bar!«, ruft sein Kollege mit lauter Stimme in die Runde.

Was? Die Tatwaffe? Wie kann das sein? Mein Puls steigt. Das Messer liegt unter meiner Matratze! Tief nach hinten geschoben.

»Na, da fehlt ja jetzt nur noch der Täter«, ruft Keno spöttisch und blickt mir in die Augen. »Oder die Täterin.«

»Keiner verlässt die Bar, bis wir euch befragt haben.« Der Typ mit dem Irokesen klingt, als wüsste er, dass sich der Täter im Raum befindet und gerade durch seine Worte in Panik gerät.

Und in die gerate ich auch! Meine Hände zittern und ich presse sie an meine Oberschenkel, betend, dass der Springer neben mir es nicht bemerkt. Ich blinzle zu ihm hoch, doch noch sieht er mich nicht an. Waren sie in meiner Wohnung? Haben sie das Messer unter meiner Matratze herausgefischt? Warum sollten sie dann alle verhören? Warum höre ich nicht schon das Klicken der Handschellen, die mir das Blut an meinen Handgelenken abbinden?

Er wendet den Kopf zu mir. Sein bohrender Blick trifft mich wie ein Hammerschlag. »Fangen wir doch gleich bei dir an.«

In meiner Brust trommelt es, als er mich zu einem Tisch am Ende der Bar führt und sich mir gegenübersetzt.

Mit verschränkten Armen stellt sich sein Kollege an die Tür und wartet.

»Wie heißt du?«, fragt er mich.

Um weniger rebellisch auszusehen, ziehe ich mir die Kapuze vom Kopf. »Kyra Peregrine.«

»Warum bist du weggelaufen?«

Warum foltert er mich, wenn er das Messer schon längst unter meiner Matratze gefunden hat? Warum spricht er es nicht einfach an?

»Weggelaufen?«, frage ich und stelle mich dumm.

Er sieht mich an, als hätte er meinen kläglichen Versuch überhört. Einen Moment lang schweigen wir. Diese Stille macht mich noch verrückter als seine bohrenden Fragen. Aber was soll ich sagen? Weil ich von Keno niedergeschlagen worden bin, in einem Gang aufwachte und dann plötzlich mit der Tatwaffe am Tatort stand? Na klar, hört sich glaubhaft an. Ich versuche es mit einer anderen Wahrheit.

»Aldor war sein Name. Er war für mich wie ein Vater.« Ich blicke nach unten und spiele mit meinen Fingern. »Meiner starb vor acht Jahren. Jeden Tag gab mir meine Mutter etwas zu Essen für ihn mit, sogar heute früh noch. Bohnen mit

Wurst.« Für einen kurzen Augenblick muss ich lächeln, als ich daran denke, wie Aldor den Inhalt der Schüssel analysierte. »Ich liebte diesen Mann von ganzem Herzen. Als ich ihn am Boden sah …« Das Ende des Satzes muss ich hinunterschlucken. Mir bleiben die Worte im Hals stecken. Ich reibe meine Hände über die Oberschenkel, um den Schweiß wegzuwischen.

Der Springer sieht mich weiter an und sagt nichts. Vermutlich wartet er, bis ich meinen Satz vollende.

»Es fiel mir schwer, ihn da zu sehen.«

»Hast du bemerkt, dass Aldor Streit mit jemandem oder vielleicht sogar Feinde hatte?« Der Mysteriöse legt seine Arme auf den Tisch und beugt sich ein Stück vor, sodass Licht seine dunkelbraunen Augen erhellt.

Ich schüttle den Kopf. »Er war ein guter Mensch. Ich denke nicht, dass er Feinde oder mit jemanden Streit hatte.«

Er kneift die Augen zusammen und lehnt sich zurück, wodurch der Schatten sein Gesicht wieder verdunkelt. »Wo warst du in den letzten zwei Stunden?«

Mein Herz schlägt schnell, aber durch diese Frage verdreifacht sich die Geschwindigkeit noch einmal. Meine Finger werden immer kälter. Ich habe das Gefühl, dass jegliches Blut meinen Kopf verlassen hat und ich kreidebleich bin. Hoffentlich merkt man mir die Blässe nicht an. Oder die feuchten Augen. Wenn ich es zulassen würde, könnte ich auf der Stelle zusammenbrechend heulen. Doch auch wenn mir die Tränen vermutlich einen kleinen Vorteil verschaffen könnten, will ich aus einem mir unerklärlichen Grund nicht, dass er mich für schwach hält. Verdammt, ich lasse ihn schon viel zu lange auf meine Antwort warten.

»Ich war nach meiner Schicht kurz hier und wollte danach nach Hause gehen. Am Heimweg habe ich ihn entdeckt und ja, … bin dann durch den Gang nach Hause gelaufen und anschließend wieder hergekommen.«

Der Springer greift nach der am Tisch liegenden Serviette und macht sich eine Notiz. Ich versuche, etwas zu erkennen, doch den größten Teil seiner Sauklaue verdeckt seine Hand. Er schaut von der Serviette hoch, ohne den Kopf zu heben. Zwei kleine Falten bilden sich zwischen seinen geraden Augenbrauen. Ein paar Sekunden lang sagt er nichts. Dann nimmt er seine Pistole aus dem Holster und legt sie auf den Tisch. Ich weiß nicht, ob er versucht, mich damit einzuschüchtern oder ob es einfach nur beim Sitzen stört. Doch als ich auf den Griff blicke, erkenne ich denselben Löwenkopf eingraviert, den Ava um ihren Hals trägt. Überrascht schaue ich hinüber in ihre aufgerissenen Augen. Sie schüttelt den Kopf, als sollte ich dieses Thema besser nicht ansprechen.

»Warum bist du wieder hergekommen?«

»Ich wollte … mit Ava sprechen. Ich wollte ihr sagen, dass Aldor tot ist.« *Ich wollte Keno dazu bringen, zuzugeben, dass er Aldor ermordet hat.*

»Nach deiner Schicht, da warst du auch hier. War das Messer da noch an seinem Platz?«

Er fragt gar nicht nach, wer Ava ist. Kennen die sich?

»Das weiß ich nicht. Ich habe nicht darauf geachtet.« Ich versuche mich daran zu erinnern, wie Keno es nach unserem Streit wieder zurücklegte. Kein klares Bild will sich mir zu erkennen geben. Und dann fällt es mir ein. Er tat es nicht, – er nahm es mit sich. Mein Blick schweift zu ihm und, als würde er es spüren, schaut Keno genau in diesem Moment zu mir und ich starre in seine kalten Augen.

»Du hast dich verletzt?«, fragt der Mysteriöse und zieht meinen Blick wieder zu ihm zurück.

Irritiert zucken meine Brauen zusammen. Die Beule an meinem Hinterkopf zu erkennen, sollte sogar die Fähigkeiten eines Springers übertreffen. Trotzdem schleicht sich für den Bruchteil einer Sekunde ein leichtes Lächeln auf seine Lippen, als hätte er mich bei irgendetwas ertappt. Dann nickt er zu meinen Händen und ich sehe hinunter. Erst jetzt registriere ich das Brennen meines Zeigefingers. Die Schnittwunde muss wieder aufgegangen sein, als ich meine Hände über die Hose streifte. Jetzt bloß cool bleiben – das ist noch kein Beweis für einen Mord.

»Nicht so schlimm.« Was rede ich denn da? Als würde es ihn interessieren, ob es schmerzt.

Er reicht mir eine Serviette. »Woran?«

Meine Hände zittern, als ich das Stück Stoff entgegennehme, um das Blut von meinem Finger zu wischen. Es ist offensichtlich ein Schnitt.

»Papier«, sage ich. Das ist das Erste, was mir einfällt, um das Wort Messer zu umgehen. »Oder besser gesagt Karton ... Ich bin Botin.«

»Hm ...« Er weiß, dass ich lüge. Springer sind darauf ausgebildet, das Gesicht ihres Gegenübers zu lesen. Und er verdächtigt mich.

»Theo!«, ruft der Irokesenträger dem Springer zu, der mich gerade befragt. »Dauert das noch länger? Soll ich euch vielleicht einen Tee bringen?« Er schnauft. »Wir haben hier noch zwanzig weitere zum Befragen und ich habe echt keine Lust, für einen Obdachlosen die ganze Nacht hier zu verbringen.«

Für einen *Obdachlosen*. Schnaubend beiße ich mir auf die Unterlippe. Theo heißt er also. Der mysteriöse Springer. Er sieht einmal an mir herab. Über meinen Pullover hinunter zu meinem in die Serviette eingehüllten Finger und wieder hoch in meine Augen. Dann macht er eine Kopfbewegung, die mir zeigt, dass ich gehen kann.

Nach zwei Schritten dreh ich mich nochmal zu Theo um. »Ich hatte noch keine Möglichkeit, mich bei dir zu bedanken.«

Verwirrt schaut er zu mir hoch.

»Wegen des Soldaten bei der Essenslieferung ... Du hast verhindert, dass er —«

»Ich habe nur meinen Job gemacht. Vielleicht bist du nächstes Mal nicht so vorlaut.«

So vorlaut? Siran wäre jetzt tot, hätte ich den Mund nicht aufgemacht. »Ja ... ich meine, hättest du früher eingegriffen, dann —«

»Vorsichtig.« Sein Blick wird warnend, messerscharf.

Nicht weiterreden, befehle ich mir selbst. Wieso habe ich überhaupt damit angefangen? Wieso gehe ich nicht einfach? Ich verlagere mein Gewicht von einem Fuß auf den anderen und schlucke den restlichen Satz hinunter.

Keine Glanzleistung von mir, mich mit einem Springer anzulegen. Auf meinem Weg hinaus passiere ich Keno, ohne ihm ins Gesicht zu sehen und starre stattdessen in Avas Augen. Normalerweise konnten wir uns wortlos verständigen, doch gerade kann ich nichts in ihrem Blick erkennen.

***

Mit schnellen Schritten eile ich nach Hause. Ich muss nachsehen, ob das Messer noch da ist. An der Stelle, wo Aldors toter Körper lag, sind noch kleine Blutspuren zu sehen. Die werden mich wohl noch lange an den heutigen Tag erinnern. Als ich zu Hause ankomme, stürme ich in mein Zimmer. Soela sitzt auf ihrer Matratze. Das Schulbuch liegt neben ihr, geöffnet, doch sie starrt nur vor sich hin. Kein Wunder. Obwohl ich voller Adrenalin bin, setze ich mich und versuche, meine Aufregung zu kaschieren. Bewege mich dadurch langsamer, als ich es für natürlich empfinde.

Ich lehne mich gegen die Wand, lege mein Kinn auf meine Knie und umarme meine Beine. »Tut mir leid, dass du das mit ansehen musstest«

»So konnte ich mich wenigstens verabschieden.« Erst jetzt sieht sie mich an. »Ich vermisse ihn so sehr, Kyra.«

Ihre Worte rasen durch meinen Körper, als hätte ich sie selbst ausgesprochen. »Ich auch.«

Soelas Finger spielen nervös mit einem Haarband. Ihre dunkelblonden Haare fallen geöffnet auf ihre Schultern. Unwillkürlich muss ich daran denken, wie ich ihr heute Morgen den Dutt gebunden habe. Da war die Welt noch in Ordnung. Zumindest war Aldor noch am Leben. Jetzt hingehen …

»Er lebt in uns weiter. Wir werden ihn immer in Erinnerung behalten.«

Mutter öffnet die Tür und bleibt im Rahmen stehen. »Ich habe einen Apfelkuchen gemacht. Es war unser letzter Anspruch auf Obst für diese Lieferung, aber in Gedenken an Aldor habe ich ihn gebacken.«

Erst jetzt nehme ich den Geruch des Kuchens wahr. Er duftet so intensiv, dass man glauben könnte, die gesamte Zone hätte etwas davon. Ich ziehe die Luft in meine Nase, fühle die Leere meines Magens. Hunger habe ich jedoch keinen.

»Geht schon mal raus, ich komme gleich nach.« Trotz allem kann ich die Chance, nach dem Messer zu schauen, nicht verstreichen lassen.

Kaum allein, kehrt meine Hektik zurück. Ich springe auf, knie mich vor die Matratze und hebe sie mit beiden Händen an. Nichts. Ich hebe sie noch höher, um mich zu vergewissern, dass es nicht weiter nach hinten gerutscht ist, aber wieder ist da nichts. Kein Messer. Hat Mutter es gefunden? Sollte ich sie darauf ansprechen? Aber was, wenn sie es nicht getan hat? Ist jemand hier gewesen? Mein Atem wird kürzer. Meine Gedanken länger. Ich kann meinen eigenen Herzschlag hören. Die Mordwaffe befindet sich im Besitz der Springer. Habe ich all meine Fingerabdrücke davon waschen können? Vielleicht war ich nicht einmal gründlich genug, um jegliches Blut davon zu entfernen. So sehr ich mich auch bemühe, ich kann mich nicht daran erinnern, das Messer noch einmal kontrolliert zu haben.

Ich lasse die Matratze wieder zu Boden fallen. Mein Blick fällt auf die tote Welt außerhalb meines Fensters. Leere kommt in mir auf. Jetzt, wo ich Ava so sehr brauche, scheint sie so weit weg zu sein. Warum sagt sie mir nicht, was das alles zu bedeuten hat? Hat sie doch etwas mit dem Mord an Aldor zu tun? Habe ich meine beste Freundin verloren? Und was hat das alles mit Theo zu tun? Ich muss herausfinden, was es mit diesem Löwenkopf auf sich hat.

Kapitel Zehn

Nicht nur Aldor fehlt, als ich den Flur entlanggehe, auch Ava ist nicht an meiner Seite. Ich fühle mich matt und ausgelaugt. Das Quietschen von Reifen zieht meine Aufmerksamkeit auf sich und ich lehne mich über das Geländer, um zu schauen, was der Krach zu bedeuten hat. Eine weitere Gruppe aus den oberen Zonen wird abgeführt.

Rufus Prence und zwei weitere Guides stehen unten und überwachen die Angelegenheit. Sie unterhalten sich mit dem vernarbten Soldaten, dessen Anblick mir ein flaues Gefühl im Magen bereitet. Hoffentlich sieht er nicht hoch zu mir.

Starr beobachte ich die Prozedur. Die Menschengruppe steigt in den Bus und wird einfach weggebracht. Erst nachdem sich die Lieferantenschleuse wieder schließt, merke ich, wie ich meine Finger an dem Geländer festkralle. Ich halte mich fest, als würden sie *mich* holen wollen. Meine kreideweißen Handflächen färben sich dunkelrot und ich muss sie kurz ausschütteln, um meine Finger wieder richtig bewegen zu können.

Als ich das Botenbüro betrete, sieht mich Fitsch ganz überrascht an. »Oh, heute sind wir ja mal pünktlich.«

»Was hast du für mich, Fitsch?«

»Nicht viel. Es gibt nur eine in die vierte Ebene, die Restlichen sind für die höheren, aber die macht ja wieder Jona. Da kann ich dich nicht raufschicken, nach dem, was passiert ist.«

Er sieht mich an, als würde er eine erneute Entschuldigung erwarten, aber ich schnaufe nur. Wenn wir keine Lieferungen haben, bekomme ich auch weniger Zon und die haben wir gerade bitternötig.

»Ist es das Paket?«, frage ich und nehme die kleine Box, auf der 4208 steht, selbst in die Hand.

»Ja, du kannst nach der Lieferung auch gleich wieder nach Hause gehen.« Er wendet sich von mir ab und setzt sich hinter dem Tresen auf den Schreibtischstuhl.

»Wir sehen uns morgen.«

Als ich die Tür hinter mir ins Schloss fallen lasse, kommt Jona auf mich zu. Er hat einen eigenartigen Gang, der ihn noch größer wirken lässt, als er ohnehin schon ist. Schlagartig muss ich daran denken, wie er zusah, als das Narbengesicht mich niedergeschlagen hat. Ich weiß, dass ich ihm das nicht übel nehmen sollte, trotzdem fühlt es sich seltsam an, ihm gegenüberzustehen.

»Alles okay?«, fragt er. »Hab gehört, sie haben dich nach einem Tag schon aus dem Krankentrakt entlassen.«

Ich zucke mit den Schultern. »Immer noch am Leben.«

Nickend mustert er mein Gesicht. »Kaum zu glauben, hm?« Dann schleicht sich ein Schmunzeln auf seine Lippen. »Die Tatsache, dass du dem Soldaten vor die Füße gespuckt hast, hat die Runde gemacht. Auch wenn ich der Meinung bin, dass das mehr als dumm war … die anderen fanden es mutig. Selbst Mira feiert dich.«

»Sie sollte nichts feiern, das mich beinahe umgebracht hätte. Oder Siran. Hast du etwas von ihm gehört?«

»Er wird schon wieder«, antwortet er, mit den Achseln zuckend. »Seine Rippen sind gebrochen.«

Ich nicke mitfühlend und richte meinen Blick auf das Paket in meinen Händen. Hätte ich nicht so schnell das Bewusstsein verloren, wären meine Rippen jetzt vermutlich auch gebrochen.

Jona legt seine Hand auf meine Schulter und klopft zweimal darauf, als er sich an mir vorbeischiebt. »Komm nächste Woche nicht zur Lieferung.« Dann verschwindet er im Botenbüro.

Durch die Scheibe in der Tür erkenne ich, wie Fitsch die Pakete für die höheren Ebenen hervorzieht. Sie sehen genauso aus, wie jenes, das ich selbst damals hochbringen durfte. Ob sie etwas mit den Abholungen zu tun haben? Die Frau mit dem riesigen Hut saß schließlich auch kurz darauf in einem weißen Bus. Ich würde zu gern wissen, was in diesen Briefen steht. Zu schade, dass Jona so ein Angsthase ist. Er würde niemals freiwillig riskieren, einen zu öffnen.

***

Auf meinem Weg in Ebene 4 passiere ich unweigerlich das Tortuga. Ich bleibe stehen, als ich Ava sehe, die gerade die Türen aufschließt. Zum Glück bemerkt sie mich nicht. Bei all der Heimlichtuerei ist mir das ganz recht. Ob sie den Springern von meinem Streit mit Keno und der Rolle des Messers dabei erzählt hat? Das würde mich in ein sehr düsteres Licht rücken.

Ich warte, bis sie in der Bar verschwindet und gehe erst dann die Treppe hinauf in die Ebene 4. Dabei nehme ich jede zweite Stufe. Meine Oberschenkel beißen, als ich mich die Letzte hochdrücke.

Auf den Wänden im Flur leuchtet das wöchentliche Video der Residenz auf. »Bewohner der Zone 9«, sagt Elvira Pure nach dem Intro. Ihre Stimme hallt durch das gesamte Zentrum, und wie immer ist da dieses leichte Lächeln, das ich ihr keineswegs abkaufe. »Wir wissen, dass die Lieferung dieses Mal etwas magerer ausgefallen ist. Wir danken euch für eure Kooperation und versprechen, die Situation bald zu verbessern.«

Als ob sich die Residenz wirklich für uns interessieren würde. Selbst wenn wir hier einen Aufstand hätten, würde Elvira Pure wahrscheinlich die gleichen Worte sagen.

»Sicherlich habt ihr bemerkt, dass wir vor Kurzem ein paar Bewohner abgeholt haben. Es gibt keinen Grund zur Sorge, eher Grund zur Freude. Wir haben in unserer Residenz zusätzlichen Platz geschaffen und eure Zone auserwählt, um die ersten Bewohner zu uns zu bringen. Deshalb bitte ich euch, weiterhin zu kooperieren. Wir wachen über euch wie der Adler über seine Küken.«

Mit diesem Slogan endet das Video und trotzdem starre ich weiter an die Wand. Kälte steigt in meine Wangen. Die Residenz holt uns? Uns alle?

»Stell dir mal vor, was sie dort alles haben«, sagt ein Mann freudig neben mir. Er legt seine Hände an die Schultern einer Frau.

»Das wissen wir doch gar nicht«, erwidert sie.

»Anna, es ist die *Residenz.*« Seine Augen sind gierig aufgerissen, doch die Frau schaut verunsichert zu Boden. »Du brauchst keine Angst haben. Sie holen zuerst die oberen Ebenen und dann sind wir dran. Ist es nicht das, was du dir immer gewünscht hast?«

Ich gehe weiter, an ihnen vorbei.

»Vielleicht hast du recht«, höre ich die Frau noch erwidern, bis ihre Worte in der Entfernung verzerren.

Kann das wirklich sein? Obwohl ich mich mein ganzes Leben danach verzehrt habe, aus diesem Gefängnis auszubrechen, schreit eine kleine Stimme in mir, nicht mit den Soldaten gehen zu wollen. Ich vertraue Elvira Pure nicht. Das tat ich nie. Das tat Vater nie. Verlogen nannte er sie, als er dachte, ich würde ihn nicht hören können. Nein, Elvira Pure will bestimmt nicht unser Bestes.

An meinen Fingernägeln kauend erreiche ich einen Laden gegenüber des Springer Quartiers. Als ich die Parfümerie betrete, schlagen mir allerhand Gerüche in die Nase. Etwas Fruchtiges, Gewürze und wieder dieser Geruch, den ich in Ebene 6 vor der Pflanze stehend wahrgenommen habe. Die Fläschchen wirken wie Kristalle und glitzern im Licht. Als ich an die Theke trete, um die Lieferung loszuwerden, entdecke ich einen Spiegel, in dem sich der Eingang zum Quartier der Springer zeigt. Von Theo ist keine Spur zu sehen. Gut so.

Ich lege den Karton auf den Tresen. »Guten Morgen. Ich habe ein Paket.«

»Ja, das sehe ich. Das sehe ich.« Der ältere Mann trägt eine runde, kleine Brille auf der Nasenspitze, über die er mich ansieht.

»Haben Sie eine neue Idee für einen Duft?«, frage ich aus Neugierde und vielleicht auch nur, um etwas zu sagen.

»Ja Kind, aber welche, kann ich noch nicht verraten.« Er zwinkert mir mit einem Auge zu.

Eine Bewegung im Spiegel zieht meine Aufmerksamkeit auf sich. Rostrotes Haar. Ava? Sie geht in das Quartier der Springer. Erschrocken drehe ich mich um, aber sie ist schon weg.

»Ich muss los, bis bald!« Ich rase aus dem Laden.

Die Quartierstür steht einen Spalt offen und keiner der Springer lauert davor herum. Vorsichtig werfe ich einen

Blick hindurch. Doch es ist zu dunkel, um etwas zu erkennen. Wenn ich herausfinden will, was Ava hier macht und vermutlich auch, was es mit diesem Löwenkopf auf sich hat, muss ich hineingehen.

Soll ich das wirklich wagen? Nervös schaue ich mich um. Wenn mich ein Springer sieht, könnte das böse Folgen haben, aber wenn ich wissen will, was Ava verbirgt, bleibt mir wohl nichts anderes übrig.

Ich atme ein letztes Mal tief durch. Die Tür ist fast doppelt so groß wie ich und wirkt durch das massive Holz auch mindestens doppelt so schwer. Die verschlungenen Metallintarsien strahlen etwas Geheimnisvolles, Unheimliches, Verbotenes aus. Ein Handgriff und ein Schritt und ich würde drinnen stehen.

Komm schon Kyra, sei nicht feige. Ich lege eine Hand in den Spalt und ziehe die Tür in meine Richtung, bis ich meinen Kopf hindurchstecken kann. Nachdem ich niemanden sehen kann, schiebe ich meinen Körper seitlich hinterher. Nun gibt es kein Zurück mehr – ich bin drin. Mein Puls rast. Ein Korridor führt links und rechts von der Eingangstür ab. Die Dunkelheit verbirgt alles, was weiter als ein paar Meter entfernt ist. Es ist eigenartig, als ob ich in eine andere Welt eingetreten wäre. Die Finsternis wird an einigen Stellen des Ganges durch Wandlampen durchbrochen, kleine Lichtkegel, die kaum ausreichen, um die Schatten zurückzudrängen. Instinktiv gehe ich nach rechts.

Vorsichtig schleiche ich den Korridor entlang, bis ich das Ende erreiche und nach links abbiege. Immer lauter werdende Stimmen schallen mir entgegen und ein Geräusch, als würden Fäuste gegen Sandsäcke schlagen. Auch der Geruch von Schweiß wird mit jedem Schritt intensiver. Ich spähe um jede Ecke, bevor ich abbiege. Trotz meiner Vorsicht packt mich jemand von hinten am Arm und zerrt mich in eine Nische. Für einen Moment bleibt mein Herz stehen und ich muss mich zwingen, nicht aufzuschreien. Erschrocken drehe ich mich um und blicke in ein bekanntes Gesicht. Ich atme auf! Ava.

»Was machst du hier?«, fragt sie mich flüsternd, doch hört es sich an, als würde sie mich anschreien.

»Was machst *du* hier, ist doch wohl eher die Frage«, kontere ich und verschränke meine Arme.

Ava zieht ihre Augenbrauen zusammen. »Weißt du, was sie mit dir machen, wenn sie dich sehen?«

»Niemand hat mich gesehen.«

»Nein? Vielleicht nur, weil ich dich vorher erwischt habe. Denkst du, die sind blöd?« Sie tippt ihren Zeigefinger gegen die Stirn. »Die machen hier nichts anderes, als zu kämpfen, zu trainieren und Leute wie dich zu finden.«

»Was soll das denn jetzt bitte bedeuten? *Leute wie mich.*«

Nun beißt sie die Zähne zusammen und hebt beide Hände erzürnt neben den Kopf. »Du bist in ihrem Quartier. Unerlaubt. Also ich weiß nicht, ob die das lustig finden.«

Ava schaut sich immer wieder nervös um und schiebt mich noch ein Stück weiter in die Nische.

»Warum bist *du* dann hier? Warum darfst du hier sein?« Meine Wut lässt meine Worte lauter als beabsichtigt herauskommen.

Prompt reißt Ava die Augen auf und drückt ihren Zeigefinger gegen ihre Lippen. »Ich kann dir das nicht sagen, Kyra. Denkst du etwa, dass mir das leicht fällt? Denkst du, ich würde das alles so wollen?«

Ich schnaube durch die Nase. »Vertraust du mir nicht? Wir haben uns immer alles erzählt. Ich habe das Gefühl, ich kenne dich gar nicht mehr.«

Schritte dröhnen durch den Flur. Ava streckt den Arm vor meine Brust und drückt mich noch weiter in die Nische, sodass wir in vollständiger Dunkelheit stehen. Wir pressen uns so eng wie möglich gegen die kalte Wand und ich bete, dass der Springer uns nicht sehen wird. Nicht nur mein Herz rast. Ich höre auch Avas im doppelten Takt pochen.

Die Schritte nähern sich. Der Springer geht schnell. Wenn wir uns nicht bewegen und keinen Mucks von uns geben, haben wir vielleicht eine Chance, dass er uns nicht bemerkt. Als die Schritte unmittelbar vor unserer Nische sind, halte ich den Atem an. Mit aufgerissenen Augen beobachte ich, wie der Springer an der Nische vorbeiläuft. Erst als das Geräusch seiner Schuhe vollständig verklungen ist, atme ich aus.

»Das war knapp«, faucht Ava und zieht den Arm von meinem Körper. »Okay, hör zu. Triff mich in einer halben Stunde im Tortuga. Dann erzähl ich dir, warum ich hier bin. Aber geh jetzt endlich, bevor dich verdammt nochmal jemand sieht!«

Na bitte, auf diesen Deal kann ich mich nur zu gerne einlassen. Ich nicke nur und schleiche aus dem Quartier hinaus.

»Was macht eine Sinpa bei den Springern?«

Ich zucke zusammen, als die allzu bekannte Stimme hinter mir erklingt, kaum, dass ich durch die Tür hinausgetreten bin. Langsam drehe ich mich um. Keno. Meine Wangen werden heiß, meine Schultern krampfen und meine Zähne pressen aufeinander. Sein bloßer Anblick genügt, um eine Mixtur aus Wut und Angst durch meinen Körper zu jagen. Gegen einen Sinister bin ich machtlos.

»Ich habe ein Paket abgegeben. Was willst du Keno?«

»Nichts. Ich habe gehört, was passiert ist und frage mich, wie es euch geht.« Er beißt in einen Apfel. Seine Kaugeräusche machen mich wahnsinnig.

Ich balle meine Hände zu Fäusten und wäre bereit zuzuschlagen. »Du meinst, wie es mir geht, nachdem *du* Aldor getötet hast?«

»Ich? Nein, nein, nein«, sagt er noch mit vollem Mund und schluckt. »Ich war es nicht.«

Ich mache einen Schritt auf ihn zu. »Es ist mir egal, wen du dafür angeheuert hast. *Du* bist dafür verantwortlich!«

Innerlich flehe ich, einen Grund zu bekommen, zuzuschlagen. Ich hoffe, dass er mich angreift. Schubst. Schlägt. An den Haaren zieht. Irgendetwas tut, damit ich mich verteidigen muss. Ich starre auf seine Nase. Dort würde ich hinschlagen.

»Kyra, ich –« Eine gedämpfte Stimme unterbricht seinen Satz.

Keno zieht eine schwarze Scheibe aus seiner Hosentasche, über der blaue Audiowellen vibrieren. Verblüfft runzle ich die Stirn. Er hat ein Audioholo? An so ein Ding ranzukommen, ist beinahe unmöglich. Woher hat er das?

»Die Pflicht ruft. War wie immer nett, mit dir zu plaudern.« Im Rückwärtsgang wendet er sich herum und verschwindet.

Für mich ist das völlig in Ordnung. Mehr als in Ordnung. Ich möchte Keno am liebsten nie wieder sehen.

Kapitel Elf

Ich gehe direkt ins Tortuga und setze mich an die Bar.

Cruz bleibt vor mir stehen und stemmt die Hände gegen den Tresen. »Ava ist in Pause.«

Bis zu seinen hochgekrempelten Ärmeln kann ich seine Tattoos sehen. Schwarze feine Linien und Schriftzüge. Ungewöhnlich farblos für seinen bunten Geschmack, der sich täglich in seinen Hemden widerspiegelt. Heute ist es dunkelrot, allerdings lassen mich die abstrakten Muster in verschiedenen Farben die Grundfarbe nur schätzen.

»Ich weiß. Ich warte hier auf sie«, antworte ich und stütze mein Gesicht in die Hände.

Ein Grinsen schiebt sich auf seine Lippen. »Gut. Dann kannst du auch etwas trinken.«

Er nimmt einen Cocktailshaker und mischt ein paar Zutaten zusammen, wirbelt die Flaschen in hohem Bogen herum und fängt sie gekonnt wieder auf. Dann wirft er noch zwei Eiswürfel in den Shaker und tanzt zu dem Klirren, während er den Becher schwingt. Das bringt mich jedes Mal zum Lächeln. Eiswürfel sind in der Zone eine echte Rarität. Cruz plant bei jeder Lieferung einen Liter Wasser für Eiswürfel ein, für die man extra bezahlen muss.

Als er mit seinem Cocktail-Tanz fertig ist, nimmt er ein Glas, füllt es, dreht einen Strohhalm zwischen den Fingern, bis er ihn ins Glas wirft und stellt mir den fertigen Drink vor die Nase.

»Neue Kreation. Probier!«

Unsicher schaue ich auf das Glas. Es sieht nicht nur köstlich aus, ich bin mir auch sicher, dass es umwerfend schmeckt. Cruz ist ein wahres Genie, was die Zusammenstellung von Geschmäckern angeht. Doch er hat so viele verschiedene Zutaten hinein gemixt, dass es meinen heutigen halben Tageslohn kosten muss.

»Na, mach schon. Geht aufs Haus«, sagt er mit einem Zwinkern, als könnte er meine Gedanken lesen.

Wenn das so ist! Mit einem breiten Grinsen greife ich mir das Glas und ziehe den Inhalt durch den Strohhalm. Es schmeckt fruchtig und exotisch. Ein Hauch von Ananas und Kokos in der Endnote. Wie erwartet schmeckt es köstlich.

»Wow, das ist wahnsinnig lecker!«

Cruz hält sich beide Hände an die Brust und hüpft einen Schritt zurück, als hätte ich ihm einen Pfeil durchs Herz geschossen. »Ah! Meine Lieblingsverkosterin!«

Ich lächle ihn an und schlürfe noch einen Schluck. Die Kälte der Eiswürfel legt sich erfrischend um meine Zunge.

»Da ist Ava ja schon«, sagt er und nickt zur Tür.

Ich drehe mich um, den Strohhalm immer noch zwischen den Zähnen. Sie scannt die Gesichter der Gäste, während sie auf mich zukommt. Vermutlich um sich zu vergewissern, dass kein Springer und kein Sinister zugegen ist.

»Cruz, gibst du mir noch fünf Minuten?«, fragt sie.

Nickend geht er zu einem Kunden, der die Hand hebt.

»Also schieß los«, sage ich und nehme meinen Strohhalm gleich wieder in den Mund, um zu trinken.

Ava senkt ihre Stimme. »Bevor ich dir etwas sagen kann, musst du mir versprechen, dass du niemandem davon erzählst.«

Ich ziehe eine Augenbraue hoch. »Wem soll ich schon was erzählen?«

»Kyra, versprich es«, wiederholt sie mit einem warnenden Blick.

»Ja, ja. Versprochen.«

»Ich meine es ernst.« Ihre Mundwinkel liegen tief und ihr Blick zuckt zwischen meinen Augen hin und her.

»Ist versprochen. Hoch und heilig.« Ich kreuze meine Finger, um meinem Versprechen noch mehr Ausdruck zu verleihen.

Dann lehnt sich Ava noch ein Stück zu mir vor. »Also gut. Du hast doch damals die Kette mit dem Löwenanhänger gesehen, oder?«

»Über die du nicht sprechen wolltest, ja.«

»Richtig. Der Löwe steht für eine Gruppe, die sich Caput Leonis nennt. Sie stellen die Residenz infrage. Wir denken, dass da mehr dahintersteckt, als sie uns sagen wollen und dass etwas nicht stimmt. Aber das ist alles streng geheim, Kyra!«

Die Residenz infrage stellen? Elvira Pure ist keinesfalls vertrauenswürdig, das ist mir klar. Doch welchen Grund hätte sie, uns zu schaden? Vielleicht kann ich mir nicht vorstellen, was außerhalb der neunten Zone vor sich geht, doch was ich weiß, ist, dass wir innerhalb mindestens genauso viele Probleme haben.

»Bitte sag mir, dass ihr nichts mit dem Mord an Aldor zu tun habt.«

Ava verzieht das Gesicht und zuckt zurück. »Spinnst du? Natürlich nicht! Hast du mich deshalb verfolgt?«

»Ich hab dich nicht verfolgt.« Etwas zu heftig stelle ich das Glas auf dem Tresen ab. Ein Mann dreht sich zu uns. Ich räuspere mich. »Du bist mir einfach über den Weg gelaufen.«

»Wir arbeiten gegen die Residenz und nicht gegen unsere eigene Zone«, faucht sie.

»Aber was stimmt denn nicht? Geht es um diese komischen Überfahrten?«

»Unter anderem. Ich kann dir nicht mehr sagen, Kyra. Halte dich da einfach raus, okay? Und sei nicht böse, wenn ich mal untertauchen muss oder dich morgens nicht abhole.«

»Gehört Theo auch dazu? Ich habe den Löwenkopf auch auf seiner Waffe gesehen.«

»Theo? Ja. Aber sprich ihn besser nicht darauf an. Wenn er herausfindet, dass ich geplaudert habe ... Na ja, er wirkt netter, als er ist.«

Ich hebe eine Augenbraue. »Theo wirkt nett?«

Aus uns beiden platzt ein ehrliches Lachen. Ava lacht so herzhaft, dass sich die mit Sommersprossen umgebene Nase kräuselt und sie die strahlend blauen Augen zusammenkneift. Es fühlt sich vertraut an, befreiend, als wäre wieder alles wie früher.

Das Krachen der Tür unterbricht diesen kurzen Moment der Unbeschwertheit. Springer stürmen in die Bar, als ahnten sie, dass wir über sie gesprochen haben. Ava verstummt. Auch mir zieht sich der Magen zusammen. So ein Aufmarsch bedeutet nichts Gutes.

»Ist etwas passiert?«, ruft Cruz, doch wortlos marschieren die Springer auf ihn zu.

Sie packen ihn von beiden Seiten und binden seine Hände hinter dem Rücken zusammen. Mein Herz schlägt wild, als ich vom Barhocker aufspringe.

»Was ist los?«, ruft Ava.

»Es wird alles gut«, antwortet Cruz mit ruhiger Stimme, während die Springer ihn an uns vorbei aus der Bar führen.

Als sie die Türen öffnen, dringen Schreie hinein. Menschen flitzen durch den Gang, bis das Holz wieder ins Schloss fällt.

Ava reißt die Augen auf. »Wir müssen hinterher!« Sie springt von ihrem Hocker. »Gil, übernimm die Bar!«, ruft sie einem langjährigen Stammgast zu, ehe sie losrennt.

Wir stürmen nach draußen. Das Gebrüll betäubt meine Ohren. Im Kreis drehend, blicke ich in alle Richtungen, doch Cruz ist schon längst in der Masse untergegangen. Die Bewohner allerdings drängen sich die Stiegen hinunter und quetschen sich Schulter an Schulter am Geländer entlang. Was geht hier vor sich?

»Los! Nach unten«, rufe ich Ava zu, laut genug, um die Schreie zu übertreffen.

Mit einem ängstlichen Nicken rennt sie voraus. Sie sieht so blass und wacklig aus, dass ich nicht sicher bin, ob sie es die Stiegen hinunterschafft, doch sie ist überraschend flink. Ich schlängle mich an den Massen vorbei. Avas rotes Haar blitzt hinter Schultern hervor. Normalerweise bin ich schneller als sie, aber in diesem Moment muss ich darum kämpfen, mit ihr Schritt zu halten. Ich schiebe mich seitlich zwischen den Menschen durch, ziehe meinen Kopf von einem in die Luft ragenden Ellenbogen zur Seite und als ich auf die erste Stiege trete, rempelt mich ein Mann von hinten, sodass mein Gesicht fast in einer Schulter landet. Kalter Schweiß schießt aus meinen Poren, rinnt meine Schläfe hinunter. Ich kann

Ava nirgends mehr sehen. Die Treppe hinabsteigend versuche ich, einen Blick in die Halle zu erhaschen, aber die Menschen versperren mir jegliche Sicht.

»Bewohner!« Rufus Prences Stimme dröhnt durch die Zone. »Kein Mord bleibt unbestraft. Kein Mord bleibt ungesehen.«

Mord? Das Wort lässt mich erschauern. Mein Körper bebt bis in meine Fingerspitzen. Und an den letzten Stufen entdecke ich Ava, die sich gegen das Geländer drängt. Ich schiebe einen Mann vor mir zur Seite, um mich neben sie zu stellen. Die vorbeilaufenden Menschen drücken meine Magenmitte gegen das Treppengeländer, sodass mir der Atem stockt. Meine Finger an das kalte Eisen krallend, drücke ich mich nach hinten und ziehe die dicke Luft keuchend in meine Lunge. Rufus Prence steht auf dem Podest. Neben ihm Theo mit gesenktem Kopf. Die beiden Springer ziehen Cruz hinauf. Mein Puls rast. Cruz und Mord – die beiden Wörter ergeben für mich absolut keinen Sinn zusammen.

Das Brüllen der Bewohner dröhnt in meinen Ohren. Die Halle ist voll. So eine Menschenmenge war nicht einmal bei dem Protest gegen die Essenslieferung versammelt. Sogar die finsteren Gesichter der Bewohner aus den höheren Ebenen kann ich am Rand der Halle ausmachen. Cruz steht nun still auf dem Podest, die Hände hinter dem Rücken gefesselt. Ein Anblick, der meinen gesamten Körper krampfen lässt.

Rufus Prence hebt beide Hände neben sein Gesicht, um etwas zu sagen und für einen Moment dämpft er das Geschrei. »In unserer Zone ist ein Mord geschehen …« Er streckt den Arm und zeigt auf Cruz. »Und hier haben wir den Schuldigen!«

»Was?«, rufen Ava und ich gleichzeitig.

Unser Ausruf geht jedoch in dem allgemein entstehenden Chaos unter. Die Menge brüllt Cruz Beleidigungen entgegen. Schaulustig versuchen alle, den besten Platz zu erhaschen, um das Geschehen mitverfolgen zu können.

»Es war *sein* Messer, mit dem der Unschuldige ermordet wurde!« Rufus Prence blickt nach oben in die Gesichter, die über das Geländer ragen. Sie jubeln ihm zu und ich kann den Anflug eines Lächelns an Rufus Prences Mundwinkeln erkennen.

Das Zittern meiner Finger wandert meine Arme hinauf zu meinen Schultern. Die Menge schreit nach seiner Verbannung.

Ava stürmt los in Richtung des Podests. Auch wenn ich keine Ahnung habe, was sie vorhat, eile ich hinterher. Ich stoße gegen Menschen und dränge mich zwischen ihnen hindurch, um zu ihr aufzuschließen. Mein Shirt klebt am Rücken und mein Atem geht keuchend. Die Menge an Leuten heizt die Halle enorm auf. Ava hat das Podium fast erreicht, wird jedoch von Springern abgefangen.

»Cruz ist unschuldig!« Wild um sich fuchtelnd schreit sie hoch zu Rufus Prence.

Der hört nicht auf sie. Sieht sie nicht einmal an. Irgendwie gelingt es Ava, sich von dem Springer loszureißen. Sie kämpft sich die letzten Schritte nach vorn und steigt mit einem Bein auf das Podest, ehe sie der Springer einholt und mit eisernem Griff packt. Ihre Beine treten wild um sich, als er sie wegträgt. Mein Blick fällt auf Theo. Starr fixiert er den Boden vor seinen Füßen. Wenn ich ihm nur irgendwie sagen könnte, dass ich beweisen kann, dass Cruz es nicht war. Das ich weiß, dass die Sinister etwas damit zu tun haben. Ich kann Cruz nicht einfach unschuldig sterben lassen.

Wenn ich näher an ihn rankomme, bemerkt er mich vielleicht. Während ich mich die letzten Meter zu dem Podest durchschlage, schnellt sein Blick tatsächlich zu mir hoch. Wie gefesselt starrt er mir in die Augen. Nicht zornig oder kalt, nein, sein Gesichtsausdruck spiegelt Gewissensbisse wider. Die Erkenntnis trifft mich wie ein Schlag. Er weiß längst, dass sie einen Fehler machen. Er weiß, dass Cruz unschuldig ist. Als ich ganz vorne ankomme, dreht er sich einfach um und steigt vom Podest. Ich starre ihn fassungslos an. Wieso verhindert er es nicht?

Eine Hand packt mich am Arm und mein Blick schnellt in die Augen des Springers mit dem kurzen Irokesen-Haarschnitt. Einer, dem es nicht im Geringsten interessiert, wer Aldor tatsächlich ermordet hat. Irgendeinen Obdachlosen nannte er ihn. Ich beiße die Zähne zusammen.

Theo verschwindet in der Menschenmenge. Als der Springer neben mir seinen Blick abgelenkt abwendet, reiße ich mich mit einem Ruck los. Seine Finger schnappen nach mir, doch er erwischt nur den Zipfel meines Shirts. Mit Adrenalin vollgepumpt schlage ich mich durch die Menschenmassen, ohne Rücksicht darauf zu nehmen, jemanden zu rempeln. Immer wieder versuche ich, Theos Hinterkopf zwischen den Bewohnern zu fixieren. Er ist schnell. Die Masse macht Platz für ihn, im Gegensatz zu mir

»Wir werden den Täter verbannen! So will es das Gesetz!«

Wie schockgefroren bleibe ich stehen. Die Worte von Rufus Prence jagen mir einen kalten Schauer über den Rücken. Etwas in mir zerbricht. In meinem Kopf wird es still. Wie in Trance drehe ich mich zur Seite und schaue in Avas vom Schreien verzerrtes Gesicht. Haarsträhnen kleben an ihren feuchten Wangen, ihre Beine strampeln wild um sich, soweit es der Klammergriff des Springers zulässt. Der Impuls, zu ihr zu gehen, drängt sich tief in mein Herz, doch ich wende mich ab.

Die Menge feuert Rufus Prence an, der in dem Jubel aufzugehen scheint. Cruz steht mit erhobenem Kopf neben ihm. Seine Miene ist wie gefroren. Kein Muskel zuckt vor Angst oder Unsicherheit. Trotz seines Todesurteils.

Der Blick des Irokesenträgers fällt auf meinen und reißt mich schockartig aus der Starre. Mit einem Schwung drehe ich mich wieder zu Theo. Keine Sekunde später renne ich. Er muss das alles aufhalten.

Wie aus dem Nichts stößt mich jemand aus dem tobenden Gedränge. Meine Füße verlieren den Halt und ich falle. Mit beiden Händen fange ich mich auf dem Boden vor den dunklen Keilabsätzen einer Frau. Meine Handflächen brennen. Stiche ziehen sich über meine Knie und Hüfte. Es wird duster. Beine umgeben mich wie Bäume eines endlosen Waldes. Sie toben, springen und wirbeln den Dreck auf. Ich versuche, mich hochzudrücken und bekomme einen Tritt in die Rippen, der mich wieder flachlegt. Der Schmerz lässt mich schreien. Die Kälte der Fliesen legt sich auf meine Wange.

Niemand bemerkt meinen Sturz, egal, wie laut ich brülle. Ich sauge den Dreck in meine Kehle und huste ihn wieder aus. Etwas stößt gegen meinen Hinterkopf, direkt auf meine Beule, sodass Stiche bis zu meiner Schläfe pochen. Aus Reflex legen sich meine Arme über mein Gesicht, die Hände schützend an den Hinterkopf. Mein Versuch, die Knie anzuziehen, scheitert kläglich. Überall stoße ich gegen Schuhe. Staub lässt mich nach jedem Atemzug husten. War es das jetzt? Ersticke ich hier mitten in der Halle? Durch die Menschenmenge sehe ich Cruz kurz aufblitzen. Die Springer greifen ihn an beiden Armen und führen ihn das Podest hinunter. Verfluchter Mist, das darf nicht passieren!

Ich stemme die Hände gegen die Fliesen. Ächzend drücke ich mich auf die Knie, kralle meine Finger in alles, was ich greifen kann und ziehe mich an fremden Shirts hoch. Wieder aufgerichtet sauge ich die dicke Luft in meine Lunge und spucke den Dreck aus meinem Mund.

Drei Sekunden gebe ich mir, um wieder bei Atem zu sein, dann sehe ich mich hektisch um. Von dem Irokesenträger erkenne ich zum Glück nur den Hinterkopf, aber wo ist Theo? Orientierungslos drehe ich mich in alle Richtungen bis ich sein Nacken-Tattoo bei den Stiegen entdecke. Ich renne los, wohl wissend, dass ich ihn nicht mehr einholen kann. Mein Herz hämmert. Als ich mich die Stiegen hochkämpfe, kann ich Theo nicht mehr sehen.

Dafür ertönt das Geräusch der sich öffnenden Lieferantenschleuse. Die Menschenmassen spalten sich, um Cruz den Weg frei zu machen. Sie brüllen ihn an. Schubsen ihn. Beleidigen ihn als Mörder. Meine Augen brennen und meine Sicht verschwimmt, sodass ich nur noch bunte Umrisse wahrnehme. Meine letzte Hoffnung ist, dass Theo ins Springerquartier geht, ich muss ihn dort suchen!

***

Keuchend erreiche ich die vierte Ebene. Die Stimmen werden leiser. Die Luft klarer. Mein Blick fällt hinunter in die Halle. Es ist zu spät. Ich kann sie nicht aufhalten, nicht einmal, wenn ich Theo finde. Hilflos stehe ich da und sehe zu, wie Cruz über die Schwelle tritt.

Neben mir erklingt ein Lachen. Der unpassende und gleichsam bekannte Klang sticht in meinen Ohren. Keno. Mit zwei anderen Sinistern und einer Frau lehnt er über das Geländer und beobachtet diesen Scheinprozess.

Kalter Hass überspült mich. Schlagartig steigt mir die Hitze in die Wangen. Ich stürme auf ihn zu.

Sein Blick trifft meinen. Das Lachen auf seinen Lippen verwandelt sich in ein fieses Grinsen. Meine ganze Wut bündelt sich in meinem Arm, ballt meine Finger so fest zu Fäusten, dass sie aus Stahl zu sein scheinen. Und dann tue ich, was ich schon immer tun wollte. Ich schlage ihm mitten ins Gesicht.

Das erhoffte Knacken seiner Nase, das ich mir unzählige Male vorgestellt habe, bleibt aus. Das Einzige, was vermutlich gerade geknackst hat, waren meine Finger. Schmerz rast durch meine Faust, sodass ich aufbrüllen muss.

»Spinnst du?«, faucht Keno.

»Das ist alles deine Schuld!«, brülle ich so laut, dass meine Kehle schmerzt und mir die Tränen in die Augen schießen. »Aldor und jetzt Cruz? Soll *das* deine Rache sein? Warum rächst du dich nicht direkt an mir? Warum ziehst du da Unschuldige mit rein?«

»Wer sagt, dass *ich* das war?«

»Wer sonst?«

»Woher soll ich das wissen?« Nun schreit auch Keno mit ausgestreckten Armen. »Seh´ ich aus wie ein scheiß Detektiv, oder was?«

»Lügner!«

Mein Verstand ist völlig leer, es ist nichts als Zorn da. Nichts, was Keno sagen könnte, würde meine Meinung ändern. Er ist an all dem schuld. Ich hebe die Fäuste und hämmere gegen seine Brust. Um meinen Hieben auszuweichen, macht er einen Schritt zurück und ich setze einen nach.

Ein harter Schlag trifft mein Gesicht und ich sacke zu Boden. Das Brennen zieht sich von meiner Wange bis in mein Hirn.

»Selbst schuld«, sagt die Sinister-Frau, die abfällig auf mich herunterschaut. »Keno, sie hat dir eine verpasst. Was willst du jetzt machen?«

Achselzuckend zeigt er auf mich. »Sie liegt doch schon am Boden.«

»Du bist jetzt ein Sinister. Du kannst dir so was nicht gefallen lassen.« Sie schiebt sich eine schwarze Strähne zurück hinters Ohr, wodurch mindestens fünf Piercings sichtbar werden.

Fordernd sieht die Frau auf Keno und Keno auf mich. Völlig hilflos liege ich vor ihnen auf dem Boden, eine Hand an der Wange. Was habe ich mir bei all dem nur gedacht? Wie habe ich mir vorgestellt, dass das hier enden würde? Genau, richtig — ich habe überhaupt nicht nachgedacht.

»Wenn du etwas tun willst, dann tu es *mir* an. Jetzt sofort!«

Kenos Blick wechselt zwischen mir und den anderen Sinistern.

»Okay.« Aus seiner hinteren Hosentasche zieht er ein Klappmesser.

Ich reiß die Augen auf. Mein Herz pocht mir bis in die Kehle, die sich gerade zuschnürt.

Keno macht einen Schritt auf mich zu. »Wie wär's mit einem neuen Haarschnitt?«

Seine Aussage erntet ein befürwortendes Lachen der anderen.

»Ja«, sagt die Frau. »Schneide sie ab!«

Auf dem Boden kriechend versuche ich, zu entkommen, stoße aber nach nur einem Meter gegen eine Wand. Ich mag meine Haare. Brustlang. Dunkelbraun.

Keno kommt langsam näher. Er lässt die Klinge aus dem Griff springen. Ich hätte ein freches Grinsen erwartet. So eines, wie ich es schon von ihm kenne. Aber sein Blick ist ernst. Erschrocken drücke ich meinen Körper fester gegen die Wand, doch es gibt kein Entrinnen. Am liebsten würde ich die Augen zusammenkneifen, aber ich kann nicht wegsehen. Die

Deckenlichter reflektieren in der Klinge des Messers und ich realisiere, wie scharf sie ist. Es wird kein Problem sein, meine Haare damit zu durchtrennen.

Keno bückt sich zu mir und sieht mir in die Augen. Verängstigt schüttle ich den Kopf, um ihn zu bitten, es nicht zu tun. Ich weiß nicht, warum ich das mache. Er wird nicht auf mich hören. Meine Unterlippe bebt, doch ich verbiete mir, zu weinen.

Keno öffnet den Mund, bevor er zurückgerissen wird. Ein Ellbogen landet in seinem Gesicht und wirft ihn zu Boden. Das Messer fällt mir vor die Füße. Mein erster Impuls will zugreifen, aber meine Hand scheint mit dem Boden verwachsen zu sein. Ich kann mich nicht bewegen. Stattdessen sehe ich hoch und entdecke einen schwarz gekleideten Mann. Breite Schultern, starke Arme, ein Tattoo hinter dem Ohr. Theo.

Ein Zischen rechts neben mir ertönt. Eine weitere Klinge springt aus dem Griff in der Hand eines Sinisters. Er senkt das Kinn. Auf seine Lippen schiebt sich das typisch überhebliche Grinsen.

Theo trägt eine Waffe, die im Holster steckt. Wieso zieht er sie nicht? Mir bleibt die Luft weg, als der Mann mit einer plötzlichen Bewegung ausholt. Reflexartig packt Theo sein Handgelenk, schlägt ihm den Ellbogen gegen den Brustkorb, dreht sich einmal um die eigene Achse und befördert die sich noch am Messer festkrallende Faust in das Gesicht des dritten Sinister. Dann lässt er beide gleichzeitig zu Boden fallen.

Mir steht die Kinnlade offen. Ich wusste schon vorher, dass die Springer im Kampf ausgebildet sind, doch das hatte ich nicht erwartet. Er schien sich nicht einmal anzustrengen. Mein Blick gleitet über die schmerzverzerrten Gesichter, die auf den Fliesen kleben und endet bei Kenos schlaffem Körper. Keno sieht mir in die Augen, aber er hält meinem Blick nicht lange stand. Erwartungsvoll sieht Theo zur Frau, aber sie rennt einfach davon. Die am Boden liegenden Sinister einschließlich Keno rappeln sich umständlich auf und humpeln ihr hinterher.

Kapitel Zwölf

»Was machst du hier?«, fragt Theo mit ruhiger Stimme und kniet sich zu mir.

»Du weißt, dass Cruz unschuldig ist.« Ächzend stütze ich mich hoch.

»Ich kann nichts an der Entscheidung der Guides ändern. Sie brauchen einen Sündenbock, um die Menschen zu beruhigen.«

»Einen *Sündenbock*? Das ist nicht fair!« Ich schüttle den Kopf. »Du hättest sie aufhalten müssen.«

Theo hat mir aus der Patsche geholfen, also versuche ich, nicht wütend auf ihn zu sein. Aber angesichts der Tatsache, dass Cruz gerade zu Tode verurteilt wurde, fällt mir das verdammt schwer.

Seine Augen verengen sich. »Denkst du, das habe ich nicht versucht?«

Schnaufend blicke ich zu Boden.

Er streicht mir die Strähnen, welche mir übers halbe Gesicht hängen, auf die Seite. »Geht es dir gut?« Mit seinem Daumen streift er über meinen Wangenknochen.

Ich zische vor Schmerz und schlage seine Finger mit der Rückhand weg. »Geht schon.«

Irritiert weicht Theo zurück. »Gern geschehen!« Er presst die Zähne aneinander, sodass seine ohnehin schon scharfe Kieferlinie heraussticht und steht auf. »Dann kannst du ja jetzt nach Hause gehen!«

»Ich hatte nichts anderes geplant!«, fauche ich gepresst, wodurch sich das Brennen meines Wangenknochens auf meinen gesamten Kiefer ausbreitet.

Er dreht sich von mir weg und als er geht, atme ich tief durch. Genervt versuche ich, auf die Beine zu kommen, aber mein Bild fängt an zu schwanken und ich knalle wieder gegen die Wand. Mit zusammengekniffenen Augen taste ich meinen Wangenknochen ab. Verdammt, der Schlag hat gesessen.

»Komm mit.«

Irritiert öffne ich die Augen. Vor mir steht Theo und streckt mir die Hand entgegen.

Verdammt. Ich schnaufe, aber nehme seine Hand. Sie fühlt sich rau an, aber wärmer als meine. Mit einem Ruck hebt er mich auf die Füße. Zu schnell. Die Ränder meines Sichtfelds verdunkeln sich. Ich blinzle zweimal langsam, um wieder klar zu sehen. Theos Finger wandern zwischen meine Schulterblätter und drücken mich vorwärts in die Richtung des Springer Quartiers.

»Warum hast du Streit mit den Sinistern?« Seine Stimme klingt wieder etwas ruhiger, aber seine Augenbrauen sind immer noch tief zusammengezogen und er sieht mich nicht an.

»Es ist nur Keno. Er ist einfach ein Idiot.«

Obwohl ich widerstandslos vorwärts gehe, verharren Theos Finger an meinem Rücken. Vermutlich hat er Angst, dass ich gleich wieder umkippe. Schwach zu wirken gefällt mir nicht, also recke ich das Kinn etwas, um dem entgegenzuwirken. Dennoch genießt ein Teil von mir die Wärme seiner Hand. Es ist, als könnte mir in diesem Moment niemand etwas anhaben.

Er öffnet die Tür zum Quartier und lässt mir den Vortritt. Wir gehen den dunkeln Flur entlang und an der Nische vorbei, in der ich mich noch vor wenigen Stunden mit Ava versteckt hatte, und gelangen in den oberen Stock einer quadratischen Halle. Die Wände sind dunkel und obwohl das nicht sein kann, scheint es mir, als wären sie höher als in der restlichen Zone. Die gesamte Etage besteht aus schmalen Brücken mit perforierten Metallböden, auf denen der Klang meiner Schritte durch die ganze Halle dröhnt. Ich lasse meinen Blick hinuntergleiten. Auf der linken Seite befinden sich Schießscheiben, rechts hängen Boxsäcke und direkt unter mir ist ein kleiner Kampfring. Ein paar Springer schlagen mit den Fäusten so heftig auf die schwarzen Boxsäcke ein, dass das Geräusch der Schläge sogar das Auftreten meiner Schuhe auf dem Metallboden übertönt. Es sieht fast so aus, als wären diese Brücken nur dazu da, um die darunter liegende Halle zu beobachten. Von hier aus habe ich jeden im Blick.

»Ihr seht euch wohl gern beim Training zu, hm?«

Statt einer Antwort funkelt mich Theo an.

Ich presse die Lippen zusammen. *Einfach nicht reden*, befehle ich mir selbst.

Erst als Theo den Blick wieder abwendet, schiele ich zu ihm und vielleicht bilde ich mir das nur ein, aber seine Mundwinkel zucken für einen kurzen Moment in die Höhe.

Am Ende der Brücke steigen wir eine Treppe hinunter in die Trainingshalle. Unten angekommen, unterbrechen die

Springer ihr Training und starren mich an. Ich spüre ihre Blicke überall auf meinem Körper, als würden sie mich so lange durchlöchern, bis nichts mehr von mir übrig ist. Als hätte ich hier nichts zu suchen. Und damit haben sie recht. Wieso hat Theo mich hierhergebracht?

Theo ignoriert sie erhobenen Hauptes und führt mich zu einer Tür. Er hält sie mir auf. Sobald ich die Schwelle zu dem Zimmer betrete, setzen die Schläge wieder ein. Ein warmes Licht erhellt den Raum, in dem ein Schreibtisch auf der einen Seite und eine dunkelrote Couch in der gegenüberliegenden Ecke stehen. Die Wände sind voll mit Schränken und unzähligen Büchern.

»Warte hier«, sagt Theo und verschwindet wieder.

Die Tür lässt er offen, wodurch ich mich wieder beobachtet fühle. Was, wenn der mit dem Irokesen-Haarschnitt auftaucht? Bestimmt hat er nicht vergessen, dass ich in der Halle abgezischt bin. Was hindert mich nochmal daran, einfach zu gehen? Der Schmerz ist inzwischen erträglich. Ich mache einen Schritt auf die Tür zu, doch bleibe dann stehen. Ist es meine Neugierde? Auf meiner Unterlippe kauend, gehe ich hinüber zum Bücherregal und lese die Titel. Eigentlich suche ich nach einem Löwenkopf, doch ich finde überwiegend Bücher, die die alte Welt beschreiben. Wälder, Tierwesen, Geografie. Mein Finger gleitet über den Buchrücken eines Geschichtsbuchs, das ich noch nie gesehen habe.

»Interessierst du dich für Bücher?«

Ich zucke zusammen und wende mich um. Theo steht im Türrahmen, in seiner Hand ein kleiner blauer Beutel.

Ich nicke. »Hast du die alle gelesen?«

Er schließt die Tür und reicht mir den Plastiksack. »Noch nicht.«

Mit leisem Stöhnen lege ich den eiskalten Beutel auf meinen Wangenknochen. »Kann ich dich etwas fragen?«

»Ich sagte dir bereits, dass ich nichts an der Entscheidung der Guides –«

»Das meinte ich nicht«, unterbreche ich ihn kopfschüttelnd.

Für ein paar Sekunden sieht er mich an, doch dann nickt er.

»Was hat es mit dem Löwenkopf auf sich?«

Ich weiß, dass Ava nicht wollte, dass ich Theo oder sonst jemanden darauf anspreche, aber ich kann nicht anders.

Misstrauen spiegelt sich in seinen Gesichtszügen. »Was meinst du genau?«

Ich zeige auf seine Pistole, die im Holster steckt. »Ich habe ihn auf deiner Waffe eingraviert gesehen.«

»Ich wüsste nicht, was dich das angeht.«

Die Zone ist genauso mein Zuhause wie seins und das von Ava. Sollte hier irgendetwas nicht in Ordnung sein, oder wir uns vielleicht sogar in Gefahr befinden, geht mich das sehr wohl etwas an. »Du kannst mir vertrauen.«

Theo stützt sich mit den Händen auf dem Schreibtisch ab und beugt sich mit zusammengekniffenen Augen zu mir.

»Was weißt du?« Seine ruhige Stimme steht im Kontrast zu seinem verkniffenen Gesichtsausdruck.

Ich zucke mit den Schultern. »Ich weiß, dass du und Ava denselben Löwenkopf bei euch tragt ... sonst nichts.«

Sein Blick durchbohrt mich, sodass mein Herz meinen Brustkorb attackiert. Ich muss versuchen, für diese Konversation ein gewisses Maß zu schaffen, das zeigt, dass ich nichts weiß, aber doch hilfreich bin. Sage ich zu viel, weiß er, dass Ava geplaudert hat. Sage ich zu wenig, versteht er nicht, wie nützlich ich bin.

»Vor ein paar Tagen war ich in der sechsten Ebene ein Paket oder besser gesagt einen Brief abliefern, der die Frau ziemlich erschüttert hat. Ein paar Stunden später war genau diese Frau unter den Bewohnern, die die Soldaten abgeholt hatten.« Ich versuche, jeden Ausdruck auf Theos Gesicht zu lesen, aber bis jetzt bekomme ich keine andere Reaktion auf meine Erzählung als seinen scharfen Blick. »Als ich in der sechsten Ebene war, habe ich auch ein Gespräch – ich würde nicht sagen belauscht, es war einfach nicht zu überhören – in dem zwei Männer über eine Überfahrt sprachen.«

»Was haben sie gesagt?«

»Die zwei Männer? Sie haben eher gestritten. Der eine wollte nicht, dass der andere irgendeine Überfahrt macht. Ich habe nur ein paar Sätze mitbekommen, aber ich wette, der Brief, den ich der Frau gebracht habe, hatte etwas damit zu tun.«

Theo stellt sich aufrecht hin und verschränkt die Arme vor der Brust. »Warum denkst du, dass mich das interessiert?«

»Sonst hättest du nicht nachgefragt, was die Männer sagten«, antworte ich und hebe den Eisbeutel von meinem Wangenknochen. »Lass mich euch helfen.«

Okay, zugegeben, der letzte Satz war zu viel. Spätestens jetzt müsste Theo wissen, dass ich Bescheid weiß.

»Du kannst uns nicht helfen!«, blafft er mich an. »Du kannst nicht kämpfen und gerätst immer wieder in Schwierigkeiten! Ich sehe dich heute das fünfte Mal und habe dir inzwischen dreimal das Leben retten müssen. Lass mich überlegen …« Er verzieht das Gesicht. »Nein, ich glaube, ich kenne keinen so hilfsbedürftigen Menschen wie dich!«

Ich runzle die Stirn. »Dreimal?«

»Du denkst doch nicht ernsthaft, dass die anderen Springer dich nicht vom Tatort haben weglaufen sehen, oder?«

»Ich war es nicht!«, schreie ich und betone dabei jedes Wort.

»Ich weiß!«, brüllt Theo zurück.

Stille. Ich kann mein Herz pochen und Theo durchatmen hören. Er lässt sich in seinen Schreibtischsessel fallen und reibt sich mit der Hand über die Stirn. Eisklumpen legen sich in meinen Magen. Irgendetwas macht ihn eindeutig nervös. Was zum Teufel geht in der Zone vor sich? Wo bringen uns die Soldaten hin? Wenn Elvira Pure daran beteiligt ist, kann das nichts Gutes bedeuten. Ich traue ihr alles zu, genau wie Vater es tat. Aber wie sollte ich das Schlimmste verhindern, wenn ich nicht einmal weiß, worauf ich achten muss?

»Ich bin nicht unfähig.« Mein letzter Versuch, doch Theo schüttelt nur den Kopf.

»Du solltest jetzt gehen.«

Für einen Augenblick starre ich in seine braunen Augen, die an mir vorbeisehen.

»Danke für das Eis.« Den Beutel lege ich vor ihm auf den Schreibtisch, wende mich zur Tür und greife nach der Klinke.

»Kyra?«, ruft mir Theo nach und ich drehe mich hoffnungsvoll zu ihm um. »Wenn dir Keno das nächste Mal Probleme macht, ziel auf den Kehlkopf.«

***

Die Zone ist unheimlich um diese Uhrzeit. Von draußen dringt kein Licht mehr hinein und die Lampen spenden nur noch schwachen Schimmer, der Schatten an die Wände wirft. Meine Schritte verhallen in der Dunkelheit. Nur ab und an treffe ich auf Obdachlose und hoffe, dass ich nicht wieder Keno oder einem anderen Sinister begegne. Vor allem jetzt, nachdem sie wegen mir Theos Faust abbekommen haben.

Vor meiner Wohnungstür steht meine Mutter bereits mit verschränkten Armen und schief gelegtem Kopf.

»Wo bitte warst du, Kyra? Weißt du, wie spät es ist?«

»Tut mir leid«, murmle ich und dränge mich an ihr vorbei in die Wohnung.

Sie zieht die Tür zu und hält mich am Arm fest. Mit Daumen und Zeigefinger greift sie mein Kinn und dreht meinen Kopf zur Seite.

Ihr Blick fixiert meinen Wangenknochen. »Hast du Probleme?«

»Nein. Ich war unten in der Halle, als sie Cruz ... verbannten und bin in der Menschenmasse hingefallen.«

Das war ja nicht völlig gelogen.

Mutters zorniger Blick weicht. »Es tut mir so leid, was sie mit Cruz gemacht haben.« Ihre Finger gleiten von meinem Oberarm zwischen meine Schulterblätter und sie drückt mich für einen Moment an sich. »Aber du hast mir einen riesigen Schrecken eingejagt. Jetzt, wo Aldor tot aufgefunden und Cruz verbannt worden ist ... Ich hatte echt Sorge, dass dir etwas passiert ist.«

»Das wollte ich nicht. Tut mir leid, Mutter.« Ich blicke auf den Boden, um zu vermeiden, dass sie meine glasigen Augen bemerkt.

»Du musst viel durchmachen in letzter Zeit, mein Schatz.« Sanft streicht sie über meinen Kopf und küsst meine Stirn. »Ich hoffe, du weißt, dass ich immer für dich da bin. Dass du mir alles sagen kannst.«

Ich nicke. Die aufkommenden Tränen halte ich so angestrengt zurück, dass es mir die Kehle zuschnürt. Ich will sie nicht noch mehr belasten. Sie ist ohnehin schon besorgt genug.

»Geh jetzt schlafen. Soela ist auch schon im Bett.«

»Gute Nacht.«

So leise wie möglich schleiche ich in mein Zimmer.

Kaum liege ich auf meiner Matratze und schließe die Augen, flüstert Soela: »Es tut mir leid.«

»Was tut dir leid?« Ich wende mich zur Seite und zieh die Decke hoch bis knapp unter die Ohren.

»Das mit dem Messer.«

Unwillkürlich reiße ich meine Augen wieder auf. »Was meinst du? Was hast du getan?«

»Hast du ihn umgebracht, Kyra?« Soelas Stimme zittert.

»Aldor? Warum fragst du mich so etwas?« Ich kralle die Finger in meine dünne Decke und drücke sie in meine Handflächen.

Sie schluchzt. »Ich habe gesehen, wie du das Messer unter deiner Matratze versteckt hast.«

»Ich war's aber nicht! Die Sinister waren es und wollten es mir anhängen. Was hast du mit dem Messer gemacht?«

Sie dreht sich zu mir um. Auf dem Bauch liegend, stützt sie sich auf ihre Unterarme. »Ich habe es draußen versteckt. Ich wollte dich beschützen. Ich hatte Angst, dass sie es finden würden.«

»Dass *wer* es finden würde?«, unterbreche ich sie.

»Die Sinister. Sie waren hier und haben nach dir gesucht.«

Für einen Moment starre ich sie an. Meine Finger graben sich tiefer in die Bettwäsche bei dem Gedanken, dass Soela sich in solche Gefahr begeben hat. Hätte jemand sie mit dem Messer entdeckt, wäre sie womöglich an Cruz' Stelle verbannt worden.

»Warum hast du mir das nicht erzählt?«

»Ich wusste nicht, was ich sagen soll. Ich hatte Angst, dass du sagst, du hättest ihn umgebracht.« Ihre Stimme bricht.

Ich ziehe die Luft in meine Lungen, um ihr zu sagen, dass sie das Messer erst gar nicht hätte nehmen dürfen, doch halte dann inne und frage mich, wieso ich eigentlich so wütend auf sie bin.

»Bist du mir böse?«, fragt sie, als könnte sie meine Gedanken lesen.

Nein. Es ist nicht die Wut auf sie, die in mir brodelt. Ich bin wütend auf mich selbst. *Ich* habe sie dieser Gefahr ausgesetzt. *Ich* habe das Messer hier versteckt und Soela hat es mitbekommen. Nie hätte ich mir verzeihen können, wenn Rufus Prence sie meinetwegen verbannt hätte.

»Nein«, sage ich leise. »Soela … meine kleine Sonne. Könntest *du* jemanden umbringen?«

Sie schüttelt den Kopf.

»Siehst du? Und ich auch nicht.«

Auf allen Vieren krabbele ich auf Soelas Matratze.

»Ich hab dich lieb.« Ich gebe ihr einen Kuss auf die Stirn, nehme sie in den Arm und streichle über ihr Haar, bis ihr Atem langsamer wird. So wie Vater es bei mir immer tat, wenn ich schlecht träumte. Und obwohl ich meine Augen nicht mehr offenhalten kann, halten mich meine Gedanken noch lange wach.

Kapitel Dreizehn

Jeder Muskel und jeder Knochen sehnt sich danach, für immer liegen zu bleiben. Meine Rippen stechen und mein Wangenknochen bereitet mir Kopfschmerzen. Einfach unter der Decke verschwinden. Nie wieder in diese Welt müssen. Nie wieder in Kenos Augen blicken. Trotzdem drücke ich mich hoch und stehe auf. Ich wanke hinüber zu dem Spiegelsplitter und erschrecke vor meinem blau verfärbten Antlitz. Vorsichtig taste ich meinen Wangenknochen ab und verziehe das Gesicht. Autsch.

Um mein Aussehen etwas zu retten, lasse ich meine Haare offen, sodass sie über meine Wange fallen. Soela ist schon weg, was mir sagt, dass ich ziemlich spät dran bin. Es überrascht mich, dass Mutter mich noch nicht gerufen hat.

»Ist Ava noch nicht da?«, frage ich sie, als ich das Zimmer verlasse.

Ich will an ihr vorbeigehen, doch sie hält mich auf und hebt meine Haardecke zur Seite.

»Ist nicht so schlimm.« Jedes Wort sticht bis in meine Zahnwurzeln.

Sie lässt meine Haare wieder fallen und nickt. »Ava wartet draußen. Ich wollte dir heute ein wenig Zeit geben. Es ist viel passiert.«

Ich zwinge mir ein dankendes Lächeln auf die Lippen und verabschiede mich. Es ist ein seltsames Gefühl, nichts für Aldor mitzunehmen. Als hätte ich etwas vergessen.

Ava lehnt an dem Geländer mit verschränkten Armen und tief zusammengeschobenen Augenbrauen. »Was hast du dir dabei gedacht?«

»Was meinst du?«, erwidere ich im Vorbeigehen. Immerhin bin ich spät dran.

»Du weißt, wovon ich rede. Aber ich helfe dir gerne auf die Sprünge! Ich habe einen Riesenärger bekommen.« Wild fuchtelt sie mit den Händen vor meinem Gesicht herum und stellt sich mir in den Weg. »Die denken, ich habe geplaudert. Was hast du Theo erzählt? Warum warst du überhaupt dort? Kyra, du hast es mir versprochen!«

»Warte. Stopp!«, unterbreche ich sie. »Ich habe ihnen nichts von dir erzählt. Ich wollte nur zu Theo, um ihm zu sagen, dass sie einen Riesenfehler machen, Cruz zu verbannen!«

»Theo kann da gar nichts machen!«

»Ja, das weiß ich jetzt auch«, brumme ich und gehe an ihr vorbei. Ich greife den braunen Ledergurt meiner Umhängetasche, um mich daran festzuhalten. Das gibt mir irgendwie ein Gefühl von Sicherheit.

»Ja, *und dann*?« Ava packt mich am Arm und hält mich wieder auf. »Das kann ja nicht alles gewesen sein, was du gesagt hast. Sonst hatte wohl kaum jemand letzte Nacht an meine Tür geklopft und mich ausgefragt!«

Unwillkürlich öffne ich meinen Mund, doch die Worte bleiben mir im Hals stecken. Ich hätte nicht gedacht, dass die Caput Leonis noch in derselben Nacht zu Ava laufen.

»Weißt du, wie mein Vater sich aufgeregt hat? Er hat mir fast eine geknallt!«

Verdammter Pako! Am liebsten würde ich zu ihm laufen und ihn dafür anbrüllen. »Lass mich doch erst mal zu Ende erzählen, okay? Ich habe mit keinem Wort gesagt, dass du mir irgendetwas erzählt hast. Ich habe nur gefragt, was der Löwenkopf zu bedeuten hat. Das hätte ich auch getan, wenn du mir nichts erzählt hättest. Und dann ... ja ...« Ich halte kurz inne, bevor ich weiterrede. Ich weiß, dass mein nächster Satz sie ausflippen lassen wird. »Dann habe ich meine Hilfe angeboten.«

»Was? *Deine Hilfe?* Bist du noch ganz dicht?«

»Was soll das denn bitte bedeuten? Reg dich ab, Ava. Ich habe nicht gesagt, dass du geplaudert hast und ich verstehe nicht, warum ich nicht helfen kann. Warum muss ich tatenlos zusehen, wenn hier etwas nicht stimmt?« Jetzt fuchtle auch ich mit meinen Händen herum.

»Kyra! Die wissen, dass du Bescheid weißt. Denkst du, die sind dumm?«, zischt sie durch die Zähne.

»Na und, was soll's? Ich erzähle es doch eh keinem.«

»Du verstehst es immer noch nicht, oder? Ich weiß nicht, was sie jetzt machen werden. Die kennen dich nicht. Ich habe für dich bürgen müssen, aber ich kann nicht versprechen, dass sie das beruhigt. Entweder sie vertrauen darauf, oder ... sie tun es nicht.«

Auch wenn mich Ava gewarnt hat, war mir nie ganz klar, wie heikel die Situation ist.

Nervös spiele ich an meinem Taschengurt. »Was soll das bedeuten?«

»Ich will es nicht aussprechen, Kyra.«

Alles klar. Vermutlich werden sie mich umbringen, wenn sie zu dem Schluss kommen, dass ich nicht vertrauenswürdig bin. Ein dicker Kloß macht sich in meinem Hals breit. Vielleicht hatte Theo recht und ich bringe mich immer nur in Schwierigkeiten.

»Was ist, wenn ich mitmache? Ich verstehe sowieso nicht, warum das immer noch keine Option ist.«

Langsam drückt Ava die Luft durch ihre Nasenlöcher, bis ihre Lungen leer sein müssen und presst ihre Lippen zusammen. »Du bringst ihnen keinen Nutzen.«

Ich kneife meine Augen zusammen. »Und was nützt *du* ihnen?«

»Ich arbeite im Tortuga. Ich habe fast täglich alle Sinister bei mir und höre jedes Gespräch. Die Leute machen sich nicht die Mühe und unterbrechen ihre Geschichte, wenn ich mal vorbeigehe.«

»Ja und? Ich gehe überall hin und mache Botengänge.«

Avas Gesicht verfällt in Mitleid. Als wären Botengänge nicht dasselbe. Als wäre es weniger wert. Ich hasse es, wenn sie mich so ansieht. Plötzlich werden ihre Augen groß und ein erschrockener Gesichtsausdruck verdrängt den verhassten Blick. »Apropos Botengänge und Tortuga, wir müssen los!«

Nach ein paar Schritten kommen wir an Aldors Ecke vorbei. Eine obdachlose Frau hat es sich dort gemütlich gemacht. Ich glaube, ich habe sie schon einmal in der ersten Ebene gesehen. Sie sieht aus, als hätte sie alles an, was sie besitzt. In einen dicken Pelzmantel gehüllt, sitzt sie auf einem Schlafsack. Sechs Ketten hängen ihr um den Hals und an jedem Finger steckt mindestens ein Ring. Bei so vielen Klunkern würde man schnell denken, die Frau wäre reich, aber in der Zone bringen uns Diamanten gar nichts, sie sind nahezu wertlos. Ava und ich gehen schweigend an ihr vorbei.

»Ich will nicht streiten.« Ava bleibt stehen und legt ihre Hand auf meinen Arm.

»Ich auch nicht. Tut mir leid, was ich zu Theo gesagt habe …« Ich senke den Kopf. »Und was mit Cruz passiert ist …« Eine Gänsehaut läuft mir über den Nacken und die Arme hinunter.

»Ja … mir auch«, sagt sie leise.

Ich starre auf den Boden, da ich weiß, dass ich es nicht überstehen könnte, jetzt in ihre Augen zu blicken, ohne Tränen aufsteigen zu lassen. Stille breitet sich aus. Zwischen uns zumindest. Das Gemurmel der Zonenbewohner zusammen mit klimpernden Waren und Fußstapfen in jeder Geschwindigkeit gleitet über mich. Nur wir stehen da, völlig ruhig, inmitten des Chaos des Zentrums und starren leer vor uns hin.

Sie hebt meine Haardecke zur Seite. »Warum siehst du eigentlich so bunt aus?«

Ich greife ihre Hand und senke sie wieder.

»Keno«, murmle ich und Ava nickt, als hätte sie sich die Antwort schon denken können.

»War das seine Rache?«

Ich überlege kurz, aber nicke dann. Wie habe ich mich all die Tage über Avas Geheimnisse aufgeregt, aber selbst habe ich genug. Auf einen weiteren Streit kann ich gut verzichten, also lasse ich sie in dem Glauben, dass sie recht hat.

Das Zischen der Lieferantenschleuse bewahrt mich vor weiteren Fragen. Ich ziehe meine Schultern bis zu den Ohren hoch und drücke die Finger fest in das Leder meiner Umhängetasche. Das Bild von Cruz, der durch den Spalt der Menschenmenge auf die Schleuse zuging, drängt sich mir vor Augen. Ich versuche, es mit aller Macht zu verdrängen und mich auf das Hier und Jetzt zu konzentrieren. Ein Bus fährt ein und eine weitere Gruppe der oberen Bewohner steht schon bereit, bewacht von einem Guide und zwei

Springern. Und … ist das Keno, der an dem Treppengeländer lehnt und das Ganze beobachtet? Die Beine an den Knöcheln überschlagen, die Arme verschränkt, über seiner Augenbraue eine leicht rötliche Verfärbung.

»Denkst du, wenn sie alle Bewohner der oberen Ebenen geholt haben, kommen sie und holen uns?«, frage ich Ava.

»Ich weiß es nicht. Und ich weiß auch nicht, ob ich das möchte.« Sie drückt sich von den Eisenstangen. »Gehen wir.«

***

Fitsch erwartet mich wie immer in seinem Büro und tippt mit seinem Fuß auf den Boden.

»Na, guten Morgen, Kyra«, sagt er ironisch und schaut demonstrativ auf die Uhr. »Ausgeschlafen?«

»Fitsch.« Verdammter Mist, ich bin sogar fünfzehn Minuten zu spät. Das ist ein neuer Rekord.

»Hier sind deine Lieferungen für heute.« Sein Tonfall ist überraschend ruhig. Vielleicht ist er heute nachsichtig mit mir. Schließlich dürfte es auch an ihm nicht vorbeigegangen sein, was mit Aldor und Cruz passiert ist. Außerdem muss er mein Veilchen bemerkt haben, denn seine Augen starren entsetzt auf meine Wange.

Als er sich einem Karton zuwendet und sich nach den Päckchen bückt, entdecke ich einen Stapel Pakete für die sechste Ebene vor mir. Juno scheint heute auch zu spät zu kommen. In meiner Brust hämmert es. Mir kribbelt es in den Fingern und ich sehe meine Chance. Kurzerhand schnappe ich mir das oberste und stecke es in meine Umhängetasche. Das könnte meine Fahrkarte in die Caput Leonis sein. Wenn in diesen Briefen wirklich etwas über die

Überfahrt steht und ich ihnen einen solchen bringen würde, dann müssen sie mir einfach vertrauen.

Fitsch dreht sich wieder zu mir um und reicht mir meine Pakete. Hoffentlich merkt er nicht, dass der Stapel für die sechste Ebene geschrumpft ist.

»Es tut mir leid, dass ich heute zu spät bin«, sage ich mit dem Versuch, ihn abzulenken. »Es ist nur … es ist so viel passiert in letzter Zeit und ich –«

»Ja, ja. Schon gut«, unterbricht er mich. »Mach einfach deine Arbeit.«

Nickend stecke ich die Pakete in meine Tasche und verlasse das Botenbüro. Das schlechte Gewissen drückt auf meine Brust und wandert bis zu meinen Langfingerspitzen. Erst als ich in die vierte Ebene hochgehe, löst sich meine Beklemmung.

Bevor ich aber zu Theo gehe, muss ich selbst sehen, was in dem Brief steht. Nervös schaue ich den Gang auf und ab. Keiner da. Meine Chance. Als ich das Paket herausnehme, zieht sich mein Magen zusammen. Ich lausche auf jedes Knacken und jede Stimme, um nicht erwischt zu werden. Mit zittrigen Fingern ziehe ich den Brief aus dem Umschlag. Adrenalin schießt durch jede Ader meines Körpers. Die Angst, erwischt zu werden, wird von einer viel Größeren übertrumpft. Die, einen sinnlosen Brief gestohlen zu haben. Die, nichts für die Caput Leonis zu haben. Die, meine Mutter und Schwester zu verlieren. Es muss etwas in diesem Brief sein. Er muss mir den Weg zu ihnen ermöglichen. Er muss mein Leben retten.

Strahlend weißes Papier mit tief schwarzer Druckertinte sieht mir entgegen. Serifenverzierte Buchstaben, die einem Computer entspringen. Ganz unten der goldene Adler der Residenz neben den Initialen E.P.

»Sehr geehrter Herr Beirum, …« Als ich die erste Zeile des Briefs lese, bekomme ich Schuldgefühle. Dieser Mann wird seinen Brief nie bekommen. »Sie und Ihre Familie sind ausgewählt worden, zu uns in die Residenz zu übersiedeln. Wir bitten Sie, heute in der Halle auf die Soldaten zu warten, die Sie verlegen werden. Bitte folgen Sie den Anweisungen ohne Widerstand. Die Zone, in der Sie leben, wird sich bald verändern. Sprechen Sie mit niemandem darüber, wir handeln nur zu Ihrem Schutz. Wir erwarten Sie hoffnungsvoll, Elvira Pure.«

Mir wird heiß und kalt gleichzeitig. Meine Gedanken überschlagen sich. Tausend Fragen schießen durch meinen Kopf. Ganz sicher weiß ich allerdings eins: Theo muss diesen Brief sehen.

KAPITEL VIERZEHN

DIESMAL HABE ICH NICHT SO VIEL GLÜCK. Theo ist nirgends zu sehen. Zwei andere Springer stehen vor ihrem Quartier und unterhalten sich. Eine Frau mit herablassendem Blick trägt ein rotes Band um die Stirn gebunden und ihre bronzefarbene Haut betont jeden Muskel. Neben ihr steht ein Mann. Verdammt. Es ist der Typ mit dem kurz getrimmten Irokesen-Haarschnitt.

Abrupt stoppe ich und wende ihnen den Rücken zu. Meine Finger wandern zu meinen Zähnen. Darauf herumkauend zwinge ich mich wieder umzudrehen. Mir bleibt nichts anderes übrig. Vielleicht hat er mich inzwischen vergessen. Schließlich sah er mich nur kurz und inmitten eines riesigen Chaos. Die Frau entdeckt mich zuerst. Sie stupst den Irokesenträger an und deutet auf mich. Sofort hämmert mein Puls.

»Ist Theo hier?«, frage ich die Frau und versuche dabei cool zu klingen.

Der Irokesenträger kneift die ohnehin schon kleinen Augen zusammen und runzelt die Stirn.

»Wer will das wissen?« Die Springerin verschränkt ihre Arme. Das schwarze Shirt spannt sich um ihre Muskeln und eine dunkelbraune Locke löst sich aus ihren unordentlich nach oben gebundenen Haaren.

»Ich kenne dich doch!«, platzt es aus dem Irokesentyp heraus. Sein Finger wandert vor meine Nase. »Ja ... du hast dich von mir losgerissen.« Er nickt. »Weißt du, was es bedeutet, sich einem Springer zu widersetzen?«

Ich schüttle den Kopf, auch wenn ich es genau weiß. Je nach Schwere des Vergehens könnte es bei einer bloßen Verwarnung, einem Schuldableisten oder einer Verbannung enden.

»Du hast eine Menge meiner Zeit verschwendet.« Für einen Moment beißt er sich auf die Unterlippe, ehe er die Zähne schabend wieder wegzieht. »Ziemlich offensichtlich bist du mit Absicht in der Halle vor mir geflohen.«

Äußerlich bleibe ich ruhig, doch in mir breitet sich Panik aus. Hoffentlich hat er nicht vor, mich in seine Schuld zu stellen. Für ihn zu arbeiten, wäre nicht nur mein psychisches Verderben. Wenn er meine Zeit zu sehr in Anspruch nimmt, würde Fitsch nicht zögern, mich zu entlassen. »Es war mein *erstes* Vergehen.«

Langsam beugt er sich zu mir vor, die Hände hinter dem Rücken verschränkt. »Dein zweites.« Ein schadenfrohes Lächeln entblößt die abgebrochenen Enden seiner Schneidezähne.

Mein Puls lässt meine Fingerspitzen beben und ich presse sie fester in meinen Gurt. Ich brauche nicht nachzufragen, um zu wissen, was er meint. Theo sagte mir bereits, er habe sich für mich einsetzen müssen, nachdem ich von Aldors Tatort geflohen bin.

»Steig mal von deinem hohen Ross«, sagt die Springerin scheinbar gelangweilt und verdreht die Augen. »Kaum zu glauben, was für ein Ego du hast! Und noch weniger kann ich glauben, dass dir ein Mädchen davonlief.«

Nervös wechsle ich das Standbein. Wieso verteidigt sie mich?

Ihr Blick mustert meinen Körper so abschätzig, dass ich ihn fast auf mir zu spüren scheine. »Kyra, richtig?«

Mir fällt die Kinnlade hinunter. Woher kennt sie meinen Namen? Und dann ganz plötzlich dämmert es mir. Sie gehört zu den Caput Leonis. Eine andere Erklärung gibt es nicht. Würde ich für den Irokesenträger arbeiten, könnten sie mich nicht mehr so einfach aus dem Weg räumen. Mein überraschter Blick weicht einem ernsten und ich ziehe die Finger von meinem Gurt, um die Arme zu verschränken. Nun habe ich etwas gegen sie in der Hand. Ihr größtes Geheimnis.

Ich ziehe die Schultern zurück, um aufrechter zu stehen. »Ich muss mit Theo reden.«

Ihre beiden Augenbrauen wandern nach oben. »Und warum?«

Ja, warum Kyra? Ich hätte mir die Antwort auch schon vorher überlegen können.

»Ich weiß, wer Aldor umgebracht hat«, sage ich dann, weil mir auf die Schnelle nichts Besseres einfällt.

»Na und?« Er senkt das Kinn, wodurch seine kleinen scharfen Augen im Schatten fast schwarz erscheinen und spricht durch die Zähne. »Was du dir geleistet hast, wird dich Jahre kosten.«

»Sie wird nicht für dich arbeiten.« Die gerade noch so gelangweilte Stimme der Frau wirkt nun bitterernst.

Der Irokesenträger wendet sich ihr zu, doch ihr Blick weicht nicht von meinem. »Eine Schuld einzufordern, bleibt jedem Springer selbst überlassen.«

»Eine Schuld einzufordern bedarf der Zustimmung des Rates der Guides. Geh und hol Theo.« Dann spricht sie leiser.

»Oder soll ich Rufus klar machen, dass du kleinen Mädchen grundlos Veilchen verpasst?«

Sein verbissener Gesichtsausdruck weicht einem erschrockenen, dann fällt sein Blick auf meinen Wangenknochen. Obwohl ich genau das erreichen wollte, erschreckt mich ihre Skrupellosigkeit. Sollte ich Theo heute nicht überzeugen können, wird sie meinen Tod wollen. Das kann ich ihrem kalten Blick deutlich ablesen.

Zähnefletschend wendet sich der Springer ab und verschwindet im Quartier.

Die Frau starrt mich immer noch an. Der Blickkontakt hält ungewöhnlich lang, sodass eine prickelnde Spannung zwischen uns entsteht und um sie herum alles zu unscharfen Umrissen wird. Ich versuche, nicht ein Mal zu blinzeln, weshalb meine Augen brennen. Nach gefühlten Minuten entsteht ein kleines, fast unscheinbares Grinsen auf ihren Lippen und sie schaut weg.

Schließlich kommt Theo aus dem Quartier. Eine ernste Miene auf dem Gesicht.

»Was willst du hier?« Seine Stimme klingt zwar ruhig, aber seine zu Fäusten geballten Hände sagen etwas anderes.

»Ich muss mit dir reden.« Mein Blick schweift über die Frau. »Allein.«

»Sie sagt, sie weiß, wer diesen Obdachlosen getötet hat«, mischt sich die Springerin ein. »Und wer weiß, was sonst noch«, zischt sie so leise, dass ich es gerade noch verstehen kann.

Widerwillig nickt mich Theo in das Quartier. Durch die dunklen Gänge geht er zwei Schritte vor mir her, dreht sich kein einziges Mal zu mir um. Mein Herz rast. Nun gibt es kein Zurück mehr. Dieser Kerl hält mein Leben in der Hand und seinem finsteren Blick zufolge scheint er gerade in keiner sonderlich kooperativen Stimmung zu sein. Hoffentlich trägt dieser Brief eine Information, die er nicht schon längst kannte. Wir gehen in den kleinen Raum, in dem wir auch gestern schon waren.

»Also?«, fragt er mich und setzt sich in seinen Drehstuhl, sodass die Rollen ein Stück über den Boden kratzen. »Wer hat ihn getötet?«

Das warme Licht legt sich weich auf seine scharfen Gesichtszüge, sodass die Falten zwischen seinen Augenbrauen weniger bedrohlich wirken. Ein Schein, der offensichtlich trügt. Anstatt zu antworten, hole ich den Brief aus meiner Tasche und strecke ihn ihm entgegen.

Er nimmt ihn mir ab und lehnt sich zurück in den Sessel, sodass dieser wippend nachgibt. »Was ist das?«

Ich warte einen Moment ab, ob er liest, doch sein Blick verharrt weiter auf meinem. »Ein Brief von der Residenz an einen der Bewohner aus der sechsten Ebene. Es geht um die Überfahrten.«

»Bist du wahnsinnig?«, platzt es aus ihm heraus, so plötzlich, dass meine Schultern krampfen. Er richtet sich auf.

»Ja, das bin ich!« Besser wahnsinnig als feige.

Theo holt tief Luft, öffnet den Brief und liest. Ich versuche, seine Mimik zu entschlüsseln, aber sie sagt mir mal wieder rein gar nichts.

»Ich wusste es«, murmelt er schließlich.

Sekundenlang starren wir uns nur in die Augen. Er traut mir immer noch nicht.

»Vor einiger Zeit hatte ich einen wirklich schrecklichen Tag«, erzähle ich. »Es war einer dieser Tage, an denen einfach alles schiefläuft. Nachdem mein Stresslevel bereits im dunkelroten Bereich war, traf ich, passend zum Thema des Tages, auf Keno im Tortuga. Du weißt ja, dass ich mit ihm nicht besonders gut klarkomme … Ich habe meinen Vater schon vor acht Jahren verloren und Keno machte sich über ihn lustig. Er traf einfach einen wunden Punkt.« Ich halte ein paar Sekunden inne und schaue auf den Boden, aber Theo sagt nichts. Abwartend stützt er sein Kinn auf der Hand ab. »Ich habe ein Messer genommen und ihn bedroht. Ich habe es ihm an die Kehle gehalten. Ich war so wütend. Aber ich habe nichts getan … Dennoch schwor Keno Rache. Nach ein paar Tagen wurde ich niedergeschlagen und wachte in einem Flur auf. Das gleiche Messer neben mir. Das Messer aus dem Tortuga. Bedeckt mit Blut. Als ich die Tür öffnete, sah ich Aldor. Tot … Dort hast du mich gesehen.«

Er steht auf. »Warum hast du nichts gesagt?«

Ich ziehe meine Augenbrauen zusammen. »Du hättest mir nicht geglaubt. Niemand hätte das und wenn doch, und sie hätten Keno wegen mir verbannt, wäre ich jetzt wahrscheinlich tot.«

Theo stellt sich vor mich und lehnt sich gegen den Schreibtisch. »Und was jetzt? Willst du, dass ich Keno —«

Mein Kopfschütteln unterbricht ihn. »Darum geht es nicht. Nicht mehr zumindest … Wie auch immer. Du kennst mein Geheimnis. Ich vertraue dir. Wenn du das nicht tust und mich immer noch aus dem Weg räumen willst, hast du die Lösung dafür nun auf dem Silbertablett.«

Sein Blick schweift zu dem Brief. Ich halte die Luft an. Warte auf seine Entscheidung, die mein Schicksal besiegeln könnte.

»Caput Leonis«, sagt er dann und sieht zu mir hoch. »Wenn du helfen willst?«

»Ja, das will ich.« Ich nicke und verkneife mir ein erleichtertes Ausatmen.

Er faltet den Brief und geht um den Schreibtisch herum zu einer Schublade. »Es sieht so aus, als würden sie unsere Zone schließen wollen.« Beiläufig zieht er die knarrende Lade auf und vergräbt den Zettel unter irgendwelchem anderen Zeug. »Sie bringen nur Bewohner der oberen Ebenen weg und ich habe keine Ahnung, was mit dem Rest passiert.«

Unsere Zone schließen? Mir rinnt ein eiskalter Schauer die Wirbelsäule hinunter, dem ich mit einem Schritt nach vorne vergeblich zu entkommen versuche. »Woher weißt du das?«

»Wir stehen in Kontakt mit einer Frau namens Leyla aus der zehnten Zone. Oder besser gesagt, *standen* in Kontakt. Der gleiche LKW hat uns mit Lebensmitteln versorgt. So konnten wir Briefe in den Kisten schmuggeln. Vor zwei Jahren haben sie Bewohner aus der zehnten Zone weggebracht, aber das war die letzte Nachricht, die wir bekommen haben. Wir schrieben noch ein paar Briefe, bekamen aber nie wieder eine Antwort. Irgendetwas stimmt dort nicht. Und irgendetwas wird auch hier nicht stimmen.«

Was auch immer geschehen wird, ich kann mich schon tot sehen. Mich und meine Familie.

Theo stellt sich vor mich, dichter als gewohnt, doch immer noch eine Schrittlänge entfernt. Er ist größer als ich, also senkt er das Kinn zu mir hinab. »Es gibt eine Gruppe in der Wüste, die sich *Die Verschollenen* nennt. Es ist nur ein Gerücht aus der zehnten Zone, aber sie sollen schon seit acht Jahren gegen die Residenz kämpfen.«

Die Informationen fühlen sich an wie ein Schlag ins Gesicht. Hätte ich schon früher gewusst, wie schlimm es um die Zone steht, hätte ich mich bestimmt irgendwie darauf vorbereiten können. Jetzt trifft mich das alles unerwartet und völlig plötzlich. Ich bin nicht ausgebildet, um zu kämpfen. Bestimmt wäre ich eine der Ersten, die sterben würde. Warum tut die Residenz das?

»Ich verstehe das alles nicht. Was können wir tun?«

»Das müssen wir herausfinden.« Mit eindringlichem Blick schiebt er sein Kinn zu mir vor und senkt seine Stimme. »Du darfst mit keinem darüber sprechen. Es darf zu keiner Massenpanik kommen. Hörst du?«

Ich nicke, als die Springerin mit dem Bandana in das Zimmer stürmt und nach Theo ruft.

»Die Soldaten sind da!«

Sein Kopf zuckt zu ihr, sodass ich nur noch auf das Tattoo starre. Eine daumenbreite, gebogene Linie, die in einer Spitze hinter dem Ohr endet.

Er läuft los, wendet sich jedoch nochmal zu mir, als ich starr wie eine Statue stehenbleibe. »Worauf wartest du? Komm mit!«

Diesmal muss ich joggen, um seinen Schritten standzuhalten.

Kapitel Fünfzehn

Soldaten rennen durch die Gänge. Schreie dröhnen aus allen Ecken, betäuben meine Ohren. Fieberhaft blicke ich in alle Richtungen, um mich zu orientieren. Links von mir hält ein Soldat ein kleines Mädchen am Arm und zerrt sie den Gang entlang. Sie winselt. Rechts von mir kniet ein Mann auf dem Boden. Eine Waffe gegen den Kopf gerichtet. Wahrscheinlich hat er sich widersetzt. Die Bewohner laufen umher, versuchen in ihre Wohnungen zu gelangen oder sich zu verstecken.

Brüllend ergreifen die Soldaten jeden, den sie sehen. »Na los! Runter in die Halle! Jeder von euch!«

Sie stürmen Wohnungen und Geschäfte. Ganz egal, ob die Türen verschlossen sind oder nicht. Ein Soldat tritt am Ende des Gangs eine Tür mit seinem Stiefel ein. Gleichzeitig wird ein Video aus der Residenz abgespielt.

»Bitte kooperiert. Wir versuchen, eure Sicherheit zu gewährleisten«, wiederholt Elvira Pure in Dauerschleife.

Im Augenwinkel registriere ich eine schnelle Bewegung von etwas Weißem. Einer der Soldaten hat mich im Visier. Erschrocken wende ich mich ab und laufe los.

Mutter. Soela. Ich muss wissen, dass es ihnen gut geht.

»Kyra!«, schreit Theo hinter mir her, aber ich renne weiter. Geschickt schlängle ich mich durch die umherlaufenden Menschen. Die vierte Ebene schien mir noch nie so belebt.

Ich ducke mich vor einem Ellbogen und schiebe mich seitlich zwischen Schultern hindurch. Kurz vor den Stiegen packt mich jemand schmerzhaft am rechten Arm. Mein Blick schnellt zu einer weißen Hand. Ein Soldat. Er drückt so fest zu, dass das Blut aus meinen Fingern weicht. Panik schießt durch mich. Was passiert hier? Erbarmungslos zerrt er mich die Stufen hinunter. Am liebsten würde ich schreien, aber nur ein angestrengtes Stöhnen verlässt meine Lippen. Jeder Muskel meines Körpers kämpft darum, sich zu versteifen, stehen zu bleiben. Aber der Soldat zerrt mich immer weiter, wodurch ich beinahe die Stiegen hinunterstürze. Seine Finger lassen meine Haut brennen.

Je näher wir meiner Ebene kommen, desto wilder schlage ich um mich. Bis es dem Soldaten reicht. Er stößt mich gegen die Wand. Meine Wirbelsäule sticht am kalten Stein. Sein Gewehr zuckt nach oben. Ich reiße die Augen auf und starre auf den Finger am Abzug der Waffe.

»War's das jetzt mit dem Scheiß?« Die Spitze des Sturmgewehrs drückt er so fest in meine Schulter, dass es schmerzt.

Schweiß fängt sich in meiner Haarlinie, läuft mir die Stirn hinab. Ich öffne meinen Mund, aber bekomme kein Wort heraus. So schnell, dass ich es kaum realisiere, greift eine schwarz gekleidete Gestalt das Gewehr des Soldaten und drückt den Lauf weg von mir zu Boden. Theo. Aus Reflex betätigt der Soldat den Abzug und schießt ein Loch genau zwischen meine Füße. Der Schuss klingelt in meinen Ohren und ich springe mit einem Aufschrei hoch. Theo stößt dem Soldaten die eigene Waffe in den Magen und setzt einen

Kinnhaken nach, sodass der Mann zu Boden sackt. Fassungslos starre ich erst auf das Loch zwischen meinen Füßen und dann in Theos Gesicht.

»Das hätte verdammt schief laufen können!«, fauche ich. Diese Kugel wäre beinahe in meiner Schulter gelandet.

Theo zieht nur die Augenbrauen hoch. »Nummer vier. Gern geschehen.«

Wie ich es hasse, wenn er mich rettet.

»Ich muss zu meiner Mutter und Schwester!«

»Welche Ebene?«

»Zweite.«

Er packt mein Handgelenk, um mich von der Wand zu ziehen und schiebt mich vor sich her. Die engen Flure sind verwüstet, der Kram, der von der Decke hing, verteilt sich auf dem Boden.

Ich springe über einen zerbrochenen Besenstiel und laufe durch einen Scherbenhaufen. Die Schreie peitschen durch meine Ohren, sodass ich nicht einmal das Knirschen unter meinen Schuhen hören kann. Ein Mann stürmt auf mich zu. Ich knalle gegen seine Schulter und schleudere gegen das Geländer. Die Eisenstange rammt sich in meinen Magen und raubt mir die Luft. Mein Blick fällt in die Halle. Die Zonenbewohner werden versammelt und von Soldaten aufgereiht. Ein neuer Bus steht bereit, in dem wieder Bewohner aus den oberen Ebenen eingeladen werden.

Theo packt meinen Arm und zerrt mich vom Geländer. »Wir müssen weiter!«

Nach Luft ringend renne ich den Flur entlang und erreiche meine Wohnung, in der nichts mehr so ist, wie es war. Der kleine Esstisch ist umgekippt, die beiden Stühle sind zerbrochen und unsere Matratzen liegen gestapelt aufeinander. Vielleicht hat Mutter versucht, zu vertuschen, dass hier mehr Leute wohnen. Aber wo verdammt sind sie und Soela? Verzweifelt durchsuche ich die verwüsteten Zimmer, aber ich kann niemanden finden.

Bis das Quietschen der Badezimmertür meinen Blick auf sich zieht. Soela lugt vorsichtig heraus. In ihren Kulleraugen spiegeln sich alle Lichter. Ich laufe auf sie zu, knie mich vor sie und streiche ihr die zerzausten Haare aus dem Gesicht.

»Wo ist Mutter? Was ist passiert?« Ich versuche, meine Stimme ruhig zu halten, doch sie zittert wie meine Finger auf Soelas Schultern.

»Die Soldaten waren hier und haben sie mitgenommen. Sie haben alles verwüstet.« Ihre weinerliche Stimme bricht durch Schluchzer. »Mutter hat gesagt, ich soll mich im Badezimmer verstecken.«

»Du bist so tapfer, kleine Sonne. Versteck dich weiter, in Ordnung? Komm nicht raus! Ich werde nach ihr suchen.« Ich drücke sie an mich und gebe ihr einen Kuss auf die Wange. »Alles wird gut, okay?«

Sie nickt und ich zwinge mir ein beruhigendes Lächeln auf die Lippen. Doch innerlich bin ich alles andere als ruhig. Die Tür zum Badezimmer fällt hinter ihr ins Schloss. Hoffentlich werden die Soldaten sie nicht finden.

»Sie werden sie nach unten gebracht haben«, sagt Theo.

Wir stürmen nach draußen und ich beuge mich keuchend über das Geländer. Die Halle ist voller Menschen und ich scanne hektisch die Gesichter ab. »Ich kann sie nirgends sehen!«

Mein Puls pocht von meiner Kehle bis in die Fingerspitzen.

»Kyra!« Ein Ruf. Ich drehe mich um. Ava steht hinter mir. Ihr Kopf ruckt zu Theo und ihre Brauen schieben sich für einen kurzen Moment zusammen, ehe sie wieder mich ansieht. »Was ist hier los?«

»Wir wissen es nicht, sie versammeln die Bewohner in der Halle«, antwortet Theo ihr.

Die Menschen unten werden aufgestellt. Reihe um Reihe. Und mittendrin: Keno. Nein, nicht mittendrin, er hilft den Soldaten. Er spricht mit einem. Dem mit der Narbe über dem Auge. Mir bleibt die Luft weg. Was hat das zu bedeuten? Eine Hand reißt mich herum. Sie gehört zu einem bewaffneten Soldaten. Zwei weitere nehmen Ava und Theo in Gewahrsam. Ich rudere mit den Armen, um mich zu wehren, doch der Mann hält mich im Schraubzwingengriff. Genau wie die anderen. Wir haben keine Chance.

***

Die Soldaten bringen uns nach unten in die Halle zu den anderen Bewohnern. Keiner redet. Die Panik ist beängstigender Stille gewichen. Nur vereinzelt ist das Wimmern und Schluchzen kleiner Kinder zu hören. Als sie uns an Keno vorbeiführen, zucken seine Mundwinkel hoch. Wie gern würde ich ihm dieses überhebliche Grinsen aus dem Gesicht schlagen. Bestimmt weiß er über all das Bescheid. Vielleicht hat er sogar etwas damit zu tun.

Die Menschen werden in fünf Reihen aufgeteilt und die Soldaten stellen uns in die Fünfte. Theo und Ava stehen hinter mir. Angst breitet sich wie kaltes Gift in meinem Körper aus. Ich presse die Hände gegen meine Oberschenkel, um sie ruhig zu halten und lasse meinen Blick durch die Reihen huschen. Wo ist meine Mutter?

Das Geräusch von Schritten schallt durch die Halle. Die Guides kommen die Stiegen herunter. Rufus Prence an der Spitze mit drei seiner Leute im Schlepptau. Die langen dunkelblauen Mäntel wehen bei ihrem schnellen Schritt und in den Armen der drei Guides liegen schwarze Mappen. Rufus Prence sieht nervöser aus als sonst. Seine Bewegungen sind unnatürlich hastig, sein Blick flitzt umher. Das hölzerne Podest knarrt, als sie darauf treten.

Er atmet tief durch und hebt das Kinn. »Bewohner! Es wird euch nichts passieren, solange ihr euch an unsere Anweisungen haltet.«

Ich schaue mich weiter nach meiner Mutter um und nach etlichen Misserfolgen finde ich endlich ihren Schopf mittig in der dritten Reihe.

»Mutter!« Unwillkürlich mache ich einen Schritt nach vorn.

Einen Herzschlag später trifft mich der Stoß einer Waffe in der Kniekehle. Etwas zwischen einem Schrei und einem Stöhnen entweicht mir, als ich stürze. Der Schmerz vom Aufprall auf dem harten Boden ist nichts im Gegensatz zu dem, der sich von meiner Kniekehle bis hoch zu meinem Rücken frisst. Aus Reflex reiße ich die zusammengekniffenen Augen auf, als ich das Geräusch eines weiteren Schlags wahrnehme. Es ist Theos Ellbogen, der im Gesicht des Soldaten landet. Gleichzeitig greift seine andere Hand nach dem Gewehr. Mit einer halben Drehung entwaffnet er den Mann und richtet die Waffe auf ihn, was zur Folge hat, dass fünf weitere Soldaten gleichzeitig ihre auf Theo richten. Eine davon zeigt genau auf mich. Ich schlucke.

Immer noch fixiert Theo den Soldaten, der mich niedergeschlagen hat und beißt die Zähne aufeinander, sodass seine Kieferkontur heraussticht.

Der entwaffnete Soldat hält sich beide Hände vors Gesicht und starrt durch die Finger zurück. Er sieht jünger aus, als die anderen, blond und blauäugig. Nicht nur meine Mutter dreht sich zu uns um, sondern die ganze Zone. Selbst das

Schluchzen der Masse verstummt und ich höre nur noch meinen Atem, der zittrig über meine Lippen keucht.

»Theo! Lass die Waffe fallen!«, ruft Rufus Prence ihm vom Podest aus zu.

Theo blickt einmal in jedes Gesicht der fünf Soldaten, die ihre Waffen auf ihn richten, senkt seine und wirft sie ein Stück weit weg zu Boden. Der Aufprall des Gewehrs schallt durch die ganze Halle und ich bilde mir ein, sogar ein Beben an meinen Knien zu fühlen. Drei der Soldaten packen ihn an Arm und Schulter. Sie drücken ihn auf die Knie und fixieren ihn. Die anderen beiden zielen weiter auf seinen Kopf.

Als der Blonde seine Finger vom Gesicht nimmt, erkenne ich eine rote Linie unter seiner Nase. Ich schlucke ein zweites Mal, lauter als mir lieb ist, doch bewege mich kein Stück.

Sein Blick wandert von Theo zu seinen Händen, ehe er sie sich in den weißen Anzug streift und blutige Streifen an seinem Bein hinterlässt. Dann beugt er sich herunter, um nach seiner Waffe zu greifen.

Panik schnürt mir die Luft ab. Meine Finger krallen sich in das Ende meines Shirts, so fest, dass es schmerzt. Was hat Theo sich dabei gedacht? Was habe ich mir dabei gedacht? Verfluchter Mist, was soll ich tun? Der Blonde fletscht die Zähne. Er hebt die Waffe auf. Zielt auf Theo. Soll ich aufspringen?

»Warte.« Schnellen Schrittes kommt ein weiterer Soldat auf uns zu. Kein geringeres Übel. Das Narbengesicht, der vorhin neben Keno stand und mir immer noch diese unangenehme Gänsehaut bereitet.

Mein Herz klopft mir bis zur Kehle. Ob er sich noch an mich erinnern kann? Bestimmt. Immerhin habe ich ihm vor einer Woche vor die Füße gespuckt. Scheiße, wieso konnte ich bloß meinen vorlauten Mund nicht halten? Er wird mich umbringen. Direkt vor mir bleibt er stehen. Schaut auf mich herab, als wäre ich nur Dreck unter seinem Schuh. Und genauso fühle ich mich. Vor ihm kniend. Gedemütigt. Doch ich schaue nicht weg. Blicke ihm direkt in die Augen. Dieselbe Situation wie damals bei der Essenslieferung. In meinem Kopf schmiede ich den Plan, nach seinem ersten Schlag still liegen zu bleiben. Vielleicht bleibt es dann wieder bei dem einen. Ich spanne meinen gesamten Körper an, bereite mich darauf vor, doch der Schlag bleibt aus. Er wendet sich von mir ab. Zittrig atme ich aus.

»Probleme, Probleme, Probleme …« Grob packt er Theo an den kurzen Haaren und fährt sich dann mit der Zunge über die schiefen Zähne. »Theo …« Er presst die Zähne aufeinander und spricht durch sie hindurch. »Welch eine Freude wäre es mir, dich mitzunehmen.«

Mitzunehmen? Sie kennen sich? In Theos Blick liegt keine Angst oder Unsicherheit – im Gegensatz zu meinem – aber etwas brennt darin. Ich kann es nur nicht richtig deuten.

Mit immer noch einer Hand an Theos Haaren schnipst das Narbengesicht einen der Guides zu sich und reißt ihm das Gerät aus den Händen. »Mal sehen, wie deine Zukunft aussieht.«

Das weiße Gerät sieht aus wie eine zu groß geratene Lupe. An dem Griff ist ein runder, dünner Rahmen mit einem Display befestigt. Was ist das? Er hält es vor Theos Gesicht, bis es einen Pieps von sich gibt und der Rahmen rot leuchtet. Ein Scanner. Nach was suchen sie?

»Na ja. Hätte ich mir auch denken können, dass du nichts Besonderes bist.« Er beugt sich zu ihm herab. »Auf nimmer wiedersehen«, flüstert er so leise, dass ich es fast nicht verstanden hätte.

Er lässt Theos Haare los und schlägt ihm den Griff des Scanners ins Gesicht. Theo sackt zu Boden. In meiner Kehle bahnt sich ein Schrei an, den ich verbissen unterdrücke. Meine Finger versteifen im Stoff meines Shirts, sodass meine Gelenke brennend nach Erlösung schreien.

Theo liegt regungslos da und ich halte den Atem an, bis ein Zucken mir bestätigt, dass er noch bei Bewusstsein ist. Er stemmt eine Hand in den Boden, um sich aufzuraffen, doch die Soldaten kommen ihm zuvor. Sie packen ihn an den Armen.

Ich starre ihn an, aber er würdigt mich keines Blickes, wodurch ich mich noch schuldiger fühle.

Bitte sieh mich nur einmal an, damit ich dir zeigen kann, wie leid es mir tut. Flehend beiße ich mir auf die Unterlippe, doch er wird abgeführt und ich blicke nur noch auf seinen Hinterkopf.

»Weitermachen!«, ruft das Narbengesicht Rufus Prence zu und hebt die Arme zur Seite.

Was passiert nun mit Theo? *Auf nimmer wiedersehen.* Richten sie ihn etwa hin? Fest beiße ich mir auf die Lippen. Unterdrücke die Tränen und die Verzweiflung.

Einer der Soldaten zieht auch mich am Arm hoch. Meine Kniekehle brennt immer noch und ich verlagere mein Gewicht auf das andere Bein. Der besorgte Blick meiner Mutter trifft mich. Es schmerzt mehr als sonst, sie so zu sehen, also senke ich meinen Blick zum Boden. Nach und nach scannen sie die Bewohner mit ihrem seltsamen Gerät. Vor jeder Menschenreihe steht jeweils ein Soldat und leuchtet die Gesichter hintereinander ab. Das Gerät blinkt immer und immer wieder rot und die Leute werden wie Theo zuvor abgeführt. Ein Schrei erklingt. Eines der Geräte leuchtet grün auf. Die Wachen greifen die flehende Frau und zerren sie in einen Bus.

Was hat das zu bedeuten? Die Stimmung kippt immer weiter. Es ist wie ein lautloses Vibrieren, das durch die Reihen weht. Schatten verdunkeln die gesenkten Gesichter. Hälse verschwinden hinter hochgezogenen Schultern. Und auch mein Puls rast und ich vergesse beinahe Luft zu holen, weil ich wie gebannt zusehe, wie die Frau die Soldaten erfolglos anbettelt. Mein Blick trifft Avas. Sie schüttelt den Kopf und gibt mir zu verstehen, dass auch sie all das nicht begreifen kann. Der Mann zu meiner Rechten zeichnet sich immer wieder ein Kreuz über die Brust. Die Frau vor mir zittert so stark, dass sie sich fast nicht mehr auf den Beinen halten kann und Kinder suchen mit Tränen in den Augen in den Menschenreihen nach ihren Eltern.

Meine Mutter steht ganz vorne. Sie ist die Nächste. *Bitte lass den Scanner rot leuchten. Bitte nehmt sie mir nicht weg. Nehmt sie mir nicht weg.* Der Soldat hebt das Gerät und leuchtet über ihr Gesicht. Die Sekunden werden zu Stunden. Mein Herz klopft so stark, dass mein ganzer Körper bebt. Ich kaue mir auf der Unterlippe herum. Es kommt mir vor, als würden sie meine Mutter doppelt so lange scannen. Dann piept es und der Scanner wird rot. Erleichtert atme ich aus und schließe die Augen. Ihr Blick trifft mich. Flehend wie warnend. *Bau bloß keinen weiteren Scheiß*, meine ich förmlich ihre Worte in meinem Kopf hören zu können. Dann ist sie fort und die Soldaten machen weiter.

Als ich nur noch um die fünfzehn Leute vor mir habe, erklingt ein Kreischen. Die helle Stimme dringt mir bis ins Mark. Instinktiv blicke ich nach oben in die zweite Ebene.

»Hier haben wir noch eine!«, ruft ein Soldat hinunter, seine Finger krallen in Soelas Oberarm.

Mein Herz bleibt endgültig stehen. Meine Atmung beschleunigt sich, aber ich bekomme keine Luft in meine Lungen. Avas Hand legt sich zwischen meine Schulterblätter.

Der Soldat zerrt Soela grob nach unten in die Halle vor den vernarbten Soldaten.

»Na? Hast du dich versteckt?« Er kniet sich vor sie auf den Boden.

Soela antwortet nicht. Sie scheint starr vor Angst. Immer wieder blickt sie durch die Reihen.

Ich bin hier, würde ich ihr am liebsten zurufen. Aber diesmal verkneife ich mir das Aufschreien.

Der Vernarbte schnipst mit den Fingern und streckt seine Hand nach oben, ohne den Blick von Soela abzuwenden. Einer der Soldaten drückt ihm einen Scanner in die Hand. Er hält ihr das Gerät vors Gesicht und im selben Moment kullert eine Träne Soelas Wange hinunter. Meine kleine Schwester. Ich fühle mich so hilflos. Wieder halte ich gebannt den Atem an, bis ...

Der Scanner leuchtet grün.

»Bringt sie in den Wagen«, sagt der Vernarbte kalt und steht wieder auf.

»Nein!«, bricht es aus mir heraus.

Ich renne los. Das klickende Geräusch von sich erhebenden Waffen steigt mir zu Ohren, doch diesmal ist mir das egal.

»Soela!« Unaufhaltsam schießen mir die Tränen in die Augen. »Ihr könnt sie nicht mitnehmen!«

So schnell es meine Beine zulassen, laufe ich an der Menschenreihe vorbei. Vorne angekommen, fangen mich ausgerechnet Kenos Arme ab.

»Bist du verrückt?«, zischt er mir leise zu und hält mich fest.

Verzweifelt schlage ich auf seine Brust, versuche ihn wegzustoßen, doch sein Griff umklammert mich wie fester Stahl.

Jemand reißt an meinem Schopf und drängt mir den Kopf schmerzhaft in den Nacken. Sofort packen meine Finger die

Handgelenke hinter mir, um den Schmerz zu beenden, aber das verschlimmert den Zug nur. Keno lässt von mir ab und an meinen Haaren zieht mich jemand hinab auf die Knie.

»Nehmt sie nicht mit!« Ich verziehe das Gesicht so stark, sodass mir die Worte nur wimmernd über die Lippen kommen. »Bitte.«

Scheinbar irritiert halten die Soldaten inne.

»Auf was wartet ihr?«, blafft der Vernarbte und keine Sekunde später zerren sie Soela weiter in Richtung des Wagens.

»Nein!«, schreie ich.

Gewaltsam richtet der Zug an meinen Haaren meinen Kopf nach oben. Der Schmerz lässt mich stöhnen und ich blicke direkt in Kenos Augen. In seiner Hand ein Scanner. Mein Atem geht keuchend über meine bebenden Lippen. Er zieht das Gerät über mein Gesicht. Etwas spiegelt sich in seinen Augen wider, dass ich von ihm nicht kenne. Mitleid. Der Ausdruck, den ich sonst so hasse, kommt mir nun alles andere als demütigend vor. Meine Augen schließen sich und ich bete, dass, wenn ich sie wieder öffne, ein grünes Licht leuchtet. Ich muss mit Soela gehen, auf sie aufpassen. *Grün*, wiederhole ich in Gedanken. *Grün*. Das Piepsen ertönt lauter als zuvor. Meine Augen springen auf und stechen vom roten Licht. Ich verziehe das Gesicht, weil mich die Tränen dazu zwingen. Keno schüttelt den Kopf. Der Vernarbte gibt ihm mit einem Kopfnicken ein mir unbekanntes Zeichen.

Zögernd sieht Keno mich an.

»Na mach schon.« Ungeduldig wedelt der Vernarbte mit der Hand.

Kenos Schultern sacken zusammen, dann geht ein Ruck durch seinen Körper. Er hebt sein Bein und wie ein Hammer schnellt die Sohle seines schwarzen Stiefels in mein Gesicht.

Das Letzte, was ich sehe, bevor mir schwarz vor Augen wird, sind Soelas Füße, die in den Wagen einsteigen.

Kapitel Sechszehn

Meine Lider öffnen sich flatternd. Grelles Licht sticht in meinen Pupillen. Dunkle Umrisse bewegen sich zu meiner Linken. Blinzelnd versuche ich, mein Bild zu schärfen, aber das Stechen in meinen Augen zwingt mich, sie wieder zu schließen. Lichtflecken brennen sich in meine Lider und tanzen im Schwarz. Erst höre ich nur mein leises Stöhnen und das Blut in meinen Ohren rauschen, doch dann vernehme ich das Flüstern von zwei Stimmen. Wo bin ich? Ich liege auf etwas Weichem. Zu weich für meine eigene Matratze. Grässliche Kopfschmerzen nagen an meiner Stirn. Verdammt, sie nagen an meinem gesamten Gesicht, als würde ein eisgekühlter Sack voll Blei auf mir liegen. Der Frost lässt mir am ganzen Körper die Haare zu Berge stehen. Meine Finger wandern zu meinem Gesicht und zucken zurück, als sie auf etwas erschreckend Kaltes und Matschiges greifen. Soll das meine Haut gewesen sein?

Ein Schluchzen dringt zu mir durch, weiblich. Ich öffne meine Augen einen Spalt. Diesmal sehe ich nicht hoch ins blendende Deckenlicht, sondern direkt hinunter. Ganz klar eine bessere Idee, denn die Umrisse formen sich schnell zu bekannten Gestalten. Theo und meine Mutter. Ein komisches Bild, die beiden zusammen zu sehen. Ist das ein Traum? Dem Schmerz an meinem Gesicht zufolge müsste ich hellwach sein. Ich neige den Kopf nur ein klein wenig zur Seite. Sie unterhalten sich, aber ich kann nicht verstehen, was sie sagen.

Mutter hat ihren besorgten Gesichtsausdruck aufgesetzt. Sie sitzt auf einem Drehsessel hinter dem Schreibtisch und stützt ihre Hand verzweifelt gegen die Stirn. Theo lehnt neben einer Tür mit verschränkten Armen an der Wand.

Langsam gewöhnen sich meine Augen an die Helligkeit und ich öffne sie vollkommen. Als ich den kleinen Bluterguss an seiner Stirn entdecke, fällt mir wieder ein, warum ich bewusstlos war. Kenos Stiefel. Mein Puls beschleunigt sich. Nun übertönt mein schneller Atem ihr Flüstern. Mein Blick gleitet umher und ich realisiere, wo ich bin. Das ist der kleine Raum im Springer Quartier mit den unzähligen Büchern und ich liege auf dem dunkelroten Sofa. Als ich mich ächzend auf die Ellenbogen stütze, fällt ein blauer Eisbeutel von meiner Stirn und der plötzlich dreimal so starke Schmerz in meinem Kopf lässt mich das Gesicht verziehen. Zumindest weiß ich jetzt, wonach ich vorhin griff.

»Autsch!«, stoße ich auf und fasse mir mit der Hand über die rechte Augenbraue. Diesmal berühre ich etwas Feuchtes, doch nun ohne den Beutel zumindest weniger Matschiges und blicke auf meine Finger. Blutrot.

»Kyra!« Hektisch stürmt meine Mutter um den Schreibtisch und setzt sich zu mir aufs Sofa.

»Wie geht es dir?« Sie legt ihre Hand auf meine Taille und streichelt mir über den Bauch.

»Ging schon mal besser«, murmle ich stöhnend. »Was ist passiert? Wo ist Soela?« Erneut scanne ich den Raum. »Wo ist Ava?«

Meine gerade noch so verschwommene Erinnerung wird glasklar. Das Bild von Soelas Füßen, die in den Bus geschliffen wurden, drängt sich mir vor Augen.

»Sie haben Soela mitgenommen. Ava ist noch hier, sie ist draußen in der Zone«, klärt mich Theo auf.

»Warum haben die Soldaten sie mitgenommen?« Ein betäubendes Gefühl übermannt mich. Jeder Muskel meines Körpers versucht, sich zu bewegen, auszubrechen, aber verkrampft.

»Das wissen wir nicht.« Theo drückt sich von der Wand ab und kommt zu uns. »Die drei obersten Ebenen, alle Guides, Rufus und ein paar aus den unteren Ebenen, bei denen das Licht grün leuchtete, sind weg. Sie haben sie alle mitgenommen.«

»Wir müssen in die Residenz!«, rufe ich und durchbreche die Starre meines Körpers. »Wir müssen Soela finden!«

Ruckartig setze ich mich auf, auch wenn das die Kopfschmerzen zu einem unerträglichen Stechen verschlimmert.

Mutters Blick ist Antwort genug. Mit glasigen Augen schüttelt sie den Kopf. »Wir können die Zone nicht verlassen, Kyra. Wir haben keine Schutzanzüge. Die Seuche –«

Ein explosionsartiger Knall unterbricht ihren Satz. Meine Finger krallen sich in das Sofa. Ein Beben wandert über den Boden und lässt den Raum vibrieren. Mein gesamter Körper erzittert und ein schrilles Piepsen legt sich in meine Ohren, zusammen mit dem Schrei meiner Mutter. Das Sofa klappert gegen die Wand und Bücher gleiten aus den Regalen, knallen vor Theos Füße. Putz bricht von den Wänden und der Decke und hinterlässt schwebende Partikel, die die Luft in den Lichtkegeln trübt.

Mutters gerade noch so sanfter Daumen presst in meine Magendecke. Und meine Hand griff anscheinend nach ihrem

Arm. Theo stößt die Tür auf. Schreie dröhnen in den Raum, die den schrillen Ton in meinem Ohr bekämpfen.

»Theo!«, rufen sie aus der Quartiershalle nach ihm.

Ich springe auf, zu schnell. Der Boden unter meinen Füßen schaukelt. Wankend komme ich zum Stehen. Adrenalin schießt durch meine Adern und stabilisiert meine Sicht. Theo rennt aus dem Raum in die Trainingshalle und wir ihm nach. Ein stechender Geruch strömt in meine Nase. Verbranntes. Doch hier ist alles noch wie es war. Schlagartig schießt mir der Satz des Narbengesichts wieder in den Sinn. *Auf nimmer wiedersehen.* Theo lebt … noch.

»Was ist passiert?«, ruft er der Springerin mit dem Band im Haar zu, die ihm ein Sturmgewehr zuwirft.

Er fängt das Gewehr geschickt und legt es sich schussbereit in die rechte Hand.

»Die Zone explodiert! Wir müssen hier raus!«

Raus? Mein Herz rast. Wohin bitte sollen wir gehen? Erneut knallt es. So laut, dass ich schreie. Jemand reißt mich zu Boden. Ich falle gegen meinen Arm, meine Hüfte, ehe ich realisiere, dass Theo neben mir liegt. Seine Hände an meinem Körper. Mutter bleibt wie angewurzelt stehen. Ein Krachen direkt über ihr ertönt.

»Mutter!«, schreie ich.

Alles passiert wie in Zeitlupe. Das Geländer über ihr reißt entzwei. Mein Herz setzt einen Schlag aus und ich will schreien, doch kein Ton kommt mehr aus meiner Kehle. Stattdessen stemme ich meine Hand in den Boden, will aufspringen, doch Theo hält mich zurück. Umklammert mich, als wäre mein Körper in unbiegsamem Stahl gehüllt.

Es ist zu spät. Mutter reißt die Augen auf, schaut erst zur Decke und dann zu mir. Ein letztes Mal sehe ich in ihre grünen Augen, bevor ich meine zusammenkneife, um nicht mit ansehen zu müssen, wie sie begraben wird. Der Lärm zerreißt mir fast das Trommelfell. Splitter fetzen gegen mein Bein, verpassen mir stechende Schmerzen.

Theos Arm gleitet über meinen Kopf. Er drückt mich hinunter. Der Boden vibriert. Jeder aufschlagende Brocken bebt durch meinen Körper. Staub legt sich auf meine Lungen und ich huste nach jedem Einatmen, spucke den Dreck aus meinem Mund.

Als ich die Augen wieder öffne, sehe ich einen Betonblock durch eine riesige Staubwolke blitzen, wo vor wenigen Sekunden noch meine Mutter stand. Ich zittere am ganzen Leib und befreie mich aus Theos Klammergriff.

»Nein«, wispere ich. Taumelnd springe ich auf und renne zu dem Trümmerhaufen. Ich will ihn anheben, doch er bewegt sich keinen Millimeter. »Nein!«

»Theo, komm schon! Wir müssen hier raus!«, höre ich die Springerin immer wieder rufen.

Aber ich brülle nur. Meine Finger sind taub, weil ich noch immer versuche, den Block anzuheben. Ein gewaltiges Knarren lässt mich innehalten. Scheiße, die Halle stürzt jeden Moment ein. Erneut greife ich nach einem Brocken.

Theo packt meine Hand, reißt mich mit sich. Einen Herzschlag später steckt die Eisenstange des Geländers senkrecht auf der Stelle, an der ich gerade noch stand. Verzweifelt schlage ich um mich. Theo hält mich mit beiden Armen fest. Ich stoße gegen ihn, um mich zu befreien, doch sein breitbeiniger Stand gibt keinen Millimeter nach. Nicht einmal, als seine kühlen Hände zu meinem Gesicht wandern. Die Daumen auf meinen Wangen, die Fingerspitzen fest an meinem Nacken, sodass ich nicht mehr um mich herumblicken kann. Reflexartig umgreife ich seine Handgelenke, um mich loszureißen.

»Wir müssen hier raus, Kyra!« Eindringlich schaut er mich an. Seine Stimme klingt ruhig, aber gleichzeitig habe ich das Gefühl, angebrüllt zu werden. Seine kurzen Haare sind bedeckt mit Staub und seine Augen stechen gerötet aus dem dreckúberzogenen Gesicht hervor.

Ich schlucke, um den Kloß in meinem Hals zu lösen und etwas zu sagen, doch mehr, als meine Lippen zu öffnen, bringe ich nicht zustande. Tief in mir weiß ich, dass es für meine Mutter zu spät ist. Das zu akzeptieren erscheint mir allerdings unmöglich.

Der Druck seiner Finger an meinen Wangen lässt etwas nach. Meine Hände hingegen pressen immer noch fest in seine Unterarme. Ein weiterer Teil der Brücke schlägt hinter uns zu Boden. Metall stößt auf Metall. Meine Ohren klingeln von dem schrillen Geräusch. Ein Knall, den ich bis in meine Zahnwurzeln spüren kann.

»Wir müssen gehen«, wiederholt er, und diesmal schwingt Ungeduld in seiner Stimme mit. »Die gesamte Halle bricht jeden Moment zusammen.«

Der letzte Springer rennt die Treppe nach oben und auch die nach Theo rufende Springerin mit dem Band im Haar rennt los. Ich hatte nicht geplant zu nicken, aber ich tue es. Einmal. Dann lasse ich seine Arme los. Er bückt sich nach dem am Boden liegenden Sturmgewehr und greift meine Hand, zieht mich hinter sich her. Quer durch die Halle. Weg von meiner Mutter. Wohin sollen wir? Hinaus? Dort wartet ebenso der Tod auf uns.

***

Beißender Geruch strömt mir in die Nase. Keuchend ziehe ich die Luft in meine Lunge und huste sie wieder hinaus. Ich lege meine Armbeuge vor Mund und Nase, um durch den Stoff zu atmen und kneife die Augen zusammen. Es brennt in meiner Kehle, in meinem ganzen Gesicht. Die Menschen rennen panisch durch den vernebelten Flur. Schreie, Schluchzer und Trümmer, die auf den Boden schlagen, hallen um mich. Vor dem Quartier liegt ein toter Mann. Sein Gesicht blutrot. Es ist der Verkäufer aus der Parfümerie. Die kleine, runde Brille liegt gläserlos neben ihm auf dem Boden. Seine Augen starren kalt den Flur entlang. Ich sehe ihn, doch kann nur an Mutter denken. Ihr letzter Blick. Das beruhigende Streichen ihres Daumens an meinem Bauch, dass ich jetzt so bitternötig hätte. Durch meinen Körper strömt ein furchteinflößendes Kribbeln, welches sich in meinen Fingerspitzen zu einem unaufhaltsamen Zittern verwandelt. Theo drückt meine Hand fest zusammen. Er zerrt mich weiter. Wir rennen zu dem Geländer im Zentrum der Zone und Theo beugt sich hinüber. Er sieht nach unten in die Halle und hoch in die oberen Ebenen.

»Die Zone explodiert von oben. Wir müssen nach unten!«, ruft er mir so laut zu, dass er die Schreie der panischen Bewohner übertönt.

Mit allem, was Theo sagt, bin ich einverstanden. Ich vertraue ihm blind, bin selbst wie auf Autopilot. Wir laufen die Stiegen hinunter, als eine Druckwelle uns voneinander löst. Unwillkürlich knalle ich gegen die Wand und schmecke den eisernen Hauch von Blut im Mund.

»Kyra!«, ruft Theo. »Ist alles okay?« Seine Stimme klingt dumpf. Meine Ohren dröhnen.

Der Aufprall war hart, aber ich fühle nichts. Kein Schmerz, mein Körper ist taub. Ich bin mir nicht sicher, ob ich schon nickte, aber er greift meine Hand und zieht mich weiter. Am Quartier der Sinister vorbei, hinunter in die zweite Ebene.

»Warte! Theo!«, rufe ich und halte gegen seinen Zug. »Wo ist Ava?«

Ich kann nicht ohne sie gehen. Wohin auch immer das sein wird. Theo dreht sich um. Ohne ein Wort zu sagen, läuft er mit mir in Richtung von Avas Wohnung. Noch bevor wir dort ankommen, entdecken wir sie zusammen mit ihrem Vater Pako, die Trümmer von einer Frau hebend, die vor Schmerz schreit. Avas rote Mähne wirkt gräulich-braun und ihre blasse Haut staubweiß. Sie brüllt durch ihre zusammengebissenen Zähne, während sie einen Betonblock, so groß wie mein Unterarm, hochhebt und zur Seite rollt. Theo lässt meine Hand los und läuft vor. Es nützt nichts. Die Decke stürzt ein. Ava und Pako springen zurück, doch die Frau wird begraben, noch bevor wir bei ihr ankommen.

»Wir müssen hier raus!«, ruft Theo.

»Was?« Ava reißt die geröteten Augen auf. »Was meinst du mit raus? Draußen sterben wir!«

»Kann sein! Aber ich werde nicht hier rumstehen und darauf warten, dass mich eine verdammte Bombe in die Luft jagt. Außerdem wird von unseren schützenden Wänden bald rein gar nichts mehr übrig sein.«

Theos Blick fängt meinen. Vielleicht sucht er meine Zustimmung, aber ich bin mir selbst nicht sicher, ob wir hier drin nicht höhere Überlebenschancen hätten als in der verseuchten Wüste. Was, wenn die Außenmauern standhalten? Und wenn wir draufgehen, dann ist der Seuchentod den Gerüchten zufolge qualvoller.

»Du hast recht, wir müssen hier raus!«, stimmt Pako Theos Vorschlag zu.

»Scheiße!«, flucht Ava.

Zu viert laufen wir zurück zu den Treppen, um in die Halle zu gelangen. Bei den Stiegen begegnen wir drei Springern.

Die Frau mit dem Band um die Stirn, der mit dem Irokesen-Haarschnitt und ein jüngerer, den ich nicht kenne.

»Wir müssen raus aus der Zone!«, ruft die Springerin Theo zu.

»Ich weiß!«, antwortet Theo ihr im Vorbeilaufen. »Versuchen wir es bei der Lieferantenschleuse!«

In der Halle explodiert es. Hitze brennt auf meiner Haut. Mein Shirt klebt nass an meinem Rücken. Es ist alles verwüstet und nichts erinnert mehr daran, wie es hier einmal ausgesehen hat. Ich schlucke die Beklemmung hinunter, als ein Betonblock auf das Podest kracht und unter sich begräbt. Vor wenigen Stunden hatte ich in dieser Halle gestanden und Rufus Prence reden hören.

Zu siebt stürmen wir in Richtung des Liefereingangs. Das Adrenalin, das durch meine Adern rauscht, lässt keine Schwäche zu. Der Irotyp und der andere Springer rennen voraus. Sie gelangen als Erstes zur Lieferantenschleuse und der Unbekannte bedient das Display, um die Schleuse zu öffnen. Eine viereckige Box an der Wand genau neben ihnen leuchtet immer wieder rot auf.

Abrupt stoppe ich. Das ist eine Bombe! »Vorsicht!«

Die zwei Springer drehen sich erschrocken zu mir um, folgen meinem ausgestreckten Finger in Richtung der Bombe direkt neben ihnen. Sie rennen nicht weg, im Gegenteil, sie beschleunigen ihr Tempo. Hastig drückt der Unbekannte die Zahlenfelder, um den Tür-Code einzugeben. In Sekundenschnelle tritt Unmengen von Schweiß auf seine Stirn. Mit zittrigen Fingern verfehlt er die letzte Zahl und das Display leuchtet rot auf.

»Verschwindet!«, ruft ihnen die Springerin zu meiner Rechten zu, doch der Irokesenträger stößt den Jungen zur Seite und gibt selbst den Code ein.

Seine Finger fliegen über das Display und dann leuchtet es. Grün. Mit knarrendem Geräusch öffnet sich die Schleuse.

Es knallt. Eine Druckwelle durchfährt mich, reißt mich zu Boden. Avas Schrei schallt dumpf durch meine dröhnenden Ohren. Meine Wange klebt an den heißen Fliesen, die bebend meinen gesamten Körper erzittern lassen. Alles wird still, oder ich taub. Heiße Luft brennt in meiner Kehle, die ich hustend zu atmen versuche. Unfähig, die dreckbenetzten Augen zu öffnen, halte ich meine schweißnassen Arme vors Gesicht, in der Hoffnung, dass sie meine Wangen davon abhalten zu verbrennen. Noch nie zuvor habe ich mein Herz so stark pochen gespürt. Wir werden sterben! Da bin ich mir vollkommen sicher.

Eine Hand packt mich. »Du musst aufstehen!« Die tiefe Stimme dringt nur schwach zu mir durch, doch der Zug an meinen Armen erinnert mich daran, dass es noch nicht vorbei ist.

Wie benommen drücke ich mich auf die Knie und reibe mir die Augen. Immer noch stechen sie unerträglich. Grade so blinzle ich durch einen kleinen Spalt, sodass ich meine Wimpern wie Gitterstäbe sehen kann. Die Hand, die mich immer noch mit eisernem Griff am Arm hält, zwingt mich erbarmungslos hoch auf die Füße. Theos Hand. Ava, Pako und die Springerin mit dem roten Band rappeln sich ebenfalls auf. Die zwei Springer hingegen sowie die Lieferantenschleuse liegen unter Trümmern begraben.

»Wir kommen hier nicht raus!«, brüllt Ava.

Als ich mich hektisch umsehe, um einen anderen Ausweg zu finden, entdecke ich eine bekannte Gestalt. Keno? Was macht der noch hier? Haben sie ihn nicht mitgenommen? Wir sehen uns in die Augen und mich durchfließt ein Gefühl des Schreckens. Unwillkürlich fängt auch das fast vergessene Brennen meiner Stirn wieder an zu schmerzen. Ich kann seinen mitfühlenden Blick noch vor mir sehen, kurz bevor sein scheiß Stiefel in meinem Gesicht landete.

»Das Fenster! Hier drüben!« Theos Zug an meinem Arm unterbricht unseren Blickkontakt.

Keno zurückzulassen fühlt sich eigenartig falsch an. Schließlich kenne ich ihn mein ganzes Leben, auch wenn er ein mieser Sinister ist. Verdammt, ich bin diesem Mistkerl nichts schuldig. Wieso mache ich mir überhaupt Gedanken um ihn?

Wir erreichen eine Nische mit einem schulterbreiten Fenster, das mir von meiner Hüfte bis knapp über meinen Kopf reicht. Das grelle Sonnenlicht, das durch das Fenster strömt, blendet meine Augen. Es kommt mir vor, als würde die Luft dort draußen vibrieren. Meine Schultern krampfen an den Gedanken der Seuche. Mein Atem geht schnell. Aber nachdem ich die Hitze der Explosion an meinen Wangen fühlte, ist mir alles lieber, als in diesem einstürzenden Gebäude festzusitzen. Ich starre auf das Glas und Theos Hände. Dreimal schlägt er mit der Rückseite seiner Waffe gegen das Fenster, ehe es bricht. Mit dem Ende des Gewehrs streicht er die Reste der Glassplitter vom Fensterrahmen. Panik breitet sich wie feuriges Adrenalin in meinem Körper aus. Er reicht mir die Hand und ich nehme sie zitternd, steige mit dem Fuß auf den Rahmen. Mindestens genauso heiße Luft wie eben noch schlägt mir entgegen und ich fürchte, dass meine Lungen verglühen, wenn ich einatme.

Kapitel Siebzehn

Ich springe und habe das Gefühl zu verbrennen. Der Wind weht über mein Gesicht und Sandkörner rutschen unter meinen Schuhen. Ich versinke in ihnen. Die Luft ist anders. Dicker. Feurig heiß. Sie drückt gegen meinen Brustkorb und weigert sich, in meine Lunge zu gelangen. Röchelnd taumle ich ein paar Schritte vor. Ganz sicher ist es die Seuche, die sich auf meine Haut legt und verhindert, dass ich atme. Das war es also.

Ich falle auf die Knie, die durch den Stoff meiner Hose erhitzen. Meine Hände gleiten in den Sand unter mir. Er ist heiß und doch fühlen sich die groben Körner seltsam an. Irgendwie echt. Ich lasse eine Hand voll durch meine Finger gleiten. Er fühlt sich rauer an als erwartet. Hitze sticht auf meinen Handflächen, aber es ist mir egal. Die Augen schließend achte ich auf den Wind auf meiner Haut. Er rauscht über meine Ohren, wirbelt meine Haare auf, sodass einzelne Haarsträhnen meine Nase kitzeln. Ein Lächeln schleicht sich auf meine Lippen und eine einzige Träne löst sich aus meinem geschlossenen Auge. Ich bin frei.

Der Wind erbarmt sich, die feuchte Linie an meiner Wange zu kühlen, ehe sie vertrocknet und den Dreck auf meiner Haut härtet.

»Lauft!« Theos Stimme reißt mich zurück in die Realität.

Er, Ava, Pako und die Springerin stürmen fast zeitgleich los. Hinter ihnen das in die Luft ragende Gebäude der Zone 9. Noch nie sah ich die hellgrauen Außenmauern, obwohl ich sie doch so gut kenne. Die Sonne reflektiert grell auf ihnen und beißt mir in die zu Schlitzen gezogenen Augen. Dreckschlieren ziehen sich um jedes Fenster, jede Ecke und um jedes kleine Detail, das metallisch aus den Mauern ragt und dessen Nutzen ich nicht im Geringsten nachvollziehen kann.

Ein Knall zieht meinen Blick nach oben, gefolgt von dem schrillen Klirren tausender Glassplitter, die auf mich zurasen. Ein Bein in den Boden stemmend, drücke ich mich hoch und renne. Meine beiden Hände zucken über meinen Kopf.

Ich bin nicht tot. Noch nicht. Aber wieso? Laut den Gerüchten müsste ich längst vor Schmerzen im Sand kauernd schreien. Und doch renne ich.

Ein Stechen breitet sich auf meinem Unterarm aus. Scherben fallen um mich herum wie ein scharfer Nieselregen, der die Sandkörner zu teilen versucht. Kein Schrei dringt aus meiner Kehle, denn mir fehlt der Atem dazu. Es ist schwerer als erwartet, durch den tiefen Sand zu rennen. Die Sandkörner rutschen unter meinen Schuhen und fetzen mir gegen die Waden. Nachdem der explosionsartige Knall im Wind verhallt ist, endet auch der Glasregen und ich nutze die Arme wieder schwingend neben meinem Körper.

»Wartet auf mich!«

Die tiefe Stimme reißt mich so abrupt herum, dass ich beinahe über meine eigenen Füße stolpere und stoppe. Keno.

Schon wieder. Er springt durch das Fenster und rennt auf uns zu.

Wut lodert in mir auf. So sehr ich auch vor wenigen Augenblicken noch mit mir haderte, weiß ich nun genau, dass ich ihn nicht bei mir haben will. Ich laufe ihm entgegen. Voller Zorn. Und stürze mich auf ihn. Jedes Mal, wenn ich ihn in der Zone sah, fühlte ich mich gefangen in meiner eigenen Haut. Gefangen in meiner Wut. Zugeschnürt. Doch hier und jetzt, in dieser ewig weiten Wüste, fern von all dem Zweifel, fühle ich keine Angst mehr. Keine Ahnung, woher ich die Kraft dafür nehme, aber ich stoße ihn mit so einer Wucht, dass er den Halt verliert und zurück in den Sand fällt.

»Das ist alles deine Schuld!«, schreie ich so laut, dass meine staubbelegte Kehle schmerzt.

Ich balle die Finger zu Fäusten. Bereit zuzuschlagen.

»Kyra, warte!« Er hebt die Hände neben sein Gesicht, aber ich will nichts davon hören.

Ich will gar nichts mehr aus seinem Mund hören. Jedes Wort macht mich aggressiver. Jeder Buchstabe, der seine Lippen formt, lässt mich ihn mehr hassen.

Brüllend werfe ich mich auf ihn. Meine Knie prallen seitlich von ihm in den Sand, der härter ist, als er aussieht. Kenos Oberkörper gibt nach. Sein Hinterkopf samt seiner erhobenen Arme landet im Wüstenboden. Zähneknirschend hole ich zu einem Schlag aus, doch ein Widerstand an meinem Handgelenk stoppt meine Faust hinter dem Kopf. Arme packen mich, ziehen mich weg von Keno. Wie eine Verrückte strample ich, um mich dem stahlharten Griff zu entziehen. Zwecklos. Es raubt mir die Luft, als Theo mich an meiner Magenmitte auf die Beine zieht.

»Er kommt nicht mit uns!«, schreie ich.

»Kyra! Ich wollte das alles nicht!« Keno stemmt die Hände in den Sand und drückt sich in eine sitzende Position. »Du kennst mich. Scheiße, ich dachte nicht, dass die gleich jemanden umbringen! Ich habe versucht, die Sinister aufzuhalten.«

»Du bist selbst einer von ihnen! Ein verdammter Lügner!« Meine Hände greifen Theos Unterarm, nicht um mich loszureißen, sondern um zuzudrücken und so die hasserfüllte Energie loszuwerden.

»Denkst du etwa, ich wollte, dass sie Aldor etwas tun?« Keno kneift die Augen zusammen und brüllt nun mindestens so laut wie ich.

Ich bin mir sicher, dass ihm vollkommen egal war, was mit Aldor passiert, oder mir. Der Einzige, der ihn interessiert, ist er selbst.

»Mir waren die Hände gebunden. Es hieß er oder ich!«

Ich beiße die Zähne zusammen. »Dann hättest du *dein* Leben wählen sollen!«

Stille legt sich über unsere Gruppe. Meine Worte hängen schwer in der Luft.

Avas Blick brennt auf meiner Haut. Ein schockartiges Gefühl rast durch meinen Brustkorb. Verdammt, ich hatte komplett vergessen, dass sie von all dem immer noch nichts wusste.

»Vielleicht ...«, murmelt Keno mehr zu sich selbst, seinen Blick in die endlosen Dünen gerichtet. »Ich kann helfen.« Ein Ruck geht durch seinen Körper. Er steht auf und klopft sich die Sandkörner von den Oberschenkeln. »Ich weiß, wo die Residenz ist. Da wollt ihr doch hin, oder?«

Bestimmt nicht mit ihm an meiner Seite. »Er kommt nicht mit uns!«

»Woher weißt du das?«, fragt Theo.

Ein erneuter Knall durchschneidet die Luft. Hinter mir kracht es. Die ganze Zone stürzt unter weiteren Explosionen in sich zusammen. Schwarzer Rauch steigt auf und verdunkelt den Himmel, sodass nicht einmal das Sonnenlicht diesen düsteren Ort erhellen kann. Das ganze Ausmaß der Katastrophe wird jedoch erst deutlich, als sich die Aschewolke lichtet. Ein Trümmerfeld, wo sich früher mein ganzes Leben abgespielt hat. Der Anblick lässt meine Augen glasig werden. Meine Finger zittern. Mein Herz rast. Alle in der Zone sind tot. Wir werden diese Leute nie wiedersehen. Ich werde meine Mutter nie wiedersehen. Mein Brustkorb zieht sich zusammen, und obwohl ich so frei wie noch nie bin, schnürt mir der Druck auf der Brust die Luft zum Atmen ab. So wenig wie ich Fitsch auch mochte, ich werde ihn vermissen. Juno. Troy. Ich frage mich, ob Siran immer noch im Krankenflügel liegt. Oder gelegen hat, immerhin gibt es den jetzt nicht mehr. Welche Duftnote das neue Parfum gehabt hätte. Welchen Schmuck Babo aus meinem Paket gemacht hat, zu dem sich seine Finger so gierig streckten. Ich fühle das Kitzeln der Bänder des von ihm gemachten Armbands auf meiner Haut.

Immerhin ist meine beste Freundin noch bei mir. Die Einzige, die mir geblieben ist. Eine einsame Träne bahnt sich den Weg durch den Dreck an ihrer Wange. Vor fünf Jahren, als ihre Mutter starb, habe ich sie das erste und letzte Mal weinen gesehen.

»Woher weißt du, wo die Residenz ist?« Theos Stimme lässt mich zusammenzucken. Er packt Keno am Hals und drückt seine Kehle zu.

Kenos Finger umklammern seine Handgelenke. Ein Springer und ein Sinister. Jedes Prinzip, dem Theo folgt, widerstrebt dem von Keno. Sie müssen sich schon von Grund auf hassen.

»Ich habe es in einem Gespräch der Soldaten gehört.«

Ein Grummeln dringt über Theos Lippen, während er sein Gesicht mustert. Gut so. Als Springer müsste er spätestens jetzt merken, dass Keno lügt, sobald er den Mund aufmacht. Zumindest wird er dann befürworten, dass dieser Mistkerl nicht mit uns kommt.

»Was weißt du noch?«, zischt Theo.

Mein Blick schnellt zu ihm. Was soll die unnötige Fragerei? Er kann ihm doch nicht etwa glauben?

»Sie scannen die Menschen ... und nehmen diejenigen mit einem positiven Ergebnis mit in die Residenz«, bringt Keno unter Atemnot heraus. »Ich weiß nicht, warum.«

Auf Theos Unterarm zeichnen sich herausragende Adern ab, die harte Schatten im Sonnenlicht werfen. Auch wenn ich Keno am liebsten selbst den Hals umdrehen wollen würde, wird mir bei diesem Anblick mulmig.

»Positiv auf was?«, zischt Theo.

Keno reißt die blauen Augen auf und deutet mit den Fingern, keine Luft mehr zu bekommen. Mein Blick zuckt zwischen ihnen hin und her. Mental bereite ich mich darauf vor, einzugreifen. Verflucht, ich kann ihn weder einfach so sterben lassen, noch will ich ihn lebendig neben mir haben. Als ich die Lippen öffne und Luft hole, erbarmt sich Theo, von ihm abzulassen. Zum Glück. Dem verdammten Mistkerl aus der Patsche zu helfen, hätte noch tagelang an mir genagt.

Keno krümmt sich, greift an seine Kehle und hustet. »Keine Ahnung! Sie haben mich zurückgelassen. Denkt ihr, dass sie mich hier sterben lassen, wenn ich einer von ihnen wäre?«

Theo schnauft. Er wird doch nicht ...? Nein verdammt, Keno kommt nicht mit uns! Ich trete einen Schritt vor, um das alles irgendwie aufzuhalten, doch da ist es schon zu spät.

»Bring uns zur Residenz!« Theos Worte lassen mich die Zähne aufeinanderbeißen.

Keno hat Aldor und Cruz auf dem Gewissen und vermutlich hat er sogar dabei geholfen, unsere gesamte Zone in Schutt und Asche zu legen. Wie kann Theo auch nur eines seiner Worte glauben? Keno wird uns auf eine völlig falsche Fährte führen und sobald sich die Gelegenheit ergibt, ein Messer in unsere Rücken rammen. Da bin ich mir sicher.

Das leichte Nicken der anderen zeigt mir allerdings, dass ich allein mit meiner Meinung dastehe. Selbst Ava nickt. Schnaubend verschränke ich die Arme. Zumindest soll Theo wissen, dass ich wütend bin. Doch er würdigt mich nicht einmal eines Blickes.

Keno nickt und räuspert sich. »Ist gut. Aber kein Würgen mehr, einverstanden? Das ist nicht gerade etwas, auf das ich abfahre.«

Etwas zwischen einem Knurren und einem Stöhnen entweicht mir. Wenn ich Kenos idiotischen Humor auch nur eine Stunde lang ertragen muss, lege ich vielleicht doch noch einmal selbst Hand an.

»Was ist mit der Seuche?«, fragt Ava in die Runde.

Sofort habe ich das Gefühl, dass sich ein giftiger Geschmack in meinem Mund ausbreitet. Etwas, das so schmeckt, wie es gerade eben noch in der Zone roch. Verbrannt.

»Ich weiß es nicht. Aber solange wir atmen und gehen können, werden wir versuchen, die Residenz zu finden und herauszufinden, was hier eigentlich vorgeht«, antwortet Theo und setzt den ersten Schritt.

Und meine Schwester.

***

Es ist heiß und trocken. Die Ärmel habe ich hochgezogen, doch das schafft kaum Erleichterung. Meine Klamotten kleben auf meiner schweißnassen Haut. Die erbarmungslose Sonne scheint uns auf die Köpfe und meine Kehle dürstet nach Feuchtigkeit. Ein Schluck kaltes Wasser. Was würde ich jetzt dafür geben. Von meinem Fenster aus hätte ich mir die Wüste niemals so vorgestellt. Nie hätte ich an diese Hitze gedacht. Und schon gar nicht an diese Unendlichkeit. In meinem Kopf musste es noch etwas anderes geben als diesen Sand. Doch nach jeder Düne, die wir überqueren, trifft mich die Erkenntnis aufs Neue wie ein Schlag ins Gesicht. Wüste vor, neben und hinter uns. Überall Sand und Sonne. Meine Fußsohlen schmerzen und meine Oberschenkel beißen bei jedem Schritt. Starke Windstöße schlagen uns die Körner immer wieder ins Gesicht. Und nicht nur der Sand erschwert die Sicht, sondern auch die flimmernde Luft.

Wir setzen einen Fuß vor den anderen. Keno vorn, Theo mit der Springerin knapp hinter ihm. Ava, Pako und ich hängen ein klein wenig hinterher. Aber das ist mir auch ganz recht so. Immer noch brodelt es in meiner Magenmitte, wenn ich daran denke, dass Theo diesen Sinister-Idioten bei uns haben wollte.

Wir gehen schon eine gefühlte Ewigkeit durch diese triste Endlosigkeit aus Sand und Hitze. Ich blinzle zu Ava hinüber. Ihre roten Haare kleben an ihrem Rücken und immer wieder fährt sie sich mit der Hand um Nacken und Stirn. Soll ich sie ansprechen? Aber was sollte ich sagen? *Tut mir leid, dass ich Kenos Rache verheimlicht hatte und die ganze Zeit über wusste, dass er schuld an Aldors Tod und Cruz' Verbannung ist?* Umso häufiger ich die Sätze in meinem Kopf durchgehe, desto weniger wollen sie über meine Lippen kommen.

Ein Windzug wedelt den Sand auf und lässt mich die Augen zusammenkneifen. Die Körner peitschen so sehr gegen meine Wange, dass ich stehenbleibe und die Hand vor meinen Augen mit der Armbeuge tausche. Schmerzhaft schlägt mir der Sand auf den glühenden Unterarm. Die Stöße werden länger und heftiger.

»Wie weit ist es noch?«, ruft Theo Keno zu, laut genug, um das Pfeifen des Windes zu übertönen.

»Ich weiß nicht, wie weit es ist! Ich weiß nur, dass wir in die richtige Richtung gehen!«

Ich würde die Augen misstrauisch zusammenkneifen, wenn der Sandsturm das nicht schon längst von mir erzwungen hätte.

»Seht mal dort!«, ruft die Springerin und richtet den Arm auf etwas Großes, das durch den Sand flackert. »Vielleicht können wir dort untertauchen!«

Mich gegen den Wind und die stechenden Sandkörner zu stemmen, verlangt all meine Kraft. Es ist schon längst keine Windböe mehr, die mir entgegen peitscht, sondern ein regelrechter Sturm. Ein Sturm aus Sand. Doch wir kämpfen uns Schritt für Schritt vorwärts. In Richtung der Silhouette, die immer klarer wird. Ich kann zwei lange Wände und ein halbes, flaches Dach, über das der Sand weht, ausmachen. Eine Ruine. Hier stand wohl mal ein kleines Haus. Vielleicht ein Bauernhof? Wie der aus Mutters Geschichten. Zu unserem Glück weht der Wind in eine vorteilhafte Richtung, sodass wir dort Unterschlupf finden können. Als wir ankommen, schütteln wir uns die Sandkörner von der Kleidung und husten sie uns aus den Hälsen. Ächzend lasse ich mich auf einen flachen Stein, der etwas seitlicher in der Ruine steht, fallen.

Das halbe Dach besteht aus Holzbalken und Beton, die zwei schützenden Wände aus grauem Stein, der Boden ist voller Schutt, Sand und Steinen und knirscht, während Theo auf und ab geht. Drei Schritte vor, drei zurück. Wo nimmt er bloß die ganze Energie her?

Der Wind pfeift durch den einsamen kleinen Fensterrahmen am Ende der Wand, aber der Sand schlägt uns nicht mehr ins Gesicht. An den offenen Seiten sieht es aus wie eine beige Wand, die nach wenigen Metern die Dünen verschluckt.

Meine Gedanken schweifen zu meiner Mutter. Ständig wiederholt sich das Bild in meinem Kopf, wie die Trümmer auf sie fallen und sie darunter verschwindet. Hätte ich sie retten können? Habe ich zu wenig versucht? Meine Augen werden glasig. Wenn ich sie nur noch einmal sehen könnte. Ich stemme die Ellbogen auf die Knie und presse die Finger in meine Wangen, um nicht loszuheulen. Wie gern würde ich einfach aus diesem Albtraum aufwachen und ihr Rufen hören, weil ich verschlafen habe. Wenn ich sie noch einmal umarmen oder wenigstens ihr Lächeln sehen könnte. Banalitäten werden zu Sehnsüchten. Was ich gestern noch als selbstverständlich ansah, werde ich nie wieder erleben. Ich wünschte, ich könnte mich von ihr verabschieden. Ihr sagen, dass ich sie liebe. Wann hatte ich ihr das zuletzt gesagt? Angestrengt versuche ich, mich an den Zeitpunkt zu erinnern. Es kommt mir nicht in den Sinn.

Das Knirschen endet. Die plötzliche Stille ist so erdrückend, dass ich die Augen öffne. Theo steht neben der anderen Springerin. Ihre Hand auf seinem Arm. Wie hübsch ihr Gesicht ist. Dunkle hochgebundene Locken, die teilweise lose bis zu ihren Wangen fallen. Mindestens genauso dunkle Augen, die immer diesen gelangweilten Blick tragen, der für einen Mann wohl als klassischer Schlafzimmerblick durchgehen könnte. Ganz zu schweigen von ihrer umwerfenden

Figur. Meine Finger wandern zu meinen Zähnen, die nicht erwarten können, darauf herumzukauen. Normalerweise interessiert mich so etwas kein bisschen. Ganz im Gegenteil, ich kann mich für die Schönheit anderer freuen. Wieso also nervt es mich bei ihr, dass sie so hübsch ist? Obwohl sie leise spricht, kann ich nicht überhören, was sie sagt.

»Wir sollten zu zweit weiter.« Ihr Blick schweift in meine Richtung, direkt in meine Augen, sodass ich hastig wieder zu Boden sehe und die Finger aus dem Mund ziehe. »Die anderen halten uns nur auf. Ohne sie haben wir größere Chancen zu überleben.«

Versucht sie etwa gerade, uns loszuwerden? Ich kann nicht leugnen, dass wir zu dritt nicht weit kommen würden, selbst wenn ich es wollte. Und Keno würde ich freiwillig niemals in meine Pläne einbeziehen.

»Nein, Nala. Wir bleiben zusammen«, antwortet Theo und mir fällt ein Stein vom Herzen. Er lässt uns nicht zurück. Lässt *mich* nicht zurück.

Immer noch liegen ihre langen, dünnen Finger wie Krallen auf seinem Arm, was ihn auch nicht zu stören scheint. Sie lehnt sich etwas zu ihm vor, sodass ich kein Wort mehr verstehen kann.

»Ich hoffe, ihr habt einen Plan, wenn wir in der Residenz ankommen?« Ein Schatten fällt auf mein Gesicht und jemand versperrt mir die Sicht auf die beiden Springer. Keno.

Was will der denn jetzt? Denkt er etwa, ich bin ihm eine Antwort schuldig?

Unbeholfen steht er vor mir und steckt seine Hände in die Hosentaschen. »Das mit deiner Mutter tut mir leid … Ich habe selbst gerade meine Eltern verloren.«

Erst jetzt sehe ich ihn an. Nicht wütend, dazu fehlt mir die Energie, aber streng genug, um meinen Standpunkt ihm gegenüber aufrecht zu erhalten. »Was haben sie mit den Menschen, die sie aus unserer Zone geholt haben, vor?«

Er zuckt mit den Schultern und kickt einen kleinen Stein mit dem Schuh weg. »Sie haben mir nicht alles gesagt.«

»Was weißt du, Keno?« Meine Stimme klingt überraschend ruhig. Ich könnte das meiner schmerzenden Kehle zuschreiben, die sich immer noch trocken und mit Staub oder Sand oder was auch immer belegt anfühlt, aber ich weiß es besser. Der kleine Teil von mir, der sich nicht ganz so zu hundert Prozent sicher ist, ob Keno lügt, scheint auf eine beruhigende Antwort zu hoffen. Eine, die mir klar macht, dass ich eine Chance habe, Soela wiederzusehen.

»Das, was ich schon sagte, nachdem mich euer komischer neuer Freund gewürgt hat. Sie holen diejenigen, die auf den Scanner positiv reagieren, weil sie etwas von ihnen brauchen. Ich weiß aber nicht, was.«

Seine blauen Augen wirken müde, vielleicht aber auch nur, weil er auf mich herabsieht. Eine seiner blonden Haarsträhnen weht vor ihnen hin und her. Um ihm nicht direkt in die Augen zu sehen, blicke ich auf die Strähne.

»Lebt Soela?«

Er nickt. »Sonst hätten sie sie ja auch gleich in der Zone lassen können.«

»Woher weißt du das?«, faucht Ava und kommt auf uns zu.

»Sagte ich doch bereits. Ich habe es in einem Gespräch aufgeschnappt.«

»Oh!« Ava verschränkt die Arme und hebt beide Brauen. »Waren die Soldaten etwa bei dir zu Gast? Hast du sie in euer bescheuertes Quartier eingeladen?«

Keno verengt die Augen. »*Bescheuertes Quartier?* Was?«

»Wann solltest du bitte so eine Gelegenheit bekommen haben? Ich könnte mich an keinen Moment erinnern, an dem die Soldaten auch nur eine Sekunde länger als zum Zweck in unserer Zone waren. Und schon gar nicht lungerten sie in der Halle herum und tratschten.« Sie sieht mich an. »Oder irre ich mich?«

Ich schüttle den Kopf. Es ist nicht nur das. Keno stand während des Scannens neben ihnen, nicht in einer der Reihen mit uns.

»Du hast ihnen geholfen.« Die Hände in meinem Schoss ballen sich zu Fäusten.

»Ich verstehe.« Kenos Blick wandert zwischen Ava und mir hin und her. »Ihr braucht einen Sündenbock! Jemanden, an dem ihr eure Wut auslassen könnt. Aber ich sage euch was, ich bin nicht auf deren Seite. Falls es euch noch nicht aufgefallen ist ... *ich bin hier*! Mit euch. Mitten im scheiß Nichts.« Mit ausgestrecktem Arm zeigt er auf die beige Wand, die sich um die Ruine legt. »Vergesst es einfach.« Schnaubend wendet sich Keno von uns ab.

»Wer hat Aldor umgebracht?«

Avas Frage friert seine Bewegung ein und schnürt mir die Kehle zusammen. Sofort schießt mir das Bild von Aldor vor die Augen. Tot. Im Flur. Ich würde ihr antworten, wenn ein Teil von mir sich nicht dazu durchringen würde, Keno noch diese letzte Chance zu geben. Immerhin ist er stehengeblieben.

Er legt den Kopf in den Nacken und atmet einmal lange durch. »Die Sinister ...«

Was sagt man dazu. Die Wahrheit. »Zumindest gibst du es endlich zu.«

Er wendet sich wieder herum. »Ich gebe gar nichts zu! Weil ich es verdammt noch mal nicht war. Weißt du, wie die Sinister waren? Nein! Du hast mich in eine Scheißlage gebracht! Oder hast du das mit dem Messer an meiner Kehle vergessen? Sie haben dich gesehen, Kyra.«

Ava sinkt neben mich auf den Steinbrocken und legt einen Arm um meine Schulter. »Das rechtfertigt keinen Mord!«

Sie hat recht. Das ist verdammt nochmal nicht meine Schuld.

»Ach was. Das habe ich ihnen auch gesagt.« Kenos blauer Blick richtet sich direkt auf meine Augen. »Sie wollten *dich* umbringen. Von Anfang an ...«

Seine Worte rasen eisig über meinen Nacken. »Wieso haben sie es dann nicht getan?«

»Gern geschehen!«

Keno? Was? Wieso sollte er sich für mich einsetzen? »Was meinst du? Erwartest du etwa, dass ich mich für irgendetwas bei dir bedanke?«

»*Du* warst diejenige, die sich wie ein Psychopath verhalten hat, nicht ich. Ich hab den Kopf für dich hingehalten, nachdem du mich umbringen wolltest. Also ja. Wenn du es so sagst, wäre ein kurzes Danke eigentlich ganz nett. Es war gar nicht so einfach, meinen Vater dazu zu überreden, dich am Leben zu lassen.« Schnaufend fasst er sich auf die Nasenwurzel. Dann sacken seine Schultern zusammen und er senkt die Stimme. »Na ja, zumindest dachte ich, dass ich das hätte ... Einen Denkzettel nannten sie es.«

Aldors Tod soll ein scheiß Denkzettel gewesen sein? Ich beiße an der Innenseite meiner Unterlippe herum. Dafür kommt mir bestimmt kein *Danke* über die Lippen.

Ava runzelt die Stirn. »Du sagst das so, als wäre das noch nicht alles.«

Keno zuckt mit den Schultern. »Du weißt ja, Sinister ... Sie holen sich, was sie wollen. Auch wenn sie dafür einen Umweg gehen müssen.«

Meinen Tod. Schlagartig habe ich wieder das Gefühl, die Beule an meinem Hinterkopf pochen zu spüren. »Das Messer.«

Keno nickt. »Vater wollte dir den Mord anhängen. Du wärst verbannt worden. Die Sinister hätten sich beruhigt und … Vater dachte, ich würde es nicht merken.« Ironisch reißt er die Augen auf. »Win-win, huh?«

Avas Finger pressen schmerzhaft in meine Schulter. »Win-win? Wie bescheuert seid ihr eigentlich? Sie haben Cruz dafür verantwortlich gemacht!«

»Wäre Kyra etwa besser gewesen? Die Sinister mochten das Tortuga und Cruz. Das solltest du wissen … Er war nicht Teil von Vaters Plan.« Ein sarkastisches Lachen dringt aus seiner Nase. »Die Springer waren ratlos. Kaum zu glauben, hm?« Dann nickt er zu mir. »Entweder hattest du Glück … oder jemanden auf deiner Seite.«

Für einen Moment blinzle ich zu Theo. Vielleicht wäre ohne ihn der Plan von Kenos Vater aufgegangen. Ich hätte an Cruz' Stelle auf diesem Podest stehen sollen. Die Hände hinter meinem Rücken. Die Schleuse vor meiner Nase. Hätte das alles erst geendet, wenn ich tot gewesen wäre?

Ava reckt das Kinn. »Woher willst du wissen, was Teil seines Plans war? Wenn es stimmt, was du sagst, hat er dich schließlich nicht eingeweiht.«

Keno verdreht die Augen. »Spielst du jetzt Detektiv? Wenn ja, dann halte mich in deinen Ermittlungen wenigstens nicht für dumm! Soela. Ich habe sie gesehen.«

Mein Magen krampft. Meine Schultern versteifen. Verdammt, mein ganzer Körper gefriert.

Avas Blick schwenkt zu mir. »Was meint er?«

»Sie hat das Messer aus unserer Wohnung gebracht, um mich zu schützen«, stottere ich. Keno hätte sie ohne Weiteres hinrichten lassen können.

»Wie auch immer … Jetzt spielt das sowieso keine Rolle mehr.« Kopfschüttelnd wendet er sich ab und geht an das andere Ende der Ruine, rutscht an der Wand zu Boden, die Handgelenke auf den aufgestellten Knien abgelegt.

Der Gedanke, Keno mein Leben zu verdanken, ist mehr als merkwürdig. Kann das alles wirklich stimmen? Die Sache mit den Soldaten ist schließlich auch gelogen. Da bin ich mir sicher. Er schwor mir mit seinen eigenen Worten Rache. Eine Rache, die mehr als deutlich eingetroffen ist. Keno Fortis ist und bleibt ein Sinister. Und die würden nun mal alles sagen, um ihr eigenes Leben zu schützen. Der Druck an meiner Schulter reißt mich aus meinem Gedankengefecht.

Ich beiße mir auf die Unterlippe. Wenn ich diese Spannung zwischen Ava und mir lösen will, dann jetzt sofort. »Ava, ich –«

Ihr Kopfschütteln unterbricht mich. »Ist okay. Vergiss es einfach. Keine Geheimnisse mehr.« Der Anflug eines Lächelns schiebt sich auf ihre zusammengepressten Lippen. Mit dem Zeigefinger klopft sie zwei Mal auf den Löwenkopfanhänger unter ihrem Shirt. »Sind dann jetzt quitt, schätze ich.«

Vergiss es einfach. Die Worte würde ich zu gern in die Tat umsetzen, wenn ich es nur könnte. Zögerlich lege ich mich in ihre Arme. Ihr Daumen streicht über meinen Oberarm. Rauf und runter. Ich versuche, ruhig zu bleiben aber mein Atem wird zittriger. Es lässt mich an Mutters letzte Berührung denken. Mein Magen spannt sich an und ich vergrabe mein Gesicht in ihrer Schulter, damit mich niemand weinen sehen kann.

Kapitel Achtzehn

»Wir sollten weiter gehen.« Kein pfeifender Wind untermalt mehr Theos Worte.

Ich hatte mich so an das Zischen gewöhnt, dass ich erst jetzt wahrnehme, dass es fehlt. Tief vergraben in Avas Armen öffne ich die Augen und sehe hoch. Der Sand rieselt vom Dach des Hauses, aber da, wo mir gerade noch eine beige Wand entgegen ragte, zeigen sich nun hohe Dünen und klarer, blauer Himmel. Keine Ahnung, wie lange wir hier schon sitzen, aber die Pause hat nicht einmal annähernd dafür ausgereicht, dass ich wirklich ausgeruht bin. Egal. Theo hat recht. Wir müssen weiter. Sollten wir nicht bald Wasser bekommen, sind wir tot. Langsam drücke ich mich hoch. Meine Knie zittern und als ich stehe, merke ich, wie trocken meine Kehle ist. Das Schlucken schmerzt. Meine Lippen sind aufgesprungen und mein Mund fühlt sich an wie Sandpapier.

Mein Körper schreit danach, mich im Schatten der Ruine zu vergraben, mein Kopf ist jedoch fest entschlossen, Soela zurückzuholen.

Also verlasse ich den Schutz der Ruine. Was sich dort vor meinen Augen zeigt, lässt meinen Mund aufklappen. Das hier ist kein einsamer Bauernhof gewesen. Hinter dem Haus liegt eine ganze Stadt in Trümmern, die durch den Sandsturm verborgen war. So etwas habe ich noch nie gesehen. Häuser so groß, dass sie wie Betontürme in den Himmel ragen. Die Sonne reflektiert in den Fenstern und sticht mir in die Augen, sodass ich sie zusammenkneifen muss. Um mehr zu erkennen, hebe ich meine Hand wie ein Schutzschild über sie. Unzählige Häuserreihen drücken sich gegen noch mehr Häuser. Einige zerfallen, andere in besserem Zustand. Zwischen ihnen liegt Sand, der teils fester, teils lockerer an den Hauswänden zu Berge wächst. Selbst hinter tieferliegenden zerbrochenen Fenstern kann ich dieses beige Zeug erkennen. Kaum zu glauben, dass jedes dieser Häuser einst von Menschen bewohnt war.

»Gut, wir sind richtig«, sagt Keno, als wäre er schon mal hier gewesen.

Ava setzt sich als Erstes in Bewegung und wir folgen ihr. Mit großen Augen scanne ich die tote Stadt. Immer wieder muss ich den Kopf in den Nacken legen. Ich komme mir neben diesen riesigen Gebäuden mickrig vor. Neben unseren Schritten höre ich nur das leise Pfeifen des leichten Windes, das Quietschen von verrosteten Schildern, die vor Geschäften hängen und das Krähen von schwarzen Vögeln, die über unseren Köpfen kreisen. Wie es wohl gewesen sein muss, hier zu leben? Wie lange hätte ich in die Schule gebraucht, oder zur Arbeit? Bestimmt wäre ich nie pünktlich gewesen. Wie auch? Die Stadt scheint unendlich groß zu sein.

Schnelle Schritte schließen zu mir auf. Theo. »Ist alles okay?«

Sein Ernst? Demonstrativ sehe ich wieder nach vorn und zucke mit den Schultern.

»Ich weiß, dass es nicht leicht für dich ist, wenn Keno hier ist. Aber wir brauchen ihn.«

»Wenn du das sagst«, murmle ich in einem ironischen Ton.

So wie ich Theo einschätze, macht es sowieso keinen Sinn, mit ihm darüber zu diskutieren. Er ist der Springer, er hat das Sagen. So war es schon immer.

Er greift mich am Arm und bleibt stehen. »Niemand von uns wusste auch nur ansatzweise, in welche Richtung wir müssen.«

Das wissen wir immer noch nicht. Keno ist ein Lügner, der uns vermutlich gerade irgendwohin führt. Und selbst wenn Keno uns wirklich zur Residenz bringen kann, wäre ich zu stolz, um das zugeben zu können. Also sage ich gar nichts und starre Theo nur an. Der Schweiß wäscht langsam den Schmutz von Sand und Asche aus seinem Gesicht und zieht nur noch vereinzelte Schlieren über seine Wangen. Seinem dreckigen Shirt zufolge hat er sich den größten Teil in den Stoff gewischt.

Theo beugt sich zu mir vor und senkt seine Stimme, sodass nur ich seine Worte hören kann. »Wir hätten deine Mutter nicht retten können.«

Die Worte durchfahren mich von Kopf bis Fuß und drücken mir einen Kloß in die Kehle. Seine Finger wandern hoch zu meiner Schulter. Sanfter als der gerade noch grobe Griff. Seine Hände sind groß, ich spüre die Wärme bis zu meinem Schulterblatt.

»Und was, wenn wir die Trümmer aufgehoben hätten?« Tränen schießen in meine Augen. Blinzelnd sehe ich nach unten, mit dem Versuch, das Feuchte wieder zu eliminieren.

»Dann wären wir jetzt auch tot«, sagt er beeindruckend genug, um in meinen Kopf vorzudringen, doch nicht in mein Herz.

»Kommt ihr?« Ausgerechnet Nala ist stehengeblieben und hat sich zu uns gedreht. Klasse, wo sie mich doch sowieso schon für schwach hält.

Theo sieht mir fragend in die Augen. Und ich nicke. Ein Knirschen und Knattern hinter mir lässt mich erneut stehenbleiben. Ava, Pako und Keno schnellen zu uns herum.

»Zu den Häusern! Versteckt euch!«, ruft Theo und rennt los.

Adrenalin schießt wie eine aufputschende Droge durch meine erschöpften Muskeln. Theo drückt mich in das erste Gebäude, das wir finden können. Was sich als alleinstehende Wand entpuppt. Doch um besseren Unterschlupf zu finden, ist es zu spät. Das Knirschen ist unmittelbar hinter uns. Wir sinken hinunter zu Boden und ich presse meinen Rücken keuchend gegen die Ziegel. Mein Herz pocht mir vom Scheitel bis zu den Zehenspitzen. Das Brummen klingt nach einem Motor. Und das kann nur eines bedeuten: Soldaten.

Das Geräusch verstummt. Mein Herz pocht wie wild. Mein Blick schnellt umher. Wieso haben sie angehalten? Was sollen wir tun, wenn sie uns finden? Eine Frage, dessen Antwort nicht lange auf sich warten lässt. Knapp neben Theos Fingern glänzt ein Lichtstreifen der Sonne im Schwarz des Sturmgewehrs. Ein Sonnenstrahl, der irgendwo herkommen muss. Zwischen unseren Köpfen durchbricht ein Schlitz die Wand. Einen Herzschlag später klebt mein Auge daran.

Ein weißer, großer Wagen steht dort, wo ich vor wenigen Sekunden noch selbst stand. Daneben: unsere Fußspuren.

Theo presst seinen Zeigefinger gegen die Lippen. Mein Keuchen endet schlagartig, als ich die Luft anhalte.

Die Türen des Wagens öffnen sich und zwei Soldaten steigen aus. Mein Herz pocht schnell und stark bis in meinen Hals, der mit jedem Schlag enger wird.

»Siehst du das?«, sagt der eine mit durch die Schutzhelme gedämpfter Stimme und deutet auf unsere Fußspuren im Sand.

»Das waren vermutlich nur irgendwelche Tiere«, murmelt der zweite Soldat. Eindeutig der Ruhigere von den beiden.

»Hm«, grunzt der andere und sieht sich in alle Richtungen um. Er schiebt seinen Körper durch die offene Lastwagentür und holt sein Gewehr heraus. »Hast du hier draußen schon mal Tiere gesehen?«

Der Ruhigere zeigt nach oben in den Himmel zu den kreisenden Vögeln.

»Bis auf die ... Idiot!«, antwortet der Nervösere und stößt seinen Kollegen an der Schulter, gerade so fest, dass er nicht hinfliegt, aber einen Schritt nach hinten taumelt.

Während sie diskutieren, beobachte ich, wie unsere Fußspuren langsam mit dem Wind verschwinden. Die an der breiten Straße haben sie längst gesehen, doch die, die genau neben meinem Körper mündeten, hätten uns sofort verraten.

»Also gut, lass uns eine Runde machen. Sieh du da drüben nach ...« Der Finger des ruhigeren Soldaten zeigt zu unserer Wand. »Ich geh in die andere Richtung!«

Ich schrecke zurück, presse den Rücken gegen die Mauer und sende ein Stoßgebet in den Himmel. Zu meiner Mutter. Bestimmt ist sie hier. Schwebt über mir. Wacht über mich. Lässt nicht zu, dass sie uns entdecken.

Das schwere Stapfen nähert sich. Schritt für Schritt knirschen die Sandkörner unter den Stiefeln des Soldaten. In meinem Kopf kann ich förmlich sehen, wie er unsere verwehten Fußspuren nachtritt.

Theo deutet mir, mich eng an den Ziegeln zu halten und richtet das Gewehr an mir vorbei ans Ende der Wand. Meine Halsmuskeln ziehen sich krampfend zusammen. Kann Theo mit der Waffe überhaupt umgehen? Könnte er verfehlen? Oder den Soldaten an einem Punkt treffen, der ihn nicht sofort umbringt? Seine Finger scheinen das Gewehr gekonnt zu umgreifen, aber was weiß ich schon davon? Ich hielt so ein Ding noch nie in meinen Händen.

Das Stapfen verstummt direkt hinter mir. Starr und still verharre ich, doch innerlich rast Panik durch meinen Körper, die drückend auszubrechen versucht. Diese Ruhe macht mich noch verrückter als die Schritte selbst. Er muss bei uns sein. Nur getrennt durch die Mauer.

Warum regt sich Theo nicht? Ich presse die Lippen zusammen und zwinge mich, ganz flach durch die Nase zu atmen. Dann wende ich meinen Kopf. So langsam, dass ich die Sekunden zählen könnte. So langsam, dass kein Laut entsteht.

Unten am Ende der Wand taucht die Spitze eines weißen Stiefels auf.

Ich halte den Atem an, um nicht erschrocken nach Luft zu schnappen. Verdammt, wieso habe ich mich umgedreht? Noch ein Schritt, dann wird er uns sehen. Noch ein Schritt, dann wird Theo wahrscheinlich den Abzug der Waffe betätigen. Noch ein Schritt und ein weiterer Mensch wird sterben.

Ohne zu blinzeln starre ich auf den weißen Stiefel. Ein dumpfes Gefühl umgibt mich, ich fühle keine Stärke. Fühle mich ausgeliefert. Nichts als Angst in meinem Körper. Dennoch zittere ich nicht. Noch nicht. Bewege mich keinen Millimeter. Atme nicht.

»Hier ist nichts! Komm lass uns endlich fahren!«, ruft der andere Soldat aus der Ferne.

Ein Grummeln. Tief und finster. Direkt über mir. »Also gut.« Er senkt seine Stimme zu einem Murmeln: »Was auch immer hier gewesen sein mag, ist wahrscheinlich eh bald tot.«

Die Schuhspitze zieht sich zurück und ich schließe erleichtert meine Augen, um das Brennen zu mindern, dass der leichte Wind in meinem Starren auslöste. Atme langsam durch die Nase wieder ein. Durch meine zittrigen Lippen aus. Theo senkt sein Gewehr, lehnt seinen Kopf gegen die Wand. Der Schweiß steht ihm auf der Stirn. Die Lastwagentüren knallen zu, der Motor springt an und die Reifen brettern über den Sand. Erst jetzt habe ich das Gefühl, wieder normal atmen zu können.

»Alles okay?«, fragt Theo.

Nein, es ist gar nichts okay.

Dennoch nicke ich. Ich will ihm nicht zeigen, was für eine Angst ich hatte. Was für ein Feigling ich bin. Bestimmt will ich nicht diejenige sein, die immer gerettet werden muss. Die Last an seinem Bein.

Er steht auf und reicht mir die Hand. Ich greife seinen Unterarm und er meinen. Er zieht mich hoch. Wir spähen um die Ecke der Wand und vergewissern uns, dass der Wagen außer Sichtweite ist und treten aus unserer Deckung.

Keno springt aus einem Fenster, etwa zwei Meter tief, und landet in einer aufwirbelnden Sandwolke auf seinen Füßen.

Ava und Pako schleichen um die Ecke des danebenstehenden Hauses und Nala schiebt ihren Körper durch das Loch einer Ziegelwand.

»Wir sollten abseits der Straße gehen«, schlägt Nala vor und alle stimmen mit einem Nicken zu.

Zumindest wissen wir jetzt, dass wir tatsächlich auf dem richtigen Weg sind. Hat Keno etwa doch nicht gelogen?

***

Wir wandern durch die toten Gassen, vorbei an den wolkenhohen Häusern und Trümmern. Hier scheint es noch heißer zu sein. Die Luft ist dicker und auch der leichte Wind bringt keinerlei Abkühlung. Schweiß schießt mir aus allen Poren. Alle paar Meter streiche ich mir über die Stirn, um zu verhindern, dass er mir in die Augen rinnt.

Ich sehne mich nach einem Schluck Wasser. Jeder Schritt, der nun durch den tieferen Sand um einiges anstrengender ist, trocknet meine Kehle mehr aus. Meine Augen werden müde. Die Sicht vibriert vor Hitze. Die Hochhäuser wellen sich, schwanken hin und her, sodass mir bei längerer Betrachtung schwindelig wird.

Nala geht direkt vor mir. Das rote Band um ihre Stirn, am Nacken zusammengeknotet. Die Enden des Tuchs wehen im leichten Wind. Wie hypnotisiert starre ich darauf. Einzelne Haarsträhnen fallen locker aus ihrem chaotischen Dutt und legen sich über das Haarband. Ihre bronzene Haut schimmert wie Gold in der Sonne. Ihre Füße stapfen Schritt für Schritt durch den Sand. Bei ihr sieht das so leicht aus.

Nach einer gefühlten Ewigkeit geht die Sonne langsam unter und die Hitze schwindet, was meinen Durst aber nicht lindert. Ich kann an nichts anderes mehr denken als an einen großen Schluck eiskaltes Wasser. Jedem Schweißtropfen, der meinen Körper verlässt und mich mehr und mehr austrocknet, trauere ich nach. Und es ist nicht nur die ausgiebige Lust, die sich nach Flüssigkeit sehnt, es sind auch meine pochenden Kopfschmerzen und der Schwindel, der sich immer stärker bemerkbar macht. Keine Ahnung, wie lange meine Beine da noch mitmachen.

Dann, ganz plötzlich, erreichen wir das Ende der Stadt. Vor uns nichts als Wüste. Ewig weite Dünen schimmern im Abendlicht. Die Sonne färbt den Himmel in warme Farbtöne. Lila. Rot. Orange. Der Ausblick erinnert mich an mein Fenster. Ich sah dasselbe Bild jeden Tag. Endlose Berge aus Sand in der Abendsonne. Fragte mich, wie es sein würde, draußen zu stehen, die Sonne ohne abdämpfendes Glas zu spüren. Doch so sehr ich mir diesen Moment wünschte, wünsche ich mir gerade nichts anderes, als nicht hier zu stehen.

Theo packt Keno am Kragen und zieht ihn zu sich. »Wo sind wir?«

Abwehrend greift Keno auf Theos Arme. »Ich dachte, wir hätten uns darauf geeinigt, nicht mehr –«

Theo kneift die Augen warnend zusammen. Seine Finger krallen sich fester in Kenos Shirt. Es ist nicht so, dass Kenos Oberarme sehr viel dünner wären als die von Theo, aber in der Regel hat ein Sinister im Nahkampf nicht die geringste Chance gegen einen Springer. Keno weiß das. Wir alle wissen das.

»Schon gut! Schon gut!« Keno nimmt die Hände von Theos Unterarmen und hebt sie ergebend neben das Gesicht. »Wir sind auf dem richtigen Weg! Was soll ich denn machen? Ich sagte euch, dass ich nicht weiß, wie weit es ist.«

»Wenn wir nicht bald in der Residenz ankommen und ich merke, dass du gelogen hast …«

»Dann sollten wir jetzt wohl besser weitergehen, oder?«

Alle scheinen den Atem anzuhalten, als Theo Keno einfach nur anstarrt. Der Moment der Stille wird unterbrochen als Theo ihn mit einem abfälligen Schnauben von sich wegstößt.

Mit einem ironischen Grinsen streicht Keno sich das Shirt glatt und stapft los in Richtung Wüste.

Ich folge ihm. Genau wie die anderen. Resigniert und gleichzeitig angespannt. Wir vertrauen auf einen Lügner, einen *Sinister*, sind durstig und seit Stunden unterwegs. Wie gerne würde ich jetzt sagen: *Ich hab's euch doch gesagt. Ich habe euch vor Keno gewarnt.*

Aber meine Lippen bleiben verschlossen. Wir haben schlicht und ergreifend keine anderen Optionen.

Kapitel Neunzehn

Wir gehen weiter. Nach ein paar Schritten dreht sich Nala zu uns um und hält sich den Finger mit aufgerissenen Augen vor den Mund. Wir kriechen an die Spitze der Sanderhebung. Direkt hinter der Düne steht ein kleines Haus mit Anbindung an eine lange Betonstraße, die sich scheinbar endlos durch die Wüste zieht. Durch das flache Dach wirkt das Gebäude wie ein rechteckiger Betonklotz. Seltsame ebenso rechteckige Boxen davor lassen mich irritiert die Stirn runzeln. Doch dann schießt mir ein Bild aus einem alten Magazin in den Kopf, über dem das Wort *Tankstelle* stand. Und die Boxen müssten die *Zapfsäulen* sein. An so einem Ort haben sie früher Wägen mit Benzin versorgt. Ob das hier noch möglich ist, wage ich allerdings zu bezweifeln. Gläserlose Fensterrahmen zieren die Front des Gebäudes und enthüllen das Chaos im Inneren.

Dem schenke ich allerdings kaum Beachtung, denn vor der Tankstelle steht ein Wagen. Weiß. Daneben zwei Soldaten, die von etwas abbeißen. Dunkle Vollkornbrötchen, deren Belag ich von hier aus nicht erkennen kann, ragen aus weißen Stoffservietten.

Mir läuft das Wasser im Mund zusammen. Verdammt, was würde ich jetzt für diese Sandwiches tun? Der Geruch von frisch gebackenem Brot steigt mir in die Nase, auch wenn ich mir sicher bin, dass ich mir diesen nur einbilde. Ich schlucke, denn ich bin am Verhungern. In Gedanken schmiede ich Pläne, um meine Finger an dieses Gebäck zu bekommen, aber jeder davon endet mit einer Kugel in meiner Brust.

Neben ihnen lehnen Gewehre an der Wand. Dann erst dämmert mir, wie ungewöhnlich dieses Bild ist. Meine Augenbrauen zucken irritiert. Die Soldaten essen. Hier. Mitten in der Wüste. Die Schutzhelme neben ihren Stiefeln am Boden abgelegt. Wie kann das sein?

»Warum tragen die ihre Helme nicht?« Ava spricht exakt meine Gedanken aus. »Was ist mit der Seuche?«

Theos fordernder Blick fällt auf Keno.

»Ich weiß das auch nicht!« Abwehrend hebt er die Hände.

»Was sollen wir jetzt machen?«, fragt Pako leise. Es ist das Erste, was ich von ihm höre, seit wir in der Wüste sind.

Seine ohnehin schon kratzige Stimme klingt brüchiger als sonst. Kein Wunder, so wie er sich gerade über die aufgesprungenen Lippen leckt, muss auch er Hunger und Durst haben. Selbst wenn seine dünnen Arme, die aus dem grauen, viel zu großen T-Shirt ragen und seine eingefallenen Wangen verraten, dass er dieses Gefühl nicht das erste Mal erlebt. Seine schwarzen Haare hängen ihm schweißgetränkt in die Stirn, fast bis zu seinen Augen, ehe er sie sich mit den Fingern zur Seite kämmt.

»Wir werden sie überfallen«, sagt Theo.

»Was?«, bricht es aus mir heraus. Hat er nun komplett den Verstand verloren?

»Wir brauchen etwas zu trinken. Wir haben keine Wahl!«

Und etwas zu essen. Natürlich hat Theo recht. Das bringt uns nur nichts, wenn wir anschließend tot sind.

»Warten wir ab, ob sich noch mehr Soldaten in der Tankstelle befinden und überraschen sie dann.« Theo richtet seine Worte direkt an Nala.

»Hey!« Keno schüttelt den Kopf und verzieht das Gesicht. »Ich kann auch helfen.« Er nickt in Richtung des Holsters an Theos Bein, in dem die Pistole mit dem Löwenkopf steckt. »Wäre nur von Vorteil, wenn ich eine der Waffen abhaben könnte.«

»Nein«, erwidert Theo trocken. »Keine Waffe.«

Keno kneift die Augen zusammen. »Was? Denkt ihr, ich kann nicht damit umgehen? Oder ich falle euch in den Rücken? Was sollte ich davon –«

»Ich sagte nein.« Theos Flüstern klingt immer noch emotionslos, doch in seinem starren Blick tobt ein Sturm, der nichts Gutes verheißt.

»Ach!« Keno reißt die Augenbrauen hoch. »An der Waffe hängt irgendein sentimentaler Mist, habe ich recht?«

Theos Blick schnellt zu ihm. Er presst den Kiefer zusammen, bis er schnauft und sich wieder den Soldaten zuwendet.

Offensichtlich hat Keno ins Schwarze getroffen. Auch in Nalas sonst so emotionslosen Augen funkelt plötzlich etwas, das ich nicht definieren kann. Wut? Mitleid? Entschlossenheit? Keine Ahnung ... aber sie weiß, was Theo die Waffe bedeutet. Was nun auch mich mehr als neugierig macht.

»Von mir aus!« Keno verdreht die Augen. »Dann halt ohne Waffe.«

In Windeseile erstellen sie einen Plan, von dem ich nur Bruchstücke mitbekomme. Allerdings besteht Avas, Pakos und mein Part ohnehin nur darin, uns hinter dem Wagen versteckt zu halten. Nur widerwillig stimme ich zu, weil mir keine Gegenargumente einfallen wollen.

Ich fühle mich machtlos, wie eine Last. Wieso kann ich nicht selbst kämpfen? Warum musste ich Botin werden? Warum konnte ich nicht etwas tun, was mir in dieser Situation helfen würde? Etwas, was mich auf das hier hätte vorbereiten können. Nie habe ich mich als Springerin gemeldet. Wieso, wenn ich sie doch selbst so bewundert hatte? Nichts als Herzrasen habe ich jetzt davon.

Verschleiert von der Abendsonne und mit Sichtschutz des Lieferwagens machen wir uns auf den Weg die Düne hinunter. Sie ist steil, also rutsche ich den größten Teil. Mein Herz hämmert so laut, dass ich schon befürchte, die Männer könnten es von der Tankstelle aus hören, doch bis jetzt scheinen sie uns nicht zu bemerken. Unten angekommen schleichen wir mit geducktem Rücken auf den Wagen zu. Zum Glück sind die Soldaten neben dem Essen in ein Gespräch vertieft, sodass sie auch das leise Knirschen unter unseren Schuhen nicht wahrnehmen. Als ich den Wagen erreiche, stütze ich eine Hand dagegen. Das Metall ist kühl und mindert die Hitze, die durch meinen Körper schießt. Ein vertrautes Gefühl. Ich kenne das kalte Innenleben dieser Dinger von den Lieferungen aus der Zone. Theo und Nala halten ihre Sturmgewehre schussbereit. Keno späht um die Ecke und gibt Theo ein Zeichen, dass ich nicht nachvollziehen kann.

»Wartet hier«, flüstert Theo zu uns.

Geduckt schiebt er Keno zur Seite und sieht selbst um die Ecke des Lastwagens. Für zwei Herzschläge verharrt er. Dann springen er, Nala und Keno auf und stürmen auf die Soldaten zu. Keno von rechts und Nala und Theo von links.

Ein Schock durchfährt mich, als würde ich selbst auf sie zu laufen. Ich krieche ans Ende des Lastwagens. Meine Wange klebt am kühlen Metall, als ich um den Wagen linse. Einer der Soldaten lässt sein Sandwich fallen und beugt sich nach seiner Waffe an der Wand. Ein gedämpfter Knall ertönt – Theo schießt ihm direkt in den Kopf. Kein Schrei entweicht dem Mann, als er umkippt. Noch bevor er auf dem Boden aufschlägt, presse ich die Augen zusammen. Der Teil von mir, der den Toten nicht sehen will, drängt dazu, sie geschlossen zu halten, oder meinen Kopf zurück hinter den Lastwagen zu ziehen, doch ich reiße die Augen wieder auf.

Keno wirft sich auf den anderen. Nala kickt die fremden Waffen mit einem Fuß zur Seite und läuft in die Tankstelle. Keno reißt seinen Gegner zu Boden und springt hinterher, schlägt ihm die Faust ins Gesicht. Zwei Mal, dann blinzelt der Soldat benommen. Ich habe Keno noch nie richtig kämpfen sehen, aber es sieht so aus, als hätte er sein Leben lang nichts anderes gemacht. Als er sich über den Mann beugt, bemerke ich etwas Schwarzes auf seinem Nacken, das aus seinem Shirt herausschaut. Keno hat ein Tattoo? Seit wann? Er muss es gemacht haben, kurz bevor die Zone explodierte. Jeder Sinister war tätowiert. Vielleicht eine Art Aufnahmeritual. Wieso interessiert mich überhaupt, wie es aussieht?

Theos Waffe richtet sich gegen den Soldaten unter Keno. »Warum tragt ihr eure Helme nicht?«

Keno lässt von ihm ab, steht auf und greift sich eines ihrer Gewehre. Der Mann bleibt auf dem Boden liegen, Blut rinnt ihm aus der Nase, wandert seine Wange hinunter und hinterlässt eine rote Linie bis zu seinem Ohr. Er dreht den Kopf zur Seite und blickt in die starren Augen seines Kollegen. Mir dreht sich der Magen um, wenn ich daran denke, dass sie gerade noch miteinander lachten. Vergeblich suchen meine Hände irgendwo an meinem Körper Halt. Etwas, nach dem ich greifen kann. Als ich nichts finde, ziehe ich trotz der Hitze meine Ärmel hinunter und grabe meine Finger dort in den Stoff.

»Antworte!«, fordert Theo so laut, dass ich zusammenzucke.

Wieder keine Antwort.

Meine Nägel pressen in die Ärmelenden, sodass sie schmerzhaft durch den Stoff in meine Haut drücken. Immer noch starrt der Soldat auf seinen Freund. Ich denke, er war sein Freund.

Ava und Pako gehen an mir vorbei. Ich folge ihnen und stelle mich zwischen Theo und Keno.

Bloß nicht nach rechts sehen. Immer wieder wiederhole ich den Befehl an mich selbst. Starre geradeaus. Ignoriere das Rot, das ich in meinem Augenwinkel wahrnehme. Der Sand knirscht, als der Mann uns den Kopf wieder zuwendet und mich ansieht. Mein Herz setzt einen Schlag aus. Ich weiß, dass er mir nichts tun kann und doch dringt sein kalter Blick mir bis ins Mark.

Er entblößt die dunkelroten Zähne zu einem breiten Lächeln. Als hätte er sich an seinem eigenen Blut verschluckt, hustet er. »Ihr seid sowieso schon tot.«

Ein Schauer rinnt mir den Nacken hinunter. Er weiß Dinge, die wir nicht wissen. Und es ist viel mehr, als ich dachte.

Ein Schuss lässt mich zusammenfahren. Ohne Vorwarnung. Ohne mich mental darauf einzustellen. Keno hat ihn erschossen. Blut quillt aus der Wunde in seinem Kopf. Die Augen des Soldaten richten sich starr in den Himmel. Ganz so, als würde sein Körper zusehen, wie sein Geist in den Wolken verschwindet. Und mit ihm unsere Antworten.

Wütend blicke ich zu Keno. Eiskalt liegt sein Finger am Abzug. Nichts in seiner Miene deutet darauf hin, dass er soeben einem Menschen das Leben genommen hat.

Keno kneift die Augen zusammen. »Was?«

Ich wende mich von ihm ab. Beinahe hätte ich vergessen, wer er ist. Ein Sinister, der nur an sich selbst denkt.

Nala tritt aus der Tankstelle heraus. »Es ist sonst niemand hier.«

Theo nickt ihr zu, senkt sein Gewehr, geht zum Lastwagen und öffnet die Türen. Angespannt lecke ich mir die Lippen, fühle, wie mir das Wasser im Mund zusammenläuft. Bis sein Kopf hinter der geöffneten Tür zum Vorschein kommt. Nun droht mir ein Zusammenbruch. Theo braucht nichts zu sagen, sein Blick spricht Bände. Der Lieferwagen ist leer. Schwindelig und jeglicher Kraft beraubt, lasse ich mich an den Rand der Straße fallen.

»Sie waren wohl auf der Rückfahrt«, murmle ich untermalt vom Knurren meines Magens.

Pako öffnet die Vordertüren und durchsucht den Wagen.

»Hier sind zwei halbe Flaschen Wasser!« Triumphierend hält er sie in die Höhe und wirft eine davon Ava zu.

Die anderen setzen sich zu mir an den Bordstein der Straße. Schweigend teilen wir uns das Wasser und essen die letzten Bissen des Sandwiches. Ich muss mich beherrschen, langsam zu trinken und nur kleine Schlucke zu nehmen. Mein brennender Durst verlangt, alles auf einmal hinunterzustürzen, doch die Blicke der anderen sorgen dafür, dass ich mich zusammenreiße. Wir sind alle in der gleichen Situation.

Als ich den ersten Bissen nehme, muss ich ein Stöhnen unterdrücken. Meine Beine strecke ich aus, mit den Füßen auf der Ferse, um meine brennenden Fußsohlen zu entlasten. Die Tatsache, dass hinter mir zwei Tote liegen, versuche ich mit Mühe auszublenden. Soldaten, die mein Zuhause in die Luft jagten. Wieso haben sie das getan? Was für einen

Nutzen würde es Elvira Pure bringen, unsere Zone zu zerstören? Und wieso, verdammt nochmal, leben wir überhaupt noch? Der Gedanke, dass die Seuche nur eine Lüge sein könnte, kommt mir mehr als falsch vor. Nicht nur, weil es mir mein Leben lang so eingetrichtert wurde, sondern auch, weil die Soldaten, die wir in der toten Stadt sahen, einen Helm trugen. Bestimmt nicht nur zum Spaß.

»Kann jemand fahren?«, unterbricht Theo die Stille und deutet auf den Lastwagen.

»Ich habe mal davon gelesen«, antwortet Pako.

»Wo hast du davon gelesen?« Ava runzelt die Stirn und blickt auf die Plastikflasche in ihren Fingern, der letzte Schluck Wasser.

»Deine Mutter hat Autos geliebt. Bevor die Seuche ausgebrochen ist, wollten wir zusammen den Führerschein machen.« Pako lächelt und seine Augen werden glasig. »Leider ist es nie dazu gekommen. Obwohl wir in der Zone keinen Nutzen mehr dafür hatten, lernte sie die Verkehrsregeln aus einem Buch. Als sie starb, las ich es ... Öfters.«

Ava blickt zu Boden. Dann strafft sie die Schultern und hebt die Wasserflasche. »Will noch jemand?«

Mein Körper schreit danach, *ja* zu sagen, doch ich hatte mehr als sie, also schüttle ich den Kopf. So wie alle anderen. Also kippt Ava sich die letzten Tropfen in die Kehle.

Nala geht zum Lastwagen und öffnet die Tür. »Der Schlüssel steckt noch.«

»Okay. Probieren wir's.« Theo klatscht mit den Händen auf seinen Oberschenkel und steht auf.

»Ich hoffe, dass ist nicht das letzte, was ich tun werde«, murmelt Keno.

Vielleicht hat er recht. Über etwas zu lesen ist nicht dasselbe, wie es zu tun, aber ich bin optimistisch.

Nala deutet auf die Leichen. »Zieht euch die zwei Soldatenanzüge über. Vielleicht kommen wir so unbemerkt in die Residenz.«

Eine gute Idee. Mist, ich ärgere mich ein wenig, dass sie nicht von mir kam. Vielleicht ärgert es mich aber auch einfach nur, dass die Idee von Nala kam. Ich stemme beide Hände auf die Oberschenkel, um mich hochzudrücken. Inzwischen ist die Sonne beinahe vollkommen untergegangen und erhellt nur noch mit letzten Strahlen die Dünen, die im Abendlicht dunkelorange wirken. Mein Blick klebt daran, bis Theo und Pako sich die Schutzanzüge der toten Soldaten über ihre eigene Kleidung gezogen haben.

»Na, wie sehe ich aus?«, fragt Pako und dreht sich einmal um sich selbst.

Er ist nicht einmal halb so breit, wie der Soldat es war. Dennoch sieht der Anzug so aus, als wäre er für ihn maßgeschneidert. Es scheint fast, als würde er sich dem drinsteckenden Körper anpassen. An manchen Stellen wie den Armen, sitzt das dicke Material enger, an manchen wie den Beinen lockerer. Seine Hände stecken in weißen Handschuhen, die die Ärmel ein Stück überlappen, sich aber dennoch perfekt an die Finger schmiegen. Knie, Ellenbogen, Schultern und Brustbereich sind verstärkt und am Rücken zwischen den Schulterblättern befindet sich eine runde Öffnung für den Atemschlauch.

Der Schlauch hängt jedoch noch lose vom Helm, den Ava in beiden Händen hält. »Was ist mit denen?«

Pako nimmt ihn ihr ab und wendet ihn skeptisch einmal um die eigene Achse.

»Vielleicht besser, wenn sie euer Gesicht nicht sehen«, fügt Keno hinzu. Er wirft Theo den Zweiten zu. »Nicht nur die hätten was davon.«

Theo fängt den Helm mit beiden Händen. Sie ziehen sich die Dinger über und plötzlich erwacht der daran hängende Schlauch zum Leben. Er gleitet ganz von allein über ihre Schultern und klinkt sich in die Öffnung am Rücken ein. Wahrscheinlich würde mich das erschrecken, hätte ich es nicht schon öfters bei den Soldaten in der Zone beobachtet. Ein kurzer zischender Laut erklingt. Vermutlich wird die Luft im Inneren des Anzugs gereinigt oder ausgetauscht. Mit den Helmen auf ihren Köpfen wirken sie furchteinflößend auf mich, selbst wenn ich weiß, dass Pako und Theo darin stecken. Die abendliche Dunkelheit lässt mich kaum noch ihre Augen durch die Front erkennen. Der einzige Unterschied, der mich die beiden auseinanderhalten lässt, ist ihre Statur.

»Oh!« Pako stößt einen überraschten Laut aus und ich denke, ich kann den Anflug eines gehäuften Blinzelns erkennen.

Auch Theo sieht um sich. »Die Front ist digital.« Sein Blick bleibt an mir hängen. Denke ich zumindest, die Glasfront zeigt in meine Richtung. »Ich kann deutlich besser sehen. Fast so, als wäre es noch Tag. Und …« Der Satz bleibt ihm im Hals stecken.

Und was? Was sieht er?

Er kommt auf mich zu und hebt den Arm.

Es ist kein echter Soldat, es ist Theo. Ich unterdrücke den Impuls zurückzuweichen.

Mit dem Daumen fährt er über meine Wange, ehe er ihn sich vor die Front hält. »Ich denke, ich kann die Seuche sehen.«

In Sekundenschnelle weicht mir das Blut aus den Wangen. Die Gewissheit, sie an mir haften zu haben, bohrt sich brennend in mein Hirn. Mit beiden Händen fahre ich mir über das Gesicht, weil ich dem irrationalen Drang nicht widerstehen kann, sie mir abzuwischen.

Theo öffnet die Tür zum Laderaum, damit wir einsteigen können. Dunkelheit und Kälte empfängt mich, als die Türen ins Schloss klicken. Gänsehaut schießt mir auf die Arme und stellt die Härchen an meinem gesamten Körper auf. Und wieder ist da dieses Zischen, das mich vermuten lässt, dass die Luft sich reinigt. Ob die Seuche nun auch von meinen Wangen fällt? Zumindest ist es das, woran ich glauben möchte. Neben mir vernehme ich schnelle Atemzüge. Ava. Sie fürchtet sich in der Finsternis. Also nehme ich ihre Hand und drücke sie sanft. Nachdem die Fahrertüren zuschlagen, brummt der Lastwagen und der Laderaum vibriert.

»Na, das kann ja was werden«, spottet Keno.

Ein heftiger Ruck lässt mich beinahe umfallen. Der Motor verstummt.

»Setzen wir uns lieber«, sagt Nala.

Ich lasse mich an der Lastwagenwand nieder und drücke eine Handfläche auf den Boden, um mir Halt zu geben. In der anderen halte ich Avas Hand.

Erneut brummt der Motor und der Lastwagen rollt tatsächlich. Wir fahren, aber ich kann nicht einschätzen, wie schnell. Alles, was ich spüre, ist, dass wir in Kurven über holperigen Untergrund fahren – es schüttelt mich nach links und rechts und mein Magen dreht sich um.

»Wir werden Soela finden«, flüstert Ava mir zu.

»Ich weiß.« Ich werde alles dafür tun, um sie aus den Klauen der Residenz zu befreien.

Auch wenn die Chancen gegen null gehen. Zu vielen Bedrohungen sind wir gleichzeitig ausgesetzt, um noch optimistisch sein zu können und doch zieht niemand den Kopf ein oder verliert die Nerven. Niemand jammert oder zeigt

Angst. Also mache ich es auch nicht. Es wird funktionieren. Es muss.

***

Unser Wagen bleibt stehen. Inzwischen zittere ich vor Kälte und habe das Gefühl, mich übergeben zu müssen. Ich könnte fast meinen, Pako wäre die ganze Zeit im Kreis gefahren, so übel wie mir ist.

»Was ist los?«, fragt Ava leise.

»Sind wir da?«, lege ich flüsternd nach.

Mit großen Augen sehe ich mich um, auch wenn ich nur auf Dunkelheit stoße. Ein Knall lässt mich zusammenzucken. Es folgen weitere. Viele. Schüsse durchlöchern das Metall des Wagens.

»Auf den Boden!«, ruft Nala und wir werfen uns flach auf den Bauch.

Kugeln reißen Löcher in die Wände. Meine Ohren klingeln und ich drücke meine Handflächen dagegen. Mein Körper bebt. Der ganze Wagen bebt und mein Herz hämmert noch zusätzlich dagegen. Die Türen lassen sich von innen nicht öffnen. Wir sind eingesperrt. Warum haben uns Theo und Pako nicht rausgelassen? Sind sie etwa tot?

Ich möchte schreien, doch bleibe ruhig liegen. Obwohl ich ohnehin nichts sehe, kneife ich meine Augen zusammen. Versuche mit meinem Leben abzuschließen. Doch das kann ich nicht. Ich will leben.

Nur noch vereinzelte Kugeln prallen gegen den Lastwagen, bis sie schließlich gänzlich stoppen und ich mein eigenes Wimmern wahrnehme. Immerhin bin ich nicht tot. Meine Hand sucht nach Avas, klammert sich an ihre Finger. Wenn wir jetzt sterben, dann zusammen.

Ein schwacher Lichtschimmer dringt durch die Löcher im Metall in den Laderaum. Keno und Nala liegen auf dem Bauch. Ihre Gewehre auf die Tür gerichtet. Niemand von uns gibt nur den kleinsten Laut von sich.

Schreie ertönen. Keine Schreie, die um Hilfe rufen, es ist eher ein lautes Gespräch, aber ich kann nicht verstehen, was sie sagen. Kann das Theos Stimme sein? Lebt er? Oder wünsche ich mir das einfach? Die Türen werden aufgerissen. Ich zucke zusammen und starre in den Lauf eines Gewehres, das im schwachen Mondschein funkelt.

»Aussteigen!«, befiehlt eine Frau, doch ich bewege mich kein Stück. Wie paralysiert starre ich sie an.

Das sind keine Soldaten. Sie tragen keine weiße Schutzkleidung, wie es die Leute der Residenz tun. Bis auf die Frau, die ganz vorne steht, haben sie rote Tücher um ihre Nasen und Münder gebunden und sehen dreckig aus – wie die Banditen, die ich aus Büchern kenne. Werden wir gerade überfallen? Ihre Kleidung ist dunkel. Schwarze, enge Hosen mit verstärkten Stellen an den Knien. Schwarze, enge T-Shirts, teilweise zerrissen. Halbfinger-Handschuhe aus Leder und knöchelhohe Stiefel. Nala und Keno richten ihre Gewehre immer noch gegen die Fünf. Sollten sie sich dazu entscheiden, zu schießen, werde ich vermutlich draufgehen.

»Weg mit den Waffen!«, wiederholt dieselbe Frau, aber Nala und Keno verziehen immer noch keine Miene.

Die Banditin stöhnt und winkt in Richtung ihrer Leute. Zwei Männer, die Theo und Pako Gewehre in die Rücken pressen, treten in unser Sichtfeld. Mir stockt der Atem. Aber zumindest leben sie … noch.

Die Frau richtet ihre Pistole gegen Theos Kopf und neigt ihren fragend zur Seite. Die Enden ihrer braunen Haare streifen dabei über ihre Schulter. Sie sind zur Hälfte zu einem Zopf gebunden und hängen zur anderen glatt bis zu ihrem Schlüsselbein herunter.

Keno wirft sein Sturmgewehr aus dem Lastwagen und steht langsam mit erhobenen Händen auf. Schnaufend schmeißt Nala ihre Waffe hinterher.

Auch ich stehe wie in Zeitlupe auf und nehme meine Hände hoch. Mein Fuß tritt in tiefen Sand. Warme Außenluft schlägt mir ins Gesicht. Weit und breit nur Wüste in Sicht. Keine Residenz.

Die Banditen drücken auch uns auf die Knie.

»Wer seid ihr und was macht ihr mit den Gefangenen?«, fragt die Anführerin Theo, der noch immer den Soldatenanzug trägt. Nur den Helm haben sie ihm und Pako abgenommen.

»Wir sind keine Soldaten. Wir kommen aus der Zone 9«, antwortet er.

»Die Zone 9?« Sie lacht einmal hart, als wäre das die dümmste Ausrede, die sie je gehört hat. »Die Zone 9 ist tot!«

Die Härchen auf den Armen stellen sich auf. Pako wird kreideweiß und sieht zu Boden. Avas Ausdruck ist ein Spiegelbild ihres Vaters. Sogar Keno steigt ein trauernder Ausdruck in die Augen.

Die Banditin mustert uns mit verengten Augen.

»Wir wollen in die Residenz.« Kaum habe ich die Worte ausgesprochen, bereue ich es.

Ihr Blick schnellt wie ein Pfeil zu mir. »Wenn ihr wirklich aus der neunten Zone sein solltet, was würdet ihr dann von diesem verdammten Ort wollen?« Sie zieht den Kopf nach hinten, sodass ein leichtes Doppelkinn entsteht. Kaum zu glauben, dass das bei ihr möglich ist. Sie ist von Kopf bis Fuß durchtrainiert. »Denkt ihr etwa, die lassen euch bei ihnen leben?« Sie pustet ein ironisches Lachen durch die Nase.

»Falls es euch nicht klar war ... es war die Residenz, die eure Zone —«

»Sie haben uns jemanden genommen, den wir wiederfinden müssen«, unterbricht sie Theo und ich treffe auf seinen entschlossenen Blick.

Bis jetzt dachte ich, es geht ihm in erster Linie darum, herauszufinden, wieso Elvira Pure unsere Zone in die Luft jagte. Dass er Soela als erstes Argument bringt, überrascht mich.

»So, so«, sagt die Banditin nickend. »Und da dachtet ihr, ihr könnt euch einfach so hineinschmuggeln? Clever, ja.«

Hinter ihr erklingt Gelächter. Super. Nun hält uns also ihre gesamte Gruppe für Idioten.

»Scheint fast so, als hätten wir euch gerade tatsächlich das Leben gerettet.« Sie legt den Kopf schief und macht einen Schritt auf mich zu. »Was wollt ihr uns jetzt im Gegenzug dafür geben?«

»Wir wollen nichts von euch.« Theos Antwort kommt wie aus der Pistole geschossen. »Wir wissen nicht, wer ihr seid. Lasst uns einfach gehen.«

Mit einem kurzen Blick nach oben verdreht die Frau die Augen und wendet sich zu Theo. »Das war nicht meine Frage.«

Sie richtet die Waffe gegen seine Schläfe.

»Es ist ganz einfach ... Zwei Optionen. Gib mir einen Grund, euch freizulassen, oder ich puste euch den Kopf weg.«

Sie blufft! Oder nicht?

»Ich kann dir keinen Grund nennen«, antwortet Theo. »Aber wenn ihr gegen die Residenz seid, sind wir auf derselben Seite.«

Die Frau presst die Zähne zusammen. Immer noch liegt die Waffe auf seiner Schläfe. »Witzig, das von jemandem zu hören, der immer noch von Kopf bis Fuß in Weiß steckt ... Schade um dein hübsches Soldatengesicht.«

Sie streckt den Arm. Ihr Finger schiebt sich um den Abzug. Sie glaubt uns nicht. Mir bleibt die Luft weg. Mein Herz pocht so stark, dass es schmerzt und kein klarer Gedanke mehr in meinem Kopf aufsteigen will. Er darf nicht so sterben. Ich muss etwas tun. Jetzt.

»Warte!«, stoße ich hervor und ernte ihren Schulterblick. »Es ist meine Schwester … Die Residenz holte sie, kurz bevor sie unsere Zone sprengten. Die Anzüge und den Wagen haben wir von zwei Soldaten, die jetzt tot bei einer Tankstelle liegen. Nicht weit von hier. Alles, was ich will, ist, meine kleine Schwester zurückzuholen. Wieso sollte ich für einen Soldaten lügen? Ganz offensichtlich bin ich keine.«

Die Frau zögert. Starrt in meine Augen. Ich halte ihrem Blick stand. Sende ein Stoßgebet in den Himmel, dass sie mir glaubt. Ohne den Blick von mir zu lösen, winkt sie einen der Banditen zu sich und flüstert ihm etwas ins Ohr. Er nickt, steigt in einen Wagen und verschwindet mit Vollgas.

Zittrig atme ich aus, als sie die Waffe von Theos Schläfe nimmt. Für einen Moment konnte ich ihn schon tot vor mir sehen.

»Durchsucht sie!«, ruft sie ihrer Gruppe zu.

Die Männer ziehen Theos und Pakos Schutzkleidung aus, greifen in jede Tasche und klopfen all unsere Klamotten nach weiteren Waffen ab. Theo knurrt, während sie ihm die Pistole mit dem Löwenkopf aus dem Holster an seinem Bein ziehen. Ich verziehe das Gesicht, als ich den Impuls unterdrücke, die fremden Hände von meinen Oberschenkeln zu schlagen. Als der Mann in die Tasche meiner Hose greift, durchfährt mich so ein krampfendes Gefühl, dass ich vergesse, was sich darin befindet. Er zieht die Münze meines Vaters hervor.

»Gib die wieder her!«, platzt es aus mir raus.

Der Mann reißt die Augenbrauen verblüfft hoch, nur um sie wieder tief zu ziehen und mich verwirrt anzusehen. Hat ihn mein Ausruf so überrascht? Anstatt meiner Forderung nachzukommen, wirft er die Münze der Anführerin zu. Wut schäumt in meinem Magen auf. Ich balle meine Hände zu Fäusten und beiße die Zähne zusammen. Die Residenz hat mir meine Schwester genommen. Meine Mutter. Ich lasse es nicht zu, dass die Banditen mir das letzte Stück meines Vaters nehmen. Entschlossen mache ich einen Schritt auf sie zu, doch der Mann vor mir streckt seinen Arm aus, sodass ich dagegen stoße. Die Banditin hält sich die Münze vor die Nase und dreht sie einmal herum.

»Sie ist wertlos«, sage ich.

Sie kommt mir einen Schritt entgegen und nickt dem Mann zu, sodass er seinen Arm senkt.

»Woher hast du das?«, fragt sie mich mit einem Ton, als hätte ich ihr die Münze gestohlen.

»Von meinem Vater! Es hat keinen Wert für euch, also gebt sie mir zurück!«

Mit zusammengezogenen Augenbrauen starrt sie mich an. Erst jetzt, aus der Nähe, kann ich erkennen, dass ihre Augen braun sind und nicht schwarz.

»Ladet sie in den Wagen«, befiehlt sie ihren Kollegen und wendet sich von mir ab.

Die Münze schiebt sie in ihre Hosentasche.

Kapitel Zwanzig

Wir fahren durch die Dunkelheit. Ich sitze am Rand der Rückbank eines offenen Jeeps, Keno in der Mitte, und neben ihm Ava. Theo, Pako und Nala fahren in einem der anderen Wägen, aber ich weiß nicht, in welchem der drei, die hinter uns sind.

»Das hat ja mal super geklappt«, murmelt Keno sarkastisch. Sein rechter Arm streift meinen, als er seine gefesselten Hände vor mein Gesicht hält. »Was auch immer du da mit dir rumtragen musstest und so besessen zurückverlangt hast, hat uns ja mal gerade so richtig reingeritten. Scheiße, bestimmt waren die kurz davor, uns gehen zu lassen!«

Schnaufend werfe ich ihm einen Blick zu, der, wenn er es könnte, ihn jetzt tot umfallen lassen würde, schenke ihm jedoch keine weitere Beachtung.

Das Scheinwerferlicht des Wagens beleuchtet die Wüste. Einzelne Sandkörner schweben funkelnd durch die Lichtstrahlen, ehe sie an die Windschutzscheibe des Jeeps knallen. Das Licht reicht ein Stück in die Ferne, doch dahinter ist nichts als Dunkelheit. Meine zusammengebundenen Hände krallen sich an die Eisenstange links von mir, die wie ein Dach über den Wagen führt. Der Bandit rast so schnell über den Sand, dass der Wagen wackelt und ich das Gefühl habe, bei jeder Kurve hinauszufallen. Links von mir ist keine Tür oder sonstiger Schutz, so wie ich es bei den Wägen aus Magazinen kenne. Der Wüstenboden zischt knapp neben meinem Fuß vorbei und immer wieder schlagen Sandkörner gegen mein Bein.

»Uns gehen zu lassen?« Ava, die auf der anderen Seite neben Keno sitzt, imitiert seinen Tonfall und schnaubt verächtlich. »Dank Kyra haben die uns nicht erschossen!«

»Pff!« Keno lässt den Kopf in den Nacken fallen. »Theo vielleicht. Ich hatte schließlich keinen dieser Anzüge an.«

Was für eine typische Keno-Aussage. Natürlich denkt er nur an sich selbst.

»So ein großes Maul hättest du kaum, wenn er jetzt neben dir sitzen würde!«, zischt Ava und streicht sich die roten Haare mit beiden Händen hinters Ohr. Der Fahrtwind weht die Strähnen um ihr ganzes Gesicht.

»Da hast du recht.« Keno zieht beide Augenbrauen hoch. »Zum Glück wurde er in einen anderen Wagen verfrachtet. Sonst müsste ich mich wahrscheinlich übergeben bei dieser ständig finsteren Miene. Der Typ hat eindeutig Aggressionsprobleme!«

»Die hat jeder, der länger als ein paar Minuten mit dir verbringen muss«, faucht Ava etwas zu laut.

Der Typ auf dem Beifahrersitz wirft einen mahnenden Blick über die Schulter zu uns. Ava räuspert sich und senkt ihren Kopf.

Wieder unbeobachtet hebt Keno erneut die gefesselten Hände. »Dann stehen euch jetzt wohl schwierige Zeiten bevor. Es sieht mir nämlich nicht danach aus, als hätten wir die nächsten Tage mehr als ein paar Meter Abstand zueinander.«

Er verzieht den Mund und beugt sich zu Ava. »Es sei denn, mir so nah auf die Pelle zu rücken war euer Plan … dann muss ich dankend ablehnen.«

»Ew!« Ava stößt Keno an der Schulter. »Der einzige Plan, den ich gerade hege, ist, dir den Hals umzudrehen!«

»Ja? Versuchs! Klappt ja so gut mit euren Plänen.«

»Oh … Hattest du etwa einen besseren? Einen hinterlistigeren? *Sinister*!«

»Erstens …«, er hebt die Hände, um einen Finger zu strecken, »… wäre es verdammt freundlich, wenn du das Wort nicht so in den Dreck ziehen würdest und zweitens …« Nun streckt er den Zeigefinger der anderen Hand. »… als mich festnehmen zu lassen? Hm, lass mich überlegen. Jeder Plan wäre besser gewesen!«

Das Gespräch der beiden verfolge ich mit mäßigem Interesse. Gegenseitige Vorwürfe helfen uns schließlich auch nicht aus dieser Situation heraus. Ein Funkeln in der Ferne weckt meine Aufmerksamkeit. Ich kneife die Augen zusammen, um besser zu sehen, doch noch ist es zu weit entfernt.

»Uns festnehmen zu lassen war auch nicht Teil des Plans.«

»Ich sag ja, eure Pläne funktionieren nicht!«

Der Lichtstrahl des Jeeps trifft auf graue Mauern, so hoch, dass ich den Kopf in den Nacken legen muss.

»Leute! Seht mal!«

Steinsäulen rahmen das unterste Stockwerk ein wie auf Bildern, die ich von Tempeln kenne. In dunkelroten Buchstaben, die größer scheinen als ich selbst, steht das Wort *Mall*. Das M hängt schief und stützt sich eher wackelig auf das A. Da sollte man besser nicht länger als notwendig darunter stehen. Das Gebäude ist riesig. Es sieht nicht mehr aus wie neu, aber es wirkt beeindruckend. Die Dunkelheit und der Dreck an den Mauern lassen es verlassen aussehen und doch ist keines der unzähligen Fenster zerbrochen. Der Mond wandert über sie. Wir fahren an den Säulen vorbei in eine große Halle. Der dunkelgraue Beton wird durch viereckige Pfosten unterteilt, zwischen denen Jeeps parken. Es wirkt fast so, als wäre dieser Ort nur dazu da, um die Wägen abzustellen. Am Ende der Halle weht ein schwarzes Tuch und als ich erkenne, worum es sich handelt, klappt meine Kinnlade herunter. Eine Kapuzengestalt. Dieselbe, die auch in meine Münze graviert ist. Furcht kribbelt durch meinen Körper. Was, wenn sie herausfinden, dass wir gar nicht zu ihnen gehören? Oder denken, wir hätten jemanden umgebracht, um an diese Münze zu kommen?

»Die Verschollenen«, flüstert Ava ehrfürchtig.

Die Verschollenen? Erst jetzt kommen mir Theos Worte wieder in den Sinn. Die Gruppe in der Wüste, die gegen die Residenz kämpft. Kann das sein? Aber was könnte mein Vater mit denen zu tun gehabt haben? War er einer der Verschollenen? Ich schüttle den Kopf. Das kann nicht sein. Aber woher hatte er dann die Münze?

Die Jeeps halten und der Fahrer winkt uns hinaus. Aus dem Wagen neben uns steigen Pako, Nala und Theo aus. Mit erhobenen Waffen stoßen die Männer uns vorwärts bis zu den Rolltüren am Ende der Halle. Sie stellen jeden von uns vor eine dieser Türen. Theo neben mir. Ich schaue ihm in die Augen, um mich selbst zu beruhigen. Vergebens. Meine zusammengebundenen Hände sind klatschnass.

Die Banditen legen vor jeder Tür einen Hebel um. Das Geräusch der ineinander fallenden Metalle der Rolltüren macht mich noch nervöser. Langsam erscheint ein Raum vor mir. Klein und düster. Das muss eine Zelle sein. Enge ist nicht gerade meine Stärke. Ich kann sie fühlen, obwohl ich noch gar nicht drin bin. Jeder Muskel meines Körpers weigert sich, einen Schritt nach vorne zu setzten.

Erneut schiele ich zu Theo.

Der Mann hinter ihm stößt ihn in den Rücken. »Na, macht schon!«

Ein letztes Mal sieht er mir in die Augen, bevor er in der Zelle verschwindet. Kälte drängt sich auf meine schweißnassen Wangen. Die Frau hinter mir tritt neben mich und nickt in Richtung der Zelle. Ich muss schlucken. Zögerlich übertrete ich die Schwelle. Ein einsames Spotlight an der Decke erhellt den düsteren, etwa ein mal drei Schritt großen Raum nur schwach. Vor mir befindet sich eine zweite Rolltür. Die hintere schließt sich mit einem lauten Geräusch. Dann ist es still. Nur mein zu schneller Atem zischt durch meine Ohren.

Auf meine Füße starrend bemühe ich mich auszublenden, wie wenig Platz ich habe, aber werde das beengende Gefühl in meiner Brust nicht los. Es dreht mir den Magen um. Ich stehe nur da und konzentriere mich darauf, meinen Atem zu beruhigen und den Drang, gegen das Rolltor zu hämmern und zu brüllen, dass sie mich rauslassen sollen, zu unterdrücken. Ein Schrei lässt meinen Blick hochschnellen. Ein weiblicher Schrei.

Ava. Mein Blick zuckt nach links. *Bitte lass es nicht Ava sein.* Der Versuch, mich selbst zu beruhigen, funktioniert nicht. Unterschiedliche Bilder schießen in meinen Kopf. Ava zusammengekauert am Boden. Niederschlagen. Ein Bandit mit gezogener Waffe über ihr. Ava allein. In tiefer Dunkelheit. Verzweifelt und voller Angst. Ich trete näher an die Wand zu meiner Linken. Als könnte mich das näher zu ihr bringen.

Moment mal ... was ist das? Kleine Löcher? In den dunklen Fliesen? Mit meinem Finger fahre ich über die Wand und spüre die Einkerbungen. Ich schließe ein Auge und versuche durch eines der Löcher zu schauen. Und erkenne nichts. Vermutlich sind es doch nur Einkerbungen, die nicht bis auf die andere Seite reichen.

Gerade als ich mich abwenden will, schlägt ein Luftstoß in mein Gesicht. Von beiden Seiten des Raums knallt die Luft so heftig auf mich, dass ich meine Füße nicht mehr am Boden halten kann. Ich schwebe! Der Druck hindert mich am Einatmen! Ist das eine Todesgrube? Strampelnd versuche ich nach Luft zu ringen. Schmerz rast über jede Stelle meiner Haut und ich versuche, die Hände schützend vors Gesicht zu halten, doch ich kann mich kaum noch bewegen.

So abrupt wie es kam, so endet der Luftwirbel und ich sacke zu Boden. Meine zusammengebundenen Hände schaffen es nicht, meinen Sturz abzufangen, also knalle ich gegen Schulter und Hüfte. Hektisch sauge ich Sauerstoff in meine leeren Lungen. Was war das? Mein Herz trommelt wild gegen meine Brust. Foltern sie mich, oder habe ich gerade den ersten Versuch überlebt, getötet zu werden?

Ein Geräusch lässt mich zucken. Die Rolltür vor mir öffnet sich. Mit aufgerissenen Augen starre ich hinaus in der Erwartung, in den Lauf einer Waffe zu blicken. Doch da ist niemand. Halb kriechend, halb stolpernd eile ich aus dem Raum, aus Angst, die Tür könnte sich wieder schließen. Ich betrete einen kahlen weißen Flur, der zu meiner Linken nach ein paar Metern um eine Ecke biegt. Neben mir stehen die anderen.

»Was war das?« Ava verzieht ihr Gesicht und hält sich die Wange.

Ich spüre selbst wieder das Pochen an der kleinen Platzwunde in meinem Gesicht, welche ich Kenos Stiefel zu verdanken habe.

»Sie haben die Seuche von uns geblasen«, antwortet Nala trocken.

Klingt logisch, mindert jedoch nicht mein Herzrasen. Weitere Rolltüren öffnen sich mit einem lauten Grollen und die Banditen treten neben uns auf den Flur.

»Kommt weiter«, ruft die Anführerin und eilt voraus.

Hinter der Ecke folgt ein etwas breiterer Gang. Eine einzige Tür und etwas, das aussieht wie ein riesiger Lift, geht von ihm ab. Nach zwei weiteren Biegungen erhellt wärmeres Licht das Ende des Flurs und das Gebrüll von Menschenmassen wird lauter. Ein bekanntes Geräusch, das mich schmerzhaft an mein Zuhause denken lässt. Gleichzeitig knete ich nervös meine Hände. Sie liegen immer noch zusammengebunden vor meinem Körper. Etwas, das mir direkt den Stempel auf die Stirn drückt, ich hätte etwas verbrochen. Nicht die beste Grundlage für ein Kennenlernen. Der Gang mündet in einer großen Halle, um die sich weitere Stockwerke drapieren. Ähnlich wie in unserer alten Zone. Menschen beugen sich über die Geländer und rufen wild durcheinander. Ich kann nicht erkennen, ob sie uns beschimpfen oder uns zujubeln. Aus manchen Mündern dröhnt ein lautes Lachen, andere Gesichter verziehen sich finster. Sie hämmern mit ihren Waffen gegen das Metall, was in meinen Ohren sticht. Auch die untere Halle ist voller Menschen, welche nach und nach auf die Seite treten, um uns vorbeizulassen. Alle starren uns an. Jetzt erschließt sich mir auch, wieso es von draußen so verlassen aussah. Die Fenster sind mit Brettern zugenagelt und teilweise hängen die schwarzen Banner mit der Kapuzengestalt darüber. Mittig im Raum ragt eine stillstehende Rolltreppe hinauf, die uns die Anführerin hochführt. Die Stiegen sind höher, als ich es von meiner alten Zone gewohnt bin. Dennoch rast so viel Adrenalin durch mich, dass ich kein Beißen in den Oberschenkeln wahrnehme. Nachdem ich die Hälfte der Stufen erklommen habe, kann ich über die Köpfe der Menschen sehen. Rund um die Halle gehen Nischen in unterschiedlichen Größen ab. Kleine Räume, über denen alte Ladenschilder in allen Farben hängen. In den meisten Magazinen, die ich las, waren die Geschäfte mit einer Glasscheibe vom Rest getrennt, doch hier sind alle offen, als hätten die Menschen die Halle vergrößern wollen. So etwas jemals mit eigenen Augen zu sehen ist mehr als beeindruckend.

Die Anführerin führt uns in einen dunklen Korridor, von dem links ein paar Türen abgehen. Die Deckenlichter sind ausgeschaltet, dafür ziehen sich über die gesamte rechte Länge des Flurs körpergroße Fenster mit einem atemberaubenden Ausblick auf die Dünen. Ich kann nicht anders, als stehen zu bleiben und in die Unendlichkeit zu sehen. Der Mond erstrahlt zur Hälfte und die Sterne funkeln zahlreich über dem Wüstensand. Es erinnert mich daran, wie ich vor Kurzem noch aus meinem eigenen kleinen Fenster in die Ferne gesehen habe. Was würde ich dafür geben, jetzt aus meinem Fenster zu starren. Ich würde auf der Matratze sitzen, die Decke um meine Schultern gelegt und die Sternbilder beobachten.

Jemand stößt mich von hinten an der Schulter vorwärts. »Los komm ... weiter!«

Der Flur mündet in eine Flügeltür. Im Gegensatz zu den seitlich abgehenden Türen ist diese aus dunklem Holz und mit goldenen Knäufen versehen. Als die Frau die Tür öffnet, wächst der Lichtkegel über den weißen Bodenfliesen. Was wird mich in dem Raum erwarten? Werde ich ihn wieder lebend verlassen oder wird mein Schicksal dort besiegelt?

Kapitel Einundzwanzig

Als erstes fängt ein mittiger großer Schreibtisch meinen Blick. Vor ihm steht eine Gestalt, die uns den Rücken zuwendet. Unter meinen Schuhen knarrt das dunkle Fischgrätenparkett, bis die Frau uns deutet, stehen zu bleiben. Der restliche Raum ist ziemlich vollgestellt. Rechts neben dem Schreibtisch steht ein braunes Sofa mit einem Tierfell, welches ich zu gern berühren würde, dahinter etwas, das nach einer kleiner Weinbar aussieht.

Auf der anderen Seite befindet sich ein Globus, hüfthoch an Holz befestigt und dahinter etliche vollgestopfte Regale. Von der Decke hängen einzelne Glühbirnen, um den Raum zu erhellen – sie leuchten aber so schwach, dass es trotzdem düster ist.

Zwischen zwei zugenagelten Fenstern hängt ein Tierschädel. Unwillkürlich stelle ich mir vor, wie das Tier früher ausgesehen haben muss. Es erschließt sich mir jedoch nicht, was das für eines gewesen sein könnte. Aus dem Kopf ragen Hörner. Wie seltsam.

Eine Bewegung lenkt meine Aufmerksamkeit zurück zu dem Schreibtisch. Der Mann, der uns den Rücken zudreht, hebt ein

Blatt Papier gegen das Licht einer der losen Glühbirnen in die Luft. Er ist völlig in schwarz gekleidet, so wie all die anderen Banditen. Nur, dass er ein Hemd trägt, das bis zu den Ellbogen hochgekrempelt ist. Drei dünner werdende Linien umkreisen seinen Unterarm wie eine Tätowierung.

Die Frau räuspert sich und nickt in unsere Richtung. »Die hier haben wir in der Wüste gefunden.« Sie holt meine Münze hervor und streckt sie dem Mann entgegen. »Das hatte eines der Mädchen bei sich.«

Der Mann reißt ihr die Münze aus der Hand und dreht sich mit aufgerissenen Augen zu uns um. »Kyra?«

Ich erstarre, als ich in das Gesicht des Mannes blicke. Vater. Er lebt? Mein Vater ist der Anführer der Banditen? Wie kann das sein? Vollkommen perplex klappt mir die Kinnlade herunter. Ich atme ein, aber nicht mehr aus.

Er sieht anders aus, als ich ihn in Erinnerung habe. Seine dunkelbraunen Haare sind kürzer und mischen sich mit grauen Strähnen. Seine Haut ist dunkler. Er kommt mir auch breiter, stärker und irgendwie größer vor. Nur seine braunen Augen sehen noch so aus wie damals, auch wenn sie nun durch Falten eingerahmt sind.

»Vater?«, wispere ich, als würde ich einen Geist sehen.

»Kyra, mein Kind.« Tränen steigen ihm in die Augen und lassen sie glasig funkeln. »Ich dachte, ich sehe dich nie wieder.« Erst legt er seine Hände auf meine Schultern, dann umarmt er meinen verkrampften Körper. »Verdammt, macht sie los!«

Er hebt eine Haarsträhne, die mir über die Stirn hängt, zur Seite und blickt auf den Cut, nur um dann der Frau einen scharfen Blick zuzuwerfen. Als sie den Kopf unschuldig schüttelt, sieht er mich wieder an mit dem von mir verhassten Gesichtsausdruck. Mitleid.

Die Männer schneiden unsere Fesseln durch und ich reibe mir die Handgelenke, kann jedoch meinen Blick nicht von meinem Vater lösen. Keine Ahnung, was ich sagen soll. Ich weiß nicht einmal, wie ich mich fühlen soll. Betrogen und verletzt? Doch ich habe ihn so sehr vermisst.

»Seid ihr die Verschollenen?«, fragt Theo.

Mein Vater hebt beide Augenbrauen. »Habt ihr von uns gehört?«

»Ja, wir waren uns aber nicht sicher, ob es euch wirklich gibt.«

Ein Lachen drängt sich auf seine Lippen. »Na, und wie es uns gibt! Ich bin Balbor, der Anführer der Verschollenen.«

Wieder sieht er mich an und legt seine Hände auf mein Gesicht. »Ich dachte, sie hätten eure Zone in die Luft gejagt.« Er mustert mein Gesicht. »Ich dachte, du wärst tot.«

Seine Worte reißen mich aus der Starre. Ich weiche einen Schritt zurück. Entziehe mich seiner Berührung. »Du dachtest, *ich* wäre tot? Ich dachte, *du* wärst tot! Und zwar die letzten beschissenen acht Jahre.« Tränen brennen in meinen Augen. Doch das nehme ich kaum wahr. In meinen Adern brodelt nur das Feuer der Wut. »Mutter ist tot! Falls dich das überhaupt interessiert.«

Seine Schultern sacken zusammen. »Ich habe sie über alles geliebt.« Er haucht die Worte.

So ein Schwachsinn. »Geliebt? Einen Scheiß hast du! Wenn du sie geliebt hättest, dann hättest du sie nicht sterben lassen! Du wärst nicht abgehauen und hättest sie verlassen! Hättest *uns* verlassen.«

»Denkst du, das ist mir leicht gefallen? Ich konnte dich nicht in Gefahr bringen ... Ich musste gehen. Ich musste diese Revolution gründen.«

Das ist mir scheißegal. »Ach ja, deine bescheuerte Revolution war dir also wichtiger als deine eigene Familie? Du hättest mir Bescheid sagen müssen!«

»Du warst zehn Jahre alt Kyra. Es war zu gefährlich ... und die schwerste Entscheidung meines Lebens.« Er schüttelt den Kopf. »Deine Mutter wusste, dass ich gehe. Sie *wollte*, dass ich gehe. Sie wusste, was passieren wird. Ich habe versucht, das, was die Residenz tat, zu verhindern.«

Meine Mutter ... was? Nein, das kann nicht sein. Wie ein Film blitzen Szenen und Gesprächsfetzen vor meinem inneren Auge auf. Wie seltsam sie sich verhalten hatte, als die ersten Busse der Residenz die Leute holten. Ihr ständig sorgenvoller Gesichtsausdruck. Sie wusste, dass es das Ende der Zone war oder musste es zumindest geahnt haben. Wie ein Geistesblitz kommen mir auch Aldors Worte wieder in den Sinn. *Noch nie hat ein Bewohner, der nicht verurteilt wurde, die Zone verlassen. Zumindest wurde dabei noch keiner gesehen.* Auch er wusste, wo Vater ist.

»Hast du aber nicht«, antworte ich gepresst. »Du hast gar nichts verhindert.«

Mutter hat ihm vertraut. Hatte sie noch Hoffnung, kurz bevor sie starb? Er hätte uns retten sollen. Sie hat ihm vertraut.

»Nein.« Sein Blick fällt seufzend zu Boden. »Das habe ich nicht ... Ich konnte es nicht.«

Stille im Raum. Leere in mir. Ich weiß nicht, ob ich ihm je verzeihen kann. Momentan kann ich nicht darüber nachdenken. Der Schock trübt meine Sinne und vernebelt meine Gedanken.

»Soela wird in der Residenz gefangen gehalten«, unterbricht Theo die Stille.

»Soela lebt?« Überrascht blinzelt mein Vater. »Soela ist immun?«

»Immun? Was soll das bedeuten?«, frage ich nach.

Er seufzt, reibt sich das Gesicht und läuft auf und ab. »Vor genau neun Jahren fand die Residenz ein Serum, welches die Menschen immun vor der Seuche machte. Sie verabreichten es den Bewohnern der ersten Zone, um es zu testen. Es schien zu wirken. Sie lebten mit offenen Fenstern und gingen in der Wüste spazieren. Ein halbes Jahr später injizierten sich die Bewohner der Residenz das Serum selbst.«

Theo runzelt die Stirn. »Die Menschen der Residenz sind immun gegen die Seuche?«

Vater schüttelt den Kopf. »Nicht mehr. Oder zumindest nicht alle von ihnen. Nach weiteren vier Monaten wies das Mittel Nebenwirkungen auf. Die Bewohner der ersten Zone wurden überaus aggressiv. Brachten sich gegenseitig um. Sie verloren nicht an Intelligenz. Nein ... sie verloren ihre Menschlichkeit. Die Fähigkeit zu lieben. Sie wurden zu wilden Tieren.« Er bleibt stehen, fixiert mich mit seinem Blick. »Nur noch Hass und Wut. Davon getrieben verließen sie die Zone, um zu töten. Alles geriet außer Kontrolle und Elvira Pure lies die gesamte Zone in die Luft sprengen.«

»Aber dann müssten doch die Bewohner der Residenz inzwischen auch ... tot sein?«, stottert Ava.

Er schnaubt ein Lachen. »Nein, Elvira Pure wollte nicht selbst so enden. Die paar Menschen der ersten Zone, die sich außerhalb befanden und den Explosionen entkamen, wurden eingesperrt. Wissenschaftler machten Tests mit ihnen, um ein Gegenmittel zu finden. Es ist ihnen gelungen. Es eliminiert *jede* Wirkung des Seuchenserums im Körper. Die Nebenwirkungen ... aber auch die Immunität, sich durch die Seuche bewegen zu können.«

In mir zieht sich alles zusammen. Jetzt, wo ich die Wüste und die damit verbundene Freiheit kenne, wäre es noch schmerzhafter, das alles wieder zu verlieren.

»Elvira Pure hatte, was sie wollte — das Gegenmittel erlöste die Bewohner der ersten Zone jedoch nicht von ihrem Leid.« Vater bleibt vor seinem Schreibtisch stehen und lehnt sich dagegen, beide Hände an den Kanten des Holzes. »Sie verabreichten es nur sich selbst und testeten die verstörten Menschen weiter. Bis zu jenem Tag, an dem alle gleichzeitig starben. Genau nach einem Jahr erreicht das Serum einen Punkt im Gehirn, der dich umbringt.«

Ich schlucke. Die Alternative zum Verlust meiner Freiheit ist also nicht nur zu einem hassgetriebenen Monster zu werden, sondern auch mein Tod.

Vaters Blick schweift über mich. »Das war der Tag, an dem ich euch verlassen habe. Der Tag, an dem ich wusste, dass ich verhindern muss, dass auch euch dasselbe passiert. Was ich nicht konnte …« Er dreht den Kopf weg, als würde er sich schämen.

»Hm …« Keno presst die Lippen zusammen. »Wenn die Residenz sich das Gegenmittel vor acht Jahren injiziert hat, wie kann es dann sein, dass wir Soldaten in der Wüste sahen, die ihre Helme nicht getragen hatten?«

»Die Residenz versuchte das Seuchenserum fünf Jahre lang zu optimieren. Sie testeten es erneut an einer der Zonen. Der Zehnten. Elvira Pure ließ es in ihr Essen mischen, aber diesmal sagten sie der Zone nicht Bescheid. Sie warteten neun Monate und beobachteten die Bewohner. Die meisten wurden wieder aggressiv.« Vater verengt die Augen. »Allerdings zeigten diesmal einige keine Nebenwirkungen. Sie verhielten sich ganz normal. Zeigten Angst und Mitgefühl. Liebe.« Er drückt sich vom Schreibtisch, um wieder ein paar Schritte auf uns zuzumachen. »Sie fuhren in die Zone, holten diese Menschen zu sich und sprengten die Restlichen in die Luft. Diesmal warteten sie gar nicht darauf, dass sie sich gegenseitig umbringen oder ausbrechen konnten. Sie machten erneut Tests. Semis waren immun auf den Stoff im Mittel, der die Nebenwirkungen hervorrief und konnten sich gleichzeitig im Freien bewegen. Es war wie ein Wunder.«

»Was? *Semis*?«, hakt Theo nach.

Vater nickt. »Semis, ja ... Es gibt drei Immunitäts-Gruppen. Semis nennen sie die Menschen, die durch das Serum immun werden, ohne Nebenwirkungen aufzuzeigen. Der Verlust von positiven Gefühlen sowie der Tod bleibt einfach aus. Dadurch kann ihnen die Seuche ein Leben lang nichts mehr anhaben. Euch hingegen nennen sie Morts ...« Sein Blick wandert zu mir. »Das Serum erzeugt bei Morts zwar Immunität, aber ...«

»... bleiben uns nur noch elf Monate zu leben«, ergänze ich Vaters Satz.

Der Kloß in meinem Hals wird immer größer. Vielleicht, weil mir einbilde, ich würde dieses Mittel in meinen Adern pulsieren fühlen. Das Gift. Es fällt mir schwer zu schlucken. Ich spüre meinen ganzen Körper. Er schmerzt.

»Acht bei vollem Verstand.« Vater legt seine Hände auf meine Schultern, die sein Gewicht kaum noch tragen können. »Aber es gibt ein Gegenmittel und ich werde es beschaffen, Kyra. Diesmal versage ich nicht.«

»Ich verstehe das nicht. Wieso sind *wir* Morts? Gibt es irgendeine Chance, dass wir zu Semis werden?« Ava schluckt. »Es muss doch eine verdammte Lösung geben.«

Vaters Finger lösen sich von meinen Schultern. Er rollt die Lippen zu einem Strich zusammen und schüttelt den Kopf.

»Wenn es eine Lösung gäbe, würden wir wohl kaum noch hinter zugenagelten Fenstern leben. Einmal ein Mort, immer ein Mort. Ob Serum oder nicht ... Ihr wurdet so geboren. Daran kann niemand etwas ändern.« Sein Blick schweift über unsere blassen Gesichter. »Ein Glücksspiel. Nennt es das Roulette des Lebens ...«

Und wir haben verloren.

»Und was ist mit diesen Sympathieträgern?« Mit dem Daumen zeigt Keno hinter sich auf die Gruppe, die uns aus der Wüste holte. »Sind das etwa solche Semis aus der Residenz?«

Die Frau macht einen bedrohlichen Schritt vorwärts. Bleibt jedoch stehen, als Vater seine Hand hebt. »Sag mir noch einmal, ich sehe aus wie ein scheiß Soldat!«

Keno schmunzelt. »Ist sie immer so freundlich?«

»Nein«, erwidert Vater. »Dafür würdest du dir bei Seyla normalerweise einen Kinnhaken einfangen.«

»Du meintest, es gibt drei Immunitätsgruppen. Welche ist die Dritte?«, fragt Theo.

»Wir sind Plags«, zischt Seyla dicht an Kenos Ohr.

Vater nickt. »Die meisten der Rebellen hier sind Plags. Das Serum brauchen sie nicht. Wir sind schon immun gegen die Seuche geboren worden. Die Verschollenen haben sich ursprünglich aus denen gegründet, die bei dem Ausbruch nicht gestorben sind, wie die anderen, die keinen Platz in einer der Zonen bekommen hatten. Sie lebten in der Wüste ... bis ich ihnen ein Zuhause gab. Unsere Immunität kann nur vererbt werden. Soela muss sie von mir haben.«

Ich runzle die Stirn. Er ist doch auch *mein* Vater. Mein Puls beschleunigt sich. »Vererbt? Bin ich auch immun? Eine ... Plag?«

Er starrt mich an, als würde er die Luft anhalten. Aber rollt dann die Lippen zu einem Strich und schüttelt den Kopf.

»Die Chance, so eine Immunität vererbt zu bekommen, ist nicht besonders hoch. Soela hatte Glück. Die Soldaten hätten dich mitgenommen. Sie haben euch gescannt oder?

»Ja«, bringt Ava nur leise heraus.

»Elvira Pure wollte keine weiteren acht Monate auf Ergebnisse warten. Sie schafften es, einen Scanner zu entwickeln, der schon nach einem Monat zeigt, ob jemand immun gegen die Nebenwirkungen ist, oder nicht. Sobald das Mittel durch die Adern von Morts fließt, kämpft der Körper dagegen. Ein für das menschliche Auge unsichtbarer Dunst tritt aus der Haut. Ob es sich um einen Semi oder Plag handelt, kann das Teil jedoch nicht identifizieren. Bei beiden versucht der Körper, das Mittel nicht abzustoßen. Kein Dunst.«

Ich versuche angestrengt, all die Informationen zu verarbeiten. Nicht nur Vaters Tod war eine Lüge — mein ganzes Leben war es. Unser Zuhause ein Testkäfig der Residenz.

»Was ist mit Soela?«

»Wir werden sie da rausholen! Aber erst mal esst, trinkt und schlaft.« Sein Blick wandert über uns. »Ihr seht erschöpft aus.«

Aufgelöst nicke ich. Auch wenn ich am liebsten sofort selbst in die Residenz fahren würde, muss ich zugeben, dass mir die Magensäure in der Kehle brennt und der Durst mich so ermüdet, dass mich sogar dieses tierfellüberzogene Sofa mitten im Büro anlächelt.

»Seyla«, ruft Vater der Frau zu. »Zeig den Fünf ihre Schlafräume.« Dann sieht er noch einmal mich an. »Willkommen in eurem neuen Zuhause.«

Euer neues Zuhause. Mir ziehen sich sofort alle Halsmuskeln zusammen.

Kapitel Zweiundzwanzig

Seyla führt uns die Rolltreppe hinunter, durch die Gemeinschaftshalle, zu einem langen Korridor, dessen Wände aus schwarzen Spinden bestehen. Auf beiden Seiten, nach jedem vierten Spind, gehen kleine Räume ab. Nur ein Rahmen trennt die Zimmer vom Flur. Keine Tür. Ich presse die Lippen aneinander. An die nicht vorhandene Privatsphäre muss ich mich wohl gewöhnen.

Im Vorbeigehen werfe ich einen flüchtigen Blick in die ersten drei Schlafräume, um niemanden dabei zu erwischen, wie er sich umzieht, oder sonst was macht. Bis auf ein paar persönliche Gegenstände sieht jeder Raum gleich aus. Ein schmales Bett mit weißer Bettwäsche an einer Seite, ein kleiner hölzerner Tisch an der gegenüberliegenden Seite. Ansonsten ist er kahl weiß.

Als Seyla stehenbleibt, blicke ich in einen Raum rechts von mir, der unbewohnt aussieht. Die Bettwäsche liegt fast schon penibel zusammengefaltet auf der Matratze und auf dem Tisch befinden sich zwei Wasserflaschen. Diesen Raum teilt sie Keno zu. Avas liegt ein paar Schritte weiter direkt neben meinem und Theos befindet sich gegenüber, etwas versetzt, sodass ich nicht hineinsehen kann.

Ich steuere das Bett an, greife mir im Vorbeigehen eine der Flaschen und lasse mich auf die Matratze fallen. Auf dem Rücken liegend kippe ich mir Wasser in die Kehle. Meine Lider werden immer schwerer. Nach den ersten beiden Wimpernschlägen zwinge ich mich noch, sie wieder zu öffnen, dann gebe ich auf und drehe die Flasche blind zu. Noch nie hatte ich ein richtiges Bett. Es ist weicher als ich vermutet habe. Weicher als die Matratze, die ich Zuhause habe. Der Gedanke reißt mir die Augen auf. *Hatte*, korrigiere ich mich selbst. Gerade als die Bilder wieder hochzukommen drohen, hallt ein dröhnendes Geräusch durch den Flur. Ich zucke hoch, beide Füße wieder am Boden und starre hinaus. Bereit zu rennen. War das ein Alarm?

»Es gibt Essen!« Seylas Stimme ertönt im Flur. »Kommt mit!«

Essen. Ich beuge mich nach der Flasche, die mir anscheinend zu Boden fiel und setze sie erneut an meine Lippen.

»Na, Hunger?« Grinsend lehnt Ava gegen den Türrahmen. Ihre Wangen voller Dreck, ihre Haare voller Sand. Zum Glück hat mein Zimmer keinen Spiegel.

»Und wie.« Ich drehe meine Flasche zu und drücke mich mühsam auf die Beine.

Als ich an Ava vorbei will, hält sie mich mit einer Hand an der Schulter auf. »Dein Vater ... Wie kommst du damit klar?« Das Mitleid in ihrer Stimme lässt mich schnaufen.

»Keine Ahnung ...« Ich zucke mit den Schultern. »Ich ... Können wir einfach nicht darüber reden?«

»Du musst das nicht mit dir selbst ausmachen.«

»Ich weiß ... Ich weiß nur nicht, was ich dazu sagen soll, okay?« Mir ist bewusst, dass meine Reaktion harsch und abweisend ist. Doch ich kann nicht anders. Ich schiebe mich an Ava vorbei und schließe zu Seyla auf.

Wir durchqueren die Halle mit der Rolltreppe und betreten den Speisesaal. Gelächter und Gemurmel strömt über meine Ohren. Der Geruch von Hafer liegt schwer in der Luft. Ein Duft, der meinen Magen erwartungsvoll knurren lässt. Der Saal ist riesig und voll mit länglichen Holztischen. Nicht nur die braunen Bretter an den zugenagelten Fenstern durchbrechen die dunklen Steinmauern, auch zylinderförmige Lampen werfen schwache Lichtkegel an die Wände. Am Ende des Saals befindet sich eine Essensausgabe, vertieft in der Steinwand, sodass man durch einen Rahmen in die Küche sehen kann. Davor steht eine Schlange von Menschen an und auch wir reihen uns ein.

»Ich verstehe, dass das nicht einfach ist aber –«

»Ava«, unterbreche ich sie. »Was willst du von mir hören?« *Dass mein eigener Vater mich belogen und verlassen hat? Dass er uns hätte retten sollen? Dass meine Mutter ihm vertraut hat und nun tot ist?*

Ava schiebt ihre Augenbrauen zusammen. Ich versuche, sie nicht anzusehen und lasse meinen Blick über die Leute in der Schlange vor uns schweifen.

»Ich will nur sichergehen, dass es dir gut geht.« Und da ist er wieder. Der mitleidsvolle Unterton.

»Es geht mir gut ... Ich habe nur im Moment viel wichtigere Dinge im Kopf. Ich muss mich auf Soela konzentrieren und dafür habe ich nicht viel Zeit, da wir bald sterben werden, falls du das nicht mitbekommen haben solltest.«

Zögerlich nickt sie. »Merkwürdiges Gefühl, hm? Ein Ablaufdatum zu haben.«

Mehr als merkwürdig. Es ist beängstigend. »Elf Monate ...«

»Von denen wir die letzten drei vermutlich gar nicht mitbekommen. Könnte mir gar nicht vorstellen, dich umbringen zu wollen.«

Avas Worte legen sich mir bildhaft vor Augen. Die unschuldigen Sommersprossen, die sich in tobende Flammen verwandeln. Die rote Mähne, die bei ihren wilden, vielleicht schon tierartigen Bewegungen um sich schlägt. Und der eisblaue Blick, der mich morddurstig fixiert. Enge droht meinen Brustkorb zu zerquetschen und ich schüttle den Kopf, um die Bilder hinauszuwerfen.

Ava presst die Lippen aneinander. »Sollte ich mich zuerst in so ein Monster verwandeln … erschieß mich, okay?«

Mein Blick schnellt erschrocken zu ihr.

»Was? Ich gebe dir meine Erlaubnis.« Sie zuckt mit den Schultern. »Ich will eben niemanden zu Tode beißen, oder wie auch immer mein Monster-Ich das angehen würde.«

Gänsehaut legt sich wie ein kalter Schauer über meine Arme. Ava hat recht. Lieber habe ich eine Kugel im Kopf, als Blut im Maul. Ich stecke ihr die Hand hin. »Okay … Dito.«

Ein Lächeln schiebt sich auf ihre Lippen und sie greift meine Hand. »Versprochen.«

Ich drücke ihre Finger zusammen und besiegle die Abmachung, schiebe damit jegliche Gedanken an dieses Thema an die Seite.

In der Schlange zu stehen und zu warten, bis ich drankomme, fühlt sich an, als würden Tage vergehen. Ich kann kaum erwarten, etwas zu essen. Mein Blick gleitet durch den Saal und fällt auf die etlichen Verschollenen. Es sind so viele. An den blassen oder gebräunten Wangen erkenne ich sofort, wer von ihnen ein Mort ist und wer nicht. Trotzdem stellt sich mir immer noch die Frage, wer von ihnen aus der Wüste stammt und wer, so wie wir, aus einer der Zonen zu ihnen gestoßen ist. Zumindest sehen sie glücklich aus. Scherzen miteinander, lachen, essen. Eine Frau stellt sich auf die Holzbank eines Tisches. Sie ist hübsch. Hat riesengroße Augen, eine Stupsnase. Dunkle bis zum Bauchnabel fallende Haare. Sie bückt sich lachend über einen Mann. Ihre Schuhe treten einen Rhythmus auf das Holz, so fest, dass ich Angst habe, die Bank würde gleich entzwei brechen. Die Männer um sie herum lachen und ergänzen den Rhythmus mit ihren Fäusten auf dem Tisch. Sie ... tanzt. Wann habe ich das letzte Mal jemanden tanzen gesehen? Doch damit nicht genug öffnet sie ihren Mund und ... singt. Ich verstehe kein einziges Wort, aber ihre Stimme hört sich schön an. Weich. Meine Mundwinkel ziehen sich in die Höhe.

»Tablett?« Eine ungeduldige Stimme reißt mich aus meiner Faszination und Avas Ellbogen stößt in meinen Rippen.

Die Frau an der Essensausgabe streckt mir ihren Arm entgegen. Mit einem entschuldigenden Grinsen reiche ich ihr mein Tablett und bekomme eine Schüssel gefüllt mit etwas Breiartigem. Dem Geruch zufolge Hafer, doch aussehen tut es, wie eine einzige dunkelbraune Masse. Die Frau wirft noch einen Löffel in den Brei, stellt eine weiße Blechtasse mit Wasser daneben, und wendet sich dem Nächsten zu.

Das Tablett in den Händen schwenkend, verziehe ich die Mundwinkel, aber im Moment würde ich einfach alles essen. Und riechen tut es ja gar nicht so schlecht. Ziemlich mittig im Raum sitzen Pako und Theo an einem der rechteckigen Holztische, über den sich dunkle Maserungen ziehen. Ich setze mich neben Theo, und Ava gegenüber neben ihrem Vater.

Wortlos stürzen wir uns auf das Essen. Es schmeckt eigentlich nach fast gar nichts, doch das ist mir egal. Ohne zu kauen schlucke ich den Brei, um die Leere meines Magens schneller zu füllen. Gerade als ich den letzten Löffel durch den Brei ziehe, setzt sich noch jemand an unseren Tisch. Nala. Sie sieht frisch geduscht aus, auch wenn sie wieder in den dreckigen Klamotten steckt. Ihre sonst hochgebundenen Haare, fallen ihr nass in leichten Locken bis zur Mitte ihres Rückens, glänzen im schwachen Licht.

Mein Blick fällt auf den Dreck unter meinen Nägeln. Nun drängt sich mir doch das Bedürfnis auf, einen Blick in einen Spiegel zu werfen. Hoffentlich sehe ich nicht so fürchterlich aus, wie ich mich fühle. Und wieso interessiert mich das plötzlich überhaupt? Unauffällig streiche ich mir die dunklen Haarsträhnen, die sich den Weg aus meinem Zopfband gesucht haben, hinters Ohr.

Ava zeigt mit dem leeren Löffel hinter mich. »Seht mal dort.«

Keno sitzt neben Seyla und ein paar anderen Verschollenen. Scheint als würde er einen seiner doofen Witze reißen, denn er entlockt ihr ein Lächeln. Dabei wollte sie ihm in Vaters Büro noch eine verpassen. Ich verdrehe die Augen. Wenn sie ihn erst besser kennenlernt, wird ihr Lachen bestimmt wieder durch das Verlangen nach einem Kinnhaken ersetzt.

»Soll er doch bei denen bleiben.« Augenrollend wende mich wieder meiner Schüssel zu.

Avas und Pakos Gemurmel schweift über unseren Tisch. Ich lasse das Gespräch an mir vorbeiziehen. Pakos Ausführungen über seine Fahrkünste interessieren mich nicht wirklich. Alles, worüber ich mir gerade den Kopf zerbreche, sind Vater und Seela. Acht Jahre lang dachte ich, er wäre tot. Wie viele Nächte habe ich mir die Augen ausgeheult, wegen einer Lüge. Und Mutter wusste es. Sie sah, wie ich darunter gelitten habe. Warum hat sie mir nicht die Wahrheit gesagt? Schnaufend schabe ich die Breireste von den Rändern der Schüssel.

»Wir sollten einen Plan machen, wie wir an das Gegenmittel kommen«, sagt Theo und reißt mich aus meinen eigenen missmutigen Gedanken.

»Und Soela befreien«, werfe ich ein.

»Ja ... und Soela befreien«, bestätigt Theo.

Vater sagte, sie quälen die Menschen, die sie zu sich holen mit schrecklichen Tests. Damals sogar bis zum Tode. Der letzte Bissen Brei in meinem Mund fühlt sich schlagartig an wie Beton und weigert sich in meine Speiseröhre zu gelangen. Ich kaue daran herum, auch wenn es gar nichts zum Kauen gibt. Soela muss noch leben. Ich weiß es. Ich fühle es.

»Lasst uns erst einmal essen und schlafen. Wir können morgen mit Balbor sprechen«, antwortet Nala und schiebt sich einen Löffel in den Mund.

Meine Magendecke spannt sich an. *Morgen.* Mir ist klar, dass wir in dieser Nacht aufgrund unserer Erschöpfung nichts Produktives mehr tun können. Trotzdem macht mich der Fakt, dass uns die Zeit davonläuft, nervös. In elf Monaten wird es kein Morgen mehr für uns geben.

***

Nachdem ich bei den Duschen das Schild entdeckt habe, dass das Wasser nachts abgedreht wird, überziehe ich mit halb geschlossenen Augen mein Bett, um mich anschließend darin fallen zu lassen. Meine Klamotten sind immer noch dreckig und meine Haare voller Sand, aber momentan ist mir alles egal. Ich bin so erschöpft, dass ich keinen Muskel mehr bewegen will und dennoch wälze ich mich in dem weichen Bett hin und her. Bilder schießen durch meinen Kopf.

Erinnerungen, wie meine Mutter mich tröstete und immer da war, als es Vater nicht war. Ihre letzte Berührung, das sanfte Streicheln an meinem Bauch. Ihr Blick, bevor sie unter Trümmern begraben wird.

Ava, Theo. Sie liegen im Sand der Wüste. Ihr Körper kalt, die Augen leer. Tot.

Soela in der Residenz. An einen Tisch gefesselt. Schläuche, die in ihrem Körper stecken. Um sie herum Geräte, die sie überwachen. Ihre Augen vor Angst aufgerissen. Ihr Körper von Krämpfen geschüttelt. Ihre Schreie, die durch die Residenz hallen, doch keiner der Menschen um sie herum schenkt ihr Gnade, oder gar ein aufmunterndes Wort.

Mein Körper zittert. Mein Gesicht in das Kissen drückend, ziehe die Decke hoch bis über meine Ohren. Trotzdem wird mein Beben schlimmer. Mein Körper heißer, die Schweißperlen kälter. Ich will nicht allein sein. Ich kann nicht allein sein. Vielleicht ist Ava noch wach. Ächzend stehe ich auf. Mit beiden Händen wische ich mir über die Wangen und wanke aus meinem Schlafraum. Es ist so leise hier. Ungewohnt leise. Ich höre nur einzelne Wassertropfen, aus vermutlich defekten Rohren, einen Stromgenerator, der durch den dunklen Korridor drohnt und das sanfte Schnarchen aus einigen Zimmern. Um niemanden aufzuwecken, tapse ich zu Ava und strecke meinen Kopf durch ihren Eingangsrahmen.

»Ava?«

Keine Antwort.

Ihr gleichmäßiger, tiefer Atem verrät mir, dass sie bereits schläft. Kein Wunder nach dem heutigen Tag.

»Kannst du nicht schlafen?« Eine wohlbekannte, tiefe Stimme erklingt hinter mir.

Theo lehnt in seinem Türrahmen.

»Nein, ich ... Es ist so viel passiert.«

Theo nickt. »Ich habe auch vor einiger Zeit meine Eltern verloren.«

Vor einiger Zeit? Wer ist er?

Ich starre auf meine Finger und knete sie. »Kann ich dich was fragen?«

Theo sieht mich nachdenklich an. Sein Zögern verunsichert mich. Vertraut er mir nicht? Nala weiß über ihn Bescheid. Ein Stich gräbt sich in meine Brust. Als er nickt, stoße ich die angehaltene Luft aus.

Ich gehe etwas auf ihn zu und senke meine Stimme, sodass nur er meine Worte hören kann. »Warum habe ich dich noch nie in der Zone gesehen? Ich war oft in der vierten Ebene.«

Theos nachdenklicher Blick weicht schlagartig einem entspannteren. Welche Frage hätte er vermutet, die ihn so krampfen ließ? Er winkt mich in seinen Schlafraum. Keine Ahnung wieso, aber mein Herzschlag beschleunigt sich. Sein Bett ist bereits bezogen, doch sieht immer noch unbenutzt aus. Eine der Wasserflaschen steht geleert auf dem kleinen Tisch. Daneben liegt die Pistole mit dem Löwenkopf. Er muss sie bereits von Seyla zurückgefordert haben. Ist es das, worüber er nicht reden will?

»Setz dich, wenn du willst«, sagt er und zeigt auf sein Bett.

Nun kann ich mein Herz nicht nur deutlich fühlen, es scheint, als hätte es meinen Brustkorb verlassen und würde in meiner Kehle pochen. Theo selbst lehnt sich gegen die Wand und rutscht hinunter, bis er auf dem Boden sitzt, beide Unterarme auf den aufgestellten Knien.

Vorsichtig lasse ich mich ans Fußende seines Bettes sinken. Er hat zwar noch nicht darin geschlafen, aber in all den Jahren habe ich Respekt vor dem Bett eines anderen aufgebaut. Ich habe noch in keinem anderen gesessen, außer auf Soelas und meiner Matratze. Nicht einmal Avas Bettlaken habe ich berührt. Mein Körper ist schwitzig und dreckig, also versuche ich, die weiße Bettwäsche so wenig wie möglich mit dem Sand zu bedecken, der immer noch auf jedem Teil meines Körpers klebt. Ich lege die Hände ineinander. Keine Ahnung, was ich sonst mit ihnen machen soll. Jede Haltung kommt mir unnatürlich vor. Eigentlich dachte ich, dass Theos Nähe mich beruhigen würde, wieso bin ich also so nervös?

»Vor einigen Jahren habe ich mit meinen Eltern in der sechsten Ebene gewohnt«, erzählt Theo und sieht dabei zu Boden.

Verblüfft reiße ich die Augenbrauen hoch. Die Sechste? Bewohner aus den höheren Ebenen war es nicht erlaubt, sich den Springern anzuschließen. Sie sollten sich um bürokratisches Zeug kümmern, auch wenn das meiner Meinung nach so gar nicht zu Theo passen würde.

»Mein Vater war einer der Guides, aber er war oft nicht einverstanden mit dem was Rufus gesagt hat.« Theo fährt sich mit beiden Händen durch sein Gesicht. Seine Kieferlinie sticht diamantenscharf hervor.

»Er hat sich für Gleichberechtigung der Ebenen eingesetzt. Rufus wollte davon nichts hören ... keiner wollte es. Also hat mein Vater die Caput Leonis gegründet, um auf eigene Faust etwas zu bewirken. Anfangs ging es ihnen nur um die eigene Zone, bis daraus mehr wurde. Elvira Pure war ein viel wichtigeres Ziel. Doch er hat den falschen Menschen vertraut. Einer von ihnen hat sie an die Residenz verraten, um selbst dort leben zu können.« Er kneift die Augen zusammen. »Um Soldat der Residenz zu werden.«

»Der Soldat mit der Narbe im Gesicht?«, unterbreche ich Theo mit geöffneter Kinnlade und er lächelt, stößt sogar ein kurzes Lachen auf.

»Ja, die hat er von mir.«

Mein Blick klebt an seinem Gesicht. Ich habe Theo noch nie richtig lachen gesehen. Seine Zähne strahlen zwischen seinen vollen Lippen. Es ist ungewohnt schön, auch wenn die Geschichte traurig ist. Doch so schnell wie seine Mundwinkel hochzucken, verstummt er wieder und sein Blick wandert erneut zu Boden.

»Die Soldaten haben meine Eltern und alle, die an Vaters Organisation beteiligt waren, umgebracht.«

Seine Worte rasen schaurig über mich. Das Narbengesicht war ein Freund seines Vaters und hat ihn hinrichten lassen. Mir stellt es alle Nackenhaare bei dem Gedanken auf, dass er ihm in der Zone gegenüberstehen musste, obwohl er ihn so sehr hasst.

»Warum haben sie dich nicht umgebracht?«

Theo sieht mich an. Sein Blick fühlt sich wie ein Messer in meiner Brust an.

Warum musste ich auch so eine unpassende Frage stellen? »Entschuldige, ich wollte nicht …« Was ist bloß los mit mir? *Bitte sag etwas.*

»Nein.« Er zieht die Augenbrauen hoch. »Es ist eine berechtigte Frage.«

Ein riesiger Stein fällt von meinem Herzen.

»Ich wusste damals nichts von der Organisation. Ich wusste nicht einmal, warum sie meine Eltern umgebracht haben. Sie haben mich aus unserer Wohnung geworfen und ich hatte nichts mehr. Niemanden. Dann habe ich Nala getroffen. Sie nahm mich mit zu den Springern. Den meisten von ihnen hat es nicht gepasst, dass ich in einer höheren Ebene aufgewachsen bin. Vielleicht weißt du, dass das nicht erlaubt war … sie meinten, das hätte mich verweichlicht. Vor allem Gole konnte sich nicht damit anfreunden.«

»Gole?«

»Der mit dem Irokesen.« Der Anflug eines Schmunzelns wandert so kurz auf seine Lippen, dass ich nicht sicher bin, ob ich mir das nur einbilde. »Nala war die Einzige, die wusste, warum meine Eltern hingerichtet wurden. Eine Zeit lang stand ich noch unter Beobachtung der Guides, und somit der Residenz, also musste ich untertauchen. Aber ich schwor Vaters Werk fortzusetzen.« Sein Blick trifft meinen und wir sehen uns ein paar Sekunden nur an, bis ein Ziehen in meiner Magengegend mich zum Wegsehen zwingt.

»Nala ... Ich denke, sie mag mich nicht.«

Theo stößt noch ein zweites Lachen aus. »Sie mag niemanden.«

»Dich schon.«

»Ja, mich schon.«

»Tut mir leid, dass du so viel durchmachen musstest.«

Theo winkt ab. »Ich habe dir das nicht erzählt, damit ich Mitleid bekomme. Ich wollte dir nur sagen, dass ich dich verstehen kann.«

Tief durchatmend lasse ich meinen Körper langsam zur Seite fallen, um zum Liegen zu kommen. Ich kann mich einfach nicht mehr gerade halten.

»Ich wusste, dass der Tag einmal kommen wird, an dem ich meine Mutter nicht mehr um mich habe. Aber ich dachte nicht, dass es so hart wird.«

Theo nickt. Ich versinke in seinen braunen Augen, bis meine eigenen so schwer werden, dass ich sie kaum noch offenhalten kann. Ich sollte wieder zurück in meinen Schlafraum gehen. Wenn ich meinen Körper nur dazu bewegen könnte.

Kapitel Dreiundzwanzig

Ein lautes Dröhnen lässt meine Augen nach gefühlten Sekunden wieder aufspringen. Es ist hell. Ich muss bei Theo eingeschlafen sein. Der liegt zumindest auf den Boden neben dem Bett und öffnet ebenfalls seine Augen.

»Tut mir leid. Ich … Ich wollte nicht …«, stottere ich.

»Die Matratze ist sowieso viel zu weich.« Er verzieht das Gesicht und doch meine ich den Ansatz eines Schmunzelns auf seinen Lippen sehen zu können. »Vermutlich hätte ich ohnehin auf dem Boden geschlafen.«

Er drückt sich auf die Beine und streckt sich einmal durch.

Lächelnd neige ich den Kopf zur Seite. »Ach, und ich dachte Springer dürfen nicht lügen?«

»In fünfzehn Minuten in der Gemeinschaftshalle!«, ruft Seyla durch unseren Gang und ich rutsche an die Bettkante.

Ein Stapel frischer Klamotten liegt am Ende des Bettes. Schlagartig überkommt mich ein unwohles Gefühl bei dem Gedanken, dass jemand in diesem Raum war, während wir geschlafen haben. Mich hier gesehen hat. Bei Theo. In seinem Bett. Mein Blick wandert zu meinen Händen. Blaue Flecken umkreisen meine Handgelenke. Ich umgreife sie, streiche mit meinen Fingern über die Verfärbungen. Der Schmerz ist auszuhalten. Es sieht schlimmer aus, als es ist.

»Das kommt von den Fesseln«, sagt Theo. Seine Unterarme sind jedoch unversehrt.

Ich muss mich während der Fahrt im Jeep so verkrampft haben, dass ich mir das Band in die Handgelenke gedrückt habe. Die Flecken sind ein Zeichen von Schwäche. Scham überkommt mich und ich ziehe meine Ärmel bis zu den Händen. Theo beugt sich zu mir. Eine seiner Hand stemmt er neben mich an die Bettkante.

Schlagartig versteife ich, als sein Gesicht nur noch wenige Zentimeter vor meinem ist. Er berührt mich nicht, dennoch kann ich seine Wärme fühlen, die wie ein Prickeln durch mich schießt.

»Um deine Frage zu beantworten«, sagt er leise. »Wir lügen nur zum Wohle anderer.«

Er krallt sich ein Shirt von dem Kleiderstapel neben mir und richtet sich auf. Ich würde etwas dazu sagen, wenn ich dazu in der Lage wäre. Doch er zieht sich das dreckige Shirt aus. Einfach so. Direkt vor meinen Augen. Auch wenn ich versuche, nicht hinzusehen, zieht es meinen Blick immer wieder auf seinen achtfach von Muskeln gewölbten Bauch. Kein Stück fett wölbt sich über seinen Körper. Ich sollte aufstehen, aus dem Zimmer gehen. Es geht nicht. Meine Handflächen schwitzen und ich klebe förmlich an der Bettkante. Das Ende seines Tattoos wandert über seine linke Schulter und zieht sich ein Stück seines Halses hinauf. Ich kann jedoch immer noch nicht erkennen, was es ist.

Theo schmeißt sein dreckiges Shirt auf das Bett und wirft mir einen flüchtigen Blick zu. Der genügt, um ein Kribbeln durch meinen Körper zu jagen. Er streift sich das frische Shirt über seinen Stahlkörper.

Ein Räuspern an der Tür lässt mich zusammenzucken. Nala. Verdammt, wie lange steht sie schon dort? Meine Wangen werden schlagartig heiß. Hoffentlich kann man mir die Röte im Gesicht nicht ansehen. Wenn ein Blick töten könnte, würde ich in diesem Moment umfallen.

»Fertig?«

Von mir erwartet sie bestimmt keine Antwort, also bleibe ich stumm.

»Ja, gehen wir«, sagt Theo und Nala verschwindet aus dem Türrahmen, sodass ich wieder atmen kann.

»Brauchst du Hilfe?«

»Was?«, erwidere ich irritiert und merke, dass ich immer noch an der Bettkante klebe. Theo vor mir, ein verschmitztes Grinsen auf den Lippen.

Ich schüttle den Kopf und stehe auf.

»Geh schon mal vor.« So kann ich auf keinen Fall in der Gemeinschaftshalle auftauchen. Mein Körper schreit nach frischen Klamotten und einer Dusche. Am besten kalt.

***

Frisch geduscht und in neuen Klamotten, die erstaunlich gut passen und mich wie eine von ihnen aussehen lassen, betrete ich die Gemeinschaftshalle. Sie ist überraschend leer. Nur wir aus der neunten Zone, Seyla und zwei weitere Verschollene sind anwesend.

»Wer von euch kann kämpfen oder mit Waffen umgehen?« Seyla verschränkt die Arme vor der Brust und wirft einen fragenden Blick in die Runde. Über ihrem rechten Schlüsselbeinknochen ziert sie eine längere Narbe. Die hatte ich erst nicht bemerkt. Woher sie die wohl hat?

Wie erwartet heben Theo, Nala und Keno ihre Hand.

»Was ist mit euch?«, fragt sie uns restlichen drei, als wäre sie überrascht, dass wir ihre Frage nicht bejaht haben.

Wir schütteln den Kopf. Ich hätte nie gedacht, dass ich mich jemals dafür schämen würde, wer ich bin. Aber in diesem Moment komme ich mir einfach nur nutzlos vor. Wie gern würde ich mich in diese neue Welt einbringen. Etwas Sinnvolles beitragen. Jemand sein.

»Also schön! Wir werden euch in Gruppen aufteilen. Ihr drei …«, sie deutet auf die beiden Springer und Keno, »werdet den Außeneinsätzen in der Wüste zugeteilt.«

Einer der Verschollen setzt sich in Bewegung und winkt sie hinter sich her. Irgendwie hatte ich mir noch einen letzten Blick von Theo erwartet, doch der bleibt aus.

»Pako, du kannst in der Werkstatt mitarbeiten und ihr zwei könnt in der Küche helfen.«

Küchengehilfin? Das ist nicht ihr Ernst.

Scheint es doch zu sein, zumindest wendet sie sich herum und setzt sich in Bewegung.

»Was?«, bricht es heraus. Nein, ich werde bestimmt keinen Brei austeilen!

Seyla dreht sich wieder zu mir. Ihre Augen zu Schlitzen verengt. »Hast du ein Problem damit?«

»Ich will mit in die Wüste fahren!« Ich recke das Kinn.

»So wie ich!« Ava verschränkt die Arme vor der Brust und stellt sich neben mich.

Seyla mustert uns. Von oben bis unten. Abfällig. »Wieso um alles in der Welt sollten wir euch in die Wüste mitnehmen?«

»Ich werde meine Schwester aus der Residenz holen. Das werde ich nicht von der Küche aus schaffen.«

Seyla hebt eine Augenbraue. »Es wäre für alle einfacher, wenn ihr hier wartet und das denjenigen überlasst, die etwas davon verstehen.«

Pako legt eine Hand auf Avas Schulter. »Ava … Ich muss Seyla recht geben. Die Wüste ist viel zu gefährlich. Was ist denn dabei, in der Küche zu arbeiten?«

Nun verkneift sich Seyla ein Grinsen. »Ja, hört auf diesen Mann. Wir können es uns nicht leisten, auch noch auf euch aufzupassen.«

Wie bitte? Ich schüttle meinen Kopf und balle meine Hände zu Fäusten. »Niemand muss auf mich *aufpassen.*«

Nun verschränkt auch Seyla die Arme. »Ihr könnt nicht kämpfen, also seid ihr Ballast.« Ihr Blick schweift zu Ava. »Wir haben besseres zu tun als unsere Zeit damit zu verplempern, euch zu retten. Die Wüste würde euch umbringen.«

»Dann soll es so sein«, erwidere ich und kneife meine Augen zusammen.

Ava nimmt Pakos Hand von ihrer Schulter. »Sie wird nicht nachgeben. Und ich werde es auch nicht.«

Schnaufend starrt mich Pako an, die Augenbrauen tief zusammengezogen.

Seyla zieht eine Hand aus den verschränkten Armen und legt zwei Finger um ihr Kinn. Für ein paar Sekunden schweift ihr Blick zwischen mir und Ava hin und her. »Beweist es mir. Beweist mir, dass ich mich irre.«

Sie geht los. Ava und ich tauschen einen kurzen Blick und eilen hinterher. Anstatt an den Schlafnischen entlangzugehen, biegen wir in einen Flur ab, direkt nach dem Eingang zum Korridor. Ich hatte diesen Gang zunächst nicht bemerkt, und nun frage ich mich, wie ich ihn übersehen konnte. Wir biegen noch um zwei Ecken und erreichen eine Tür. Das schummrige Deckenlicht leuchtet auf das zerkratzte Metall, wobei mir die Linienführung verrät, dass jemand versucht hat, es brutal von etwas zu reinigen. Vielleicht von der Seuche. Vielleicht von Blut.

»Wenn ihr heute durchhaltet, werde ich entscheiden, ob wir euch ausbilden … oder nicht.« Seyla greift zur Klinke und dreht sich noch einmal zu uns um. »Strengt euch an. Ihr habt nur diese eine Chance.«

***

Sechs andere Rebellen warten hinter der Tür. Sie sehen jung aus. Vielleicht sogar etwas jünger als wir, doch wesentlich fitter. Die Halle ist riesig. Die Wände sind aus dunkelgrauem Stein und eine davon ist mit Klettergriffen übersäht. Schwarze Boxbirnen hängen von der tiefen Decke und verschiedene Zielstände stehen herum. Das ist eine Trainingshalle.

»Das sind die Neuen!«, stellt uns Seyla vor.

Vier Jungs und zwei Mädchen in schwarzer Trainingskleidung mustern uns von oben bis unten. Eines der Mädchen mit abrasierten Haaren nickt uns zu, aber niemand sagt etwas. Zwei von ihnen sehen stärker und trainierter aus als die anderen, wirklich unsportlich wirkt aber niemand.

»Letzte Chance. Sicher, dass ihr das wollt?« Seyla mustert uns mit einem spöttischen Grinsen auf den Lippen und auch alle anderen starren uns erwartungsvoll an.

Es fühlt sich fast so an, als wäre ihre Frage der erste Test. Eine Art Aufnahmeprüfung. Als würde die Bestimmtheit meiner Antwort darüber entscheiden, ob ich hierbleiben darf oder gleich wieder gehen kann. Mein ganzes Leben war ich zu feige, mich für die Springer zu entscheiden. Das ist meine Chance. Ja, ich will kämpfen.

»Ich bin dabei!« Ich nicke einmal, um meine Entschlossenheit zu unterstreichen. Den Test zu bestehen.

Auch Ava wirkt beeindruckend willig bei ihrer Antwort.

Seyla kommt einen Schritt auf mich zu. Sie ist etwas größer als ich, trotzdem senkt sie ihr Kinn nicht ab, als sie mir in die Augen sieht. »Denk nicht, dass ich dich schonen werde, nur weil du Balbors Tochter bist.«

Die anderen tuscheln.

»Balbor hat eine Tochter?«, flüstert eines der Mädchen.

Hat mein Vater uns nie erwähnt?

Ich hingegen verziehe keine Miene. »Das erwarte ich auch nicht.«

»Gut.« Seyla wendet sich von mir ab. »Fangen wir an.« Ihre Stimme dröhnt durch die Halle und sie klatscht einmal in die Hände. »Wenn ihr in der Wüste überleben wollt, müsst ihr euch verteidigen können. Ihr werdet Menschen umbringen müssen. Ihr dürft keine Schwäche zeigen. Ihr dürft nicht zögern.« Sie sieht mich an. »Die Soldaten werden es auch nicht tun.«

Wie Feuer brennen sich ihre Worte in mein Hirn. Ich werde jemanden töten müssen. Der Gedanke lässt meinen Brustkorb eng werden. Mein Atem wird flacher. Nicht aus Panik oder Angst. Nein, es ist ein seltsames Gefühl. Eines, das ich nur mit dem Tod verbinde. Eines, das ich auch bei Mutter verspürte. Bei Aldor. Cruz. Dem Soldaten in der Wüste. Es ist, als würde mein ganzer Körper kribbeln. Meine Finger kalt und mein Gesicht heiß werden.

Seyla teilt jedem von uns eine Boxbirne zu. Sie steht leicht seitlich zu ihrer, breitbeinig, ein Fuß weiter vorn als der andere. Ihre Arme hält sie oben, die Fäuste schützend vor ihr Gesicht. Dann schlägt sie zu. Dreht ihren ganzen Körper mit und knallt ihre Faust gegen den schwarzen Sack. Ein Schlag, den ich nur ungern abbekommen möchte. Sie springt mit dem vorderen Bein nach hinten und tauscht ihr Standbein. Der andere Fuß wandert in hohem Bogen nach oben und knallt seitlich auf die Birne. Erneut dröhnt das Geräusch des Aufpralls durch die ganze Halle. Der Sack schwingt zur Seite.

Vermutlich kann ich nicht einmal mein Bein so hoch heben. Ich sehe mich jetzt schon auf den Boden knallen. Am Ende ihrer Vorstellung streckt sie die Arme zur Seite und deutet uns anzufangen.

Ava runzelt die Stirn. »Bekommen wir keine Bandagen?«

»Ava fragt, ob sie Bandagen bekommt«, ruft Seyla durch die Halle und stößt ein Lachen durch die Nase. Auch die anderen legen sich ein spöttisches Schmunzeln ins Gesicht.

Nur ich stehe da und verziehe keine Miene. Mein Puls schießt hoch. Jedes falsche Wort, jede falsche Bewegung könnte uns diesen Ausbildungsplatz kosten.

»Wenn ich dir jetzt ins Gesicht schlage, gehst du dir dann deine Bandagen holen, bevor du zurückschlägst?« Ihre Stimme wirkt plötzlich hell und freundlich, auch wenn ich weiß, dass sie sich mit jedem Wort lächerlich über Ava macht.

Ava presst ihre Lippen zusammen und schüttelt ihren Kopf.

»Dann hast du jetzt deine Antwort.« Seyla nickt zu der Boxbirne. »Schlag zu.«

Langsam dreht sich Ava zu dem Sack und ballt ihre Fäuste. Stellt sich genauso hin, wie Seyla es gerade noch demonstriert hat. Oder sagen wir fast genauso. Die Fäuste hoch vor dem Gesicht. Ich kann den Zorn in Avas Augen sehen. Ihre Faust rast gegen den Sack. Sie schlägt fest zu, doch der Sack bewegt sich kein Stück. Bleibt wie aus Zement gegossen hängen.

»Das wird ein hartes Stück Arbeit.« Demonstrativ rollt Seyla mit den Augen und deutet uns endlich anzufangen.

Ich atme aus und löse meinen starren Blick von Ava. Dann schlage ich gegen den Sack. Fest. Doch auch meiner bewegt sich kein Stück. Meine Finger brennen schon nach ein paar Schlägen. Erröten. Ein Blicktausch mit Ava verrät mir, dass sie dasselbe denkt wie ich. Das ist jetzt unser Leben. Es hat sich von einer Sekunde auf die andere verändert. Es fällt mir immer noch schwer, zu realisieren, dass es unser altes Zuhause nicht mehr gibt. Dass das hier nicht nur ein Ausflug ist, von dem wir wieder zurückkehren. Alles ist anders und es wird nie wieder so sein wie es war. Zumindest für die nächsten acht Monate nicht. Sollte Vater das Gegenmittel nicht beschaffen können, wird mir Ava eine Kugel in den Kopf jagen. Oder ich ihr ...

Ich schlage weiter auf den Sack. Die Residenz ist an all dem schuld. Elvira Pure ist an all dem schuld.

Ich schlage fester zu, lasse meinen Fuß gegen den Sack knallen. Sie hat mir meine Mutter genommen, meine Schwester. Mein Herz rast, meine Zähne beißen aufeinander. Meine Fäuste schmettern gegen das Schwarz, so stark wie es meine Armmuskeln zulassen. Ich merke den Schmerz nicht einmal mehr. Es gibt nur noch mich, den Sack und meine Wut.

***

Ein dumpfer Knall ertönt. Ich zucke zusammen und schnelle zu der Quelle herum. Ein Mädchen hinter mir liegt am Boden. Ihre blonden, schulterlangen Haare liegen auf den dunklen Steinfliesen wie eine Sonne um ihren Kopf. Die Sommersprossen in ihrem herzförmigen Gesicht lassen sie vermutlich netter erscheinen, als sie ist. Sie hält sich das rechte Bein mit einer Hand und verzieht ihr Gesicht schmerzerfüllt.

»Mein Bein. Ich kann nicht mehr.«

Ihre angeschwollenen Finger krallen sich in ihre Hose. Ich blicke auf meine eigenen Hände, die auch nicht mehr so aussehen, wie sie sollten.

»Mach weiter«, fordert Seyla sie auf.

Das Mädchen quält sich in eine sitzende Position. »Ich kann nicht. Ich glaube, es ist wieder gebrochen.«

»Wärst du jetzt in der Wüste, müssten wir dich zurücklassen.« Seyla dreht sich zu uns. »Oder wäre einer von euch bereit, sie zu tragen und sich dafür selbst in Gefahr zu bringen?«

Ist das wieder ein Test? Keiner sagt auch nur ein Wort, also tue ich es auch nicht.

Seyla zuckt mit den Achseln und wendet sich wieder dem Mädchen zu. »Okay, steh auf.« Ein Schnaufen dringt über ihre Lippen, als Tränen in die Augen der Blondine steigen. »Nur aufstehen. Mehr nicht. Bevor du mir hier jetzt noch den Boden vollheulst.«

Das Mädchen stemmt ihre Hände neben sich und versucht, ihren Körper hochzudrücken. Doch sie schreit auf und greift sich erneut an ihr Bein.

Seyla tippt mit ihrem Fuß immer wieder auf den Boden. Zwei der Jungs tuscheln und machen sich über die Blondine lustig. Die Stimmung wird mit jeder Sekunde angespannter. Unangenehmer.

»Ich kann nicht aufstehen. Mein Bein war noch nicht ganz verheilt«, sagt die Blondine. Ihre Stimme klingt dick, den Tränen nahe, auch wenn sie diese mühsam zurückhält.

Seyla zieht beide Augenbrauen hoch und legt eine Hand auf ihre Brust. »Oh! Mein Fehler. Das tut mir wirklich leid … Aber warte …« Sie zieht ihre Waffe und richtet sie auf das Mädchen. »Wie sieht es jetzt aus? Kannst du aufstehen?«

Scharf ziehe ich die Luft ein. Seyla wird doch nicht ... oder doch?

Steh auf. Ich beiße mir auf die Unterlippe.

Das Mädchen drückt sich ächzend auf ein Knie und stemmt ihre angeschwollenen Hände in den Boden. Ich kann kaum ertragen, wie sie sich quält.

Steh auf!

Ihre Arme zittern. Sie kann ihr rechtes Bein nicht anwinkeln, legt es ausgestreckt zur Seite. Seyla entschärft die Waffe. Verschärft die Situation.

Steh auf, schreie ich schon in Gedanken. Das Mädchen fällt gleich wieder. Seyla wird schießen. Es gibt genügend Stellen am Körper, die nicht tödlich enden würden, Seyla weiß das. Ich beiße meine Unterlippe fast blutig, versuche mich rauszuhalten ... und scheitere. Zwei Schritte mache ich auf das Mädchen zu und strecke ihr die Hand entgegen.

Das Mädchen sieht mich an. Blickt auf meine ausgestreckte Hand. Schaut zu Seyla. Keine Reaktion. Immer noch der durchgestreckte Arm und derselbe genervte Gesichtsausdruck. Kniend versucht sie, ein Bein in den Boden zu stemmen. Doch als sie das andere dazustellen will, kippt sie nach hinten. Bevor sie auf den Boden schlägt, greift sie meine Hand. Ich ziehe sie hoch und stütze sie unter der Schulter.

Schnaufend senkt Seyla ihre Waffe. »Wäre das in der Wüste passiert, wärst du jetzt tot ... Geh in die Kantine. Sie sollen dich als Küchengehilfin einstellen. Die suchen dort noch wen.«

»Was?« Ihre Stimme zittert genau wie ihr Körper.

Ich starre nach unten und warte darauf, dass Seyla auch mir sagt, dass ich nicht wiederkommen brauche.

»Sieht so aus, als wäre gerade Platz für euch frei geworden.«

Mit aufgerissenen Augen zuckt mein Blick zu ihr hoch. Ich bin nicht raus?

»Wir sind fertig für heute.« Mit hallenden Schritten verlässt sie die Trainingshalle.

Die Blondine reißt sich von mir los und humpelt zu dem Mädchen mit dem rasierten Kopf. Beide werfen mir einen finsteren Blick zu, als hätte ich ihren Rauswurf zu verantworten. Verwirrt schüttle ich den Kopf, weil mir keine Entschuldigung über die Lippen kommen will. Wofür auch?

Einer der Jungs, mit kurzen dunklen Haaren und buschigen Augenbrauen grinst und stößt mich spielerisch an der Schulter. »Gut gemacht!«

Mein Ziel habe ich erreicht, dennoch fühlt es sich nicht so an, als hätte ich etwas gut gemacht.

Kapitel Vierundzwanzig

PÜNKTLICH NACH SONNENUNTERGANG zum Abendessen betrete ich den Speisesaal. Schon beim Hineingehen entdecke ich Theo mit Nala an einem der Tische sitzen. Insgeheim habe ich gehofft, Nala nicht hier anzutreffen. Hoffentlich spricht sie nicht an, was heute Morgen passiert ist. Vor allem nicht vor Ava. Sie würde mich mit Fragen löchern, was das zu bedeuten hat und das weiß ich ja selbst nicht. Auch wenn sich mir nun wieder das Bild seines nackten Oberkörpers vor Augen drängt, und ich mir allein bei der Erinnerung ein Grinsen verkneifen muss.

Gemeinsam mit Ava stelle ich mich bei der Essensverteilung an und blinzle erneut zu Theo hinüber. Sein Löffel wandert durch die Schüssel, ehe er ihn gehäuft hebt und sich zwischen die Lippen schiebt. Avas Blick trifft mich, und wie ertappt richte ich meinen nach vorn und zähle die Menschen vor uns in der Schlange. Die Wartezeit vergeht heute schnell, es sind weniger hier als gestern. Das blonde Mädchen vom Training steht hinter der Ausgabe. Ihr Bein in weiße Bandagen gehüllt und ihre rechte Hand in eine Krücke gestützt. Ihre Augen sehen geschwollen aus.

»Tut mir leid, dass du nicht mehr beim Training dabei bist«, murmle ich, als wir in Hörweite sind.

Mehr als einen kurzen finsteren Blick schenkt sie mir nicht.

»Du hättest meine Hilfe auch nicht annehmen brauchen«, lege ich gereizt von ihrer Ignoranz nach und strecke mein Tablett der Kantinendame hin.

Wortlos reißt mir das blonde Mädchen das Tablett aus der Hand und knallt mir den Brei wie eine Kampfansage in die Schüssel. Wenn Blicke töten könnten, würde ich wahrscheinlich in diesem Moment umfallen. Von mir aus!

Nachdem auch Ava ihr Essen bekommt, gehen wir in Richtung des Tisches. Alle starren mich an. Tuscheln.

»Balbors Tochter«, meine ich zwischen den Murmeln zu hören.

Auch wenn ich gerade den Drang verspüre, allein in meinem Zimmer zu essen, werde ich meinen Kopf nicht senken. Im Gegenteil, ich richte meine Nasenspitze nach oben. So wie Aldor es gewollt hätte. Gehe mit erhobenem Kopf durch die starrenden Blicke zu Theo und Nala. Als ich mich setze, verschwinden die Blicke hinter schützenden Körpern. Theo starrt nur auf seine Schüssel, während er den letzten Rest auskratzt. Was habe ich auch erwartet? Nur weil er mich in seinem Bett hat schlafen lassen, heißt das noch lange nicht, dass er mich gern hat.

»Wart ihr in der Wüste?«, frage ich und nehme einen Löffel Brei in den Mund, der heute überraschenderweise wirklich ein wenig nach Hafer schmeckt.

»Ja, wir sind zu unserer alten Zone gefahren und haben nach Überlebenden gesucht.« Er schiebt das Tablett ein Stück von sich weg.

Meine Magendecke spannt sich an und nur mit Mühe schlucke ich den Brei hinunter. Jetzt weiß ich, warum er mich nicht anschaut. Meine Mutter ist tot. Er muss sie gesehen haben.

»Und?« Avas Frage sticht in meiner Brust, denn ich will die Antwort nicht hören. Ich kenne sie ohnehin schon.

»Wir haben niemanden gefunden.«

Auch wenn ich es schon wusste, fühlen sich Theos Worte trotzdem wie ein Schlag ins Gesicht an.

»Die Zone besteht nur noch aus Trümmern und verbrannten Körpern«, fügt Nala trocken hinzu.

Sofort schießt mir das Bild meiner Mutter in den Kopf. Unter Trümmern vergraben. Ihr Körper wird dort verwesen. Ich presse meine Finger um den Stiel des Löffels, verdränge den Gedanken. Täte ich es nicht, könnte ich die Nerven verlieren.

»Wir müssen mit Balbor sprechen«, sagt Theo.

Alles, was ich zustande bringe, ist ein kurzes Nicken.

***

»Vater.« Nur zäh kommt mir das Wort über die Lippen.

»Kyra, mein Kind. Kommt rein. Kommt rein.« Vater sitzt an seinem Schreibtisch und winkt uns mit einer Hand hinein.

In der anderen hält er einen schwarzen Bleistift, mit dem er etwas in ein kleines Notizbuch schreibt. Eine schmale Brille liegt auf seiner Nasenspitze. Ein seltsamer Anblick. In der Zone brauchte er nie eine Brille.

Ein stolzes Lächeln wandert auf seine Lippen. »Ich habe gehört, dass du einen Platz in der Ausbildung bekommen hast.«

Verblüfft hebt Theo die Brauen, doch ich bin nicht hier, um Lob oder sonst etwas zu holen.

Es gibt ein viel wichtigeres Thema. »Wir müssen über Soela sprechen. Sie ist schon viel zu lange dort.«

»Kyra, wir dürfen das nicht überstürzen.« Vater klappt das Notizbuch zu und legt den Stift darauf. »Weißt du, wie gefährlich die Residenz ist?«

»Wie ist der Plan?« Theo verschränkt die Arme vor der Brust.

»Wir haben ein paar Leute hingeschickt, die die Situation auskundschaften«, antwortet Vater und legt seine Brille auf den Tisch. Dann stützt er beide Ellbogen gegen das Holz und fächert die Finger ineinander. »Ich werde euch davon berichten, wenn sie zurückkommen.«

Nun verschränke ich selbst die Arme. »*Wann* kommen sie zurück?«

Seine Finger wandern ahnungslos auseinander, nur im wieder ineinanderzugleiten. »In den nächsten Tagen. Sie kommen zurück, wenn sie genügend Informationen haben –«

»Tagen?«

Wie soll ich Soela noch Tage lang in der Residenz lassen, ohne etwas dagegen zu unternehmen? Jede Sekunde, die sie dort sein muss, ist schon zu viel. Jede Minute, die verstreicht, bin ich meines eigenen Todes näher.

»Es wäre dumm, die Residenz ohne Informationen einfach zu stürmen. Das ist zu gefährlich, Kyra!« Er schüttelt den Kopf. »Geht euch jetzt ausruhen. Du musst einen anstrengenden Tag gehabt haben.« Vater nimmt seinen Bleistift in die Hand und klappt das Notizbuch wieder auf.

Ohne Informationen? »Ihr kämpft seit acht Jahren gegen die Residenz, wie kann es sein, dass ihr nichts über sie wisst?«

Vater legt die schmale Brille auf seine Nasenspitze, schiebt sie mit dem Zeigefinger ein Stück hoch. »Sie verändern sich.

Expandieren. Entwickeln neue Technologien. Meine Informationen vom letzten Jahr könnten bereits hinfällig sein.« Abgelenkt blättert er zwei Seiten in seinem Heft weiter und setzt den Stift an. »Wie du siehst, ist es nicht so einfach.«

Theo schluckt, sodass ich seinen Adamsapfel wandern sehen kann. »Was ist mit dem Gegenmittel?«

Wieder ist da dieses eisige Kribbeln, dass wie rieselnde Sandkörner über meinen Körper wandert und mir die Härchen aufstellt.

»Auch das braucht seine Zeit ...«, erwidert Vater ohne den Blick von seinem Notizbuch zu lösen.

Zeit. Wut und Hilflosigkeit treiben mir die Tränen in die Augen. Verflucht, mein eigener Herzschlag tickt wie eine ablaufende Uhr. Doch was soll ich tun? Mich alleine gegen die Residenz stellen?

»Gib uns Bescheid, wenn du etwas hörst.« Auf dem Absatz mache ich kehrt.

»Theo? Würdest du noch einen Moment bleiben?« Vater hebt seine Mundwinkel zu einem gezwungenen Grinsen.

Ich kenne diesen Gesichtsausdruck an ihm. Diese Höflichkeit ist nicht ehrlich. Etwas scheint ihm an Theo zu stören. Vielleicht weiß er, dass ich in seinem Bett geschlafen habe und meint jetzt den Vater raushängen lassen zu müssen. Von wegen, damit braucht er jetzt auch nicht anfangen. Fragend sehe ich zu Theo, doch er nickt mir entspannt zu. Ich wünschte, ich hätte seine Ruhe. Es macht mich nervös, die Zwei allein zu lassen, aber ich drehe mich um und gehe aus dem Raum.

Kapitel Fünfundzwanzig

Tief atme ich die kühle Nachtluft ein. Den noch vom Tag aufgewärmten Sand unter mir, den herrlichen Ausblick in die Dünen vor mir. Ich genieße einen Teil meines alten Lebens. Zwar habe ich kein Fenster, aber ich habe etwas Besseres. Die Wüste. Stille legt sich um mich. Es ist das erste Mal seit langem, dass kein Gemurmel über meine Ohren schweift. Nur der leichte Wind zischt zwischen den Außensäulen der Mall und lässt die Sandkörner rascheln. Der Himmel ist bedeckt, ich kann keinen Stern sehen, nur der Mond flackert hinter den Wolken hervor. Ob auch Seyla gerade den Mond beobachtet und an mich denkt? Hoffentlich ist sie in der Lage, das zu tun. Ich vergrabe meine Fingerspitzen in der Kälte des Sands und spiele mit den Körnern. Atme tief ein. Die Luft fühlt sich frisch an. Besser als im Quartier. Auch wenn ich mir einbilde, den Beigeschmack der Seuche auf meiner Zunge zu fühlen. Ich überschlage die Beine an den Knöcheln und fühle das Beißen in meinen Oberschenkeln. Verflucht, mein gesamter Körper schmerzt. Das Training ist härter als ich dachte. Jeder Tag fühlt sich gleich an. Seit wann sind wir schon hier? Eine Woche. Seyla zeigt sich erbarmungslos und ich ziehe es eisern durch. Genau wie Ava.

»Kühl heute, huh?«, erklingt eine Stimme hinter mir. Keno. Er hatte immer schon einen sechsten Sinn dafür, in den unpassendsten Momenten aufzutauchen. Ich habe keine große Lust mich zu unterhalten, oder gar zu streiten. Alles, was ich brauche, ist ein klein wenig Ruhe.

»Was willst du?«

Statt einer Antwort setzt er sich neben mich in den Sand und stützt seine Unterarme auf die aufgestellten Knie. »Weißt du noch, als der dicke Ron mal in der Schule auf sein Shirt erbrochen hat, weil er ein Referat halten musste?«

Direkt schießt mir das Bild von damals in den Kopf. Ich beiße mir auf die Unterlippe, um ein Grinsen zu unterdrücken, aber es nützt nichts.

Ein kurzes Kichern bricht aus meiner Kehle. »Du hast ihm dein komisches Halstuch gegeben, damit er es sich über den Fleck legen kann.«

»*Komisches* Halstuch? Das war damals im Trend!«

Keno stößt ein Lachen aus und auch ich kann es mir weiterhin nicht verkneifen. Passiert das hier gerade wirklich? Trotz allem tut es verdammt gut, einfach nur zu lachen.

»Mein Vater hat mich dazu gedrängt, zu den Sinistern zu gehen. Er hätte wissen müssen, was auf mich zukommt.«

Mein schon bröckelndes Lachen verstummt gänzlich und ich erwidere seinen strahlend blauen Blick. Ein paar seiner blonden Haarsträhnen fallen ihm aus dem Knoten und wehen im Wind um sein Gesicht.

»Er war selbst einer von ihnen«, antworte ich und sehe wieder nach vorne in die Wüste.

»Er hat mich belogen, Kyra ... Er hat versucht, mich auszutricksen. Kurz bevor ... na ja, du weißt schon.«

Aldor. Cruz. Ich schlucke. »Er hat versucht, dich zu schützen.« Keine Ahnung, was mich gerade dazu antreibt, Keno auch noch aufbauende Worte zu schenken. Möglicherweise weil wir gerade etwas gemeinsam haben.

»Ja?« Er hebt die Brauen. »Findest du, dass es sich so anfühlt?«

Meine Finger bohren sich in den Sand. Ich weiß, worauf Keno anspielt. Nein … die Lüge meines eigenen Vaters fühlt sich ganz und gar nicht danach an. Ich schüttle den Kopf.

»Tja … das finde ich auch nicht.«

Ich habe niemals gedacht, jemals mit Keno ein halbwegs normales Gespräch zu führen. Mir ist schleierhaft, warum ich nicht schon auf ihm liege und auf ihn einprügle. Vielleicht liegt es an meiner Erschöpfung.

»Ich vermisse ihn trotzdem.«

Seine Worte rasen durch mich, als hätte ich sie selbst ausgesprochen. Und das hatte ich. Tausende Male in der Zone, als ich noch dachte, dass mein Vater tot sei.

Vielleicht kenne ich Kenos Geschichte nicht. Vielleicht war wirklich nicht *alles* seine Schuld. Niemandem könnte diese kurze Waffenstille schaden.

Prüfend sieht er mich an und streicht meine Haare zur Seite, die offen um mein Gesicht hängen. »Tut mir leid, das mit der Schramme.«

Ich nicke und presse meine Lippen aufeinander. Die Entschuldigung scheint sogar aufrichtig. Selbst wenn ich mir nie hätte vorstellen können, solche Worte aus Kenos Mund zu hören. Er lässt meine Haare wieder auf mein Gesicht fallen und blickt ins Nichts.

»Hast du ein neues Tattoo?«, frage ich.

Auf die Unterlippe beißend zwinkert er mir zu. »Ist dir aufgefallen, hm?«

Der Kerl soll sich bloß nicht einbilden, ich hätte auch nur mehr als einen Blick zum Zweck auf ihn geworfen. Zugegeben, Keno sieht ganz gut aus. Unscheinbar gut. Kantiges Gesicht, groß, durchtrainiert, Augen, in denen sich das Meer zu spiegeln scheint, hätte ich es je gesehen. Das Nervige daran ist, dass er das selbst weiß. Für mich ist er immer noch der Junge, der versucht hat, mir das Leben schwer zu machen. Und nur, weil wir einmal ein halbwegs normales Gespräch miteinander führen, habe ich noch lange nicht vergessen, was er alles getan hat.

»Ist nicht zu übersehen.«

Er stemmt seine Hand neben meine in den Wüstenboden und schubst spielerisch etwas Sand über meine Finger.

»Bist nicht so doof, wie du aussiehst.« Mit einem Grinsen im Gesicht steht er auf und streckt mir die Hand hin. »Komm mit, ich zeig dir was.«

Ich zögere. Einfach hier zu sitzen und die Ruhe zu genießen, war alles was ich wollte, und eigentlich immer noch will. Dennoch bin ich neugierig. Ein Schnaufen bahnt sich in meiner Kehle an, denn ich kann echt nicht glauben, was ich jetzt tun werde. Zumindest ignoriere ich seine nach mir ausgestreckte Hand und drücke mich selbst hoch. Keno geht voran und ich folge ihm die Mall entlang, an den Steinsäulen vorbei.

»Wohin gehen wir?«

»Überraschung!« Erst fällt sein Blick auf meine Hand, dann greift er sie.

Diesmal ignoriere ich meinen ersten Impuls, die Finger aus seinen zu ziehen. Obwohl ich ihn schon ewig kenne, hatte ich bis gerade eben seine Hand noch nie berührt. Seine Handflächen sind warm und rau. Er zieht mich immer schneller durch die Wüste, am Quartier-Gebäude entlang.

Wir rennen fast. Der kühle Wind gleitet durch meine Haare und ich genieße es. Wieso verflucht genieße ich es?

»Sind gleich da«, sagt er lächelnd und ich erwische mich selbst dabei zu grinsen.

Am Ende der Mall lässt er meine Hand los und sieht mich erwartungsvoll an. Ich fühle immer noch die Wärme auf meiner Handfläche. In seine Augen blickend, schüttle ich verwirrt den Kopf. Was soll hier sein?

Er macht einen Schritt zur Seite, streckt beide Arme in die Luft und präsentiert mir einen unglaublichen Ausblick. Wir stehen an einem Abgrund. Bestimmt hunderte Meter tief. Vor uns endlose Wüste, die sich in meterhohe Dünen formt. Ich erkenne die Silhouette einer toten Stadt in der Ferne. Immer wieder lassen die Wolken zu, dass das Mondlicht über die Mauern und Fenster flackert. Mein Mund steht offen.

»Ich komme manchmal hierher, um nachzudenken.« Er lässt seine Arme wieder gegen die Oberschenkel fallen.

»Es ist wunderschön.«

Mit ausgestrecktem Arm deutet er auf ein kleines Licht in der Ferne. Es sieht aus, wie ein zu Boden gefallener Stern.

»Siehst du das?«

Ich nicke.

»Das ist die Residenz.«

Verblüfft reiße ich die Augen auf und schaue genauer hin. Vergeblich. Mehr als ein kleines Licht kann ich nicht erkennen.

»Woher weißt du das alles? Und sag jetzt bloß nicht, du hättest es in einem Gespräch aufgeschnappt.«

»Sinister …« Schwungvoll kickt er einen kleinen Stein den Abhang hinunter. »Es war eben Teil unserer Ausbildung, an Informationen zu kommen.«

»Über die Zone vielleicht, ja. Aber das hier …? Das ist etwas viel Größeres. Keno, du hast neben den Soldaten gestanden, als sie uns gescannt haben. Nicht neben uns.«

Er mustert mein Gesicht und kaut auf seiner Unterlippe herum. »Du würdest mir sowieso nicht glauben, wenn ich es dir erzählen würde.«

»Versuchs …« Ich schnaufe. »Dann versuche ich es auch.«

»Na schön. Wenn du es unbedingt wissen willst. Elvira Pure wollte Informationen über unsere Zone. Sie wandte sich an die Sinister. Im Gegenzug versprach sie, die Guides aus dem Weg zu räumen. Und sie schien die Wahrheit zu sagen. Schließlich holte sie die höheren Ebenen ab.«

Das Audioholo! Mein Herzschlag beschleunigt sich. Wie ein Film läuft vor meinen Augen ab, wie er es in der Zone aus der Hosentasche kramte. Er muss es von den Soldaten bekommen haben. »Was für Informationen?«

»Widerstände, geheime Organisationen und etwas, dass ich erst jetzt verstehe. Ob die Menschen sich verändern. Mein Vater drängte mich dazu, diese Aufgabe zu übernehmen.« Er zuckt mit den Schultern. »Musste wohl wieder gut machen, dass ich mich für dich eingesetzt hatte.«

Mein Blick fixiert ihn. Keno stand mit dem Holo direkt vor dem Quartier der Springer. Weiß Elvira Pure über die Caput Leonis Bescheid?

»Was hast du ihnen erzählt?« Die Worte bringe ich nur leise heraus. Mein Puls pocht fest gegen mein Handgelenk.

»Gar nichts. War zu beschäftigt damit, dein Leben zu retten.« Er beugt sich ein Stück zu mir vor und hebt beide Brauen. »Ehrlich gesagt, hast du mir das gar nicht so leicht gemacht. Da blieb nicht viel Zeit für etwas anderes.«

Schnaufend presse ich die Lippen aneinander. Hat Keno wirklich nichts herausgefunden oder tut er nur so? Sollte

Elvira Pure Bescheid wissen und merken, dass wir noch leben, wird sie Jagd auf uns machen.

Er kneift die Augen zusammen. »Du sagtest, du versucht mir zu glauben, oder? Schließlich haben sie auch mich den Explosionen überlassen. Wieso wohl?«

In meinem Schädel raucht es. Die Information ist zu wichtig, um sie so leichtfertig abzuhaken. Dennoch nicke ich. Fürs Erste.

»Wie auch immer ...« Er zuckt mit den Achseln. »So habe ich jedenfalls auch im Gespräch mit den Soldaten herausfinden können, wo sich die Residenz befindet. Anscheinend hatten die mich schon für tot erklärt.« Er schnaubt ein Lachen. »Es waren nur ein paar gezielte Fragen notwendig. Besonders klug sind die nicht.«

Im Augenwinkel nehme ich eine Bewegung wahr. Ein Rebell lehnt an einer der Säulen und beobachtet uns. Locken legen sich als schwarze Silhouette um seinen Kopf, mehr kann ich jedoch in der Dunkelheit nicht erkennen.

»Kennst du den?« Keno nickt in seine Richtung. »Folgt uns schon die ganze Zeit.«

Die ganze Zeit? Lässt mich mein Vater etwa beschatten? Keno beißt sich auf die Unterlippe und greift meine Hand. Erneut.

»Den hängen wir ab.«

»Was?«

Statt einer Antwort zieht Keno mich einfach vom Fleck. Der Mann folgt uns. Wir laufen um die Ecke, wo ein schmaler werdender Weg zwischen Mall und Abgrund entlangführt. Keine Säulen ragen hier mehr aus dem Boden, wir sausen direkt neben der glatten Außenwand des Einkaufszentrums entlang. Mein Herz rast aber ganz plötzlich muss ich lachen. Ich kann gar nicht mehr damit aufhören. Es erscheint mir so absurd einem Mann davonzulaufen, den mein eigener Vater angeheuert hat. Fast schon, als wäre es ein Spiel, das ich zu gewinnen versuche.

Kenos Füße fliegen über den Sand, zwingen meine dazu, größere Schritte zu machen, als ich es gewohnt bin. Mit hochgezogenen Augenbrauen stößt er ebenso ein Lachen aus. Der Rebell hinter uns ist schnell.

Wir sind es auch. Rasen am Abgrund entlang. Der Boden ist nur noch weniger als zwei Meter breit, doch nichts kann uns aufhalten. Ich habe keine Angst. Plötzlich wendet sich Keno und zieht mich um eine Ecke. Ein Tunnel erstreckt sich vor mir, der mitten ins Gebäude führt. Auf beiden Seiten gehen alle paar Schritte schmale Nischen ab, die so dunkel erscheinen, als wären sie schwarze Löcher. Unsere Schritte hallen von den Wänden, zwischen denen sich die Kälte fängt. Eine erfrischende Gänsehaut legt sich über meine Arme, sodass mir erneut ein Lachen aus der Kehle platzt, welches durch den gesamten Tunnel dröhnt.

Vor einer der Nischen stoppt Keno abrupt und hält sich den Zeigefinger vor die Lippen. Seine Hand verlässt meine, ehe er mich an der Taille packt. Mein Lachen verstummt von der ungewohnten Berührung an meiner Hüfte und meine Füße verlieren den Kontakt zum Boden. Meine Hände greifen nach seinen Schultern, um mein Gleichgewicht zu halten. Keno schwingt mich eine Viertel Drehung herum und stellt mich in die Erhebung in der dunklen Nische.

»Na los!«, fordert er mich auf und ich drehe mich zur Wand.

Eine metallene Leiter schimmert im Mondlicht vor mir auf. Durch eine körperbreite Öffnung über mir kann ich in den Himmel schauen. Aufgeregt stelle ich einen Fuß auf die erste Sprosse und drücke mich hoch. Keno schwingt sich unter mir auf die Leiter.

Oben angekommen hebe ich meinen Körper auf das flache Dach des Gebäudes. Der Wind ist hier stärker und ich verschränke die Arme, um mich zu wärmen. Es ist spät, aber ich bin hellwach. Ich fühle mich so lebendig wie noch nie.

Keno streckt den blonden Kopf aus dem Loch im Boden und schwingt sich auf das Dach. Ohne einen Laut von sich zu geben, geht er an mir vorbei an den Rand des Dachs. Vorsichtig blickt er hinunter, zieht seinen Kopf hastig wieder zurück und presst sich grinsend den Zeigefinger an die Lippen. Es fühlt sich aufregend an, hier zu stehen und zu wissen, dass der Typ uns sucht. Verboten, und wie etwas, das ich mein Leben lang vermisste. In der Zone durfte ich es mir nicht erlauben, unvernünftig zu handeln. Es hätte mich das Leben kosten können. Doch hier in diesem Moment konnte ich es sein.

»Den wären wir los.« Keno legt sich auf den Rücken und ich lasse mich neben ihm fallen.

»Gar nicht so doof, wie du aussiehst«, erwidere ich und muss ebenso schmunzeln.

Wir liegen nebeneinander und sehen schweigend in den sternenlosen Himmel. Der kühle Wind gleitet mir über die Nasenspitze. Ich schließe meine Augen und bin frei.

Kapitel Sechsundzwanzig

»Hast du etwas von Balbor gehört?«, fragt Theo mich beim Abendessen.

Ich schüttle meinen Kopf. »Nichts. Seit unserem letzten Gespräch mit ihm herrscht absolute Funkstille.«

Schabend gleitet der Stuhl über den Boden, als Theo aufsteht und zur Essenausgabe geht. Er knallt sein Tablett auf den Stapel. Als er wieder auf uns zukommt, ballen sich seine Hände zu Fäusten.

»Kann ich mit dir reden?« Alles an ihm lässt dies nicht wie eine Frage aussehen.

Ich stehe auf und Theos Hand auf meinem Rücken schiebt mich zur Seite. Wir stellen uns an den Rand der Kantine, sodass uns niemand hören kann.

»Ich denke, da stimmt etwas nicht« Seine Augenbrauen ziehen sich zusammen.

»Was meinst du?«

»Bist du dir sicher, dass dein Vater tut, was er sagt?«

Ich runzle die Stirn. »Warum sollte er das nicht?«

»Ich weiß es nicht, aber es ist fast eine Woche vergangen und wir haben nichts von ihm gehört.«

»Er ist unser *Vater*. Ich kann mir nicht vorstellen, dass er Soela zurücklassen würde. Oder uns sterben lässt.«

»Es wäre nicht das erste Mal, oder?«

Okay, der hat gesessen. »Das ist nicht fair! Das ist etwas völlig anderes!« Nachdem ich die Worte ausgesprochen habe, dämmert mir der Grund meiner Abwehrhaltung. Es ist die letzte Chance, die ich meinen Vater gebe. Verfluchter Mist, er darf das nicht vermasseln. Daran muss ich einfach glauben.

Theo schiebt mich noch zwei Schritte zurück. »Ich will damit nur sagen, dass schon eine Woche vergangen ist und noch rein gar nichts passiert ist!«

»Du kennst ihn nicht.« Nicht seine mir so vertrauten Augen, die mich acht Jahre lang abends ins Bett brachten. Mich zudeckten. Um diese Augen ich so viele Nächte weinte. Er muss noch derselbe sein, der er mal war.

»Nein ... Alles was ich weiß, ist, dass er unsere Zone nicht retten konnte und nun wieder nichts unternimmt.« Er schnaubt. »Weißt du, was wir den ganzen Tag in der Wüste machen? Ebenso: Gar nichts. Wir fahren durch Trümmer, suchen nach Plags oder Zonen, und wenn wir Soldaten sehen ... tauchen wir ab! Kyra, ... wir haben nicht ewig Zeit.«

Alles in mir krampft bei dem Gedanken an das Seuchenserum in meinen Adern. Ich grabe die Finger in die Ärmelenden. »Er muss einen Plan haben, er –«

»Hör zu ...« Theo senkt seine Stimme. »Es ist nicht nur, dass wir bald tot sind. Auch Soela ist schon viel zu lange dort.«

Scheiße, denkt er etwa, das weiß ich nicht selbst? »Und was bitteschön willst du tun? Allein in die Residenz fahren?« Das wäre Selbstmord.

»Sieht wohl so aus, als würde uns nichts anderes übrig bleiben.« Stöhnend fährt er sich mit einer Hand über das Gesicht. »Sei nicht so naiv, Kyra.«

»*Naiv?*« Verblüfft reiße ich die Brauen hoch. »Vielleicht kannst du dich recht gut verteidigen. Mit deinen Fäusten oder Waffen, oder was auch immer. Aber du bist nicht unsterblich, Theo. Vielleicht bin nicht *ich* diejenige, die naiv ist.«

Er mustert mein Gesicht. »Du hast recht ... Ich bin nicht unsterblich ... So wie du es nicht bist.«

Zehn Monate und drei Wochen. Ich zähle die verdammten Tage genauso wie er. »Wenn du fahren willst ... Du brauchst mich nicht um Erlaubnis fragen.«

Theos verbissene Gesichtszüge weichen. Ich kann ein riesiges Fragezeichen auf seiner Stirn ablesen. Sein brauner Blick wandert zwischen meinen Augen hin und her. Vielleicht weiß er nicht, was er sagen soll, oder wartet, dass ich es tue, aber ich drehe mich um und gehe. Ich muss Vater zur Rede stellen. Ich brauche Antworten! Und zwar genau solche, die die Zweifel beiseiteschaffen. Er muss Soela retten, uns alle, damit ich ihn wieder lieben kann. So wie früher. Dass er uns damals verlassen hat, muss er verdammt nochmal wieder gut machen! Und zwar sofort!

Als ich die dunkle Flügeltür von Vaters Büro erblicke, fühle ich ein nervöses Kribbeln in der Magengegend.

Bitte habe eine Erklärung für all das!

Es muss Neuigkeiten geben. Ich bleibe stehen und atme aus. Dann reiße ich die Tür auf. Vater sitzt wie üblich am Schreibtisch. Vertieft in irgendwelche Notizen. Was verflucht schreibt er da ständig, das wichtiger ist als Soela?

»Neuigkeiten?«, frage ich gepresst.

Vater atmet aus, als würde ihn das Thema nerven. Er nimmt seine schmale Brille von der Nase und legt sie vor sich ab. »Ich gebe mein Bestes, Kyra!«

Ich stütze beide Hände auf den Schreibtisch. »Dein Bestes?« Beuge mich zu ihm vor. »Was tust du, um Soela dort rauszuholen? Den ganzen Tag am Schreibtisch sitzen und irgendwelche Dinge in dein bescheuertes Buch schreiben?«

Mein Blick fällt auf die schwarze Tinte, doch Vater schlägt das Heft zu, bevor ich auch nur einen Buchstaben entziffern kann. Stattdessen starre ich nun auf seine Finger, deren Form mich stark an meine eigenen erinnert.

Ich sehe weg. »Wo sind sie? Wo sind deine Informanten, die schon seit einer verdammten Woche weg sind?«

»Sie sind nicht zurückgekommen.« Seine bestimmten Worte treffen mich wie ein Hammerschlag. »Ich schätze, sie wurden gefangen genommen. Es ist nicht so leicht, unbemerkt in die Residenz zu kommen und schon gar nicht ins Labor.«

Labor. Mir läuft ein kalter Schauer den Rücken hinunter, den die blanke Wut sofort wieder vertreibt.

»Und was jetzt?«, zische ich durch die Zähne.

Er hebt die Hände neben sein Gesicht, beide Ellbogen an den Armlehnen des Drehstuhls. »Jetzt habe ich neue Leute losgeschickt …«

Scheiße, soll das etwa alles sein? »Du meinst, du hast neue Männer in den Tod geschickt? Ist *das* dein toller Plan? Wir warten wieder eine beschissene Woche für gar nichts?«

Schnaufend legt er zwei Finger an seine Schläfe, den Daumen an die Kieferlinie. »Denkst du, ich würde nicht alles in meiner Macht stehende tun?«

Ich will es glauben, ich versuche es, aber gerade fällt mir das verdammt schwer. Es ist nicht nur, dass ich ihm sonst nie verzeihen könnte, ich habe ihn nun auch gegenüber Theo verteidigt. Wieso lässt er mich das gerade bereuen?

Ich richte mich auf und verschränke die Arme. »Sie ist immer noch dort. Du bist ihr Vater! Wieso fährst du nicht selbst hin? Verdammt, was tut ihr hier überhaupt den ganzen Tag?«

Irritiert runzelt er die Stirn. »Was ist los, Kyra? Vertraust du mir nicht?«

Ich halte kurz inne und starre ihm in die Augen, um die sich die seichten Falten ziehen, die ich nicht kannte, mir neu sind. Wie so vieles an ihm. *Vertrauen.* Ich wünschte, ich könnte es.

Vater steht auf. Der dunkle Fischgrätenboden knarrt, als er um den Schreibtisch geht. »Was denkst du passiert, wenn ich mich in der Nähe der Residenz blicken lasse? Elvira weiß, wer ich bin.« Er legt seine Hände auf meine Arme. »Natürlich tue ich alles dafür, Soela zu uns zu holen.« Sein Blick klebt an mir. »Ich verspreche, dass ich dir jeden kleinen Fortschritt mitteilen werde.« Fragend hebt er beide Augenbrauen. »In Ordnung?«

Unsicher kaue ich an meiner Unterlippe herum und fühle die Wärme seiner Hände auf meine Schultern wandern. Ein Griff, der mich früher jedes Mal beruhigt hatte, als die Soldaten in unsere Zone kamen und mich panisch werden ließen. Ob er das noch weiß?

»In Ordnung.« Ich nicke und wende mich zur Tür.

»Kyra?«, sagt mein Vater bevor ich den Raum verlasse. »Ich liebe dich.«

Meine Augen werden groß. Ich schnelle zu ihm herum. Hoffnungsvoll schaut er mich an. So intensiv, dass mein Herz stehen bleibt. *Ich liebe dich.* Die Worte stecken in meiner Kehle und bleiben an meinen Lippen hängen. Ich bringe sie nicht heraus und verkrampfe.

Er nickt. Es ist ein trauriges und zugleich verständnisvolles Nicken. Es zeigt mir mehr als tausend Worte. Das es okay ist, wenn ich nicht antworte. Noch nicht. Egal, wie selbstverständlich es früher war, würde es sich jetzt komisch anfühlen.

***

Ich beschließe in die Trainingshalle zu gehen, um mich etwas abzulenken. Ich bin sowieso den anderen Rebellen hinten nach und könnte ein wenig zusätzliches Training gebrauchen. Es ist niemand hier. Nur ich und die Zielstände. Messer liegen auf einem länglichen Stahltisch. Das scharfe Metall glänzt im kalten Deckenlicht. Ich nehme eines davon in die Hand. Sie sind schwerer als ich erwartet habe. Der Griff ist aus demselben Material wie die Klinge. Auch wenn es dem nicht im Geringsten ähnlich sieht, erinnert es mich daran, wie ich damals das blutbeschmierte Messer aus dem Tortuga in der Hand hielt. Wie ich in dem kahlen Gang aufwachte, Aldor tot auffand. Wie ich das Blut von der Klinge in meinem Badezimmer abwusch.

Um mir die Tränen zu verkneifen, presse ich die Augen zusammen. Ich vermisse Aldor so sehr. Sein Bild drängt sich in das Schwarz meiner Lider. Sein Gesicht. Seine Kleidung.

Also öffne ich Augen wieder und blicke direkt auf die Zielscheibe vor mir. Ich hebe das Messer und werfe. Es fliegt mit dem Griff gegen die Zielscheibe und knallt zu Boden. Ein Schnaufen dringt über meine Lippen und ich schnappe mir ein zweites Messer. Diesmal fokussiere ich die Zielscheibe mit meiner linken Hand. Zeige mit ausgestrecktem Arm genau an die Stelle, wo es landen soll. Konzentriere mich. Dann werfe ich und das Messer fliegt. Knapp am Rand der Zielscheibe bleibt es stecken.

»Dein Handgelenk ist zu locker.«

Schritte hallen durch die Halle. Theo. Mist. Nicht nur, dass er gerade meinen kläglichen Versuch miterlebt hat, ich habe auch keine Ahnung, ob er immer noch sauer auf mich ist.

»Nimm noch ein Messer.«

Wortlos folge ich seiner Anweisung.

»Leg den Daumen auf den Rücken des Messers.«

Er legt seine Hand auf meine, um meinen Griff zu korrigieren. Mein Herz pocht und in meinem Magen kribbelt es hoch zu meinem Brustkorb. Seine andere Hand wandert auf meine Taille, um mich gerade zur Zielscheibe zu rücken. Die Berührung ist nicht grob, dennoch bestimmend genug, um meinen Körper zu drehen. Von seinen Fingern geht eine Wärme ab, die durch den Stoff meines Shirts strahlt und mich vollkommen einnimmt.

»Und bewege dein Handgelenk beim Werfen nicht.« Seine leisen, fast schon gehauchten Worte fahren durch mich hindurch.

Er steht so nah bei mir, dass ich mich kaum noch konzentrieren kann. Der Duft der Seife aus der Dusche steigt mir in die Nase. Oliven. Und ein ganz eigener Geruch, dem ich nur ihm zuschreibe. Gerade als ich das Prickeln genieße, verschwindet die Berührung an meiner Hüfte und Hand wieder.

Mit zusammengekniffenen Augen ziele ich und werfe nochmal. Das Messer fliegt und ich treffe knapp am roten Bereich vorbei. Überrascht reiße ich die Brauen hoch.

Ich habe wirklich getroffen. »Das war nur Glück.«

»Zweifellos.« Theos Lächeln zieht meinen Blick zu seinen Lippen.

»Woher wusstest du, dass ich hier bin?«

»Ich wusste es nicht. Ich wollte selbst hierherkommen.« Er geht zu der Zielscheibe, um die Messer rauszuziehen.

»Tut mir leid, was ich vorhin gesagt habe«, murmle ich. »Du hast recht. Ich war bei meinem Vater. Er meinte, seine Informanten wurden gefangen genommen und er hat neue losgeschickt. Also immer noch nichts Neues.«

Theo nickt als er zu mir zurückkommt und wirft eines der Messer. Zwar trifft er auch knapp neben das Rote, dennoch ist meine Kerbe näher dran. Ich presse die Lippen zusammen, um mir ein Schmunzeln zu verkneifen. Offenbar gehört das Werfen von Messern, auch wenn er die Technik beherrscht, nicht zu seinen Stärken. Irgendwie beruhigend, dass auch Theo nur ein Mensch ist.

»Warten wir noch einen Tag.«

»Okay«, sagt Theo und wirft das zweite Messer.

Kapitel Siebenundzwanzig

ICH LIEGE AUF MEINEM BETT und starre an die Decke, so wie ich es fast die ganze Nacht tat. Vaters Worte hallen durch meinen Kopf. *Ich liebe dich.* Selbst wenn er uns damals verlassen hat, habe ich kein gutes Gefühl dabei, ihn zu hintergehen und Soela auf eigene Faust zu suchen. Ich möchte ihm vertrauen. Ihn wieder an meiner Seite haben. Ihm sagen können, dass ich ihn auch liebe. Danach sehnte ich mich acht Jahre.

Was hätte er auch für einen Grund, sein eigenes Kind der Residenz zu überlassen? Elvira Pure. Seinem größten Feind. Dennoch frage ich mich, ob er genug unternimmt, um sie zu retten. Es ist schon zu viel Zeit vergangen. Eine Woche musste meine kleine Schwester schon in Angst leben. Eine weitere kann ich nicht zulassen. Theo hat recht, ich kann nicht mehr tatenlos rumsitzen.

Ist es wirklich so gefährlich in die Residenz zu fahren, wie Vater es beschreibt? Würden wir wirklich keinen Schritt in die Zone 0 machen können, ohne sofort erschossen zu werden?

Mich an die Bettkante setzend, stelle ich meine nackten Füße auf den kalten Boden. Vielleicht ist es heute das letzte

Mal, dass ich aufstehe. Vielleicht ist es heute das letzte Mal, dass ich in einem Bett gelegen habe. Sollte ich heute keine Antwort bekommen oder Soela in die Arme schließen können, werde ich selbst in die Residenz fahren. Und vielleicht wird es das Letzte sein, das ich tue.

»Hey.« Theo lehnt in meinem Türrahmen. »Ich habe ein Fahrzeug organisiert.«

Nickend sehe ich ihn an. Die Ärmel der schwarzen sportlichen Jacke hat er bis zu den Ellbogen hochgeschoben, dazu trägt er die schwarzen Wüstenstiefel. Er sieht so aus, als würden wir bereits aufbrechen. Mir bleibt die Luft weg.

Ich will mutig sein, aber ich habe Angst. Nicht nur davor, dass ich sterben könnte, sondern auch, dass ich Theo mit in den Tod reiße. Er könnte noch eine Weile hierbleiben. Einen soliden Plan erstellen. Auf Vaters Informanten warten. Oder sich zumindest in der Residenz nur auf das Gegenmittel konzentrieren. Soela dort rauszuholen ist ein zusätzliches Risiko. Eines, das ihn eigentlich gar nichts angeht.

»Du musst das nicht tun«, sage ich leise und fühle, wie mein Herz schneller schlägt.

Theo setzt sich neben mich aufs Bett.

Seine warmen Hände legen sich auf mein kaltes Gesicht »Ich lasse dich das nicht alleine machen.« Seine braunen Augen wandern zwischen meinen hin und her.

»Was, wenn wir sterben?« Die Worte kommen mir nur zäh über die Lippen, weil sie die Bilder aus meinen Träumen wieder hervorrufen. In dieser Nacht sah ich ihn zweimal sterben.

Er zieht seine Finger von meinen Wangen. »Dann ist es so. Auf die nächsten elf Monate kann ich sowieso verzichten. Und zumindest kann ich meine letzte Zeit sinnvoll nutzen und jemanden retten, der unschuldig ist und es verdient hat.« Zögerlich nicke ich. Ohne ihn würde ich es wahrscheinlich nicht mal durch die Wüste schaffen.

»Aber kein Wort zu Ava. Ich möchte sie nicht auch noch in Gefahr bringen.«

»Einverstanden.« Er steht auf und geht zur Tür. »Wenn wir bis zum Abendessen nichts von deinem Vater hören, treffen wir uns hier.«

Ich nicke und Theo geht. Tief atme ich durch. Es ist also beschlossene Sache, wir werden das durchziehen.

»Was wollte Theo?«, erklingt Avas Stimme und lässt mich zusammenzucken. Nun steht sie mit verschränkten Armen im Türrahmen.

»Er hat gefragt, ob es Neuigkeiten von meinem Vater gibt.«

»Und?«

Ich schüttle den Kopf.

»Ich hoffe, dass er Soela bald findet.«

»Ich auch.« Tonnenschweres Gewicht scheint auf meinen Worten zu lasten.

»Gehen wir?«

»Geh schon mal vor. Ich denke, ich setze heute aus. Mir geht es nicht so gut«, lüge ich ein zweites Mal und sehe weiter auf den Boden.

Meine Anspannung lässt nicht zu, dass ich heute an irgendetwas anderes denke. Das könnte der letzte Tag sein, an dem ich noch am Leben bin. Bestimmt kann es nicht schaden, mir die Energie für die Residenz aufzuheben. Außerdem habe ich letzte Nacht festgestellt, dass ich ein Talent fürs Messerwerfen zu haben scheine. Unter Theos Anleitung habe ich etliche von den Dingern geworfen und mitten ins Rote getroffen, als ich den Dreh raus hatte. Also kann ich dieses Training getrost auslassen.

Ava macht einen Schritt auf mich zu. »Soll ich bei dir bleiben?«

»Nein, geh nur.« Ich quäle mir ein Grinsen auf die Lippen. »Einer von uns muss ja was lernen.«

»Okay, wie du meinst.«

Es ist mir noch nie leicht gefallen, Ava anzulügen. Aber es ist besser für sie. Sollte ihr etwas passieren, könnte ich mir das nie verzeihen. Ein letztes Mal atme ich durch, bevor ich aufstehe und aus meinem Schlafraum gehe. Ich schlendere den Gang entlang und stelle mich an das Geländer im Gemeinschaftsraum. Mit beiden Händen an den weißen Stangen stehe ich nur da und warte. Starre auf die große Uhr, die mittig an der Wand hängt und zähle die Sekunden. Ich kann an nichts anderes mehr denken, als zu hoffen, dass jeden Augenblick jemand zu mir kommt und sagt, dass Soela da ist. Dass ich nicht gehen muss. Dass mein Vater sein Versprechen gehalten hat. Dass er uns wirklich liebt. Dass Theo nicht wegen mir sterben muss.

Ich stehe da, aber es kommt niemand. Je länger ich hier warte, desto wütender macht es mich. Warum, Vater? Warum kannst du nicht einmal das Richtige tun? Warum kann er uns nicht dieses Mal wirklich retten? Schon bald werde ich so gereizt, dass ich beschließe, noch einmal zu ihm zu gehen. Ihm eine letzte Chance zu geben. Kurz vor seinem Büro kommt er mir entgegen.

»Kyra, mein Kind«, sagt er aus der Ferne zu mir. »Warum bist du nicht in der Trainingshalle? Du musst lernen, dich zu verteidigen.«

»Was ist mit Soela?«, frage ich ihn mit überraschend ruhiger Stimme.

Er mustert mein Gesicht mit tiefliegenden Mundwinkeln. »Komm, gehen wir in mein Büro.«

Vater schließt die Tür hinter uns und ich setze mich auf sein Sofa. Fahre mit den Fingern über das braune Tierfell, das ich mir weicher vorgestellt hatte. Er geht an einen Tresen und nimmt ein Glas in die Hand.

»Willst du etwas trinken?« Er präsentiert mir seine Weinsammlung, aber ich schüttle den Kopf und wundere mich eher darüber, woher er sie hat. Er schenkt sich selbst etwas ein und setzt sich zu mir.

»Ich bin froh, dass du gekommen bist«, sagt er und nimmt einen Schluck Rotwein. »Mh. Köstlich. Sicher, dass du nicht willst?«

»Ich will keinen verdammten Wein trinken, ich will wissen, wo Soela ist. Gibt es Neuigkeiten?«

Sein Blick schweift über das Glas in meine Augen. »Ja, ich habe wahrscheinlich gute Nachrichten. Ich habe etwas für dich. Aber ich möchte erst etwas sagen, wenn es sicher ist. Verstehst du?«

Ich runzle meine Stirn. Was meint er damit? Er hat *etwas* für mich? Adrenalin schießt wie eine Art Vorfreude durch mich. »Habt ihr Soela gefunden?«

»Kyra, alles mit der Zeit.« Er schwenkt die dunkelrote Flüssigkeit im Glas herum und ich ziehe die Augenbrauen irritiert zusammen. »Ich möchte dich ein wenig kennenlernen. Erzähl mir von dir. Was hast du gemacht in der Zone? Hast du gearbeitet?«

»Ich war bei Fitsch als Botin«, sage ich verwirrt von seinem abrupten Themenwechsel.

»Ach, der gute Fitsch«, stößt Vater lachend auf und nimmt noch einen Schluck. »Er war ziemlich theatralisch, oder?«

»Jetzt ist er das wohl nicht mehr«, antworte ich trocken, was Vater schnaufen lässt.

»Hm, den Pessimismus hast du also von deiner Mutter.«

»Vater, wir können uns gerne stundenlang unterhalten, sobald Soela hier ist.« Das freudige Adrenalin erstarrt zu Eis in meinem Körper, das meine Hoffnung zu ersticken versucht. »Nun sag schon! Was gibt es Neues?«

Ein Klopfen an der Tür zieht meinen Blick von ihm.

Einer der Rebellen kommt hinein. Kurze, dunkle Locken, die mich an die Silhouette erinnern, der ich mit Keno davonlief. »Balbor, die Lieferung ist eingetroffen!«

Vater klatscht mit einer Hand auf seinen Oberschenkel. »Ah, gute Neuigkeiten«, sagt er und grinst mich mit großen Augen an. Er stellt das Glas auf einen kleinen Beistelltisch und steht auf. »Entschuldige mich, Kyra. Komm später nochmal, dann können wir uns weiter unterhalten, ja?«

Die Tür fällt hinter ihm ins Schloss. Fassungslos sehe ich ihm nach. Wie kann er mich hier so sitzen lassen? Mit tausend Fragen in meinem Kopf? Mein Herz fängt an, schneller zu schlagen. Ist ihm das alles egal? Schert er sich denn nicht um Soela? Ich will nicht mehr warten. Ich hätte nie warten dürfen. Seufzend stehe ich auf. Theo! Ich eile zurück in den Gemeinschaftsraum und finde ihn dort in einem Gespräch vertieft.

»Fahren wir!«

Theos Blick wandert zwischen seinem Gesprächspartner und mir hin und her, dann zieht er mich zur Seite. »Was ist passiert?«

»Ich glaube, mein Vater versucht gar nicht, Soela zu retten.«

Sein Nicken erleichtert mich. Zumindest reibt er mir nicht unter die Nase, dass er genau das schon vor Tagen wusste. »Okay, fahren wir.«

***

Unsere Schritte hallen durch den kahlen weißen Gang, der zur Wüstenschleuse führt. Vor der einzigen Tür in diesem Flur bleibt Theo stehen und kramt eine Chipkarteaus der Innentasche seiner Jacke. Bevor er sie durch das auf der Wand befestigte System zieht, sieht er sich über beide Schultern, was mich vermuten lässt, dass wir unerlaubt dort eintreten. Was er wohl tun musste, um an diese Karte zu gelangen? Ein Klicken ertönt und er öffnet die Tür. Ein Lagerraum mit Waffen, Schutzkleidung, Rucksäcken, Wasserflaschen und sonstigem Zeug, welches ich nicht identifizieren kann, erscheint vor meinen Augen.

Theo greift sich zwei Rucksäcke vom Boden, wirft mir einen davon zu und schnappt sich zwei Flaschen. »Wir werden Wasser brauchen.«

Nickend stimme ich ihm zu und greife mir ebenfalls zwei Flaschen. Mit jedem Handgriff werde ich nervöser.

Theo nimmt eines der Sturmgewehre. »Kannst du damit umgehen?«

Sofort schießt mir Seylas Aussage in den Kopf. *Zögere nicht. Die Soldaten werden es auch nicht tun.* Meine Eingeweide drücken mir den Mageninhalt durch die Speiseröhre. Ich könnte heute jemanden das Leben nehmen.

»Ich denke schon.« Im Training sind wir das Schießen erst zweimal durchgegangen und viel habe ich dabei nicht getroffen.

Theo drückt mir das Gewehr in die Hände. »Ziele einfach nicht in meine Richtung, okay?«

Mehr als ein verunsichertes Nicken bringe ich nicht zustande.

Er packt noch weiteres Zeug in unsere Rucksäcke, von denen ich nicht mal weiß, wofür es gut ist.

Schritte erklingen hinter mir. »Wollt ihr etwa ohne mich gehen?«

Mein Herz macht einen Sprung.

»Ava? Was machst du hier?« Mit geöffnetem Mund starre ich sie an.

Auch Ava trägt die schwarze dünne Sportjacke und die Wüstenstiefel. Nein! Sie darf nicht mit uns kommen.

»Du konntest noch nie lügen, Kyra. Warum hast du mir nichts gesagt?«

Ich schließe die Augen und lasse die Luft aus meinen Lungen weichen. Angestrengt suche ich nach Argumenten, denn dass ich Angst um sie habe, würde sie nie akzeptieren.

»Ich bin mehr als sauer auf dich.« Sie verschränkt die Arme vor der Brust. »Aber angesichts der Umstände vergebe ich dir.«

»Ava, es ist zu gefährlich. Wir wissen nicht einmal, ob wir in die Residenz hineinkommen.«

»Also? Wie ist der Plan?« Sie wendet sich an Theo und ignoriert mich einfach.

Theo greift sich einen dritten Rucksack und streckt ihn Ava entgegen. »Wir haben einen Wagen, fahren zur Residenz und versuchen, nicht umgebracht zu werden.«

Na danke auch, soviel zum Thema, Ava erfährt davon nichts.

»Klingt gut, bin dabei.« Ava greift sich den Rucksack.

Ich schnaufe. Egal wie schlecht ich mich dabei fühle, es hat keinen Sinn mit ihr zu diskutieren. Und uns rennt die Zeit davon.

»Wenn dir etwas passiert, bin ich echt sauer auf dich.«

Sie zieht beide Augenbrauen nach oben. »Dann sollte ich besser aufpassen, oder?«

Theo stellt sich zu uns und drückt auch Ava ein Gewehr in die Hände. »Nicht in meine Richtung zielen!«, wiederholt er seine Worte.

Ich werfe mir den Rucksack über die Schultern. »Gehen wir.«

Am Ende des Gangs erreichen wir eine große, metallene Schiebetür, vor der zwei bewaffnete Rebellen stehen.

»Was wollt ihr hier?«, fragt einer schon von Weitem.

»Wir fahren in die Wüste«, antwortet Theo.

»Ihr könnt fahren.« Der andere Rebell deutet auf mich. »Sie nicht.«

»Wieso nicht?« Bereits als ich die Frage stelle, dämmert mir auch schon der Grund. Vater muss Verdacht schöpfen, dass ich Soela selbst aus der Residenz holen will. Das ist doch gerade nicht sein Ernst!

»Wir haben Anweisung, dich nicht gehen zu lassen.«

Wütend fletsche ich die Zähne. Für einen Moment drängt sich mir der Gedanke auf, die Waffe zu erheben, doch ich weiß, dass ich nicht schießen würde. Also drehe ich mich um und gehe.

Jetzt, wo ich endlich wusste, dass die Seuche mir nichts anhaben kann und ich in die Wüste gehen könnte, werde ich erneut gefangen gehalten.

***

Wutentbrannt stürme ich zu Vaters Büro und trete die Tür auf, sodass sie gegen die Wand kracht.

»Er ist nicht hier«, murmle ich genervt.

»Theo!« Nalas Stimme dröhnt durch den Flur mit den großen Fenstern. Sie läuft geradewegs auf uns zu.

Ein paar Schritte gehe ich ihr entgegen, bis mich eine Bewegung draußen stoppen lässt. Reflexartig drehe ich mich zu den Fenstern und kneife meine Augen zusammen. Vater sitzt in einem Jeep. In seinen Händen hält er eine silberne

Box. Der Mann mit den lockigen Haaren, der ihn zuvor aus dem Büro holte, fährt den Wagen.

»Du hattest recht! Hier stimmt etwas nicht!« Nala fasst Theo an die Schulter. »Balbor, Zak und Jill sind in die Wüste gefahren. Ich bin ihnen nach … mit etwas Abstand. Mitten in eine tote Stadt, wo ein weißer Wagen gewartet hat.«

»Hast du gehört, worüber sie gesprochen haben?«

Nala schüttelt den Kopf. »Dafür war ich zu weit weg. Aber das habe ich auch nicht gebraucht. Ich habe gesehen, wie Balbor eine kleine Kiste von Soldaten bekommen hat. Theo, er hat ihnen dafür Jill überlassen. Es hat nicht freiwillig ausgesehen.«

Mit aufgerissenen Augen schaue ich zu Theo. »Wer ist Jill?«

»Einer der Rebellen. Ein Plag«, antwortet er.

Mein Puls beschleunigt sich. Was geht hier vor? Mein eigener Vater kommt mir mehr als fremd vor. Wie konnte ich so dumm sein und ihm vertrauen? Dem Menschen, der mich schon einmal belogen und verlassen hat. Meine kleine Schwester ist schon viel zu lange in der Residenz. Und ich habe es zugelassen.

»Wir verschwinden von hier«, sagt Theo.

Für den Bruchteil einer Sekunde schwenkt Nalas Blick zu mir, ehe sie wieder zu Theo sieht. »Residenz?«

Theo nickt. »Unten stehen zwei Wachen.«

»Ja, die habe ich gesehen.« Der Griff um ihre Waffe wird fester, schussbereit. Was mich einmal schlucken lässt.

Gerade als wir den ersten Schritt machen, kommt Vater mit zwei weiteren Rebellen und dem Lockenkopf Zak den Gang entlang.

»Ah Kyra! Gut, dass du hier bist.«

Sein skrupelloses Lächeln erschreckt mich. Er hat gerade einen seiner eigenen Leute der Residenz ausgehändigt. Und nun grinst er mich an, als wäre nichts gewesen?

Meine Zähne beißen aufeinander. »Du handelst mit Menschen?«

Vater winkt ab, als wäre das unbedeutend. Das ist nicht der Vater, um den ich weinte.

»Ich habe das Gegenmittel für dich«, sagt er voller Stolz. Wie kann er stolz sein, wenn er dafür so teuer bezahlt hat? Mit einem von seinen eigenen Leuten?

Ich mustere ihn von Kopf bis Fuß. Seine Schritte sind länger als früher und die schwarzen Stiefel knallen schwer auf den Boden. In der Zone schlich er immer leise umher. Die dunklen Hemdärmel sind wie immer über seine Ellbogen geschoben und entblößen drei zur Hand hin dünner werdende Linien. Das Tattoo hat er sich ebenfalls hier machen lassen, es war mir ebenso neu. Und auch wenn sich das Alter nun in seinem Gesicht und an den grauen Strähnen in seinem dunklen Haar zeigt, sieht er stärker aus als früher. Mir ist klar, dass er sich über die Jahre verändern musste, doch gerade erkenne ich ihn kaum wieder.

»Ich will das Gegenmittel nicht haben ... Nicht zu diesem Preis!«

Vater sieht mich an, als wäre ich ein trotzendes, kleines Kind. Ich würde fast meinen, er verkneift sich gerade ein Augenrollen.

»Noch brauchst du es nicht, aber wenn die ersten Symptome kommen, wirst du froh sein, dass ich es für dich habe.«

Ohne auch nur stehenzubleiben, geht er an uns vorbei, durch die noch offen stehenden Türen seines Büros. Er nimmt mich nicht ernst. Die Erkenntnis trifft mich mehr, als ich vermutet hatte. Schockiert steht mir die Kinnlade ein

Stück offen, bis ich mich umdrehe und die Augen zu einem Schlitz verenge.

»Warum kann ich das Quartier nicht verlassen?« Ich erhebe die Waffe gegen den Rücken meines eigenen Vaters.

Keinen Herzschlag später nehme ich auch die Läufe der Rebellen wahr, die sich gegen uns richten, genauso wie sich die meiner Gruppe erheben. Zumindest habe ich jetzt die Aufmerksamkeit meines Vaters.

»Was ... Willst du vielleicht, dass ich die Hände neben den Kopf hebe?« Sein Grinsen verschwindet, dafür schwingt nun der Unterton einer Drohung in seinen Worten mit.

Ich antworte nicht. Presse meine zittrigen Finger fest gegen das Metall. In seine Augen zu blicken, während dieser tödliche Lauf auf ihn zeigt, beängstigt mich selbst. Aber ich brauche verdammt nochmal Antworten.

Schnaubend sieht Vater zu Zak, der seine Waffe auf mich richtet und macht eine Handbewegung. »Zak.«

Der Kerl senkt seine Waffe, genau wie alle anderen. Nur ich stehe noch zielend da und richte meine gegen meinen Vater. »Antworte!«

»Ich kann dich nicht gehen lassen, Kyra.« Er spricht leise, trotzdem mit einer gewissen Strenge.

»Wieso nicht?«

Zwei langsame Schritte macht er auf mich zu, bis sein Körper gegen den Lauf meiner Waffe drückt. Sein Hemd gibt dem Metall knitternd nach.

»Ich will nicht, dass du stirbst.«

Meine Augen brennen. Auf meine Unterlippe beißend, verbiete ich mir loszuheulen. Er presst die Brust so stark gegen den Lauf, dass ich breitbeinig dagegen drücken muss, um keinen Schritt nach hinten zu wanken. Aus Angst, ich könnte aus Versehen abdrücken, hebe ich den Finger vom Abzug, sodass ich ihn fast nicht mehr berühre. Der Schuss würde ihn sofort umbringen. Und plötzlich, so nah vor mir, kommen mir die dunklen Augen wieder mehr als vertraut vor.

Stille legt sich über den Flur. Wenn ich es nicht besser wüsste, könnte ich denken, wir wären allein. Sehen tue ich jetzt nur noch ihn. Meine Waffe auf seiner Brust. Es ist die Stelle, bei der ich als Kind einschlief, wenn ich einen Albtraum hatte. Genau dort lag mein Kopf unzählige Nächte.

Meine Augenbrauen wandern so tief zu meinen Augen, dass ich meine Wimpern spüren kann. Er ist immer noch mein Vater. Ich kann ihn nicht erschießen, oder will es nicht. Ich senke das Gewehr.

Vater hebt die Hand und deutet den Rebellen etwas. Die Waffe wird mir aus den Fingern genommen. Widerstandslos. Und auch Theo, Ava und Nala lassen sich die Sturmgewehre abnehmen.

Leer an die Wand starrend, drängt sich mir ein Gedanke auf, dessen Antwort schmerzhafter sein könnte, als der Fakt, erneut eingesperrt zu sein. Wie konnte Vater mit der Residenz in Kontakt treten, damit er das Gegenmittel bekommt, aber nicht, um Soela herzubringen?

»Versuchst du Soela zu retten?« Die Frage auszusprechen, zieht einen Schauer meine Wirbelsäule hoch, der meine Arme hinunter bis zu meinen Fingern weiterwandert.

»Kyra ... Soela ist tot.«

Er will mir auf die Schultern fassen, doch ich weiche einen Schritt zurück. Mein Herz bleibt stehen, nur um dann im dreifachen Tempo weiterzuschlagen. Ich schüttle meinen Kopf. Nein. Nein! Das kann ich nicht glauben. Verflucht, ich *will* es nicht glauben. Trotzdem wandert das Zittern meiner Finger zu meinen Schultern hoch und meine eigenen Halsmuskeln drücken mir die Kehle zu.

»*Ich* bin alles, was du hast.«

Das Brennen meiner Augen lässt nach, als sich die Tränen befreiend lösen.

»Ich bin deine Familie.«

»Hast du sie gesehen?« Meine Stimme bricht.

»Kyra …« Falten bilden sich auf seiner Stirn.

»Hast du sie gesehen?« Jedes einzelne Wort pfeffere ich ihm entgegen.

»Es ist offensichtlich«, platzt es aus ihm heraus, als würde ihm der Geduldsfaden reißen. Zumindest weicht sein fürsorglicher Blick einem zornigen.

»Du hast sie nicht gesehen!«

Vater schnauft. »Nein, aber die Residenz hat mir ihren Tod bestätigt –«

»*Die Residenz?*« Ich verziehe das Gesicht. »Wie kannst du der Residenz glauben? Lass mich gehen! Lass mich sie suchen!«

»Das kann ich nicht, verstehst du das nicht? Ich kann dich nicht auch noch verlieren!«

Ich schüttle das tränenbedeckte Gesicht. »Dann musst du mich mit Gewalt aufhalten! Ich werde erst aufhören sie zu suchen, wenn ich sie mit meinen eigenen Augen gesehen habe. Tot oder lebendig.«

Vater schnauft erneut. Und da ist es wieder. Dieses Nicken. Das Nicken, das mir zeigt, dass ich ihn verletzt habe aber dass das in Ordnung ist. »Dann werde ich dich einsperren müssen. Zu deiner eigenen Sicherheit.« Sein Blick gleitet über die Gruppe. »Sowie deine Freunde.«

Kapitel Achtundzwanzig

Die Rebellen packen uns. Führen uns die Rolltreppen hinunter durch die Gemeinschaftshalle und eine weitere Tür. Düstere Stiegen entblößen sich und ich muss mich bemühen, nicht über die ersten Stufen zu stolpern.

Einer der Rebellen knipst schummrige Lampen an. Das Licht flackert und wird von kaputten Glühbirnen fast gänzlich unterbrochen, aber ein schmaler Gang wird sichtbar. Graue Ziegel ziehen sich über die Wände, die von blauen dröhnenden Sicherungskästen unterbrochen werden. Über unseren Köpfen laufen tausende Kabel und dünne Rohre die Decke entlang. Der Gang mündet in eine Tür aus Eisenstäben. Ich schlucke. Die Rebellen öffnen sie und nehmen unsere Rucksäcke ab.

Kälte empfängt mich, aber der Raum ist größer als ich erst dachte. Eine offene Tür darin entblößt ein kleines Badezimmer zu meiner Rechten und in den Wänden vertiefen sich drei übereinander liegende Schlafnischen. Gegenüber der Gittertür ist ein kleines Fenster, das höher liegt als ich selbst groß bin und wie die meisten mit Brettern zugenagelt ist. Doch bei diesem waren sie nicht besonders gründlich.

Durch einen kleinen Spalt zwischen den Holzdielen blitzt das Sonnenlicht hinein. Wortlos verschließt der Lockenkopf die Tür hinter uns und verschwindet zusammen mit den anderen Rebellen.

»Toll«, sagt Nala ironisch und verdreht die Augen in meine Richtung. Das hat mir noch gefehlt.

»Okay, was ist dein Problem?«, bricht es aus mir heraus.

»Mein *Problem*? Mein Problem liegt eindeutig darin, dank dir hier eingesperrt zu sein!«

Ihr Blick ist stechend und auch ihre Muskelberge kamen mir nie so groß vor wie jetzt. Egal. Ich lasse mich nicht einschüchtern. »Nein! Du hast seit unserer ersten Begegnung ein Problem mit mir.«

Die Luft aus ihren Nasenlöchern pustend, verschränkt sie die Arme und zieht das Kinn zurück. »Bitte ... Ich kann mich nicht einmal daran erinnern, wann und wo das gewesen sein soll.«

Bullshit! Dieses Gespräch führt zu rein gar nichts. »Von mir aus. Soela und ich interessieren dich nicht, ich habe es verstanden! Ich jedenfalls werde sie dort rausholen.« Ich zucke mit den Schultern. »Du musst nicht mit uns kommen.«

Ein verächtliches Schnauben zischt über ihre Lippen. »Newsflash Kyra, wir sind alle zum Tode verdammt und nur deshalb will ich in die Residenz – um ein Gegenmittel zu finden. Schließlich sieht es so aus, als würde sich dein Vater diesbezüglich nur um dich kümmern.«

Um mich kümmern? Ich krampfe. *Mein Vater*. Nein, Balbor. Dieser Mann hat mich verdammt nochmal hier einsperren lassen, Soela im Stich gelassen und einen Rebellen verkauft. Balbor ist nicht mehr der, der er einmal war und wird es vermutlich auch nie wieder sein.

»Mach was du willst, Nala … Nimm du das Gegenmittel. Ich will es nicht.« Nicht zu diesem Preis.

Sie öffnet die Lippen, nur um sie wieder zusammenzupressen und funkelt mich finster an. Anstatt mir zu antworten, macht sie zwei langsame Schritte auf mich zu. Wachsam beobachte ich ihre Hände, die immer noch verschränkt liegen. In mir lodert der Gedanke auf, bald eine geknallt zu bekommen und ich will auf keinen Fall davon überrascht werden. Vielleicht kann ich ausweichen.

»Nala.« Theos tiefe Stimme hallt zu uns.

»Was, Nala?« Sie wendet sich mir wieder vollständig ab, wodurch ich mir ein Aufatmen verkneifen muss. »Habe ich nicht recht?«

»Wie auch immer, beruhig dich einfach.«

Augenverdrehend rutscht sie die Wand am anderen Ende der Zelle hinunter und lehnt den Kopf gegen die Ziegel.

***

Wir sitzen einfach nur da und warten, bis die Sonne das Licht, das durch die Bretter blitzt, orange färbt. Wieso habe ich nicht auf Theo gehört, als ich noch die Gelegenheit dazu hatte? Nun kann ich rein gar nichts tun. Immer wieder höre ich Balbors Worte in Endlosschleife durch meine Gedanken hallen. *Soela ist tot.* Nein, nicht seine Worte. Die Worte der Residenz. Die Worte einer Lügnerin. Die Worte von Elvira Pure. Soela lebt. Ich bin mir sicher. Und ich werde sie finden.

»Na? Was macht ihr hier?« Keno lehnt sich mit verschränkten Armen gegen die Gitterstäbe und mustert uns mit einem fiesen Grinsen. »Gefängnisparty?«

»Keno!« Ich reiße die Augen auf und springe hoch. Niemals hätte ich mir vorstellen können, jemals glücklich darüber zu sein in sein Gesicht zu blicken. »Woher wusstest du, dass wir hier sind?«

»Puh, lass mich überlegen …« Mit dem Zeigefinger tippt er an sein Kinn. »Ich denke, *alle* wissen, dass ihr hier seid.« Er hebt eine Augenbraue. »Was ich allerdings nicht wusste, ist, mit was für Kriminellen ich es die ganze Zeit zu tun hatte. Seht euch an.«

Echt jetzt? Ich kneife die Augen zusammen. »Keno, lass uns hier raus!«

Nachdenklich geht er ein paar Schritte auf und ab. »Hm … weiß nicht. Ich meine, ihr wolltet abhauen. Ohne mich. Wolltet mich mit diesen Verrückten hier allein lassen –«

»Uns rennt die Zeit davon!«, unterbreche ich ihn gepresst.

»Ist ja gut! Gott, wer hat euch den Humor geklaut?« Er bleibt stehen und hebt seinen Zeigefinger. »Eine Bedingung.«

Ungeduldig reiße ich die Augenbrauen hoch. »Rede!«

»Ich komme mit. Ich brauche das Gegenmittel genauso wie ihr.«

»Einverstanden«, sage ich ohne zu zögern und ernte verwunderte Blicke von Ava und Theo. »Hast du den Mann gesehen, der uns hierhergebracht hat?«

»Der Lockenkopf.«

»Zak, ja. Er muss den Schlüssel haben.«

Keno nickt. »Alles klar, bin schon unterwegs.«

»Sei vorsichtig.« Ich schlucke. Mache ich mir gerade wirklich Sorgen um Keno?

Er hebt seine Hände und wackelt mit den Fingern. »Sinister. Vergessen?«

Nein, das werde ich nie vergessen. Ein Sinister, zum Stehlen erzogen. Sein fieses Grinsen erleuchtet mich. Mein Herz rast nur aus einem Grund. Gefangenschaft.

»Wartet hier«, sagt Keno im Rückwärtsgang und zwinkert mir zu.

Ich verkneife mir ein Augenrollen.

Eine Hand greift meine Schulter. Ava. Sie sieht mich mit hochgezogener Augenbraue an. »Vertraust du ihm etwa?«

»Bleibt uns etwas anderes übrig?«

***

Ich gehe auf und ab. Klopfe meine Finger gegen die Oberschenkel, um das Zittern zu unterdrücken. Das Warten macht mich wahnsinnig. Minuten fühlen sich an wie Stunden. Ava sitzt neben Nala auf einem der Betten und Theo lehnt immer noch an der Wand.

Ich bin zu nervös, um still zu stehen. Der einzige Gedanke, der sich in mein Hirn frisst, ist Soelas lebloser Körper. Nein, ich darf nicht daran denken. Es ist nicht wahr. Es ist nicht wahr. Wir werden sie da rausholen. *Ich* werde sie da rausholen. Mutter würde sagen »Du kannst alles schaffen, wenn du nur daran glaubst.« Ich glaube daran, Mutter. Ich glaube daran.

Schritte ertönen. Laufende. Ich stürme an die Gitterstäbe. Keno. Grinst er? Nein. Wieso grinst er nicht? Mein Herz hämmert gegen meine Brust.

»Hast du ihn?«, frage ich ungeduldig. Laut genug, um meine Stimme durch den Gang hallen zu lassen.

»Na, was denkst du denn?« Keno zieht den Schlüssel aus seiner Hosentasche und sperrt die Tür auf.

Ich dachte, die neu erlangte Freiheit würde mich beruhigen, doch wie ein plötzliches Gewitter, schießt das Adrenalin durch meinen Körper. Das Gefühl, etwas Verbotenes zu tun, lässt mich nicht los, auch wenn ich mir sicher bin, richtig zu handeln. Es ist ein aufregendes Gefühl. Befreiend. Ich spüre meinen gesamten Körper.

»Gehen wir!« Ohne zu zögern stürme ich als erstes an Keno vorbei.

»Gern geschehen«, murmelt er.

Meine Sinne sind schärfer als je zuvor. Mir kommt es so vor, als könnte ich jede einzelne Fuge im Boden erkennen und jedes leise Tropfen der kaputten Leitungen wahrnehmen. Aber etwas kommt mir seltsam vor. Es ist leise. Zu leise.

»Nochmal gern geschehen«, raunt Keno dicht an meinem Ohr, als ich die beiden bewusstlosen Rebellen entdecke.

Er greift die Waffen und wirft Theo eine zu. Wir laufen die Stiegen hoch und bleiben dort stehen.

»Wir müssen es nur durch den Gemeinschaftsraum schaffen.« Keno schiebt die Tür ein Stück weit auf, um hinaus zu linsen.

»Verhaltet euch unauffällig«, fügt Theo hinzu und öffnet die Tür langsam gänzlich.

Mit zügigem Schritt marschieren wir durch die Menge. Theo und Keno halten ihre Waffen tief neben ihren Beinen. Mit gesenkten Köpfen gehen wir Schritt für Schritt auf das andere Ende des Raums zu. Ein paar Rebellen drehen sich nach uns um, aber keiner spricht uns an.

Mein Herz pocht lauter als das Geschwätz der Verschollenen. Jede Faser meines Körpers läuft auf Hochtouren. Wir haben es fast geschafft. Ich kann den Korridor zum Ausgang schon sehen. Doch plötzlich schießt ein Ruf wie ein Blitz durch meinen Körper.

»Haltet sie auf!«, gellt der Befehl durch den Saal.

Ein Rebell streckt seinen Finger in unsere Richtung. Es ist derselbe Lockenkopf, der uns vor etwa zwei Stunden nach unten gebracht hat. Zak. Nun wenden sich alle Köpfe zu uns um. Wie schockgefroren bleibe ich stehen. Sehe in die aufgerissenen Augen, die mich anstarren. Auf die Hände, die wie in Zeitlupe Waffen aus ihren Jacken ziehen.

»Lauft!«, brüllt Theo und reißt mich aus der Starre.

An einem Fuß drehe ich mich um und renne den kahlen Korridor entlang. Das plötzliche Knallen von Schüssen lässt meine Schultern zu den Ohren zucken. Jeden Moment kann mich einer davon treffen.

Von den Wänden bröselt der Putz, was mir das Gefühl vermittelt, der gesamte Flur würde beben. Alles, woran ich denke, ist, lebend um die nächste Ecke zu kommen, um zumindest für die nächsten paar Herzschläge dem Kugelgewitter zu entrinnen. Meine Beine bewegen sich so schnell, dass mein Körper unfähig ist, nach links abzubiegen und ich mich mit der Hand an der Wand abfange, um die Kurve zu kriegen. Dann herrscht eine kurze Stille, in der ich nur meinen keuchenden Atem und unsere schnellen Schritte höre.

Bis es erneut losgeht und ich weiß, sie sind wieder direkt hinter uns.

Theo und Keno erreichen fast die nächste Ecke. Immer noch laufend drehen sie sich um und schießen. Geben uns Rückendeckung.

Ich inmitten dieses Schusswechsels. Die Kugeln rasen um mich wie ein Tornado, fetzen an meinem Gesicht vorbei wie Bruchstücke einer untergehenden Siedlung. Ich weiß nicht, wie viele hinter mir fallen. Wie viele Seelen dieser Sturm in den Himmel trägt. Kann mich nicht nach ihnen umdrehen. Fliehe vor dem Tod.

Als ich um die zweite Ecke biege, kann ich die Schleuse sehen. Eine metallene Schiebetür, vor der immer noch die zwei Wachen stehen.

»Stehen bleiben!«, rufen sie mit erhobenen Gewehren.

Angesichts der zwei auf mich gerichteten Waffenläufe tue ich was sie sagen und bleibe, wie Ava und Nala, mit erhobenen Händen stehen. Mit dem Boden verwurzelt kann ich mein Herz noch deutlicher spüren als im Sprint. Sollten sie sich von mir bedroht fühlen, werden sie bestimmt auch nicht bei meinem Leben zögern. Selbst wenn ich Balbors Tochter bin. Meine erhobenen Hände zittern. Zwei Schüsse zischen an mir vorbei. Die Wachen sacken aufschreiend zu Boden. Diesmal nicht hinter meinem Rücken. Diesmal direkt vor meinen Augen. Ich ziehe die Luft ein und zwinge mich, nicht zu ihnen hinunterzusehen. Noch neben meinem Gesicht ballen sich meine Hände zu Fäusten, bis Nala mir eines der Gewehre zuwirft. Mit festem Griff fange ich es und blinzle überrascht. Wieso mir? Wieso wirft sie es nicht Ava zu?

Die Waffe fühlt sich schwerer an als im Training. Das Metall ist kalt, bis ich sie schussbereit umgreife. Ich schlucke hart, und verbiete mir, den Gedanken zu vollenden, weshalb der Griff noch warm ist.

Theo und Keno rennen zu uns, während Nala ihnen rückendeckend entgegen schießt. Auch ich sollte feuern. Das ist alles, was ich weiß. Bereit zum Abschuss hebe ich die Waffe. Meine Hände frieren ein. Der Abzug liegt wie aus Blei gegossen unter meinem Zeigefinger. Keine Kraft der Welt könnte ihn drücken.

Ava bringt die Schiebetüre mittels eines Knopfs an der Wand in Bewegung. Warum kann nicht ich diejenige sein die, anstelle des Abzugs, den Knopf für die Tür drücken muss? Unendlich langsam schabt das Metall über den Boden. Nervös warte ich, bis der Spalt groß genug ist, um meinen Körper endlich hindurch zu quetschen. Die Rebellen kommen immer näher. Ein paar stehen bereits hinter der geöffneten Tür zur Waffenkammer, andere strecken ihre Körper hinter der Ecke hervor und wieder andere rennen geradewegs durch den Flur.

»Lauft rein!«, ruft Theo und schießt.

Ava und ich zwängen uns durch die metallenen Türen in einen kurzen Flur. Auch Nala schießt im Rückwärtsgang und steht schon drin. Mit der Faust hämmert sie auf den Knopf auf der Innenseite des Flurs und schließt die Schiebetüre damit wieder langsam, obwohl sie erst zur Hälfte geöffnet war.

Sie stellt sich in den Spalt und feuert weiter. »Theo, Keno kommt rein!«

Gänsehaut rinnt über meinen gesamten Körper, während Theo und Keno sich an ihr vorbei drängen. Die Rebellen laufen um die Ecke. Nun als ganze Schar. Das Gewehr liegt völlig nutzlos in meinen Händen. Ich hebe es mit dem erneuten Versuch abzudrücken.

Balbor kämpft sich an den Rebellen vorbei. Seine Augen sind weit aufgerissen, seine hektischen Bewegungen drängen rücksichtslos jeden zur Seite.

»Nicht schießen!« Das Knallen der Patronen übertönt sein Brüllen, sodass ich erst nach dem dritten Ruf die zwei Wörter vollständig verstehe.

Panik rast feurig durch meinen Körper. Schweiß drängt sich aus jeder meiner erhitzten Poren. Balbor stößt einen nach dem anderen zur Seite, um sich an die Front zu kämpfen. Sein Blick fixiert mich und meiner ihn. Ich sehe ihm direkt in die Augen. Dem Feind. Nein, meinem Vater.

»Stopp!«, rufe ich, doch Nala feuert weiter und die Rebellen erwidern ihre Schüsse.

»Nicht schießen«, wiederholt auch Balbor hektisch und diesmal senken die meisten Rebellen ihre Waffen.

Ein paar letzte Schüsse fallen. Noch bevor sich die Tür vollständig geschlossen hat, sackt Nala zusammen. Ihre Waffe fällt scheppernd zu Boden und sie landet direkt daneben.

Balbor stellt sich mit ausgestreckten Armen vor die Rebellen und der Sturm verwandelt sich in Windstille. Kein Lüftchen dringt mehr zu uns. Balbors erschrockene Augen vernebeln hinter starren Gesichtern.

Mit einem dumpfen Knall schließt sich die Schiebetür. Plötzliche Stille umgibt mich, die ein Keuchen bricht. Meine Schuhe färben sich rot. Nala liegt auf dem Boden und ringt nach Luft. Ihre blutüberzogenen Hände liegen übereinander, knapp unter ihrem Schlüsselbein, wo sich die dunkle Flüssigkeit zwischen ihren Fingern durchkämpft. Nein, sie schafft das. Sie ist eine Springerin. In meinen Augen beinahe unsterblich.

Theo kniet sich zu ihr.

Mein Atem geht panisch. Das Blut verteilt sich zu schnell auf dem Fußboden.

»Nala«, haucht Theo ihren Namen und streicht ihr über den Kopf, wodurch sich ein leichtes Lächeln auf ihre Lippen schiebt.

Langsam öffnet sie ihren Mund und sieht ihm in die Augen, als wäre niemand anderes mehr im Raum.

»Ich liebe dich«, keucht sie ihre letzten Worte.

Das Zittern ihrer Lippen wird regungslos und ihr Blick leer. Ihr Brustkorb bewegungslos, kein Atem hebt diesen mehr. Schwindel überkommt mich. Übelkeit schießt durch meine krampfende Magengegend. Nala ist tot. Theo blickt einmal hoch, ehe er sie auf die Stirn küsst. Zwei Sekunden, dann steht er wieder auf, nimmt Nalas Waffe und drückt sie Ava in die Hände.

»Wir müssen weiter.«

Keiner regt sich. Nicht einmal Keno bringt einen seiner Sprüche über die Lippen. Für einen Augenblick drängt sich mir der Gedanke auf, all das hier abzubrechen. Doch das ist unmöglich. Ich muss zu Soela. Selbst dafür, dass Nalas Tod nicht umsonst war. Ein weiterer Tropfen Blut pflastert unseren Weg. Ich fühle ihn in meinem kreidebleichen Gesicht. In meinem hochdrückenden Mageninhalt. In meinen angespannten Schultern.

***

Heiße und dennoch klare Wüstenluft schlägt mir entgegen. Die Sonne steht tief und schimmert schräg durch die Halle. Immer noch hallen Nalas quälende Ächzer durch meine Ohren. Ihr starres Gesicht brennt sich in meine Gedanken, als ich wie betäubt zu dem Wagen renne, den Theo im Visier hat. Ich setze mich nach vorn neben ihn.

»Kannst du fahren?«, ruft Keno und quetscht sich mit Ava auf die Rückbank, eine schwarze Tasche zwischen ihnen.

»Wir werden sehen.« Theo dreht den Schlüssel und der Wagen brummt.

Ich kralle eine Hand um eine der eisernen Stangen, die sich wie ein Dach um den Jeep schlängeln und drücke mit der anderen die Waffe gegen meinen Schoß. Die Räder rollen und wir gleiten in die heiße Wüste. Nur eine Windschutzscheibe schützt uns vor dem Fahrtwind. Der Sand schlägt mir beim Fahren gegen mein Bein und die Sonne scheint mir schwach auf den Kopf.

Vor mir breitet sich die endlose Wüstenlandschaft aus, die sonst in der Dunkelheit der Nacht verschleiert lag. Die Sonne steht so flach, dass sich vor den Dünen und Sandhügeln lange Schatten ziehen. Etwas weiter rechts muss der Abgrund sein, an dem ich mit Keno war. Von hier aus kann ich ihn nur erahnen, aber wir müssen parallel zu ihm entlangfahren. So habe ich es zumindest in Erinnerung.

»Hinter uns«, ruft Ava und wir wenden den Kopf herum.

Es ist noch nicht vorbei. Vier Jeeps flimmern durch die Sandwolke, die unsere Räder in die Luft wirbelt. Sie rasen auf uns zu.

»Schneller!«, ruft Keno.

»Ich fahre schon so schnell es geht!«, erwidert Theo.

Kenos Zähne beißen aufeinander, er greift zum Gewehr und richtet dieses auf die hinter uns fahrenden Wägen.

Erschrocken ziehe ich die Luft in meine Lungen. Ziemlich sicher sitzt Balbor in einem der Fahrzeuge. »Keno, nicht!«

Sein Blick trifft meinen. Balbor hat mich hintergangen und angelogen, aber er ist trotzdem noch mein Vater und ich kann nicht zulassen, dass ihm etwas passiert.

Keno schnaubt, lässt jedoch seine Waffe zwischen den Beinen sinken.

»Es muss einen anderen Weg geben. Wir schaffen das auch so.« Hoffe ich zumindest.

»Ich gebe mein Bestes.« Theos Hände liegen fest am Lenkrad des Wagens.

Wir fahren so schnell, dass sich der Sand hinter uns zu einer riesigen Wolke formt. Eine Wolke, durch die vier schwarze Jeeps mit Höchstgeschwindigkeit auf uns zu rasen.

»Festhalten!«, warnt Theo und ich kralle mich an den schwarzen Stangen fest.

Die Wüste formt sich vor uns zu immer größeren Hügeln. Der Wagen schüttelt sich. Meine Finger pressen in das Eisen, um nicht hinaus zu fallen. Bei der Geschwindigkeit dreht sich mir der Magen um. Keine Ahnung, ob Theo in Kurven fährt. Ich habe längst die Orientierung verloren.

Zwei Jeeps holen uns ein. Immer deutlichere Rufe machen sich bemerkbar. Mein Blick wandert nach rechts und trifft auf Balbor. Er steht am Beifahrersitz, sodass sein Kopf über dem Eisenstangendach hervorschaut und krallt sich daran fest.

»Kyra! Bleibt stehen!«

Nicht um alles in der Welt würde ich befürworten, diesen Wagen jetzt anzuhalten. Er ruft uns noch etwas zu und zeigt nach vorne, aber diesmal zischt der Wind so laut über meine Ohren, dass ich kein Wort verstehe.

Wir werden von beiden Seiten eingeengt. Unser Jeep schüttelt sich immer wilder, sodass ich Angst habe, er könnte sich überschlagen. Doch dann trifft mich die Erkenntnis. Diese Sanderhebungen sind unser kleinstes Problem. Wir rasen direkt auf den Abgrund zu. Zwar erscheint er mir an dieser Stelle nicht mehr so hoch wie direkt neben der Mall, aber es würden immer noch locker zwei Ebenen unserer alten Zone darin Platz finden. Die Jeeps blockieren uns von beiden Seiten und wir können nicht ausweichen, ohne dabei stehenzubleiben. Mein Atem beschleunigt sich. Nun heißt es springen oder aufgeben.

»Haltet euch fest!«, brüllt Theo und beißt die Zähne zusammen.

Ich verziehe das Gesicht. Also springen.

»Bleibt stehen!«, ruft Balbor uns erneut zu.

Mein Herz schlägt so stark, dass es schmerzt. Jede Faser meines Körpers schreit danach, Balbors Worte zu befolgen. Den Wagen anzuhalten. Doch mein Kopf würde Theos Fuß am Pedal anketten, um weiterzufahren.

Wir kommen dem Abgrund immer näher, fahren schon das letzte Stück darauf zu. Der Jeep zu unserer Linken bremst vor dem Sprung ab und kommt in dem Wissen, dass er uns nicht mehr einholen kann, ganz zum Stehen. Die zwei anderen fahren einen großzügigen Bogen um den Abgrund herum, der zu unserer Linken immer flacher zu werden scheint. Nur Balbor sieht genauso entschlossen aus, uns weiter zu verfolgen.

Dann passiert es. Unsere Räder verlieren den Kontakt zum Boden und wir fliegen. Ein Kribbeln beginnt in meiner Magengegend und wandert dann durch meinen gesamten Körper. Es kommt mir vor, als würde sich alles in Zeitlupe bewegen.

Ava lässt einen kurzen Schrei los. Neben uns scheint Balbor wie schwerelos mit uns durch die Luft zu segeln. Meine Hände drücken so fest gegen die Stangen, dass die Innenflächen meiner Hände brennen. Der Boden kommt immer näher und ich weiß, dass das schlimmste uns noch bevorsteht. Der Aufprall. Trotz großzügiger Sandschicht sieht er so hart aus, als würde er unseren Wagen direkt zerfetzen.

»Drei ...«, zählt Theo runter. »Zwei ... Eins ...« Und dann knallt es.

Mit einem heftigen Ruck laden unsere Räder am Boden. Es schleudert meinen Oberkörper nach vorne und ich schaffe es gerade noch, meinen Kopf vor einem Aufprall auf die Windschutzscheibe zu bewahren.

Trotz des Gefühls, dass ich mich gleich übergeben muss, bricht ein Lachen aus mir. Wir leben. Das panische Adrenalin schießt nun wie eine Art Glücksgefühl durch mich und drückt einen Schrei aus meiner Kehle. Auch Ava lässt einem Jubel mit beiden Händen um ihren Mund freien Lauf, und Keno rüttelt lachend an meinem Sitz. Selbst Theo entblößt die weißen Zähne. Ich hebe meinen Kopf und spüre den heftigen Fahrtwind durch meine Haare gleiten. Dann blicke ich nach rechts, direkt in Balbors Augen. Sein Jeep fährt noch immer neben uns. Sein finsterer Blick raubt mir das Glücksgefühl und drängt meine Mundwinkel hinunter.

Keno greift erneut zu seinem Gewehr. »Vertrau mir!«

Mein ganzer Körper verkrampft, aber dennoch bin ich anscheinend gewillt ihm zu vertrauen, denn ich nicke.

Keno hebt sein Gewehr und blickt durch den Sucher. In meinem Kopf male ich mir bereits aus, wie die Kugel durch den Körper meines Vaters rast. Wie er vom Jeep fällt und regungslos am Boden liegen bleibt, kleiner wird, bis er gänzlich in unserer Sandwolke verschwinden würde. Und ich unwissend über sein Überleben weiterfahren müsste. Mein gerade noch so eigenartiges Vertrauen in Keno verblasst immer mehr. Verdammt, habe ich wirklich genickt?

Dann drückt er ab. Mein Herz setzt einen Schlag aus. Mein Blick gleitet so schnell wie die Kugel fliegt auf den Jeep neben uns. Doch Balbor fällt nicht tot zu Boden. Keno trifft den Hinterreifen des Jeeps, der sich einmal um die eigene Achse dreht und fast überschlägt, bis er zum Stehen kommt. Wir rasen davon und vernebeln den Wagen in einer riesigen Wolke aus Sand.

Keno lächelt schief. »Ich sagte doch, vertrau mir.«

Ein Schmunzeln legt sich auf meine Lippen. Nie hätte ich gedacht, dass ich Keno mal dankbar sein würde. Dass ich froh wäre, ihn dabei zu haben oder ihm nur einen Funken Vertrauen schenken könnte.

Die restlichen zwei Jeeps tauchen hinter uns in der Ferne auf. Inzwischen müssen sie um den Abgrund herum gefahren sein.

»Sieh mal dort, Theo!«, ruft Ava und streckt den Finger zwischen den Sitzen vor. »Wir können sie dort abhängen!«

Eine verfallene Stadt taucht vor uns auf. Wolkenkratzer, die durch das Gegenlicht in tiefes Schwarz getaucht sind, schneiden das Sonnenlicht in Streifen.

Theo wendet den Wagen. Der Sand in dieser Geisterstadt liegt hoch und lehnt sich an die Wände der Häuser, sodass diese erst ab dem ersten Stock sichtbar werden. Es scheint, als wäre hier schon lange niemand mehr durchgefahren.

Wir fahren wild durch die Gassen, kreuzen unsere eigenen Reifenspuren, um es unseren Verfolgern schwer zu machen, uns zu finden, selbst wenn die Abdrücke bereits etwas im Wind verwehen. Dann entdecken wir ein Haus, bei dem nur noch drei der Wände stehen und fahren hinein. Ein großer Raum, noch breiter als lang, erstreckt sich vor mir. Zerbrochene Fliesen mit bunten Mustern verraten mir den Ursprung des Bodens, doch heute besteht er größtenteils nur noch aus Beton und Schotter über den unsere Reifen knirschen.

»Warten wir hier, bis die Rebellen aufgeben.« Theo schaltet den Motor am Ende des Raums aus.

Als ich aussteige, muss ich den Kopf in den Nacken legen, um die kunstvoll verzierten Steinwände zu betrachten, vor der sich eine riesige Treppe mittig einfach zweiteilt und zu beiden Seiten hinaufführt. Zu meiner Rechten hängt ein zerrissenes Plakat einer Frau über einen langen Tresen. Nur noch ein in die Luft ragendes Bein und rosa um die Hüfte ragender Tüll, sowie ein streng zurückgebender Dutt ist auf dem Foto zu sehen. Wie wohl ihr Gesicht ausgesehen haben mag? Bestimmt war sie so schön, wie die Tänzerinnen aus den Magazinen, die ich las. Schnell erschließt sich mir, was das für ein Ort gewesen sein muss. Eine Oper.

Kapitel Neunundzwanzig

Ava und ich sitzen auf dem Boden und lehnen gegen die Hauswand. Keno lungert schräg im Jeep, sodass seine Beine auf der Seite des Wagens herunterbaumeln und Theo lehnt sich im Stehen gegen die Motorhaube.

Schon eine gefühlte Ewigkeit sagt niemand auch nur ein Wort. Wir hören den Motoren der suchenden Jeeps zu und warten, bis sie verstummen. Die Sonne sinkt hinter den Hochhäusern und es wird immer dunkler. Kälter. Ab und zu sehe ich die Lichter der Scheinwerfer über die Häuser gleiten. Jedes Mal, wenn das Geräusch der Räder lauter wird, beschleunigt sich mein Herzschlag. Doch nach einiger Zeit kommt dieser wieder in einen ruhigen Rhythmus. Das Brummen der Motoren wird immer leiser und ich fange an, mich sicher zu fühlen. Man kann hören, dass sie nur noch in der Ferne nach uns suchen.

Mit der Entspannung kehren jedoch auch die Bilder zurück. Nala, die in einer immer größer werdenden Blutlache liegt. Mein Blick wandert über meine roten Stiefelspitzen und ich weiß, dass die Farbe nie wieder verschwinden wird. Dann bleibt er auf Theo hängen. Er starrt auf den Boden.

Seine Arme verschränkt vor seiner Brust. Wie es ihm wohl geht? Sie hat ihn geliebt und er ... keine Ahnung, was er für sie empfunden hat, aber sie war ihm wichtig. Mein Magen spannt sich bei dem Versuch an aufzustehen, doch ich lasse wieder locker und sinke zurück gegen die Wand.

Nala gab mir die Schuld daran, dass wir eingesperrt waren. Die Rebellen waren hinter *mir* her, nicht hinter ihr. Aber wie hätte ich anders handeln sollen? Ich hätte Soela nicht einfach abschreiben können. Nicht, ohne es wenigstens versucht zu haben. Nein ... ich habe nicht das Feuer eröffnet. Es waren Balbors Leute. Zak. Wie dem auch sei, ich weiß nur, dass ich mich schlecht fühle, weil sie tot ist. Weil ein weiterer Mensch sein Leben lassen musste. Weil sie Theo wichtig war. Ob er nun bereut, mich mitgenommen zu haben? Meine Schultern verkrampfen sich bei dem Gedanken. Ich starte einen erneuten Versuch, und dieses Mal zwinge ich mich, aufzustehen und auf ihn zuzugehen.

»Kann ich mit dir reden?«

Als er seinen Blick vom Boden hebt, zieht es in meiner Magengegend. Er nickt und wir gehen ein paar Schritte die Hauswand entlang. Der Schotter knirscht unter meinen Schuhen. Vor zwei lebensgroßen weiblichen Statuen bleiben wir stehen. Den ganzen Weg hierher, kaute ich den Satz schon in Gedanken durch. Eine Angewohnheit, die wenig hilfreich ist. Umso öfter ich die Worte in meinem Kopf abspule, desto weniger wollen sie meine Lippen verlassen.

»Ich wollte nicht, dass Nala etwas passiert«, sage ich leise, mit pochendem Herzen.

Theo lässt die Luft aus seinen Nasenlöchern weichen. »Ich weiß ... Es war Zak, der den Befehl gab. Aus welchem Grund auch immer.«

Ich sehe zu Boden und zucke mit den Achseln.

»Bestimmt nicht deinetwegen. Nein. Balbor hat uns einsperren lassen, damit dir nichts passiert. Zak wusste das. Da muss mehr dahinterstecken. Nala hat ihm von Anfang an nicht getraut.« Er sagt das mit einem Ton, der nicht tröstend klingt, sondern eher einen Fakt darstellt.

Stirnrunzelnd reibe ich mir mit der Hand über den Nacken und lasse meinen Blick über die Gesichter der Statuen gleiten. Theo hat recht. Wieso haben sie auf uns geschossen, wenn doch Balbors Grund darin lag, mich zu schützen? Zak muss auf eigene Faust gehandelt haben. Doch was spielt das alles noch für eine Rolle, wenn wir nicht wieder zu den Verschollenen zurückkehren? Ich bin nicht mit Theo die paar Schritte gegangen, um vage Theorien aufzustellen oder damit er mir gut zuredet. Nein, ich wollte für ihn da sein. Er kannte Nala schon ewig und seiner Geschichte zufolge verdankt er ihr auch sein Leben.

»Sie hat dich geliebt.« Zum ersten Mal finde ich den Mut in seine dunkelbraunen Augen zu schauen.

Für den Bruchteil einer Sekunde glaube ich, den Anflug eines Lächelns in seinen Mundwinkeln zu sehen, aber vielleicht habe ich mir das auch nur eingebildet.

»Ich habe sie auch geliebt ... Nur vielleicht nicht auf die gleiche Weise.«

Und plötzlich dämmert mir, warum Nala mich nicht sonderlich mochte. Ich hätte gar nichts richtig machen können. Sie war eifersüchtig. Und das ausgerechnet auf mich. Kaum zu glauben, dass so ein kraftvoller Mensch jemals auf mich eifersüchtig sein könnte. Und dass sie auch nur einen Moment daran denken konnte, dass ein Mann wie Theo an jemandem wie mir interessiert sein könnte.

Ich verkneife mir ein Seufzen. Nein, bestimmt sieht Theo in mir nur ein Mädchen, dass nicht auf sich selbst aufpassen kann. Das waren seine eigenen Worte. Ich wecke in ihm eine Art Beschützerinstinkt. Das ist alles. Wieso fühlt sich diese Erkenntnis an, wie ein kalter Stich in meiner Brust? In mir zieht sich alles zusammen, wenn ich in seine braunen Augen sehe. Ich schlucke. Zwischen uns ist verdammt nochmal nur das, wofür er ausgebildet wurde. Schließlich ist er immer noch ein Springer, seine Prinzipien bleiben dieselben. Nala hingegen brauchte niemanden, der auf sie aufpassen musste und dafür habe ich sie bewundert. Und vermutlich hat er das auch.

»Sie hat dich zu dem gemacht, der du heute bist.«

»Das hat sie«, sagt Theo und sieht zu Boden.

Vielleicht sollte ich seine Hand in meine legen. Oder ihn in den Arm nehmen, aber ich weiß nicht, ob er das möchte. Und etwas in mir wird nervös bei dem Gedanken, es zu versuchen. In seiner Nähe zu sein, fühlt sich irgendwie anders an als alles andere. Aber vielleicht ist das auch nur die Sicherheit, die er mir gibt. Und ich musste bereits lernen, dass das ein solch wertvolles Gefühl ist.

»Ich glaube, wir können jetzt weiter fahren!«, ruft uns Keno zu.

Theo sieht zu mir hoch. »Wir finden Soela.«

»Und das Gegenmittel«, ergänze ich seinen Satz.

»Und das Gegenmittel«, wiederholt er nickend.

***

Auch wenn wir diesmal nicht mit Höchstgeschwindigkeit fahren, halte ich mich am Geländer des Jeeps fest. Das Sonnenlicht ist inzwischen komplett verschwunden und nur der Mond und die Scheinwerfer des Jeeps beleuchten unseren Weg. Auf gerader Strecke fahren wir aus der Stadt in die kahle Wüste und weiter in Richtung Residenz. Mein Blick fällt betend hoch in den von Sternen bedeckten Himmel. Ich bete, dass Soela noch am Leben ist und Balbor unrecht hatte. Ich bete, dass wir die Residenz wieder lebendig verlassen werden.

»Ich denke, wir sind da«, sagt Theo und nickt nach vorn, wo Lichter den Horizont erhellen.

Mein Mund steht offen. Die Zone 0 ist riesig. Kaum zu glauben, dass dieses strahlende Leuchten das kleine unscheinbare Licht war, das ich vom Abgrund aus gesehen habe.

»Das ist die Residenz?«, fragt Ava und lehnt sich über meinen Sitz.

Noch nie habe ich etwas so Schönes gesehen. Ein buntes Lichtermeer erstreckt sich vor uns unter einer riesigen, fast unsichtbaren Glaskuppel, in der sich der Mond spiegelt. Grün blitzt durch das Glas, weiß, blau. Ich kneife die Augen zusammen, um mehr in der Ferne erkennen zu können. Hinter der Glaskuppel erscheinen noch zwei weitere kleinere, die jeweils mit einem Tunnel mit der Großen verbunden sind. Mein Magen kribbelt. Die Zone 0 ist kein einzelnes Gebäude, es ist eine ganze Stadt. Ich wünschte, Mutter hätte das hier sehen können.

Für die restliche Fahrt schaltet Theo die Scheinwerfer ab, damit wir unentdeckt auf die Kuppel zufahren können. Je näher wir kommen, desto größer erscheint mir die Residenz. Ich fühle mich selbst immer kleiner. Mir kommt in den Sinn, wie ich zum ersten Mal in unserer eigenen Zone eine Pflanze gesehen habe. Meine damalige Entdeckung kommt mir jetzt so mickrig vor. Neid steigt in mir empor. Und Wut. In unserer alten Zone gab es Abende, an denen der Strom nicht mehr reichte, und wir bis zum Morgengrauen in völliger Dunkelheit saßen. Hier hingegen leuchtet alles so hell, dass man glauben könnte, in der Kuppel wäre es noch Tag.

Theo lenkt den Wagen hinter eine kleine Sanddüne und schaltet den Motor ab. »Wir sollten den Rest zu Fuß gehen.«

»Gute Idee«, erwidert Keno. »Ich bin nicht sonderlich scharf darauf, gefasst zu werden, bevor wir die Residenz auch nur betreten.«

Vorsichtig steige ich aus. Meine Füße versinken im Sand. Jeder mit einem Gewehr bewaffnet stapfen wir Schritt für Schritt durch die Körner, die immer rutschiger unten meinen Schuhen werden. Balbors Warnungen schießen mir in den Kopf. Wir würden direkt erschossen werden, ohne auch nur einen Fuß in die Residenz setzen zu können. Ich versuche, mich mental darauf vorzubereiten, den Abzug zu betätigen.

Sie werden auch nicht zögern. Diesmal darf mir nicht die Hand einfrieren. Am besten ist es, ich denke erst gar nicht über die Konsequenzen meiner Schüsse nach und tue es einfach.

Umso näher wir der Kuppel kommen, desto mehr kann ich erkennen. Futuristische Hochhäuser in jeder Form ragen zwischen kleineren empor. Alles in Weiß oder aus Glas. Ich entdecke einen runden Turm mit weißem Metall, das sich wie eine Schlange um ihn herum windet. Auf der Spitze eines anderen Gebäudes befindet sich ein zylindrischer Teil, der mich an das Raumschiff aus einem alten Buch erinnert. Doch etwas fängt besonders meine Aufmerksamkeit. Das riesige Eingangstor, das uns von der Zone 0 trennt. Es ist der einzig undurchsichtige Teil der Glaskuppel. Riesig genug, damit die Lastwagen hindurch passen. Ein breiter Rahmen führt um das weiße Schleusentor, dessen horizontale Mittellinie mich an ein riesiges Maul denken lässt.

»Zwei Wachen links …«, analysiert Keno den Eingang.

»Und eine auf der rechten Seite«, vollende ich seinen Satz.

Die Wächter auf der linken Seite sitzen in einer Kabine, aus der sie durch ein Glasfenster nach draußen sehen können. Der Rechte steht zwischen dem Tor und einer weißen Hauswand direkt hinter der Glaskuppel, aber er wendet uns den Rücken zu.

»Also, wie ist der Plan?«, fragt Keno und wir bleiben stehen.

Ava, Theo und ich sehen uns gegenseitig an, aber niemand antwortet. Kenos Blick wandert mit hochgezogenen Augenbrauen über unsere Gesichter.

Schnaufend wirft er den Kopf in den Nacken. »Ist das euer Ernst?«

Ava kneift die Augen zusammen. »Ich dachte, unsere Pläne funktionieren sowieso nie? Deine Worte.«

»Und *ich* dachte, Selbsterkenntnis wäre der Weg zur Besserung.«

»Ja?« Nun schwingt sarkastisches Mitleid in ihrer Stimme mit und die Hand an ihrer Hüfte wandert hoch, bis sie ihm einen Finger in die Brust bohrt. »War das das was deine Therapeuten immer zu dir sagten?«

»Wow!« Keno greift nach ihrem Handgelenk. »Deine Beleidigung war ja schon fast intelligent. Gratulation!« Zu ihr vorlehnend, senkt er ihre Hand. »Wenn es dir nichts ausmacht, applaudiere ich dir erst nach dieser Selbstmordaktion.«

Theo entweicht ein Stöhnen. »Uns wird schon etwas einfallen.«

»Hoffentlich bevor wir –«

»Wenn du endlich die Klappe halten würdest, wärst du vielleicht auch mal selbst in der Lage nachzudenken!«, unterbricht ihn Theo.

Mit Daumen und Zeigefinger fasse ich mir an die Nasenwurzel. Dieses Herumgezanke bringt uns absolut gar nichts, auch wenn ich Keno in einem Punkt recht geben muss. Wir brauchen einen Plan, sonst sind wir vermutlich tot noch bevor wir die Glaskuppel erreichen.

»Was ist das?« Ava zeigt auf zwei immer größer werdende Lichter.

Mit zusammengekniffenem Blick schaue ich in die blendenden ... Scheinwerfer! Erschrocken reiße ich die Augen wieder auf. Ein Lastwagen. Soldaten!

»Runter!«, zischt Theo und wir werfen uns flach auf den Boden.

Mein Herz trommelt wild gegen den Sand, der von den Rädern des Wagens zu vibrieren scheint. Die Lichter gleiten knapp über unseren Köpfen vorbei. Jetzt bloß nicht bewegen! Ich bete, dass uns die Fahrer nicht sehen. Müssen wir kämpfen? Muss ich auf jemanden schießen? Oder werde ich vielleicht erschossen?

Wir liegen im noch warmen Sand und warten auf unser Schicksal. Die Räder rollen schnell. Ein paar Sekunden und der Lastwagen fährt an uns vorbei. Nur für Soela will ich überleben. Nur für meine kleine Schwester muss ich durchhalten.

Das Licht beißt in meinen Augen, also stecke ich mein Gesicht in den Sand und lausche. Die Räder des Lastwagens knirschen über den Boden. Jedes Geräusch nehme ich wahr. Sogar Avas schnellen Atem.

Das Brummen des Motors wird lauter. Meine Schultern zucken zu den Ohren und ich verkrampfe den Nacken. Versuche, ruhig in den Sand zu atmen, um mich möglichst wenig zu bewegen. Ich schätze, es sind nur noch wenige Meter. Wenn sie anhalten, werde ich schießen. Meine Finger pressen so fest auf das Gewehr, dass die metallenen Kanten in meine Handfläche schneiden.

Doch dann wird es leiser. Mein Nacken lockerer. Sind sie weg? Ich hebe den Kopf und als ich die Rückleuchten des Lastwagens sehe, lasse ich ihn durchatmend wieder in den Sand fallen.

»Das war knapp«, flüstert Ava neben mir.

Langsam drücken wir uns wieder auf die Beine. Ein Fuß in den Sand gestemmt, merke ich, wie wacklig meine Knie sind. Verdammt, ich muss mich zusammenreißen.

Sei nicht so ein Feigling. Ich presse die Zähne aufeinander. Trotzdem kann ich das Zittern meiner Finger nicht unterdrücken, als ich mir den Sand aus dem Gesicht streiche. Schnell umgreife ich die Waffe, damit die anderen nichts davon merken. Die Tore zur Residenz öffnen sich für den Lastwagen. Die mittige horizontale Linie weitet sich zu einem Spalt, bis es aussieht, als würde die Glaskuppel den Wagen fressen.

»Ich habe eine Idee.« Keno spuckt auf den Boden, um den Sand aus seinem Mund zu bekommen.

»Ja ... Ich weiß, was du meinst«, erwidert Theo nickend.

Nur Ava und ich werfen uns einen ratlosen Blick zu.

»Wir brauchen nur einen Grund, um sie anzuhalten«, fährt Theo fort.

»Was habt ihr vor?«, frage ich, weil meine Hoffnung auf eine unaufgeforderte Aufklärung schwindet.

Theos Blick schweift über mich. Eine Antwort bekomme ich aber nicht, denn er wendet sich wieder Keno zu. »Der Jeep?«

»Könnte funktionieren!«

»Hallo?« Ava reißt ihre Hände zur Seite.

Theo wendet sich uns zu, erbarmt sich endlich, auch uns einzuweihen. »Wir stellen unseren Jeep in die Fahrbahn der Lastwagen und warten, bis der nächste kommt. Wenn die

Soldaten ihn entdecken, werden sie stehenbleiben und nachsehen. Dann müssen wir schnell sein. Sobald der Lastwagen steht, können wir darunter kriechen und uns von unten festhalten.«

»Nachdem sie nichts finden werden, werden sie weiterfahren«, fügt Keno mit dem Anflug von Überheblichkeit hinzu.

»Mit uns in die Residenz«, vervollständige ich und muss leicht schmunzeln.

Der Plan klingt gar nicht schlecht. Er könnte tatsächlich funktionieren. Sofern ich mich dort überhaupt lange genug festkrallen kann. Die Muskeln meiner Armen beißen immer noch vom Training der letzten Tage.

»Okay«, sagt auch Ava. »Dann los. Gehen wir den Jeep holen.«

»Woher wisst ihr, dass noch ein Wagen kommen wird?«

»Wir wissen es nicht«, antwortet Theo.

»Wenn in der nächsten Stunde keiner kommt, überlegen wir uns eben etwas neues.« Keno zuckt mit den Achseln. »Wie ich ja bereits feststellen musste, hast du schließlich keinen besseren Plan, oder?«

Statt einer Antwort funkle ich ihn an.

Theo sucht meinen Blick. »Kyra und ich holen den Wagen allein. Es geht ein leichter Wind. Bis wir beim Jeep sind, werden die Reifenspuren des Lastwagens verschwunden sein. Wartet ihr hier, damit wir wissen, wo wir ihn platzieren.«

Ich bin erstaunt darüber, an was Theo denkt. Er überlässt nichts dem Zufall. Achtet auf jede Kleinigkeit und macht nicht einmal den Anschein, als müsste er wirklich darüber nachdenken. Er macht es einfach. Aber noch erstaunter bin ich darüber, was ich selbst alles falsch gemacht hätte.

Kapitel Dreissig

Theo und ich gehen zurück zum Jeep und steigen ein. Die Scheinwerfer sind ausgeschaltet, nur das schwache Mondlicht beleuchtet den Weg. Meter um Meter rollt der Wagen durch den Sand, bis ich etwas höre. Eindeutig einen Motor und Reifen.

»Theo. Da fährt noch ein Lastwagen.«

Der Wagen kommt zu früh. Das macht unseren gesamten Plan zunichte.

»Wir fahren ihm nach.«

Was Theo wohl vor hat? Klingt auf jeden Fall so, als hätte er einen Plan. Vielleicht sollte ich nachfragen. Es zu wissen, würde vermutlich auch den Knoten in meinen Magen lockern. Aber ich sage nichts. Sitze still da und warte darauf, was passiert. Keinesfalls will ich ihn ablenken oder ihm zeigen, wie nervös ich bin. Sobald ich etwas tun muss, wird er es mir sagen. Theo setzt den Wagen in den Windschatten des Lasters und wir fahren im Konvoi über den rauen Sand, bis der Wagen vor uns stoppt.

»Warum halten sie an?« Mein Puls schießt derart in die Höhe, dass nicht einmal das Zusammenpressen meiner

Finger die Waffe noch ruhig halten kann. Sie bebt in meinen Händen.

Ava. Keno. Verfluchter Mist, haben die Soldaten sie entdeckt?

Theo nickt nach vorne. Ein Gewehr. Es steckt im Sand. Er dreht sich nach hinten und holt etwas aus der schwarzen Tasche. Zwei armlange Gurte, an deren Enden Karabinerhaken aneinander klappern.

Eine Hand fasst auf meine Schulter und ich schrecke zusammen, spanne meinen Körper an, um nicht aufzuschreien. Keno. Sein Zeigefinger presst gegen seine grinsenden Lippen. Findet er das etwa witzig? Am liebsten würde ich ihm den Hals umdrehen. Verdammt, ich hätte vor Schreck fast losgebrüllt.

Hinter ihm steht Ava mit aufgerissenen Augen. Schnaubend werfe ich Keno einen wütenden Blick zu. Aber gut. Zumindest haben die Soldaten sie nicht gesehen. Dann gleitet mein Blick zu seinen leeren Händen. Es ist sein Gewehr, das im Sand steckt. So sehr ich es mir auch manchmal wünschte, dumm ist Keno nicht.

Ich strecke ihm meines entgegen. »Du kannst damit mehr anfangen.«

Keno nickt und nimmt es ohne zu zögern.

Sobald das Gewicht meine Hände verlässt, fällt eine Last von meinen Schultern und ich habe das Gefühl, wieder freier atmen zu können.

Theo springt in den Sand. »Beeilt euch! Das ist unsere einzige Chance.«

Mit leichtem Fuß laufen wir Theo nach. Der Lastwagen ist nur noch wenige Meter entfernt, als ich ein Klicken höre. Die Beifahrertür öffnet sich. Ein weißer Stiefel kommt zum Vorschein. Mein Herz schlägt so schnell, dass ich das Gefühl habe, mein Brustkorb explodiert jeden Moment. Wir müssen schneller laufen, wenn wir unentdeckt bleiben wollen, doch der tiefe Sand macht es mir nicht gerade einfach.

Das weiße Bein zu dem Fuß schiebt sich hinaus und eine Taschenlampe blitzt auf. Schweißtropfen schießen aus meinen Poren. Der Körper des Soldaten kommt zum Vorschein. Theo streckt seine Hand warnend in die Luft und bleibt stehen.

Der bewaffnete Soldat setzt seinen Fuß in den Sand und leuchtet mit seiner Taschenlampe auf das Gewehr, das senkrecht im Sand steckt.

»Was ist dort?«, ruft jemand aus dem Lastwagen.

»Woher soll ich das wissen?«

Ein genervter Laut dringt aus der Fahrerkabine. »Geh halt nachsehen!«

Stöhnend geht der Soldat auf das Gewehr zu.

Theo gibt uns das Zeichen, dass wir weiter zum Lastwagen schleichen sollen. Meine Handflächen schwitzen. Wenn sie uns sehen, ist es vorbei. Sobald wir schießen, würden sie es in der Residenz hören – wir sind schon zu nah dran. Ich presse die Zähne zusammen und zwinge mich, ruhig durch die Nase zu atmen. Wir schleichen langsam, so lautlos wie möglich. Doch ich kann den Sand nach jedem Schritt von meinen Stiefeln rieseln hören.

»Na, was ist jetzt?«, schallt es aus dem Wagen. »Gott, wie kann man so langsam sein? Ich bin echt schon viel zu lange mit dir unterwegs!«

»Ja, ja ... Das ist ein Sturmgewehr.« Der Soldat verschwindet hinter dem Wagen aus unserem Sichtfeld und leuchtet in alle Richtungen.

»Welcher Vollidiot hat das denn hier verloren?«

»Komm doch selbst nachsehen! Ich sehe niemanden«, faucht er zurück und schwenkt den Lichtstrahl von den Dünen weg.

»Bist du blöd? Leuchte mir nicht so ins Gesicht!«

Vorsichtig kriechen wir unter den Lastwagen. Ich ziehe mir das Shirt über Nase und Mund und kralle mich von unten am Wagen fest. Theo kriecht unter Ava und mir durch und befestigt kurze Gurte mit Karabinern am Auto, wie eine Art Sicherung um unsere Hüfte. Mir wird schnell klar, dass er nur zwei Gurte dabei hat, weil nicht geplant war, dass Ava und Keno mit uns kommen. Ich spüre jetzt schon in den Muskeln meiner Arme, dass die Fahrt in die Residenz eine Herausforderung sein wird und ich es wahrscheinlich ohne diese Unterstützung nicht geschafft hätte. Nur ein klein wenig lasse ich mein Gewicht in den Gurt sinken und entlaste meine Armmuskeln. Schritte nähern sich und ich verkrampfe.

»Was tust du denn da? Willst du das etwa stecken lassen?«, dröhnt es über mir.

»Was?«, ruft der Soldat genervt.

»Nimm das verdammte Gewehr mit und steig endlich wieder ein!«

Scheint mir nicht so, als ob die beiden heute einen guten Tag haben. Hoffentlich bleiben wir unentdeckt. Ich habe keine große Lust, ihnen erklären zu müssen, warum wir uns unter dem Wagen festgeschnallt haben. Falls es überhaupt dazu kommen würde. Vermutlich hätte ich direkt eine Kugel im Kopf.

Das Stapfen nähert sich wieder. Nur eine Armlänge von mir entfernt tauchen die weißen Stiefel auf. Ich schlucke die Beklemmung hinunter und befürchte schon, dass er unter den Wagen schaut, so laut wie mein Herz schlägt. Doch das passiert nicht, der Soldat steigt ein.

***

Um uns wirbelt der Sand. Ich öffne meinen Mund, um besser durch mein Shirt atmen zu können, dennoch habe ich das Gefühl zu ersticken. Durch den Wind tränen meine Augen. Meine Haut spannt. Die Muskeln meiner Arme brennen und meine festkrallenden Finger schmerzen. Lange halte ich das nicht mehr durch. Alle paar Sekunden rutschen meine Schuhspitzen ab und ich suche jeden Zentimeter nach besserem Halt ab – vergebens. Ich lasse mich mehr und mehr in den Sicherheitsgurt sinken, dem ich mein Vertrauen verweigere. Wie soll mich so ein dünnes Ding halten?

Es wird heller. Der Wagen bleibt stehen und ein Knarzen ertönt. Die Tore der Residenz.

»Na, letzte Runde?«, fragt einer der Wachleute den Fahrer.

»Zum Glück! Aber haltet die Augen offen. Wir haben ein Gewehr in der Wüste gefunden. Nicht weit von hier.«

Mein Herz schlägt so laut, dass ich beinahe meinen würde, das Brummen des Motors zu übertönen. Mein Atem zischt fast im selben Tempo durch meine Nase und ich kann die Lautstärke aus Panik nicht mehr kontrollieren. Es kommt mir vor, als würde mein Körper ein Orchester spielen, welches durch die ganze Stadt dröhnt. Mit dem Versuch, mich zu beruhigen, schließe ich die Augen.

Niemand sieht uns. Wir schaffen das. Wir überleben das, läuft es in Endlosschleife in meinem Kopf.

»Alles klar! Wir werden wachsam sein«, gibt der Wachsoldat zurück.

Wir rollen weiter, nur um kurz darauf erneut stehenzubleiben. Sie schalten den Motor ab. Es ist leise. Dunkel. Ich öffne meine Augen weit, um in der Finsternis etwas zu erkennen.

Plötzlich erhellt ein grünes Licht Theos Gesicht. Seine Augen weichen nicht von meinen. Der grüne Schein fährt wie eine hauchdünne Wand den Raum entlang. Es kribbelt, als er über meine Haut wandert. Auf meinem Unterarm bildet sich schwarzer Staub, der anschließend zu Boden bröselt. Ist das die Seuche? Auch von Theos Gesicht, von seinem über die Nase gezogenen Shirt und seinen Armen bröselt dieser schwarze Staub. Stille umgibt mich. Es sieht fast magisch aus.

Zischend öffnet sich hinter Theo eine Reihe Kacheln in der Wand. Es rumpelt und dann dröhnt es. Ein Sog zieht an mir, sodass ich meinen Körper versteifen muss, um keinen Laut von mir zu geben. Der schwarze Staub fliegt in die Öffnungen.

Ruckartig verliere ich den Halt. Mein Körper knallt in den Sicherheitsgurt um meine Hüfte. Ich kann nicht atmen. Das Geräusch betäubt meine Ohren. Vergebens versuche ich, meine Hände wieder in den Lastwagen zu krallen, aber die Kraft der Düsen ist zu groß. Die Karabiner zerren am Metall und verbiegen sich durch die Last. Meine Arme zittern vor Anstrengung. Immer wieder zuckt mein Blick zu dem Karabiner. Der kleine Riss im Metall sieht gefährlich danach aus, als würde er jeden Moment brechen. Ich beiße die Zähne zusammen und diesmal entweicht mir ein Ächzen.

Finger packen mein Handgelenk. Theo. Er drückt meine an den Wagen. In letzter Sekunde kralle ich mich fest, bevor der Karabiner zerspringt. Im Luftwirbel schlägt er auf meinen Rücken. Der Schmerz rast über meine gesamte Wirbelsäule und ich verziehe mein Gesicht, um nicht loszuschreien.

Von einem Augenblick auf den anderen verstummt das ohrenbetäubende Dröhnen und der Luftzug schwindet.

Meine Finger zittern unter Theos, der seine Hand über meine schiebt.

Erbarmungslos rollt der Wagen wieder los und ich presse mich so fest ich kann an ihn. An mir fliegt die Residenz vorbei. Weiße Mauern, braune Baumstämme, bunte Hosenbeine, hohe Schuhabsätze. Doch ich bin zu angespannt, um mich daran zu ergötzen. Zu sehr damit beschäftigt, zu überleben. Meine Muskeln brennen. Lange kann ich mich nicht mehr halten. Fragend sehe ich zu Theo.

»Noch nicht.«

Theo drückt meine Hand gegen den Wagen, so fest, dass es schmerzt. Meine Zähne beißen zusammen und hole mir die letzte Kraft aus meinen Adrenalinausstößen.

Wir fahren in eine Halle und endlich parken sie den Lastwagen ein. Die Soldaten steigen aus. Ungeduldig verfolge ich ihre Schritte, bis sie aus der Halle verschwinden und Theos Hand von meiner rutscht. Ich knalle zu Boden. Autsch! Vorsichtig strecke ich die Finger aus, die vor Versteifung schmerzen. Keine Ahnung, wie ich das geschafft habe. Rückblickend hätte ich, bei meiner körperlichen Kondition, schon in der Seuchenschleuse aufgeben müssen.

Theo lässt sich langsam zu Boden gleiten. Die Adern treten auf seinen Armen hervor. Es scheint ihn nicht einmal sonderlich anzustrengen, denn im Gegensatz zu mir landet er ganz sanft auf dem Boden.

Für ein paar Sekunden bleibe ich regungslos auf dem Rücken liegen und schüttle meine Arme aus, bis ich nicht mehr das Gefühl habe, sie würden bei der nächsten Bewegung krampfen. Dann rolle ich mich auf den Bauch und krieche bis zum Ende des Lastwagens.

»Es ist niemand hier«, flüstert Ava und wir krabbeln aus unserem Versteck hervor.

Eine Parkhalle erstreckt sich vor uns, in der acht weitere Lastwagen stehen. Theo, Ava und Keno demontieren die Schulterstütze und den Schalldämpfer von ihren Gewehren und schieben sich die nun deutlich kleineren Dinger unter die Jacken. Mit schnellem Schritt schleichen wir auf den noch offenstehenden Ausgang zu.

Kapitel Einunddreissig

Wir sind tatsächlich in der Residenz. Mir klappt die Kinnlader herunter. Palmen und Bäume ragen aus großen Töpfen, verteilen sich zwischen weißen futuristischen Gebäuden, die jede erdenkliche Form haben und mit so vielen Fenstern bestückt sind, dass selbst die ärmsten Leute darin eine unglaubliche Aussicht haben müssen. Saftig grüne Grashalme ragen um den Weg herum. Wiesen, in die ich mich am liebsten hineinlegen würde, um den Duft zu inhalieren, der mir entgegenströmt. Die Luft wirkt, trotz dieser Glaskuppel, so klar und frisch wie nachts in der Wüste.

Ich hätte mir die Residenz nie so schön vorgestellt. Alles sieht so sauber und anders aus. Kein Dreck liegt auf dem gefliesten Steinboden, keine beschmierten Wände verunstalten die Gassen. Die Menschen wirken wohlhabend und unbeschwert. Große Hüte ragen um ihre Köpfe, bei denen ich sofort an die Frau aus unserer alten Zone denken muss. Auch die Gewänder erinnern mich an die Guides. Bleistiftröcke, Blusen und Anzüge. Weite, fließende Stoffe, die im Licht der Laternen glänzen. Selbst die übermäßig rot gemalten Lippen und sorgfältig gestylten Haare erinnern mich an die oberen Ebenen. Wie lange die wohl morgens brauchen, um so auszusehen? Selbst könnte ich mir nie vorstellen, in so einem Outfit herumzurennen. Schon allein die Schuhe, die ihre Füße in eine horizontale Position zwingen, stelle ich mir mehr als umständlich vor.

An fast jedem zweiten Hochhaus hängen leuchtende Werbetafeln mit dem Adler-Wappen der Residenz. Im Vorbeigehen lasse ich meine Finger am Stamm einer Palme entlanggleiten. Wie rau die Rinde ist. Kaum zu glauben, in was für einer gegensätzlichen Welt ich gelebt habe.

Ein plötzliches Bellen direkt neben mir lässt mich den Kopf zwischen die Schultern ziehen. Das Wesen reicht mir bis zum Knie. Goldenes Fell, runde Augen, eine Schnauze. Ist das ein Hund? Ich habe noch nie einen echten gesehen. Nur als Illustrationen in Büchern. Meine Bauchdecke spannt sich beim Anblick der spitzen Zähne an, die jedes Mal hervorstechen, wenn er diese ohrenbetäubenden Töne von sich gibt.

»Zuzu nicht!«, befiehlt ihm eine Frau mit violettem Hut und zieht ihn an der Leine.

Aber es hilft nichts. Immer noch hallt das Bellen durch die Straße. Der Hund lenkt die ganze Aufmerksamkeit auf uns. Die Frau schaut zu uns hoch und ich an mir herab. Blicke auf meine dreckigen Schuhe, meine Hose voller Sand, mein Shirt durchnässt von Schweiß. Angewidert zieht sie die Oberlippe ein Stück nach oben und entblößt die strahlend weißen Zähne.

»Komm Zuzu. Gehen wir.« Das Bellen des Hundes verwandelt sich in ein bettelndes Wimmern.

Sie drückt ihre braune, mit Schlangenleder überzogene Umhängetasche enger an ihren Körper und kehrt uns den Rücken zu. Denkt sie etwa, wir wollen ihr dieses hässliche

Ding klauen? Irritiert schüttle ich meinen Kopf, auch wenn sie uns nicht mehr ansieht. Den Hund neben sich herziehend, verschwindet sie mit so kleinen schnellen Schritten, wie es der enge Bleistiftrock zulässt, hinter der nächsten Ecke.

Ein zweites Mal schaue ich mir über beide Schultern. Treffe auf starrende Augen. Einige Bewohner werfen uns verachtende Blicke zu und wieder andere sehen uns mit Mitleid an. Ein Unbehagen überkommt mich gleichermaßen wie Angst. Wissen sie, wer wir sind? Wenn unsere Kleidung uns verraten hätte, sollte es hier dann nicht längst von Wachleuten wimmeln?

»Kommt, gehen wir weiter«, sagt Theo.

Es fällt uns nicht schwer, den richtigen Weg zu finden, denn ein Gebäude ragt über alle anderen hinaus. Sicher ist die dünner werdende Spitze mit dem riesigen goldenen Adler in der ganzen Residenz sichtbar. Mir ist schnell klar, dass das der Hauptsitz sein muss. Dort muss sich das Labor und auch Soela befinden. Ich schlucke. Wenn sie noch lebt.

Wir schleichen durch die surrealen Gassen und gelangen auf die Hauptstraße, die direkt zum Hauptsitz führt. Eine komplett weiße Straße, auf der sicher zwei dieser LKWs nebeneinander herfahren könnten. Palmblätter werfen Lichtspiele auf den Boden und unsere Schatten ziehen sich flach die Straße entlang. Nur noch wenige Menschen schlendern hier unter den silbernen Laternen entlang. Wir werfen uns spannungsgeladene Blicke zu. In ein paar Momenten würden wir um unser Leben kämpfen. In ein paar Momenten könnten wir tot sein. Angestrengt versuche ich, mein Unbehagen zu verstecken und mutig zu sein, doch ich weiß nicht, ob mein Blick mich verrät. Ich kann nicht leugnen, dass ich Angst habe. Eine Scheißangst, um genau zu sein. Alles in meinem

Körper schreit danach, wieder umzudrehen. Alles, bis auf mein Herz, das mich schnurstracks in das Gebäude zieht.

»Wir brauchen einen Plan«, sage ich, auf die Gefahr hin, einen idiotischen Kommentar von Keno zu provozieren.

Es wird unmöglich sein, das Quartier einfach zu stürmen. Zu viert. Bis auf ein zustimmendes Nicken gibt Keno nichts von sich. Ich schiele in seine blauen Augen, die konzentriert durch die Straße flitzen. Seine Hand liegt an seinem Bauch. Vermutlich, um die Waffe unter der Jacke zu stabilisieren, oder um sie schneller ziehen zu können. Ist er etwa genauso nervös wie ich? Verdammt, wieso hoffe ich gerade darauf, einen seiner doofen Sprüche zu hören?

»Wir haben einen Vorteil«, sagt Theo. »Sie wissen nicht, wer wir sind. Elvira war noch nie bei uns in der Zone und die Soldaten werden sich unser Gesicht nicht gemerkt haben.«

Zum Teil hat er recht. Allerdings stand ich den Soldaten alle zwei Wochen bei der Lebensmittellieferung gegenüber. Ob sie mich erkennen würden? Ich hoffe einfach, nicht auf die falschen zu treffen.

Ava nickt. »Sie denken, wir sind tot.«

»Trotzdem können wir nicht einfach *so* in das Gebäude.« Keno zeigt auf seine dreckige Kleidung. »Das wäre Selbstmord. Danke, aber nein danke.«

»Was wäre, wenn wir so aussehen, als würden wir hier arbeiten?«, schlage ich vor und greife mir an den Nacken.

Theo kneift die Augen zusammen. »Probieren wir es.«

»Und wo sollen wir die Klamotten herbekommen?«, fragt Keno skeptisch.

Ava nickt nach vorn. »Von denen!«

Unsere Köpfe drehen sich fast zeitgleich zum Quartier, aus dessen Eingang drei Wissenschaftler kommen. Ihr Lachen dröhnt durch die Straßen. Eine Frau mit hochgesteckten

Haaren und zwei Männer, von denen einer eine große, runde Brille trägt. Alle drei sind komplett in weiß gekleidet.

Theo nickt und ohne weiter darüber nachzudenken, schleichen wir los. Zu schnell für meinen Geschmack. Am liebsten würde ich das Risiko noch eine Weile abwägen, um einen voll ausgearbeiteten Plan zu haben, aber das ist unmöglich. Wir tun es einfach. Und es gibt kein Zurück mehr. Nichts von dem hat mein Gehirn bereits verarbeitet. Alles, was ich weiß, ist, dass jeder Muskel in meinem Körper auf Alarmbereitschaft läuft, sich von dem Adrenalin nährt, das mich in Schüben versucht, auf alles vorzubereiten.

Die Straßen sind inzwischen fast menschenleer, nur Soldaten blitzen immer wieder hinter Ecken hervor. Jedes Mal, wenn die Wissenschaftler in eine weitere Gasse biegen, versuchen wir, sie ein klein wenig mehr einzuholen.

Wir kommen in eine Gegend, die dem bisherigen Eindruck der Residenz einen Dämpfer verpasst. Schwarze Schlieren zieren die weißen Hauswände und der Boden ist rissiger und schmutziger. Ein modriger Geruch dringt in meine Nase und ein schauriges Gefühl rinnt meinen Nacken hinunter.

Hinter mir knackt es. Ich unterdrücke ein erschrockenes Quietschen und drehe mich um. Ava hebt entschuldigend ihre Hände. Ein kleiner Ast ragt unter ihrem Fuß hervor. Stöhnend wende ich mich wieder nach vorn. Die Wissenschaftler biegen in eine Seitengasse, vor der sich das Blinken einer kaputten Laterne in einer Wasserpfütze spiegelt. Vorsichtig blicken wir um die Ecke. Eine düstere Gasse, die nur durch die blinkende Laterne erhellt wird. Am Ende strahlt warmes Licht durch ein Fenster auf den Boden, auf dem sich Zigarettenstummel zu kleinen Hügeln formen. Ein eher altmodisches Pub mit grünen Fensterrahmen und einer Holztür. Das erste Gebäude, das nicht komplett weiß ist. Ein wenig erinnert es mich an das Tortuga. An Cruz. Für einen Moment sehe ich weg, um nicht an ihn denken zu müssen. Nicht jetzt.

Plötzlich trifft mich ein Blick. Zittrig ziehe ich die Luft in die Lungen. Das Mädchen aus unserer alten Zone. Tochter eines Guides. Sie lehnt in einer Seitengasse neben einer Haustür, nur ein paar Meter entfernt und kaut wie damals auf einem Kaugummi herum. Ihr Blick fixiert mich. Bestimmt hat sie mich erkannt. Ob sie weiß, was mit unserem alten Zuhause passiert ist?

Die Tür neben ihr wird aufgestoßen. Ich zucke zusammen. Ein Soldat. Mit uns zugekehrtem Rücken stellt er sich vor sie. Wenn sie etwas sagt, ist es vorbei. Theo will um die Ecke biegen, doch ich fasse ihm an den Arm. Ich muss sicher gehen, dass sie uns nicht verrät. Ihr Blick gleitet von meinem zu dem Mann. Ich kann nicht hören, was er sagt, aber er zeigt auf die Tür und sie verdreht die Augen. Für einen kurzen Moment schweift ihr Blick zurück zu mir. Ich schüttle den Kopf. *Sag nichts*.

Ein arrogantes Grinsen wandert auf ihre Lippen, bevor sie wieder zurück zu dem Mann sieht und ihre Mundwinkel fallen lässt. Auf einer Ferse wendet sie sich herum und verschwindet in der Tür. Als der Soldat ihr folgt, atme ich langsam aus und fühle, wie die Spannung meinen Körper etwas verlässt. Nun bin ich ihr etwas schuldig, auch wenn ich sie so gut wie gar nicht kenne.

Dann nicke ich Theo zu und wir biegen um die Ecke. Doch es ist zu spät. Die Wissenschaftler öffnen die Tür. Musik, die ich noch nie gehört habe, strömt aus dem Pub. Die Frau stößt dem Mann mit der Brille scherzhaft an der Schulter und lacht, als sie darin verschwinden.

»Shit«, flucht Keno, als die Tür ins Schloss fällt und damit auch die Musik wieder erlischt.

Ratlos gehen wir die Gasse entlang, unter der unregelmäßig flackernden Laterne hindurch und vorbei an der Pfütze, die im Licht zu tanzen scheint. Je näher wir dem Pub kommen, desto dominanter brennt der Gestank von Tabak in meiner Nase. Noch leicht dampfende Zigarettenstummel glühen wie zu Boden gefallene Sterne auf den Pflastersteinen. Als wir etwa sieben Meter vom tannengrünen Eingang entfernt sind, öffnet sich die Tür. Kommen sie wieder heraus? Nein. Das ist kein Wissenschaftler. Eine große, dunkle Silhouette baut sich im Türrahmen auf und macht einen Schritt nach draußen.

Mein Herz macht einen Sprung und wir bleiben wie angewurzelt stehen. Die Silhouette tritt vor, und als die kaputte Laterne wieder anspringt, wird sie klarer. Ein großer, kräftiger Mann mit weißem, an den Ärmeln aufgekrempeltem Hemd und brauner Hose, die durch schwarze Hosenträger nicht von seiner Hüfte rutscht. Seine Haare sind offensichtlich schwarz gefärbt und teilweise zu kurz für den kleinen Zopf, den er trägt, denn die vorderen Strähnen fallen ihm um sein Gesicht. Er lehnt sich neben dem Eingang an die Hauswand.

Theo zieht den Reißverschluss seiner Jacke hinunter und schiebt seine Hand darunter. Mein Puls schießt panisch hoch. Die Schüsse würden durch alle Straßen hallen. So groß wie meine Erleichterung vorhin war, das Gewehr abzugeben, ist nun mein Wunsch nach einem eigenen Abzug.

Der Mann zieht etwas aus seiner Hosentasche. Bestimmt eine Waffe. Ich halte den Atem an, bis ich die Packung Zigaretten im Laternenlicht aufblinken sehe. Es zischt und er hält die Hand vor ein brennendes Streichholz. Den Rauch in die Luft pustend, schnipst er das Zündmittel zu Boden und sieht uns an.

»Na, was ist?« Seine Stimme klingt tief und rau. Er nimmt noch einen weiteren Zug. »Wollt ihr reinkommen oder nur blöd vor meinem Pub rumstehen?«

Theo zieht seinen Reißverschluss mit einem Ruck wieder hoch und wir gehen auf das Pub zu.

»Na, geht doch. Immer diese Arbeiter«, murmelt der Mann an der Wand lehnend vor sich hin und ich öffne die Tür.

***

Von innen erinnert die Bar mich noch stärker an das Tortuga und ich muss schlucken, um meine Kehle freizukriegen. Das Licht ist genauso gedämpft und warm und der Großteil der Einrichtung besteht aus Holz. Auch der aufdringliche Geruch von Bier ist mir mehr als vertraut, selbst wenn er sich hier mit dem von Zigaretten mischt. Was mich ein wenig verwundert, da der Kerl gerade zum Rauchen nach draußen gegangen ist. Ein langer Tresen macht sich vor uns breit, hinter dem jede Menge Alkohol in Regalen steht. Bestimmt drei Mal so viele wie im Tortuga, und Flaschen, deren Flüssigkeit giftige Farbtöne aufweisen. Strahlendes Pink, Eisblau, Neongrün. Wer trinkt so etwas? Zu unserer Linken erstreckt sich ein Raum mit hohen Holztischen, an denen Barhocker stehen. Rockige Musik strömt durch die Bar, die vom Lachen und Grölen der Gäste übertönt wird, obwohl der Raum nicht einmal halb gefüllt ist. Im hintersten Eck stehen Soldaten mit kleinen Pfeilen bewaffnet und Bier in der anderen Hand. Ich fahre etwas zusammen, als einer von ihnen den Pfeil wirft, bis ich merke, dass er in einer Scheibe an der Wand stecken bleibt.

»Davon habe ich gelesen, das Spiel nennt sich Dart«, sagt Ava mit großen Augen.

»Ach was«, erwidert Keno, als wüsste das jeder.

Ein Blick durch den Raum lässt mich elf Soldaten in drei Gruppen zählen. An den Tischbeinen lehnen ihre Gewehre und mit roten Wangen und Nasen schwanken sie an den Barhockern herum. Sieht so aus, als hätten sie schon mehrere Bier hinter sich. Die Wissenschaftler setzten sich inmitten der Soldaten an einen Tisch.

»Warten wir, bis die Wissenschaftler wieder gehen«, sagt Theo leise und wir setzen uns auf die Barhocker direkt an die Theke, um so wenig Aufmerksamkeit wie möglich auf uns zu ziehen.

Erneut gleitet mein Blick durch den Raum und ich entdecke eine Frau mit dunklen, welligen Haaren. Sie sitzt abseits in der Dunkelheit, die ganze Bar im Blick, beobachtend. Etwas irres funkelt in ihren großen Augen, das ich nicht beschreiben kann. Auch ihre schwarze Kleidung sieht anders aus, als die der meisten hier. Vielleicht ist sie eine Arbeiterin. So hat auch uns der Typ draußen genannt und die eingefallenen Wangen lassen mich vermuten, dass sie nicht besonders häufig Essen zwischen die Zähne bekommt.

Sie nimmt einen Schluck aus einem Glas, das viel zu groß für sie aussieht. Und mit der darin leuchtend violetten Farbe, zu giftig für meinen Geschmack. Unsere Blicke treffen sich. Sofort wende ich mich ab aber merke im Augenwinkel, dass die Frau mich weiterhin anstarrt. Ihre Augen sind dauerhaft ein wenig aufgerissen, vielleicht ist sie nicht ganz bei klarem Verstand.

Jetzt bloß keine schnellen oder großen Bewegungen machen. Mein Blick fixiert den Tresen. Ich lege meine Hände vor mich und schiebe einen Fingernagel unter einen anderen, um den Dreck der Wüste herauszupulen. Nur selten schiele ich zu den Wissenschaftlern hinüber, um zu kontrollieren, ob sie noch hier sind, und beobachte die Frau gleichzeitig aus dem Augenwinkel.

Ein Klingeln reißt mich aus meinen Gedanken. Der Mann, der draußen seine Zigarette rauchte, kommt durch die Tür und geht auf den Tresen zu. Ich habe das Geklimpere der Eisenstäbe, als ich die Tür selbst öffnete, erst gar nicht wahrgenommen.

Der Mann tritt hinter den Tresen, stemmt die Hände auf die Theke und sieht uns einfach nur an.

»Was wollt ihr?«, fragt er schließlich genervt, als wir nichts sagen.

»Nichts.« Theo schenkt ihm nur für den Bruchteil einer Sekunde seinen Blick.

Schnaufend dreht der Wirt den Kopf einmal um den Nacken. »Glaubt ihr, ihr könnt euch hierhersetzen ohne etwas zu kaufen? Trinkt oder geht!«

Der Aufschrei eines Mannes hallt durch die Bar und lenkt die Aufmerksamkeit des Eigentümers auf sich. Auch ich wende den Blick, erkenne aber nur einen Hinterkopf. Dunkles, kurz getrimmtes Haar, das nach oben hin länger wird und mir bekannt vorkommt.

Der Mann schlägt sein Bier so grob auf den Tisch, dass es überschwappt und steht auf. »Dieses scheiß Gesindel aus der neunten Zone hat nichts anderes verdient!«

Die neunte Zone? Hitze schießt mir in die Wangen. Er muss einer der Soldaten sein, die bei uns waren. Und nicht nur bei den Explosionen, sondern auch bei den Lieferungen, denn ebenso seine Stimme kommt mir bekannt vor und das damit verbundene, beklemmende Gefühl in meiner Magengegend auch.

Theos hitziger Blick trifft meinen. Fast so, als würde er mir etwas sagen wollen. Sollten wir gehen? Mit kleiner Bewegung nicke ich zur Tür, doch Theo schüttelt den Kopf. Nein? Will er wirklich hierbleiben? Wenn der Soldat einer von denen ist, die der neunten Zone zugewiesen wurden, kennt er mich bestimmt. Was, wenn Theo nicht daran denkt? Wie soll ich ihm das nun auf die schnelle klar machen? Ich lehne mich zu ihm vor, um etwas zu sagen, doch die Bewegung hinter ihm lässt mich innehalten.

Der Soldat beugt sich über den Tisch zu einem Gleichgesinnten. »Wenn du das anders siehst, ist das okay«, zischt er voller Ironie.

Das ganze Pub ist inzwischen leise, starrt zwischen den beiden Soldaten hin und her und wartet auf die Antwort, doch der andere glotzt nur zu ihm hoch.

»Sag schon!« Der Soldat schlägt mit der Faust auf den Tisch.

Zusammenzuckend schüttelt der Kollege seinen Kopf, woraufhin ein schallendes Lachen aus dem Soldaten bricht. Er nimmt seinen Bierkrug in die Hand und hebt ihn hoch.

»Sonst jemand Einwände?« Das Kinn erhoben, dreht er sich einmal im Kreis.

Mein Atem stockt, als sein Profil sichtbar wird. Eine lange Narbe prangt über dem linken Auge des Mannes. Der Soldat, der Siran fast totgeschlagen hat, der Theos Vater verraten hat. Das Narbengesicht. Wie hätten diese Worte auch aus einem anderen Mund kommen können?

Theos Faust ballt sich. Sein Atem wird flacher und schneller. Er kämpft mit sich. Und jetzt verstehe ich, was er von mir will. Ich soll ihn davon abhalten, etwas Dummes zu tun. Theos Blick wird immer starrer. Es ist, als würde er durch mich durchsehen. Ich greife auf seine geballte Faust, die unter meiner zittert und schüttle meinen Kopf. Es ist nicht der richtige Zeitpunkt. Wenn er jetzt die Kontrolle verliert, sind wir alle tot. Das Narbengesicht dreht sich weiter und plötzlich trifft sein Blick direkt auf mich. Seine Augen verengen sich und er zieht eine Braue in die Stirn. Ruckartig wende ich mich zu Ava hinter mir, lasse jedoch Theos Hand, die immer stärker unter meiner bebt, nicht los.

Bitte erkenne mich nicht. Bitte erkenne mich nicht. Mein Herz klopft mir bis zur Kehle.

»Setz dich hin, Seth!«, ruft der Barkeeper gereizt. »Du weißt, dass ich hier keinen Streit dulde. Nochmal so ein Ding und du hast wieder eine Woche Hausverbot.«

Noch kurz spüre ich seinen Blick im Nacken, aber dann vernehme ich das Knirschen des Barhockers auf dem Holzboden, gepaart mit einem Grummeln und Stöhnen. Um sicherzugehen drehe ich mich erst nach ein paar Sekunden wieder um und blicke erneut auf seinen Hinterkopf. Seths Hinterkopf.

Ich atme aus, bis mein Blick wieder zu Theo schwenkt, dessen hasserfüllte Augen immer noch nicht von mir weichen. Aber was zum Teufel soll ich tun, um ihn zu beruhigen? Soll ich ihm gut zureden? Aber was sollte ich ihm schon sagen, das er nicht ohnehin selbst wüsste? Seine Hand ist immer noch fest zu einer Faust geballt, also öffne ich seine Finger und schiebe sie in meine. Seine zusammengezogenen Augenbrauen weichen tatsächlich ein Stück auseinander und er schaut auf unsere verschränkten Hände. War das zu viel? Unsicher halte ich die Luft inne, doch dann erwidert er meinen Griff und drückt etwas zu. Seine Finger fühlen sich rau und warm an, aber vielleicht nur, weil meine eiskalt sind.

Keno kramt in seiner Hosentasche, legt 15 Zon auf den Tresen und nickt dem Barkeeper arrogant zu. »Bring uns vier Bier.«

Der Mann nimmt einen Zon in die Hand. »Was soll'n das sein? Wollt ihr mich verarschen?«

»Wir sollten gehen.« Unsere Chancen stehen mehr als schlecht. Entweder unsere Währung öffnet dem Barkeeper die Augen, Seth fällt ein, wer ich bin, oder Theo dreht durch.

»Ich bezahle die Bier«, erklingt plötzlich eine weibliche Stimme mit einem Akzent, den ich nicht zuordnen kann.

Die Frau mit den welligen Haaren steht hinter mir. Immer noch scheinen mir ihre ohnehin schon großen Augen ein Stück weiter aufgerissen als normal. Zwischen Ava und mir schiebt sie eine Art Papierschein über den Tresen.

»Du? Na, von mir aus«, murmelt der Wirt achselzuckend und nimmt das Geld.

Er scheint sie zu kennen. Vielleicht ist sie öfters hier und der ganze Alkohol lässt sie schon etwas durchdrehen. Wobei ihre Stimme klar geklungen hat.

Wieder blinzle ich nervös zu Seth. Ich bin immer noch der Meinung, dass wir schnellstmöglich hier verschwinden sollten. Die irre, unheimliche Frau ändert daran nicht so viel.

»Wir haben hier eine etwas andere Währung.« Sie fährt sich mit der Zunge über die Enden ihrer Zähne, wodurch eine kleine Zahnlücke sichtbar wird. »Woher kommt ihr?«

Überfordert schaue ich zu Ava, hoffentlich hat sie eine schnelle Antwort parat. Doch ihr Blick wandert mit hochgezogenen Brauen zwischen meinen Augen und meinen Händen, die noch immer mit Theos verschränkt sind, hin und her. Echt jetzt? Haben wir verdammt nochmal nicht gerade Besseres zu tun? Stöhnend wende ich mich selbst der Frau zu, wodurch ich meine Hand von Theos lösen muss.

»Warum zahlst du für uns?«, stelle ich ihr die Gegenfrage.

»Es gab Zeiten, da hatte ich auch kein Geld. Ich kam aus einer anderen – wie heißt es noch gleich ...« Nachdenklich fasst sie sich an die Nasenwurzel, bis sie mit den Fingern schnippst. »Gegend!«

Einer anderen Gegend? Meint sie aus einer anderen Zone? Vielleicht war sie einmal ein Guide irgendwo. Ob es die auch in anderen Zonen gab? Das würde ebenso die schlichten Klamotten und den irren Ausdruck in ihrem Gesicht erklären.

»Und woher?«, fragt Ava.

Mit hochgezogener Augenbraue legt die Frau den Kopf schief. »Ich meine euch diese Frage zuerst gestellt zu haben.«

Der Wirt kommt und stellt uns wortlos die vier Bier auf den Tresen. Zum Glück, denn ich habe absolut keine Ahnung, was ich darauf sagen soll. Ich greife zu meinem Glas und nehme einen Schluck. Der bittere Geschmack breitet sich in meinem gesamten Mund aus und ich bemühe mich, mein Gesicht nicht undankbar zu verziehen. Bier hat mir noch nie geschmeckt, aber ich bin inzwischen so durstig, dass ich jede Flüssigkeit trinken würde, um meine Kehle zu benetzen.

Die Frau kneift die sonst so aufgerissenen Augen zusammen und starrt zu Ava. »Wie auch immer. Ihr seht so aus, als hättet ihr einen langen Tag gehabt.«

»Jap. Danke für das Bier.« Keno hebt das Glas und wendet sich von ihr ab. Doch die Frau lässt nicht locker.

Sie lehnt sich etwas zu uns vor und senkt ihre Stimme. »Wir haben schon lange auf euch gewartet.«

Ein Schauer wandert meinen Nacken hinunter.

Theo wendet sich ihr nun selbst zu. »Wer ist *wir*?«

Ihr Blick schweift über unsere Gesichter, ehe er bei Ava kleben bleibt. Ein kleines Lächeln wandert auf ihre Lippen, dass sie eigenartigerweise noch verrückter wirken lässt. »Folgt mir.«

Bevor wir etwas sagen können, dreht sie sich herum, geht quer durch die Bar und verschwindet durch einen hölzernen Rahmen, dessen Tür aus bunten Fäden besteht. Auf keinen Fall gehe ich dieser Frau nach. Nicht nur, weil sie derart penetrant herausfinden wollte, wer wir sind, sondern auch, weil ich den Eindruck habe, dass sie nur wirres Zeug schwafelt. Auch Keno wendet sich wieder zum Tresen, schüttelt den Kopf und kippt sich einen weiteren Schluck Bier in die Kehle.

Nur Ava steht auf und sieht uns fragend an. »Na, was ist?«

Ich hätte mir gleich denken können, dass die Aussage der Frau sie nicht lockerlassen wird. Die meisten würden meinen, Ava sei einfach nur neugierig, doch ich weiß es besser. Sie ist naiv und hat absolut keinen Sinn dafür, Gefahren auszuweichen.

Keno runzelt die Stirn. »Du hast die Frau gesehen, oder?«

»Und du hast sie gehört, oder?«, kontert Ava.

Ich tausche einen kurzen Blick mit Theo, der kopfschüttelnd die Mundwinkel verzieht.

»Denkst du, das ist eine gute Idee?« Ich wische mir den Schweiß meiner Handflächen an meinen Oberschenkeln ab.

»Also ich will wissen, was sie damit gemeint hat.«

»Sie hat gar nichts gemeint.« Keno lehnt sich ein Stück zu Ava. »Falls du es nicht gemerkt hast, die war nicht ganz dicht.«

»Und wenn schon. Wenn das Gespräch in einer Sackgasse endet, weiß ich wenigstens Bescheid.«

»Vielleicht solltest du dich wieder hinsetzen«, sagt Theo. »Wir brauchen gerade keine Aufmerksamkeit.«

Aufmerksamkeit. Das Wort lässt mich schlucken und zieht meinen Blick wieder zu Seth, dessen Bierglas fast leer ist. Erst jetzt drängt sich mir der Gedanke auf, dass er herkommen könnte, um neues zu holen. Wir sitzen direkt an der Bar. Wahrscheinlich ist es gerade überall sicherer als hier. Die Gläser der Wissenschaftler sind noch randvoll. Für ein paar Minuten könnten wir bestimmt verschwinden.

Hastig nehme ich einen großen Schluck von meinem eigenen Bier und stehe auf. »Okay. Gehen wir.«

Theos Blick wandert verwundert zu mir und Keno lässt den Kopf in den Nacken fallen. Aber sie stehen auf und folgen uns.

Kapitel Zweiunddreissig

Mein Herz rast, als ich nur wenige Meter entfernt an Seth und den ganzen anderen Soldaten vorbei muss. Erst als wir durch den mit Fäden behangenen Türrahmen gehen, fühle ich, wie die Spannung meine Muskeln verlässt. Ein kurzer Flur mit dunklen Holzdielen an Wänden und Decke erstreckt sich vor uns. Am Ende davon lehnt die mysteriöse Frau vor einer Tür. Das Kinn erhoben und die Augen starr auf uns gerichtet.

»Also ... was willst du uns sagen?«, fragt Ava, aber statt einer Antwort dreht sich die Frau zu der Holztür.

Sie nimmt einen alten, rostigen Schlüssel aus ihrer Jackentasche, steckt ihn in das Schlüsselloch und dreht ihn öfter um, als ich es für normal empfinde. Es hört sich an, als würde sich ein breiter Balken den Holzrahmen entlang schieben. Dann öffnet sie die Tür und hält sie uns offen. Dunkelheit. Das ist alles, was ich dahinter sehe. Mein Kopf sträubt sich dagegen, sie zu durchqueren, aber meine Füße sind zu schnell.

Eine alte metallene Treppe führt nach unten in einen Keller. Es ist düster und recht kühl. Alles in mir warnt mich davor, diese Treppe hinunterzulaufen, trotzdem setze ich einen Schritt nach dem anderen in die Finsternis. Als wir unten ankommen, zieht die Frau einen riesigen Vorhang zur Seite, wodurch ein kleiner Raum zum Vorschein kommt. Verschiedene Möbelstücke, die überhaupt nicht zusammenpassen, füllen den Raum und Waffen liegen herum, als wären sie Dekoration. Drei Gesichter drehen sich in unsere Richtung. Ein Mann lümmelt in einem breiten Sessel und lagert seine Füße auf einem kleinen Couchtisch. Eine Frau sitzt auf einem Tresen und belächelt den Mann, der vor ihr steht. Seine Hand liegt auf ihrem Oberschenkel. Sie trägt ein Bandana um den Kopf, das mich stark an Nala erinnert. Ein beklemmendes Gefühl verengt meinem Brustkorb. Es ist nicht nur, dass ich sie wieder vor mir sehen kann, in der roten Blutlache, es ist auch, dass ich Angst habe, Theo würde gerade dieselben Bilder erleiden. Zusätzlich lodert Misstrauen in mir auf. Was, wenn wir mitten in eine Falle getappt sind? Alle drei sehen beunruhigend fit aus.

»Das sind Überlebende aus der Zone 9«, stellt uns die Frau vor.

Was? Mit erschrockenem Blick sehe ich sie an. Woher weiß sie, dass wir aus der neunten Zone kommen? Kommt sie selbst aus unserer Zone? Angestrengt versuche ich, mich an ihr Gesicht zu erinnern, aber ich bin mir sicher, dass ich sie noch nie gesehen habe. Sie muss eine der Soldatinnen sein, deren Gesichter hinter den Schutzmasken verschleiert waren. Bestimmt hat Seth mich oben in der Bar erkannt und sie zu uns geschickt. Nervös bewege ich meine Zehen in den Stiefeln auf und ab, um äußerlich ruhig zu bleiben, doch in mir baut sich ein Sturm auf.

»Wie kommst du darauf, dass wir aus der Zone 9 sind?« Ava verschränkt die Arme.

Ich blinzle zu Kenos Hand, die er unter seine Weste schiebt. Er greift nach der Waffe. *Meiner* Waffe. Hätte ich sie noch bei mir gehabt, hätte ich sie vermutlich schon aus Panik hervorgezogen.

»Schätzchen.« Gelassen geht die Frau auf Ava zu. »Du solltest besser auf deine Kette aufpassen. Wir sind hier nicht die Einzigen, die von den Caput Leonis wissen.«

Caput Leonis? Mit kalten Wangen schiele ich zu Keno. Weiß er doch davon? Hat er die Soldaten gewarnt?

Die Frau stößt mit den Fingern auf Avas Medaillon mit dem Löwenkopf.

Ava sieht hinunter auf ihr Dekolleté, bei dem ihre Kette zur Hälfte aus der Weste blitzt. Sie beißt die Zähne zusammen und zieht ihren Reißverschluss ein Stück hoch, um das Medaillon verschwinden zu lassen.

»Was wisst ihr über die Caput Leonis?« Nun lässt auch Theo seine Finger unter seine Weste gleiten.

Mein Gesicht wird kreidebleich, denn ich weiß, dass ich die Einzige in diesem Raum bin, die unbewaffnet ist.

»Was wissen wir *nicht* darüber, ist wohl die bessere Frage«, sagt die Mysteriöse und die anderen lachen. Doch das verstummt schnell. »Vor langer Zeit gründeten wir die Caput Leonis zusammen mit Ayro. Nach einiger Zeit brach aus irgendeinem Grund unser Kontakt zu ihm ab.«

Gründeten? Erst jetzt merke ich, wie weit meine Augen aufgerissen sind und kneife sie etwas zusammen.

»Er war ein guter Mann«, sagt die Frau mit dem Bandana bestürzt.

»Ayro?«, flüstert Theo wie in Schockstarre vor sich hin.

»Kanntet ihr ihn?«, fragt die Mysteriöse.

»Er war mein Vater.« Theo zieht seine Hand wieder unter seiner Jacke hervor. Ohne Waffe.

Die mysteriöse Frau lacht auf. Ihre Augen glitzern feucht. »Ay! Du bist sein Sohn! Du bist Theo! Habe ich recht? Er hat so viel über dich erzählt.«

»Woher kanntet ihr ihn?«

»Die ganze Zone kannte ihn. Die ganze Zone kannte *dich.*« Sie legt ihre Hände um Theos Gesicht und sieht ihn mit einem mir bekannten Blick an. Es erinnert mich daran, wie meine Mutter mich ansah, als ich nach einer längeren Schicht erst spät nach Hause kam. Der Blick teilt eine Mischung aus Sorgen, Erleichterung und Freude.

»*Mich*?«, fragt Theo verwundert und nimmt ihre Hände von seinen Wangen.

Die Mysteriöse nickt. »Wir kommen aus der zehnten Zone. Nachdem die Residenz unsere Zone sprengte, konnten wir hierher fliehen.«

»Leyla?« Theos Erkenntnis bringt die Frau noch mehr zum Lachen.

Ich weiß nicht warum, aber auch auf mein Gesicht schleicht sich ein Grinsen. Leyla muss die Frau gewesen sein, mit der Theo über die Essenslieferungen in Kontakt stand. Es tut gut, jemandem zu begegnen, dem wir vertrauen können. Ich atme tief durch und mein Herzschlag beruhigt sich zu einem normalen Rhythmus.

»Ja«, sagt sie nickend. »Die bin ich.«

»Ich dachte ihr wärt tot!«

»Ha! Das wären wir auch fast gewesen.« Ihr breites Lachen dämpft zu einem sentimentalen Grinsen. »Wir waren mal zu siebt. Pia, Joy und ich sind immun. Semis oder Plugs, keine Ahnung … falls euch das was sagt?«

Theo nickt.

»Der Rest von uns … Morts …« Sie schluckt. »Wir konnten nur ein einziges Gegenmittel beschaffen.«

Der Mann auf dem breiten Sessel senkt seinen Blick zu seinen Fingern, die er knetet. Er muss der Mort sein. Der Gedanke daran, dass sie wählen mussten, wer am Leben bleib, lässt mich schaudern.

»Tut mir leid …« Theos Worte hallen auch durch meinen Kopf.

»Wie auch immer. Das ist jetzt über ein Jahr her. Barto, der Besitzer der Bar, hat uns angeboten hier zu wohnen. Er kommt vielleicht etwas … schwierig rüber, aber glaubt mir – wie heißt dieses Sprichwort? Harte Schale, matschiger Kern.«

»*Weicher* Kern«, korrigiert Keno mit immer noch skeptischem Blick, was Leyla aber nur augenrollend abwinkt. »Was auch immer das hier gerade für eine Wiedervereinigung sein soll … Die Zeit drängt ein wenig.«

»Leyla, wir brauchen deine Hilfe«, sagt Theo und zieht seine Waffe hervor, was auch Keno und Ava dazu ermutigt, ihre unter der Jacke hervorzukramen.

Ich hatte gar nicht daran gedacht, wie unangenehm das Gefühl sein muss.

Layla presst die Lippen nickend zusammen. »Ihr braucht das Gegenmittel, habe ich recht?«

»Ja … Und wir suchen meine Schwester«, füge ich hinzu.

»Deine Schwester?« Leylas besorgter Blick kommt mir plötzlich viel weniger irre vor, als oben in der Bar. Selbst wenn ihre Augen immer noch ein Stück weiter aufgerissen sind als normal.

»Sie ist eine der Immunen«, klärt sie Theo auf.

Mit einem Schlag verfinstert sich Leylas Gesicht. »Das ist nicht gut. Das ist gar nicht gut.«

Um meine Finger davon abzubringen, weiter angespannt über meine Oberschenkel zu fahren, verschränke ich die Arme. »Kannst du uns helfen, sie zu finden?«

Leyla atmet einmal durch. »Wir können nicht in das Hauptquartier. Dort ist das Labor, wo sie die Menschen für die Tests hinbringen. Sie kennen uns dort. Es wäre unser Tod.«

»Das Labor? Ist dort auch das Gegenmittel?«, fragt Keno und Leyla nickt. »Kennst du einen Weg hinein?«

»Es gibt nur einen Weg. Und das ist der Haupteingang. Bewacht. Sehr bewacht.« Ihre theatralische Handbewegung wirkt durch ihren Akzent noch dramatischer.

Keno deutet zu dem Mann auf dem breiten Sessel. »Wie seid ihr dann daran gekommen? ... An das Mittel.«

Mit dem Zeigefinger deutet Leyla über sich. »Barto. Er konnte eines für uns eintauschen. War recht teuer ... aber ich sag ja ...« Sie reißt die Augen in Richtung Keno auf. »*Weicher* Kern.«

Fragend ziehe ich die Schultern zu den Ohren. »Wir dachten daran, uns wie sie zu kleiden und uns dann hineinzuschleichen.«

Leyla sieht mich nachdenklich an.

»Ja! Die denken ihr seid tot, hm?« Sie nickt und zeigt auf mich. »Das könnte funktionieren.«

»Nur, dass wir immer noch keine Anzüge haben und die einzigen Drei oben in der Bar von elf Soldaten überwacht werden«, murmelt Keno vor sich hin.

Ein vorfreudiges Grinsen schiebt sich auf Leylas Lippen. »Ay, lasst das meine Sorge sein. Ich kann euch helfen die Anzüge zu bekommen aber danach ...« Sie sieht Theo in die Augen. Ihre Stimme wird ruhiger. »Danach seid ihr auf euch allein gestellt.«

»Das ist mehr, als wir erwarten könnten«, antwortet Theo nickend.

»Wartet hier. Wir werden die Soldaten ablenken. Rauslocken. Sobald die Bar leer ist, lauft ihr hoch und holt sie euch.« Ihre Augen funkeln und von ihr geht eine Art aufgeregtes Knistern aus. »Pia, hol den Sprengstoff!«, fordert sie die Frau mit dem Bandana auf.

Den Sprengstoff? Was will sie in die Luft jagen? Doch nicht die gesamte Bar, oder? Höchst wahrscheinlich ist sie doch irre.

Kaugummikauend springt Pia von der Theke und kniet sich zu einem Tresor.

»Es ist nur *eine* Wissenschaftlerin oben.« Avas Blick heißt nichts Gutes und fährt sofort kribbelnd durch mich.

Wir wissen beide, dass sie nicht mit uns kommen kann. Dass ich diejenige sein werde, die die Kleidung der Wissenschaftlerin nehmen wird. Es kreiste schon in meinem Kopf, als ich die Drei aus dem Hauptquartier gehen habe sehen, aber da habe ich es verdrängt. Es fällt mir schwer, mich von Ava zu trennen. Sie jetzt allein zu lassen. Selbst allein zu bleiben. Neben ihr fühle ich mich sicherer. Nicht einsam. Sie ist die einzig wirklich Vertraute für mich in dieser fremden Welt.

»Geht ohne mich.«

Die Angst, sie das letzte Mal zu sehen, schnürt mir die Kehle zu. Meine Augen brennen, weil ich weiß, dass ich keine andere Wahl habe. Ich darf nicht losheulen. Nicht hier. Nicht jetzt. Egal wie oft ich ihr Gesicht schon sah, ich versuche, es mir einzuprägen. Die leichten Sommersprossen um ihre Nase, die strahlend blauen Augen, die roten Haare, sogar die spitzen Ohren.

»Ava, hol den Jeep, fahr in die Nähe der Residenz und warte dort auf uns. Wir werden schnell sein müssen. Wir treffen uns in zwei Stunden vor dem Eingang«, sagt Theo und Ava nickt. »Wenn wir nach zwei Stunden noch nicht zurück sind, fahr ohne uns. Verstanden?«

»Kyra.« Der Klang von Avas Stimme wandert direkt in mein Herz. Noch nie hat mein eigener Name so schön geklungen.

Mit beiden Armen drücke ich sie fest an mich. Ich kann ihr nicht in die feuchten Augen sehen, ohne selbst loszuheulen. Und für einen Moment stehen wir einfach nur da und halten uns fest.

»Wir sehen uns draußen«, flüstere ich in ihr Haar, und fühle, wie mein Magen sich zuzieht, bei dem Gedanken, es könnte eine Lüge sein.

Leyla winkt einen der Männer zu sich. »Joy wird dir helfen, aus der Residenz zu kommen.«

Ava lässt mich los und sieht mir noch einmal mit einem gezwungenen Grinsen in die Augen.

»Ava? Hast du verstanden, was ich gesagt habe?«, wiederholt Theo. »Zwei Stunden.«

Sie sagt nichts. Ihre Augen wandern ängstlich in meine Richtung. *Es ist in Ordnung*, will ich sagen, aber kein Wort weicht aus meinem Mund. Stattdessen nicke ich nur. Avas Blick wandert zu Boden. Doch dann sieht sie zurück in Theos forderndes Gesicht und nickt selbst. Joy tritt neben sie und legt seine Hand auf ihren Rücken. Drückt sie zu der Treppe. Ein letztes Mal sieht mir Ava in die Augen und ich lächle, damit sie mich unbeschwert in Erinnerung hält, ehe sie verschwindet. Falls es das letzte Mal sein sollte, dass ich sie sehe.

Pia legt den Sprengstoff auf den Tresen und packt ihn in eine schwarze Tasche. Mein Blick klebt daran.

»Keine Sorge«, sagt Leyla zwinkernd. »Der macht nur Lärm.«

Der Mann greift die Waffe, die gegen den Sessel lehnt und nimmt Pia die Tasche mit dem Sprengstoff ab.

»Viel Glück!« Leyla geht an uns vorbei und klopft Theo auf die Schulter.

Kapitel Dreiunddreissig

Nervös stehen wir da und warten auf den Knall. Niemand sagt etwas. Meine Finger klopfen gegen meine Oberschenkel, bis ich meine Arme verschränke und auf und ab gehe. Ich habe nicht nur Angst davor, was nach dem Knall passiert, ich habe auch noch Angst davor, keinen Knall zu hören. Angst, dass sie es vielleicht nicht schaffen würden. Theos Augen fixieren den Vorhang, selbst wenn ich ihn ansehe und hoffe, er würde meinen Blick erwidern. Vielleicht würde mich das beruhigen.

Die Stille macht mich wahnsinnig. »Wir könnten schon mal hochgehen«, schlage ich vor und erhalte nickenden Zuspruch.

Langsam stapfen wir die metallenen Stiegen nach oben und bleiben vor der Tür stehen.

Das Lachen der Soldaten und die Musik dringt nur schwach bis zu mir durch. Aber zumindest höre ich mein Herz nicht mehr so dominant hämmern. Die Sekunden fühlen sich an wie Stunden. Ich wünschte, es wäre endlich so weit, damit dieses qualvolle Warten aufhört.

Theo nimmt meine Hand. Verschränkt seine Finger mit meinen, wie ich es zuvor getan habe. Vermutlich ist das seine Revanche. Ich drücke seine Hand. Halte mich an ihm fest.

Boom. Ich zucke zusammen, lasse Theo los. Der Knall dröhnt in meinen Ohren. Meine Schultern wandern hoch, als würden sie mich vor dem betäubenden Lärm schützen können.

Schlagartig schießt mir Mutter in den Kopf. Derselbe Knall. Meine Fingernägel graben sich in die Handflächen, sodass es schmerzt. Ich sehe sie vor mir. Sehe die Trümmer auf sie fallen. Immer und immer wieder. Keuchend verziehe ich mein Gesicht.

»Nein«, wispere ich. *Reiß dich zusammen. Sei nicht schwach. Konzentrier dich.*

Es knallt ein zweites Mal. Meine Augen springen auf. Ich ersticke den Schrei, der so dringend meine Kehle verlassen will. Der Boden vibriert. Erst fühle ich es an den Fußsohlen, dann wandert das Beben meine Beine hoch, bis meine Schultern wackeln. Ich muss hier raus. Wie von selbst greift meine Hand an die Türklinke und will sie hinunter drücken.

Theo hält mich am Arm zurück. »Noch nicht.«

Zittrig atme ich ein, aber habe das Gefühl, keine Luft zu bekommen. Ich starre auf die Klinke. Als das Beben abdämpft, höre ich sie. Die Schreie aus der Bar. Die Stiefel, die in die Holzdielen treten. Ich konzentriere mich darauf. Lausche jedem Geräusch, bis es still wird. Unheimlich still.

Keno reißt die Tür auf und stürmt als erstes hinaus. Und als wäre ich nicht mehr in der Lage meinen eigenen Körper zu kontrollieren, rennen meine Beine ihm nach – durch den schmalen Gang, durch die bunten Fäden, in die fast menschenleere Bar. Nur drei erschrockene Gesichter blicken uns entgegen. Die Wissenschaftler. Als sie in den auf sie gerichteten Lauf der Waffen sehen, schrecken sie mit aufgerissenen Augen zusammen.

»Kein Wort!« Keno drückt sich seinen Zeigefinger an die Lippen.

Barto rümpft die Nase, greift sich seine Zigarettenpackung und geht aus der Bar. Ein weiterer Knall ertönt und die Wissenschaftlerin stößt einen schrillen Schrei aus, wodurch auch ich innerlich erschrecke. Es fällt mir schwer, Mitleid aufkommen zu lassen, wenn ich sie ansehe. Denn ich sehe nicht nur die Angst, die sie ausstrahlt, sondern auch ihre boshafte Seite, die etliche Menschen im Labor zu Tode gequält hat. Ihre mörderische Seite. Das ist alles, worauf ich mich konzentriere. Ich fühle mich kalt. Gefühlstot.

»Kommt mit!« Theo winkt ihnen mit der Waffe den Weg.

Mit erhobenen Händen stehen die Wissenschaftler auf. In den Augen der Frau sammeln sich Tränen, die mit zitternder Unterlippe über ihre Wangen laufen.

»Schneller!« Kenos Blick schnellt immer wieder zur Tür.

Dann knallt es nochmal. Die Entfernung der Explosion muss größer sein als die vorherigen. Der Boden vibriert nur schwach und dennoch bleibt die Wissenschaftlerin wie paralysiert stehen.

»Was ist los? Geh weiter!« Keno drückt ihr die Waffe in den Rücken, doch die Füße der Frau kleben förmlich am Boden der Bar.

»Theo!« Ich zeige auf die Tür, neben der Schatten über die Fensterscheiben tanzen. Die kaputte Laterne der Seitengasse wirft immer größer werdende Silhouetten auf das Glas. »Sie kommen zurück!«

Theo packt die Frau am Nacken und zerrt sie vorwärts. Ihr Rücken krümmt sich und sie stolpert beinahe, als Theo sie durch die Fäden in den Gang führt. Ich laufe vor und öffne die hölzerne Tür zu dem kleinen Versteck der Caput Leonis. Kontrollierend blicke ich mir über die Schulter. Die zwei Aktenkoffer der Wissenschaftler stehen noch neben dem Tisch. Mist! Ohne darüber nachzudenken drehe ich mich um, doch Theo hält mich auf. Er sagt etwas und zieht die Augenbrauen zusammen. Mein Blick fängt seinen, aber ich schüttle nur den Kopf, renne einfach los.

»Kyra!«

Ich kann das schaffen. Ich schaffe das. Ich muss es schaffen. Meine Füße gleiten mit Höchstgeschwindigkeit über den Boden, bemüht, nicht das kleinste Geräusch zu machen. Durch die Fäden, fokussiert auf die Koffer. Mein Herz rast. Unfähig, meinen Körper aus eigener Kraft zu bremsen, schleudere ich gegen die Tischkante. Darüber beugend greife mir die Koffer und dann höre ich es. Das Klimpern des Windspiels.

Meine Muskeln zucken zusammen und mein gerade noch so rasendes Herz bleibt stehen. Ich will nicht sterben. Nicht jetzt. Nicht so kurz davor. Mit aufgerissenen Augen lenke ich meinen Blick zur Tür. Schwarze Stiefel betreten die knarrenden Holzdielen und bleiben stehen.

Langsam lasse ich meinen Blick den Körper nach oben wandern und sehe in das Gesicht des Mannes. Barto. Der Barkeeper. Keine Ahnung, ob ich vor Erleichterung lachen oder aus dem Schockzustand heraus weinen soll.

»Lauf!«

Nichts lieber als das. Ich laufe. Laufe mit den Koffern in beiden Händen auf den Gang zu und durch die Kellertür, die mir Theo aufhält. Als sie hinter mir ins Schloss fällt, werfe ich meinen Rücken erleichtert gegen das Holz. Mein Blick ist starr, mein Atem schnell. Die Stimmen aus der Bar werden wieder lauter. Sie sind zurück. Das war verflucht knapp. Meine Finger zittern am Griff der Koffer.

Theo schnauft und wirft mir einen grimmigen Blick zu, dann geht er vor und die Wissenschaftler folgen ihm.

***

»Ausziehen«, befiehlt Keno den Wissenschaftlern und schlüpft aus seinen Schuhen.

Die Frau öffnet ihren Mund, aber es kommt kein Ton heraus. Sie räuspert sich. »Was?«

»Ihr sollt euch ausziehen.« Keno verdreht die Augen, als wäre seine Forderung ganz normal.

Schluchzend knöpfen die Wissenschaftler ihre Kleidung auf. Die Frau zittert so stark, dass sie den Knopf ihrer Hose fast nicht aufbekommt und auch die zwei Männer wagen es kaum, den Blick zu heben.

»Legt eure Sachen vor euch ab«, sagt Theo.

Er streift sein Shirt über seinen Stahlkörper und wendet mir den Rücken zu. Zum ersten Mal sehe ich sein Tattoo. Es dauert einen kurzen Augenblick, bis ich erkenne, was die abstrakten Linien darstellen. Ein Löwe schwingt sich über seinen Oberarm und Schulter. Der Kopf legt sich über sein Schulterblatt. Ein Teil der Mähne wandert Theos Hals hinauf, das ist der Teil, den ich bereits kenne. Es wirkt fast so, als würde der Körper des Löwen aus Flammen bestehen. Das Bedürfnis durchfährt mich, meine Finger darüber gleiten zu lassen, dennoch stehe ich wie angewurzelt da und starre nur darauf.

»Was wollt ihr von uns?«, fragt der Wissenschaftler mit der großen Brille.

Ich räuspere mich und mache einen kleinen Schritt auf ihn zu. »Kennt ihr ein Mädchen namens Soela?«

Die Wissenschaftler tauschen einen kurzen Blick aus, ehe sie wieder kopfschüttelnd zu Boden sehen. Die Männer stehen inzwischen in Unterwäsche da und auch die Frau wirft ihr Trägertop zu Boden. Sie hält sich die zitternden Hände vor ihren Körper und versucht ihn zu verdecken.

»Sie ist eine der Immunen.«

»Wir kennen die Namen der Testobjekte nicht«, sagt der Brillenträger. Seine Stimme ist hell und klar, doch bricht einmal in der Mitte des Satzes.

»*Testobjekte*?«, kommt es mir entsetzt über die Lippen.

»Wo befindet sich das Labor?« Keno schlüpft in die weiße Hose.

»Im Hauptquartier ... Zweiter Stock«, stottert die Frau, woraufhin der Brillenträger sie warnend ansieht.

»Soela ... Sie ist acht Jahre alt. Dunkelblondes Haar. Braune Augen.« Mit einer Hand deute ich auf die Höhe unter meiner Brust. »Recht groß für ihr Alter.«

Die Wissenschaftlerin runzelt die Stirn. Ihr Blick wandert nachdenklich über den Boden, bis er auf mir hängen bleibt und die Falten zwischen ihren Brauen verschwinden. Alles in mir krampft. Sie weiß, von wem ich rede. Und sie weiß verflucht nochmal, was mit Soela passiert ist.

»Wo ist sie?« Ich bemühe mich, die Verzweiflung, die ihr Blick durch mich treibt, aus meiner Stimme zu verbannen. Spüre dafür mein Herz bis zu meiner Kehle schlagen, in meinen Ohren pochen, verdammt, durch meinen gesamten Körper hämmern. »Antworte mir!«

Sie zuckt zusammen, blinzelt zu dem Brillenträger, der ihr mit einem Kopfschütteln erneut signalisiert, kein Wort zu sagen.

Er wirkt strenger als zuvor. Man könnte beinahe meinen, er hätte den ersten Schock überwunden, wäre da nicht seine immer blasser werdende Haut, der ich deutlich die Furcht ablesen kann.

»Das hier ist viel größer als wir ... Als sie«, keift er.

Ich beiße die Zähne zusammen und balle die Finger zu Fäusten, die ich in Gedanken bereits gegen seine Nase knalle.

»Sicherheitsvorkehrungen?« Keno greift sich das weiße Oberteil vom Boden.

Ich kneife die Augen zusammen. »Größer als sie? Was meinst du damit? Was –«

»Kyra.« Kenos Hand auf meiner Schulter. Er zieht mich einen Schritt zurück. Das weiße Hemd hängt geöffnet vor seiner Brust hinunter. »Wenn Soela noch im Labor ist, finden wir sie. Dafür müssen wir nur erst einmal dort reinkommen ... okay?«

Wortlos mustere ich sein Gesicht und höre Balbors Stimme durch meinen Kopf hallen. *Soela ist tot.* Ungeduldig drücken mir meine eigenen Halsmuskeln die Kehle zusammen. Die Antwort darauf, ob er unrecht hat, liegt verdammt noch mal direkt vor mir.

Fragend hebt Keno die Brauen und senkt die Stimme. »Uns rennt die Zeit davon.«

Ich verschränke die Arme, wende mich schnaubend ab und fühle seine Finger von meiner Schulter gleiten.

Ein Klicken. Er hebt die Waffe. »Keiner von euch braucht den Helden spielen.«

Tränen funkeln auf den Wangen der Frau, hängen Tropfen für Tropfen an ihrem Kinn. Schluchzer brechen ihren panischen Atem. Auch der Wissenschaftler mit den roten Locken wimmert.

Nur der Brillenträger schüttelt unerschrocken den Kopf. »Ihr versteht nicht, an was wir hier dran sind. Alles, was wir tun, tun wir für euch.«

Drei Schüsse fallen, sodass ich beinahe vor Schreck aufschreie. Die zwei Männer und die Frau fallen zu Boden und bleiben regungslos liegen.

»Verdammt, spinnst du?«, fauche ich Keno an.

Er wirft die Waffe auf die Kommode und sieht mich mit tief gezogenen Augenbrauen an. »Was? Einer muss ja die Drecksarbeit machen. Sie hätten nichts mehr gesagt.«

Regungslos liegen die Wissenschaftler da. Schnell breitet sich eine kleine rote Lache um sie herum aus und mit ihr steigt mein Drang, mich zu übergeben.

Keno knöpft sich das Hemd zu und sieht mich fragend an. »Hast du wirklich gedacht, wir führen sie ins Quartier der Rebellen und lassen sie dann wieder gehen, damit sie Elvira Pure in Ruhe erzählen können, wo wir uns verstecken?«

Mit verschränkten Armen ziehe ich die Schultern zu den Ohren und öffne die Lippen, nur um sie wieder zu schließen. So sehr ich es mir wünschte, ich habe kein Gegenargument und es macht mich wütend, dass er verdammt nochmal recht hat. Dennoch trifft es mich wie ein Schlag ins Gesicht. Dieses Gefühl vom Tod. Diese Leere in mir. Der kalte Schauer, der durch meinen ganzen Körper fließt. Ich starre auf die Leichen und spüre die Enge in meiner Brust.

»Sie haben es verdient.« Theo streckt mir den weißen Anzug der toten Frau entgegen.

Wortlos schnappe ich die Kleidung aus seinen kalten Fingern und schlucke einmal hinunter. Ich starre auf die Klamotten in meinen Händen, unfähig, mich vor den beiden umzuziehen. Doch als könnte er meine Gedanken lesen, dreht sich Theo weg und kehrt mir den Rücken zu. Er klopft Keno auf die Schulter, damit auch er sich mir abwendet.

Ich öffne den Reißverschluss meiner Jacke. Immer wieder kontrolliere ich Theos und Kenos Hinterköpfe, aber sie drehen sich nicht nach mir um. Hastig schlüpfe ich in die weiße, knöchellange Hose und in ein weißes, enges Top mit breiten Trägern. Der Stoff ist dick und fühlt sich weich und hochwertig an. Darüber ziehe ich ein weißes Sakko mit Innentasche an. Es ist etwas zu groß. Die Ärmel ragen mir bis zur Mitte meiner Hand, also kremple ich sie ein Stück auf.

Bei Theo und Keno hingegen spannt sich das Material um die Arme. Sie tragen weiße Hosen, mit einem ebenso weißen Hemd. Nur die Schuhe behalten wir an. Auf diesen hohen Absätzen würde ich sowieso keine paar Meter weit kommen. Auf jedem der Anzüge klebt eine magnetische Ausweiskarte mit einem Namen. Auf meinem steht Juna Fera. Ob sie Familie hatte? Juna Fera. Mit meinem Daumen streiche ich über den Namen, als plötzlich ein Hologramm darüber erscheint. Ein rechteckiger blauer Schein, auf dem ihr Bild, ihr Name, die Tätigkeit und sonstige Informationen zu ihrer Person abgebildet sind.

»Ich sehe nicht aus wie sie«, sage ich leise.

Keno legt seinen Finger auf die Ausweiskarte und kippt sie zu sich. Dann verzieht er den Mund. »Ihr habt beide braune Haare.«

Mein Blick wandert zu ihm hoch und ich ziehe die Augenbrauen zusammen.

»Was? Ist dir etwa gerade etwas Besseres eingefallen?«

Ich reiße ihm seine Karte aus der Hand. »Und was ist mit dir?« Eren Joss. Ich streiche über den Namen und halte ihm das Hologramm vor die Nase. Knallrote Locken.

Ein Ruck und der Ausweis landet wieder in Kenos Fingern. Er presst seine Lippen zusammen und starrt auf das Bild. »Die sehen sowieso gefärbt aus. Die haben hier doch jeden Tag 'ne neue Haarfarbe.«

Ich kneife die Augen zusammen. »Woher willst *du* das wissen?«

»Sag, du hast deine Karte verloren«, unterbricht uns Theo.

Keno und mein Blick wandern gleichzeitig zu ihm.

»Wenn sie nur einen flüchtigen Blick darauf werfen, könnten Kyra und ich als diese Personen durchgehen.«

Er ist der einzige, bei dem der Ausweis funktionieren könnte. Auch wenn der Wissenschaftler nicht annähernd so aussieht wie er. Zumindest nicht in meinen Augen. Für andere könnten die kurzen dunklen Haare, die kantigen Gesichtszüge und die geraden Augenbrauen tatsächlich denen des Wissenschaftlers ähneln. Und nun trägt er auch noch seine Brille. Sie ist silbern und rund, und lässt seine Augen etwas größer werden. Seine braunen Augen.

»Und wenn nicht? Was, wenn es kein *flüchtiger* Blick ist?« Das war eine dumme Idee. Es war *meine* Idee und sie wird auch uns umbringen.

»Dann improvisieren wir« Theo zuckt mit den Schultern.

Meine Kehle schnürt sich zu. *Improvisieren.* Ich weiß, was das bedeutet. Töten, bis wir getötet werden.

»Na schön.« Keno schiebt sich die Karte in die hintere Hosentasche.

»Wir sollten uns beeilen.« Theo macht einen Schritt auf den Tresen zu.

Er greift sich drei Pistolen und packt sie in einen der schwarzen Aktenkoffer, entleert dafür den Inhalt. Als erstes springt mir eine blaue Box entgegen, doch darin befinden sich nur noch Brotkrümel. Ich überfliege die zahlreichen Papiere, die riesige Fragezeichen in mein Hirn stempeln. Fachchinesisches Gekritzel, dessen Sauklaue mich die Buchstaben nur erahnen lassen. Bei einem Blatt bleibt mein

Blick jedoch hängen. Die tiefschwarzen Buchstaben sind, im Gegensatz zu den meisten anderen Seiten, eines Computers entsprungen. Außerdem sind zwei simple Grafiken von Ampullen darauf abgebildet. Neben einer steht *Seuchenserum.*

Gewährleistet Semis vollständige Immunität gegen die Seuche – Keine Nebenwirkungen. (Geschätzter Wert: 15% der Bevölkerung)

Erzeugt ebenso Immunität gegen die Seuche bei Morts. Nebenwirkungen problematisch: Verlust von positiven Emotionen und Gefühlen, erhöhte Aggressivität, sicherer Eintritt des Todes nach 365 Tagen. (Geschätzter Wert: 80% der Bevölkerung)

Kenos Finger landet auf der anderen Grafik am Papier. »Diese hier brauchen wir.«

Eine Ampulle, neben der *Gegenmittel* steht.

Anwendung für Morts. Entzieht dem Körper das Seuchenserum. Stoppt Nebenwirkungen. Problem: Eliminiert auch Seuchenimmunität.

Ich schlucke. Auf dem farblosen Druck sehen die Dinger genau gleich aus. »Gehen wir.«

Kapitel Vierunddreissig

Je näher wir kommen, desto mehr schwitze ich. In meinem Blut schäumt Adrenalin auf, es fängt förmlich an zu kochen und gleichzeitig habe ich das Gefühl, dass sich Eisklumpen in meinem Magen bilden. Ich weiß, es geht jetzt los. *Improvisieren.* Mein Impuls wegzurennen, wird immer stärker, doch es gibt kein Zurück mehr. In mir keimt die Furcht, dass die Soldaten alles wissen. Sie wissen, dass ich nicht Juna Ferra bin. Sie wissen, woher ich komme und warten schon lange auf mich. Auf mich, so dumm ihnen in die Arme zu laufen.

Komm schon Kyra – sei kein Angsthase.

Trotz aller Versuche, mir selbst Mut zuzureden, werden meine Schritte langsamer. Vorsichtiger. Unauffälliger, ich werde fast unsichtbar. Dann geschieht es. Ich bin da – stehe direkt vor dem Hauptquartier. Ab dem ersten Stock brechen körpergroße Fenster die weißen Mauern. Mein Blick streift ein paar von ihnen, in der Hoffnung, einen Hinweis auf Soela zu bekommen. Dunkelblondes Haar, ihr Gesicht, schon allein eine Hand würde mir reichen. Irgendetwas, das mir zeigt, dass sie lebt. Doch da ist nichts. Nach oben hin wird das Gebäude immer dünner, so hoch, dass ich den Kopf in den Nacken legen muss, um den goldenen Adler an der Spitze zu erahnen. Drei Stufen führen zum Eingang. Eine weiße Schiebetür. Auf Hochglanz polierte Stellen zeigen das Wappen darauf und spiegeln die darüber montierten Lichter. Daneben: Ein Kartenschlitz.

Wir treten auf die Stiegen, als ein Summen meinen Blick anzieht. Eine schwarze faustgroßen Linse hängt wie eine lose Glühbirne von der Decke und sucht nach unseren Gesichtern. Ich versuche, nicht hinein zu starren. Das würde keiner der Wissenschaftler tun. Stattdessen ziehe ich den magnetischen Ausweis von meinem Sakko und versuche, das Zittern meiner Finger so gut es geht zu unterdrücken, meinen schnellen Atem auf ein Minimum zu reduzieren. Einatmend ziehe die Karte durch und halte bei dem Zischen der Tür die Luft an. Sie öffnet sich selbstständig. Das Hologramm ist alles, an was ich denke. *Ihr habt beide braune Haare.* Kenos Stimme geistert durch meinen Kopf. Doch ich sehe nicht so aus wie sie. Kein bisschen.

Mit leisen Schritten gehen wir durch die Tür und erst jetzt atme ich wieder aus. Wir stehen in einer runden weißen Eingangshalle. Mehrere kleine Palmen zieren den Raum und das Wappen der Residenz hängt überdimensional groß an der Wand. Der goldene Adler, der die Flügel zur Seite spannt. Ein riesiges Sicherheitssystem und drei Wachen trennen uns jedoch von der Wendeltreppe, die nach oben führt. In den zweiten Stock. Zum Labor.

Keno beugt sich zu mir herüber. »Vertrau mir. Egal, was kommen mag.«

Keno vertrauen? Meine Magendecke spannt sich an, aber ich nicke. Ja ... seltsamerweise vertraue ich ihm. Doch was nützt das noch? Wir gehen auf die Sicherheitskontrolle zu.

Sie werden die Waffen finden. Ich würde gerne schreien. Schreien, so laut ich kann. Einfach gestehen. *Ja, hier sind die Waffen.* Dann ist es raus. Dann hat dieses unerträgliche Warten auf die ohnehin bald knallrot ausschlagende Sicherheitskontrolle ein Ende. Was hat dieses Schauspiel noch für einen Sinn? Dieser Koffer schreit danach, gescannt zu werden. Wie er da hängt, an Theos Hand. Wie er beim Gehen schwingt. Werde ich jetzt völlig verrückt?

Kyra, reiß dich zusammen! Ich setzte einen Fuß vor den anderen.

»Ausweise?« Einer der Wachen winkt uns zu ihm vor die Sicherheitskontrolle.

Mein Herz hämmert bis in meine Kehle. Mit aufgerissenen Augen schiele ich immer wieder zu Theo und Keno.

Keno klopft seine Taschen ab. »Was? ... Wo ist er«, murmelt er so leise, dass man die Worte gerade so erahnen kann. Seine Augenbrauen zucken immer wieder irritiert zusammen. Dann schüttelt er den Kopf und pustet die Luft ahnungslos durch seine Lippen. Sein Schauspiel ist gut. Zu gut. *Lügner*, denke ich. Sinister. »Ich muss ihn Zuhause –«

»Wie ist der Name?«, unterbricht ihn der Soldat.

»Eren Joss.« Kenos Antwort kommt wie aus der Pistole geschossen. Ich hatte ihn mir nicht gemerkt.

Der Wachmann tippt etwas in ein weißes Gerät in seinen Händen. »Joss? Wie schreibt man das?«

»Wir arbeiten zusammen.« Theo streckt ihm seine Karte entgegen. »Wir haben es eilig.«

Der Blick des Mannes wandert von dem Gerät hoch zu Theo. Dann zieht er eine Augenbraue in die Stirn. »Eilig? Um diese Uhrzeit?«

»*Gerade* um diese Uhrzeit.« Theos Blick ist fordernd und in seiner Stimme schwingt eine gute Portion Strenge mit.

Der Wachmann starrt auf Theos Ausweis und presst die Lippen zu einem Strich zusammen. Doch dann greift er nach der Karte und zieht sie durch das Gerät. Das Hologramm erscheint zusammen mit einem Piepsen und einem grünen Licht am Gerät. Angespannt beobachte ich jeden Gesichtsmuskel des Soldaten. Sein Blick wandert über das Hologramm zu Theos Gesicht, zu dem Namen und dann zu dem Titel. *Technischer Laborleiter*. Dort bleibt er hängen.

Er zieht die Luft ein und sieht Theo mit hochgezogenen Augenbrauen an. »Gibt es ein Problem?«

»Das würde ich gerne herausfinden.« Immer noch füllt Theos Stimme eine gewisse Schärfe.

Zögernd schwenkt der Wachmann den Blick zwischen Theo und Keno hin und her. Dann schnauft er und streckt Keno die Hand entgegen. »Koffer.«

Er legt ihn auf ein Laufband, das zu einem weißen Tunnel führt. Eine Scanbox. Der Koffer rollt los, bis er darin verschwindet und das Laufband wieder zum Stehen kommt. Während ein zweiter Wachmann den Inhalt auf einem Bildschirm kontrolliert, geht Keno durch einen Körperscan.

Theos und meine Blicke treffen sich immer wieder. Hat er einen Plan? Ich versuche, jede seiner Bewegungen zu analysieren, aber ich verstehe es nicht. Was will er mir sagen? Soll ich rennen? Ist es vorbei? Der Wachmann nimmt Theos mit Waffen gefüllten Koffer und legt ihn auf das Laufband. Nervös verlagere ich mein Gewicht von einem Bein auf das andere und kralle meine Finger an den Saum des Sakkos. Mein Blick fixiert den Koffer, der noch auf dem stillliegenden Band wartet. Ich kann die Waffen darin förmlich sehen. Bald wird auch dieser Koffer anfangen zu rollen. Bald wird er unsere Identität aufdecken. Was erwarte ich noch?

Während ich die Sekunden zähle, räuspert sich der Wachmann. »Ihren Ausweis bitte.«

Mein Blick zuckt erst in seine Augen, die mich ungeduldig anstarren und wandert dann weiter zu seiner ausgestreckten Hand. Ich versuche, das Zittern meiner Finger so gut es geht zu unterdrücken, als ich den magnetischen Ausweis von meinem Sakko löse. Versuche, ruhig zu atmen, alles normal wirken zu lassen.

Im Augenwinkel sehe ich immer noch Theos Blick an mir. In Gedanken schreie ich ihn bereits an. Was zur Hölle soll ich tun? Mich auf einen Kampf einstellen? Das kann er gleich vergessen. In meinem Kopf schmiedet sich bereits der Plan, mich hinter das Sicherheitssystem zu werfen, um keine Kugel abzubekommen. Ich bin verdammt nochmal unbewaffnet.

Mit einem Ruck ziehe ich den Ausweis schlussendlich von meinem Sakko ab. Doch er rutscht durch meine schwitzigen Finger und fällt zu Boden. Ich möchte mich nach ihm bücken, aber der Wachmann kommt mir zuvor. Er kniet sich vor mich hin und macht mir das Blickfeld auf Theos Koffer wieder frei, der nun langsam auf die Scanbox zurollt. Der Wachmann nimmt meinen heruntergefallenen Ausweis in die Hand und sieht auf meine dreckigen Schuhe. Fast gelähmt stehe ich vor ihm und rolle die Zehen in den Stiefeln ein, als würde ich damit den Dreck der Wüste darauf verbergen können.

Sein skeptischer Blick wandert meinen Körper nach oben. Seine zusammengekniffenen Augen weiten sich. Er muss die einfache Formel gerade gelöst haben. Ich bin nicht Juna Fera. Jetzt weiß er es. Ohne seinen Blick von meinem abzuwenden, wandert sein Daumen über den Namen auf der Karte und das Hologramm erscheint. *Dieselben Haare.*

Hilfesuchend schaue ich zu Theo, der einmal nickt. Immer noch habe ich keinen blassen Schimmer, was ich tun soll, also schreie ich. Ich schreie, so wie ich es die ganze Zeit schon wollte. Vollkommen perplex dreht sich auch der andere Soldat zu mir um. Keno schnappt sich seinen, gerade aus der Scanbox fahrenden Koffer und wirft ihn Theo zu, der den Koffer mit seinem eigenen am Laufband vertauscht. Auf einem Fuß zurückspringend, kreische ich. Gekonnt wirft Theo den Koffer mit den Waffen durch den piepsenden Körperscan zu Keno und stellt sich unter den Scanner.

»Eine Ratte!« Mit ausgestrecktem Arm zeige ich nach vorn, doch das interessiert die Soldaten nicht mehr, denn der Körperscan leuchtet rot und Theo steht genau darunter.

Keno schielt mich an und beißt sich auf die Unterlippe, um ein Grinsen zu unterdrücken. Ich dagegen könnte beiden von ihnen gerade den Hals umdrehen. Denn dass ich tatsächlich das Richtige tat, war reiner Zufall.

Der vor mir kniende Soldat drückt mir meinen Ausweis zurück in die Finger, winkt Theo zur Seite und fängt an ihn abzutasten.

»Sie können schon mal weitergehen«, sagt sein am Bildschirm sitzender Kollege zu Keno, der sich mit dem Waffenkoffer den Stiegen zuwendet.

Theo wird nach einem Abtasten erneut durch den Scanner geschickt, der diesmal nicht mehr aufleuchtet und winkt ihn achselzuckend weiter. Kenos Koffer fährt nun ein zweites Mal durch die Kontrolle und wird wieder nur von müden Augen begutachtet.

»Alles okay.« Der Soldat entlässt Theo aus der Sicherheitskontrolle.

Auch wenn ich weiß, dass ich nichts bei mir trage, das den Alarm des Scans ausschlagen lässt, halte ich den Atem an, als ich unter die Vorrichtung trete. Es passiert nichts. Kein rotes Licht und kein Piepsen. Erleichtert blicke ich über die Schulter zu den Soldaten, aber sie scheinen mich nicht mehr zu beachten. Wir haben es geschafft. Wir sind im Hauptquartier der Residenz. Inmitten der Residenz. Im Quartier der Menschen, die mich umbringen wollen.

***

Im ersten Stock wartet Theo auf mich. Die Stiegen münden in eine kleine kahle Nische, hinter der ein Flur nach links und rechts abgeht.

»Alles okay?« Theo sucht meinen Blick.

Ich weiß nicht, was ich antworten soll. Mein Kopf ist leer, meine Gedanken wie tot. Vor ein paar Sekunden war ich mir meines Todes sicher. Meine Hände zittern so stark, dass ich das Gefühl habe, meine Finger nicht mehr kontrollieren zu können. Ich balle sie zu Fäusten und versuche, sie zu beruhigen. Vergeblich. Das Beben wandert durch meinen gesamten Körper. Ich bin für das alles hier in keinster Weise ausgebildet.

Er stellt sich vor mich und legt seine Hand auf meine Schulter. »Kyra, ist alles okay?«

Ich starre auf den Boden und nicke, um nichts sagen zu müssen.

»Kommt ihr? Ich habe das Labor gefunden.« Keno lehnt über das Treppengeländer zu uns.

Theo drückt mir eine der Waffen in die Hand und sieht mir fragend in die Augen, doch ich will ihm nicht antworten. Ich will ihm nicht zeigen, was für ein Feigling ich bin.

Ohne ein Wort zu sagen, stecke ich mir die Waffe in den Hosenbund und folge Keno die Treppe nach oben. Ein langer, kahler Gang erstreckt sich vor uns, von dem beidseitig mehrere Türen abgehen. Der einsame metallene Tisch ist das einzige, das diesen Flur lebendig erscheinen lässt. Die weißen Bodenfließen sind auf Hochglanz poliert, sodass sich der Schein der Spotlights, die in regelmäßigen Abständen von der Decke strahlen, darin spiegeln. Wir sind allein. Wie spät es wohl inzwischen sein muss?

»Eine Ratte?« Keno zieht eine Braue in die Stirn.

Ich zucke mit den Schultern. »Hab mal gelesen, dass es Menschen gibt, die davor Angst haben sollen.«

Keine Ahnung, ob diese Viecher in der Residenz überhaupt existieren. Aber da es hier auch Hunde gibt, könnte das gar nicht so weit hergeholt sein.

Er schmunzelt. »Gar nicht so doof, wie du aussiehst.«

Mit schnellem Schritt gehen wir den Flur entlang, als sich eine der Türen öffnet und eine Frau hinauskommt. Direkt spannt sich mir die Magendecke an. Ob sich die Mitarbeiter hier alle kennen? Nein, bestimmt nicht. Die langen Gänge, zahlreichen Stöcke und Türen müssen hunderten von Leuten einen Arbeitsplatz sichern. Das Geräusch ihrer Absätze, die bei jedem Schritt auf den Bodenfliesen klackern, dröhnt durch den ganzen Korridor. Ihre braunen Haare sind zu einem elegant eingerollten Dutt fixiert und ihr weißer Bleistiftrock spannt sich bei jedem Schritt um ihre Schenkel. Sie schenkt uns ein formelles Lächeln, gepaart mit einem kleinen Nicken, ehe sie gestresst an uns vorbei stolziert und dann vor einem Lift stehen bleibt.

»Das war die Tür.« Keno beschleunigt seine Schritte.

Ich bemühe mich, seinem Tempo standzuhalten, aber wir kommen zu spät. Die Tür fällt vor unserer Nase wieder ins Schloss.

»Laboratorium«, lese ich die Aufschrift und versuche, sie zu öffnen, doch sie ist versperrt.

»Probieren wir die Ausweise.« Theo zieht seinen eigenen durch den Kartenschlitz, der neben der Tür befestigt ist.

Ein Summen ertönt. In der Tür vertiefen sich kleine Teile auf Augenhöhe, die sich spiralförmig zu einem zwei Finger breiten Kreis öffnen und eine Linse zum Vorschein bringen. Blaues Licht leuchtet auf und hauchdünne Strahlen suchen nach seiner Iris. Klasse, damit ist klar, dass das nicht funktionieren wird. Ohne Hilfe kommen wir hier nie rein.

Ich blinzle zu der am Fahrstuhl stehenden Frau und treffe auf ihren misstrauischen Blick. Inzwischen muss sie wissen, dass wir keine Berechtigung haben, in das Labor zu gehen. Doch sie hat eine. Unsere einzige Chance.

Ich ziehe die Waffe. »Öffnen Sie die Tür!«

Sie reißt die Augen auf, hämmert gegen den Knopf des Aufzugs, während ihr Blick gleichzeitig zur Wendeltreppe schweift. Die würde sie ohne eine Kugel im Kopf nicht erreichen. Meiner Kugel. Ich schlucke. Mit einem Piepsen erlischt das blaue Licht auf Theos Iris und das Kartenlesegerät leuchtet rot.

»Na los!«, fordere ich die Frau schroff auf.

Theo stürmt an mir vorbei und zieht selbst seine Waffe. Der Fahrtstuhl öffnet sich. Auch Keno rennt an mir vorbei und zielt auf die aufgehenden Türen. Geschockt taumelt die Frau zwei Schritte zurück.

Theo packt sie am Arm und zerrt sie zur Tür des Labors. »Aufmachen!«

Die Frau schüttelt den Kopf. »Das geht nicht, sie können hier nicht rein.«

Wortlos reißt Theo den Ausweis von ihrer Bluse und zieht ihn durch den dafür vorgesehenen Schlitz. Mit einer Hand packt er sie an den hochgesteckten Haaren und richtet ihr Auge auf das aufleuchtende Licht.

»Sie wissen nicht, was Sie da tun. Unbefugten ist es strengstens verboten, das Labor zu betreten!«

Das kleine Lämpchen leuchtet grün auf und ein Klicken verrät uns, dass die Tür entriegelt ist. Theo krallt ihren Arm und führt sie mit uns in das Labor. Ein steriler Geruch strömt mir entgegen, der mich die Nase rümpfen lässt.

Ein riesiger runder Raum erstreckt sich vor uns, dessen kalt bläuliches Deckenlicht die weißen Wände färbt. Leises Dröhnen hallt um mich und wird von einem gleichmäßigen Piepsen übertönt. Hunderte Glasboxen ziehen sich die gebogenen Wände entlang. Eine unangenehme Gänsehaut wandert meine Arme hoch bis zu meinem Nacken, als ich die bewusstlosen Menschen darin entdecke. Zumindest denke ich, dass sie bewusstlos sind, da ihre Handgelenke und Knöchel an den weißen Liegestühlen festgeschnallt sind.

Mit wackligen Knien gehe ich auf die vorderste Glaskabine zu. Mehrere Schläuche stecken in dem nackten Körper des Mannes, dessen Intimbereich von einer gebogenen weißen Vorrichtung verdeckt ist. Sein helles Haar hängt ihm nass in die leicht geöffneten Augen und auch sonst glänzt seine Haut schweißüberzogen.

Ich muss den Kopf in den Nacken legen, um den Schläuchen zur Decke zu folgen, bis sie außerhalb der Box zu einem zwei Finger dicken Rohr führen. Eine rote Flüssigkeit fließt durch sie, vermutlich das Blut des Mannes, bis sie sich im Rohr darüber violett färbt und zum Schluss strahlend Blau in einem Behälter in der Mitte des Raums tropft. Ein zylindrischer Behälter, größer als ich selbst und bereits zu zwei Dritteln gefüllt. Das blaue Licht, das davon abgeht, färbt das Podest, auf dem er steht, sowie die drei Stufen, die rundum zu ihm hinaufführen. Wenn ich daran denke, dass die gesamte Flüssigkeit darin aus dem Blut der Menschen hier besteht, überkommt mich Übelkeit. Sternförmig ziehen sich davon die Rohre zu jeder menschenbezogenen Glaskabine.

»Was ist das hier?« Ich wünschte, es würde mich kalt lassen, aber schlagartig überkommt mich eine derartige Hitze, dass ich mein Sakko zu Boden fallen lassen muss.

»Sie ziehen das Gegenmittel aus den Adern der Immunen«, antwortet Theo und geht an den Boxen auf der rechten Seite des Raums entlang.

»Wir versuchen hier, die Menschheit zu retten!«, sagt die Laborantin aufgebracht.

»Nein. Ihr *tötet* Menschen.«

Die Frau starrt Theo mit zusammengepressten Lippen an. »Was bedeutet das Leben von einzelnen, wenn wir damit alle retten könnten? Mithilfe des Serums eines Plags können wir inzwischen zwei Semis vollständig immunisieren. Und *damit* ...«, sie deutet auf den Zylinder mit dem Gegenmittel, »auch Morts nach ein paar Monaten das Leben retten!«

Ich kneife die Augen zusammen. »Das Leben retten, wirklich? Danach haben sich die Explosionen nicht angefühlt.«

Mit heruntergelassener Kinnlade schweift ihr Blick über unsere Gesichter. »Ihr seid aus der neunten Zone? Das Serum ist noch nicht so weit! Glaubt mir ... wir haben versucht, euch einen weitaus angenehmeren Tod zu bescheren. Was euch erwartet –«

Keno geht an uns vorbei. »Uns erwartet gar nichts. Wir werden das Gegenmittel mit uns nehmen.« Mit dem Daumen deutet er hinter sich auf den Zylinder in der Mitte des Raums. »Sieht so aus, als hättet ihr mehr als genug davon.«

»Mehr als ...« Sie presst die Zähne zusammen. »Die Herstellung einer einzigen fertigen Ampulle erfordert wochenlange, harte Arbeit! Ihr versteht nicht, was die Seuche angerichtet hat. Ihr seid einfach noch zu jung! Zu egoistisch! Wie es in der alten Welt war, früher …« Schnaufend schluckt sie den Satz hinunter und schüttelt den Kopf.

Hinter der Frau, direkt neben der Eingangstür, führen zwei Stufen hoch zu einer größeren Glaskabine, die Keno hinaufsteigt. Ein Überwachungskasten, in dem mehrere Monitore stehen. Bei einigen sehe ich nur die Rückwand, auf anderen pulsieren Herzschläge. Ich presse die Lippen aneinander, drehe mich zurück zu den Glaskästen und gehe von Box zu Box. Mit jedem Schritt werde ich unruhiger, mit jedem Blick in den Kasten zittriger. Zum einen, weil ich Angst habe, Soela nicht zu finden, und zum anderen, weil ich Angst habe, sie hier zu finden.

Ab und zu entweicht den Menschen ein schmerzverzerrtes Stöhnen. Es bricht mir mit jeder Glasbox mehr das Herz, die Menschen hier so leiden zu sehen. Ob sie wohl in der Lage wären, jemals wieder aufzustehen, sollte man sie von diesen Schläuchen befreien? Ich blicke in ein Gesicht, dass mich erstarren lässt. Die Frau, die sie damals zusammen mit Soela aus unserer Zone geholt haben. Auch ihre Haare kleben schweißgebadet an ihrem Kopf, ihre Haut ist blasser und unter ihren Augen zeichnen sich dunkle Ringe. Mir wird schwindlig. Jeder Muskel in meinem Körper zieht sich zusammen. Mein Magen verkrampft und mein Blick wird zu Stein. Wenn sie hier ist, müsste es Soela auch sein.

»Siehst du sie irgendwo?«, rufe ich Theo zu, ohne meinen Blick von den geschlossenen Augen der Frau abzuwenden.

»Hier drüben ist sie nicht. Aber ein paar Boxen habe ich noch.«

Ist sie wirklich tot? Ich wollte so sehr, dass meine kleine Schwester noch lebt, dass ich den Tatsachen einfach keinen Glauben schenken konnte. Ich wollte Soela so sehr retten, dass ich Balbor den Rücken gekehrt habe. War das alles umsonst?

Mit jeder Box stirbt meine Hoffnung mehr. Mit jeder Kabine werden meine Augen glasiger. Erneut blicke ich zu Theo und er schüttelt den Kopf. Noch eine letzte liegt vor mir. Eine letzte Chance, Soela hier zu finden. Ich starre auf den Boden. Beinahe traue ich mich nicht meinen Kopf zu heben und auf die letzte Liege zu blicken. In meinem Kopf verstummt das leise Dröhnen und Piepsen und ich höre nur noch mein Herz, das mir fast den Brustkorb zerschlägt. Mental bereite ich mich darauf vor, sie zu sehen. An die Liege gefesselt, schweißgebadet und mit qualvollem Ächzen.

Bitte sei am Leben. Auf meine zitternde Unterlippe beißend, zwinge ich mich, den Kopf zu drehen. Ich sehe hinein. Die Hitze schwindet aus meinem Körper und mir wird eiskalt. Ich blicke in das Gesicht eines alten Mannes. Meine Augen brennen.

»Sie ist nicht hier«, flüstere ich.

Meine kleine Schwester. Tot. Ich bin zu spät. Ich balle meine Hände so fest zusammen, dass meine Finger schmerzen.

»Kyra.« Theos Stimme zieht mir die Kehle zusammen, denn noch nie hörte ich sie so mitleidend.

Mit beiden Händen wische ich mir das Feuchte aus den Augenwinkeln und drehe mich zu ihm um. Er sagt nichts weiter, also gehe ich auf ihn zu. Sein Blick klebt an mir, bis ich die Hälfte des Weges hinter mir habe. Dann sieht er zu Boden. Kein gutes Zeichen. Es hämmert gegen meinen Brustkorb. Kurz bevor ich bei ihm stehenbleibe, macht er einen Schritt zur Seite. Zittrig ziehe ich die Luft ein und reiße die Augen auf, als ich in das Gesicht des Jungen in der Glaskabine blicke.

»Siran.«

Er lebt? Seine bronzene Haut schimmert im bläulichen Licht und Schweißperlen glitzern in seinen buschigen Augenbrauen. Die Soldaten müssen ihn in der Krankenstation gescannt haben. Mein Atem wird schneller. Hektisch suche ich nach einer Tür zur Kabine aber kann keine finden. Das glatte Glas umhüllt den Liegestuhl ohne Fugen oder auch nur einen Ansatz eines Eingangs. Mit dem Griff meiner Waffe schlage ich dagegen, doch nicht einmal ein Kratzer will sich darauf zeigen.

»Geh zur Seite.« Theo streckt seine Arme aus, die durch den Lauf der Pistole verlängert werden.

Hastig springe ich zur Seite, bevor es in meinen Ohren knallt. Einmal. Zweimal. Dreimal. Kein Kratzer.

Mit erhobener Waffe stürme ich zu der Laborantin. »Wie öffnet man die Kabinen?«

Ein ohrenbetäubender Alarm ertönt.

Kapitel Fünfunddreissig

Rot blinkendes Licht färbt den Raum. Das betäubende Dröhnen sticht alle paar Sekunden in meinen Ohren. Panik rast durch jeden Muskel meines Körpers, wie giftiges Adrenalin.

Ich stürme auf die Frau zu und ziele mitten auf ihr Gesicht. »Öffnen Sie seine Box!«

Mit heruntergefallener Kinnlade hebt sie ergebend beide Hände.

»Na los!« Schroff packe ich sie am Arm.

Die ersten beiden Schritte gibt sie meinem Zerren in Richtung der Kabine nach, doch dann hält sie dagegen.

»Nein … In der Überwachungskabine«, stottert sie und zeigt in die entgegengesetzte Richtung, auf den Glaskasten in dem Keno steht.

Der hingegen sieht völlig ruhig aus. Zu ruhig. Vorgebeugt blickt er hoch zu einer Ecke in der Wand und wieder auf den Bildschirm vor ihm. Seine Finger liegen auf der Tastatur.

»Keno«, rufe ich. »Kannst du die Box öffnen?«

Für einen Moment starrt er mich an, dann wandert sein Adamsapfel als er schluckt und blinzelnd die Augenbrauen tiefzieht. »Was denkt ihr, passiert, wenn sich niemand um die Seuche kümmert?«

Was zum Teufel redet er da? Meine Finger rutschen vom Ärmel der Frau. Mein verbissener Gesichtsausdruck weicht einem erschrockenen. »Was meinst du?«

Er stützt seine Hände auf den Tisch vor ihm und mustert mich. »Denkst du, wir leben alle fröhlich in unseren Zonen weiter?«

»Keno, was hast du getan?«

Erst schwenkt mein Blick zur Eingangstür, dann renne ich und versuche, sie aufzureißen, aber sie ist verschlossen. Wir sitzen in der Falle. »Mach die verdammte Tür auf!«

»Die Residenz ist nicht das Böse. Sie wollen den Menschen helfen! Ein Gegenmittel erforschen! Es tut mir leid, aber ich kann euch nicht gehen lassen.«

Mit schnellem Schritt geht Theo auf Keno zu. Er schießt gegen die Scheibe, um sie zu durchbrechen, aber es passiert wieder rein gar nichts.

»Das kannst du dir sparen.« Keno verdreht die Augen.

Theos Blick fixiert ihm. Er beißt die Zähne zusammen, sodass seine Kieferlinie hervortritt. »Das wirst du bereuen!«

»Hm ...« Keno presst die Lippen aneinander und zuckt mit den Schultern. »Mal sehen.«

»Machen Sie die Tür auf«, schreie ich der Frau zu und richte meine Waffe auf ihren Kopf.

Fahrig greift sie nach ihrem Ausweis, doch die Tür des Labors öffnet sich schon von selbst.

Fünf Soldaten stürmen mit erhobenen Waffen in den Raum. Dazwischen eine Frau. Ihre Absätze knallen so laut auf den Boden, dass sie sogar den Alarm übertönen. Langsam wandert mein Blick von ihren Schuhen aufwärts. Über ihre weite weiße Anzughose, ihre weiße Bluse, die so schimmert, als wäre sie aus Seide, die goldene Brosche, die den Adler der Residenz zeigt und hoch zu ihrem dunklen Haar, das ihr ohne eine graue Strähne in Wellen bis zu den Schultern reicht. Elvira Pure. Bis jetzt habe ich ihr Gesicht nur auf den Bildschirmen unserer Zone gesehen, es fühlt sich komisch an, sie jetzt vor mir stehen zu haben. Bedrohlich. Ihre grauen Augen wirken kälter, sie größer. Doch stärker als mein irritiertes Gefühl ist meine Wut auf sie. Das ist die Frau, die mir meine Mutter und Schwester genommen hat. Jeden, den ich liebte. Meine Finger umgreifen die Waffe so fest, dass sich der Griff in meine Handfläche bohrt.

Theo und ich richten den Lauf unserer Pistolen gegen Sie. Wie gern würde ich jetzt einfach abdrücken. Kein Blei beschwert mehr meinen Abzug. Er ist federleicht. Fast nicht aufzuhalten. An der Spitze der Soldaten bleibt sie stehen. Ich könnte sie einfach umbringen, genau jetzt. Und sie würdigt meinem ausgestreckten Arm nicht einmal einen Blick, starrt mir nur kalt in die Augen. Mit zwei ausgestreckten Fingern hebt sie eine Hand. Das rote Licht färbt sich wieder blau und das ohrenbetäubende Dröhnen endet.

Keno entriegelt den Glaskasten und stellt sich neben Elvira Pure. Mein Blick gleitet zu ihm. Nach dem, was wir zusammen durchgemacht haben, hätte ich fast vergessen, wer er eigentlich ist. Ein verlogener Sinister.

»Hallo Keno«, begrüßt Elvira Pure ihn, ohne ihren Blick von mir abzuwenden und drückt ihm eine strahlend blaue Ampulle mit dem Gegenmittel in die Hand.

Dafür das alles? Für dieses Ding hat er uns hintergangen? Wie lange plant er das hier alles schon? Er wusste den Weg zur Residenz bereits, als wir die Zone verlassen hatten. Mir ist nun klar, dass er in diesem Punkt nicht gelogen hatte. Aber wusste er da auch, dass wir das Gegenmittel brauchen?

Ich knirsche mit den Zähnen. Bestimmt. Das alles war einer seiner hinterhältigen Sinister Pläne. Von Anfang an. Und ich bin darauf reingefallen.

»Verräter!« Meine Schussbahn ändert sich auf Keno.

Nun weiß er nicht nur, wo sich die Caput Leonis hier aufhalten, er weiß auch, wo Balbor und die Verschollen sich verstecken. Wenn er plaudert, sind sie alle tot.

»Kyra, verstehst du es immer noch nicht?«, erwidert er und sieht mich eindringlich an.

Denkt er etwa wirklich, er würde das Richtige tun? Ich sollte abdrücken. Schon allein, um die Verschollenen und Leyla zu schützen. Er senkt sein Kinn etwas, ehe er den Kopf fast unscheinbar schüttelt. Nur ein kleines Zucken. Mehr nicht. Sodass ich mir fast nicht sicher bin, ob er mir wirklich etwas damit sagen will, oder nur vor dem Lauf meiner Pistole erschaudert. *Vertrau mir.* Seine Worte kommen mir in dem Sinn. Doch wie sollte ich ihm noch vertrauen können? Es ist nun das zweite Mal, dass er nicht auf unserer Seite, sondern neben den Soldaten steht. Woher zum Teufel sollte ich wissen, ob seine Worte nicht zu seiner Masche gehören, uns hinters Licht zu führen und zu verraten? Nur um sich selbst zu retten.

»Nehmt die Waffen runter«, fordert uns Elvira Pure in einem derart überzeugenden Ton auf, dass mein Herz einen Schlag aussetzt, doch meine Hand kann nichts zum Senken bringen.

Es ist zu verlockend Keno zu erschießen. Es ist zu reizvoll Elvira Pure zu erschießen. Auch wenn ich danach selbst sterbe. Ich weiß es, aber in diesem Moment ist mir das egal. Mir ist alles egal. Meine Hand ist geführt von Hass. Meine Gedanken ohnehin schon tot. Mein Blick starr. Der Finger am Abzug. Zitternd. Nicht vor Angst, nein. Ich zittere vor Wut.

Drück ab, spricht meine innere Stimme zu mir. *Drück einfach ab.*

»Warum sollten wir euch nicht erschießen?« Ich ziele wieder auf Elvira Pure. »Du hast mir meine Mutter genommen, meine Schwester. Erschieß mich, es ist mir egal, aber ich nehme dich mit in den Tod.«

Elvira Pure lässt die komplette Luft aus ihren Lungen weichen. Um ihre eisigen Augen graben sich leichte Falten und ihre Mundwinkel liegen etwas tiefer als normal, sodass eine gewisse Strenge von ihr abgeht. Sie steht aufrecht, die Schultern leicht zurückgezogen. Es wirkt fast steif auf mich, doch diese Haltung bin ich von ihr gewohnt. Nur den Ausdruck in ihrem Gesicht sah ich noch nie. In den Videos war sie immer bemüht, freundlich zu wirken, wenn auch mit einer gewissen Kompetenz. Nun habe ich das Gefühl, ihr wahres Ich zu sehen. Direkt zwei Meter vor mir. So wie ich es mir immer vorstellte. Kalt und boshaft.

Mit zwei Fingern winkt sie einen Soldaten zu sich. »Ich wollte das eigentlich vermeiden, aber ... Lass es mich dir zeigen.«

Zeigen? Was verdammt will sie mir zeigen? Ich habe genug gesehen. Mir ist völlig klar, was sie hier tun. Ihre Überzeugung damit die Welt zu retten, werde ich niemals teilen. Sie beugt sich zu dem Soldaten und flüstert ihm etwas zu. Ich versuche, von ihren Lippen zu lesen, was sie sagt aber ich kann kein Wort davon entziffern. Der Soldat nickt und geht aus dem Raum. Angestrengt versuche ich, die Situation zu verstehen, ihr Vorhaben zu durchschauen, aber ich habe absolut keine Ahnung, was das soll.

»Wohin geht er?«, frage ich und ärgere mich darüber, nicht mehr so taff zu klingen wie eben noch.

»Kyra, wir versuchen hier etwas zu finden, damit wir wieder so leben können wir früher«, sagt sie. »Manchmal müssen Opfer gebracht werden, damit das große Ganze betrachtet werden kann.«

»Mit Opfer bringen meinst du, unsere Zone in die Luft zu sprengen?« Theos Worte durchfahren mich.

Mein Finger wandert fester um den Abzug. Ich presse ihn bereits ganz leicht nach hinten. Selbst Kenos Blick schweift zu Boden. Erneut sehe ich seinen Adamsapfel wandern und seine Finger ziehen einmal an seinem Kragen, als würde er nach Luft zum Atmen suchen. Er hat seinen Vater verloren. Das kann er doch nicht so einfach wegstecken, oder? Er sagte, dass er ihn vermisst. Selbst für Keno wäre es meines Erachtens nach zu kalt, wenn auch das gelogen war.

»Es war auch dein Zuhause«, sage ich. »Hast du das vergessen?«

Er zögert, doch dann weicht sein betrübter Blick einem leeren Starren. »War ... Hier ist jetzt mein Zuhause.«

Mein Blick klebt an seinem ausdruckslosen Gesicht, bis das Zischen der Tür ihn an sich zieht. Als könnte die Situation nicht noch schlimmer werden, betritt Seth das Labor und mit ihm mein Brechreiz. Mit seinen weißen Stiefeln stapft er zwei Schritte in den Raum und bleibt bei der Tür stehen.

Er nickt mir zu, während einer seiner Mundwinkel nach oben zuckt. »Wusste ich doch, dass ich dieses Gesicht kenne.«

Warum ist er hier? Soll er mir Angst machen? Soll er Theo verrückt machen? Wie soll dieser Mann jemals meine Waffe senken können? Ein blutiger Geschmack breitet sich in meinem Mund aus, ehe ich bemerke, dass ich auf der Innenseite meiner Wange herumkaue.

Seth wendet sich der Tür zu und winkt jemanden hinein. Als ich sehe, wer den Raum betritt, verliere ich jede Haltung.

»Soela!« Ich sinke auf die Knie.

Eine weiße Hose und ein weißes schlichtes Shirt umhüllen ihren Körper. Hunderte feine Haarsträhnen stehen zerzaust um ihren Kopf, wie eine kleine Sonne. Mit aufgerissenen Armen läuft sie auf mich zu und fällt mir in die Arme. Ich dachte wirklich, sie wäre tot. Wie konnte ich zweifeln? Beinahe hätte ich aufgegeben. Ihre Nähe fühlt sich so gut an, auch wenn der sterile Geruch, denn sie mit sich bringt, mir einen Schauer über die Wirbelsäule jagt. Sie schlingt die dünnen Arme um meinen Körper und ich drücke sie fest an mich. Meine kleine Schwester. Bevor ich sie loslasse, sehe ich blinzelnd hoch, um das Feuchte aus den Augen zu bekommen. Jetzt bloß nicht losheulen. Sie lebt. Und sie soll wissen, dass alles gut wird. In Gedanken verspreche ich ihr das bereits, auch wenn der Kloß in meinem Hals die Situation anders einschätzt. Wild streiche ich ihr die Haarsträhnen aus dem Gesicht und kontrolliere es nach Schrammen, doch kann keine blauen Flecken oder sonstiges finden. Meine Hand verharrt an ihrer kühlen Wange.

»Geht es dir gut?« Ich hasse mich dafür, dass meine Stimme zittert, doch ich kann es nicht verhindern. »Ich bin jetzt hier. Ich bin hier.«

Mit geröteten Augen sieht sie mich an und nickt. Meine tapfere kleine Schwester.

Wie gern würde ich ihr sagen, dass jetzt alles vorbei ist. Dass ich sie mitnehme und wir von diesem schrecklichen Ort verschwinden. Doch diese Worte bringe ich nicht über die Lippen.

»Also?« Elvira Pure hebt dabei beide Augenbrauen und deutet auf die Waffen.

Keine zwei Herzschläge später knallt eine Pistole vor ihre Füße. Das schrille Geräusch von Metall, das auf Fliesen schlägt, hallt durch den Raum. Mit dem Keilabsatz schiebt Elvira Pure die Waffe hinter sich. Theos Hände hängen unbewaffnet neben seinen Oberschenkeln. Ein Anblick, der mir den Magen zusammenzieht. Ich hätte mich opfern können. Ich hätte wählen können zwischen Leben und Sterben. Zwischen leben lassen und töten. Nun sieht das anders aus. Wenn ich schieße, hat meine Schwester keine Chance.

Keno starrt Soela an. Wusste er, dass sie noch am Leben ist? Seine Finger umklammern die blaue Ampulle, dessen beschlagenes Glas mir verrät, wie kalt sie sein muss. Elvira Pure steht breitbeinig da und hält die Arme verschränkt. Schnaufend werfe auch ich meine Waffe zu Boden und richte mich auf. Mit beiden Händen fasse ich Soela an die Schultern.

»Doch noch eine vernünftige Entscheidung.« Elvira Pure wendet sich von uns ab. Gehend hebt sie die Hand. »Nehmt sie fest.«

Gewaltsam stürzen sich die Wachen auf uns und drücken uns auf die Knie. Kenos Blick schwenkt zwischen mir und Elvira Pure hin und her. Ich kann seine Gedanken förmlich miteinander kämpfen sehen. Doch als hätte ich es schon erahnen können, kehrt er uns den Rücken zu und läuft ihr nach. Keno würde sich nie auf die Seite der Verlierer stellen. Trotzdem hoffte ein kleiner Teil von mir, sich nicht so derart in ihm getäuscht zu haben.

Einer der Soldaten reißt Soela aus meinen Händen.

»Soela, es wird alles gut!« Ich weiß nicht, ob es stimmt. Ich weiß nicht, ob alles gut wird. Doch diesmal platzt es einfach aus mir heraus. Ich habe nicht vor, dieses Versprechen zu brechen. Selbst wenn mir das gerade unmöglich scheint.

Sie schleifen Soela aus dem Labor. Immer wieder wandert ihr Blick ängstlich über die Schulter zu meinem, bis die Tür sich hinter ihr schließt. Erst jetzt fällt mein mühsam aufrecht erhaltenes Gesicht in sich zusammen.

Die Soldaten schnüren unsere Handgelenke mit Kabelbindern hinter unseren Rücken zusammen. Das harte Plastik schneidet in meine Haut. Seth führt uns mit einem weiteren Soldaten aus dem Labor. Wir biegen nach links ab in den kahlen Flur. Soela führen sie am anderen Ende des Gangs zu einer Tür. Aber wieso? Wieso liegt sie nicht in einer der Boxen so wie die anderen Immunen? Was wartet in dem Raum auf sie? Angst? Schmerz? Irgendwelche Tests? Es nicht zu wissen, treibt mir den kalten Schweiß aus den Poren. Immer wieder gleitet mein Blick zu ihr, doch die Soldaten versperren mir jegliche Sicht hinein.

Soela tritt über die Schwelle. Erneut drängt sich mir der Impuls auf ihr zuzurufen. Ihr zu sagen, dass ich sie liebe. Dass sie das schafft. Dass ich sie bald holen werde. Aber diesmal wehrt sich mein Inneres dagegen. Aus Angst, ihr würde es noch mehr wehtun, mich so zu sehen. In Fesseln. Abgeführt. Vielleicht sogar auf dem Weg zu meiner eigenen Hinrichtung.

Kapitel Sechsunddreissig

Die Soldaten führen uns in eine Zelle. Sie ist so dunkel und beengt, wie ich mich fühle. Das strahlende Weiß, das sonst überall vorherrscht, ist vergangen. Große, graue Kacheln fliesen die Wände ebenso wie den Boden. Ein einsames Spotlight wirft einen schwachen Lichtkegel. Mein Herz klopft bis zum Scheitel, als ich die zwei gegenüberstehenden Liegen erblicke. Mehr füllt diesen Raum nicht. Kein Fenster.

Seth hält seine Pistole demonstrativ in der Hand und spielt mit ihr herum. Er wirbelt sie am Abzug einmal um die eigene Achse, fängt sie auf und zielt auf Theo.

»Boom!« Er lacht, aber Theo verzieht keine Miene. »Ganz schön hartnäckig ... Ich muss sagen, es ist nicht so einfach, euch loszuwerden.«

Spöttisch tänzelt Seth zu mir herüber und baut sich vor mir auf.

»Lass sie in Ruhe.« Theo macht einen Schritt auf uns zu, doch der andere Soldat packt ihn von hinten und drückt ihm die Waffe in den Nacken.

Seth schnaubt belustigt und verzieht die Lippen zu einem fiesen Grinsen. »Sonst was?«

Er zückt ein Klappmesser aus seinem Stiefel und wirbelt es gekonnt auf.

Panik rast durch mich und bringt meine am Rücken zusammengebundenen Finger zum Zittern. Mein Herz zum Stechen. Meinen Puls zum Beben. Aber was sollte ich verdammt nochmal tun? Schreien? Niemand, der mir helfen könnte, würde mich hören. Weglaufen? Keine Chance. Also stehe ich einfach da und versuche, mir wieder einmal nicht anmerken zu lassen, wie ich gerade innerlich sterbe.

Er hebt die Spitze des Messers drohend nach oben und dreht es, um mir zu signalisieren, dass ich mich umdrehen soll. Das schummrige Deckenlicht spiegelt sich in der scharfen Klinge, von der ich vermute, dass sie bald in Kontakt mit meiner Haut kommen wird. Hinunterschluckend tue ich, was er will und kehre ihm den Rücken zu. Mein Atmen wandert zittrig durch meine Nase. Jeder Muskel meines Körpers krampft und stellt sich auf Schmerz ein.

Das kalte Messer gleitet an meinem Nacken nach unten. Gänsehaut schießt mir von den Oberarmen bis zu meiner Kopfhaut. Der Schmerz jedoch bleibt aus. Die Klinge bohrt sich nicht in mein Fleisch. Noch nicht zumindest. Was hat Seth vor? Spielt er mit mir? Die Klinge fährt über mein weißes Tanktop, meine Wirbelsäule hinunter. Wird er den Stoff zerschneiden? Rammt er es mir in den unteren Rücken? Mein Herz hämmert.

Er greift nach meinem Handgelenk und streckt den Kopf über meine Schulter, sodass sein Zigarettenatem gegen mein Ohr gleitet. »Soela sieht aus wie deine Mutter.«

Die leisen Worte rasen wie spitze Eiszapfen durch meinen Körper, drücken mir die Kehle zusammen.

Mit einem Ruck schneidet er den Kabelbinder durch. »Besser? Muss ein *bomben Gefühl* sein.«

Meine Zähne beißen aufeinander. Bloß keine Tränen aufsteigen lassen. Nicht jetzt. Ich nehme meine Hände nach vorne, streiche über meine schmerzenden Handgelenke und wende ich mich ihm wieder zu.

Ein fieses Grinsen liegt auf seinen Lippen. »Wie geht es deiner Mutter … Sie sah so *blass* aus als ich sie das letzte Mal sah.«

Ich verbiete mir, Bilder in meinem Kopf aufsteigen zu lassen. Das ist genau das, was dieser verdammte Mistkerl will. Dafür schneiden meine Nägel in meine Handflächen. Der Schmerz hält mich im Hier und Jetzt.

Seth hebt das Messer erneut. Die Klinge wandert an meine Kehle. Ich recke das Kinn. Innerlich schreie ich. War's das jetzt? Bringt er mich um?

Sein finsterer Blick klebt an meinem. »Antworte.«

Mein Atem geht flach und schnell, doch ich bleibe stumm. Wenn ich sterbe, dann bestimmt nicht wimmernd.

Ich schrecke zusammen, als ein Schlag ertönt. Der Soldat, der Theo festhält geht zu Boden. Theo rennt los, stürmt mit verbundenen Händen auf Seth zu, reißt ihn zu Boden und schlagt seine Stirn auf dessen Nase. Und da ist es. Das Knacken, dass ich mir immer bei Kenos Nase vorgestellt hatte.

Der am Boden liegende Soldat rappelt sich auf, zieht Theo von Seth runter und tritt ihm in die Magenmitte. Er zieht ihn auf die Knie und presst ihm die Waffe zähneknirschend gegen die Schläfe. Ich starre auf den Finger am Abzug der Waffe. Ein viel schlimmeres Übel drückt sich auf die Beine. Seth. Er zieht seine Pistole aus dem Holster.

Blut rinnt ihm aus der Nase. »Das war ein Fehler!«

Er schlägt Theo den Griff der Waffe so fest ins Gesicht, dass er zu Boden sackt und bewusstlos liegen bleibt. Blanke Angst durchfährt mich.

Ich renne zu Theo und werfe mich zwischen Seth und ihn auf den Boden. »Nein!«

Seth richtet die Waffe gegen uns.

»Warte!«, zischt der andere Soldat. »Du weißt, was Elvira Pure gesagt hat.«

»Sag mir nicht, was ich tun soll!«, faucht Seth und starrt uns entschlossen an.

Mit zusammengebissenen Zähnen bebt seine Oberlippe. Er wird uns umbringen. Jetzt sofort. Jegliches Blut weicht mir aus den Wangen. Ich starre in das schwarze Loch des Laufs, presse die Augen zusammen und zähle die letzten Sekunden meines Lebens.

»Fuck!«, schreit Seth und ich schrecke zusammen.

Schritte erklingen. Ich öffne meine Augen wieder und sehe nur noch die Hinterköpfe der Soldaten.

Zittrig ziehe ich die Luft in die Lunge, um sie langsam wieder auszupusten. Sie geben einen Code auf der Außenseite der Wand ein. Eine flimmernde Laserschicht legt sich mit einem hellen Summen zwischen den Türrahmen und sperrt uns ein.

***

»Geht es dir gut?« Langsam öffnet Theo seine Augen.

»Ja.« Sollte nicht eigentlich ich ihm diese Frage stellen?

Blut rinnt ihm die Schläfe hinunter und zieht eine rote Linie bis zu den Haaren. Er richtet sich auf und lehnt sich stöhnend gegen die Wand.

»Dort drüben« Mit einem Nicken deutet er in die andere Ecke des Raums.

Seths Messer. Es muss ihm bei dem Sturz aus der Hand gefallen sein. Auf allen Vieren krabble ich drauf zu, schneide

Theos Fesseln durch und setze mich neben ihn auf den Boden. Mit der Klinge trenne ich ein Stück Stoff vom Ende meines Hosenbeins ab. Vorsichtig wische ich ihm das Blut aus dem Gesicht, das aus der kleinen Platzwunde über seiner Schläfe hinunterrinnt. Meine Hand zittert und ich muss mich bemühen, ihm nicht mit meinen Fingerspitzen gegen den Cut zu hämmern.

»Du musst draufdrücken.« Theo verzieht stöhnend das Gesicht.

»Okay.«

Das Letzte, was ich will, ist, ihm Schmerzen zu bereiten, aber ich tue, was er sagt. Ich rechne damit, ihn schreien zu hören, zur Seite zu weichen oder seine Meinung zu ändern, aber er verzieht nur kurz die Mundwinkel, ehe sie ein Stück in die Höhe wandern.

»Fester«, sagt er mit leichtem Schmunzeln. »Sonst hört die Blutung nicht auf.«

Diesmal nicke ich und drücke stärker dagegen. »Ist das okay so?«

Wieder entweicht ihm nur ein leises Ächzen. Mein Blick wandert zu seinen braunen Augen, die noch nie so nah vor mir waren. Er mustert mein Gesicht, ehe sein Blick an meinen Augen hin und her wandert. Er denkt nach. Doch ich kann nicht erkennen, was seine Gedanken so zum Rauchen bringt.

Als er die geraden Augenbrauen etwas zusammenschiebt, verspüre ich ein Ziehen in der Magengegend. Gefolgt von einer kribbelnden Gänsehaut, die sich zu meinem Brustkorb hocharbeitet und mein Herz schneller schlagen lässt. Es verwundert mich, denn ich müsste mich unwohl fühlen, jemanden so lange in die Augen zu sehen, aber das tue ich nicht. Eher im Gegenteil. Es überkommt mich eine innere Wärme, sodass ich gar nicht anders kann, als zu lächeln. Es ist, als würde dieser Moment mir alle Sorgen nehmen. Meine Hand liegt immer noch auf seiner Platzwunde, aber ich habe schon längst aufgehört, sie zu bewegen. Ich nehme nichts anderes mehr um mich herum wahr.

Seine rauen Finger greifen meine Hand und er senkt sie. Seine Hand lag zwar schon ein paar Mal in meiner, doch dieses Mal fühlt es sich anders an. Es gibt keinen lebensbedrohlichen Grund dafür. Eine kleine Bewegung seines Daumens auf meiner Handinnenfläche lässt meinen Puls rasen. Dann kommt er mir näher. Sein Atem gleitet gegen meinen. Seine weichen Lippen legen sich sanft auf meine und ich lasse es zu. Ich schließe die Augen und genieße das Prickeln, dass durch meinen Körper strömt. Diese Wärme. Dieses Gefühl. Diese Erleichterung. Ganz gleich, wo wir sind und was uns erwartet.

Seine Hände streifen meine Arme hoch, bis sie sich den Weg von meinen Schultern zu meinem Rücken bahnen. Die Wärme, die von seinen Fingern abgeht, nimmt mich völlig ein. Er legt die kräftigen Arme um mich und zieht mich ein Stück zu sich, wodurch das Kribbeln in meiner Magengegend auflodert.

Ich stütze die Hand mit dem blutigen Stück Stoff auf den Fliesen ab und lege die andere an seinen Nacken. Alles, was ich fühle, ist Theos Wärme, die diesen kalten Raum aufheizt. Der Kuss ist so süß und doch schmecke ich den bitteren Beigeschmack, dass es unser Letzter sein könnte. Immerhin sind wir zusammen. Als er von meinen Lippen ablässt, öffne ich meine Augen. Sobald er ein Stück zurückweicht, um mich anzusehen, fehlt mir seine Berührung.

Ein Lächeln schiebt sich auf seine Mundwinkel. »Mehr als okay.«

Seine viel zu spät kommende Antwort lässt mein Herz einen Salto schlagen.

Schritte nähern sich und holen mich wie vom Blitz getroffen zurück in die Realität.

»Jemand kommt«, sage ich und stehe auf.

Vier Soldaten nähern sich der flimmernden Tür. Unauffällig trete ich auf das Klappmesser, sodass es unter meiner Schuhsole verschwindet. Das Summen der Laserschicht verstummt und die Männer kommen in den Raum. Vier Gewehre richten sich auf unsere Köpfe. Sie werden nicht schießen. Nicht, solange wir keinen Widerstand leisten. Das Vergnügen hätte sich Seth nicht nehmen lassen, und der ist nirgends zu sehen. Trotzdem starre ich in den Lauf, der auf mich zeigt und gefriere zu einem Eisblock.

Theo steht auf. Ich sehe ihn nicht, aber ich fühle seinen Arm an meinem. Seine Hand zuckt zu meiner. Er greift sie nicht aber unsere Finger berühren sich.

Einer der Soldaten kommt auf uns zu. »Du ...« Er nickt zu Theo. »Mitkommen!«

Bevor Theo den Raum verlässt, blickt er zu mir und ich sehe ein letztes Mal in seine braunen Augen. Dann erklingt wieder das Summen des Lasers und bin allein. Wie angewurzelt stehe ich da. Noch immer fühle ich Theos Berührung an meiner Hand. Ein sanftes Kribbeln. Mein Herz schlägt schneller. Meine Gedanken kreisen darum, was sie mit ihm anstellen werden. Er ist keiner der Immunen. Wieso bringen sie uns nicht auf der Stelle um? Irgendetwas wollen sie von uns. Sollten wir es ihnen nicht geben sind wir nutzlos. Und tot.

Ich beiße mir auf die Unterlippe, zu fest, denn ich schmecke Blut. Krampfhaft zwinge ich mich dazu, nicht zu weinen. Meine Augen würden erröten und ich will nicht, dass sie merken, wie schwach ich bin. Ich lausche nach Schritten, doch das Einzige, was ich höre, ist mein Herz und das Summen, also lehne ich mich an die Wand und sinke langsam wieder zu Boden. Immer noch tritt mein Schuh auf das Messer. Mir ist klar, dass ich es nehmen sollte, doch meine Kehle schnürt bei dem Gedanken zu, es jemanden durch die Haut zu rammen. Stattdessen knete ich meine Finger, um sie nicht abzukauen. Versuche, die Sekunden zu zählen, damit ich nicht das Zeitgefühl verliere und starre auf die Tür.

Ich warte darauf, dass sie kommen und auch mich holen. Dann wird es zu spät sein. Leise atme ich durch und hebe meine Ferse. Das Silber glänzt. Das Messer ist noch ausgeklappt. Der Griff ist aus demselben Material wie die Klinge. Mit zittrigen Fingern nehme ich es in die Hand. Es ist schwerer als ich in Erinnerung hatte. Kälter. Vorsichtig lege ich meine Fingerspitze an die Klinge. Ein kleiner roter Tropfen erscheint. Ich fühle nichts, aber ich merke, wie scharf sie ist. Es wird nicht schwer sein, es in jemanden hineinzurammen.

Unwillkürlich muss ich daran denken, wie ich in der Zone ein Stück rohes Hähnchen geschnitten habe. Ich portionierte es in kleine Stücke, sodass wir zwei Wochen damit auskommen konnten. Unser Messer war nicht so scharf. Vorsichtig klappe ich es zusammen und schiebe es in meine hintere Hosentasche. Es ist genau so groß, dass es dort Platz hat.

***

Jegliches Zeitgefühl weicht von mir. Wie lange ist Theo schon weg? Sind es Minuten oder Stunden? Der Raum hat kein Fenster, also kann ich mich nicht daran orientieren, ob es schon hell wird oder noch stockdunkel ist. Aber meine

Finger zittern nicht mehr und das Messer bohrt sich schon so lange in meinen Hintern, dass der Schmerz inzwischen betäubt ist.

Schritte wecken meine müden Gedanken. Ich stehe auf. Ein vernarbtes Gesicht flimmert durch den Laser. Seth. Ist er gekommen, um sein Messer zu holen? Mein Puls steigt. Er ist allein. Für Theo kamen vier Soldaten. Entweder sehen sie in mir keine Gefahr oder Seth möchte keine Zeugen.

Er stellt sich neben die offene Tür und streckt seinen Arm hinein. »Komm.«

Bewegungslos starre ich an ihm vorbei, um darauf zu warten, dass sie Theo wieder in die Zelle bringen. Doch es kommt niemand.

»Wo ist er?« Meine Stimme bricht und ich räuspere mich.

Seth lässt seinen Arm gegen den Oberschenkel klatschen und verzieht seine Mundwinkel zu einem finsteren Grinsen. »Du kannst freiwillig mitkommen, oder ich bringe dich dazu.«

Ich will Seths Hände nicht an meinem Körper haben, also gehe ich los.

»Kluges Mädchen. Geht doch.« Er packt mich am Arm, dreht mich herum und bindet meine Handgelenke zusammen. Soviel zu Thema, dass ich seine Hand nicht an meinen Körper wollte. Der Kabelbinder schneidet in meine Haut, aber ich gebe keinen Laut von mir. Ich denke nur daran, ob er den Abdruck des Messers in meiner Hosentasche sehen kann.

Ablenkung, sofort! »Hast du etwa Angst vor einem *Mädchen?*«

Einen Herzschlag später fühle ich seinen Atem an meinem Ohr. »Ich will dir nur nicht nachrennen müssen.«

Er drückt mich vorwärts und ich stolpere vor.

»Ich werde nicht weglaufen.« Jetzt bin ich entschlossen, das Messer in Elvira Pure hineinzurammen. Oder Seth.

»Dann nehme ich zurück, was ich gerade gesagt habe. Vielleicht bist du doch dümmer als ich dachte.«

Meine Fesseln löst er dennoch nicht. Aber immerhin scheint er das Messer nicht entdeckt zu haben. Er führt mich einen Flur entlang und um zwei Ecken, bis wir zu einem Aufzug kommen. Von hier aus kann ich das Labor sehen und die Tür am anderen Ende des Flurs, hinter der Soela sein muss. Ich versuche, mir den Weg zu merken. Das ist nicht einfach, weil jeder Flur gleich aussieht. Kahl, weiß und mit tausend Türen. Ab und zu steht ein Tisch herum, doch selbst die sehen identisch aus.

Seth zieht seine Karte durch den Schlitz neben dem Aufzug und die Türen öffnen sich. Mein Blick fällt auf die Anzeige. Wir sind im zweiten Stock. Er drückt auf den Knopf mit einer Zwölf. Der letzte Stock. So, wie in unserer alten Zone die Guides ganz oben waren, muss dort Elvira Pure sein.

Meine Gedanken kreisen um das Messer in meiner Hosentasche und ich fühle mein Herz dorthin hinunterrutschen. Ohne es zu wollen, schießt mir das Bild von dem Huhn wieder in den Kopf. Wie ich das rohe Fleisch von dem Knochen schnitt. Wird es ähnlich sein?

Der Aufzug gleitet sanft hinauf, ich spüre nicht einmal, dass wir uns in Bewegung setzen. Er besteht aus Glas. Ein Schacht rast an uns vorbei, bis wir ins Freie fahren und ich über die ganze Stadt sehen kann. Es ist noch dunkel, was mir verrät, dass ich nicht so lange in der Zelle hockte, wie es sich angefühlt hat.

Gedämpfte Lichter verteilen sich zwischen den Häusern, die so klein aussehen, als könnte darin nicht einmal meine geballte Faust Platz finden. Nur vereinzelte Gestalten wandern durch die Straßen und fast alle von ihnen tragen weiß. Soldaten. Mein Blick hebt sich zu den düsteren Dünen. Keine Ahnung, ob ich in die richtige Richtung starre, aber ich schaue in die Ferne und frage mich, ob Ava schon losgefahren ist. Hoffentlich ist sie fort. In Sicherheit.

»Beeindruckend, was?« Seths Stimme klingt rau. Wahrscheinlich wegen der ganzen Zigaretten, die er raucht.

Es ist eigenartig, mit ihm allein zu sein. Beängstigend. Er ist einen ganzen Kopf größer als ich und hat mindestens doppelt so breite Arme. Bis jetzt erschauderte mich sein Anblick bloß, das tut er immer noch, doch mindestens genauso viel Zorn drängt sich mir auf. Vielleicht liegt es an seinem dunklen Haar, dass ihm nicht mehr so gruselig ins Gesicht hängt, wie es das tat, als er in der Zone seinen Helm abnahm. Es ist oben gepflegt zur Seite gekämmt und wird verlaufend kürzer, bis bei der Haarlinie nur noch Stoppeln zu sehen sind. Oder aber es liegt an der Tatsache, dass ich das Messer griffbereit habe. Selbst wenn meine Hände gefesselt an meinem Rücken liegen, könnte ich es ihm ins Bein oder vielleicht sogar in den Magen rammen.

»Nicht beeindruckend genug, um meine Freunde dafür zu verraten.« Demonstrativ wende ich mich dem Ausblick ab und starre auf die Anzeige. 7 Stock. 8 Stock.

Seth funkelt mich finster an. Er weiß, wovon ich rede. Theos Eltern.

»Hm ...« Er presst die Lippen aneinander und wendet sich selbst der Anzeige zu. »Das wirst du noch früh genug tun.«

Seine Worte legen sich wie Blei in meinen Magen und die Fesseln schneiden in meine Handgelenke. Aber zumindest ist ihm jetzt klar, dass ich weiß, was für ein Mensch er ist. Ein Verräter. Ich sage nichts weiter und fixiere die rollenden Zahlen. 10. 11. Dann bleiben wir stehen. 12.

***

Hinter den Aufzugtüren zeigt sich ein Gang, der zwar genauso weiß gefliest ist, wie alles andere in diesem Gebäude, jedoch keine Türen aufweist. Er scheint einzig und allein dafür da zu sein, in den Raum direkt vor uns zu münden, in dem Elvira Pure hinter einem gläsernen Schreibtisch sitzt.

Hinter ihr wirkt die Wand zunächst schwarz, doch es sind Fenster, die sich über die gesamte Länge erstrecken. Ihre kalten Augen blitzen zu mir hoch. Die Hände liegen zu einem spitzen Dach gefaltet am Glas und ihre Beine schimmern überschlagen durch den Tisch.

Es ist so still hier, dass ich das Gefühl habe, jemand würde mir die Ohren zuhalten. Einzig meine schmutzigen Schuhe, die über die hellen Fliesen schleifen, durchbrechen die Stille.

Seth drückt mich vorwärts und je weiter ich gehe, desto eher erkenne ich das Lichtermeer, dass sich hinter Elvira Pure durch das Fenster zeigt. Als ich den quadratischen Raum betrete, blicke ich in alle Ecken. Mein Atem beschleunigt sich. Theo ist nicht hier. So gefasst, wie ich eben noch war, überkommt mich jetzt die blanke Panik. Ich versuche, ruhig durch die Nase zu atmen, doch ich habe das Gefühl zu ersticken.

Zwei Soldaten stehen neben dem Eingang. Beide bewaffnet. Bildschirme, die nur aus einer dünnen Schicht von Hologrammen bestehen, schweben über den Wänden und zeigen die Gänge des Quartiers. Ich suche jeden von ihnen ab, doch von Theo ist keine Spur zu sehen.

»Setz dich.« Elvira Pure klingt noch immer emotionslos. Nicht wie sonst, wenn sie durch die Videos zu uns spricht.

Mein Blick fällt auf den Sessel vor dem Schreibtisch. Blutspuren kleben rechts davon auf den weißen Fliesen. Die Schlieren verraten mir, dass jemand versucht hat, sie wegzuwischen, aber nicht besonders gründlich war. Und plötzlich schießt mir ein Gedanke in den Kopf, der mich blass werden lässt. Was, wenn Theo doch tot ist, und Seth nur nicht wollte, dass ich durchdrehe?

»Wo ist er?«, platzt es aus mir heraus.

Elvira Pure presst die Lippen aufeinander und deutet auf den Sessel.

Ich balle meine Hände zu Fäusten, das Kabel schneidet in meine Handgelenke. »*Wo ist er?*« *Ist er am Leben?*

Schnaufend starrt sie mich an. »Bring sie zum Sitzen.«

Seths Finger krallen sich um meine Arme und zerren mich um den Sessel. Er drückt mich hinunter, so fest, dass das Messer sich in meinen Hintern bohrt.

Das Messer. Ich stelle mir vor, wie ich es Elvira Pure in den Magen ramme.

»Siehst du?« Sie streicht sich eine dunkle Haarsträhne hinters Ohr. »Es bringt nichts, sich zu widersetzen.«

Meine Finger gleiten ein Stück über die Rückenlehne. Die Soldaten hinter mir werden es nicht bemerken, wenn ich das Messer hervorziehe.

Sie stützt ihre Ellenbogen gegen die Tischplatte, sodass ihre weiße Bluse den halben Unterarm hinunterrutscht und verschließt die Finger ineinander. »Du kannst überleben, wenn du das möchtest. Wir müssen nicht gegeneinander sein, weißt du?«

Ich antworte nicht.

»Nur ein paar Fragen. Ist dir das dein Leben nicht wert?«

Wieder sage ich nichts. Mein Zeigefinger streckt sich nach meiner Hosentasche.

»Was weißt du über die Caput Leonis?« Diesmal klingt ihre Stimme eindringlicher.

Darum geht es ihr? Was hat diese Gruppe getan, dass sie ein größerer Dorn in Elvira Pures Auge ist als die Verschollenen? »Wieso sollte ich antworten, wenn du es nicht tust?«

Sie hebt eine Augenbraue. »Es sieht nicht so aus, als wärst du in der Position, Bedingungen zu stellen. Findest du nicht?«

»*Du* willst Informationen von *mir*. Es ist mir egal, ob du mich umbringst.« Die Gänsehaut auf meinen Armen verrät mir, dass ich lüge. Meine Finger berühren inzwischen das Messer. Vielleicht schaffe ich es, über den Tisch zu springen oder ich warte bis sich mir eine bessere Gelegenheit bietet. Keine Ahnung. Doch wenn es mir gelingen sollte, Elvira Pure zu töten, werden die Soldaten mich auf der Stelle erschießen. Wer bringt dann Soela hier raus? Balbor? Innerlich schnaube ich. Als ob der eine Hilfe wäre. Nein, ich darf nicht sterben. Noch nicht. »Es sieht so aus, als wäre *ich* diejenige, die die Bedingungen stellt.«

»Du hast etwas vergessen.« Elvira Pures Stimme klingt immer noch ruhig. Es ist unheimlich, weil die Worte, die sie sagt, alles andere als beruhigend sind. »Vielleicht erscheint dir dein eigenes Leben wertlos, aber da du hier bist, hängst du wohl an dem deiner Schwester.«

Mein Magen krampft. *Atme ruhig*, sage ich mir selbst. *Zeig keine Schwäche*.

»Es gibt zwei Möglichkeiten«, fährt sie fort. »Die Erste wäre eine einfache Kooperation. Du sagst mir alles, was du über die Caput Leonis weißt und ich lasse dich gehen –«

»Jetzt hast *du* etwas vergessen«, unterbreche ich sie. »Ich bin nicht umsonst gekommen. Und ich werde nicht gehen, solange Soela hier ist.«

Ein Moment der Stille. Meine Finger klammern sich um die Spitze des Messers. Zur Sicherheit. Ihr Magen, nein, ihr Herz. Dorthin würde ich es rammen. Sofern sie überhaupt eines hat.

»Nun, ich bin ehrlich zu dir. Ich kann Soela nicht gehen lassen.«

Sie schien einen Moment darüber nachzudenken. So unmöglich kann es nicht sein.

»Dann haben wir keine Diskussionsgrundlage«, erwidere ich.

»Hm ...« Ihre Hände sinken auf den Tisch und geben mir die Sicht auf die Brosche an ihrer Bluse frei. Der goldene Adler. »Vielleicht kann ich dir etwas anderes anbieten. Sie müsste nicht mehr allein sein. Du könntest bei ihr bleiben ... Im selben Zimmer schlafen.«

Wieder Stille. Nun denke ich nach. Ich erinnere mich an Soelas geschwollene Augen. Zumindest könnte ich sie vom Weinen abbringen. Ihr Geschichten erzählen, bis sie einschläft. Ihr über das Haar streichen, damit die Schmerzen erträglicher wären. Balbor meinte, die Tests sind qualvoll. Nein, ich würde daran zerbrechen. Und vermutlich lügt Elvira Pure. Sobald ich ihr sage, was ich über die Caput Leonis weiß, bin ich tot.

»Was ist die zweite Option?« Ich versuche, jede Emotion aus meiner Stimme zu verbannen.

Elvira Pure lehnt sich langsam in dem Drehsessel zurück. Ihre grauen Augen sehen eiskalt aus. »Ich *bringe* dich dazu, zu reden.«

»Wie?« Sofort schießen mir die Blutspuren neben mir am Boden in den Kopf. Ein Schauer wandert meine Wirbelsäule hinunter, doch ich halte das Messer inzwischen fest in meiner Hand.

»Ich habe meine Methoden.«

Ich lehne mich zu ihr vor. Der Sessel knarrt. »Ich wähle die zweite Option.«

Ab jetzt warte ich auf den ersten Schlag von Seths Faust, bis mein Blut zu Theos tropft. Sollte er mich umbringen wollen, werde ich das Messer mit meinen letzten Atemzügen in ihn stoßen. Elvira Pure sieht Seth an und nickt ihm zu. Keine Sekunde später verspüre ich einen stechenden Schmerz an meinem Nacken. Kein Schlag, eher ein Piksen, das einem dicken Nadelstich ähnelt.

Ein Ächzen entweicht mir und ich verziehe mein Gesicht. »Was war das?« Angst untermalt meine Worte. *Ein Moment der Schwäche. Das ist in Ordnung. Jetzt sei wieder stark.*

Sie zieht beide Augenbrauen hoch. »Wenn du mir sagst, wo sich die Caput Leonis versteckt halten, erkläre ich es dir vielleicht.«

Ein überhebliches Grinsen schleicht sich auf meine Lippen, denn ihre Frage könnte keine ungenauere Antwort hervorrufen. »Sie sind überall.«

Elvira Pure verzieht keine Miene, doch ich kann ihr Herz wüten fühlen. Es lässt die Luft zwischen uns vibrieren.

Sie steht auf. »Gehen wir ein paar Schritte.«

Meine Atmung wird schneller. Mein Körper wird heiß. Was haben sie mir injiziert? Ich schüttle den Kopf aber werde das betäubende Gefühl nicht los.

Seth krallt meinen Arm und ich drücke das Messer zurück in meine Hosentasche. Mein Kopf knickt hinunter und mein Blick fällt auf die Blutschlieren auf den Fliesen. Erst jetzt merke ich, dass die Tropfen zurück zu dem Aufzug führen.

Elvira Pure geht in eine andere Richtung. Seth zieht mich hinterher. Meine Sicht verschwimmt und ich blinzle in dem Versuch, sie wieder klar werden zu lassen. Vergebens. Nach dem ersten Meter wird alles zu unscharfen Umrissen. Wir gehen durch Gänge und ich kann die Ecken nicht mehr zählen, um die ich geschleift werde. Dann bleiben wir stehen. Angestrengt hebe ich meinen Blick und kneife die Augen zusammen. Ist das eine Glaskabine?

»Hinter dieser Tür befindet sich die Seuche«, sagt Elvira Pure. Ihre Stimme klingt dumpf. Meine Ohren fühlen sich an, wie mit Watte gefüllt und mein Puls pocht laut in ihnen.

Mein Blick wandert die Kabine hoch. Sie sieht endlos aus. Ich kann nicht sagen, wie weit sie in den Himmel ragt. Die Konturen verwischen.

»Ich bin immun«, nuschle ich, doch meine Stimme hallt durch meinen Körper, als würde ich schreien.

»Bald nicht mehr«, zischt mir Seth ins Ohr.

Meine Kehle schnürt sich zu. Verätzung der Luftröhre. Lähmung bis zum Tod. Herzstillstand. Jedes Gerücht aus meiner alten Zone schießt mir in den Kopf.

Elvira Pure macht einen Schritt auf mich zu. Ihre Umrisse werden etwas deutlicher. »Das Gegenmittel wirkt innerhalb von zwei Stunden. Die Erste ist ... sagen wir mal *etwas unangenehm.*«

Mein Herz trommelt wild gegen meinen Brustkorb. Schweiß schießt aus jeder Pore meines Körpers. Ich hechle.

»Nach dieser Stunde können wir weitersprechen. Wir wollen dich schließlich nicht quälen.« Ich denke, ich sehe sie zum ersten Mal etwas grinsen. »Doch wenn du dann immer noch keine Antworten hast ...« Sie schüttelt den Kopf. »Wir können nur so viel für dich tun, wie du für uns.«

Ihre Spiegelung flimmert in der Glaskabine. Schwenkt hin und her.

»Damit du weißt, was dich erwarten wird ...«, fährt sie fort und macht noch einen bedrohlich langsamen Schritt auf mich zu. »Mittels eines Filters können wir die Seuche hier dosieren. Wir mischen sie mit gereinigter Luft. So können wir die Dauer des Prozesses steuern.«

Prozess. Ich schlucke. Sie meint meinen Todeszeitpunkt. Meine Finger zittern. Ich schreibe es dem Mittel in meinem Blut zu, obwohl ich mir sicher bin, dass Elvira Pure geschafft hat, was sie wollte. Ich habe Angst.

Ihre hohen Absätze hämmern gegen die Fliesen. Der Klang lässt meine Ohren pulsieren. Seth schleift mich weiter durch die Gänge. Der Druck seiner Finger schmerzt unnatürlich an meinem Arm. Ich stolpere fast über meine eigenen Füße, um Schritt mit ihm zu halten. Bemühe mich, nicht gegen die Wände zu kippen. Das Messer in meiner Hosentasche kommt mir in den Sinn, doch meine Muskeln krampfen. Keinesfalls wäre ich in diesem Zustand in der Lage zu kämpfen.

»Wieso erschießt ihr mich nicht einfach?«, nuschle ich. Die Worte lassen sich nur noch schwer durch meine Lippen formen.

»Wo bleibt da der Spaß?« Seine Stimme verzerrt. »Die Seuche ist der schlimmste Tod.«

Kapitel Siebenunddreissig

Ich beiße die Zähne zusammen, um ruhig zu bleiben, aber immer wieder entweichen mir schmerzverzerrte Schreie. Trotzdem wird meine Stimme langsam heiser. Demnach konnte ich nicht viele Schreie ersticken. Das Gegenmittel beißt sich durch mein Blut. Ich presse meine Knie an die Brust und liege zusammengekauert auf dem Boden der Zelle, der nass von meinem Schweiß ist. Der einzige Trost, den mir der Schmerz spendet, ist, dass ich weiß, dass Elvira Pure dieselben Qualen erleiden musste – sofern sie keine der Immunen ist. Aber das scheint mir zu absurd. Ihr Drang nach einem dauerhaften Seuchenserum ist zu ausgeprägt. Sie ist eine Mort, verdammt dazu, durch das Serum verrückt zu werden und zu sterben oder die Schmerzen des Gegenmittels zu ertragen. Vermutlich könnte sie das alle acht Monate aufs Neue durchziehen. Aber jetzt, wo ich das Brennen kenne, das dieses verfluchte Mittel durch meinen Körper jagt, erscheinen mir die paar Monate Freiheit eindeutig zu kurz dafür. Elvira Pure nimmt diese Qualen nicht freiwillig auf sich. Nein, die folternden Tests werden erst enden, wenn sie eine Lösung gefunden hat … oder tot ist.

Mein Atem geht keuchend schnell, trotzdem fühlt es sich nicht danach an, als würde ich genügend Luft in die Lungen bekommen. Nicht nur das Brennen schnürt mir die Kehle zu, auch der Gedanke daran, die Residenz nie wieder zu verlassen. Wenn das Mittel wirkt, werde ich die Wüste nicht mehr betreten können, ohne tot umzufallen. Wie soll ich Soela dann je wieder hier rausbekommen? In Anbetracht der Tatsache, dass ich in den nächsten Minuten in einer Glaskabine sterben werde, sehe ich sie wahrscheinlich nicht einmal mehr wieder.

Nach einer Weile dämpft der Schmerz langsam ab und zeigt mir, dass die Stunde bald um sein muss. Die Augen schließend, atme ich zittrig aus. Meine in die Hosenbeine gekrallten Finger lösen sich und ich bewege sie, weil sie steif sind. Ich muss sie die ganze Zeit über in den Stoff gepresst haben.

Für einen Moment liege ich nur da, atme und knete meine Hände. Ob Theo das hier auch durchhalten musste? Doch dann erinnere ich mich an die Blutspur. Sie führte geradewegs zum Aufzug. Elvira Pure hätte sich die Zeit genommen, um auch ihm die Stelle zu zeigen, die ihn hinrichten würde. Es macht mehr Eindruck und ihrem Grinsen nach, ihr auch mehr Freude.

Ein Schluchzen dringt über meine Lippen. Ich will nicht daran denken, dass er tot ist, aber das Bild drängt sich immer wieder in die Schwärze meiner geschlossenen Augen. Also öffne ich sie und starre in den kahlen Raum der Zelle.

Es dauert etwas, bis ich es schaffe, mich aufzurichten und gegen die Wand zu lehnen. Meine Handflächen sind feucht und hinterlassen Abdrücke an jeder Stelle, die ich anfasse. Mein Körper kühlt langsam ab, der Schmerz endet jedoch schlagartig. Dennoch fühle ich mich schwach, wie die ersten Tage einer Grippe.

Ich streife mir das Ende meines Tops über das Gesicht. Tropfen rinnen mir die Stirn hinab. Erst jetzt merke ich, dass nicht nur Schweiß an meinen Wangen klebt. Meine Augen brennen und mein Kopf dröhnt. Ich bekam immer schon Kopfschmerzen, wenn ich lange geweint habe. Wie damals um Vater.

Elvira Pure will mich brechen. Und für einen Augenblick überlege ich, ob sie das schaffen könnte. Ab jetzt rinnt meine Zeit. Ich habe vielleicht nur noch eine Stunde, um Soela zurück zu den Verschollenen zu bringen. Sogar die Fahrt dorthin dauert länger. Es ist unmöglich. Theo ist vermutlich tot und ich allein kann sie nicht mehr zurückbringen. Mein Gesicht verzieht sich, auch wenn das meine Kopfschmerzen noch verschlimmert.

Schritte dröhnen durch den summenden Laservorhang. Ich springe auf die Beine, zu schnell, denn ich schwanke einen Schritt zur Seite.

Seths Gesicht flimmert durch die Laserschicht. Mein Puls schießt hoch. Seine Worte hallen durch meinen Kopf. *Die Seuche ist der schlimmste Tod.*

Mit einem Türcode deaktiviert er den Laser. »Komm mit.«

»Sag mir, ob er lebt.« Meine Stimme bricht und meine Kehle kratzt, doch diesmal ist es mir egal, ob ich schwach klinge. Ich habe es ausgesprochen und ich muss es wissen.

Seth hebt eine Augenbraue. »Muss ich dich diesmal holen?«

»Ich werde ohnehin bald sterben ... Antworte mir und ich komme widerstandslos mit.« Ich spreche leise. Jedes Wort dringt nur heiser aus meinem Mund.

Er kommt auf mich zu. Sein gefährlich langsames Annähern lässt meinen Körper krampfen. Doch er bindet nur wieder meine Handgelenke an meinem Rücken zusammen, zieht den Kabelbinder fest zu. Als das Plastik in meine Haut schneidet, unterdrücke ich ein Stöhnen und sehe über die Schulter. Ich will seine Augen an meinen halten. Ich habe immer noch das Messer.

»Bitte leiste Widerstand«, flüstert er mir zu. »Dann hätte ich einen Grund, dich eigenhändig zu töten.«

Er krallt meinen Arm so fest, dass das Blut meine Finger verlässt und zieht mich vorwärts.

Taumelnd komme ich aus der Zelle. Der Boden bebt, bis ich merke, dass ich es bin, die zittert. Ich werde es tun. Langsam lasse ich meine Finger unter das Messer gleiten und drücke es durch den Stoff meiner Hose Stück für Stück höher. Gegen meinen Brustkorb hämmert es. Wir gehen denselben Weg wie beim letzten Mal, und biegen in den Flur mit dem Aufzug.

Mehrmals muss ich meinen Kopf schütteln, denn um mich wankt immer noch alles. Die Kälte des Metalls gelangt an meine Fingerspitzen.

»Wie ist es?«, frage ich, um seine volle Aufmerksamkeit meinen Worten zu widmen. Er sieht mich nicht als Bedrohung. Noch nicht. Wenn er das Messer entdeckt, wird das einiges ändern.

»Was?«, fragt er trocken ohne mich anzusehen.

Ich vergrabe das Messer in meiner Faust. Mein Atem wird flacher. Es ist still. Das Messer aufspringen zu lassen, wird ein Geräusch von sich geben, also warte ich auf den richtigen Moment. »An der Seuche zu sterben.«

Seine Mundwinkel zucken. »Die Seuche frisst sich durch deine Lunge und kriecht in deine Poren. Es braucht etwa eine Minute, bis sie deinen Körper lähmt. Bis es zum vollständigen Tod kommt, dauert es jedoch eine Weile …«

Er zieht seine Karte durch den Schlitz neben dem Aufzug. Es Piepst. Da ist er. Der Moment. Die Klinge fetzt aus dem Griff.

Denk nicht nach. Ich werfe mich nach hinten und ramme ihm das Messer in den Oberschenkel. Sein Aufschrei dröhnt in meinen Ohren, doch sein Griff an meinem Arm wird fester. Mein Herz schlägt mir bis in die Kehle. Mit zusammengebissenen Zähnen wende ich das Messer eine Vierteldrehung in seinem Bein. Der Widerstand fordert all meine Kraft.

Brüllend zieht er seine Finger von mir. Die Klinge lasse ich stecken und greife nach der Pistole in seinem Holster. Ich kann sie herausziehen, doch nicht richtig fassen. Sie gleitet aus meinen Fingern und knallt zu Boden.

Einen Herzschlag später packt mich Seth an der Kehle und drückt zu. Meine Hände wollen nach seinen Armen greifen, doch stoßen auf den Widerstand des Kabelbinders an meinem Rücken. Röchelnd ringe ich nach Luft und starre in sein Gesicht. Ein irrer Ausdruck funkelt in seinen Augen.

Er setzt einen humpelnden Schritt nach vorn und mein Körper gibt seinem Druck nach. Mit dem Rücken knalle ich gegen die Fahrstuhltür, während sie sich öffnet und brennend an meiner Haut kratzt. Der Puls in meiner Kehle hämmert gegen seine Finger. Als meine Füße den Boden verlassen, färben sich die Ränder meines Sichtfelds schwarz. Schreiend hebt er mich in den Aufzug. Ich strample. Der Druck zerquetscht mir fast den Kehlkopf. Verdammt, er will mich nicht nur büßen lassen, er will mich umbringen. Genau jetzt.

Adrenalin schießt durch jede Faser meines Körpers und ich kann an nichts anderes mehr denken, als irgendwie zu überleben. Seth darf nicht das letzte sein, was ich sehe.

Seine andere Hand greift nach dem Messer in seinem Bein. Er will es herausziehen, doch ich stoße mein Knie dagegen. Aufschreiend knickt er zu Boden und lässt von meinem Hals ab. Meine Füße knallen zurück auf den Fahrstuhlboden, aber ich stürze nicht. Röchelnd ziehe ich die Luft in meine Lunge und huste sie wieder hinaus. Ohne mich zu ihm umzudrehen, schlage ich auf den Knopf mit der Zwölf und taumle aus dem Fahrstuhl. Sein brüllendes Fluchen jagt mir einen kalten Schauer über den Rücken. Mit einem leisen Zischen schließt sich die Tür und dämpft seine Schreie.

Luftholend breche ich auf die Knie. Verdammt, ich habe Elvira Pure gerade eine Kampfansage hinaufgeschickt. Jeden Moment wird es hier von Soldaten wimmeln. Angesichts der Tatsache, dass meine Hände immer noch an meinem Rücken verbunden sind, rechne ich mir keine großen Chancen aus.

Ich erlaube mir drei Sekunden. Und während ich zu Boden starre, entdecke ich etwas. Rot. Blut. Zu weit vom Fahrstuhl entfernt, dass es Seths sein könnte und schon vertrocknet. Theo. Meine Augen springen auf und ich starre den Gang entlang. Als hätte er mir eine Spur hinterlassen, ziehen sich alle paar Meter dunkelrote Tropfen den Flur entlang.

Soelas Zimmer liegt in der anderen Richtung. Theo ist meine einzige Chance. *Ihre* einzige Chance. Wenn er noch lebt, muss er sie hier rausbringen. Es fordert recht viel Flexibilität, aber ich schaffe es, durch meine Arme hindurchzusteigen, sodass sie nun vor meinem Körper sind. Ich schnappe mir die Waffe und renne los.

***

Ich folge der Spur, biege in vier Flure und versuche, mir den Weg einzuprägen. Es ist nicht einfach, mit verbundenen Händen zu rennen, mein Gleichgewichtssinn arbeitet gegen mich. Immer wieder zuckt mein Blick über die Schulter. Noch sehe ich niemanden, doch das wird nicht lange so bleiben.

Meine Oberschenkel beißen und ich atme schwer. Zu schwer für diesen kurzen Sprint. Das Gegenmittel kämpft immer noch in meinem Körper und ermüdet jeden meiner Muskeln. Das Adrenalin wehrt sich dagegen und ist vermutlich das Einzige, was mich noch auf den Beinen hält.

Die Abstände der roten Tropfen werden größer. Jedes Mal, wenn ich einen sehe, entkrampft sich mein Magen für ein paar Schritte, bis er sich wieder suchend zusammenzieht.

Es knallt. Zusammenzuckend bleibe ich stehen. Das Geräusch war dumpf, aber der Boden vibriert kurz. Ich drehe mich in alle Richtungen. Es ist niemand zu sehen. Meine Knie zittern. Mein Atem zischt keuchend. Ich lausche einer sekundenlangen Stille, die wie aus dem Nichts von Schüssen unterbrochen wird. Meine Augenbrauen zucken zusammen. Wer schießt da? Und auf wen? Hektisch suche ich die weißen Fliesen nach roten Stellen ab. Ich stand schon viel zu lange hier. Doch ich kann keinen weiteren Tropfen entdecken und ich stehe vor einer Gabelung.

»Theo«, schreie ich so laut ich kann, ohne Rücksicht darauf, ob die Soldaten mich hören können. Meine Kehle schmerzt. Ich wende mich allen Fluren zu. »Theo!«

»Kyra!« Ein dumpfer Schrei, der mein Herz einen Sprung machen lässt.

Ich bin mir nicht ganz sicher, aber ich denke der Ruf kam von rechts, also renne ich in diesen Flur. Die Schüsse verstummen, dafür wird ein Summen lauter. Das Geräusch stellt mir die Nackenhaare auf. Es schreit nach Gefangenschaft. Ich muss richtig sein. Ein Hämmern ertönt, eine Faust, die gegen etwas trommelt. Mein Bild schwankt. Ich verliere das Gleichgewicht und kippe gegen die Wand. Meine heiße Wange trifft kühlen Stein. Meine beiden Hände stemmen sich gegen die Fliesen, um mich aufrecht zu halten. Selbst wenn alles in mir zu Boden sinken will. Verdammtes Gegenmittel.

»Kyra!« Nun höre ich die Stimme deutlicher.

Mein müder Blick hebt sich. Ich zwinge mich, weiterzulaufen und dann sehe ich ihn. Theos Gesicht flimmert hinter einer Laserschicht. Rote Schrammen prangen auf seinem Wangenknochen, Schläfe, Lippen. Das weiße Hemd färbt sich an seiner Schulter dunkelrot und jagt mir einen Kloß in die Kehle. Aber er lebt.

Ich ziele auf das Eingabefeld neben der Tür. Meine Finger zittern so stark, dass ich einen Schritt auf die Box zugehe, bevor ich abdrücke. Der Rückstoß sticht in meiner Schulter aber ich treffe und das Summen erlischt.

Theo stürmt aus der Zelle auf mich zu. Mit einer Hand an meinem Arm blickt er zuerst den Gang entlang, aus dem ich gekommen bin. Dann legt er seine kühlen Hände an meine Wangen. Für einen kurzen Augenblick fühle ich mich sicher.

»Geht es dir gut?« Seine Augen wandern hektisch zwischen meinen hin und her.

Ich nicke, obwohl mein Körper danach schreit, den Kopf zu schütteln. »Ich dachte, du wärst tot.« Die Worte verknoten meinen Hals.

Ein leichtes Grinsen wandert für den Bruchteil einer Sekunde auf seine Lippen. »So einfach machen wir es ihnen nicht.«

Er nimmt die Waffe aus meinen Händen und kontrolliert den Flur erneut.

»Sie kommen.« Meine Stimme bricht, im Gegensatz zu seiner – die ist klar und deutlich.

»Hast du das Messer noch?«

Wortlos schüttle ich den Kopf und denke an Seths Bein. Er wird mich dafür büßen lassen, wenn er mich in die Finger bekommt. Ich hoffe nur, dass ich es tief genug hineingerammt habe, damit es nicht zu bald ist.

Theo steckt sich die Waffe in den Hosenbund und ich starre auf das vertrocknete Blut an seinem linken Arm. Es verklebt die Härchen. Mein Kopf versucht sich auszumalen, wie seine Schulter aussehen mag, aber kein deutliches Bild will sich mir zu erkennen geben. Jedenfalls macht Theo nicht den Anschein, als würde sie ihn in seiner Bewegung einschränken.

»Mach deine Handgelenke fest.« Er greift meine Unterarme.

»Deine Schulter …« Das ist alles, was ich herausbringe.

»Mach dir um mich keine Sorgen, okay?«

Immer noch starre ich ihn an, bis er beide Augenbrauen hebt und zu meinen Händen deutet. Ich balle meine Finger zu Fäusten.

»Bereit?«, fragt er.

Ich nicke, doch ich habe keine Ahnung wofür.

Mit einem Ruck schiebt er meine Arme übereinander. Das Kabel schneidet in meine Haut, doch dann zerspringt es. Meine Handgelenke zieren dunkelrote Striemen.

»Wenn wir wieder zurück sind, zeige ich dir, wie das geht.« Er zieht die Waffe wieder hervor. »Und dann erzählst du mir, wie du es geschafft hast, hierher zu kommen.«

Über meine Handgelenke reibend, zwinge ich mir ein kurzes Grinsen ins Gesicht. Ich werde nicht mit ihm zurückgehen. Und vielleicht sollte ich ihm das sagen, doch ich kann es nicht aussprechen. Und je öfter ich den Satz in meinem Kopf wiederhole, desto weniger will er mir wieder einmal über die Lippen kommen.

Seine Augenbrauen zucken zusammen. Beinahe hätte ich es vergessen. Er ist ein Springer. Dafür ausgebildet, meine Emotionen zu lesen, bevor ich sie selbst realisieren kann. Er weiß, dass ich ihm etwas verheimliche.

Schüsse erklingen.

Theo greift meine Hand und zieht mich hinter sich her. Vor den ersten beiden Ecken bleiben wir stehen und Theo späht darum, bevor wir in den nächsten Flur biegen.

Bei der dritten Ecke, um die er lugt, schießt er. Zwei Schüsse. Er zieht mich weiter, vorbei an zwei Leichen. Auf den weißen Anzügen blitzt das Rot hervor.

Schnelle Schritte hallen direkt vor uns um die Ecke. Mein Herz pocht bis in meine Fingerspitzen, die Theo fest im Griff hat. Er zieht mich an den Rand des Flurs und streckt seinen Arm, stabilisiert seine Schulter an der Wand. Schussbereit.

Mental versuche ich mich darauf vorzubereiten, Menschen sterben zu sehen. Theos Kugeln treffen immer.

Die Schritte werden lauter und dann biegt eine rote Mähne um die Ecke.

Ich reiße die Augen auf. »Ava!«

Ich renne auf sie zu und schließe sie in meine Arme. Oder besser gesagt, ich zerdrücke sie zwischen meinen Armen. Noch nie war ich so glücklich, sie zu sehen. Noch nie so froh darüber, dass Ava niemals das tut, was man von ihr verlangt. So kann ich sie wenigstens ein letztes Mal sehen. »Ihr wart nicht am Treffpunkt«, nuschelt sie in meine Schulter.

»Du solltest doch von hier verschwinden«, murmle ich.

Sie weicht ein Stück zurück, um mir in die Augen zu sehen und zuckt mit den Schultern. Ihre Finger wandern meine Arme hinunter, bis sie über die Striemen an meinen Handgelenken fährt. Mit großen Augen sieht sie mich an, doch sagt kein Wort.

Ich ziehe meine Hände weg. »Wie hast du es geschafft, hier reinzukommen?«

Nachdem ich meine Frage gestellt habe, sehe ich die Antwort schon vor mir stehen und erstarre.

»Kyra«, schluchzt Balbor.

Ava verzieht das Gesicht. »Ich hatte keine andere Wahl.«

Nachdem mich der erste Schock seines Anblicks verlässt, sehe ich weg und schenke ihm keinerlei Beachtung mehr. Mir ist nicht ganz klar, was ich sagen oder denken soll. Ich werfe Ava nicht vor, Balbor hierher gebracht zu haben. Aber es ist komisch. Ich sehe ihn an und weiß, dass der Vater, den ich kannte, tot ist. Er ist schon seit acht Jahren tot. Der Mann, der jetzt hier steht, ist nicht mein Vater. Wenn er es wäre, hätte er Soela nicht aufgegeben.

»Wo ist Keno?« Avas Worte reißen mich zurück in die Gegenwart. Sie holt zwei Sturmgewehre aus ihrem Rucksack.

»Er wird nicht mit uns kommen«, erwidere ich trocken und wünschte, das Thema wäre damit abgeschlossen. Doch dafür kenne ich Ava zu gut.

»Was meinst du?«, hakt sie nach und wirft auch Theo eine Waffe zu.

»Keno hat uns verraten.« Theo fängt das Gewehr und schiebt sich die Pistole in den Hosenbund.

Ava beißt sich grummelnd auf die Lippe.

»Soela lebt. Wir müssen sie holen.«

Schuld frisst sich in Balbors Blick. »Meine kleine Soela lebt? Ich hätte auf euch hören sollen. Was passiert ist … Ich wollte nicht, dass eure Freundin –«

»Nala. Ihr Name war Nala.« Egal, wie sehr er seine Taten bereuen mag, ich werde ihm das nie verzeihen können.

»Nala«, korrigiert sich Balbor. »Ich wollte nicht, dass Nala stirbt. Ich habe versucht, es zu verhindern.«

»Wir müssen gehen.« Theo hat recht, wir stehen schon viel zu lange hier.

»Ich weiß, wo sie Soela hingebracht haben.« Mit schnellen Schritten gehe ich voraus.

Kapitel Achtunddreissig

SCHÜSSE UND SCHREIE hallen durch das ganze Gebäude. Jeder von ihnen lässt mich erschaudern und meine Ohren klingeln. Die Verschollenen sind hier. Theo, Balbor, Ava und ich hasten durch die Gänge. Vorsichtig strecke ich meinen Kopf um die letzte Ecke, die mich von dem Flur zu der Tür zu Soela trennt.

Zwei Verschollene und etliche Soldaten liefern sich ein Feuergefecht. Die Rebellen verstecken sich hinter dem umgestürzten Tisch und die Soldaten gehen schießend auf sie zu. Mein Blick gleitet zu der Tür am Ende des Flurs. Ich habe das Gefühl, durch das Metall sehen zu können, direkt in Soelas Augen.

Halte nur noch ein klein wenig durch. Wir kommen. Und dann passiert es erneut. Ich verliere das Gleichgewicht und schwanke.

Der Blick eines Soldaten trifft mich und seine Waffe zuckt in meine Richtung. Nur mit Mühe schaffe ich es, meinen Kopf zurückzuziehen und ich presse meinen Rücken gegen die eisige Wand. Hitze steigt mir ins Gesicht. Ich muss jetzt stark sein, mehr als je zuvor. Ich spanne meinen gesamten Körper an, in dem Versuch, jedes Symptom zu unterdrücken.

»Alles okay?« Theo greift meinen Arm, meine Muskeln krampfen. Seine Finger fühlen sich stechend kalt auf meiner Haut an.

Erschrocken sehe ich in seine Augen und denke nur daran, wann der richtige Zeitpunkt ist, ihm zu gestehen, dass ich nicht mit ihnen kommen werde. Meine Kehle schnürt sich bei dem Gedanken zu, er würde nicht ohne mich gehen. Er muss.

Ich nicke. »Die letzte Tür. Dort ist sie«, sage ich und drehe mich weg, nehme ihm die Chance, mir zu antworten oder meinen Gesichtsausdruck zu lesen.

Vermutlich zwecklos, er weiß sowieso schon, dass etwas nicht stimmt. Ich hebe mein Gewehr und stelle mich um die Ecke. Ziele auf den Soldaten, der mich sah. Für einen kurzen Augenblick habe ich ihn im Visier, doch Theo rennt an mir vorbei. Schießt ihm geradewegs in die Brust, stößt eine Tür auf und wirft sich dahinter. Der schmerzerfüllte Schrei schneidet in meinen Ohren. Mit klopfenden Herzen drehe ich mich zurück hinter die Ecke. Balbor und Ava laufen an mir vorbei, biegen in den Flur zur anderen Seite. Soldaten kommen von beiden Seiten angerannt.

Kugeln fetzen Löcher in die Wände und der Putz rieselt mir auf die Schultern. Es knallt überall und es kommt mir so vor, als würde das ganze Gebäude beben.

Ein erneuter Schrei rast wie ein Schreck durch meinen Körper. Mein Blick zuckt hinauf und fällt auf eine Kamera, hoch oben an der Wand. Sie ist weiß, wie fast alles hier, doch die Linse sticht schwarz hervor. Die Bildschirme im zwölften Stock! Elvira Pure. Ich starre hinein. Wut brodelt in mir. Mein Zeigefinger rutscht zurück zu dem Abzug und ich ziele wieder um die Ecke.

Der Schrei kam von einem der Rebellen. Theo steht immer noch hinter einer der Türen, nicht weit von mir. Der andere Rebell brüllt und feuert Kugel um Kugel kreuz und quer durch den Gang. Er trifft zwei Soldaten, doch eine Sekunde später taumelt auch er. Fällt zu Boden. Zielend halte ich die Luft an und versteife meine Muskeln. Ein letzter Soldat versperrt uns den Weg.

Er zieht eine faustgroße Scheibe heraus, lässt seine Finger um den daran befestigten Griff gleiten, woraufhin sie leuchtet. Was zum Teufel ist das?

Schießend geht Theo auf ihn zu, doch seine Kugeln prallen direkt vor dem Soldaten in der Luft ab. Dort, wo die Kugeln auftreffen, flimmert die Luft wellenförmig. Ein durchsichtiger Schutzschild.

Der Mann schießt nicht mehr. Vermutlich ist der Schild von beiden Seiten kugelsicher. Theo feuert weiter auf die Füße, die Arme, den Kopf. Egal wohin, der Schild deckt den gesamten Körper ab.

Als Theo fast vor ihm steht, macht sein Gewehr ein ganz anderes Geräusch. Ein Klicken ohne Knall. Seine Munition ist aufgebraucht! Mein Herz setzt einen Schlag aus. Ein Schmunzeln legt sich auf die Lippen des Soldaten.

Theo lässt das Gewehr fallen. Greift nach der Waffe in seinem Hosenbund. Zu langsam. Das Leuchten um den weißen Handschuh erlischt. Die Waffe zeigt auf Theos Kopf.

Sie werden auch nicht zögern. Verfluchter Mist! Ich drücke den Abzug und halte die Luft an. Meine Kugel rast den Gang hinunter und landet in der Brust des Soldaten.

Sein benommener Blick hält für eine halbe Sekunde meinen. Dann sinkt er zu Boden. Ein Schrei will aus meiner Kehle stoßen. Ich habe ihn getötet. Aber alles, was mir über meine Lippen kommt, ist ein zittriges Hauchen. Gänsehaut wandert meine Wirbelsäule hinauf bis zu meinem Nacken und legt sich grausam über meine Arme.

Theo dreht sich mit geöffnetem Mund zu mir um. Er reißt mir die Waffe aus meinen kalten Fingern und schießt hinter mir in den Gang, bevor er sie mir wieder in die Hand drückt und sich nach einer eigenen bückt.

Ein letzter Schrei und ein letzter Knall hallen durch meinen Kopf. Dann wird es still. Alles passiert wie in einem Rausch. Erst jetzt merke ich, dass ich aufgehört habe zu atmen, denn ich fühle mich, als würde ich jeden Moment ersticken und muss tief Luft holen. Meine gerade noch so heißen Wangen sind eiskalt, blutleer.

Theo nimmt meine Hand und zieht mich vorwärts. Ich setze einen Fuß vor den anderen, als würde jemand Fremdes meinen Körper steuern. Wie in einem Traum laufe ich weiter den langen Korridor entlang, vorbei am Labor.

»Hier muss es sein. Ich habe gesehen, wie sie Soela hier reingebracht haben.« Ich stürme die letzten Schritte auf die Tür zu.

Theo schießt gegen das Schloss, wodurch sich dieses öffnet und der kleine Raum dahinter zum Vorschein kommt. Ein schriller Schrei dröhnt in meinen Ohren. Meine Schwester sitzt auf einem Bett, gegen die Wand gepresst und versteckt sich unter einer grauen Wolldecke. Ihre kleinen Finger krallen sich über ihrem Kopf in den Stoff.

»Soela!«, schießt es mir über die Lippen.

Ihr Kopf, von dem helle, feine Härchen in alle Richtungen abstehen, schiebt sich unter der Decke hervor. Sie springt auf und rennt in meine Arme. Ich drücke sie fest an mich, spüre ihr Herz schlagen und weiß, dass sie auch meines fühlt.

»Es ist alles gut. Ich bringe dich hier raus, okay?«

»Soela.« Ein Wispern, das mir die Nackenhaare aufstellt.

»Nicht jetzt!«, zische ich warnend in Balbors Richtung.

»Wir müssen weiter«, ruft Theo.

Mein Blick wandert zurück zu Soela. »Gehen wir –« Mein Mund steht kurz offen. Ich verkneife mir die Wörter *nach Hause* zu sagen, denn wir haben kein Zuhause mehr. Soela weiß nicht, dass die neunte Zone nur noch aus Schutt und Asche besteht. Sie weiß nicht einmal, dass unsere Mutter tot ist. Und dieser Fakt legt sich mir eiskalt in den Magen. Ich zwinge mir ein aufmunterndes Lächeln ins Gesicht und nehme sie bei der Hand. Zuerst muss sie es hier lebendig rausschaffen.

Soelas Finger fühlen sich klein und zerbrechlich an, also halte ich sie sanft, aber dennoch fest. Wir laufen aus dem Raum und den Korridor entlang.

»Das Gegenmittel!«, ruft Theo, als Balbor vor der Wendeltreppe Halt macht.

Ich reiße die Augen auf. Das Labor! Es ist nur ein paar Meter entfernt. Die ganze Zeit über dachte ich, ich hätte keine Chance mehr, hier noch rauszukommen, dabei sitze ich an der Quelle. Wenn ich mir das Seuchenmittel injiziere, könnte ich wieder immun sein. Zumindest wenn es erneut bei mir wirkt. Es ist ein Versuch wert. Nein, es ist meine einzige Möglichkeit. Vielleicht kann ich wieder zurück. Ich muss Theo nicht verlassen. Ava. Soela. *Ich* bringe sie von hier fort.

»Nein!« Balbor hält ihm am Arm auf. »Ich werde mich darum kümmern! Nicht hier und jetzt! In diesem Flur wimmelt es jeden Moment von diesen scheiß Soldaten. Glaub mir, die paar gerade eben waren erst der Anfang.«

Mein Herz setzt einen Schlag aus. Balbor will sich darum kümmern? Einen erneuten Rebellen der Residenz ausliefern? Bestimmt nicht! »Auf deine Besorgungen können wir verzichten.«

Er schüttelt den Kopf. »Ich finde eine Lösung. Eine andere.«

Nein! Ich muss zum Labor und zwar *sofort*. Verfluchter Mist, wieso habe ich nicht schon vorher etwas gesagt?

Theo zieht den Arm aus seinem Griff. »Deine Versprechungen haben an Wert verloren.«

»Ich werde euch nicht sterben lassen! Was ist mit dir?« Balbor deutet zu mir, sieht mich jedoch nicht an. Sein Blick hängt an Theos. »Willst du sie tot sehen?«

Schritte hallen durch den Flur. Noch sehe ich niemanden, aber er hat recht. Dieser Korridor wird jeden Augenblick gestürmt. Mein Blick schwenkt zwischen Theo und der Tür zum Labor hin und her. Auf was wartet er? Er braucht das Gegenmittel. Und auf Balbor können wir uns verdammt nochmal nicht verlassen!

Theo beißt die Zähne zusammen. »Okay. Verschwinden wir.«

Was? Scheiße, er knickt ein? Seine Worte treffen mich wie ein Hammerschlag. Ich bin auf mich allein gestellt. Für Erklärungen bleibt mir keine Zeit. Egal, ich habe nur diese eine Chance.

Mein Magen dreht sich bei dem Gedanken um, Soela in Balbors Hand zu drücken. Aber Theo schießt zu gut, um ihn zu schwächen, Ava zu schlecht, um ihr diese Aufgabe aufzubürden und zum Labor kann ich sie nicht mitschleifen.

»Du! Pass auf sie auf!« Grob packe ich Balbors Arm und lege Soelas Hand in seine.

Sobald ich ihre Finger loslasse, bereue ich es, aber ich habe keine andere Wahl. Ich blicke nicht einmal in Soelas Gesicht, das vermutlich gerade in sich zusammenfällt.

»Geht! Ihr dürft nicht auf mich warten!«

Bevor Balbor antworten kann, renne ich.

»Kyra!«, ruft mir Ava nach.

Mein Blick fixiert die Tür zum Labor. Der Flur wirkt endlos bis dahin. Meine Schultern zucken hoch, als ein Schuss knapp an meinem Ohr vorbei zischt. Ein Schrei ertönt. Ein Soldat. Er sackt vor mir am Ende des Flurs zu Boden. Hinter ihm kommen mehr. Sie kommen. *Er* kommt. Seth an der Spitze. Er humpelt. Meinetwegen. Sein Blick fixiert mich. Hasserfüllt. Eiskalt läuft es mir den Rücken herunter. Ich habe es zu etwas persönlichen gemacht. Er wird mich töten. Alles andere ist ihm egal. *Ich* bin sein Ziel.

Die blutrote Bandage an seinem Oberschenkel sticht von seinem weißen Anzug heraus. Mein Körper schreit danach umzudrehen. Ich darf nicht stehenbleiben.

»Kyra!« Erneut ertönt Avas schriller Schrei.

Das Labor ist nur noch wenige Schritte entfernt. Mit Schwung wandert Seths Waffe in meine Richtung. Mein Herz hämmert gegen meinen Brustkorb. Für einen Moment sehe ich mich sterben, mitten in seine Kugel rennen. Jeder Muskel meines Körpers spannt sich mit der Bemühung an, schneller zu werden.

Hinter mir knallt es und Seth tritt eine Tür vor ihm auf, die keine Sekunde später patronengroße Dellen ziert. Meine Ohren dröhnen. Schüsse aus beiden Richtungen rasen neben mir umher. Ich schieße nicht. Ich renne.

Feiner Staub wirbelt von den Wänden und legt sich in die Luft. Eine Erkenntnis zuckt wie ein Todesurteil durch meinen Körper. Die Tür zum Labor wird verschlossen sein. Ich habe keine Karte und den Iris Scan würde ich schon gar nicht bestehen. Trotzdem werfe ich mich dagegen, denn ich bin zu schnell, um mit eigener Kraft abzubremsen.

Ein tiefer Schrei hallt hinter mir. Balbor brüllt an der Ecke der Wendeltreppe. Seine Waffe gleitet ihm aus den Fingern und kracht zu Boden.

»Vater«, schreie ich, doch ich kippe beinahe um und stolpere wie aus dem Nichts ins Labor.

Die Tür schnappt hinter mir zurück ins Schloss. Das Knallen der Schüsse dämpft ab und das leise Dröhnen und Piepsen der Herzmonitore ersetzt die Schreie.

Ich breche auf die Knie, beide Hände auf den kalten Fliesen und ringe nach Luft. Mein Körper zittert. Meine Sicht schwankt. Vater. Nein! Er hat sich an den Arm gefasst. Der Schuss muss ihn dort getroffen haben.

Immer noch auf allen Vieren sehe ich zur Tür. Wieso war sie offen? Wollen sie mich hier haben? Renne ich geradewegs in eine Falle? Entschlossen richte ich mich auf. Ganz gleich aus welchem Grund ich jetzt hier bin, ich bin es. Ächzend stemme ich ein Bein in den Boden. Jede Bewegung zieht einen schmerzenden Schauer über meine Haut, als hätte ich hohes Fieber.

Sei stark, sage ich mir selbst. Das Beißen in meinem Oberschenkel lässt mich fast nicht hochkommen. Dieses verdammte Gegenmittel. Hektisch sehe ich um mich. Immer noch keuchend, jogge ich den Raum entlang, vorbei an den Glasboxen und drehe mich in alle Richtungen.

Siran. Sein Anblick lässt mich erzittern und zwingt mich, vor seiner Kabine halt zu machen. Er hat sich kein bisschen bewegt. Das verrät mir die Haarsträhne, die immer noch schweißnass an seiner Nasenwurzel klebt. Meine Unterlippe bebt, sodass ich fest darauf beißen muss, um sie still zu halten. Verdammt, ich könnte ihn nicht einmal hier rausbringen, wenn ich diese verfluchte Kabine aufbekommen würde. Was sollte ich tun? Ihn über meine Schulter werfen? Zittrig atme ich ein.

»Halte durch, Siran ... Ich komme wieder. Ich verspreche es.«

Ich eile weiter. Schaue den Menschen nicht mehr ins Gesicht, denn es schnürt mir die Kehle zu.

Am Ende des Raums reihen sich zylinderförmige Behälter, die mir bis zur Hüfte reichen. Auf der Oberseite ist ein Griff. Ich packe fest zu und ziehe stöhnend. Doch dann merke ich, dass das Innere sich von selbst bewegt. Meine Finger lösen sich von dem Griff. Die Kälte beißt immer noch auf meiner Handfläche. Inzwischen bin ich mir nicht mehr sicher, ob die Flächen, die ich anfasse, tatsächlich so kalt sind, oder ob das Gegenmittel meinen Körper nur so dermaßen erhitzt.

Ein Zischen dringt aus dem Behälter und der eisige Dampf, der von jeder Seite hinausströmt, erleichtert mich. Diesmal ist meine Gänsehaut gerechtfertigt. Aneinander klirrende Glasampullen gleiten vor meine Nase. Sie baumeln aufgehängt in zwei Reihen. Die obere blau, die untere violett. Die Ampullen beschlagen innerhalb weniger Sekunden und werden trüb. Sie sind so groß wie meine ganze Hand. Ich lasse meine Finger über eine streifen und hinterlasse klare Linien. Mein Zittern lässt meine Nägel über das dicke Glas klappern und die Kälte sticht an meinen Fingerspitzen.

Ich erinnere mich an die Ampulle, die Elvira Pure für Keno hatte. Das Gegenmittel muss blau sein. Dass die Violette das Seuchenserum ist, kann ich nur hoffen.

Ich muss meine Waffe zu Boden werfen, um vier blaue und eine violette Ampulle zu balancieren. Zwei presse ich mit meinem Arm gegen meine Rippen, eine halte ich in der linken und zwei in der rechten Hand. Die Kälte gräbt sich durch mein Shirt. Gänsehaut legt sich über meinen ganzen Körper. Mein Arm ist nass von Schweiß. Jetzt bloß keine davon fallen lassen. Ich drücke so fest zu, dass ich Angst habe, sie könnten zerspringen.

Halb joggend, halb gehend erreiche ich den großen Glaskasten neben der Tür und sehe mich nach etwas um, um das Mittel in meinen Körper zu bekommen.

Doch dann erstarre ich. An einem der Monitore entdecke ich Theo und Ava schießend hinter Türen hervorblitzen. Die Bilder zeigen den Flur direkt vor der Tür zum Labor. Verdammt, wieso sind sie noch da? Hektisch suche ich nach Soela, aber kann sie nirgends finden.

Auf dem Bildschirm daneben erblicke ich Seth und die Soldaten. Mein Puls schießt in die Höhe und mir entgleiten fast die Ampullen. Ich lege sie so schnell und so vorsichtig wie möglich neben die Monitore und behalte nur die Violette in der Hand.

Mein Blick schweift über Regale, Tische, zu einer Kamera hoch oben in einer Ecke. Ich weiß, dass Elvira Pure mich gerade beobachtet. Wütend presse ich die Lippen zusammen. Reiße die Schränke auf, bis ich ein Gerät so groß wie mein Unterarm entdecke. Es sieht ähnlich aus wie eine Pistole, nur dass der Lauf eine dicke Nadel ist und über dem Abzug genau so viel Platz ist, dass eine Ampulle hineinpassen würde. Als ein klickendes Geräusch ertönt, weiß ich, dass sie richtig liegt.

Erneut starre ich in die Kamera. Setze die Nadel an meinen Hals. Mein Herz pocht bis in mein Gesicht, als hätte es meinen Brustkorb verlassen und ich bete, dass ich mir das richtige Mittel injizieren werde. Oder es überhaupt wirkt. Das Gegenmittel drückt mir immer noch den Schweiß aus allen Poren. Egal, meine Zweifel werde ich Elvira Pure nicht zeigen. Ich zwinge mir ein siegessicheres Grinsen ins Gesicht und starre in die dunkle Linse.

Dann drücke ich den Abzug. Der Schmerz rast durch meinen ganzen Schädel. Diesmal kann ich es mir nicht verkneifen, mein Gesicht zu verziehen und stöhne. Ich stelle mir vor, wie Elvira Pure zusieht und nun vielleicht endlich die Fassung verliert.

Kapitel Neununddreissig

Ein Geräusch lässt mich zucken. Jemand stößt die Tür zum Labor auf. Schüsse hallen in den Raum, bis sie wieder ins Schloss fällt. Eine rote Mähne wirbelt durch die Luft und klatscht gegen schmale Schultern. Blaue Augen treffen meinen Blick.

»Was machst du hier?«, schreit Ava. »Wir müssen hier weg!« Mit heruntergelassener Kinnlade sieht sie um sich und erstarrt. »Scheiße, was ist das hier für ein Raum?«

Mein Blick zuckt zum Monitor. Ava hat recht, ich bin schon viel zu lange hier.

»Ich sagte doch, ihr sollt verschwinden!«, zische ich, ohne den Blick vom Bildschirm abzuwenden.

Anstatt einer Antwort verengt Ava nur die Augen und kommt die Stiegen zu mir hoch. Ich atme aus, als ich Theos Gesicht an derselben Stelle wie zuvor hervorblitzen sehe. Doch etwas ist anderes. Hinter ihm befinden sich dunkel gekleidete Männer und Frauen. Die Rebellen liefern sich ein Kugelgefecht mit den Soldaten. Seths Anblick lässt mich wieder den Schmerz seiner Finger an meiner Kehle fühlen. Ich schlucke und muss tief Luft holen, um mich daran zu erinnern, zu atmen. Er kommt dem Labor immer näher. Er wird bald hier sein.

»Wieso bist du hier?« Ava reißt meinen Blick an sich. Ihre Stimme klingt nicht mehr schroff, sondern ängstlich.

Ich greife sie grob an einer Schulter und drehe sie um. »Ich habe das Gegenmittel.« Mit einem Ruck öffne ich ihren Rucksack und lege die blauen Ampullen hinein.

Meine Finger zittern immer noch, das Glas klirrt aneinander. Zum Glück ist es so dick, sonst wäre es vermutlich längst zersprungen.

Mit geöffnetem Mund gleitet ihr Blick über die Glasboxen. »Die Verschollenen können uns den Flur nicht mehr lange freihalten. Die Soldaten werden immer zahlreicher. Wir müssen sofort hier raus.«

Kälte rast meine Wirbelsäule hoch und wandert meine Arme hinunter, an denen sich die Härchen aufstellen. Meine Bewegung friert ein. Ich hatte nicht erwartet, das Seuchenserum zu fühlen, denn in der Zone merkte ich auch nichts davon. Was, wenn es doch nicht das richtige Serum war? Elvira Pures Wutausbruch verwandelt sich in meinem Kopf in ein verhöhnendes Lächeln.

Mit einem Schwung ziehe ich Avas Rucksack zu.

Ava dreht sich zu mir um. Ihre Augen wandern über mein Gesicht. »Du siehst blass aus.«

»Tat ich das nicht immer schon?«, erwidere ich und dränge mich an ihr vorbei.

»Hast du dir das ...«

Über die Schulter blicke ich zu ihr zurück. In ihrer rechten Hand hält sie die Spritze in die Höhe. Eisklumpen legen sich in meinen Magen, als das grelle Licht in der Nadel blitzt. Ich zwinge mich dazu, ruhig zu bleiben, auch wenn alles in mir schreien möchte.

Ich greife zur Klinke. »Ich erkläre dir später alles. Wenn wir hier lebend rauskommen.«

Adrenalin pumpt durch meinen Körper, als ich die Tür aufreiße. Eine Kugel knallt direkt neben mir gegen den Türrahmen. Beton splittert und ich drehe mein Gesicht weg. Zu spät, Schmerz schneidet an meiner Wange.

Mein Atem geht flach und schnell. Ich hocke mich hin, auf dieser Höhe fallen weniger Schüsse. Dann schiebe ich meinen Kopf hinaus. Für eine Sekunde blicke ich nach links und für eine halbe nach rechts, bevor ich ihn zurückziehe. Von beiden Seiten blitzen Arme, Gesichter und Waffen hervor. Links Seth und die Soldaten, rechts Theo und die Rebellen.

»Kyra!«, ruft Theo. »Jetzt!«

Ava und ich stürmen los. Meine Schultern zucken reflexartig zu meinen Ohren.

Theo feuert Kugel um Kugel hinter mich. Auch Balbor und die anderen Rebellen geben uns Rückendeckung. Verdammt, wieso ist er noch hier? Wieso ist Soela noch hier?

Ihre Schüsse rasen an mir vorbei und knallen gegen Wände, Türen und vermutlich auch Körper. Ich renne um mein Leben. Und ich bin schneller als vorhin. Was auch immer in der Ampulle war, es hat gegen das Gegenmittel gekämpft und gesiegt. Theo ruft uns etwas zu, doch meine Ohren klingeln und ich kann seine Worte nicht verstehen. Die Rebellen kommen uns schießend entgegen. Wir haben es fast geschafft. Theo streckt mir seine Hand entgegen und feuert mit der anderen. Ein Kreischen bebt durch meinen gesamten Körper. Ich erkenne die Stimme.

»Nein«, wispere ich.

Ich wende mich herum, während Theo mein Handgelenk greift. Keuchend starre ich auf Avas Rücken. Mit einem Mal scheint die Welt stillzustehen. Alles verliert an Bedeutung.

Alles außer Ava. Ihre Waffe knallt wie in Zeitlupe zu Boden. Das Deckenlicht glitzert in ihren roten Wellen, als sie auf die Knie bricht, beide Hände an ihrem Bauch. Theos Finger krallen sich in meinen Unterarm, aber ich spüre so gut wie nichts. Ava blickt zu mir. Mein Puls hämmert in meinen Armen, meinen Fingerspitzen, meiner Kehle. Ihre blauen Augen werden von ihren Lidern verdeckt. Und als ihr Blick meinen verlässt, sehe ich hoch in Seths grinsendes Gesicht. Meine Zähne pressen so fest aufeinander, sie könnten jeden Moment zerbrechen. Es war *seine* Kugel, die Ava traf.

»Ava«, schreie ich, so laut, dass meine Kehle schmerzt.

Ich reiße mich von Theo los und stürme zu ihr zurück. Mein Herz pocht schnell und stark, als würde es seine letzten Schläge auskosten wollen.

Theo läuft mir hinterher und mit ihm dutzende Rebellen. Ich sehe sie nicht, doch ich höre ihre Stiefel auf den Fliesen. Neben Ava zu Boden rutschend, greife ich nach ihrer Waffe. Brüllend feuere ich durch den Gang. Der Rückstoß der Waffe knallt gegen meine Schulter, doch ich spüre rein gar nichts. Meine Sicht verschwimmt und ich erkenne nicht, wohin ich schieße, bis ich blinzle und wieder sein Gesicht sehe. Seths grinsendes Gesicht. Ich schreie in meine zusammengebissenen Zähne und richte meinen Lauf auf ihn. Meine Kugeln knallen in Wände und Türen, doch Seth dreht sich in eine Nische der Wand und verschwindet aus meinem Blickfeld.

Als die Rebellen an mir vorbeilaufen, wende ich mich Ava zu. Sie stöhnt. Ihr Gesicht ist kreidebleich. Aber sie lebt. Sie bewegt sich. Ich greife auf ihre dunkelroten Finger, die sie gegen ihre Magenmitte presst.

»Du schaffst das!« Der Kloß in meinem Hals verhindert, dass ich die Worte laut genug herausbringen kann. Ich bin mir sicher, sie konnte nicht hören, was ich sagte.

Das Zittern meiner Finger bebt bis zu meinem Nacken, aber ich schaffe es, ihren Arm um meine Schultern zu legen und drücke sie ächzend hoch. Ihre schmerzverzerrten Schreie brennen sich in mein Herz.

»Wage es ja nicht! Wage es nicht, zu sterben!«, zische ich.

Theo stützt sie von der anderen Seite. Ihre Füße stolpern und schleifen über den Boden, während wir sie den Gang entlang ziehen.

»Rückzug!«, brüllen die Rebellen. Ihre Rufe hallen wie ein Echo aus ihren Mündern. »Raus hier!«

***

Die Stadt gleicht einem Kugelgewitter. Mehrere Wagen parken vor dem Quartier. Jeeps mit riesigen Reifen, einem geschlossenen Dach und Türen, die sich von der Rückseite aus öffnen lassen. Theo legt Ava in den nächsten Jeep hinein und springt hinter das Lenkrad. Balbor, Soela und ich steigen zu ihr in den hinteren Teil.

Unter den Fenstern erstrecken sich lange Sitzbänke und in der Mitte ist ein Hohlraum, in dem Ava auf dem Boden liegt. Ein Schuss knallt durch das Fenster und lässt klirrend Scherben regnen. Erschrocken ducke ich mich und werfe die Arme über den Kopf. Doch die Glassplitter schneiden nicht, sie zerbröseln in tausend kleine Stücke.

Mit einem Ruck rollt unser Wagen los.

Balbor drückt Soela an den Schultern hinunter zwischen die Sitze direkt hinter der Fahrerkabine und redet ihr zu. Ich kann nicht verstehen, was er sagt, aber sie legt ihre Hände an die Ohren und hält sie sich nickend zu.

Mein Blick wandert zu Ava, die ihre Augen stöhnend zusammenpresst und beide Hände über den Magen legt. Ihre

Finger sind dunkelrot. Mein keuchender Atem flacht zitternd ab.

Bitte halte durch.

Erneut dröhnt der Knall eines Schusses in meinen Ohren. Diesmal gegen das Metall des Wagens, wodurch sich dieser beult. Ich knie mich auf den Sitz und ziele aus dem gläserlosen Fensterrahmen. Der Wind wirbelt die aus meinem Pferdeschwanz gefallenen Haarsträhnen in mein Gesicht.

Wir rasen die breite Hauptstraße entlang. Der Boden ist mit unebenen Steinen gepflastert, sodass der Wagen rüttelt und Ava stöhnen lässt. Ihr Stöhnen schmerzt mich gleichermaßen, wie es mich erleichtert. Solange ich sie hören kann, lebt sie.

Die restlichen Rebellen stürmen aus dem Hauptquartier, gefolgt von den Soldaten. Ein paar von ihnen fallen. Hinter einer Palme entdecke ich einen in Weiß gehüllten Mann. Ich drücke den Abzug. Doch der Windzug zieht meine Waffe zur Seite und die Kugel streift nur seinen Arm. Meine Finger pressen in die Waffe und ich versuche, meine Arme zu versteifen, um sie zu stabilisieren. Meine Schulter knallt gegen die Sitzbank, als wir um eine Kurve schlittern.

Einen Herzschlag später rauscht eine Menge von Schüssen durch die Fenster des Wagens und auch Balbor geht in Deckung. Meine Arme gleiten um meinen Kopf und ich presse die Augen zusammen, als könnte ich so all dem entkommen. Das Metall des Wagens verbeult an jeder erdenklichen Stelle. Immer wieder dringt ein schrilles Kreischen über Soelas Lippen und die Reifen unseres Jeeps quietschen über den Boden. Mein Unterarm presst gegen mein Ohr und mein Magen dreht sich bei jeder Kurve um.

»Festhalten! Wir sind bald bei der Schleuse.« Theos Stimme dringt nur dumpf durch meine Unterarme.

Ich kralle die Finger in das Leder der Sitze, um zu verhindern, dass ich auf Ava knalle. Kälte rast meine Wirbelsäule hoch, wandert über meine Arme.

Die Seuche. Mein Körper krampft. Mir ist nicht nur unklar, ob ich mir das richtige Mittel injiziert habe, ich habe auch keine Ahnung, ob genügend Zeit vergangen ist, damit es wirkt. Soll ich aus dem Wagen springen? Wenn sie mich erschießen, müsste Soela zumindest nicht mitansehen, wie ich an der Seuche sterbe. Und vermutlich wäre es ein weniger qualvoller Tod. Ich öffne die Augen und starre auf die dunkle Sitzlehne. Nein, ich kann nicht. Ich muss es versuchen.

Mich einmal um die eigene Achse drehend, greife ich über die Sitze und kralle die Finger in Balbors Hemd, sehe ihm jedoch nicht in die Augen. Stattdessen starre ich auf meine Finger vor seiner Brust.

»Wenn wir es hier raus schaffen ...« Ich schlucke. »Falls ich mich nicht mehr bewegen kann, wirst du mich aus dem Wagen werfen! Verstanden?«, sage ich schroff.

Er runzelt die Stirn und schüttelt verwirrt den Kopf.

Meine Zähne beißen aufeinander. »Du wirst mich aus dem Wagen werfen!«, wiederhole ich lauter und blicke kurz zu Soela.

Immer noch sitzt sie mit ihren Händen an den Ohren auf dem Boden, das Gesicht in ihren aufgestellten Knien vergraben.

»Was redest du da?« Balbor packt meinen Arm und zieht mich ein Stück zu ihm. Die Schusswunde lässt ihn stöhnen.

Anstatt Balbor zu antworten, reiße ich mich von ihm los und richte mich auf, um hinauszusehen. Jeeps fahren um unseren Wagen herum. Die Rebellen hängen zielend aus ihren Fenstern.

Ich kann die Schleuse sehen, aber hier wimmelt es von Wachen. Mein Herz rast. Wie sollen wir es jemals dort heraus schaffen?

Balbor klettert über die Sitze neben mich. »Kyra, *was meinst du?*« Er packt mich mit beiden Händen an den Schultern.

Ich sehe ihm in die Augen, selbst wenn ich die ganze Zeit versucht habe, das zu vermeiden. »Du bist mir das schuldig.« Mein Puls zieht mir die Kehle zu und ich bringe den Satz nur leise heraus.

Er reißt seine Augen auf und wird bleich. »Du hast es dir im Labor injiziert?« Seine Finger pressen in meine Schultern.

Meine Augenbrauen zucken irritiert zusammen. Er starrt mich an und ich starre zurück. Woher weiß er das? Kennt er Elvira Pures Methoden? Er darf Theo nicht dazu bringen, umzukehren. Nicht meinetwegen. Dann war alles umsonst. Alles. Sie würden Soela finden. Sie wieder einsperren. Ich presse meine Lippen zusammen.

»Kyra, beantworte meine Frage!« Der Druck seiner Finger schmerzt an meinen Armen.

Ein Kloß schießt in meinen Hals und dann nicke ich.

»Violett?«

Ich nicke erneut. Seltsamerweise fühle ich mich erleichtert. Ob es daran liegt, dass ich mein Geheimnis nun mit jemanden teile?

Er schiebt seinen Jackenärmel nach oben und blickt auf seine Armbanduhr. Im selben Moment hält der Wagen an, ein paar Meter vor der noch immer verschlossenen Schleuse. Vor dem Tor reihen sich Soldaten in einer Linie und zielen auf uns. Schüsse von beiden Seiten dröhnen in meinen Ohren. Die Scheibe der Fahrerkabine zerschellt und

Theo springt aus dem Wagen, feuert hinter dem Jeep hervor. Mein Blick fällt auf Ava. Sie muss so schnell wie möglich hier raus. Jede Faser meines Körpers schreit danach, bei ihr zu bleiben, doch was sollte ich hier tun können? Darauf warten, dass sie stirbt? Nein, das kann ich nicht.

Ich beuge mich zu ihr und streiche ihr die roten Haare aus dem Gesicht. Ihre Haut fühlt sich heiß an und glänzt vor Schweiß. »Du hältst durch, okay?«

»Okay«, flüstert sie so leise, dass ich ihre Zustimmung von ihren Lippen ablesen muss.

Ich greife meine Waffe, klettere nach hinten und blicke über die Schulter zu Balbor. »Bleib bei ihnen!«

Dann öffne ich die Tür und springe hinaus.

»Kyra, warte –«, ruft er mir nach, doch ich schlage die Tür hinter mir zu.

Kapitel Vierzig

Neben dem Schleusentor befindet sich die Kabine, in der die Wachleute saßen. Dort muss man es öffnen können. Jedoch rasen unzählige Kugeln über den geräumigen Platz. Quer darüber zu laufen wäre Selbstmord. Vor mir ist ein Jeep, nur einen Sprung entfernt, ein paar Meter dahinter eine dicke Palme, die fast in der Dunkelheit untergeht. Von dort aus könnte ich es schaffen. Die Rebellen werfen Rauchbomben über die Wagen und ein immer dicker werdender Nebel legt sich in die Luft.

Denk nicht nach. Ich ziehe meinen Kopf ein und springe. Meine Schulter knallt gegen den Wagen und ich drehe mich dahinter. Keuchend atme ich aus. Die Waffe klemmt zwischen meinen Fingern.

Der Lauf eines Sturmgewehrs gleitet auf mich. Er gehört zu einer schwarz gekleideten Frau, direkt vor mir.

Meine Augen springen auf. Verwirrt schüttle ich den Kopf und presse meinen Rücken in den Wagen. Was tut sie da? Was soll das?

Ich bin eine von euch, will ich schreien, doch kein Wort will aus meinem Mund kommen. Stattdessen kneife ich meine Augen zusammen. Ein dumpfer Knall lässt mein Herz einen Schlag aussetzen und meine Augen aufspringen. Der Körper der Frau liegt tot neben mir. Mein Blick zuckt in alle Richtungen, um sicherzugehen, dass keine weitere Waffe auf mich gerichtet ist. Dann blinzle ich zu ihr und wende meinen Kopf ruckartig wieder ab. Zu spät, denn ich sah das Loch neben ihrem Schlüsselbein, das Rot, das in der Dunkelheit fast schwarz erscheint, und die zerrissene Haut. Ich atme lange aus, um meinen rebellierenden Magen unter Kontrolle zu bekommen.

Und dann fällt es mir ein. Verflucht, ich trage immer noch weiß. Ich leuchte zwischen den Rebellen wie eine riesige Zielscheibe. Hastig schnellt mein Blick um mich, doch noch schirmen mich die Jeeps ab.

Mein Nacken krampft, denn was ich jetzt tun muss, wird mich eine Menge Überwindung kosten. Ich wende mich der Frau zu und versuche, nicht in ihr Gesicht oder auf das Loch neben ihrem Schlüsselbein zu sehen, starre stattdessen auf die schwarze Weste. Sie ist geöffnet und es klebt fast kein Blut darauf. Ächzend ziehe ich erst ihre Arme aus den Ärmeln und dann die Weste unter ihrem Rücken hervor. Sie rollt auf die Seite und es erleichtert mich, nur noch ihren Schopf zu sehen. Ich streife mir die Weste über und schließe den Reißverschluss. Sie ist mir etwas zu groß, der Stoff reicht mir bis über die Finger, also kremple ich die Enden bis zu den Ellenbogen auf. Um die Hose zu wechseln fehlt mir die Zeit. Etwas, das Seyla über die Wüstenstiefel sagte, kommt mir in den Sinn. Mein Blick gleitet auf die der Frau. Hastig beuge ich mich über sie und fasse hinein. Tatsächlich: Ein Messer. Ich hatte nicht damit gerechnet aber meine Finger zucken zurück, als ich das kalte Metall spüre. Schlagartig überkommt mich das Gefühl, wie ich es durch Seths

Oberschenkel rammte. Der Widerstand. Sein Brüllen in meinem Ohr. *Verdammt, reiß dich zusammen.* Mein Magen wird steinhart, als ich zupacke. Ich versuche, mich emotional abzutöten, während ich den Stoff meiner Hose knapp über den Knien zerschneide und werfe es dann sofort zu Boden. Mit geducktem Rücken schleiche ich den Jeep entlang und lehne gegen das Ende. Das Knallen der Schüsse sticht schon so lange in meinen Ohren, dass ich inzwischen das Bedürfnis bekämpfen muss, sie mir zuzuhalten. Es war dumm von mir, das Messer liegen gelassen zu haben und ich überlege kurz, umzudrehen und es zu holen. Doch ich bringe mich nicht einmal dazu, es anzusehen.

Von hier aus kann ich die Tür neben der Schleuse durch den Nebel flackern sehen. Ein paar Schritte entfernt von mir ist die Palme. Das wird mein nächster Sicherheitsspot. Ich renne los. Automatisch springe ich über einen am Boden liegenden Rebellen. Als ich fast bei der Palme ankomme, knallt ein Schuss in die Rinde. Reflexartig werfe ich mich zu Boden und rolle den Rest.

Meine Finger pressen in die Waffe. Keuchend drücke ich mich zurück in eine hockende Position und lehne mich gegen die raue Rinde. Mein Puls rast. Das war verdammt knapp.

Der Nebel verschleiert meine Sicht und ich kneife die Augen zusammen, um etwas zu erkennen. Etwas Rotes auf meinem rechten Knie zieht meinen Blick auf sich. Striemen zieren meine Haut. Ich fühlte keinen Schmerz, bis ich die Wunde erkenne. Dreimal schaue ich für den Bruchteil einer Sekunde um die Palme herum. Von den Soldaten vor der Schleuse, zu der Kabine, dann wieder zu den Soldaten. Ich kann nicht zählen, wie viele es sind, die meisten verschwinden im Rauch.

Mein Herz klopft bis in meine Fingerspitze, die sich über den Abzug der Waffe schiebt. Die Kälte des Eisens wandert meinen Arm hinauf und versteift meinen Körper.

Sei stark. Ein letztes Mal atme ich aus, dann drehe ich mich um die Palme und renne. Bemüht, jeden Knall der Schüsse auszublenden, achte ich auf die Geräusche in meiner unmittelbaren Umgebung. Zischende Rauchbomben, Stiefel, die über den Steinboden rutschen, Schreie.

Eine Kugel rauscht an meinem Kopf vorbei, aber sie kommt von hinten. Der Rauch beißt mir in Nase und Rachen und ich muss mich konzentrieren, um nicht stehenzubleiben und hustend zu Boden zu sacken. Ich laufe so leise wie möglich, springe über bewegungslose Beine, die in der weißen Hose fast unsichtbar mit dem Steinboden verwachsen. Fixiere nur die Tür, die sich öffnet und die Silhouette eines Soldaten zum Vorschein bringt. Mein Herz setzt einen Schlag aus, aber ich halte nicht an. Sein Blick klebt geradezu an dem Visier seiner Waffe, er sieht mich nicht. Noch nicht. Mein Sprint wird langsamer, meine Schuhsohlen gehen lautlos im Lärm seiner Waffe unter. Ich erhebe meine eigene und ziele auf ihn, erkenne jedoch das Leuchten an seinen Fingern. Er hält ein kugelsicheres Schild, schießt daran vorbei. Mein Schuss würde abprallen.

Mit geschlossenem Mund zwinge ich mich, durch meine Nase zu atmen. Als ich nur noch zwei Armlängen von dem Mann entfernt bin, blickt er vom Visier hoch. Sein Kopf zuckt zuerst in meine Richtung, dann sein Gewehr. Das Leuchten an seinen Fingern erlischt. Instinktiv rutsche ich zu Boden. Ein Schuss pfeift über mir durch die Luft, und ich trete mit restlicher Geschwindigkeit knapp unter sein Knie. Stöhnend knallt er auf den Rücken, während ich wieder auf die Beine komme, und ihm die Rückseite meiner Waffe gegen die Schläfe schlage. Für einen kurzen Moment erstarre ich, denn das, was ich gerade getan habe, hätte ich mir nie zugetraut.

Das Gewehr trete ich aus seiner Hand und reiße den Ausweis von seinem Gürtel. Ich stoße die Tür auf. Meine Waffe senkt sich, als der schmale Gang menschenleer ist. Mit dem Rücken drücke ich die Tür ins Schloss. Mein Körper bebt. Ich atme einmal tief durch, zweimal.

So leise wie möglich jogge ich den Gang entlang und entdecke eine schmale Fensterzeile zu meiner Linken, die mir das Innere der Schleuse zeigt. Am Ende des Flurs befindet sich eine silberne Tür, die aussieht wie die eines Fahrstuhls. Daneben: ein Schlitz. Meine Finger zittern so stark, dass ich drei Versuche brauche, um die Karte hineinzubekommen. Es piepst und die Tür öffnet sich zischend.

Sofort hebe ich die Waffe, schussbereit. Erst lausche ich, doch ich kann niemanden hören. Vorsichtig mache ich einen Schritt nach vorn und wende den Lauf meines Gewehrs in alle Ecken. Niemand.

Die Kabine ist klein, doch übersäht mit Technik. Rote, blaue, grüne Knöpfe, lange, kurze, gebogene Hebel. Hektik überkommt mich. Was, wenn ich es nicht schaffe, die Schleuse zu öffnen?

Mein Blick schnellt zu der Tür. Sie steht immer noch offen, doch ich kann niemanden sehen. Ich muss mich konzentrieren. Über all dem Knopf- und Hebelgewirr befinden sich dunkelblaue Bildschirme mit hellblauer Schrift. *Absorbieren, Chemikalie aufladen, Verbrennungsmotor.* Kopfschüttelnd sehe ich zu dem Monitor daneben, hebe meinen Zeigefinger und lasse ihn über die Wörter schweben.

»Kühlen … Entwässern … *Öffnen*!«, lese ich flüsternd mit und drücke auf das letzte Wort.

Erschrocken taumle ich einen Schritt zurück, als sich blaues Licht aus dem Bildschirm löst und meinen Zeigefinger färbt. Wörter schweben über dem Monitor. *Zugang. Exit.* Meine Augen springen zwischen den Buchstaben hin und her, dann berühre ich das Wort *Exit.* Ein Kribbeln stößt durch meine Hand und im Augenwinkel bemerke ich ein Leuchten. Ich wende mich dem roten Knopf zu und drücke ihn mit der ganzen Handfläche hinunter.

»Bitte identifizieren Sie sich.« Eine weibliche Stimme ertönt und lässt mich zusammenschreckend zur Tür sehen. Niemand.

Stöhnend wende ich mich herum und suche nach einem Kartenschlitz, doch stattdessen finde ich ein Display mit den blauen Konturen eines Handabdrucks darauf. Verdammt! Durch meinen Körper wandert das schaurige Gefühl von tiefer Verzweiflung. Ein Ticken einer Uhr ertönt. Nein, eines Countdowns. Direkt über dem Handabdruck. Fünf Sekunden. Ich mache einen Schritt darauf zu und versuche, etwas darüber auf den Bildschirmen zu finden, doch da ist es schon zu spät.

»Zugriff verweigert.«

Keinen Herzschlag später geht ein Alarm los und sticht in meinen Ohren. Ein Zischen zwischen den schrillen Tönen packt meine Aufmerksamkeit. Die Tür schließt sich. Mein Herz hämmert in meiner Kehle. Der Raum fühlt sich plötzlich kleiner an. Beengend. Wenn ich nicht sofort losrenne, komme ich hier nicht mehr raus. Doch mein Körper friert ein.

Schnelle Schritte hallen durch den Gang und werden mit jedem Tritt lauter. Ein Schauer stellt mir die Härchen auf den Armen auf. Hin und her gerissen, ob es klüger ist, direkt in einen Soldaten zu rennen, oder hier eingesperrt zu sein, setze ich einen hastigen Schritt nach vorn und stoppe unentschlossen wieder.

Die vergehenden Sekunden nehmen mir die Entscheidung ab. Der Spalt zwischen dem Metall ist nur noch so breit wie mein Unterarm. Ich ziele auf die Tür, presse die Finger in die Waffe. Halte den Atem an, als sich ein in Weiß gehüllter Arm durch den Schlitz streckt. Ächzend drückt der Soldat die Schiebetür auf und drängt seinen Körper seitlich hinein. Bevor ich sein Gesicht sehen kann, kneife ich die Augen zusammen und betätige den Abzug. Die Kugel rast los. Ein lauter Knall dröhnt in meinen Ohren, danach ... Stille. Kein Ächzen und kein Stöhnen mehr, selbst das Dröhnen des Alarms endet.

Ich versuche, mich mental darauf vorzubereiten, in die leeren Augen des Mannes zu schauen und öffne meine wieder. Sein Körper sinkt zwischen der Tür zu Boden und hält sie einen Spalt offen. Das Metall drückt gegen seine Brust und sein Arm klappt ausgestreckt auf die Fliesen. Und dann kann ich nicht verhindern, ihm in die Augen zu sehen. Sie sind starr. Halb geöffnet. Dunkel. Mein Blick fällt auf eine patronengroße Delle im Metall der Tür. Mein Schuss ging daneben? Wieso ist er tot?

Ein Stiefel, über den ein schwarzes Hosenbein ragt, tritt auf den Rücken des Mannes und eine Hand krallt sich an die Ecke der Tür. Auch wenn ich weiß, dass es einer der Rebellen sein muss, erinnere ich mich an die Frau, die auf mich schießen wollte, und hebe meine Waffe wieder. Ich trage immer noch die weiße Hose.

Ein Arm wird sichtbar und dann ein Gesicht. Balbor. Er quetscht sich durch den Spalt. Ein Ärmel seines schwarzen Hemdes ist abgerissen und zur Bandage an seinem linken Oberarm umfunktioniert worden. An seiner Haut ziehen sich zwei rote Linien bis zum Ellenbogen hinunter.

»Was tust du hier?«, fauche ich und senke die Waffe.

Er stellt sich vor mich und deutet auf den toten Soldaten. »Wonach sieht es denn aus?«

»Ich brauche deine Hilfe nicht.«

Sein Finger wandert hoch zu der Delle im Metall. Er runzelt die Stirn. »Du hast die Tür getroffen? Aus dieser Entfernung –«

»Du solltest bei Soela und Ava sein«, unterbreche ich ihn schroff und mache einen Schritt auf ihn zu.

»Theo ist bei –«

»*Du* hättest auf sie aufpassen sollen«, schreie ich so laut, dass meine Kehle wieder schmerzt. »*Du* hättest auf Soela aufpassen müssen.« *Immer schon. Damals schon.* Tränen schießen mir in die Augen. »Du kannst sie nicht wieder verlassen. Sie wird dich brauchen, Balbor –«

»Nenn mich nicht so! Ich bin *dein Vater*!«

Ich schüttle den Kopf. »Du darfst dich nicht für *mich* entscheiden. Diesmal nicht. Du kannst dich nicht wieder verstecken.«

Er kneift die Augen zusammen. »Verstecken? Ich bin gegangen, um euch zu retten.«

»Und wo warst du dann …« Meine Stimme wird dicker, leiser. »Wo warst du, als Mutter starb?«

Ein kurzer Moment der Stille umgibt uns, bis Balbor laut durch die Nase schnauft. »Kyra, ich –«

»Nein, … antworte nicht. Ich will es nicht hören.« Ich schlucke den Kloß in meinem Hals hinunter und dränge mich an ihm vorbei. »Wir müssen von hier verschwinden.«

Er dreht sich nach mir um und blickt erneut auf die Delle im Metall. »Wie konntest du den Soldaten verfehlen?«

Ich knie mich neben den Mann und versuche, die Tür aufzuschieben. »Ist das alles, was dich interessiert?«

»Wenn wir wieder zurück sind, wirst du daran arbeiten.«

Wenn wir wieder zurück sind. Wenn ich es lebend zurückschaffen sollte.

»Zieh den Mann hinaus«, sage ich ächzend. »Wir brauchen seinen Handabdruck.«

Balbor greift den Soldaten am Arm und zieht. Etwas zwischen einem Schrei und einem Stöhnen dringt durch seine zusammengebissenen Zähne. Und nachdem er den Körper aus der Tür gezogen hat, drückt das Metall fest gegen meine Fußsohlen.

»Beeil dich«, sage ich und nicke nach vorn. »Das Display.«

Balbor schleift den Mann an den Armen durch den Raum. Ich verziehe mein Gesicht und versuche, all meine Kraft in die Muskeln meiner Beine zu lenken. Wenn die Tür zufällt, werden wir hier drin sterben.

Balbor greift dem Soldaten unter die Arme und hebt seinen Oberkörper in die Höhe. Schmerz lässt ihn durch die Zähne zischen. Egal. Er muss das jetzt schaffen. Er drückt den Soldaten mit seinem eigenen Körper gegen den Tresen und legt die Hand auf das Display.

»Identifikation abgeschlossen«, sagt die weibliche Computerstimme nach wenigen Sekunden. »Schleuse öffnet sich.«

»Raus hier«, rufe ich. Meine Beine krampfen.

Balbor lässt den Mann zu Boden knallen und läuft zu mir. Er stemmt beide Hände gegen die Tür. »Du zuerst!«

Mein Blick fällt auf das Stück Stoff an seinem Oberarm und ich schüttle den Kopf. »Dein Arm.« Ich bin mir nicht sicher, ob er die Tür halten kann.

»Geh!«, zischt er und presst gegen das Metall.

Ich löse den Druck meiner Füße langsam, um sicherzugehen, dass die Tür nicht zufällt. Und als ich merke, dass Balbor sie wirklich halten kann, schiebe ich zuerst unsere

Waffen durch. Der Spalt ist nicht groß. Er drückt gegen meine Schultern. Ich versuche, sie schmal zu machen und drehe mich seitlich. Dann kratzt es über meinem Rücken und ich ziehe meine Beine heraus.

»Kyra, schnell!«

Hektisch lehne ich mich gegen die Wand und stemme meine Schuhe gegen die Tür. Ich beiße die Zähne zusammen und drücke so fest wie möglich. Der Spalt öffnet sich etwas. Balbor schiebt seinen Körper zuerst durch und steigt dann über meine Beine. Ich ziehe meine Füße vom Metall und die Tür knallt laut zu. Mein Hinterkopf sinkt erschöpft gegen die Wand. Schweiß steht mir auf der Stirn, rinnt mir die Schläfe hinunter.

Balbor streckt mir seinen gesunden Arm entgegen. »Gute Teamarbeit.«

Ich starre auf seine Hand. Die Hand, die mir den Kopf streichelte, als ich Albträume hatte. Die Hand, die mich an ihn drückte, kurz bevor er uns verlassen hat. Die Hand, die das Zeichen gab, mich einzusperren und Soela nicht zu retten. Statt einer Antwort wische ich mir den Schweiß meiner Stirn in den Ärmel der schwarzen Weste, greife meine Waffe und drücke mich selbst hoch.

Die Jeeps der Rebellen fahren in die Schleuse. Wir haben es geschafft!

Aus den Fenstern der Wagen strecken sich schwarz gekleidete Männer und Frauen, die durch das offene Tor nach draußen feuern. Ihre Schüsse hallen nur dumpf durch das Glas. Ich jogge los. Öffne die Tür am Ende des Gangs. Der Nebel legt sich. Unzählige Körper liegen über den Platz verteilt. Gänsehaut überzieht meinen Rücken und Arme. Schreie und Schüsse knallen in meinen Ohren, aber es sind weniger als zuvor.

»Steigt ein!« Ein Ruf schwenkt meinen Blick zu einem schwarzen Jeep. Nur wenige Schritte entfernt.

Die Fenster und die halbe Windschutzscheibe sind zersprungen. Hinter dem Steuer sitzt Theo. Ich renne zu dem hinteren Teil des Wagens und steige ein. Mein Atem wird flacher, schneller. Mein Puls höher. Auf allen Vieren krabble ich an den Sitzbänken entlang und quetsche mich zwischen Soela und Ava auf den Boden. Sie regt sich nicht. Meine Hände zittern, als ich sie auf ihre Wangen lege.

Bitte lebe. Immer wieder streiche ich ihr über die Stirn.

»Ava?«, wispere ich. Meine Finger gleiten durch den kalten Schweiß an ihrer dunkelroten Augenbraue, ihre Schläfe, ihrem Wangenknochen, ihrem Kinn.

»Ava«, sage ich diesmal lauter.

Ich halte mein Ohr an ihre Lippen und fühle ihren Atem an meiner Haut.

»Sie lebt.« Meine Stimme bricht. »Sie lebt.«

Grelles Licht erhellt ihr Gesicht und ihre blauen Augen gehen flattrig auf. Sie stechen strahlend von ihrer kreideweißen Haut hervor.

»Wir kommen hier raus.« Ich zwinge mir ein aufbauendes Lächeln auf die Lippen. »Wir fahren zu den Verschollenen ... Dort wirst du wieder gesund, ja?«

Tränen brennen in meinen Augen und kullern keine Sekunde später meine Wangen hinunter. Sanft streiche ich ihr über die Haare. Immer und immer wieder.

»Sie haben mich getroffen«, keucht Ava leise. Ihre hellen Sommersprossen schimmern auf ihrer Haut.

»Wage es nicht, Ava. Du hast es mir versprochen. Es wird alles gut, wir sind bald zurück. Es wird alles gut.«

Dann wird es wieder dunkel und ich weiß, dass wir in der Wüste sind.

Mein Blick gleitet hoch zu Balbor. Er sieht auf seine Uhr und dann zu mir. Sein Gesicht ist blass. Zu blass. Seine Augen starr. Eine Minute. Dann werde ich leben oder sterben. Ich zähle und weiß, dass er es auch tut. Sechzig. Neunundfünfzig. Achtundfünfzig. Mein Herz hämmert so stark gegen meine Brust, dass es schmerzt. Meine Gedanken werden träge. Mein Blick klebt an seinem.

Siebenundvierzig. Sechsundvierzig. Mit voller Geschwindigkeit rast Theo durch die Wüste und das Fahrzeug erzittert. Ava stöhnt bei jedem Beben. Der Wind zischt durch die kaputten Fenster und wirbelt die aus meinem Zopf gefallenen Haarsträhnen um mein Gesicht.

Zweiunddreißig. Einunddreißig. Halbzeit. Mir wird kälter. Eine Minute kam mir noch nie so lange vor. Balbor rutscht auf der Sitzbank neben mich. Er legt seine Hand auf meine Schulter. Sie fühlt sich warm an. Selbst wenn sie mich nicht schützen kann, gibt sie mir etwas Sicherheit. Und auch wenn ich verachte, was er getan hat, bin ich froh, dass er nun hier ist, bei mir.

Zwanzig. Neunzehn. Achtzehn. Seine Finger drücken zu. Sein Daumen streicht über meinen Oberarm, so wie Mutter es tat, kurz bevor sie starb. Ich sehe sie vor mir, wie sie abends vor der Tür auf mich wartete. In der alten Zone. Wie ich aus meinem Fenster starrte und nichts sehnlicher wünschte, als in die Wüste zu gehen. Diese verdammte endlose Wüste. Wie Ava mich auf die Wange küsste, als ich den halben Apfel mit ihr teilte. Wie ich neben Aldor auf dem Boden saß und Vaters Münze in den Fingern drehte. Meine Unterlippe zittert.

Dreizehn. Zwölf. Ich denke an Cruz, wie er mir seinen neuen Drink vor die Nase stellte. An Nala, wie ich sie im Wettstarren besiegte. An Fitschs ungeduldig klopfenden Schuh, weil ich ständig zu spät kam.

Acht. Sieben. Meine Augen schließen sich, denn ich will nicht zusehen müssen, wenn sie um mich weinen. Ich denke an Theo, wie seine Finger meinen Arm hochwanderten. An seine Lippen auf meinen. Doch zuletzt denke ich an Soela. Keine Erinnerung. Ich denke an den Moment, an dem sie mich sterben sehen wird.

Drei. Zwei. Meine Schultern zucken zu den Ohren und verkrampfen. Eins. Ich halte den Atem an.

»Kyra.« Vaters Stimme.

Mein Körper zittert. Mental stelle ich mich auf Schmerz ein. Den Tod.

»*Kyra.*«

Ich öffne meine Augen. *Ich öffne meine Augen.*

Vorsichtig bewege ich erst meine Finger, dann meine Schultern, meine Zehen. Luft strömt über meine bebenden Lippen. Tränen füllen meine Augen. Ich werde leben.

Balbors Finger krallen in meine Schulter. Mein Blick wandert weiter zu Soela und ich fasse ihr an den Kopf, der immer noch in ihren Knien steckt. Sie zuckt bei meiner Berührung zusammen.

»Hey, hey …« Ich streiche ihr über die Haare. »Du bist in Sicherheit.«

Sie löst ihre Hände von den Ohren und sieht mit großen Augen zu mir hoch.

Eine Sanderhebung lässt den Wagen rütteln und Ava stöhnt auf. Mein Blick schnellt zu ihr.

»Halte noch ein wenig durch, okay?« Ich öffne den Verschluss ihrer Jacke.

Vorsichtig greife ich nach dem Saum ihres Shirts. Sofort färben sich meine Fingerspitzen rot. Eiseskälte schießt mir in die blassen Wangen, als ich es ein Stück hochziehe. Ich muss schlucken, damit mir die Magensäure nicht die

Speiseröhre hochschießt. Das Blut strömt aus der dunklen Schusswunde, um die ihre Haut klafft.

Bitte nicht. Bitte nicht. Bitte lebe. Balbor zieht sein Hemd aus und drückt es auf Avas Bauch, um die Blutung zu stoppen. Sie stöhnt auf, aber selbst das ist bald so durchnässt, dass es kaum noch hilft.

»Halte durch, Ava«, wiederhole ich. Meine Augen brennen.

»Es ist okay …«, keucht sie.

»Nein, das ist es nicht. Ich warne dich!« Beide meine Hände liegen zittrig auf ihren Schultern. Krallen sich an ihrer Jacke fest. »Ich habe dir gesagt, dass ich stinksauer bin, wenn dir etwas zustößt.«

Sie sieht mich an und wird, im Gegensatz zu mir, ganz ruhig. Ein paar Tränen rollen aus ihren Augenwinkeln und ziehen Linien in den Dreck an ihren Wangen. »Es tut mir leid … Ich hab dich lieb, Kyra.«

»Nein«, wispere ich und schüttle den Kopf. »Nein … Nein!« Ich beuge mich zu ihr und klammere mich an sie. »Du schaffst das. Wir sind bald da.« Meine Stimme verzerrt, durch den Kloß in meinem Hals. »Du darfst nicht aufgeben. Verflucht, du hast es mir versprochen!«

Meine Arme legen sich bebend um sie. Der Geruch von Blut strömt mir in die Nase. Kalt und eisern.

»Sag es«, keucht sie dicht an meinem Ohr. »Bitte.«

Ich kneife meine Augen zusammen, verziehe mein Gesicht und vergrabe es schluchzend in ihrer Schulter. Ich weiß, was sie hören will und es stellt mir alle Härchen auf. Sie will, dass ich mich verabschiede.

Verdammt, wieso musste sie mitkommen? Wieso konnte sie nicht bei den Verschollenen bleiben? In Sicherheit. Alles in mir wehrt sich dagegen, dennoch richte ich mich auf, um sie anzusehen.

Ihre Augen sehen müde aus. Ihre Haut blass. Meine Finger wandern zu ihren Wangen, die schweißüberzogen glänzen. Sie wird es nicht bis zu den Verschollenen schaffen. Die Erkenntnis raubt mir fast den Verstand, bis ihr Blick zu meinem gleitet. Flehend. Wartend.

»Ich hab dich lieb, Ava. Ich hab dich lieb.« Meine Stimme bricht. Noch nie kamen mir Worte so schwer über die Lippen.

Ein leichtes Lächeln schiebt sich auf ihre Mundwinkel, bis sie zur Decke blickt und die Augen schließt.

»Nein!«, brülle ich, denn ich weiß, sie ist fort.

Balbor hebt sein blutdurchzogenes Hemd von Ava und senkt den Kopf. Salzige Tränen laufen über meine zitternden Lippen. Schreie schnüren mir den Atem ab. Klammernd beuge ich mich über sie und spüre, wie sie in meinen Armen verschwindet. Sie stirbt, weil ich lebe. Wäre ich nur nicht zum Labor zurückgelaufen. Erneut überkommt mich das Gefühl des Todes. Diesmal kälter als je zuvor.

Unsere gemeinsame Zeit, die wir hatten, spielt sich vor meinen Augen ab. Wie gern würde ich in unserer alten Zone verschlafen und ihr schmunzelndes Augenverdrehen sehen. Wie gern würde ich zu ihr ins Tortuga gehen und über die Kundschaft tratschen. Wie gern würde ich sie nur noch ein mal lachen hören. Fest halte ich sie in meinen Armen, kralle die blutigen Finger an ihren Körper. Ava ist tot. Ich schreie. Zerbreche. *Ich werde dich rächen. Und wenn ich dafür die ganze Zone in Schutt und Asche legen muss.*

Die Autorin

Mascha Fekete, geboren 1991, wuchs in einer Künstlerfamilie auf. Bereits mit 14 griff sie zur Kamera und schuf dystopische und magische Welten für Kurzfilme. In ihrer Ausbildung zur Medienfachfrau schrieb sie für das Lehrmagazin, interviewte einen obdachlosen Mann aus Madagaskar, der kurz darauf die Welt verließ. Die Geschichte wurde zur zweiseitigen Hauptstory. Danach machte sie sich selbstständig. Sie lernte Judo, Gitarre und Klavier, lief über Mode-Laufstege und ritt durch die Wüste am Roten Meer. Behielt dabei immer eines im Hinterkopf: Das Schreiben. Eine Leidenschaft, die nicht mehr aus ihrem Leben wegzudenken ist.

Hybrid Verlag ...

für Weltenwanderer und Zeilentänzer

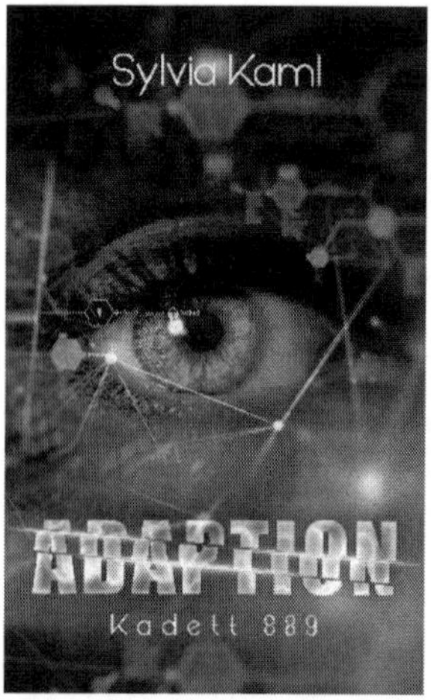

ADAPTION – KADETT 889
(Sylvia Kaml)

Kadett 889, genannt Neun, gehört zur nächsten Generation, genetisch verbessert, um auf der verseuchten Erde überleben zu können.
Als ein sadistischer Offizier das Kommando in der militärisch geführten Station übernimmt und den Kadetten das Leben zur Hölle macht, versuchen Neun und seine Freunde dem Terror zu entkommen und stoßen auf den wahren Zweck ihrer Existenz.
ISBN: 978-3-96741-170-6

DANGEROUS PERSON – DIE VERDAMMTEN (Andrea Reder)

Wie lebt man mit der Gewissheit, zum Verbrecher geboren zu sein? Diese Frage muss sich der siebzehnjährige Judd stellen, als er aus einem Kälteschlaf in der Zukunft erwacht. Gibt es einen freien Willen oder sind wir nur Sklaven unserer Gene? Wohin steuert eine Gesellschaft, der Sicherheit über alles geht?
Ein Roman, dessen Grundsatzfragen einen nicht mehr loslassen.
ISBN: 978-3-96741-078-5

DIE LETZTE MELDERIN – I. DIE NACHFOLGE (Michael G. Spitzer)

In einer Stadt, in der blond und blauäugig das Ideal und auch den Großteil der Bevölkerung stellt, ist Danielle eine Außenseiterin. Diese geschützte Siedlung, nach mehreren verheerenden Kriegen vielleicht das letzte Refugium der Menschheit, birgt Gefahren und Geheimnisse. Nicht einmal ihren Helfern kann Dan rückhaltlos vertrauen.

ISBN: 978-3-946-82037-6

ICH OHNE WIR – ELIMINATION (Heike Bicher-Seidel)

Joona verprugelt einen Mithäftling und landet im Bunker des Gefängnisses – allein und im Dunkeln.

Die Programmiererin Lola muss einen Betriebsausflug mit ihrem arroganten Chef in ein Bergwerk über sich ergehen lassen. Und der Koch Dino versucht nur, im Kühlraum der Hitze in seinem Restaurant zu entgehen.

Sie wissen noch nicht, dass sie zu den wenigen Überlebenden zählen werden ...

ISBN: 978-3-96741-124-9